# Darlis Stefany

# + 21

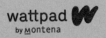

El papel utilizado para la impresión de este libro ha sido fabricado a partir de madera procedente de bosques y plantaciones gestionadas con los más altos estándares ambientales, garantizando una explotación de los recursos sostenible con el medio ambiente y beneficiosa para las personas.

Penguin
Random House
Grupo Editorial

**+21**

Primera edición en España: julio de 2022
Primera edición en México: julio de 2022

D. R. © 2022, Darlis Stefany

D. R. © 2022, Penguin Random House Grupo Editorial, S. A. U.
Travessera de Gràcia, 47-49, 08021, Barcelona

D. R. © 2022, derechos de edición mundiales en lengua castellana:
Penguin Random House Grupo Editorial, S. A. de C. V.
Blvd. Miguel de Cervantes Saavedra núm. 301, 1er piso,
colonia Granada, alcaldía Miguel Hidalgo, C. P. 11520,
Ciudad de México

penguinlibros.com

D. R. © 2022, Victoria Cavalieri, por las ilustraciones

Penguin Random House Grupo Editorial apoya la protección del *copyright*.
El *copyright* estimula la creatividad, defiende la diversidad en el ámbito de las ideas y el conocimiento, promueve la libre expresión y favorece una cultura viva. Gracias por comprar una edición autorizada de este libro y por respetar las leyes del Derecho de Autor y *copyright*. Al hacerlo está respaldando a los autores y permitiendo que PRHGE continúe publicando libros para todos los lectores.

Queda prohibido bajo las sanciones establecidas por las leyes escanear, reproducir total o parcialmente esta obra por cualquier medio o procedimiento así como la distribución de ejemplares mediante alquiler o préstamo público sin previa autorización.
Si necesita fotocopiar o escanear algún fragmento de esta obra diríjase a CemPro
(Centro Mexicano de Protección y Fomento de los Derechos de Autor, https://cempro.com.mx).

ISBN: 978-607-381-659-5

Impreso en México – *Printed in Mexico*

*A todas las personas que por alguna razón han debido volar del nido en el que nacieron o crecieron.*

*A cada venezolano que empacó sus sueños y esperanzas en una maleta de ilusiones al tener que dejar la tierra en la que les hubiese gustado florecer, y que aún llevan el tricolor y sus estrellas en el corazón.*

*A toda la comunidad de habla hispana, especialmente la latina, que lleva consigo la historia y tradición cultural, que ha surgido y prosperado contra las adversidades.*

*A cada Mérida del mundo que teme usar su voz, que siempre tiene algo que decir: ¡ánimo, reina! Al igual que Mérida, encuentra tu fuerza, te aplaudo y te apoyo, grita fuerte lo que quieras decir, el mundo necesita y quiere escucharte.*

*A esos Dawson que se interesan por nuestra cultura, los sueños y esperanzas que cargamos con nosotros, que comparten sus metas, experiencias y vivencias, que te invitan y motivan a ir por más.*

*A cada emigrante que se ha secado las lágrimas ante cada puerta cerrada, desplante, mala experiencia, la añoranza de un hogar al que no pueden volver y los sueños que pocos entenderán.*

*Y a ti, que te levantas cada día esperando que sea mejor, que lloras y sonríes, que te caes y te levantas, a ti, que sueñas a puertas cerradas, que cierras los ojos e imaginas un sinfín de escenarios que espero que un día se hagan realidad.*

# Playlist +21

*Rata de dos patas* de **Paquita la del Barrio**

*Qué vida la mía* de **Reik**

*Todo cambió* de **Camila**

*Yo te extrañaré* de **Tercer Cielo**

*En la obscuridad* de **Belinda**

*Inolvidable* de **Reik**

*La correcta* de **Morat y Nabález**

*Venezuela* de **Luis Silva**

*Bésame* de **Camila y Evelyn Nieto**

*Solo te quiero amar* de **Calle Ciega**

*La canción* de **J Balvin y Bad Bunny**

*Lover of mine* de **5 Seconds of Summer**

*San Lucas* de **Kevin Kaarl**

*Sweater weather* de **The Neighborhood**

*Piece of you* de **Shawn Mendes**

*Aprender a quererte* de **Morat**

*I hear a symphony* de **Cody Fry**

*No se va* de **Morat**

*Cuando me acerco a ti* de **Danny Ocean**

*Somewhere only we know* de **Keane**

*Locked out of heaven* de **Bruno Mars**

*Yo dije OUFF* de **Omar Rudberg**

*Lost in the fire* de **Gesaffelstein y The Weeknd**

*Don't blame me* de **Taylor Swift**

*God is a woman* de **Ariana Grande**

*Matilda* de **Harry Styles**

*Aún hay algo de amor* de **RBD**

*They Don't Know About Us* de **One Direction**

*Entre tus playas quedó mi niñez,*
*tendida al viento y al sol,*
*y esa nostalgia que sube mi voz*
*sin querer se hizo canción.*

*De los montes quiero la inmensidad*
*y del río, la acuarela.*
*Y de ti, los hijos que sembrarán*
*nuevas estrellas.*

*Y si un día tengo que naufragar*
*y el tifón rompe mis velas,*
*enterrad mi cuerpo cerca del mar…*
*En Venezuela.*

LUIS SILVA, *Venezuela*

*Hola, Dawson:*

*Estaba dibujando muy casualmente como cualquier día en mi doble vida, cuando ¡bam! Pensé en ti... De acuerdo, hago mucho eso últimamente, pero ¿podría alguien culparme?*

*La cuestión es que primero dibujé tu rostro, enfocándome en esos dos maravillosos ojos que me derriten cuando me miran ya sea con intriga, curiosidad, desesperación, diversión o incluso deseo (sí, me encanta pensar que me deseas, grrr).*

*Suspiré y sonreí mientras dibujaba tus cejas, tu cabello, esa nariz que nunca necesitará una rinoplastia, los dulces labios que a veces me distraen demasiado y tu cuello. Todo era tan inocente, tan dulce, tan soñador... Pero entonces sucedió. El monstruo que está en mi cabeza tomó control de mis manos.*

*Todo dejó de ser inocente.*

*Primero fueron tus hombros, luego les siguieron tus hombros desnudos, el torso firme con un leve camino de vello que iba más... más abajo y un poco más abajo. No tenías pantalón, pero descuida, te dibujé un pantaloncillo de licra negro que se ajustaba a tus muslos y entre ellos (pido perdón, fue más fuerte que yo).*

*No estabas desnudo, pero ¡joder! Te veías tan sexi, tan atractivo, tan tú, que casi lloro porque no era real.*

*¿Algún día será real? Estoy cansada, periquito, mi corazón se quiere ir contigo.*

*También confieso que no es mi primer dibujo, pero te prometo que no en todos te encuentras en tales circunstancias de pocas prendas de ropa. La verdad, sí me siento algo culpable, pero no hay mala intención, promesa.*

*¿Qué puedo decirte, Dawson? Me traes mal, de cabeza, flotando, volando, hormonada y enloqueciendo.*

*¿Algún día me dejarás hacerte un par de dibujos +21?*

*Porfis, di que sí, periquito.*

Mérida Sousa, abril de 2017

11

*Hola, Mérida, que no es como la princesa sino como un estado de Venezuela:*
*¿Qué carajos, Mérida?*
*¿Dibujarme así?*
*¿Seguir llamándome periquito?*
*¿Que tu corazón se quiere venir conmigo?*
*¿Que tienes más de un dibujo de mí?*
*Y espera, espera un momento. ¿Que te deje hacerme un par de dibujos +21?*
*Pero es que estás loquísima.*
*Y yo estoy más loco.*
*Abre la puerta, cielo…*

DAWSON HARRIS, abril de 2017

# Prólogo

## Mérida

*Septiembre de 2016*

Miro con fijeza la pantalla de mi teléfono; tengo mis dudas, pero también me siento aventurera.

—¿Cómo funciona esto? ¿Es como Tinder? —le pregunto a mi amiga Sarah.

Su respuesta es reírse y dejar de lamer el helado obscenamente antes de deslizarse a mi lado. Siempre me pregunto cómo consigue oler tan bien, pero nunca me dice qué perfume usa.

Seis meses es el tiempo que hace que conozco a Sarah, dos del curso de inducción y cuatro del comienzo del año universitario. Es bajita, muy bajita, por debajo del metro y medio, con la piel morena bastante oscura y el cabello negro encrespado. No entiendo muy bien cómo la espalda no le duele con el peso de tanto pecho, en serio, es demasiado baja para esas tetas, pero me da tranquilidad porque me asegura que no le supone un problema de salud.

—No, este es para conocer a más personas del campus, no es sexual. —Hace una pausa—. A menos que quieras algo sexual, y ahí sí te descargamos Tinder.

—No, no, hace poco que salí de una relación.

—Mérida, eso fue hace meses.

—Pero aún hablamos.

—Porque te da pena dejar de responder a sus manipuladores mensajes.

—Francisco es complicado —digo, tirando de uno de los hilos de la abertura en la rodilla de mis tejanos—. Todavía está procesando nuestra ruptura.

Odio que la costumbre, aun meses después de haber roto, me haga salir en su defensa, sobre todo porque fue una mierda de novio hacia el final de nuestra relación o quizá también en los meses anteriores.

13

—Han pasado meses —me recuerda, y me encojo de hombros—. En fin, volviendo a los temas que nos importan, en esta aplicación nada debe ser sexual, está en las reglas y se entiende que no entras aquí para ello. Salvo que las dos partes estén interesadas, y entonces sí podría suceder.

Asiento. Me parece bien, no quiero recibir fotopollas. Mi único deseo es hacer amigos porque estoy cansada de acaparar a Sarah. Soy supersociable en mi mente y cuando entro en confianza, pero en grupo me cuesta relacionarme por mi timidez, a menos que haya casos excepcionales en que me sienta muy a gusto con el grupo o los temas que se discuten.

Esta aplicación para alumnos del campus es mi recurso de emergencia. ¡Quiero amigos! Así que termino de colgar una foto mía en el perfil y listo, cuenta creada.

Sarah y yo mantenemos la vista en el teléfono unos largos segundos hasta que las notificaciones comienzan a llegar.

—¡Lo sabía! Sabía que serías popular, es que mira lo bonita que eres.

—Me gusta creer que son las cualidades que describo las que me hacen interesante.

—Clarooo —dice, alargando la última vocal—. Vamos a ver quién te ha pinchado, así vamos descartando.

—Decir que me han pinchado suena tan sucio…

Todo lo que hace es reírse mientras me quita el teléfono, y vemos a los hombres y las mujeres que me han escrito para hacer amistad. Bueno, la verdad es que solo me ha pinchado una mujer, el resto son seis hombres.

—Así que yo decido si devolverle el toque para iniciar una conversación, ¿no? —confirmo—. ¿Cómo sé quién será mi próximo mejor amigo?

—Sigue a tu corazón —se burla, lo que me hace poner los ojos en blanco—. En fin, debo irme, tengo clase y ya voy con retraso.

Me despido de ella distraídamente mientras me paseo por los perfiles. Algunos suenan irreales o exagerados y otros me dan miedo, pero uno de ellos no tiene mala pinta: veinte años, estudiante de Informática en busca de hacer amigos, ya que es tímido. Hago clic en su foto y abro un poco la boca, porque es muy atractivo.

Rostro con facciones estúpidamente perfectas, un ojo color avellana y el otro de un cálido verde, labios un poco delgados y de un rosa natural envidiable, todo ello acompañado de un cabello castaño peinado de una manera despreocupada que da el aspecto de despeinado.

Una parte de mí dice que es peligroso hacerse amiga de alguien así de guapo, porque he escuchado un montón de historias sobre enamorarse de mejores amigos. ¡Virgencita! Eso sería muy desafortunado para mí.

Mi pulgar se mantiene suspendido, dudando entre aceptar o no, y luego me digo: «¿Por qué no?». Así que lo acepto y, mientras repaso los apuntes de mi próxima clase, un zumbido en el teléfono me alerta de que mi posible nuevo mejor amigo acaba de escribirme.

Es vergonzoso admitir que me emociono.

**Martin002:** Hey Que tal MDV

**Martin002:** De qué son tus siglas??

**MDV:** mi nombre

**MDV:** Ocupas el 002 porque el 001 ya estaba usado?

Luego de hacer clic en enviar me arrepiento y me pregunto si eso no ha sido demasiado agresivo, pero por fortuna responde casi de inmediato.

**Martin002:** me atrapaste :p

**Martin002:** entonces… Puedo saber tu nombre?

**MDV:** Que tal si lo adivinas?

—Espera. ¡Eso suena a coqueteo! No quiero coquetear —me reprendo, y escribo otro mensaje.

**MDV:** la verdad es que preferiría decírtelo luego

**Martin002:** está bien, será divertido tener a una amiga misteriosa

Sonrío y siento que podremos ser amigos, así que le respondo.

**MDV:** creo que esto será interesante.

Creo que tengo un amigo.
Espera, eso suena patético. La cosa es que tengo un amigo.

15

Martin y yo llevamos tres semanas hablando y la verdad es que me ha parecido superdivertido, un poco tonto y entrañable, pero muy agradable. Le gusta leerme y hablar de lo que estudio o de cosas al azar. En cambio, él no habla mucho de sus estudios, pero sí de su día a día y, aunque a veces me incomoda que parece condescendiente conmigo por cómo se expresa, creo que estamos entablando una amistad.

El problema es que Martin parece ser casi más tímido que yo, por lo que no sugiere hacer una videollamada o una llamada ni tampoco un encuentro, y ya comienzo a inquietarme porque me hace preguntarme si esconde algo.

Es por ello que esta noche, con Perry el Hámster sobre mi estómago y a poco para que sea la medianoche, me decanto por finalmente solucionar este problema. Soy la salvación de esta amistad.

> **MDV:** oye, Martin

> **MDV:** Me parece que hemos estado compartiendo muy buenas conversaciones y momentos. Me haces sentir que estamos bien con todo esto, la verdad no pensé que algo bueno saldría de esto pero me has sorprendido de buena manera

> **MDV:** creo que en el futuro todo podría ser incluso mejor… Me preguntaba, claro, siempre que no te incomode…

> **MDV:** si podemos vernos de una manera más cercana y real, más allá de nuestras fotos de perfiles

Los minutos pasan y me pone nerviosa que no responda. El reloj da paso a la medianoche y anuncia que octubre ya se encuentra aquí, y entonces mi teléfono emite un zumbido. De inmediato lo desbloqueo y abro la conversación.

> **Martin002:** Mierda, nena! He esperado tanto que me dijeras eso

Esbozo una sonrisa desconcertada por el apodo y la naturaleza de su mensaje, pero entusiasmada con la perspectiva de que esté de acuerdo.

16

> **MDV:** GENIALLLLL estaba tan nerviosa de pedirte esto

> **Martin002:** solo debías decirlo bb

> **MDV:** ¿??

> **Martin002:** quieres que sea el primero?

Estoy a punto de responderle cuando llega una imagen y enseguida comienza a descargarse. Cuando se carga del todo, dejo caer el teléfono en la cama y casi aplasto a Perry cuando me giro gritando.

—Pero ¡¡qué mierda?!

Agarro mi almohada y veo de reojo la pantalla del teléfono, que empieza a oscurecerse.

Me acaba de enviar una foto de su pene, de su curvo, largo y delgado pene erecto.

—Ya no podemos ser amigos, Martin —digo con los ojos muy abiertos y con su miembro plasmado en mi memoria.

Y ni siquiera me gusta lo que he visto.

Un minuto de silencio por mí: Mérida del Valle Sousa, la chica que buscaba un amigo y a quien le enviaron una fotopolla que ni siquiera le gustó. Por favor, un poco de empatía y condolencias para mí y mi trágica historia sobre cómo Martin002 fue un vil mentiroso que me llevó al verdadero dueño de la foto de perfil, que sí me gustó.

Oh, Dios, él definitivamente me encantó.

Ese bastardo de Martin me llevó a quien sería mi periquito soñado: Dawson Harris.

17

# 1

## Conoce a tu salvador

*Mérida*

*Noviembre de 2016*

Me duele la mano.

¡Mierda! De verdad que me duele la mano.

Dejo caer la pluma para las líneas finas mientras abro y cierro los dedos adoloridos, que me dicen: «Por favor, ya», pero sonrío porque ha valido la pena: pese a que me faltan muchos detalles para que sea cercano a la perfección, el resultado ya puede irse vislumbrando.

Ahí, en papel Bristol, me saludan dos apuestos caballeros. El primero se encuentra acostado en una cama con las manos atadas en el cabecero, los labios entreabiertos y los ojos a medio cerrar mientras ve la manera en que mi caballero número dos descansa a horcajadas sobre sus muslos, desnudo y sosteniendo ambas erecciones. ¡Alerta de romance chico con chico!

Mira, no sé por qué se me da tan bien dibujar los miembros masculinos, incluso tengo variedades. No es que haya visto demasiados en mi vida (en persona), pero te digo que es un talento. En este dibujo me he pasado y todo se ve real, porque he preferido darles visibilidad a hacerles uno de esos hongos luminosos que te insinúan que su pene está ahí, pero que no te lo muestra.

En este dibujo, mi pasivo, el chico atado al cabecero, es un poco más voluminoso en cuerpo que mi activo, que es más delgado, pero sin duda más alto. Ambos son irremediablemente atractivos y tienen cuerpos esbeltos y trabajados. Cuando haga los diálogos, planeo que el activo diga algo muy del tipo de «¿Te encanta que te toque así?», a lo que mi amigo atado a la cama respondería un «Oooh». Lo sé, no son palabras muy creativas, pero no soy buena con los diálogos.

Quiero hacer los diálogos y darles color a través de la tableta gráfica, pero un rápido vistazo al aparato me recuerda que, de hecho, debería estar hacien-

18

do mi tarea para la clase de mañana. Es solo que estaba estresada y necesitaba esto para calmarme, la libertad de dibujar algo que me divierte y que, con sinceridad, me encanta.

No siempre he sido la clase de chica que dibuja suciedades. Primero empecé con dibujos inocentes, después un poco de romance suave, luego besos con lengua, entonces el hongo luminoso por pene y finalmente evolucioné hasta llegar a esto, que no sé si se sale del +18 y se acerca más al +21. Y sí, puede que sea sucio, pero es arte, ¿de acuerdo? Les pongo mucho empeño a estos dibujos y sé que son buenos, solo que no son convencionales, pero me encanta hacerlos, y eso no significa que sea una pervertida, ¿cierto?

Y, de hecho, me gusta lo que estoy estudiando, porque se relaciona con ello: animación digital. Me encanta lo que estudio, pero a veces la carga estudiantil hace que la presión te absorba y que nada sea divertido cuando se trata de crear por deber y obligación. Aunque, bueno, sueno demasiado fatalista para alguien que apenas lleva cuatro meses de su primer año universitario en una carrera que le tomará tres años o quizá algo más.

—¡Mérida!

Me enderezo de inmediato ante el rugido de Miranda Sousa, alias mi mamá. Rápidamente tomo el dibujo, me agacho debajo de mi cama y saco la enorme caja donde se encuentran todos mis dibujos de intento de novelas gráficas de romance o eróticas sin acabar.

—Boo, ¿qué haces ahí? —pregunto a la ingrata de mi gata, que me araña la mano mientras me sisea—. Ven aquí, cosa demoniaca.

—¡Mérida!

—¡*Ya voy, mami!* —grito en español, porque a veces preferimos hablar en este idioma mientras estamos nosotras dos solas en lugar de hablar en inglés.

De nuevo intento agarrar a la gata ingrata y finalmente la tomo de la cola —no sé si se considera maltrato animal— y la arrastro hasta mí. Cuando la acuno contra mi pecho, engancha sus pequeñas garras y sisea como un demonio a punto de cometer un genocidio, pero necesito alejarla de mi cofre secreto porque no quiero que mamá la encuentre ahí o que lo arruine.

—Te aguantas, Boo, no seas una pesada —la regaño, intentando acariciar su pelaje gris.

La condenada es una British Shorthair preciosa, pero me odia.

—¡Mérida del Valle! —Esta vez el grito es fuerte y, ¡uy!, ¿me llama por el segundo nombre? Suficiente advertencia.

Reviso que haya guardado la evidencia incriminatoria de mi secreto, salgo de la habitación y empiezo a bajar las escaleras para encontrarme con mamá, quien tiene en una mano una taza de café y en la otra su teléfono.

19

Como siempre, parece que arrastro los pies, por lo que mamá no tarda en oír mis pisadas pesadas y me dedica esa mirada con la que siento que debo enderezar la espalda y mostrarme un poco mejor —no es que me lo exija, y tal vez no se da cuenta de que lo hace, pero para mí siempre ha sido así—.

Al terminar de bajar las escaleras, dejo en el suelo a Boo, que ronronea alrededor de las piernas de mamá, pero ella en este momento solo tiene los ojos puestos en mí. En mi camisa holgada, los leggins negros y los calcetines amarillos. Luego pasa a las puntas de mi cabello negro, sube a la altura de mi cuello, se detiene en el flequillo, que sujeto con un clip para que no me estorbe mientras dibujo, y finaliza en las bolsas de debajo de los ojos porque hace unas horas he estado llorando… Sin alguna razón que le parezca válida, simplemente tuve un bajón y me sentí mal conmigo misma, me sucede a veces.

Tres, dos, uno… Ahí está: suspira.

—Estaba ocupada haciendo una tarea para mi clase de mañana —digo antes de que ella pueda hablar—. ¿Te vas al trabajo?

Es una pregunta estúpida, porque ella siempre está en el trabajo. No es algo de lo que hablemos o que juzgue abiertamente. Es una estupenda neurocirujana con otras tantas especializaciones médicas que no logro memorizar y siempre está salvando vidas y tiene que estar disponible por si la necesitan. Es como vivir sola o tener a una quisquillosa compañera de piso, por esa razón no me fui a vivir a una residencia ni me preocupé demasiado por ser una universitaria viviendo con su mamá.

Es curioso cómo pueden mirarte con mala cara por vivir con tus padres cuando eres legalmente adulto, porque en países como Venezuela tener tal independencia a los dieciocho años es casi imposible. Tal vez podría hacerlo un cuatro por ciento de la gente y con ayuda de sus padres. Pero aquí, en Londres, cada vez que digo a algún compañero universitario o a alguna cita que vivo con mi madre, hacen expresiones de desconcierto o burlas que me hacen sentir incómoda.

No soy una niña de mamá, Dios sabe que veo más su foto que su persona de carne y hueso, y no veo ningún inconveniente en vivir con ella, puesto que escogí Londres como destino universitario porque mi madre fue trasladada aquí. Pasamos de tres años en Mánchester al opaco Londres, y antes de eso ella vivió en Escocia.

Somos nacidas en Venezuela, afortunadamente en una familia privilegiada que incluso en los momentos de crisis no vivió de primera mano la miseria, pero sí que la vi en las calles, en compañeros de clase o allegados. Mamá siempre fue una ambiciosa mujer superinteligente que mencionaban en los periódicos o en programas informativos de la televisión.

—¡Mérida!

La voz de mamá me saca de nuevo de mis pensamientos y una vez más me encuentro enderezando la espalda, lo que hace que me mire con desconcierto.

—Te preguntaba por qué no llevaste a Leona al veterinario.

—Ah, eso.

—Sí, eso —dice con firmeza, y yo me rasco la barbilla.

No quiero decirle que olvidé llevar a su perrita diminuta al veterinario, que es muy caro, pero no tengo ninguna excusa, y su silencio dice demasiado de lo que le parece mi descuido con Leona.

A mí solo me quiere mi hámster, pero la gata ingrata y la perra poseída me repelen.

—Programé otra cita para mañana. Por favor, no olvides cepillarle el pelo hoy, no quiero que tenga nudos.

—Sí, señora.

—¿Tienes clases hoy?

—No, los martes los tengo libres, *mami* —le recuerdo por centésima vez.

—¿Segura que quieres seguir estudiando eso? Siempre podemos moverte a...

—Segura —la interrumpo.

De nuevo suspira antes de darme el mínimo indicio de una sonrisa y acercarse a plantarme un beso en la mejilla. Se ve mucho más alta de lo que es con esos tacones fenomenales. Mi madre es tan bella que estoy segura de que todos sus colegas babean por ella.

¿Sabes cuando le dices a alguien que eres de Venezuela y de inmediato te dice: «El país de las *misses*»? Bueno, mi mamá es ese ejemplo: cabello negro largo hasta la espalda, alta, delgada pero con curvas destacables, piel trigueña, ojos color avellana y una nariz de rinoplastia perfecta. A sus cincuenta y cinco años, parece bastante más joven.

Desde que tengo uso de razón, ella ha llamado la atención, y no solo por su belleza. En Venezuela decías «la doctora Miranda Sousa» y todos asentían con veneración, pero incluso mamá puede ser tonta, y el resultado de su tontería soy yo. Tengo la certeza de que me concibieron en un congreso médico y también la teoría de que era un tipo casado y que por eso ella nunca se comunicó con él. Mis abuelos, un poco orgullosos y en realidad bastante juzgones, pusieron el grito en el cielo, pero mamá era una profesional exitosa y, cuando vieron mi dulce rostro, no se resistieron a amarme. Así que crecí en una familia privilegiada, altiva y un poco clasista con abuelos maternos y una mamá triunfadora que a veces olvidaba que yo era una niña y no una máquina de aprendizaje. Luego cumplí los nueve años y mamá se fue a Escocia por trabajo, y en

21

una totalidad de tres años solo la vi diez veces (las conté) mientras vivía con unos abuelos que aún añoraban un país que no existía y que lo criticaban todo.

—¿Quién es mi papá? —pregunto, cuando salgo de mis pensamientos.

Soy la reina de las preguntas inesperadas y que no tienen nada que ver con la conversación. Años conviviendo a medias conmigo y ella todavía no lo aprende.

—¿De dónde sale eso?

—¿Es Charles David? —pregunto. Es el nombre de un doctor conocido y casado que encontré en internet.

—Deja de hacer eso —me dice antes de teclear algo en su teléfono y girarse—. Estaré fuera dos noches, pórtate bien y cuida a Boo y Leona, y no olvides llevarla al veterinario. Tampoco olvides la cita de hoy de Leona en el *gym*. Jane vendrá mañana a reincorporarse con el cuidado de la casa. Y no comas comida rápida, sé saludable y tómate tus vitaminas. No te encierres en la habitación y haz amigos... Amigos aptos.

—Amigos aptos. ¿Qué significa eso? ¿Qué eres, alguna especie de partidaria del régimen autoritario que quiere que consiga amigos arios?

—¡Mérida! —Me dedica una larga mirada antes de tomar su bolso de marca, salir y subirse a uno de los autos.

Suspiro al escuchar los ladridos desesperantes de Leona, porque, por supuesto, la pomerania de mi mamá espera a que ella se vaya para ser una perra malvada conmigo. Así que tengo que pasar mi día libre viviendo por y para Leona.

Nunca pensé que existiera tal cosa como las clases de natación para perros, pero ahí se encuentra Leona con un profesor de natación que la alienta a no tener miedo y le enseña técnicas en una piscina de tamaño olímpico. Mamá malcría a su perra y a su gata más de lo que me ha malcriado a mí.

Ir desde el centro de Londres hasta Sutton me genera fastidio, porque conlleva conducir y lidiar con el tráfico, y el clima es bastante frío. Bueno, a mí, que aún extraño mi clima tropical del Caribe, siempre me parecerá frío. Al menos estoy en uno de los municipios que se supone que son más seguros de Londres, pero me fastidia ir hasta las afueras de la ciudad.

Acuno contra mi pecho a Perry el Hámster mientras observo todo el despliegue de ridiculez que se desarrolla frente a mí en las clases para Leona. Ella ladra y ladra, pero te prometo que lo hace de manera pretenciosa, como si dijera: «¡Ja! Siempre seré costosa». Me gusta la perspectiva de adoptar y trato de

22

no ser demasiado dura o juzgona con quien compra un animal, porque tendrá sus razones y adoctrinar u obligar a alguien no es ideal, pero mi mamá simplemente pagó demasiado por Leona. Siento que incluso le cobraron el triple de lo que una cachorra de su raza podría costar, y todos los mimos, las clases, las consultas, el spa y la ropa conllevan muchos gastos. A veces me hace calcular si llegará a la mitad de lo que cuesta mi matrícula anual en la universidad.

Vale, puede que esté celosa de la perra e incluso de la gata, pero es que ¿en serio? Lo ha llevado a otro nivel. Además, como ella casi nunca está, el cuidado recae en Jane, sus miles de entrenadores y, sobre todo, en mí, pese a que me detestan.

—Por eso te amo y tú me amas, Perry, somos humildes —digo acariciándole la parte superior de la cabeza a mi hámster.

Mamá dice que es una rata con pelos, y estoy segura de que tiene razón, pero es mi rata y es adorable, la amo. Es una cosita linda que estará conmigo siempre.

Me remuevo en el asiento esperando que falte poco para que la clase termine. Afortunadamente, parece que estoy de suerte, porque pocos minutos después el entrenador y Leona salen del agua y, para mi horror, él se acerca a mí para decirme el progreso de Leona y cómo debo masajearle las patas.

Cuando intenta entregarme a Leona, le hago saber que debo meter a Perry en su jaula de juegos para poder hacerme cargo de la perra, y Leona ladra en desacuerdo y sacude su cola. Creo que el entrenador de natación para perros me está juzgando con su mirada, pero lo ignoro mientras tomo mi teléfono, que anuncia que tengo una serie de mensajes.

Son de la aplicación del campus y, de nuevo, se trata de Martin002.

Lo he bloqueado cuatro veces y de alguna manera consigue volver a mi chat, lo que no entiendo. Siempre vuelve con unas disculpas que me intento creer y, cuando menos lo espero, obtengo alguna foto nueva de su pene que me hace bloquearlo una vez más.

Comienza a parecerme espeluznante y me pregunto seriamente si debería hablar con la policía o humillarme frente a mi mamá y confesarle que recurrí a esto para hacer amigos. Casi puedo ver su mirada de decepción. Para mi fortuna, en la aplicación sí encontré a una chica con la que conversar e incluso a otro chico. Se llaman Sophia y Marcus, y me he reunido con ellos un par de veces en las que nos hemos divertido y no ha habido silencios incómodos. No es que seamos mejores amigos, pero nos estamos conociendo.

Martin002 ayer reapareció en mi chat y está en su momento de tranquilidad, y justo ahora me pregunta qué hago mientras el entrenador desiste de mi atención, se larga y me deja sola.

Estoy debatiéndome entre no responderle e intentar bloquearlo de nuevo cuando Martin vuelve al ataque, esta vez con una foto de su mano envolviéndole el miembro erecto.

Varias cosas suceden en ese momento: maldigo frustrada, Leona ladra y se oye el ruido de un chapuzón.

De inmediato me vuelvo y veo a Leona en el agua ladrando histérica. ¡¿Dónde coño han quedado sus clases de natación?! Dejo el teléfono en la mesa y sin pensarlo me lanzo a la piscina olímpica, solo para darme cuenta demasiado tarde de que me he tirado con Perry el Hámster.

¡No! ¡Mi bebé no!

—¡Perry! —grito, sosteniéndolo alto en mi mano y rogando que no haya muerto ni por el impacto ni por tragar mucha agua.

Leona sigue ladrando histérica. Como puedo, sosteniendo a Perry en la mano en el aire y nadando hacia la perra que me desprecia, consigo auxiliarla. La astuta sabe que soy su salvación, porque se vuelve mansa en mi abrazo, pero ¡mierda! No puedo nadar así, y me da un calambre en la pierna.

Nos vamos a ahogar y me asusta que mamá vaya a llorar más a la perra que a mí o que me entierren lejos de Perry.

Lucho por mantenerme flotando pese al calambre, pero Leona debe de notar que no soy su salvación, porque de nuevo comienza a ladrar y se mueve de manera endemoniada. Vamos a morir por su culpa.

—Oh, Dios. Oh, Dios. ¡Ayuda!

Comienzo a tragar agua mientras mantengo la mano arriba y trato de sujetar con el otro brazo a Leona por encima del nivel del agua. Me estoy sacrificando por ellos.

Se oye un chapoteo en el agua, y una figura borrosa aparece frente a mí.

—¡La perra y el hámster! ¡Sálvalos! —grito, histérica.

Para mi fortuna o consternación, la persona obedece y, mientras se llevan a ambos animales, el calambre se extiende y hace que me resulte imposible nadar en esta piscina olímpica y que mi cuerpo comience a sumergirse.

Mientras el agua me entra por la nariz y mantengo los ojos abiertos presa del pánico, me hundo y no dejo de pensar en que no quiero morir ahogada ni que la última imagen en mi cabeza sea el pene de Martin. Me muevo con desesperación, aunque sé que eso solo me quitará energía, pero me aterra la idea de morir.

No quiero morirme.

Pero la salvación viene en forma borrosa de un hombre que atrapa mi cuerpo y luego nada hacia la superficie. Toso mientras me lleva al borde de la piscina y, cuando me sube al suelo, vomito agua junto con mi almuerzo.

Mojada, temblando, encorvada, tosiendo y con arcadas, así me encuentro mientras asimilo que no he estirado la pata y que estoy completamente viva.

Leona ladra de manera histérica hasta que su inútil entrenador la envuelve en una toalla y la acuna contra él mientras yo tiemblo del frío.

—¡Perry! ¿Dónde está Perry el Hámster? —digo, yo también histérica.

—Aquí, está aquí, recibiendo calor —me responde una voz masculina.

Esta persona, que, por la manera en que gotea, me parece que es quien nos ha salvado, tiene en las manos una especie de nido de toallas que le proporcionan calor a Perry, quien por suerte ha sobrevivido. Casi lloro de alivio cuando lo tomo envuelto en las toallas con manos temblorosas.

—Lo siento, Perry, perdóname. Ha sido culpa de Leona —susurro.

La persona frente a mí se pone de pie y poco después hay una toalla cubriéndome desde la espalda. Murmuro un «gracias» cuando me ayuda a levantarme preguntándome si me encuentro bien. Asiento distraída y entonces me giro para ver a mi salvador.

Por un momento me cuesta ubicarme al ver que el cabello mojado cae sobre la frente de un rostro atractivo e increíble. Una camisa blanca mojada se pega a un torso terso, firme y delgado pero en forma, y el pantalón de algodón no deja de gotear.

Es increíble de ver.

¡Y es el jodido Martin!

—Oh, Dios mío. —Doy un paso hacia atrás horrorizada—. ¡Estás persiguiéndome! Me acechas.

—¿Perdón? No sé de qué me hablas. —Se pasa una mano por el cabello húmedo para retirarlo de su frente.

—¡Aléjate de mí, maldito enfermo! Deja de acosarme y enviarme fotos de tu asquerosa polla.

—Mira, no te entiendo. ¿Te has golpeado la cabeza? —Parece genuinamente preocupado cuando intenta acercarse y yo grito.

—Sucio pervertido acosador. ¡Déjame en paz! Me estás asustando.

—¿Estás bien? —Intenta de nuevo dar dos pasos hacia mí.

Meto en la jaula a Perry, aún envuelto en las toallas y presa de la histeria y el terror porque Martin me está acechando mientras me acosa con sus fotos, alzo la mano en un puño y le golpeo en el estómago, lo que hace que el aire escape de su cuerpo.

El entrenador de perros grita mi nombre y pregunta si estoy loca, y yo recojo a Leona en mis brazos, tomo la jaula de Perry y huyo. Soy un cohete veloz inducido por el miedo y el deseo de alejarme de ese perverso ser que me

ha estado hostigando con fotos no deseadas y que quién sabe cómo regresa a mi chat bloqueo tras bloqueo.

No sé muy bien cómo llego al auto, pero sí sé que golpeo un contenedor de basura, que cae al suelo —perdóname, medioambiente—, y luego salgo del lugar con la adrenalina a tope y sin creerme que acabo de estar frente a frente con Martin.

Peor aún: que casi me muero y mi salvador ha sido ese sucio e inmundo ser humano.

## 2

# Dawson conoce al destino

*Dawson*

—¿Qué tal… estuvo tu día?

En la puerta de mi habitación me encuentro a Drake, mi hermano gemelo, mi otra mitad, parte de mi vida.

Somos copias exactas, al menos para cualquiera que nos dé un simple vistazo. Pocos logran diferenciarnos sin la necesidad de ver el brazo tatuado de mi hermano. Amo a mi copia mal hecha, es parte de mi todo, siempre hemos sido esos molestos gemelos inseparables y terribles que se hacían sentir, y el simple hecho de recordar que hace poco casi lo pierdo debido a una arriesgada cirugía que poco después trajo complicaciones hace que me vuelva a cagar del miedo.

Fueron los peores días de mi vida, no quiero vivir en un mundo en el que Drake no esté. Sé que él piensa que bromeo cuando digo que espero que muramos uno junto al otro al mismo tiempo, pero es un deseo real, porque me aterra despertar un día y que él no esté.

Pero me recuerdo que está vivo y que, aunque tiene dificultad con un lado de su cuerpo y con el habla, poco a poco lo está consiguiendo y logrará estar al cien por cien con su cuerpo, porque lo conozco bien y sé que para mi copia mal hecha no hay límites.

Le hago un gesto para que entre a la habitación mientras termino de secarme el cabello con la toalla. Se deja caer sobre la cama con una pelota antiestrés en la mano en la que necesita recuperar la movilidad del todo.

—Mi día fue una locura —digo, y tiro la toalla en el cesto de ropa sucia—. Comenzando porque desprecio a la clientela que acude a la clínica veterinaria, de verdad, hay demasiadas personas sin educación, y mi jefe se pone todo lameculos.

Drake ríe, y yo sonrío, me acuesto a su lado y le quito la pelota para matar mi propio estrés.

28

—Quiero buscar otro lugar para trabajar en cuanto me gradúe, pero necesito aguantar un año en este sitio porque se verá bien en mi currículo.

La práctica en esta clínica no fue una pesadilla tan grande; tenía sus malos momentos, pero no era nada exagerado. Ahora que gano un sueldo y tengo un pequeño espacio con unos pocos pacientes asignados bajo supervisión, no es igual de divertido.

Quiero volver a ser un niño, cancelen mi suscripción para ser adulto.

—Tiene sentido.

—Sí... —Asiento—. Pero no sé cuánto podré aguantar. Hay una señora fingiendo que su gata está enferma para intentar que acceda a follar con ella porque le gustan jóvenes como yo. Y luego está ese viejo...

—Respeto —dice, para burlarse de mí, y entorno los ojos.

—Está ese señor que me acusa de haber enfermado a su tortuga. ¡Solo porque le dije que no podía seguir dándole Doritos! Luego está el hecho de que me hacen ir a este centro de capacitación, recreación y entrenamiento de animales. No está capacitado, Drake, no cumplen con el reglamento, pero sueltan dinero y todos fingen no verlo. Hoy un perrito y un hámster casi mueren ahí... Bueno, también una persona —agrego.

—Guau...

—Sí, tuve que saltar y salvarlos. La perra estaba muy asustada y yo estaba cagado hasta la mierda porque la dueña realmente pudo ahogarse por salvarlos.

—Admirable —comenta, y asiento en acuerdo porque eso fue lo que pensé cuando me suplicó que primero salvara a sus animales.

—Pero luego se volvió loca y se puso a hablar sobre fotos de penes, acoso y acecho. Me acusó de cosas incomprensibles mientras me miraba como si yo fuese la muerte.

—Tal vez escuchó que... rompes corazones.

—Ese eres tú.

—Ese fui yo... Éramos nosotros... Ahora eres tú —dice, y se ríe de nuevo—, copia romanticona.

—Fue un día superloco y ahora solo quiero descansar. —Le devuelvo la pelota y me cubro el rostro con un brazo—. Ya no quiero ser adulto, Drake, cancelemos esta misión.

—Demasiado tarde.

—¿Qué tal tu día?

—Quiero tener sexo... con Alaska. —Esa es su brillante respuesta, y esta vez soy quien ríe.

—Paciencia.

29

—Odio esto.

—Lo sé, pero ya sabes que es un trabajo que, con esfuerzo, te llevará adonde estabas, y Alaska es paciente.

—No, no lo es.

—Bueno, pero va a esperarte.

—Es cierto. —Suspira—. Fue un día… aburrido.

Comprendo que para él puede ser frustrante haber pasado de ser tan activo e independiente a esto, pero solo es cuestión de tiempo, y creo que entiende lo grave que fue su situación y lo afortunado que es de estar aquí para contarlo.

Me vuelvo, paso una pierna sobre las suyas y mi brazo alrededor de su torso y él se queja, pero ese es el propósito.

—Chisss, mantente tranquilo, tu hermano quince minutos mayor que tú quiere descansar.

—¿No son diez?

Sinceramente, ya no sé cuál es el tiempo real de diferencia entre nosotros porque a mamá le encanta jugar con ello. Solo sé que fui el primero en salir a asumir el riesgo que conlleva vivir.

—¿Has… hablado con Leah?

Suspiro. Para Drake y Alaska parece demasiado difícil entender que entre nosotros las cosas no funcionaron y que prefiero no hablar de ello. No porque Leah fuese un error o alguien desagradable, es solo que me enoja e incluso me hiere pensar que no funcionó, porque me gustaba de verdad y pensé que llegaríamos a algo, pero no sucedió y ya está.

Mi silencio es toda la respuesta que Drake necesita mientras permanece inmóvil y me deja bromear sobre abrazarlo, excepto que realmente me quedo dormido de esa forma.

De nuevo la señora Hamilton se encuentra aquí con su gata que está más sana que ella misma. Le dedico una sonrisa tensa mientras le indico que entre a mi diminuto consultorio.

Verás, no soy un malagradecido, de verdad agradezco mucho la oportunidad que se me da en esta prestigiosa clínica veterinaria, que se verá muy bien en mi currículo. Fue una gran hazaña y un milagro haber conseguido hacer las prácticas aquí, pero influyó que yo fuese el mejor de mi clase y admito que el consentido del profesor. Sin embargo, desempeñé tan buen trabajo que hace dos meses, cuando mis prácticas terminaron, el supervisor me propuso este pequeño espacio, y ¿cómo iba a rechazarlo? Era comenzar a trabajar en algo que amo, ir construyendo mi hoja de vida y en un lugar que, aunque no me gusten muchas cosas, tiene nombre y poder.

Pero, por supuesto, las cosas no podían ser sencillas y felices, y mucho menos perfectas. Los dueños de gran parte de los pacientes son insoportables, otros no quieren que el nuevo y joven trabajador vea a sus bebés, y luego están las señoras o las jóvenes, como la señora Hamilton, que quieren ligar conmigo y los que me acusan de que enfermo a sus mascotas porque les encanta determinar que no hago bien mi trabajo.

No solo fui el mejor de mi clase, es que soy malditamente bueno en la práctica. Sé que soy un veterinario excepcional, amo lo que hago, amo a los animales, casi los amo más que a mis hermanos, y eso dice mucho.

No niego que los cuidados de esta clínica son buenos y los instrumentos de trabajo son bastante modernos, pero el precio, el elitismo y los gastos exorbitantes en cosas que no lo valen me hacen sentir incómodo, sin contar lo mencionado anteriormente.

Camino directo hacia la mesa camilla para evitarnos mucho protocolo con alguien que, de hecho, ya vino ayer.

—Señora Hamilton, ¿qué le sucede a Canie? —pregunto con una sonrisa.

—Oh, mi dulce pastel, recuerdas el nombre de mi bebé.

Imposible no hacerlo si viene como mínimo dos veces a la semana. La manera en que esta mujer está desperdiciando el dinero para lanzarme coqueteos es ridícula.

—Siempre recuerdo a mis pacientes.

Que son pocos, pero eso no tiene que saberlo.

—Eso es muy dulce. Casi me engañas, porque sé que puedes ser más que dulce, Dawson.

Nunca le dije que me tuteara, pero paso de ello y le indico que traiga a su gata, bastante mansa y agotada, que yace plácida sobre la camilla y ronronea cuando le rasco detrás de la oreja.

—¿A qué se debe el placer de verte tan pronto, Canie?

—Está rara —comienza la señora Hamilton.

Su argumento es que comió demasiado y que no quiso sentarse a ver su programa favorito. Es de las peores excusas que ha buscado para venir, pero me encuentro asintiendo porque se me dejó en claro que si ella quiere venir todos los días es bien recibida porque su dinero cuenta y los hace salivar.

—Qué extraño, ayer estaba bien, déjeme revisarla. Puede tomar asiento, señora Hamilton.

31

—Oh, te he dicho que me llames Regina, y no te preocupes, me gusta más estar aquí.

Asiento de manera distraída mientras reviso a la gata, que se encuentra más sana que nosotros dos. Me tomo el tiempo que se considera pertinente y me alejo de sus manos cariñosas que me tocan demasiado el brazo. También me distancio verbalmente de las insinuaciones sobre tomar un café o hacer algo más divertido.

—Todavía no lo entiendo, Dawson. La gente no se esperaría un veterinario tan joven y atractivo como tú, tan tentador.

No respondo y le sonrío a la gata, que con sus patas delanteras juega a intentar atrapar mis dedos. Definitivamente, está bastante sana. Cuando han transcurrido unos veinte minutos, concluyo:

—Canie se encuentra totalmente sana.

—Oh, tal vez solo tuvo un mal día.

—De igual forma, señora Hamilton, si considera que algo no va bien y quiere otra opinión, puedo conseguir que la agenden con algún otro doctor que tenga más experiencia y quizá podría notar algo que no veo.

—Oh, no, cariño, no es necesario, confío mucho en tu criterio.

Bueno, mira, una de las pocas pacientes que confían en mí quiere comerme de una manera sexual que no me interesa. ¡Qué suerte la mía!

Veo que ata con una correa a la gata, que se queja, y luego no soy lo suficientemente rápido como para apartar mi mano del roce de sus dedos.

—Déjame compensarte que te quitara tiempo.

—Oh, no se preocupe, señora Hamilton, es mi trabajo y voy bien con la hora. —Le sonrío, retirándole la mano—. La mejor manera de compensarme es que cuide de Canie.

Ella suspira de manera teatral y la acompaño a la puerta. Ignoro cómo mueve las caderas y la posición insinuante en la que se ubica en el mostrador al pagar.

—¿Por qué no le echas un polvo? —pregunta a mi lado Oliver, un pasante en el área de administración—. Culo firme muy bien operado, las tetas igual. Y mira esos labios carnosos, es una madurita deliciosa. Esas son más codiciosas en el sexo, deberías aventurarte.

—¿Qué haces aquí? —respondo, frunciéndole el ceño.

—Quería venir a ver si caías o no por tu admiradora.

—Largo. —Lo sacudo con una mano y luego veo que la sala de espera está repleta, aunque mi lista está vacía porque ninguno de ellos quiere que atienda a sus mascotas.

Quisiera dedicarles una mirada rencorosa a todos ellos, pero me limito a hacer un asentimiento cordial antes de volver a mi consultorio y dejarme caer detrás del escritorio.

Vale, tengo veinte años, dentro de unos pocos meses veintiuno. Drake y yo éramos unos desesperados competitivos que se graduaron un año antes en la escuela y luego hice la carrera universitaria en poco más de tres años. Ya completé todos los créditos y ahora espero a que programen mi graduación para tener mi título universitario en la mano. Es cierto que soy joven, básicamente recién salido de la universidad, pero soy bueno y para adquirir experiencia necesito trabajar, pero si no me dan oportunidad no habrá manera de que lo consiga.

En un día movido, suelo atender a la señora Hamilton y a dos pacientes más. A veces no sé qué hacer con mi tiempo libre; veo toda la sala de espera llena y estar aquí sin hacer nada me frustra. Así que casi siempre termino estudiando, leyendo investigaciones o nuevos artículos en internet, adquiriendo más conocimientos para cuando finalmente pueda hacer mi trabajo de forma plena.

Solo salgo de mi lectura cuando mi teléfono vibra dentro del bolsillo de mi camisa de uniforme azul quirúrgico y entonces descubro que, de hecho, tengo más que un par de mensajes. Primero abro el de Drake.

**Copia mal hecha:** Alaska es mala

**Copia mal hecha:** literal se sentó frente a mí en falda y se le vieron las bragas

**Copia mal hecha:** ya no aguanto esta abstinencia, me siento listo

**Dawson:** no estás listo, lo dijo tu médico

**Dawson:** aguanta, contrólate

**Dawson:** Alaska es mala

**Copia mal hecha:** Lo eeessss!!! Pero la amo

Sonrío. Por supuesto que la ama, solo hay que ver todo lo que pasaron esos dos para estar juntos. Toda una vida conociéndose, siempre esperando el momento correcto, y mira el resultado, son tan felices que hasta resulta mo-

33

lesto, y, aunque a veces discuten por tonterías, no dejan de estar locos el uno por el otro.

El otro mensaje es de Leah y es una foto de Australia. Sonrío a medias antes de responderle.

**Dawson:** me apunto para ir a Australia en cualquier momento de mi vida

**Leah:** te daré un tour

**Dawson:** eso es una buena idea???

Casi de inmediato me arrepiento del mensaje, porque no pretendo poner esa pesadez entre nosotros. Que ya está, no funcionó y la vida sigue.

No me responde y maldigo. Lo último que deseo es hacerla sentir mal o ser uno de esos tipos rencorosos, porque ese no soy yo. Soy el ex o el amigo romántico supergenial que no puedes superar porque no te hice ninguna maldita cosa que te haga estar decepcionada de mí u odiarme, a menos que, claro, llores porque tuvimos un final. Y no te hablo desde la arrogancia; lo dicen mis relaciones, ligues, encuentros y rollos que he tenido a lo largo de los años.

Por último, selecciono otro mensaje que es de Martin, un amigo de la universidad. Considero que tenemos una amistad tóxica, pero no porque yo lo quiera así.

Lo conocí en mi primer año porque compartíamos una clase. Viendo lo tímido que era, me pareció que sería genial hacerlo sentir a gusto, así que ese fue el comienzo de nuestra amistad. Pese a que salió de su caparazón, conservó algunas inseguridades y tuve que fingir una sonrisa cuando hacía bromas del tipo «Soy el cerebro y tú la cara bonita» y recordarle siempre lo valioso que me parece. Es una amistad desgastante, pero quiero al idiota y la verdad es que me apena que se reste valor y no vea su potencial, pero aun así las cosas entre nosotros no han sido iguales desde que tomó prestada mi cara.

Sí, tomó mis fotos —que Drake asegura que podrían ser las suyas, por eso de que somos gemelos— y las colgó en una aplicación de ligues con su nombre. Así fue como conocí a Leah: ella pensó que estaba hablando conmigo y me abordó en la universidad, lo que me llevó a creer que era una lunática. Finalmente comprendí que el malentendido se debía a Martin, y poco después tenía el Facebook de Leah y conversábamos por esa plataforma. Ahí es donde surgió otro problema con Martin: me hizo prometerle que no haría

34

nada romántico con Leah y, como el amigo de oro que soy, fui un estúpido y acepté, y al hacer eso me condené.

Me costó un montón resistirme a Leah y ser leal a la promesa. Mi hermano mayor, Holden, no dejaba de repetirme que había perdido mis bolas, hasta que me cansé y no pude resistirme a la atracción que Leah y yo sentíamos. Además, ella estaba molesta con mi postura de ser solo amigos porque no sabía nada de mi promesa a Martin. Cuando finalmente me rendí a mis emociones, mi querido amigo no lo supo en un principio, pero cuando se enteró se puso un poco loco.

Jugó la carta de hacerme sentir mal y la verdad es que casi lo logra, pero yo estaba más preocupado por la reciente y preocupante salud de mi hermano y era como «Sí, sí, vete al carajo». Ese fue un bache en nuestra amistad, pero semanas después lo superó, o eso me pareció. Tengo la sensación de que fue feliz cuando Leah y yo dejamos de intentarlo.

Drake y Holden dicen que soy un tonto por seguir con esta amistad, pero es que a mí me gusta dar otras oportunidades porque me entristece pensar que las personas no pueden cambiar, y más cuando se trata de amigos.

**Mar+in:** heeey! Perdido. Eres demasiado bueno que ya no sales con tu amigo?

**Dawson:** siempre he sido demasiado bueno, querido

**Mar+in:** JAJAJAJA te apuntas para salir más tarde?

**Dawson:** sorry pero hoy tengo peli en casa con la familia. Somos así de raros y unidos

**Mar+in:** bueehh avísame cuando tengas tiempo para un amigo

—¡Jesús! Pero qué perra, no me harás sentir culpable —le digo a mi teléfono, pero no le respondo el mensaje.

Voy a bloquear el teléfono cuando me doy cuenta de que Alaska me ha enviado un vídeo y pongo los ojos en blanco, pero termino riendo cuando me doy cuenta de que es un vídeo de un gatito que pone unas expresiones odiosas y expresivas.

35

**Dawson:** Vete a escribir tus novelas sucias

Digamos que desde que sé que Alaska escribe novelas y que la mayoría de ellas contienen escenas +18, cada vez que puedo lo saco como comodín. Siendo sincero, estoy superorgulloso de ella. Antes se avergonzaba, pero ahora se siente más segura con ello pese a la terrible experiencia que vivió con un acosador que la descubrió en la aplicación en la que le gusta escribir.

**Aska:** estoy esperando a que Drake me inspire

**Dawson:** eres mala

Antes de que pueda responderme y condenarme a mantener una conversación, bloqueo el teléfono y vuelvo a mi lectura en la computadora. Transcurre otro rato antes de que haya un toque en mi puerta y, cuando anuncio que pueden entrar, Susana, la guapa recepcionista con la que me gusta coquetear, aparece con una sonrisa.

—Buenas noticias, doc. —Me guiña un ojo—. Los dos veterinarios estrella están colapsados y hoy tenemos demasiados pacientes. El doctor Robinson me ha enviado a preguntar si puede pasarte a dos de sus pacientes.

Trato de no sonar demasiado emocionado cuando respondo de forma afirmativa, pero ella debe de notarlo, porque se ríe y me dice lo encantador que estoy antes de alejarse y decirme que hará pasar al primero de los pacientes.

Se trata de un chihuahua escandaloso que no deja de ladrar, pero es adorable si ignoras que no se calla, y su dueño es agradable. Me encantan los dueños que son detallistas sobre los síntomas o cualquier comportamiento extraño que vean en sus mascotas y que me dejan hacer mi trabajo. Conseguimos hacerle un chequeo general, ponerle una vacuna y repasar la comida que le está dando porque está un tanto obeso; el perro, no el dueño.

Este hombre que Dios me ha enviado no me cuestiona mi trabajo. De hecho, parece sorprendido y, para cuando termino, el chihuahua se está muy manso sobre mí, y el dueño asegura que desde ahora probará a seguir tratando a su hijo perruno conmigo. Nos despedimos con un apretón de manos y, una vez que cierra la puerta detrás de él, alzo la mano en un puño en una celebración.

—Gracias, Dios mío, gracias. —Uno mis manos mirando hacia el techo y las sacudo.

Todavía estoy en ello cuando la puerta se abre. Aunque intento enderezarme con rapidez, seguro que me ha visto, y la risa a mi espalda me lo confirma.

36

—¡Vaya! Nunca había visto a un veterinario tan feliz, y menos después de tratar a un chihuahua que se escuchaba cómo ladraba como un loco desde fuera.

Me genera curiosidad el acento que emplea la voz femenina y, cuando me giro para hacer una presentación más profesional, me paralizo al encontrarme con la loca de ayer.

No puede ser, esto está pasando.

Alguna mierda en el destino nos está alineando o alguien alteró la línea temporal y ahora ella está aquí.

Hay reconocimiento en su mirada y luego disgusto, pero también hay un miedo que no entiendo.

—Tú… Pervertido.

—¿Qué?

—No te acerques o gritaré.

—Pero… No te entiendo.

Alzo las manos en un intento de que relaje su postura defensiva, pero no funciona. No sé de qué me habla. Ayer estaba igual de desconcertado luego de que la salvara y me diera un puñetazo que, francamente, fue impresionante.

Centro mi atención en la pomerania que sostiene y que se retuerce en sus brazos. No sé qué sucede, pero si esta chica grita o le dice a alguien más que soy un pervertido, mi carrera, que apenas ha empezado, estará muerta.

—Mira, creo que hay una confusión —intento—. No sé quién eres…

—Claro que lo sabes, soy MDV.

—¿Que eres quién? —Parpadeo con confusión.

—Sí, finge que no lo sabes cuando eres el maldito loco que se desbloquea solo y me envía fotos morbosas que no quiero ver.

—Siento que me estoy perdiendo una parte crucial de esta historia. ¿Por qué no me dejas atender a tu perra y lo conversamos?

—No pienso…

—Por favor, es importante para mí, podrían despedirme. —Odio tener que ablandarme para que tenga compasión, pero hay que tomar medidas drásticas—. Tiene que haber alguna explicación, porque para ti soy un pervertido y para mí tú eres una auténtica lunática.

—Pero ¿qué dices? La víctima soy yo.

—Déjame atender a tu pomerania y aclaremos esto.

Por favor, que esta loca diga que sí, por favor.

Permanece en silencio observándome con desconfianza. Echa un vistazo a su alrededor y, unos segundos después, veo que sus hombros se relajan un poco.

37

—Bien, pero si haces algo estúpido y asqueroso gritaré. Tengo muy buenas cuerdas vocales.

—Trato, pero si me das otro puñetazo te clavaré una jeringa. —Se hace un silencio ante mis palabras.

¡Mierda! Eso ha sonado horrible.

—Era un chiste —aclaro.

—Que no fue nada gracioso.

Se acerca a mí con cautela y, cuando la distancia entre nosotros no es tan grande, básicamente me arroja a la perra, como si estuviese deseosa de deshacerse de ella.

—¿A quién tenemos aquí? —pregunto, acariciando el pelaje de la perra.

¡Joder! Huele de maravilla, y su pelaje tiene que ser el más suave y esponjoso que he tocado en mi vida. La alzo frente a mí para estudiarla y agradezco haberla salvado ayer, porque es una preciosura supercuidada y muy amigable que parece estar dedicándome una sonrisa perruna.

—Siempre he sabido que es una perra traidora, pero esto ya me parece un descaro —escucho decir a la loca.

Hay un toque en la puerta y, cuando autorizo que entren, Susana aparece con el expediente de la perra, que descubro que se llama Leona. Pienso que podría darme problemas cuando la pongo sobre la camilla, pero permanece tranquila como una perra obediente.

—Buena chica, Leona.

—No es una buena chica —asegura la loca, que está a unos buenos pasos de distancia de mí— y no se pronuncia «Leona» como si fuese inglés. Es «Leona» —me corrige—, es un nombre español, no le quites su identidad.

—Me disculpo. —Me río—. Hola, «Leona».

Casi parece que la loca va a reír, pero luego frunce el ceño y se cruza de brazos en una clara postura de «Me importáis una mierda tú y el mundo».

—Aquí dice que viene por un chequeo mensual y a que… ¿le corten el pelo?

—Ajá, para eso.

—Pero esto no es una peluquería.

—Lo sé, pero el doctor Wilson siempre le cumple el capricho a mi mamá, esa perra consigue buenos tratos. Espero que seas bueno con las tijeras.

Así que esta es una de esas perras que los dueños tienen con lujos y tratamientos absurdos… Espera, tiene sentido; después de todo, ayer estaban en ese absurdo gimnasio para mascotas.

Paseo la vista de Leona a la loca. No parecen muy cercanas y, basándome en sus palabras, pertenece a su madre. Por los cuidados de esta perra y viendo

38

lo constantes que son sus visitas, me doy cuenta rápidamente de que su mamá es clienta vip y preferencial, lo que quiere decir que si su mamá quiere que le pinte las garritas, debo hacerlo o me despedirán.

Me tocó una mimada.

Sé cortarles el pelo a los perros, y a otros animales también. Trabajé en una peluquería canina mientras estudiaba para familiarizarme y para ganar un dinero propio, y he hecho trabajo de voluntariado en muchos refugios de animales, pero no esperaba que eso fuese algo que haría en mi trabajo hoy.

—Sé cortarle el pelo —termino por decir, derrotado.

—Me alegro por ti, porque no querrías a Miranda Sousa como enemiga.

—Comencemos primero por su chequeo.

El silencio es horriblemente incómodo mientras evalúo a Leona, que es una perrita superdulce y juguetona que me tiene sonriendo.

—¿Eres domador de bestias o algo? Tal vez haces exorcismo, porque esa perra viene del infierno y contigo está muy mansa —me dice la loca.

—Los perros son muy perceptivos a lo que transmitimos. Ella sabe que no le haré daño y estoy siendo amigable.

—No le hago daño a Leona. —Frunce el ceño cuando me vuelvo para verla—. Es una falta de respeto que no confíe en mí, llevamos más de dos años y medio siendo hermanas.

Me muerdo el labio inferior para no reír de su indignación y sigo con lo mío.

—¿Cómo está el hámster?

—Perry está superbién. El pelo se le había esponjado, pero fuera de eso está muy bien. —Hace una pausa—. Eh... Gracias por salvarnos.

—No hay de qué.

De nuevo el silencio se vuelve pesado e incómodo, tanto que casi me hace sudar. Por fortuna, todo está bien con Leona y luego me encuentro ordenando todo para cortarle el pelo.

—Solo un dedo. Corta un poco más y mamá te matará.

—Entendido.

—En serio, solo es un poquito para que no le estorbe en el rostro ni se le hagan nudos.

—Vale, lo entiendo.

Parece genuinamente nerviosa de que desfigure a la perra. Suerte que tengo buen pulso y sé lo que hago, que si no sus dudas me pondrían nervioso y haría un desastre.

—¿Cómo lo haces para desbloquearte cada vez que te bloqueo? —Estoy a nada de empezar a cortar cuando oigo su pregunta.

—¿Bloquear en qué?

39

—Ya sabes, te bloqueo siempre que te pones pervertido. —Se mordisquea el labio inferior, de color rosa rojizo y carnoso—. Me decepcionaste.

—Pero ¿qué hice? No voy por la vida decepcionando a las personas.

—Pensé que había encontrado a un amigo y, en lugar de ello, conseguí a un pervertido que no esperó demasiado para volverse asqueroso.

La veo meterse un mechón corto de su cabello negro detrás de la oreja. Hay que admitir que la loca es muy pero muy bonita, con esos ojos gatunos marrones delineados, una nariz recta, los labios carnosos y las cejas arqueadas. Es bastante bonita, pero no me quiero fijar demasiado porque la verdad es que tengo una debilidad por las locas, mi expediente lo dice.

—Si te soy sincero, estoy muy perdido.

—¿Cómo te pierdes? Está todo clarísimo, me enviaste múltiples fotos de tu fea polla.

Me paralizo y estoy seguro de que mis ojos se abren con horror. Casi estoy esperando que todos entren en el consultorio alegando haber escuchado tal declaración y me echen a la calle.

—Negaré dos cosas de tu acusación. —Estoy ofendidísimo—. Mi polla no es nada fea, y no te envié fotos de ella. ¡Definitivamente no lo hice!

—Pues ¿cómo qué no? Si justo enviaste otra ayer.

—Mira, tengo un gemelo, pero estoy segurísimo de que él tampoco hizo tal cosa. Antes se lanzaría a un volcán que ponerle los cuernos a su novia.

—Entonces está clarísimo que has sido tú.

—Pero te estoy diciendo que no. ¿Dónde están las pruebas?

—¡Tengo pruebas!

—¡A verlas! —digo, exasperado, y Leona ladra al notar el cambio en el ambiente. Le acaricio el lomo para calmarla.

La loca teclea de manera furiosa en su teléfono supermoderno y luego casi me pone el teléfono en la cara cuando en efecto me muestra un pene… que no es mío.

—Esa cosa no es mía. —Ahora estoy más ofendido—. Cuido bien de la mía. Ese no soy yo.

—¿Cómo que no? Pero si me lo has enviado.

—Nunca en mi vida he hablado contigo.

Parpadea desconcertada y angustiada porque creo que ahora sí se plantea la posibilidad de que no le esté mintiendo.

—Pero, pero… Eres tú y… —Teclea algo en su teléfono y me lo vuelve a mostrar—. ¿Ves? Eres tú.

En efecto, ese soy yo. Es una foto de mi cumpleaños, es decir, de febrero, y estoy en el jardín de casa sonriendo mientras alzo una botella de cerveza,

40

pese a que no me gusta del todo. Sin preguntarle, salgo de la foto y encuentro que hay dos más: una de Navidad y otra que mi hermana Hayley tomó hace tal vez un par de meses. Frunzo el ceño y voy a la información sobre mí. Definitivamente, ese no soy yo, porque nunca escribiría que soy tímido ni que busco amigos. Me desplazo hacia arriba hacia el nombre del usuario y de verdad gruño.

Ese malnacido hijo de su bella madre.

—¿Qué pasa?

—Cariño —digo con cautela, porque no quiero que se sienta mal ahora que sé qué sucede—, esas son mis fotos, que las puedes encontrar en mi Instagram, pero esa biografía no la escribí yo. Tampoco soy Martin002. Sé quién es porque es mi amigo, que me ha robado las fotos y se está haciendo pasar por mí.

La miro fijamente a los ojos con el impresionante delineado, y ella parpadea tres veces mientras sus labios se abren y el horror comienza a dibujarse en su rostro. Luego se sonroja y sacude la cabeza en negación.

Es una reacción superdramática que me hace sentir como si estuviera en una telenovela extranjera.

—Yo… Yo… *Mátame, no puede ser.* —La última frase la dice en español, por lo que no la entiendo—. Esto es escalofriante.

—Es muy molesto.

Porque de nuevo lo ha hecho y esta vez lo ha llevado tan lejos como para enviar fotos de su pene alegando ser yo.

—¿Por qué tienes un amigo así?

—Tenía —corrijo—, porque esto es una ruptura.

Sus manos van a su cabello corto y se muerde el labio inferior, todavía sonrojada.

—Y yo te dije todas esas cosas… Yo que no hablo en público y… Yo no soy así… Lo siento, es que… *¡Ay, Virgencita!* —Deja de mirarme a los ojos para dirigir la mirada hacia mi pecho—. Lo siento… No sé qué decir, quiero irme corriendo.

Es una situación muy bochornosa. Aunque viví con Leah algo similar, no fue como esto. Maldito Martin.

—No es tu culpa. De hecho, hiciste bien en reaccionar de esa manera, pensaste que te estaba acosando sexualmente y con justa razón.

—Lo… Lo pensaba. Envía fotos todo el tiempo, incluso si lo bloqueo y… Lo siento, de verdad…

Su bravuconería ha quedado olvidada y ahora está esta persona que no me mira a los ojos y que tiene las orejas rojas de la vergüenza.

—Soy Dawson. —Extiendo la mano hacia ella.

La observa no muy segura y me saco del bolsillo el teléfono para que vea en mi cuenta de Instagram que ese es mi nombre. Luego, cuando me guardo el teléfono, me la estrecha con una mano más pequeña que la mía, pero un poco rasposa en los dedos.

—No soy Martin, soy Dawson Harris. ¿Quién eres tú?

—Soy Mérida —dice con suavidad.

—¿Como la princesa de Disney?

Alcanzo a ver que pone los ojos en blanco e incluso se molesta. Puede que sea tímida, pero está claro que se le olvida al enfadarse.

—No. Es Mérida como el estado de Venezuela.

—Oh. ¡Vaya! Respuesta inesperada.

Nos sacudimos las manos hasta que ella alza la vista para encontrarse con la mía. Ya no luce tan avergonzada, pero sin duda sigue sonrojada.

—Pues muy bien, Mérida como el estado de Venezuela, necesito un favor, y es que me ayudes a darle una lección a Martin002.

Su semblante cambia de inmediato y la verdad es que me da un poquito de miedo, porque se la ve muy malvada.

—Cuenta conmigo…, Dawson.

# 3

## La Virgen

*Mérida*

Tengo frío, pero finjo que no es así cuando veo a mi alrededor a los estudiantes, y luego dirijo la mirada al cielo nublado. Hay días en los que Londres es muy gris, y tengo la teoría de que el centro es incluso más frío que los alrededores. Sin embargo, es cierto que es una ciudad encantadora. Mi universidad, con las antiguas estructuras y frondosos árboles elegantes, me hace sentir bastante sofisticada, pero basta de distraerme, de nuevo me enfoco en mi buena amiga.

La expresión de Sarah no me dice demasiado, no sé si está sorprendida, asustada o si le da igual. Simplemente me mira mientras chupa su piruleta.

—¿Cómo te hiciste ese delineado gatuno tan grueso exactamente igual en ambos ojos? Está increíble —es lo que dice luego de tanto silencio.

—¡Te hablo de una crisis! ¿Y eso es lo que me dices?

—Lo siento, es que podría enfocarme en cabrearme sobre por qué nunca me dijiste que ese imbécil estaba enviándote fotos de su polla y desbloqueándose cada vez que lo bloqueabas —gruñe.

Y en esta ocasión me encojo en mi asiento porque tiene razón. Fue un movimiento estúpido guardarme para mí misma lo que ciertamente se estaba volviendo un acoso. Tuve la fortuna de toparme con el dueño de las fotos y de que este sea una persona decente, pero el escenario pudo haber resultado muy diferente.

—Es que no pensaba muy bien —digo, ofreciéndole una pobre excusa.

—Quiero gritarte, por eso me concentro en lo increíble que está tu delineado. Recuérdame de nuevo por qué no haces tutoriales de maquillaje en YouTube.

—Porque me da vergüenza estar frente a la cámara y tengo miedo a los comentarios que puedan hacer.

—Es que a mí se me hace difícil entender que seas tímida cuando conmigo a veces puedes resultar una auténtica hija de puta.

43

—Me das confianza.

—Pues mira que la confianza parece que a veces no es muy bonita si te gana insultos —resopla, y su comentario me hace reír.

—En Venezuela decían que la confianza da asco.

—¿Cómo que da asco?

—Es un refrán, una manera de decir que la confianza a veces hace que te salga el tiro por la culata.

—¿Cómo que la culata? —Su rostro adquiere una graciosa expresión de confusión.

—Que las cosas no salen como esperas.

—¿Y qué tiene que ver eso con la confianza?

—Bueno, creo que se perdió el chiste y el significado en el proceso en que no entendías nada —le recrimino.

—¡Pues perdóname por no ser latina y no entender dichos y refranes!

—Te perdono, Sarah. —Le palmeo la mano.

Eso la tiene riendo un rato y luego vuelve a dejarse caer en el sofá de mi casa.

—Así que este joven apuesto no era Martin, pero resultó ser su amigo que es veterinario y a quien le gritaste un montón y terminó atendiendo a la perra mimada de tu mamá —dice, y asiento—. Suena hasta romántico.

—¿Romántico? ¡Fue vergonzoso! —Me cubro el rostro con las manos recordando el sentimiento—. Nunca soy capaz de hablarles a los chicos guapos o a las personas en general cuando no las conozco y con él no pude callarme.

—Pobre chico, y ni siquiera había confianza para que diera asco.

—¿Qué? —pregunto, desconcertada por lo que acaba de decir, y ella hace un gesto con la mano.

—Por eso de que la confianza da asco.

—Así no es como funciona, Sarah. —Me río.

—¿Ves? No entiendo los dichos y refranes que me dices.

—Seguiré instruyéndote sobre ello hasta que lo entiendas. —Vuelvo a darle una palmadita en la mano—. Ahora, volviendo a Dawson...

—Nunca he conocido a ningún Dawson.

—No sabía qué hacer luego mientras le cortaba el pelo a Leona. —Sacudo la cabeza recordando la consternación—. Él llenó el silencio diciendo que no era la primera vez que Martin lo hacía, pero que esta vez lo había llevado demasiado lejos y que tenía que darle una lección.

—Estoy de acuerdo con nuestro guapo desconocido.

—Ahora me da algo de nervios enfrentarme al verdadero Martin, pero ya me comprometí con Dawson.

44

—Es necesario que lo confronten o seguirá haciéndoles eso a otras chicas y el que sale perjudicado es Dawson. Solo hay que recordar que le diste un puñetazo en el estómago.

—¡Cállate!

—Pero lo digo muy en serio lo de darle un escarmiento, Mérida.

Permanecemos unos minutos en silencio, y me resulta inevitable no cuestionarme cómo he terminado en esta situación cuando solamente buscaba amistades. Resulta que terminé hablando con un mentiroso y encontrándome con la persona real de la foto, que, además de ser incluso más atractivo que en fotos, fue bastante amable aunque receloso, porque al fin y al cabo yo había sido malvada con él.

Solo de acordarme me entra mucha vergüenza. Me salvó en una piscina de tamaño olímpico y le di un puñetazo mientras le gritaba que era un pervertido, atendió a Leona y yo no dejaba de insinuar sobre su perversión. ¡Jodido Martin! Por su culpa está pasando esto.

Luego de que Dawson me contara todo aquello, se hizo un silencio bastante vergonzoso mientras cortaba el pelo de Leona y hasta me sentí mal por que tuviese que cumplirle el capricho a mi mamá teniendo en cuenta que no era su trabajo, pero al parecer no me sentí lo suficiente mal porque luego le dije que mi mamá había cambiado de idea y que quería que le cortara más pelo a la perra, cosa que no era cierta, pero es una broma para mi mami. Después de aquello, fue incómodo, y cuando me pidió el número, solo me lo quedé mirando, lo cual volvió la situación más rara antes de que me explicara que era para ponernos de acuerdo en el plan «Lección para Martin».

Eso fue ayer, y desde entonces tengo que admitir que he estado chequeando de tanto en tanto si está en línea o si cambia su sexi foto de perfil: en un jardín, riendo con unos tejanos ajustados que le caen un poco, la banda del bóxer visible y sin camisa. Es de complexión delgada pero tonificada, porque en el torso —lo poco que vi haciendo zoom— se le insinuaban los abdominales, aunque no estuviesen muy marcados. Es endiabladamente atractivo.

Cuando se suponía que era Martin me pareció atractivo, pero no me despertó ningún interés porque cuando hablamos no hice clic de una manera que no fuese amistosa, pero en persona, sabiendo ahora que no es un pervertido y que, de hecho, es bastante decente y todavía muchísimo más atractivo —cosa que creí imposible—, ando con un comportamiento extraño, aunque no significa nada.

No tiene que significar algo. ¿Quién no se deslumbra un poquito por un chico guapo, dulce con los animales, buena persona y con un cuerpo así? Cualquiera estaría momentáneamente aturdida.

—Dime la verdad, Mérida —dice Sarah captando mi atención—. ¿Estás exagerando cuando dices que es más lindo que en fotos? Porque en fotos ya se ve increíble.

—Es en serio, y sus ojos son de diferentes colores y superbonitos. —Tiro de un hilo de la abertura de mis tejanos a la altura de la rodilla—. También es bastante alto… Aunque todo el mundo es más alto que tú.

—Mido un metro y cuarenta y ocho centímetros, que es una estatura bastante respetable —se defiende.

—La cuestión es que es más guapo que en fotos, y eso ya es decir bastante.

—Y tú también eres mucho más bella que en tus escasas fotos.

—Tampoco exageres, y es el maquillaje.

—Solo usas ese delineador y el pintalabios. Claro que cuando te maquillas como profesional te vuelves inalcanzable, pero en fotos eres bonita y en persona, un bombón. Pero, bueno, vamos a concluir esta historia, que debo irme a trabajar. ¿Cuál es el plan de Dawson contra Martin?

—No lo dijo, aún no lo tenía claro.

—Bueno, ya me pondrás al día. —Se pone de pie y se acomoda el sujetador—. Te prometo que creo que cada vez que duermo me crecen más los pechos.

—¿Estás segura de que no te causa dolor de espalda?

—Ya tengo planeado hacerme una reducción cuando tenga treinta años y ya haya tenido a Diana, mi futura bebé. Por ahora, vivo bien con ellas. Mientras no me acueste boca abajo e ignore a los pervertidos y sus comentarios, todo bien. Te veo pronto, querida. —Hace una pausa—. Y hoy aprendí que la confianza da asco.

—Y que el tiro te puede salir por la culata.

—Sí, eso también. —Se ríe y luego ve a la perra, que desde la esquina le devuelve la mirada de una manera juzgona—. La dejaron muy fea, Mérida, tu mamá se volverá loca.

—Es una broma —digo con una risa nerviosa, porque ahora no estoy muy segura de que la bromita me salga bien.

—Te va a salir la culata por el tiro.

No la corrijo, simplemente me río mientras la veo salir. Mi mirada se cruza con la de Leona, que me ladra antes de dedicarme una mirada odiosa e irse a uno de sus lugares preferidos. Luego noto un rasguño en mi pie antes de que la gata del demonio maúlle.

—¿Qué quieres, Boo? Tú al menos eres más educada que esa perra malagradecida.

46

Maúlla y mueve la cabeza para decirme que quiere que la siga. La verdad es que entiendo que ella me odie, porque es una gata que se cree que soy su esclava, pero lo de Leona en serio que es personal, y la cosa es que quiero a esa perra mimada aunque no lo parezca y aunque ella no me quiera. Sigo a Boo y descubro que se le ha acabado el agua, y no hay manera en la que tome de la de Leona.

—Oh, lo siento, su majestad, una torpeza por mi parte.

Maúlla como si estuviese de acuerdo y eso me hace reír. Le sirvo agua y un poco de comida. La veo comer en tanto que le acaricio el pelaje y, sorprendentemente, me lo permite. Boo tiene tanta personalidad que podría ser uno de esos gatos con miles de seguidores en redes, pero mami no quiere.

—¿Y si te hacemos una cuenta a escondidas, Boo?

Oigo un gruñido y al volverme me encuentro a Leona, que me ladra y me mira con desprecio. Tal vez sabe que por mi culpa tiene un corte de pelo feo.

—Oye, creo que en verdad esta vez admitiré que no fue una buena idea, Leona. Lo siento. —Extiendo una mano en ofrenda de paz, y la perra se gira y se va—. Aunque tal vez sí te lo merecías.

Mi teléfono suena en el bolsillo trasero de mi pantalón, y no dudo en sacarlo, pero cuando veo el nombre en el identificador de llamada no sé si responder, porque esto de mantener conversaciones telefónicas con hombres guapos a los que insulté y golpeé no se me da bien.

—Hola… —digo con lentitud, y hay dos segundos de silencio.

—¿Mérida como el estado de Venezuela? —pregunta una voz masculina, y sonrío.

Creo que no lo dejará ir.

—Esa soy yo. Mérida del Valle.

—¿Del Valle? —Suena desconcertado.

—Es muy común ponerlo de segundo nombre en mi país natal. Además, hace honor a una virgen muy querida… Bueno, no creo que lo vayas a entender.

—Dame unos segundos, espera.

Boo termina de comer y me hace un gesto para que la deje tranquila, y luego se va con elegancia y me deja sola al teléfono. Salgo del lugar y subo las escaleras para llegar a mi habitación. Sea lo que sea que haga Dawson, toma más tiempo que un minuto, así que saco una de mis hojas Bristol, tomo un marcador de punta fina y comienzo a dibujar al azar.

—¡Listo! Lo entiendo.

—¿El qué?

—El nombre Del Valle es de un estado llamado Nueva Esparta y una advocación de la Virgen María, pero se la venera en muchos otros estados.

—Recita otras pocas palabras más y me deja en silencio.

47

—¿Lo has buscado en internet?

—Eh… Sí, lo quería entender.

—¿En Wikipedia? —Hay silencio—. ¡Lo has buscado definitivamente en Wikipedia!

—¡Es el primer enlace que me ha salido!

—No puedo creerlo. —Me tapo la boca con cuidado de no mancharme con el marcador mientras me río.

—Entonces, tienes de segundo nombre «Del Valle», como la Virgen. ¿Quiere decir eso que eres una virgen?

Se hacen unos incómodos segundos de silencio en los que procesamos sus palabras. No puede verme, pero estoy sonrojándome.

—¡Mierda! ¡Maldición! No quería decirlo así, no quería preguntar si tenías sexo o no, sobre tu himen o… ¡Oh, Dios! Sueno como Drake y no puedo parar, pero no quería insinuar que no lo habías hecho nunca y… Cállame, por favor, cállame.

—No soy virgen… —Se hace un silencio incómodo—. Quiero decir que no soy una advocación de la Virgen María. No podría serlo… Yo… Eh… Tuve mucho sexo… Quiero decir… ¡¿Por qué nos has hecho caer en esta horrible conversación?!

—Solo quería entender tu segundo nombre —responde, igual de exaltado.

Me tengo que abanicar con la mano porque en serio que mi rostro está demasiado caliente. Agradezco que no estemos frente a frente en medio de esta vergonzosa conversación.

—Bueno —dice, rompiendo el silencio.

—Bueno.

—¿Podemos olvidar que ha sucedido esto?

—Sí —afirmo de inmediato, y lo oigo reír.

—Mañana es viernes…

—Y pasado sábado —no puedo evitar decir antes de volver a los trazos en la hoja.

—Qué inteligente —contesta con ironía, y sonrío—. Mañana iré a la universidad porque necesito hacer una revisión de mi carga de notas…

—¿No estás graduado? Es decir, ya estás trabajando en tu especialidad…

—Es una historia larga, pero, en resumen, terminé las clases, pero aún no programan mi graduación porque esperan al otro curso. En mi curso fuimos muy pocos los que terminamos —explica con un suspiro—, y no tengo muchos pacientes realmente.

—Oh.

48

—Sí, «oh». —Se aclara la garganta—. La cuestión es que iré a la universidad y he quedado con Martin.

Frunzo el ceño recordando a ese bastardo sin nombre que me mintió y acosó con fotos feas y no pedidas de su polla.

—¿Cuál es el plan? —pregunto, y gracias al cielo él responde con algo supersencillo que tiene cero riesgos de que lo arruine—. Pensé que sería más dramático.

—Nah, creo que Drake es más dramático que yo.

—Claro —digo, como si supiera de quién habla.

—¿Cómo está tu hámster, Mérida del Valle?

—¿Por qué dices mi nombre así? —Me encuentro riendo y él también lo hace en voz baja.

—Es que para mí suena muy extraño y nuevo, pero bonito. ¿Lo pronuncio bien?

—No exactamente, porque tienes acento inglés, pero no está mal.

—¿Cómo es?

—*Mérida del Valle* —digo con mi acento.

—Guau, suena muy bonito.

—Y en la escuela se reían… Tal vez debería publicar en Facebook: «A todos los que se rieron: sepan que hoy un muchacho inglés se maravilló del nombre del que se reían sin parar…, desgraciados».

—¿El «desgraciados» es necesario?

—Sí, le da el toque final de «No lo superé y os odiaré toda mi vida. Besos».

—Impresionante. —Se ríe.

—Respondiendo tu pregunta, Perry el Hámster está bien… Creo que no te agradecí de forma correcta el hecho de habernos salvado. A cualquiera puede resultarle divertido, e incluso ahora me puedo reír de eso, pero en el momento me asustó mucho. Puede que Leona me odie y sea una perra mala conmigo, pero la quiero y nunca dejaría que un perrito muriera. No me di cuenta de que tenía a Perry conmigo cuando salté, y eso hizo que me asustara, y al entrar en pánico no pude actuar como debía. Además, Leona se movía mucho y luego tuve un calambre…

—Pensaste en salvarlos primero.

—Fue lo primero que me vino a la mente. Mamá ama muchísimo a Leona, yo también, y Perry es especial. En fin, muchas gracias, Dawson, y lamento haberte dado ese puñetazo y haberte gritado.

—Me alegra haber ayudado, incluso si la recompensa fue un puñetazo.

—¿Podemos olvidar eso también?

—Definitivamente no.

Bajo la vista a la hoja y me doy cuenta de que tengo el bosquejo de la forma de un rostro sospechosamente parecido al de la persona con la que hablo. De inmediato dejo de dibujar.

—Leona también está bien, aunque tengo serios arrepentimientos del corte de pelo que te hice darle.

—No le digas a nadie que le di ese corte o no traerán a sus mascotas.

—Demasiado tarde, ya te hice publicidad en Facebook con una foto suya —bromeo.

Está riendo cuando se oye un grito de horror que viene desde el piso de abajo, y cierro los ojos con fuerza. Mierda.

—¿Qué ha sido eso?

—Esa es la furia de Miranda Sousa viendo a su pomerania con su nuevo corte.

—Mierda —dice, riendo por lo bajo—. Déjame fuera de eso, porque me obligaste.

—Tranquilo, asumiré la culpa…

—¡*Mérida del Valle! ¡Ven aquí ahora mismo!*—El grito resuena por toda la casa.

—¿Oyes que habla en español? Es una indicación de que está muy cabreada. Si no sobrevivo, lucha en mi honor contra Martin.

—Cuenta con ello. Hasta luego, Mérida.

—Te veo luego, Dawson.

—Si sobrevives.

—Tienes razón. Reza por mí.

—¿A la Virgen del Valle? —pregunta, y sonrío antes de finalizar la llamada.

¿Qué ha sido eso? ¿Acaso he hablado trece minutos —según el teléfono— con un hombre? El mundo se tiene que estar acabando.

—¡*Mérida del Valle! No me hagas llamarte una vez más.*

Y eso me recuerda que el mundo no se está acabando ni es un sueño. Sacudo la cabeza y hago una bola con el dibujo que estaba haciendo, y a continuación lo lanzo a la papelera y salgo de mi habitación para enfrentarme a la mujer que sufre por el corte de pelo de su perra mimada. «Virgencita, mete tu mano».

Bajo hacia el piso de abajo arrastrando los pies y me encuentro con Miranda Sousa. Ella aprieta los labios mientras acuna a Leona con su horrible corte de pelo, y entonces mamá arremete con un fuerte regaño que casi me hace hacer un puchero. Como buena venezolana que soy, intento defenderme interrumpiéndola de tanto en tanto, pero eso la enoja todavía más y me en-

50

cojo, porque no necesita gritarme para que me sienta mal, solo basta la mirada y la firmeza.

—Una cosa, Mérida del Valle, una simple cosa te pedí.

Quiero decir que me ha pedido más que una cosa, pero, sabiamente y bastante intimidada, no lo digo.

—¿En qué pensabas?

—Era una broma —digo en voz baja, pero ella me escucha.

—¿A ti te parece que estoy riéndome? Esto no es divertido, Mérida, no todo en la vida es un juego o algo que tienes que tomarte de manera relajada.

Sé que esto es una apertura para criticar mis defectos o establecer lo decepcionada que está de mí, por lo que rápidamente intento desviar el tema.

—¿Cuándo viajaremos a Venezuela?

Es una pregunta equivocada, porque respira hondo como si reuniera su paciencia.

—¿Ves las noticias? —pregunta, y asiento—. Lo tienes todo aquí. ¿Por qué querrías viajar a Venezuela?

Porque me encantaba mi país, amaba molestar a los abuelos cuando me encontraban en la tierra jugando al atrapado con otros niños o a las clásicas metras o cuando casi me sacaba un ojo intentando trucos de yoyó. ¡Me enamoré de volar papagayos y me hice moratones jugando al fusilado! La empanada con una malta era mi desayuno favorito, y me encantaba comer mango maduro con las manos hasta ensuciarme la ropa.

Nunca jamás pedí o deseé mudarme. Extrañaba la idea que tenía de mamá, pero sabía vivir sin ella, no quería irme a vivir con ella ni nada de eso, pero entonces una noche unos hombres enmascarados entraron en nuestra casa a robar y el abuelo intentó defenderse. Aunque no recibió ningún disparo, su corazón no lo soportó y tuvo un infarto fulminante. No es que a los antisociales les importara, ellos siguieron robando hasta que se largaron con muchos objetos de valor y nos dejaron a la abuela y a mí con el cuerpo del abuelo en el suelo.

Me dolió muchísimo. Él era estricto y pomposo, pero era un abuelo amoroso. Quedábamos la abuela y yo, pero la muerte del abuelo le afectó, y la abuela comenzó a olvidarse de tomar sus medicamentos y un día no se despertó. Para entonces mamá ya vivía en Mánchester, y voló hasta Venezuela y me dijo que nos iríamos. Intenté buscar soluciones sobre cómo podría quedarme, pero ella lo ignoró mientras organizaba todo para traerme a un lugar desconocido, con un clima que me era extraño y con un idioma que dominaba, pero que me daba miedo hablar en voz alta porque siempre he sido tímida en público y me da vergüenza decir algo que otros puedan juzgar.

—Es nuestro país, mamá.

—Este es nuestro hogar, y no, Mérida, no tengo pensando llevarte o que viajes a Venezuela, no le haré eso a tu futuro.

—Solo quiero…

—A veces me pregunto por qué quieres tanto las cosas que no te convienen.

Y ahí está esa mirada de decepción que me revuelve las tripas.

—Lo entiendo —digo, aunque no es cierto.

—Bien. —Asiente—. Y nunca te atrevas a hacerle de nuevo esto a Leona.

Me dedica otra larga mirada y camina hacia el jardín con Leona. Boo también la sigue, y me dejan con una sensación incómoda de haber sido regañada y de ilusiones rotas sobre reencontrarme con mi país natal.

—Hace parecer que desear viajar sea una cosa abominable —me digo a mí misma—. Todo lo que digo la decepciona. No importa lo bueno que sea tu inglés ni lo buena que sea tu vida en Inglaterra; eres venezolana, Miranda Sousa, y nada lo cambiará —concluyo en tono de desafío, agradecida de que no pueda escucharme.

Pocas veces hemos vuelto a Venezuela, tal vez unas cinco veces para ver a primos o para asistir a alguna que otra conferencia de la doctora Miranda Sousa. A lo largo de los años me ha tocado saber de mi país natal por las noticias, nada favorables, pero los buenos recuerdos siempre están conmigo y en mi corazón siempre lo extraño. Vivo muy bien aquí y hemos construido una vida, pero, de alguna manera, un pedazo de mi corazón siempre estará en esa tierra en la que crecí, en la que me hubiese gustado florecer.

Estoy orgullosa de mamá y de sus reconocimientos, ella es grandiosa, es lo más, es otro nivel, pero tengo que admitir que a veces me siento un poquito resentida de que nuestra vida siempre haya girado en torno a sus metas, sus logros, su trabajo, su cronograma, sus planes.

Nunca se trata de qué quiero o de mi opinión y, ¡Dios!, esa mirada que me dedica cuando no le agrada algo con respecto a mí, que es casi todo el tiempo, ha tenido demasiado peso en mi vida y en cómo me desenvuelvo con los demás.

No es que la culpe de mis inseguridades, pero me hizo ser demasiado consciente de lo que los otros pueden esperar o pensar de mí; por eso odio hablar en público, siempre tengo algo que quisiera decir pero que no expreso en voz alta por miedo, y puedo pasar toda una hora en silencio en un auto o un espacio cerrado con otras personas con temor de que digan «¿Qué opinas tú, Mérida?» o el odioso comentario de «Mérida, ¿y tú no hablas?»

—Tal vez algún día todo será diferente —digo, y suspiro.

52

# 4

# No es venganza, es lección de vida

*Dawson*

—¡Dawson!

El grito me hace sobresaltarme y de inmediato la malvada de mi hermana menor se empieza a reír por mi reacción, mientras que mamá me mira con el ceño fruncido, como si se preguntara: «¿Qué demonios te pasa?», porque evidentemente en la actualidad no se me permite ser el gemelo lento; esa es tarea de Drake, y no lo digo como una broma cruel, solo trato de recordar que casi se nos muere y que está superando las secuelas.

Y, hablando de mi gemelo, él me mira con curiosidad mientras mastica lentamente sus cereales. Si hay alguien que me conoce a la perfección y puede saber que estoy disperso, ese es Drake.

—¿Qué sucede? —pregunto, y me doy cuenta de que tenía el tenedor suspendido de camino a mi boca, así que lo bajo.

—Te pedía que, por favor, me pasaras la ensalada —me explica mamá.

—Te lo ha pedido mil quinientas veces —se burla Hayley.

—Han sido… Tres veces —me dice Drake con una sonrisa ladeada.

—Aquí tienes la ensalada, mamá. —La deslizo hacia ella, vuelvo la atención a mi plato de comida y tomo un bocado.

Mastico con lentitud mientras me adentro de nuevo en mis simples pensamientos que no parecen tan simples, y de nuevo gritan mi nombre. Esta vez se trata de papá, y me doy cuenta de que llevo tanto tiempo masticando que parezco un triturador humano de alimentos.

—¿Sí, papá?

—¿Por qué actúas raro hoy? —Hayley se ríe.

—¿Por qué actúas tú como una malvada hoy? Oh, cierto, lo eres siempre —contraataco.

Amo a mi hermanita, en serio, pero mis hermanos y yo tenemos la sensatez de aceptar que es bastante malvada, sobre todo con sus conquistas, a quienes preferiblemente llamamos «esclavos», porque es así precisamente como los trata.

53

—¿Sucede algo, Drake? —me pregunta mamá, y cuando dice mi nombre le brillan los ojos.

La broma de confundir al gemelo ha sido su entretenimiento favorito desde que nacimos. A veces me pregunto si de verdad nos confundía de pequeños o si siempre estuvo bromeando.

—Sabes que soy Dawson.

—Ahora es más fácil —dice Drake, y hace una breve pausa— diferenciarnos.

Creo que está mejorando en eso de frustrarse por su lentitud al hablar. Ya entiende lo afortunado que es de estar vivo y me encanta lo mucho que se está esforzando en su rehabilitación para recuperarse del todo lo más rápido posible. Aún me es difícil pensar que casi lo pierdo.

No creo que todos puedan entender la manera en que Drake es otra parte de mí; es mi alma gemela, la persona por la que daría mi vida sin pensarlo. Cuando lo vi indefenso en esa cama de hospital deseé ser yo, porque siendo egoísta no me veía capaz de vivir en un mundo donde él no estuviese.

El alivio que sentí cuando de verdad regresó a casa fue enorme, y nunca más quiero sentirme de esa horrible forma como cuando pensaba que lo perdería.

—¡Dawson! —dice papá de nuevo, y parpadeo al mirarlo.

No está enfadado, simplemente comienza a reírse y yo sonrío avergonzado, porque parece que toda la cena ha consistido en traer de vuelta mi atención a la mesa.

—¿En qué piensas tanto, hijo? —pregunta cuando termina de reír, y yo me encojo de hombros.

Me llevo otro bocado de comida a la boca y mientras mastico decido hablar, lo que posiblemente los deja aún más desconcertados.

—¿Sabían que hay una Virgen del Valle? Es advocación de la Virgen María —agrego.

Los cuatro me observan. Hayley tiene la boca ligeramente abierta, y Drake parece confundido, igual que mis padres. Les frunzo el ceño.

—Es una historia real, sale en internet. Es una virgen de un país de Latinoamérica.

—¿Por qué estás hablando de eso? Espera, ¿estás haciendo apropiación cultural? —me pregunta mi hermana, y luego se gira hacia papá—. ¿No se ve mal que las personas hagan eso? Son juzgados rudamente.

—No estoy haciendo apropiación cultural, solo comento algo casualmente.

—No suena… tan casual —dice Drake, sonriendo—, copia romanticona.

—¿Estás entrando en una religión con adoración a las vírgenes? —pregunta mamá con curiosidad.

—¡Por Dios, mamá! Lo haces sonar como si me metiera en un culto de sacrificio de vírgenes.

—¡¿Qué?! No era eso lo que quería decir… No hablaba de vírgenes así…

—No existe tal cosa como la virginidad, solo es un concepto inventado por el patriarcado —asegura Hayley—. Entonces ¿estás haciendo apropiación cultural?

—¿Eres devoto de esa virgen? —cuestiona papá.

—¿De dónde… es? —añade Drake.

Gimo arrepintiéndome de haber abierto la boca y luego suspiro.

—No estoy haciendo apropiación cultural, tampoco entré en un culto, no soy un devoto y es de Venezuela, copia mal hecha.

—¿Dónde queda Venezuela? —pregunta Hayley—. Sé que es Latinoamérica.

—Es Centroamérica —asegura mamá.

—No, limita con Argentina. —Ese es papá.

—¿No está… cerca de Brasil? —dice Drake.

—Claramente, Drake es el que más sabe de geografía en esta mesa. Como tarea deben buscar para la próxima clase la posición geográfica del país, y no, mamá, no es Centroamérica.

—Pero no lo entiendo. ¿Por qué hablas de una virgen de un lugar que no conoces? —insiste Hayley.

—Olvídenlo. —Hago un gesto con la mano para desestimarlo—. Es solo que alguien lo comentó.

Los cuatro permanecen en silencio observándome mientras mastico y creo que mi mirada envía la vibra de que dejen de ser raros, porque de inmediato vuelven a comer y mamá se pone a hablar sobre su próximo proyecto en el trabajo.

No puedo creer que me haya pasado todo el principio de la cena pensando en lo bonito y curioso que me resulta un nombre que no había escuchado nunca. Casi río, pero no quiero llamar la atención de mi familia de nuevo.

Al terminar de comer, a Hayley y a mí nos toca retirar la mesa y lavar los platos, lo que trae una conversación tonta, unos pocos insultos inofensivos y su confesión predecible sobre que está conociendo a alguien. Por supuesto, resoplo.

—¿Qué? ¿Por qué esa reacción?

—Porque me pregunto quién será el pobre bastardo al que le masticarás el corazón. —Cierro la llave del agua al terminar el último plato y se lo entrego—. Disfruta de tu nuevo esclavo y no seas tan cruel con él.

55

—¡No soy cruel!

—Claro, hermanita. —Le pellizco una mejilla y camino hacia fuera de la cocina.

Subo las escaleras y sonrío cuando paso por la habitación de Drake y lo descubro sentado en el borde de la ventana riendo con Alaska, que se encuentra en la ventana de enfrente. Aunque pensé que su trato, al crecer, se hizo algo diferente al mío con ella, admito que no me imaginé que terminarían de esta forma, o al menos no hasta que noté las miradas intensas y las conversaciones vergonzosas en las que mi hermano se ofrecía a ayudar a Alaska con su primera vez. Solo de recordarlo quiero reírme con fuerza, pero, para no interrumpir a los jóvenes enamorados, sigo de largo hacia mi habitación y me tiro a la cama.

Tomo mi teléfono, me pongo un brazo debajo de mi cabeza y comienzo a mirar mi cuenta de Instagram, viendo las nuevas publicaciones de las personas que sigo. Un «me gusta» por aquí, un comentario por allá… Me paso en ello los próximos minutos hasta que me detengo en una foto reciente de Leah.

Sale cargando a un koala, y no sé cuál de los dos resulta más adorable. Sonriendo, marco el corazón y le comento un «Aaay». No sé si estamos forzando todo esto de ser amigos, pero lo estoy intentando de verdad.

Me desplazo a mi buzón de mensajes directos y respondo a un par de chicas con las que me lie alguna vez, y luego voy a otra aplicación para responder los mensajes que tengo ahí.

**Tanya:** ¿Está aquí lo más sexi?

**Dawson:** depende

**Dawson:** ¿Para qué lo solicitan?

**Tanya:** ¿Para una cita nocturna divertida?

Eso es una llamada de sexo. Soy experto en reconocerlas y en acudir a ellas. A ver, me va el romance, pero también me van los encuentros esporádicos de los que no esperas más que un buen momento. Todo depende de lo que esté buscando.

Mientras Leah y yo vivimos la historia-relación más inestable que he tenido en mi vida, renuncié a los encuentros casuales porque de verdad me gustaba Leah y todo el tiempo pensé que terminaríamos siendo algo más

56

formal. El tema de la fidelidad no se discutió, pero ambos lo asumimos aunque no éramos novios. Ya te digo que fue todo muy confuso.

Nos besamos, salimos algunas veces, hablamos muchísimo por mensajes y hubo apodos cariñosos…, pero no fuimos novios. Siempre parecía que estábamos a unos instantes de llegar ahí, pero todo se estancaba, y admito que el asunto de Martin influyó muchísimo porque quise ser un buen amigo y no herir sus sentimientos. Había mucho potencial en esa relación, pero también parecía que faltaban aspectos importantes, y luego simplemente todo terminó antes de ni siquiera empezar.

Hubo discusiones sobre Martin, sobre mis dilemas morales, pero también sobre el hecho de que ella se iría, lo que se suponía que no iba a pasar. Me sentí mal cuando ella estaba triste por mi culpa y también me encontraba afectado por la montaña rusa de una relación que pudo haber florecido, pero a la que le pusimos trabas. En agosto se emborrachó y la fui a buscar, y tuvimos una intensa confesión sobre gustarnos e incluso desearnos un montón, sobre querer algo, pero también hubo reproches porque no quise luchar y me aferré a una amistad que no me valoraba tanto como yo a él, y me enojé al enterarme de que estaba bien que no hubiera sucedido nada entre nosotros porque Leah iba a volver a Australia con su mamá durante un año. Y luego no nos vimos hasta que me despedí de ella a mediados de septiembre.

Hice luto de un mes por nuestra no relación y después volví al ruedo sin pretensiones de romance, pero sí de divertirme cuando el momento fuese oportuno y de verdad lo deseara. No sentí culpa. En un principio fue incómodo porque pensaba que los que supieron de nuestra inestabilidad fugaz dirían que me precipitaba una vez más, pero me di cuenta de que lo nuestro no funcionó y estaba soltero; aunque nos gustábamos muchísimo, no tuvimos el tiempo ni fue el momento adecuado para enamorarnos.

> **Dawson:** ¿En tu resi?

Tendría que conducir hacia su residencia, pero no sería la primera vez que lo hago. A menos que hoy le apetezca algo más formal y quiera ir a un hotel. También puedo hacer eso, no tengo problemas en hacer realidad sus fantasías.

> **Tanya:** Síí! Ya estoy desnuda grrr jajajaja

> **Dawson:** pues vístete!!! Me gusta desenvolver mis regalos amorosamente

**Tanya:** yaaa! No tienes que ser tan encantador, es obvio que te dejaré meterte en mí

Río y me levanto, voy a por mi abrigo y billetera, y le respondo.

**Dawson:** pero eres mi regalo esta noche y te desenvolveré amorosamente

Río un poco más viendo su respuesta en emoticonos. Me guardo el teléfono después de decirle que voy en camino y tomo las llaves del auto que comparto con Drake. No creo que lo use esta noche, porque claramente está en una cita por la ventana.

Antes de subir al auto me debato sobre si debo llevarme el uniforme conmigo o no, pero finalmente decido que lo más diplomático y relajado es volver a casa de madrugada o temprano para vestirme. Todo depende de cómo vayan las cosas y de si surge la idea de quedarme a pasar la noche con Tanya.

Me pongo en marcha, y de verdad que es absolutamente extraño que en mi cabeza se repita «Del Valle, Del Valle, Del Valle» como si fuese un cántico al que le di ritmo. Me estremezco.

—Deja de ser raro, Dawson Harris —me reprendo, y enciendo la radio, que pronto aleja el cántico de mi cabeza.

He revisado con mi asesor académico que mi carga de créditos esté completa y no haya ningún error y me he quedado bastante aliviado, aunque estoy un poco paranoico con que algo pueda salir mal porque de verdad me esforcé mucho en sacarme la licenciatura. Hacer el trabajo de grado fue una absoluta pesadilla que me quitaba el sueño y la estabilidad emocional, y los exámenes finales casi me hicieron llorar, pese a que fui el mejor de mi clase y sabía lo que hacía.

Ahora se supone que debería estar feliz porque eso ya pasó, pero no. Pocos te advierten de que la parte fácil es estudiar; ser adulto y comenzar a vivir después de la universidad es la parte realmente jodida.

En el presente soy un empleado sin pacientes en una clínica con prácticas cuestionables, una señora acosadora y la tristeza de ver a los demás llenarse de pacientes mientras yo me quedo sin hacer nada. También soy el pobre bastardo que espera que hagan su acto de graduación para poder tener el maldito título que hará que le paguen mejor y que los dueños de los pacientes confíen en que fui el mejor de la clase y en que haré un buen trabajo protegiendo a sus animalitos.

Sí, la adultez me hace querer llorar más de lo que quería hacerlo con los exámenes y mi trabajo de grado, que es decir mucho.

Pero salgo de mi charco de autocompasión al ver que mi pronto examigo viene sonriendo hacia mí. Lo analizo mientras se acerca. La verdad es que Martin no es un tipo feo: no es del todo delgado, pero tiene un buen peso para su estatura, lleva el cabello despeinado de una manera que puede gustar a algunas chicas, sus lentes resaltan sus ojos azules y le dan estilo, y viste normal, como cualquier hombre promedio. No es un adefesio y tiene pecas. Eso les encanta a las personas, ¿no? ¡Hay quienes se tatúan pecas! Y, más allá del físico, creo que si adquiriera confianza lograría gustar más; también si mejorara su personalidad pasivo-agresiva con sus amigos, como yo, y dejase de compararse o desear lo que consiguen los demás.

La verdad es que, con tristeza, me pregunto si me considera su amigo, si tiene algún resentimiento hacia mí o si planea usarme por el resto de su vida. Estoy decepcionado e incluso un poco herido porque le había dado una segunda oportunidad y porque, de hecho, mi lealtad hacia él y el intento de comprenderlo generó ciertas asperezas con Leah.

Me plasmo una sonrisa que intenta ser casual cuando llega hasta mí y me da un torpe abrazo. Mientras habla sobre su último trabajo de informática, no puedo evitar verlo e imaginar que es un pervertido que le envió fotos no deseadas de su pene a una chica que solo quería un amigo; peor aún, que hizo pasar su pene como mío porque usó mi cara.

Me prometió que no lo haría de nuevo, y la última vez no lo llevó al nivel de enviar fotos de desnudos. Tal vez pensó que ahora que no hago vida en el campus universitario no habría ninguna oportunidad de que me enterara.

—¿Me estás escuchando? —me pregunta.

—Perdona, es que pensaba en la chica con la que voy a encontrarme. —Sonrío—. Creo que incluso vas a conocerla, porque me ha dicho que está en camino.

—¿Estás viendo a alguien? —Suena desconcertado y hay un poco de acidez en su tono.

Tal vez sean celos o una emoción más agria, como la envidia.

—Sí, estoy conociendo a una chica muy hermosa e increíble. Todo ha sucedido muy rápido, pero así pasa, ¿no? La vi y lo supe.

—¡Vaya! Eh… ¿Cómo la conociste?

—Las salvé a ella y a sus mascotas, Perry y Leona. Fue magia instantánea. Después vino a mi consultorio y nos dimos cuenta de que los dos nos gustábamos.

59

—Pero ¿qué pasa con Leah?

Admito que me molesta que la mencione cuando me jodió tanto las pelotas cada vez que insistía en que no podía estar con ella, que le dolía, que lo traicionaba y muchos blablablás más. Y yo, como un blandengue, lo consolé.

—Ya sabes que Leah y yo lo dejamos. Ella está ahora en Australia y yo estoy aquí, y conocí a esta persona y me siento increíble. Amor a primera vista.

—¿Van tan en serio?

—Super en serio. —Suspiro y sonrío—. Es que, además de ser muy genial, es preciosa. Tiene el cabello negro corto, los ojos marrones bellísimos con un delineado gatuno que me seduce, los labios carnosos que me invitan a besarla. Me llega por aquí. —Me señalo el pecho—. Es una diosa que me quiero comer a besos. Es espectacular.

—Me tienes impresionado, y sí, suena a que es muy hermosa, pero no se podía esperar menos de ti, ¿no? Por cómo luces, siempre conquistas a quien quieres.

—No se trata únicamente del físico, Martin, el encanto y la personalidad también tienen un papel importante. No consigo una novia solo mostrando mi cara; me dejo conocer y les gusta quién soy. Incluso las aventuras necesitan un indicio de personalidad para decidir que no hay nada mal contigo y para sentir alguna especie de conexión.

—Si tú lo dices…, pero sabes que es pura mierda y que todo consiste en cómo luces. Tú lo tienes fácil.

Mi teléfono suena y me saca de las intensas ganas que tengo de sacudirlo y decirle que me importa una mierda si cree que soy guapo, pero que deje de usar mis fotos. Veo en el identificador de llamadas que se trata de Mérida.

—Mi amor —digo con bastante entusiasmo al descolgar el teléfono, y observo a Martin—. ¿Dónde estás?

—Eh… Estoy en el campus, acabo de salir de clase. ¿Dónde te veo?

—Estoy frente a la cafetería de tecnología con mi amigo Martin. ¿Te acuerdas de que te hablé de él?

—Ese bastardo —gruñe, y eso sí que me hace reír—. Estoy nerviosa, me da un poco de miedo.

—Estaré aquí, mi amor, tranquila.

—¿Puedes dejar de llamarme «mi amor»? —Creo escuchar algo de timidez en su voz.

—¿Por qué, mi amor?

—¡Oye!

—Sí, sí, ya quiero verte.

60

Pongo los ojos en blanco hacia Martin como si le dijera: «Está loquita por mí y yo por ella», y él aprieta los labios. Alaska diría: «¡Jesús amigable!». ¿Cómo fui capaz de relacionarme tanto tiempo con alguien que claramente arroja tanta negatividad hacia mí?

—Te veo —dice—. ¿Ese del suéter azul es él?

—Sí —respondo—. Siempre tan inteligente, es que eres perfecta.

—Vale, puedes bajarle dos.

—¿Dos qué? —pregunto, desconcertado por sus repentinas palabras.

—Dos rayas.

—¿Dos rayas de qué?

—¡Ay, por la *Virgencita*! O sea, que Sarah no es la única que no entiende mis dichos —se lamenta—. Quise decir de intensidad.

—Y si es la intensidad, ¿por qué dices dos rayas?

—Simplemente olvídalo, voy a colgar.

—Aquí te espero, mi amor.

Cuelgo la llamada y le sonrío a Martin, que pronto será mi examigo.

—Ya casi llega.

—Me muero de curiosidad, sonabas… empalagoso.

—Es que despierta eso en mí. ¿Qué hay de ti? ¿Has conocido a alguien? Llevábamos más de un par de semanas sin vernos.

—La verdad es que creo que estoy conociendo a alguien, es una chica latina increíble.

—¿Ah, sí?

Bastardo engreído traidor. Sonrío mientras me habla de esta chica hermosa con la que está saliendo y veo a Mérida acercándose cuando casi está detrás de él. Echo un vistazo rápido a su increíble delineado, está vez un poco más sutil, y veo que lleva los labios de un carmín ilegalmente atractivo, un pantalón que parece de los noventa que cae de forma atractiva de su cintura y un suéter ajustado dentro de él. Maldición, esta chica de verdad que es preciosa.

Abro los ojos hacia ella haciéndole una señal de que no lo arruine y ella respira hondo antes de asentir.

—¡*Periquito*! —grita viniendo hacia mí como una bola de fuego.

De inmediato doy un paso hacia atrás por el impacto de su cuerpo cuando se arroja sobre mí y enrolla sus piernas alrededor de mi cintura y sus brazos en mi cuello. Estoy sorprendido y, a juzgar por la forma en que sus ojos están bastante abiertos, ella también lo está y considera que lo ha llevado demasiado lejos.

Eso ha sido inesperado y necesito tres segundos para recomponerme mientras envuelvo un brazo a su alrededor y la alzo, porque comenzaba a resbalarse.

—Mi amor —digo, observando su rostro sonrojado—. Qué preciosa vas hoy, te extrañé.

—Yo te extrañé más, *periquito*.

—¿Mucho?

—Muchísimo.

¿Debo besarla? No, no creo que sea necesario y no lo acordamos. Además, creo que lo de cargarla ya nos está volviendo locos a ambos, porque nos estamos mirando fijamente como dos adolescentes atrapados en alguna travesura.

Alguien se aclara la garganta y entonces recuerdo a Martin, de quien nos estamos vengando. Bueno, «darle una lección de vida» suena mejor.

Sonrío y desplazo mi mirada hacia él, que ve cómo tengo agarrada a Mérida.

—Lo siento, amigo, por un momento te olvidé, pero es que cuando la veo, el mundo desaparece. Ella se vuelve todo.

—Eres tan dulce, *periquito*.

No tengo la más mínima idea de lo que dice en español, pero asiento y espero que no sea un insulto mientras la hago bajar.

Un vistazo a su rostro me muestra que está nerviosa, tal vez un poco asustada, y entiendo que esto no es una broma. Fue literalmente acosada y eso no está bien. Me hace recordar al maldito asqueroso que acosó a Alaska hasta el punto de planear su secuestro.

Le tomo una mano y le doy un suave apretón que espero que le transmita un explícito mensaje de «Estoy contigo». A mí Martin siempre me ha parecido inofensivo, pero ahora no sé hasta qué punto lo conozco, así que no sé qué esperar.

—Mi amor, te presento a mi amigo Martin, y, amigo, te presento a mi amor, Mérida, también conocida como MDV. —Termino justo cuando ella se gira.

—Hola, Martin002, no es un placer conocerte.

5

# Rata de dos patas

*Dawson*

Tengo unos breves segundos de duda en que me planteo si debí preguntarme si Mérida sería agresiva o si se desmayaría al conocer en persona a Martin, pero su reacción consiste en tener los puños apretados a los lados y mantener una postura de guerrera que tal vez copió de algún cómic.

¿Y Martin? Él está increíblemente pálido y el sudor comienza a cubrirle la frente mientras mira a Mérida con miedo y asombro, e incluso noto que durante unos instantes sus ojos se detienen a la altura de las tetas de la chica, y eso me enoja porque está minimizando todo el asunto del acoso que ha estado llevando a cabo.

Martin abre y cierra la boca y, cuando parece que va a tocarla, ella retrocede, lo que ocasiona que su espalda colisione con mi torso. No sé si le proporciono una red de seguridad o qué está pasando por su cabeza, pero ella no se mueve y se mantiene apoyada en mí, movimiento que Martin no se pierde.

Y, aunque somos dos desconocidos en busca de una venganza, para mi examigo esto se ve como un apoyo de amantes, porque tenemos que recordar que hace unos minutos estaba llamando a esta chica públicamente «mi amor».

—No vas a tocarme —le gruñe Mérida, y no debería pensar que suena adorable cuando claramente quiere sonar feroz.

Escúchala rugir, Martin. Groarrr.

—Eres hermosísima —dice Martin, embelesado.

Creo que no ha caído en la cuenta de que su situación es jodida y precaria y que está haciendo que todo se ponga aún más turbulento, porque casi parece que no nos toma en serio y que se burla de nosotros.

Suelo ser más paciente, mucho más que Drake, y tengo una actitud muy amable y parecida a la de mi hermano mayor, Holden, pero en este momento la tentación de pegarle puñetazos hasta hacerlo sangrar y llorar es bastante grande.

63

—En fotos eras muy linda, pero eres supersexi en persona. —De nuevo intenta tocarla, y esta vez le agarro la mano y aprovecho para torcerle los dedos por ser un maldito traicionero.

Ese aguijonazo de dolor parece traerlo de vuelta a su horrible realidad, donde la chica a la que engañó y acosó se encuentra junto al amigo al que le robó unas fotos para mandar instantáneas de su maldito pene como si fuese mío.

Se sacude de mi agarre y lo dejo ir, pero siento una ira contenida que me hace querer saltarle encima. Definitivamente, nuestra cuestionable amistad está terminada. Basta de tratar de convencerme de que valora la amistad que desinteresadamente le di y de que puede cambiar. No lo conozco, ya ni siquiera sé de qué podría ser capaz con todo este asunto de ligar en aplicaciones.

—¿Qué haces con ella? —Tiene el descaro de gruñirme—. ¿Es en serio, Dawson? ¿Vas y lo haces de nuevo?

La incredulidad no me deja procesar que acaba de decirme eso, y le doy un toquecito al hombro a Mérida, apartándola a un lado para que esté detrás de mí cuando avanzo hacia ese mierdecilla.

—¿Lo hago de nuevo? —Me río—. No sé si es que tienes los huevos muy grandes para decir eso o si es que tienes pocas neuronas.

—Huevos grandes no tiene —acota Mérida, y, aunque eso no es importante, su aporte hace que las mejillas de Martin se sonrojen.

—Te gustó, sabes que te gustó, MDV.

Un torbellino de cabello corto y negro pasa delante de mí, alza la mano y le da una bofetada tan fuerte que resuena por el lugar y unas pocas personas se giran para mirarnos. Es tan fuerte que sus dedos se marcan de inmediato en la mejilla de Martin y se ve un relieve de hinchazón junto a unas finas marcas rojizas que parecen rasguños.

Mierda, nunca había visto una bofetada como esa. La veo temblar de rabia, indignación o tal vez tristeza. Sea lo que sea, no quiero que se vuelva loca y esto termine en demandas, por lo que le paso una mano por la cintura y de nuevo pego su espalda a mi torso para contenerla e intentar calmar los temblores de su cuerpo.

—¡No me gustó ni un poco! *Tú, sucia rata de alcantarilla. Paquita tenía razón cuando te llamó rata inmunda, animal rastrero...*

Desconecto porque no entiendo nada de español, pero la entonación me hace saber que nos encontramos en medio de un despliegue impecable de palabras prohibidas que luego querré aprender.

—¿Cómo se conocen? —pregunta Martin con la mano en la mejilla.

—Gracias a ti iniciamos nuestro romance. —Le sonrío—. Resulta que coincidimos en una piscina y ella me habló pensando que era el famoso Martin002. ¿Te suena la historia? Me acusó de tener una horrible polla y…

En realidad estaba apostando por una historia superromántica, pero ella me corta y lo convierte en una narración no apta para todos los públicos.

—Y él me aseguró que la suya no lucía así, de modo que le exigí que me lo demostrara, y en el baño de las instalaciones se bajó el pantalón y no llevaba bóxer…

Siempre llevo bóxer, pero escucho anonadado el relato falso.

—¿Y qué más iba a pasar cuando vi su gloriosa polla, que era mil veces mejor que la polla acosadora que me llegaba al teléfono? Se la chupé y disfruté de ello, me encantó cómo me rozaba la garganta y me atragantaba, y cuando acabó, me lo tragué todo.

Pero… ¿qué? Estoy aturdido y seducido por el encuentro sexual falso, y Martin está rojo por el cabreo, lo que quiere decir que el relato funcionó, pero guau, simplemente guau.

—Así empezó nuestro romance. Es bastante nuevo, pero es tan increíble que tengo que darte las gracias. La polla equivocada me llevó a la correcta, la de mi precioso Dawson, mi *periquito*.

»Eres un cretino, todo lo que quería era hacer un amigo y te lo dije desde el principio, y tú convertiste algo agradable en una cosa sucia e incómoda.

—¡Me dijiste que querías llevarlo a otro nivel!

—Me refería a vernos en persona, no a recibir fotos sexuales. ¿Cuándo te pedí una foto? ¡Nunca!

—Me disculpé contigo.

—Sí, y te creí, y luego seguí recibiendo fotos asquerosas no deseadas. Además, cuando te bloqueaba invadías mi privacidad y aparecías de nuevo con lo que sea que hacías con mi teléfono. —Su voz tiembla y presiono mi mano contra su abdomen—. No te haces ni idea de lo asustada que estaba, me estabas acosando y luego creí que él —dice, tocándome el brazo con el que la sostengo— me había encontrado para hacerme daño porque usaste su cara, sus fotos. Eres un enfermo. Un maldito enfermo.

Siempre supe la gravedad del asunto, pero escucharla escupir sus miedos, el terror que debió de experimentar y que todo ello lo asociaba a mi imagen me revuelve el estómago. En teoría, tengo suerte de que Mérida tuviera una reacción asustadiza pero no alarmista, pese a que estaba en su derecho de hacerlo, porque Martin me pintó un perfil pervertido, acosador y peligroso. ¿Con cuántas más lo ha hecho?

Cuando noto que su cuerpo ya no tiembla, la libero y de nuevo la echo hacia atrás mientras avanzo hacia Martin.

—Te consideraba un amigo. La primera vez te lo perdoné e incluso dejé que la estúpida promesa se me metiera en la cabeza. Me prometiste no hacerlo de nuevo y ahora resulta que lo hiciste y aún peor. ¿Te das cuenta de que podrías haberme metido en muchos problemas?

Me podrían haber denunciado por acoso sexual o incluso podría haber protagonizado alguna campaña para que las chicas no se acercaran a mí o me evitaran, y podría haberme costado mi trabajo y mucho más. También afectaba a Drake, porque compartimos rostro, y esto podría habernos metido en muchísimos aprietos terribles.

—¿Qué demonios está mal contigo? —Lucho fuertemente por no alzar la voz—. ¿Cuándo te volviste un acosador? ¿Desde cuándo haces toda esta mierda?

No me responde, solo aprieta los labios.

—Será mejor que borres toda esa mierda de perfiles que tengas con mi imagen, y me encargaré de que lo hagas, porque contactaré con los abogados de mi hermano.

Palidece, porque Holden es una figura pública; concretamente, es un presentador famoso del programa internacional *InfoNews* y su equipo de abogados es el mejor. Martin sabe que las cosas se pondrán serias.

—Dawson, eso no es necesario, puedo borrarlo sin necesidad…

—¡Ja! ¿Crees que voy a creerte? Tus palabras no valen nada, está claro que tienes un placer perverso por mentir, y ya me cansé de esa mierda. Me encargaré de que cada perfil esté borrado y de que aprendas una lección sobre esto porque no está bien, no es un juego. Vamos, mi amor. —Tomo la mano de Mérida—. No tenemos que perder más tiempo con este sujeto, me haré cargo de que no vuelva a hacerlo.

—Ni siquiera se ha disculpado —se queja ella.

Y tiene razón, así que hago una pausa, pero Martin solo observa nuestras manos entrelazadas con rabia, lo que nos hace saber que claramente no ha entendido ni una mierda de esto y que no se lo tomará en serio hasta que los abogados toquen a su puerta y lo hagan cagarse en los pantalones.

—No esperes por algo que no vale la pena —le digo a Mérida, dándole un apretón en la mano, y le hago un gesto para que camine y nos alejemos.

Dejamos a Martin ahí de pie con una mejilla inflamada como si le hubiesen sacado una muela y sin darnos unas míseras disculpas. Eso dice mucho de él.

—¿Adónde vamos? —pregunta Mérida.

—No tengo ni idea, pero lejos de él —respondo.

Terminamos en una cafetería encantadora del campus que tiene la calefacción a tope. Estamos sentados el uno frente al otro en silencio con un par de cafés que no están muy buenos; por eso es la cafetería menos concurrida, pero, bueno, era la más cercana y está bien que no nos encontremos con nadie, porque creo que estamos asimilando todo lo que ha pasado.

Mi teléfono vibra y lo saco para echarle un rápido vistazo. Veo que se trata de una llamada de mi buena amiga Ophelia, y no estoy siendo irónico, de verdad que es una amiga, sin folladas ni besos; somos amigos desde que empezamos la universidad. No contesto porque ahora no me apetece hablar, ya le devolveré la llamada luego.

—¿Qué significa «periquito»? —No suena ni de cerca a su pronunciación perfecta, pero eso la hace sonreír, pese a que sus ojos se ven tristes.

—Es un pájaro, un perico en versión pequeña.

—Ah, ¿y por qué de todos los apodos falsos me diste ese?

—Fue el primero que se me ocurrió. —Sus mejillas se sonrojan y sonrío—. No lo pensé demasiado, es que estaba muy nerviosa y tú no dejabas de decirme «mi amor»...

—¿Y eso te puso nerviosa?

—Por supuesto que no.

Lo que significa que claro que sí. Me llevo la taza de café a la boca para que no vea que estoy luchando para que no se me escape la risa.

Drake me llama su copia romanticona porque dice que tiendo al romance, pese a que soy un rompecorazones, como lo fue él antes de ser el novio de Alaska, y eso es correcto. Me gusta decir palabras dulces a la mujer que me atrae, me gustan los mimos y ser tonto de vez en cuando, pero lo de los apodos cariñosos es de las pocas cosas que me frenan porque me parece raro repetir motes cariñosos o malgastarlos en relaciones que tienen la mecha muy corta. Y, aun así, acabo de estrenar «mi amor» con Mérida.

—Él es un imbécil, pero tal vez yo me expuse demasiado al entrar en la aplicación...

—Oye, detente —la interrumpo—. La aplicación a la que entraste no es para ligar y siempre dejaste claro que buscabas una amistad. Tal como acabas de decir, él es un maldito imbécil y tiene la culpa de todo esto que nos pasó.

»Ya me lo hizo una vez y también me enteré, y ahora me molesta imaginar cuántas veces debe de haberlo hecho, eso de ir por aplicaciones usando mis fotos, engañando a chicas o acosándolas. Me enferma, y eso puede perjudicarme con el trabajo y la carrera profesional que quiero establecer, además de que causa daño a las víctimas.

—Lo siento y lamento… Por todo lo que te grité y cómo te traté. Solo estaba sorprendida y asustada.

—Es comprensible. De hecho, creo que fuiste más civilizada de lo que sería cualquier persona en tu situación.

Ya no me parece una loca, porque ahora lo entiendo todo.

—Das unos buenos golpes. Ese puñetazo que me diste aquella vez y la manera en que dejaste la mejilla de Martin son muy impresionantes. —Juego con la taza en mis manos.

—No suelo ser así, en realidad me cuesta…, ejem…, relacionarme, por eso estaba en la aplicación. —Evade mi mirada mientras habla—. Pero aquella vez estaba en crisis y asustada, y hoy estaba muy enojada, muchísimo.

—¿Qué fue eso que le dijiste en español?

Frunce el ceño como si buscara en sus recuerdos, y las mejillas se le sonrojan de nuevo mientras se encoge en el asiento.

—Es una canción muy famosa de habla hispana. La canta una mujer llamada Paquita la del Barrio.

—Nombre interesante.

—Básicamente desacredita a la población masculina, dice que son unas ratas inmundas, animales rastreros, escoria de la vida, adefesios mal hechos, infrahumanos, espectros del infierno… Y así sigue en toda la canción, tiene unos insultos muy creativos. Puedes buscarla en YouTube y escucharla completa, e incluso ponerle subtítulos. Se llama «Rata de dos patas».

—¿Cómo se escribe eso?

—Espera, te lo enviaré por mensaje.

Se saca el teléfono, y sé que me envía el nombre de la canción y la intérprete porque mi móvil vibra. Luego deja las manos sobre la mesa y se atreve a darme un vistazo por debajo de sus pestañas.

Martin tenía razón en algo: es muy bonita, pero también tiene un aspecto infinitamente sexi con el delineado, los labios carnosos y el cabello corto oscuro. No sé si lo sabe, porque estoy descifrando una personalidad bastante tímida y algo torpe, pero tal vez eso sea parte de su encanto, aunque no es que me interese saberlo porque en este momento paso de relaciones y estoy más enfrascado en desahogos de una noche.

—Voy a necesitar que me hagas llegar capturas de pantalla de tus conversaciones con Martin, al menos unas pocas, sobre todo en las que tendía al acoso sexual.

—¿De verdad contratarás abogados?

—Los tomaré prestados de mi hermano mayor.

—¿Y por qué tu hermano mayor tiene abogados?

Casi respondo en modo automático que es porque se trata de Holden Harris, pero me detengo a tiempo. Soy desconfiado y no quiero ir por la vida hablando de nuestro parentesco. No es que me avergüence, al revés, más bien ese hombre es mi orgullo, pero sí desconfío porque las personas a veces son falsas e interesadas, y también por mi privacidad.

Holden nunca nos ha expuesto a los medios más allá de que nos fotografíen juntos cuando nos encontramos en público o en una ocasional felicitación en redes sociales. Siempre ha tratado de ser tan privado como sea posible en cuanto a sus hermanos menores, y lo agradezco porque de esa manera llevamos una vida tan normal como se puede.

—Tiene un trabajo bastante importante —me limito a decir.

—Bueno, te los haré llegar, a pesar de que es vergonzoso que vean la forma en que hablaba pensando que seríamos amigos. —Baja la vista a su taza de café—. No puedo creer que haya pasado todo esto.

—Al menos nos enteramos de esa mentira. —Trato de ser positivo, pero por dentro aún quiero dar una paliza a Martin.

—Lamento que perdieras a un amigo. Como alguien que buscaba una amistad, le hago luto a tu pérdida.

Esta vez resoplo para aguantar la risa y sus ojos vuelven a subir a los míos, así que me controlo.

—Gracias por el luto, pero supongo que debía pasar. Ya me lo había hecho antes y quise darle otra oportunidad, pero ya sabemos cómo terminó. Es mejor dejarlo afuera, no necesito personas así en mi vida y tengo otros amigos.

—Eso es bueno.

Se hace un incómodo silencio que ninguno de los dos sabe cómo romper. Me aclaro la garganta para volver a ganarme su atención otra vez.

—Sobre el corte de pelo de Leona...

Eso la hace reír, y me relajo porque la incomodidad disminuye un poco.

—Mamá lo odió, estaba tan enojada que gritaba en español, y solo lo hace cuando el enfado la sobrepasa. También me castigó, pero ¡vamos! Ya soy grande y, además, está fuera de casa y no puede ver si cumplo el castigo.

—¿Cuántos años tienes? —pregunto con curiosidad.

—Dieciocho, ¿y tú?

—Veinte.

—Oh, te ves más joven, como de mi edad.

—No es que dieciocho sean una gran diferencia sobre mis veinte. —Me río—. ¿Hace mucho tiempo que vives en Londres?

69

—Desde los trece años, pero siempre conservaré mi acento.

—No lo decía por eso. De hecho, tu acento es lindo. —Le sonrío—. Solo tenía curiosidad, pocas veces conozco a alguien con otra cultura y nunca había conocido a alguien de tu país.

No menciono que mi familia ni siquiera sabía dónde quedaba.

Otro silencio se instaura entre nosotros, y muevo mi pierna por debajo de la mesa, lo que hace que choque con la suya, pero ambos fingimos que no ha pasado.

—¿Por qué Martin usa tu foto si podría encontrarme contigo en el campus? Sé que es grande, pero igualmente es un riesgo.

—Supongo que contaba con el hecho de que ya terminé mis créditos y vengo muy pocas veces por asuntos administrativos. —Me encojo de hombros—. Apuntaba a la suerte y, de hecho, fue muy mala pata para él que justo coincidiéramos ese día y una vez más en el consultorio.

—Me alivia saber que no recibiré más fotos indeseadas.

Asiento y recuerdo algo. Sonrío y enarco una ceja hacia ella agradecido de que siga mirándome al rostro.

—¿Qué fue todo ese relato sucio de la mamada en el baño de la piscina? —pregunto.

Es impresionante y atrapante la manera en la que el rubor comienza en sus pómulos y se desplaza con rapidez por su nariz y sus mejillas, y de ahí desciende al cuello.

Su relato me recordó a la historia sucia de Alaska Hans. Ella estaría orgullosa de haber escuchado a Mérida.

—Bueno... Pasó y punto —balbucea, y yo río.

Compruebo rápidamente la hora en mi reloj y me doy cuenta de que debo ponerme en marcha hacia el trabajo incluso si no haré nada. Es una pena, porque esto no estaba resultando desagradable.

Le hago saber que debo irme y, como ninguno planea terminarse el café, pronto nos encontramos saliendo de la cafetería y de pie frente a frente.

—Gracias por haberme ayudado a enfrentarme a Martin.

—Gracias a ti, Dawson.

Mi nombre con su acento tiene un sonido atractivo.

Sonrío cuando extiende la mano hacia mí y no dudo en tomársela, y la sacudo ligeramente.

—Fue todo un placer conocerte, Mérida del Valle. Si alguna vez me necesitas, tienes mi número para contactarme.

—Eh... Lo mismo digo.

Libero su mano y le doy un último vistazo antes de alejarme.

70

—¿Qué estás escuchando? —pregunta Alaska desde la puerta de mi habitación.

La veo desde mi cama, y dejo de tirar la pelota en el aire y detengo la canción que he escuchado ya cinco veces.

—Una canción —respondo, sonriendo.

—Me doy cuenta, pero ¿por qué una en español?

—Alguien me dijo hace unos días que la escuchara. Se llama «Rata de dos patas».

Mi español es pésimo, y Alaska se ríe mientras se adentra en la habitación y se deja caer en mi silla giratoria.

—Suena apasionada.

—Es una canción de odio a la población masculina —le hago saber.

—¡Jesús traductor! Ahora necesito leer la letra traducida. ¿Cómo la busco?

Le reenvío el mensaje que Mérida me envió hace una semana, y ella de inmediato la busca. Mientras lo hace, de nuevo empiezo a tirar y atrapar la pelota, y sonrío al pensar en lo inesperado que ha sido buscar la canción. No lo había hecho hasta hoy cuando, una vez más, pensé sobre todo ese loco día.

La canción no era como me esperaba y no sé si eso es bueno o malo, pero teniendo en cuenta que la he escuchado cinco veces, supongo que tiende más hacia lo bueno.

Martin se merecía esa canción. Estoy tentado a ir a su apartamento con grandes altavoces reproduciendo la canción y una pancarta con la traducción para que no se pierda el mensaje.

—¡Esta canción tiene que ser un himno! —Alaska se pone de pie y camina hacia la puerta—. Se la mostraré a Alice, mi hermana la amará.

—Apuesto que sí.

Porque Alice Hans es la presidenta oficial del club Castren a los Idiotas. Alaska me lanza un beso, sale corriendo de mi habitación y me deja con la canción, que se reproduce una vez más.

Realmente fue encantador y destacable haber estado con Mérida, incluso si fue durante unos breves instantes.

71

# 6

## Señor Enrique

### *Mérida*

*Enero de 2017*

Te diré algo en lo que soy muy buena: dibujar pezones.

Puedo dibujar pezones de todo tipo: erguidos, puntiagudos, planos, pequeños, grandes, medianos... Todo tipo de pezones. En serio, me quedan muy reales. Si dibujar tetas a la perfección fuese un don, ese sería el mío, junto con dibujar penes. ¡Qué orgullo!

Así que estoy satisfecha de verdad cuando termino de dibujar el rostro de un chico sexi con lentes y espalda de nadador cuya boca se encuentra envuelta alrededor de un pezón de una chica mientras le pellizca el otro con una mano. Ella tiene una mano aferrada a la sábana, el rostro hacia atrás en expresión de éxtasis, y él se encuentra entre sus piernas. Es apasionado, elegante e increíble, atrapa y me encanta.

Son los protagonistas de la primera serie de dibujos a la que le he hecho más de cinco ilustraciones. Por primera vez no me he detenido y estoy construyendo una historia con imágenes. No le hago diálogos porque no soy buena con las palabras, escribir no es lo mío; es muy triste, porque tal vez podría haber optado por hacer novelas gráficas, pero lo mío es el dibujo, mis dibujos hablan y te cuentan la historia aun cuando nadie los ha visto nunca.

Me acomodo los lentes en el puente de la nariz y me encargo de hacer un detalle muy preciso sobre el pliegue de la sábana, porque adoro que se vea real. Cuando termino, estoy adolorida de la espalda y tengo los dedos acalambrados, pero ¡joder! Me encanta.

Tarareo una canción mientras enciendo mi supercomputadora y conecto la tableta digital. Después de escanear el dibujo, lo guardo dentro de mi sagrada caja (ahora en una segunda caja, porque la primera está llena) y, tras devolverla debajo de la cama, comienzo a perfeccionar los detalles y a darle

72

color a mi dibujo, que se unirá a la carpeta «Deseos antagónicos», nombre que les he dado a los dibujos de esta historia.

Así que durante una hora estoy perdida, escuchando música muy variada y comiendo barritas energéticas. Ojalá pudiese hacer esto todo el tiempo. Me encanta, es divertido y lo disfruto tanto que es una lástima que tenga que avergonzarme de ello, pero me consuelo diciéndome que en el futuro podré ser la diseñadora de una novela gráfica de alguien más o trabajar las ideas de otras personas. Tal vez solo seré una diseñadora comercial o trabajaré para alguna productora de mangas, y eso ya estará bien.

—¡Mérida!

Salto de inmediato y bloqueo la pantalla de la tableta digital con una rapidez impresionante al mismo tiempo que apago la pantalla de la computadora. Me giro y me encuentro a mi mamá observando con sospecha mi habitación, como si esperara que estuviese escondiendo a un chico desnudo, pero supongo que luzco demasiado sospechosa.

—¿Qué haces?

—Eh… Hacía un trabajo de clase. ¿Quieres verlo?

La única razón por la que lo digo es que sé que no querrá verlo, porque todo lo referente a mis estudios le da igual, no le gusta mi elección de carrera y no tiene problemas en hacerlo muy evidente. Si actúo como que quiero compartir mi trabajo, ella pasará de ello. En efecto, ignora mi propuesta y parpadea varias veces mirándome. Luego se adentra en mi habitación y se fija en la eterna silla donde lanzo toda la ropa que me quito o decido no ponerme y que ubico en su lugar cuando me vienen las ganas de hacerlo.

Con el pie alinea uno de mis pares de zapatos y suspira mirando la cama, que, de hecho, está arreglada, pero no como ella quisiera.

—Ordena un poco tu habitación. Eso no te matará, Mery.

Tengo un conflicto con el apodo por el que me acaba de llamar, y es que siento que le resta fuerza a mi nombre y pasa de ser un nombre hispano a algo que suena anglosajón. No es que sea supernacionalista, pero sorprendentemente me gusta mi nombre. Cuando es mamá quien lo acorta me siento rara, porque a veces creo que quiere eliminar esa parte de nosotras que viene de otro lugar en pro de formar parte de la nación donde vivimos.

Puedo convivir con ambas culturas. Para disfrutar y querer a Inglaterra no necesito despreciar mis raíces.

Su mirada se desplaza de nuevo por la habitación y termina en mí.

—¿Por qué te maquillas así? Eres tan bonita y haces eso…

«Eso» es mi clásico delineado de ojos de gato y pintura labial carmín o roja. Es el maquillaje que siempre uso, mi caparazón, la fuerza que me hace

73

sentir mejor cuando me muestro al mundo, y también me gusta mucho cómo me veo con él. Desde el momento en que aprendí a hacerme un delineado perfecto, nunca he dejado de hacérmelo.

—Tú también llevas maquillaje —señalo.

—Pero es elegante.

Es cierto que es sutil, aunque conlleva bastante tiempo. Sí, se ve elegante y preciosa, pero soy capaz de aceptar que existen miles de formas de maquillarse y que cada una de ellas está genial, a pesar de que ella no lo ve así.

—Me gusta mi maquillaje.

—Pero ¿les gusta a los demás?

—¿No se supone que debes decirme que tengo que amarme a mí misma y que la opinión de los otros no importa? —intento bromear.

Hay unos segundos de silencio, y ella suspira y se acerca a mí. Se lleva mi mejilla contra su estómago y me acaricia el cabello.

—Lo siento, cariño, tienes razón. Eres hermosa de cualquier manera —dice, y sonrío.

—Mamá, hueles muy rico —comento, acariciando mi mejilla con su suave camisa de seda, y eso la hace reír.

—Tengo que irme dentro de un par de horas.

—Pero recién llegaste esta mañana. —Me separo para alzar la vista y verla.

—Lo sé, pero alguien debe trabajar en esta casa para que vivamos bien.

—No trabajo porque no me dejas.

—No quiero verte de camarera o en trabajos de ese tipo. He trabajado muy duro para que tengas una vida plena y cómoda, para que puedas concentrarte en tus estudios y que no te falten la comida ni todo lo demás.

—*Una mamá luchona* —digo, y frunce el ceño.

—Volveré muy tarde o mañana. Necesito que hagas la compra en el supermercado. —Retrocede y me quita la calidez de su contacto—. Y el próximo jueves tenemos una reunión en casa de un importante colega.

—¿Tenemos?

—Sí, tenemos.

—Mamá, sabes que odio ese tipo de eventos, soy muy incómoda socialmente.

—Tiene hijos, podrás hacer amigos aptos.

—Y de nuevo eres una mamá autoritaria.

—¡Mérida del Valle! Solo te pido eso.

Mentira, me pide muchas cosas, pero no lo menciono.

—Oh, y te inscribí en clases en línea de francés.

—¿Qué? Pero ¿qué te hizo pensar que quiero aprender francés?

—Te vendrá bien. En el futuro me lo agradecerás.

—¿No basta con el inglés y el español?

—Cuanto más preparada estés, mucho mejor, es algo que siempre les agradeceré a tus abuelos.

—No quiero aprender francés.

—Las clases empiezan el próximo lunes. En el correo electrónico te debe de haber llegado toda la información.

—Mamá, no quiero aprender francés —repito.

—Tendrás que hacerlo.

—¿Por qué?

—Porque vives bajo mi techo con mi dinero y mis cuidados, y te adaptas a mis reglas.

—Pues entonces me voy de casa.

Se ríe porque he usado ese argumento muchas veces y nunca lo cumplo, y ya parece un chiste.

—Claro, cariño. Ahora iré a descansar unos minutos antes de irme.

—Mamá, no quiero aprender francés —vuelvo a decir, pero me ignora y sale de la habitación.

Lo peor es que tiene razón: no puedo irme de casa porque no tengo nada. Mis tarjetas se recargan con su dinero; solo tengo una amiga, Sarah, que comparte piso con otras compañeras de universidad, y Londres es ridículamente caro. Para poder alquilar tendría que demostrar unos ingresos mensuales y una carta de trabajo, cosa que no tengo.

Suspiro y tomo mi teléfono. Reviso mi bandeja de entrada del correo electrónico y sí, ahí se encuentra un mensaje nuevo lleno de varios documentos adjuntos: supongo que aprenderé francés.

No quiero enfocarme mucho en ello y tengo cero emoción ante mis nuevas clases, así que entro en mi cuenta de Instagram. No hay nada como un buen chismorreo para subir los ánimos. Y así es como me encuentro con que Kellan acaba de subir una nueva foto.

Kellan: *crush* desbloqueado que estudia Arquitectura y que va a una clase conmigo.

No es lo que llamarías hermoso. De hecho, su rostro no es muy simétrico: nariz aguileña, ojos azules impresionantes bastante grandes y labios finos por encima de una barbilla sobresaliente, pero tiene una sonrisa espectacular que contagia y transmite alegría, los ojos le brillan cuando se entusiasma y ese cabello castaño despeinado hace cosas locas en mis hormonas. Es más alto que yo y la verdad es que su cuerpo está bastante trabajado. A veces imagino

75

que la camisa le explota y que me saludan los pectorales. No es lo que considerarías guapo y tampoco estarías babeando a primera vista, es decir, no es una belleza clásica, pero tiene un magnetismo y una energía que atrapan, y eso te lo pueden confirmar todas las señoritas que, junto a mí, babean por él. También ayuda que su cuerpo sea una inspiración obscena de fantasías.

Hemos hablado en clase, sobre todo porque siempre toma el asiento a mi lado e intenta sacar conversación, y yo la sigo con torpeza. He pensado mil veces en invitarlo a salir y me imagino cómo decirlo, pero siempre me acobardo y eso me está enloqueciendo, porque no creo que dure demasiado tiempo estando soltero y de verdad me encantaría que tuviéramos una cita.

Mi última relación acabó hace nueve meses y ha sido una ruptura extraña. Francisco y yo nos conocimos cuando yo tenía quince años, él era —es— un atractivo y carismático colombiano nacido en Medellín, y nadie me advirtió de su encanto, la impresionante labia de sus palabras y la manera en que me envolvería.

Y aunque durante estos nueve meses me ha gustado algún que otro chico de manera casual al verlos y he tenido sexo esporádico más que un par de veces, Kellan es una atracción persistente y realmente me imagino saliendo con él, es solo que necesito un plan de ataque y mucha valentía.

Le doy «me gusta» a su foto y luego miro hacia la puerta, donde Boo maúlla y me observa como si me dijera: «Ven conmigo, inservible humana».

Decido seguirla y bajamos las escaleras. Luego llegamos a la puerta que da al jardín y lo cruzamos para acercarnos a Leona, que se encuentra ladrando de forma histérica.

Me pregunto durante unos segundos si los perros y los gatos son capaces de confabular para tender una trampa a los humanos, porque esto me parece sospechoso. La gata presiona la cabeza contra mi tobillo y maúlla para que avance, y así lo hago mientras Leona sigue histérica.

—¿Qué sucede, Leona?

Cuando llego hasta ella, me agacho a su lado para calmarla, pero entonces noto un sonidito parecido a un chirrido. Cuando Boo maúlla y lo rodea, me doy cuenta de que hay un pajarito de plumas negras con el pico entre amarillo y naranja. No se mueve mucho y parece desesperado, a juzgar por su chirrido.

—Oh, hola, bonito. ¿Qué te sucedió? —digo con dulzura, y veo que una de sus alas está en un ángulo raro.

Intento tocarlo, pero eso lo estresa y se desespera aún más, y yo me asusto porque no sé si puede morir a raíz de eso.

—Esperen aquí, cuídenlo —les ordeno a Leona y Boo, y creo que me entienden, porque cuando corro hacia dentro de la casa, se quedan en el jardín.

Voy rápidamente a mi habitación y casi me caigo por las escaleras, y tomo una de mis camisas y vuelvo de forma veloz al jardín. Leona ya no está histérica, pero sí está atenta a cualquier movimiento. Con cuidado, hago un intento de nido con la camisa y luego lo deslizo con lentitud por debajo del cuerpo del pajarito, que está asustado.

—No te haré daño, pequeño.

No sé nada de pájaros ni sobre alas rotas, pero me digo que la solución es ir a buscar ayuda profesional, así que entro en casa con Leona y Boo, que me siguen mientras coloco el nido en un envase de comida y tomo las llaves de uno de los autos.

—Leona y Boo, sean buenas, iré a ayudarlo. No se metan con Perry el Hámster —les ordeno antes de salir.

Pongo con cuidado el envase en el asiento del copiloto y le abrocho el cinturón de seguridad antes de subirme y poner el auto en marcha, nerviosa por el chirrido dolorido y estresado del pajarito.

—Sé que debe de dolerte, pero aguanta, amigo. Encontraremos ayuda.

Gracias al cielo no hay mucho tráfico, pero el pajarito chirriando me tiene nerviosa en el trayecto de veinte minutos hasta la clínica veterinaria donde atienden a los demás miembros de mi pequeña familia. Para mi fortuna, cuando la llovizna comienza a caer, ya he llegado a mi destino.

Salgo rápidamente con el envase abrazado y al entrar miro de un lado a otro. Veo que hay una serie de pacientes esperando y sus dueños me dedican una mirada juzgona. Me dirijo a la recepción y abro la boca para hablar, pero me quedo en silencio.

—¿Sí? —Me dice una mujer joven con una sonrisa alentadora mirando hacia el envase que sostengo—. Puedo ubicarte con Angelo, pero tendrás que esperar a que atienda a dos pacientes. Lissa tiene cinco pacientes y Robinson no vino hoy.

—Quiero ver a Dawson Harris, quiero que lo atienda él —digo con los ojos muy abiertos.

No he visto a Dawson desde el día de la venganza. No volvimos a hablar, pero sí que pensé en él varias veces, en sus bonitos ojos de diferentes colores y en lo memorable que fue nuestra breve interacción. Mamá ha sido quien ha traído a Leona y Boo a la clínica en la revisión de diciembre con su veterinario habitual, Angelo Wilson, pero supongo que hoy nos reencontraremos.

—¿Dawson Harris? —pregunta con sorpresa.

—Sí, sí, con ese veterinario.

77

Me observa con los ojos entornados como si desconfiara y luego esboza una sonrisa de entusiasmo como si estuviese feliz por él, aunque no lo entiendo.

—Ya mismo le aviso. —Se pone de pie con rapidez—. Por favor, ve rellenando este formulario para abrir un expediente.

Tomo el formulario junto con el bolígrafo, pero tengo serios problemas para rellenarlo porque desconozco básicamente todo lo relacionado con este pájaro.

Como nombre escribo «Señor Enrique», en español. Especie: ave. Dejo el espacio de raza en blanco, y hago lo mismo con la edad. En el apartado de patología que tratar escribo «Ala rota», y en la pregunta de si sufre rabia simplemente pongo unos signos de interrogación. Lo demás son datos de mí, y eso sí lo relleno con seguridad.

La recepcionista sonriente regresa, toma mi expediente y ríe cuando lee mi patético intento de dar información. Me sonrojo, y ella desliza de nuevo el expediente hacia mí.

—Dáselo al doctor Harris, él llenará los espacios en blanco.

—Gracias.

—Ya puedes pasar al consultorio, señorita Sousa, él atenderá al... Señor Enrique.

Casi río por cómo suena su intento de marcar la letra erre. Suena como cuando presentan a Enrique Iglesias.

Camino hacia el consultorio con mi nuevo amigo y me encuentro de pie a Dawson Harris, que primero me observa con entusiasmo y luego con incredulidad cuando me reconoce.

—Hola —saludo con timidez—. Tengo un nuevo amigo al que creo que podrías ayudar.

Primero mira el envase de donde provienen los chirridos y luego a mí. Lo veo a través de mis pestañas.

—¿Puedes ayudarnos?

—Claro, Mérida.

78

# 7

## No es una cita

### Mérida

Observo en silencio cómo Dawson desinfecta la herida del ala rota del Señor Enrique. Mueve el hisopo con mucha precisión y cuidado para no hacerle daño al ave, que, tras unos susurros calmantes y unas pocas caricias, deja de chirriar tanto y se siente segura a su cargo.

—Así que ¿cuál es la historia? —pregunta, rompiendo el silencio.

Y necesito unos segundos para darme cuenta de que se refiere a cómo el pájaro llegó hasta mí.

—Nuestra gata Boo fue a buscarme a la habitación y me llevó al jardín, donde Leona ladraba histérica como si me pidiera que salvara una vida. Luego entendí que se trataba del pajarito y actué según lo que me pareció más adecuado y vine aquí tan rápido como pude. Pobrecito —digo estirando el dedo de forma tentativa y acariciando la cabeza de mi nuevo amigo, Enrique.

—Lo rescataste. —Alza la vista y me sonríe antes de tomar un polvo y aplicárselo—. Lo salvaste.

—Parecía lo correcto.

—No todos habrían actuado tan rápido ni corrido a una clínica veterinaria tan cara.

Mi respuesta es encogerme de hombros incluso si él no puede verme. Acaricio otro poco al Señor Enrique y luego me detengo para que el chico pueda trabajar mejor.

—¿Qué es ese polvo?

—Es polvo astringente. Además de detenerle la hemorragia, sirve de analgésico para que no sienta dolor. Imagina que es como partirte los huesos del brazo.

—Qué doloroso.

—Lo es, pero este amiguito lo hará muy bien, estoy seguro de ello.

Dejo ir una lenta respiración de alivio, y él alza la vista y me mira con una pequeña sonrisa que me hace tragar fuerte.

79

—Tu preocupación era palpable.

—Tenía miedo de que muriera de camino aquí... Por cierto, ¿es macho o hembra?

—Acertaste en el nombre, es macho.

El pájaro se queja del polvo y Dawson me hace saber que le ocasiona algo de dolor, pero luego surte efecto y el pájaro está más calmado cuando comienza a aplicarle un vendaje.

—En YouTube hay tutoriales que podrían haberte ayudado, la mayoría de las personas se creen veterinarios haciendo eso y a veces le ocasionan daño al animal en lugar de ayudarlo, pese a las buenas intenciones —me dice.

—Ni siquiera se me pasó por la cabeza y francamente no quería correr riesgos. Podría haberlo asfixiado intentando vendarlo como lo estás haciendo tú.

—Por suerte eso no ocurrió. —Corta la venda—. Estamos listos, paciente atendido con éxito.

De nuevo suelto una respiración llena de alivio, y él centra su atención en mí.

—El cuidado es muy importante, supongo que te lo quedarás durante su recuperación.

En teoría tendría que preguntarle a mi mamá, pero me encuentro asintiendo porque el Señor Enrique ya se convirtió en mi responsabilidad.

—Debes tener mucho cuidado cuando beba agua debido a que la venda lo mantiene restringido y podría perder el equilibrio.

—¿Y morir ahogado? —digo con horror, y él asiente—. Eso sería traumático para mí.

—Sí que lo sería. —Está de acuerdo—. El ala podría tardar aproximadamente cuatro semanas en sanar, puede ser menos o un poco más, y tendrás que cambiarle la venda de forma semanal o si notas que se ha ensuciado. Te explicaré cómo hacerlo.

—Podrías... —Me detengo abruptamente con vergüenza.

—¿Sí?

—Me da miedo hacerlo mal o asfixiarlo. ¿Tal vez podrías hacerlo por mí? ¡Te pagaré!

Hay un breve silencio. Parece estar pensándolo y luego asiente con lentitud. De nuevo respiro profundamente con alivio.

—La alimentación es importante. Necesita ingerir vitaminas y minerales, eso ayudará a que la recuperación sea más rápida. Ahora, necesitamos averiguar su especie para que sean los alimentos adecuados. Me hago una idea del tipo de ave que es, pero quisiera confirmarlo primero.

»Es importante que no olvides que está vulnerable, por lo que dejarlo li-

80

bre frente a tu gata o tu perra no es recomendable incluso si son inofensivas, y tampoco en jardines o en zonas donde no puedas supervisarlo, porque cualquier depredador podría ir a por él.

—Lo que también me resultaría traumático.

—Seguramente. —Creo detectar un brillo de diversión en su mirada—. No podemos mantenerlo en ese envase de comida.

—Lo siento, fue lo primero que tomé.

—Y está muy bien todo lo que hiciste, tus instintos actuaron bien. Déjame ir a por una caja, ahora vuelvo.

Asiento y me mantengo con el pájaro mientras Dawson sale del consultorio. El Señor Enrique parece relajado, debe de ser por el analgésico; de hecho, hace un leve silbido que me hace sonreír.

—Ah, parece que ahora tenemos un silbador con nosotros —dice Dawson al volver con una caja mediana llena de agujeros.

Toma mi camisa, la acomoda y luego carga con cuidado al pájaro. Consigue que beba agua de un vaso recortado y después lo ubica dentro de la caja y me la entrega con cuidado. Se sienta detrás de su escritorio y yo frente a él mientras busca algo en su computadora y sonríe cuando parece que lo encuentra.

—¡Lo sabía! Es un mirlo, lo llaman el Beethoven de los pájaros.

—¡Guau! Señor Enrique, eres supertalentoso —le digo al pájaro en la caja, y Dawson ríe por lo bajo—. ¿Por qué lo llaman así?

—Porque es capaz de aprender muchísimos cantos, es sumamente inteligente e incluso crea melodías bien trabajadas por sí solo.

—¿Estás diciéndome que tengo en mis manos a un superpájaro?

—Algo así. —Sonríe—. No suelen ser comunes como mascotas y, de hecho, no está permitido tenerlo en hogares que los restrinjan, pero eso no será un problema, ya que en cuanto su ala se recupere lo dejarás en libertad, ¿correcto?

—Muy correcto. —Hago una pausa—. Entonces ¿aprenderá cualquier canción que yo cante?

—Posiblemente.

Bajo la vista a esta especie extraordinaria digna de concursos de televisión. Qué impresionante es la naturaleza.

—*Y aunque vengas de rodillas y me implores y me pidas, aunque vengas y me llores que te absuelva y te perdone* —canto mirando al pájaro—, *aunque a mí me causes pena, te he tirado tus cadenas y te dedico esta ranchera por ser el último adiós.*

Ya sabes, es una canción de Paulina Rubio muy personal que canté comiendo helado la primera semana que dejé a Francisco de forma definitiva.

81

Miro con expectación al pájaro y, en efecto, comienza a emitir un silbido con la tonalidad de la canción.

—¡*Virgencita divina*! ¡Está cantándola! —digo con emoción, y me giro hacia Dawson, que simplemente me mira—. ¡Está cantando!

—Lo hace —me dice antes de morderse el labio inferior y suspirar—. ¿Te queda alguna duda sobre el Señor... Enrique?

—No, no, todo me queda superclaro. —Me pongo de pie con mi caja preciada—. ¿Cuándo debo traerlo para la venda?

—El próximo martes o antes si se ensucia. —Rodea el escritorio para darle un vistazo al pájaro—. De todas maneras, estaré monitoreándolo por mensajes, ¿de acuerdo?

—De acuerdo.

—Y ahí organizamos si la consulta será aquí o a domicilio. Me avisas de absolutamente todo, cualquier cosa no dudes en notificarme, y mantén la caja limpia.

—Entendido. —Asiento muchas veces almacenando la información, y entonces recuerdo algo—. Oye, me da mucha vergüenza decirte esto.

—¿El qué?

—Es que salí deprisa y no tomé mi cartera. ¿Puedo hacer una transferencia?

—Oh, sí, eso háblalo con Susana, ya sabes, la recepcionista.

—Perfecto. —Le sonrío y me devuelve el gesto.

Y durante unos segundos nos quedamos sonriéndonos. Luego ambos desviamos la mirada al darnos cuenta de que eso ha sido extraño.

—Así que eso sería todo —me dice.

—Vale, pues el Señor Enrique y yo ya nos vamos.

Giro y abro la puerta. Apenas he dado un paso cuando dice mi nombre y al volverme lo encuentro sonriendo.

—Gracias por haber confiado en mí.

—Gracias a ti, doctor Harris, hiciste un trabajo genial.

De nuevo nos sonreímos, y luego voy a recepción para hacer el pago por transferencia con mi nuevo cantante superviviente, que será un residente temporal en casa.

**Dawson:** Envíame una foto de la venda para ver lo sucia que está.

Es domingo y he tenido un colapso aterrador cuando ha amanecido y, después de atender a Perry el Hámster, fui a revisar a nuestro huésped y me lo encontré con el vendaje manchado. Él estaba silbando tan tranquilo, lo que me dio algo de alivio, pero no dudé en escribirle a Dawson porque todos los días le envío una actualización del Señor Enrique o él me escribe para estar al día.

Tomo una foto de mi amigo de plumas y se la envío, y su respuesta no tarda en llegar.

**Dawson:** necesita un cambio de vendaje

**Dawson:** hoy la clínica solo abre para emergencias. ¿Te parece bien que vaya y lo cambie? Siempre puedes intentarlo con un vídeo que te envíe

**Mérida:** ¡No, no! Ven tú y hazlo por favor me da miedo lastimarlo

**Dawson:** bien envía tu dirección

**Dawson:** estaré ahí dentro de dos horas cuando me desocupe

Y eso hago, le envío la dirección y luego tomo la caja donde está el Señor Enrique junto a Perry el Hámster —que lo saco de su supercasa— y bajo a desayunar con su compañía y a verificar que Leona esté bien. Boo se encuentra debajo de mi cama.

Dejo a Perry disfrutando en su casita de juegos ubicada en el jardín y desayuno con la caja a un lado después de ponerle comida y agua. Como con lentitud y veo que Leona ha aparecido para gruñirme. Suspiro.

—¿Ahora por qué me odias, perra mimosa? ¿No te parece que hago demasiadas cosas por ti como para que me odies?

Ladra y luego se postra en el suelo sin perderme de vista. Es muy incómoda e intensa, así que trato de ignorarla.

Justo cuando termino de lavar el plato en el que comí, suena el timbre y Leona —que no ladra cuando debería— camina de forma odiosa hacia la puerta esperando que la abra. Cuando lo hago, ahí se encuentra Dawson.

Lleva un pantalón de chándal negro y camisa blanca debajo de un suéter negro. Además, trae el cabello despeinado y se ve... demasiado bien, lo cual no necesito notar.

—Hola, Mérida del Valle. —Le devuelvo el saludo y baja la vista a la perra, que lo mira con interés y amabilidad—. Y hola, Leona, veo que te estás recuperando muy bien de tu corte de cabello.

Se agacha y le acaricia el pelaje, cosa que a ella le encanta, porque se vuelve mansita. Un maullido resuena justo antes de que Boo aparezca y retoce por las piernas de Dawson en un ronroneo, y él también la acaricia mientras sonríen. ¿Qué es? ¿El domador de animales odiosos?

Me aclaro la garganta para llamar su atención, cosa que consigo. Se pone de pie y lo hago pasar y lo guío hacia el paciente. Él toma asiento al lado del pájaro y abre su mochila y saca lo que necesita para atenderlo mientras le hago un resumen más extenso de cómo han ido sus cuidados de la semana.

—Lo has estado haciendo muy bien, se ve saludable.

—Y no ha muerto ahogado ni se lo han comido los depredadores.

—Felicidades por eso —me dice con un tono de diversión, y se pone unos guantes.

Leona vuelve a acercarse a él e intento alejarla, pero gruñe. Aun así, no me intimido y la alejo, y ella me mira con desprecio.

—Déjalo trabajar, deja de ser una perra desesperada de atención —le reprendo, y ella me ladra.

Veo que nuestro querido doctor Harris procede con delicadeza a cambiar el vendaje, y es que ni viéndolo mil veces aprenderé a hacerlo con tanta destreza como él. «Oh, Dawson, mi héroe».

Cuando termina, le acaricia con el pulgar la cabeza y el Señor Enrique comienza a cantar una canción que reconozco, y me emociono.

—*Las divinas, las divinas brillan, brillan como stars. Fuera feas, fuera feas, para ustedes no hay lugar* —canto al ritmo del Señor Enrique—. *Nadie pasa de esta esquina, aquí mandan las divinas, porque somos gasolina, gasolina de verdad.*

»¡Muy bien, Señor Enrique! —Y él cambia a otro canto que me hace emitir una exhalación de emoción—. *Si te he fallado, te pido perdón de la única forma que sé, abriendo las puertas de mi corazón para cuando decidas volver. Porque nunca habrá nadie que pueda llenar el vacío que dejaste en mí.* —Me llevo una mano al pecho—. *Has cambiado mi vida, me has hecho crecer, es que no soy el mismo de ayer. Un día es un siglo sin ti.*

Repite la estrofa una y otra vez, y yo lo miro embelesada. Amo a este pájaro talentoso, en serio, debería tener su propia discografía. Es muy inteligente, en menos de una semana ha absorbido varias de las canciones que le pongo todo el día, y cuando tarareo o hago algún sonido melódico, intenta imitarlo.

84

—¡Vaya! Parece que lo has estado entrenando.

Me paralizo al recordar que Dawson está aquí. ¡Oh, Virgencita! Qué vergonzoso, evito su mirada.

—Eso fue lindo —comenta, y aunque no lo veo, tal vez él podría estar sonriendo mientras me sonrojo—. Tienes una bonita voz.

—No quiebro ventanas, pero tampoco evoco a los ángeles —digo con timidez, y eso lo hace reír por lo bajo.

—Bueno, señorita que hace duetos con pájaros, por aquí estamos listos. —Lo devuelve a la caja—. Estás haciendo un buen trabajo.

—¿Quieres algo de beber? También tengo galletas hechas por mí… Bueno, hechas por mí con una mezcla de cartón —confieso—. Tengo jugo, gaseosas, agua con gas, sin gas, vino que le robé a mi madre y té.

—Un té estaría bien.

—¿Té helado o té pretencioso de taza?

—Té helado —responde divertido.

—Bien, ahora vuelvo.

Servir té helado no tiene mucha ciencia ni complicaciones, por lo que no tardo en volver con el vaso, y me encuentro a la perra y a la gata retozando a los pies de Dawson de forma encantadora. Boo no deja de ronronear, y Leona está echada como si cuidara de algún rey.

—Aquí tienes. —Le entrego el vaso y me siento en el sofá individual frente a él observando a mis animales—. Es ofensivo presenciar tanto cariño hacia un desconocido. No te molestes, pero es que yo he recibido desprecio y trato de sirvienta en la época feudal por parte de ellas.

—Me parecen encantadoras y bonitas. Tu british shorthair está preciosa —dice acariciando a la gata detrás de la oreja.

—Sí, pero no está tan preciosa cuando se esconde debajo de la cama de noche o cuando de madrugada la encuentro en la oscuridad con esos ojos amarillos brillando de forma espeluznante.

—¿Cuántos años tiene?

—Cuatro, casi cinco.

—¿Y siempre ha tenido esa peculiar relación contigo?

—Sí, siempre me ha considerado su esclava y siempre duermo con un ojo abierto por si decide, ya sabes, matarme.

—No te matará, es una dulzura. Tal vez te vea como una hermana a la que fastidiar.

—¿Me estás llamando gata? —pregunto con el ceño fruncido, y él no responde.

—Pero ¿te gustan los animales?

85

—Sí. —Sonrío—. De hecho, yo las quiero —digo haciendo un gesto con la cabeza hacia las traidoras— y sé que ellas me quieren a su manera. Perry el Hámster es de mis más grandes amores, y ahora también quiero al Señor Enrique.

»Siempre fue así, desde que era pequeña. Mis abuelos odiaban que llegara a casa con animales abandonados o heridos, y aquí siempre que puedo paso por un refugio de animales a ayudar.

Alza la vista y la enfoca en mí mientras hablo y bebe su té helado. Por alguna razón, sigo con la mirada la forma en la que su garganta se mueve al tragar.

—Hice el trato con mi mamá de que dejaría de traer animales abandonados en la calle siempre que ella aportara alguna ayuda monetaria al refugio adonde los llevo. Y ha funcionado, mensualmente hace una donación y consiguió que algunos de sus colegas también lo hagan.

—¿Ama a los animales tanto como tú?

—De hecho, sí, solo que es un poco selectiva a la hora de tenerlos, pero le gustan muchos. Si viera una cucaracha, no la mataría... Yo sí, me declaro culpable, pero es que me dan mucho asco.

—Está genial lo del refugio. ¿A cuál patrocinan? —pregunta y, cuando respondo, asiente en reconocimiento y me explica que los domingos ayuda en otro refugio de la ciudad—. Tal vez podrías venir conmigo algún día.

Suena a una cita y no soy la única que lo nota, porque se aclara la garganta.

—Quiero decir no como una cita.

Au.

—No es que no quisiera tener una cita contigo ni nada.

¿Eh?

—Pero no es una cita... Solo creo que lo pasaríamos genial.

Suena como una cita.

—Pero no así como una cita, más como... Como...

—¿Como dos personas ayudando en un refugio de animales? —Tanteo.

—¡Exacto! —Respira hondo—. Lo siento, no quise parecer extraño.

Sonrío antes de morderme el labio inferior y bajo la mirada hacia el suelo porque no me ha parecido extraño, sino que me ha parecido superlindo.

—Eso me gustaría, podría ser el próximo domingo —propongo—. Y no es una cita.

—Podría pasar a cambiar el vendaje del Señor Enrique y de aquí vamos al refugio, que no será una cita.

—Entendido. —Me río.

86

Se hacen unos segundos de silencio, y prometo que Boo me mira como si me preguntara si soy estúpida por creer que tengo derecho a salir con el chico que le gusta o como si pensara que soy estúpida por no salir con el chico que le gusta. Gata desgraciada.

—¿Martin volvió a contactar contigo de alguna manera durante todo este tiempo?

—No, pero tal vez sea porque me eliminé la aplicación. —Me encojo de hombros—. Quedé un poco asustada después de eso.

—No todas son malas experiencias.

—No quise correr el riesgo. ¿Qué hay de ti? ¿Recuperaron la amistad?

—No, ha intentado contactarme, pero lo he estado ignorando y el día que tuve que ir de nuevo a la universidad no lo vi. Fui honesto sobre no querer saber nada de él.

—Si necesitas reemplazar ese puesto de amigo, tenme en cuenta, por favor —bromeo—, estoy buscando vacantes de amistad.

—Te gustan los animales, eres divertida y vives en Londres, me sirve. Puedes ser mi amiga.

No sé si bromea o si lo dice en serio, pero eso me enciende de emoción como un arbolito de Navidad.

—Acepto —digo, y él simplemente me mira—. Acepto ser tu amiga.

Todo lo que hace es sonreírme antes de lamerse los labios y mirar hacia el techo. No sé qué estará pensando, pero cuando baja la vista la sonrisa todavía está ahí.

—Tengo que irme, ¿de acuerdo? Sigue informándome sobre la evolución de Enrique.

Se pone de pie y yo también lo hago, y lo sigo igual que Boo y Leona hasta la puerta. Estoy segura de que, si pudiera, el Señor Enrique también lo seguiría.

—Te haré la transferencia —digo después de abrir la puerta—. Gracias por venir, es un domingo y no todos lo habrían hecho.

—No hay problema.

—Lo veo el próximo domingo para la no cita, doctor Harris.

—Nos vemos —dice con una sonrisa—, Mérida del Valle.

Sonrío mientras veo su espalda alejarse y casi suspiro, pero me detengo porque se me prohíbe suspirar por mi nuevo amigo, ¿verdad?

87

8

# Oh, no, Dawson está en problemas

*Dawson*

—¡Basta! —le pido riendo a Ophelia, que intenta hacerme cosquillas.

Mi amiga y yo nos encontramos en el sofá de mi casa. Lo que comenzó como un juego de picarnos con el dedo ha terminado en cosquillas, y ahora ella está trepando sobre mí mientras insiste y yo estoy riendo.

Conocí a Ophelia en una fiesta de primer año y por alguna razón nos hicimos amigos. Es una castaña linda de ojos verdes que siempre tiene buena actitud y una dulce sonrisa. En serio, es como la persona más buena del mundo. Pese a que suelo tener romances fugaces y duraderos, nunca he dado ese tipo de paso con ella porque aprecio nuestra amistad y una follada o una aventura no vale la pérdida de amistad, ya que soy consciente de que no tengo sentimientos románticos hacia ella y ella no se siente igual. Puede que haya tensión entre nosotros, como ahora que básicamente está a horcajadas sobre mí, pero eso es normal considerando que la encuentro atractiva y que me parece una buena persona. Sin embargo, puedo resistirme e ignorarlo.

Deja de retorcerse sobre mí y ambos respiramos en jadeos mientras le sostengo las manos entre nuestros cuerpos. Su cabello es un desastre, y tiene el rostro muy cerca del mío. Es un momento con mucha tensión, y creo ver algo en su mirada que me hace tragar saliva, porque espero que esté pensando en ignorarlo, como hago yo, porque de verdad que no hay nada romántico entre nosotros. Sé que no la quiero de esa forma y que intentarlo tampoco funcionará.

—¿Qué hacen?

La voz de Holden, mi hermano mayor, nos sobresalta, y básicamente la lanzo fuera de mi regazo al sofá mientras él nos observa de pie con una sonrisa llena de picardía. Me aclaro la garganta porque no quiero que se malinterprete, pero aclararlo demasiado solo le dará rienda suelta a Holden para convertirlo en algo más grande o algo que no es, lo conozco muy bien.

—¿Qué haces aquí?

88

—Hayley me invitó a probar lo que sea que horneará —responde mi hermano mayor.

—Salió a por unos ingredientes —le hago saber, relajándome en el sofá, y noto la mirada de Ophelia.

—Ah, de acuerdo —dice, y se sienta en el sofá individual—. Creo que te recuerdo —añade, mirando a mi amiga.

—Sí, nos conocemos.

—Eso creí. Se veían bastante amistosos.

—Es porque somos amigos —resalto, y él sonríe.

—Creo que ya me iré, tengo libros que leer para mi clase. No todos conseguimos terminar la uni tan rápido —comenta Ophelia poniéndose de pie, y yo también lo hago—. Hasta luego, Holden.

—Te veo luego…, eh…, cariño —termina por decir, porque no recuerda su nombre.

Le hago un gesto con los ojos que quiere decir: «Eres un imbécil», y él se encoge de hombros. Camino detrás de Ophelia y la acompaño hacia su auto, que está estacionado frente a la casa, y nos detenemos a un costado de la puerta del conductor después de que la abra.

—Extraño verte más a menudo, es raro que no estés en la uni.

—Ahora soy un hombre trabajador. —Sonrío.

—Pero sigues yendo de fiesta, solo que no me avisas.

No lo hago porque cuando voy de fiesta estoy en plan conquistador para dejar que pase lo que tenga que pasar, y me sienta mal hacerla ir juntos para luego dejarla sola. Creo que no resulta positivo para ninguno de los dos, y desde que supe que en una fiesta se emborrachó y besó a Drake en su habitación pensando que era yo, decidí poner un poco de distancia entre nosotros sin terminar la amistad para enviarle el mensaje de que somos amigos y eso es todo lo que podemos ser.

Ella no sabe que yo sé lo que sucedió aquella noche. Mi copia mal hecha la auxilió porque estaba superebria y se supone que ella iba a dormir en mi habitación, solo que mi puerta tenía seguro y no pudo entrar, así que él la llevó a su cuarto para que usara su cama, pero Ophelia tenía otros planes y lo atacó con su boca en una neblina pensándose que mi hermano, cuyos tatuajes eran visibles en un brazo, era yo. Le hizo prometer a Drake que no me lo diría, pero nuestra conexión y honestidad está por encima de cualquier promesa hecha a terceros. Sin embargo, nunca he mencionado que lo sé.

Aquí las cosas no son como la complicidad y la amistad que Alaska y Drake tenían mientras se amaban en secreto. Soy honesto cuando digo que entre nosotros no pasará nada romántico.

89

—Espero que no pasen siglos hasta que nos veamos de nuevo. —Me da un toquecito en el brazo.

—Fueron como dos semanas.

—Una eternidad —dice, acortando la distancia y dándome un abrazo, y yo se lo devuelvo de forma breve.

—Te veo pronto, conduce con cuidado.

Me mira durante unos pocos segundos antes de suspirar y subirse al auto. No entro en casa hasta que su auto dobla la calle, y apenas entro, Holden comienza un interrogatorio.

—¿Tienen algún romance apasionado?

—No.

—¿Un romance tierno?

—No.

—¿Un romance sin compromisos?

—No hay ningún tipo de romance entre Ophelia y yo.

—Ah… ¿Y con Merida?

Me giro para mirarlo con demasiada rapidez, y él sonríe y sostiene mi teléfono frente a mí. Pero ¿cuándo…? Debió de caerse en el sofá con todo el desorden que tenía con Ophelia.

—Te escribió un «¿Puedes hablar?» y una carita de ojitos suplicantes.

—No se pronuncia así, se llama Mérida —corrijo. No es que lo haga mucho mejor que él, pero destaco la diferencia—. Y dame el teléfono.

—Oh, así que nos importa.

—No hables en plural. —Intento tomar el móvil, y él se ríe y lo aleja.

—¿Quién es? ¿Ya la invitaste a salir? ¿Sabe que te gusta?

Gruño y logro arrancarle el teléfono, pero sonríe mientras me mira con picardía y no deja de hacer preguntas, que yo ignoro. Subo rápido las escaleras y me encierro en mi habitación para que no pueda venir a seguir molestándome.

No quiero que Holden sepa que nos conocimos por Martin, porque hace tiempo, cuando sucedió lo de Leah, él me advirtió de que debía terminar esa amistad y también mencionó que había perdido mis bolas por haber hecho la estúpida promesa de no invitarla a salir.

Me tiro a la cama y desbloqueo el teléfono y, en efecto, tengo un mensaje de Mérida. No sé muy bien si estamos consiguiendo eso de ser amigos, pero después de hablar del pájaro charlamos de otras cosas más casuales y a veces divertidas. Además, tenemos todo este asunto de la no cita del domingo.

Me planteo si responder el mensaje o llamarla, pero hago esto último, y ella contesta cuando ya estaba a instantes de colgar.

—¿En qué puedo ayudar? —pregunto después de saludar.

90

—Estoy muy cabreada y mi amiga Sarah se encuentra sin batería, por lo que no me puedo desahogar.

—De acuerdo. —Acomodo la almohada debajo de mi cabeza—. ¿Qué sucede?

—Soy socialmente incómoda, no me gusta hablar en público, soy tímida y los chicos guapos hacen que me cueste decir cosas.

¿Tímida? Sí noto algunos gestos de timidez, pero estamos hablando de la misma chica que se pone a cantar en español, y sobre lo de los chicos guapos...

—¿Estás diciendo que soy feo y que por eso hablas conmigo con total normalidad? —interrumpo su discurso.

—No eres feo, eres...

—¿Soy...? —Sonrío.

—Atractivo, lindo, sexi —dice con rapidez—, pero la cuestión es que mamá me hizo ir a un evento social con uno de sus colegas y estaban sus dos hijos. Sexis y hermosos, pero unos idiotas.

»Estuvieron molestando toda la noche diciendo que no hablo, que soy silenciosa, y luego... Luego dijeron que igual no necesito hablar para chupársela o gritar de placer. —Al decir esto último alza la voz—. Y literalmente me propusieron hacer eso.

No me queda claro cuándo pasamos de tener una relación de falso acosador y mujer engañada a una de novios de mentira, haciendo una parada en una relación de veterinario y representante de paciente y terminando en esta conversación. Supongo que, en efecto, quizás somos amigos, aunque no sé cuándo ni cómo sucedió.

—Fue denigrante la manera en la que lo dijeron, así que la timidez desapareció por mi enojo y les grité, y mamá me acusó de protagonizar una escena vergonzosa, pero es porque no escuchó lo que me dijeron, y llegué furiosa a casa e hice una locura.

—¿Qué hiciste?

—Le pedí salir a Kellan. —Hace una pausa—. Es un estudiante dos años mayor y me parece atractivo. Le envié un mensaje por Instagram y me respondió, pero no he sido capaz de abrir el mensaje.

Hummm, así que invitó a salir a alguien, qué interesante. Como «amigo» tengo que decir algo, ¿correcto?

—Abre el mensaje, estaré desde aquí dándote apoyo.

—Pero ¿qué pasa si dice que no?

¿Quién le diría que no? Es hermosa, sexi y divertida. Además, le gusta ser buena con los animales.

—No creo que te diga que no, pero si lo hace, pasas de él y ya está.

91

—Lo haces sonar fácil.

—No tiene que ser difícil. ¡Vamos! Ábrelo.

Parece estar de acuerdo y me pide que espere mientras lo hace. Más le vale que le haya aceptado la invitación, porque en serio tendría que ser un idiota para no hacerlo.

—Dawson —susurra.

—¿Sí?

—Dijo que sí, Kellan dijo que sí... Me dijo que sería genial y que le haga saber cuándo estoy disponible.

Medio sonrío escuchando su risa nerviosa.

—¿Ves? Sabía que diría que sí.

—No pensé que llegaría tan lejos. ¿Qué le respondo?

—Dile algo muy casual del tipo «Será divertido» y finaliza con que ya hablarán pronto para organizarse, sin emoticones de corazón.

—¿Por qué?

—Porque es la primera vez que hablan y no quieres verte empalagosa.

—¿Te molestaría si te enviara un corazón? ¿Me considerarías empalagosa?

—A mí no, pero no todos son yo.

—Uy, cuidado. —Se ríe—. Listo, enviado. No me puedo creer que tendré una cita con Kellan y tampoco que seas el primero en saberlo. Lamento si te incomodé, ni siquiera sé por qué no me da vergüenza contigo cuando eres físicamente tan guau.

—¿Tan guau?

—Muy guau... ¿Tienes novia?

—No.

—¿Por qué?

—Porque no me interesa en este momento, no estoy enfocado en conseguir una relación.

Se hacen unos extraños segundos antes de que se aclare la garganta.

—Bueno, voy a colgar —dice con suavidad—. Gracias por esto... Te veo el domingo.

—Te veo el domingo —respondo antes de que la llamada termine.

Entonces, justo al colgar, llega un mensaje de Leah por Instagram.

**Leah Ferguson:** Hola extraño ¿Podemos hablar?

Tardo en responder porque aún parece todo un poco extraño, pero finalmente lo hago.

92

**Dawson Harris:** aquí ya es tarde, Leah pero me encantaría hablar contigo pronto

**Leah Ferguson:** hablamos pronto

Le envío un emoji y dejo el teléfono a un lado, y luego me giro en la cama y me ordeno dormir.

$$\star \quad \star \quad \star \quad \star$$

¿Cómo es que los días están avanzando tan rápido? Me parece insólito que ya sea domingo.

Tomo mi mochila, bajo del auto que comparto con Drake y, antes de que pueda presionar el timbre, escucho unos histéricos ladridos.

—¡Leona! No seas grosera conmigo, solo quiero que nos tomemos una foto para enviársela a mamá —grita la voz de Mérida—. ¿Por qué me odias si yo te amo? ¡Leona, ven aquí!

»Señora Jane, ¿puede pedirle que se tome una foto conmigo? Ella no me lo permite, dígale que me duele.

Hay un silencio antes de que Mérida grite con frustración.

—*Cría cuervos y te sacarán los ojos* —exclama en español—. Eso es lo que me hace Leona.

Quiero tener un mejor contexto de toda esta situación, así que presiono el timbre y abre la puerta una señora con el cabello rubio repleto de canas y una suave sonrisa.

—¿En qué podemos ayudarlo?

—Vengo a ver a Mérida.

—Oh, eres ese chico —dice, sonriendo, y se hace a un lado.

No sé qué «chico» soy, pero le devuelvo la sonrisa y entro en la casa, que es casi tan grande como la mía y tiene una decoración impresionante que me hace preguntarme si he venido a visitar a alguien de la realeza: paredes de color crema con un tapiz de bordes dorados, cuadros hermosos ubicados estratégicamente, sofás blancos en los que me da miedo dejar caer el culo y un suelo reluciente beige. La casa se ve espaciosa y elegante.

Dejo de prestar atención al impresionante decorado cuando aparece una gata ronroneando y viene hacia mí y se desliza entre mis piernas. Casi creería que coquetea conmigo, y es tan hermosa que, si fuese un gato, este sería mi tipo.

Me agacho y acaricio a Boo antes de avanzar hacia la sala, donde Leona ladra mientras Mérida la sostiene y se intenta tomar lo que parece una selfi.

93

—Me rindo, tiro la toalla. Vete lejos de mí, perra malagradecida. —La libera y Leona, que parece decepcionada, trota hacia mí—. *Nadie sabe para quién trabaja.*

Necesito con urgencia comprarme un diccionario de español para aprender y entenderla cada vez que habla en dicho idioma. Lamento que en la vida real no existan subtítulos.

—Hola, Leona.

Me complace ver que le ha crecido favorablemente el pelo. Me dolió mucho darle un mal corte a petición de Mérida.

—Y llegó el domador de los animales —canturrea la venezolana levantándose del suelo.

La observa mientras lo hace. Lleva un *jogger* azul, o al menos creo que así se llaman, con una camisa básica blanca de mangas cortas que tiene el logotipo de una marca reconocida y costosa. Tiene los ojos delineados como siempre, y sus labios son un poco más oscuros que el carmín habitual, creo que es una especie de púrpura. Es la primera vez que le veo el rostro despejado del flequillo, porque una bandana roja cumple el papel de una especie de diadema. Se ve… muy bien.

—Hola, Mérida.

Me devuelve el saludo con una leve sonrisa tímida y luego dirige la vista hacia la mujer que me ha abierto la puerta y que parece estar mirando alguna telenovela gracias a nosotros.

—Ven, vamos arriba. En mi habitación tengo al Señor Enrique y así Jane puede seguir con lo que hacía. Por cierto, ella es Jane, la mujer más linda y amable del planeta.

—Un gusto conocerla, señora Jane. Soy Dawson.

Estrechamos las manos y luego camino al lado de Mérida hacia las escaleras. Leona y Boo vienen detrás de nosotros, pero la chica se gira.

—Se quedan aquí abajo, abajo —dice, repitiendo la última palabra.

Y tengo que ser honesto: parece que la gata le dedica una mirada de desprecio y que Leona podría meterse en una pelea con ella. Sin embargo, la obedecen, y pronto nos encontramos subiendo las escaleras y dejándolas atrás.

—El Señor Enrique está tan bonito, no puedo creer que ya lleve casi dos semanas conmigo. Dentro de poco su ala ya estará curada y podrá volar. Lo extrañaré, pero me da felicidad que podrá volver a su libertad.

—Apuesto a que está muy feliz de haber sido rescatado por ti.

No me responde, pero creo ver un sonrojo. Cuando entramos en su habitación, estoy gratamente sorprendido por los dibujos acumulados en una de las paredes. No alcanzo a ver mucho, pero se ven impresionantes. Ignoro el

94

desorden porque veo que se avergüenza y me explica que no esperaba que lo hiciéramos aquí, y me guía hasta el ventanal, donde al Señor Enrique le da la luz del sol en su caja.

Mientras saludo al pájaro y le cambio el vendaje, me siento verdaderamente orgulloso de su evolución, y creo que se recuperará antes de la cuarta semana porque se ve bastante saludable. Además, canta mientras lo atiendo, y es el ritmo de otra canción hispana con la que Mérida lo acompaña. Son un extraño equipo adorable.

Cuando termino, hay una conversación breve y casual mientras aprovecho para darle un vistazo al hámster, que literalmente parece tener una casita para sí mismo.

—Abajo tiene su casa de verano —bromea, o eso creo.

Los animales en esta casa tienen una vida bastante buena, para ser sincero.

Después de ello, dejamos la caja con la señora Jane, que descubro que es el ama de llaves. Cuando estamos dentro de mi auto, se produce un silencio un poco incómodo mientras conduzco. No sé muy bien qué estamos haciendo, pero creo que es inofensivo.

—Así que… —dice, rompiendo el silencio, y me hace ser consciente de que se siente incómoda—. ¿No habrá problema de que vaya contigo?

—No, les encanta recibir ayuda y tengo el presentimiento de que les gustará mucho tenerte ahí. Eres muy buena con los animales.

De nuevo se hace un silencio y me remuevo en mi asiento.

Quiero difuminar toda la tensión evidente en este auto y soy muy consciente del tipo de tensión que es, incluso si quiero ignorarla.

—¿Qué ha pasado con tu cita?

—Será el miércoles, un día superatravesado, pero es lo que acordamos. No sé adónde iremos, creo que a cenar, pero no me ha dicho. —Suena entusiasmada—. Aún no me lo puedo creer.

—¿Cómo es este Kellan que te trae loca?

—No me trae loca, solo que me siento atraída y me alegra que podré conocerlo. —Hace una pausa—. Y, para responder a tu pregunta, no es clásicamente guapo de cara, pero tiene una sonrisa preciosa, al igual que sus ojos. Es musculoso y alto, y también inteligente. Es muy agradable.

—Hummm —me limito a decir, y giro a la izquierda.

—Es la primera vez que saldré en meses desde que terminé con mi exnovio y estoy supernerviosa porque no sé muy bien cómo va todo el tema de las citas. Salí con la misma persona durante mucho tiempo.

—¿Cuánto hace de eso?

—Nueve meses. ¿Tú desde cuando no tienes novia?

—Casi dos años.

Si cuento mi extraña relación con Leah, serían unos tres meses tal vez.

—¿Cómo que dos años?

—Sin una relación estable y formal, pero tengo otro tipo de relaciones casuales.

—Oh, lo entiendo.

Nuevamente se hace un silencio, pero para mi fortuna llegamos al refugio en Islington, específicamente en Archway, donde estaciono desesperado por que salgamos del auto y dejemos atrás toda la extraña tensión crispando entre nosotros.

—Intenté lo del sexo casual varias veces —dice, y eso hace que detenga mi caminata hacia la entrada del refugio.

Con lentitud me vuelvo a verla, y ella tiene la vista en sus zapatos.

—¿Funcionó?

—Sí, funcionó bien. —Hace una mueca—. Muy bien. Es solo que luego volví con mi ex y las cosas fueron complicadas. Después de la ruptura lo hice un par de veces y me gustó, pero soy muy tímida y no sé cómo hablarle a un chico de forma inmediata. De hecho, fue un milagro que sucediera esas veces, porque no se me da bien el coqueteo, pero fue bastante bueno, ¿sabes? Tener toda la experiencia y otras personas con las que… Y no sé por qué te estoy diciendo eso.

Yo tampoco lo sé, sobre todo porque trae de vuelta toda la tensión que se supone que dejaríamos en el auto.

No sé muy bien qué decirle, pero ella no me da oportunidad, porque retoma la caminata, y yo la sigo mientras entramos en el refugio de animales, donde las cosas se complican un poco.

Estoy en problemas.

No sé cuántas veces me he repetido esas tres palabras las últimas tres horas en el refugio.

He estado en problemas desde el momento en el que Mérida, con los ojos brillosos, se acercó a una camada de cachorros que fue abandonada en un basurero, desde que fue dulce con cada animal que estuviese a su alcance y muy curiosa haciendo preguntas sobre su salud, cuidado e historia.

En muchos problemas cuando ayudó a bañar a cuatro perros adultos y les dio de comer a unos gatitos.

96

En aún más problemas cuando parecía extasiada tocando a unas aves cuyas alas no corrieron la misma suerte que la del Señor Enrique.

Estoy en problemas, demasiados.

Mientras termino mi jornada de atender a los animales que necesitan revisión médica, la observo reír abrazando a uno de los cachorros de la camada olvidada. Creo que es un cruce entre un pastor alemán y algún perro que no tenía una raza específica, un mestizo.

—Te gusta —dice Micah a mi lado.

Es tres años mayor que yo y está felizmente casado con Wanda —que también trabaja aquí—, y me gusta llamarlos mis amigos.

—¿Por qué dices eso?

—Porque en este momento la estás mirando como si quisieras salir corriendo y encerrarte para que no te alcance. —Se ríe—. Es un encanto con los animales, parece nata en lo que hace.

—Es que tiene un montón de mascotas. —Sonrío.

—Entonces sí te gusta.

No respondo, golpeo los dedos contra mi muslo y observo que ahora alza al cachorro y le da un beso antes de devolverlo contra su pecho.

—Tiene una cita.

—¿Contigo? ¿Planearon la segunda cita antes de tener la primera? Amigo, qué rápido.

—No es conmigo. —Me río y centro mi atención en él—. Solo espero que no sea con un idiota. —Me encojo de hombros.

—Así que no están saliendo.

—No, era el veterinario de su pájaro y ahora creo que somos amigos.

—Interesante —mascula Micah, estudiándome con los ojos entornados—. ¿Te acuerdas de cuando me decías que tu gemelo era un tonto por no darse cuenta de que la que ahora es su novia le gustaba como más que una amiga?

—No te la quieras dar de listo, no es lo mismo.

—Mismas caras, diferentes contextos. —Ahora es él quien se encoge de hombros—. Sea como sea, muchas gracias por haberla traído hoy. Ella ha sido de muchísima ayuda, ojalá decida volver.

Asiento de manera distraída y veo que se acerca hasta nosotros con un puchero en los labios que definitivamente no dura demasiado tiempo.

—Siento una necesidad fuertísima de llevármelo conmigo —confiesa, haciendo referencia al cachorro—, pero primero debo consultarlo en casa y a mamá no le gustan los mestizos. Sé que eso suena muy mal, pero en realidad es una buena persona. Igualmente, me siento triste de no podérmelo llevar.

97

»Micah, ¿crees que podría volver para ayudar? Me gustaría seguir haciéndolo, no debe de haber problema en que ayude en dos refugios.

—¿Qué eres? ¿Una santa? —bromea Micah.

—Es una virgen —corrijo, y ella me mira con los ojos muy abiertos. Sonrío—. Perdón, quise decir que tiene el nombre de una virgen.

—Suena como que tienen un chiste privado entre ustedes, así que los dejaré solos. —Toma el cachorro de las manos de Mérida—. Y me llevo a este amiguito a su casa por ahora. Despídete de tu nueva amiga.

—Adiós, perrito bonito —dice ella aún con el puchero.

Suspira, vuelve a centrar su atención en mí y sonríe. La tensión se incrementa.

—Me ha encantado venir a ayudar.

—Me alegra escuchar eso. ¿Lista para irnos?

—No, pero ya debo volver. Jane se irá pronto, y el Señor Enrique no puede quedarse solo.

Asiento y empezamos las despedidas. Le hago saber a Wanda que haré una actualización en mis documentos con el registro de la salud de los animales del lugar y así aparto la ficha de los que, gracias al cielo, han sido adoptados. Poco después, Mérida y yo nos encontramos en el auto.

—No te lo he preguntado antes, pero ¿tienes mascotas? —se interesa.

—No, pero planeo tener alguna en el futuro cuando tenga mi propio espacio. Ahora vivo con mis padres y dos de mis hermanos; la casa es bastante grande, pero una mascota es una responsabilidad importante y no es algo que quiera delegar a los demás. También estoy haciendo mi camino profesional y no tengo el tiempo necesario que se debe dedicar a la enseñanza mientras crecen.

—Tienes un pensamiento muy responsable sobre ello, doctor Harris.

Me mantengo con la atención en la carretera mientras parece que ella revisa algo en su teléfono.

—Oh, me ha escrito Kellan. Sí iremos a cenar, pero ahora estoy nerviosa, porque no quiero parecer tonta y no sé qué hacer en una cita. —Suena inquieta.

Drake y yo somos gemelos cortados por la misma tijera, literalmente, y eso explica por qué me meto en cosas que pensé que solo podrían pasarle a él.

No estoy interesado actualmente en una relación, solo quiero ser amigo de Mérida y seguir con mi vida como está, y no sé si es en nombre de esa amistad o porque estoy loco por lo que las siguientes palabras escapan de mí:

—Practica conmigo, tengamos una cita falsa de práctica para que ese día te sientas cómoda.

Es la idea más absurda e innecesaria de la vida, y casi la retiro porque me doy cuenta de lo estúpido que parece mi pensamiento impulsivo, pero entonces ella acepta y ahora tendremos una cita falsa mañana.

Pero ¿qué hice?

Love ♡

9

## Te presento a… Pancho

*Mérida*

El hecho de que sea una cita falsa no quiere decir que no quiera verme bien, pero hay un obstáculo: mi obstinada cabeza me dice que nada me queda bien, pero cuando le envío fotos a Sarah de cada cosa que me pruebo, ella asegura que estoy increíble con todas. No estoy muy convencida.

Así que hago algo bastante normal: grito y me tiro a la cama con Perry el Hámster sobre mi pecho. Si estoy así con una cita falsa, no quiero ni pensar cómo me pondré mañana cuando vea a Kellan.

—Muy bien, esto es ridículo, Mérida, simplemente ponte algo y ya —me digo, y dejo a Perry de nuevo en su minimansión y voy a por la segunda ronda de vestuario.

Consigo al cabo de veinte minutos estar lista con unos tejanos azules megaajustados que tuve que menear un montón para que me subieran por los muslos, pero que resaltan la única bendición en mi cuerpo: el culo, porque para la repartición de tetas llegué demasiado tarde, pero en la del culo estaba segunda en la fila. Lo combino con una camisa azul rey de cuello alto que se ajusta. Asiento hacia mi reflejo, aunque por un momento me planteo que me veo demasiado pálida con el contraste de colores. ¿Por qué no heredé el color acanelado de bronceado perfecto de mi madre? En serio, mi donador de esperma tuvo que ser superblanco.

Mi parte favorita es maquillarme, me encargo de aplicarme sombra jugando con el blanco y plateado, esta vez no solo me hago el delineado gatuno, también me delineo hacia abajo para hacer que el simple marrón de mi pupila se vea como algo menos común. Además, aplico un montón de rímel que luego me costará quitarme pero que me da unas pestañas maravillosas, les doy un toque ligero a mis cejas y luego tomo uno de mis labiales rojos más suaves que hace que mis labios se vean carmín de un tono casi natural. En cuanto al cabello, lo bueno de tenerlo corto y lacio es que pocas veces me peino. De hecho, por eso me lo corté hace meses, y me recorto solita el flequillo que

100

siempre crece, como, por ejemplo, ahora, que gracias al cielo no lo arruino mientras me paso la tijera.

Una vez que estoy lista, me muestro el pulgar.

—Quién diría que eres la misma muchacha que estaba en pijama, con broches en el cabello y unas ojeras debajo del maquillaje. Ni siquiera se ve el granito que te salió por la regla —me felicito.

Completo el *look* con unos botines trenzados negros y un toque de perfume. Poso contra el espejo, pongo la boca en posición de beso, me tomo una foto y se la envío a Sarah.

**Sarah-Sarita-Sarah:** Grrrr sexi

**Sarah-Sarita-Sarah:** exijo que la postees en tu ig

**Mérida:** Jamás! Qué vergüenza

**Sarah-Sarita-Sarah:** entonces a stories

**Sarah-Sarita-Sarah:** tus animales son lindos de ver pero también te queremos ver a ti

Suspiro, abro la aplicación y voy a la sección de historias. Selecciono la imagen, pero paso unos duros momentos observando cada detalle de ella y encuentro diez elementos por los que, según yo, no debería subirla, pero cuento hasta cinco y la publico. Un minuto después quiero eliminarla, porque me vuelve loca que las trescientas personas que me siguen vean en una foto cosas que yo noté que no se ven bien o que juzguen mi aspecto.

No siempre fui así, aparte de que antes no existían estas aplicaciones más que Facebook y sus semejantes, donde un familiar —que yo no tenía— te etiquetaba en una foto fea. Era una niña feliz que jugaba y se sentía bonita con cualquier ropa limpia —que ahora sé que eran caras y de marca— que vistiera, pero entonces llegó la pubertad y una primera experiencia terrible con la hipocresía, chismes y rumores malintencionados. Todo se remonta a que el ochenta y seis por ciento de mis compañeras de clase habían desarrollado tetas y a todos les parecía supergracioso llamarme «tabla de culito respingón», porque resulta que el culo y los muslos sí me crecieron, pero llegué tarde al resto del desarrollo corporal. Cuando mis limones se empezaban a transformar en posibles jugosas naranjas, la cosecha se paralizó y se quedó estancada en un punto medio de limones a punto de ser algo más. El culo que

101

sí me creció me hizo cargar con el apodo terrible de «culito de pato». Mi culo era y es genial, pero los adolescentes son una mierda.

Me doy una palmada orgullosa en el culito respingón de pato que algunos quisieran, asiento como si me diera ánimos y luego me guardo el teléfono en mi pequeño bolso, reviso que el Señor Enrique se encuentre bien y salgo de mi habitación cerrando la puerta detrás de mí. Mientras espero a Dawson sentada en el sofá, soy juzgada visualmente por Leona, que se encuentra echada sobre sus cuatro patas.

—¿Sabes por qué me veo así de bien, Leona? —Le sonrío—. Porque tendré una cita con tu adorado doctor Harris.

No especifico que es falsa, pero ella medio gruñe mostrándome sus dientes antes de levantarse en guardia y ladrarme. Luego se va llena de indignación con esa cola pretenciosa alzada.

Reprimo un bostezo mientras miro al techo y lucho contra las ganas de entrar en mi Instagram y borrar la foto. No sé cuántos minutos exactos pasan, pero me levanto con nerviosismo cuando el timbre de casa suena de manera insistente. No pensé que Dawson fuese una de esas molestas personas que te atormentan presionando el timbre una y otra vez.

—Esto es una cita falsa, no tienes que estar nerviosa, es práctica. Guárdate la emoción para Kellan —me aliento antes de respirar hondo.

Planto una sonrisa en mi rostro y abro la puerta, pero no me encuentro a Dawson. Mi sonrisa se borra.

Frente a mí hay un muchacho alto y con un cuerpo atlético de ensueño, que se nota gracias a la camisa ajustada que lleva. Tiene el cabello negro alborotado, una sonrisa coqueta de costado en unos labios carnosos tentadores y unos ojos marrones que me miran llenos de picardía. Un sueño de hombre, pero ya caí en el truco tiempo atrás, y no caeré de nuevo.

Odio que mi ex se vea así de bien e incluso mejor después de nuestra ruptura —lo que no creía posible—. Durante unos segundos, de hecho, mis ojos deambulan y mi cerebro hace un excelente trabajo para recordarme cómo me sentía al ser enjaulada por esos brazos mientras empujaba dentro de mí. He superado a este tipo, pero eso no implica que deseche de mis recuerdos el buen sexo que compartíamos o que durante segundos no haga luto por lo que pudimos haber sido si todo hubiese sido tan fantasioso como al principio, en lugar de una relación que se tornó abusiva emocionalmente y en que mi lugar, al parecer, era ser una maldita sombra.

Mi estabilidad mental y emocional vale muchísimo más que un buen polvo que podría conseguir en un futuro novio o aventura. Eso quedó demostrado tras nuestra ruptura final y después de mi despecho, cuando estuve con alguien más que me demostró que no estaba condenada a no tener buen sexo por no estar con Francisco y se volvió a confirmar cuando después tuve sexo con otro.

—¿Qué haces aquí, Francisco? —siseo mientras cierro la puerta detrás de mí porque no quiero que Boo se escape, no hay tiempo para perseguirla.

—¿Así es como me saludas, *princesita*? —Se inclina y me besa la mejilla de una manera insinuante, y no me da tiempo de retroceder—. ¿Dónde está tu mote cariñoso?

—Bueno, ¿quieres que te llame Pancho? —pregunto, y aprieta los labios porque odia ese nombre, que es como su familia lo llama.

—Te vi en Instagram y me pregunté adónde ibas tan guapa. Déjame que te lleve a cenar.

—Guau, suenas espeluznante diciendo que me viste y viniste. No, no quiero cenar contigo, y retrocede, invades mi espacio.

—Antes lo amabas.

—Antes de que me enterara de que eres un chulito que se cree mejor que todos y a quien le gustaba hacerme sentir mal.

—Mérida, te he dicho mil veces que lo siento.

—Y ya te dije que ya está, que está bien, pero que debes alejarte y dejarme tranquila. No vamos a volver.

Por la Virgencita, pensaba que Francisco tenía claro todo esto. Hace más de un mes que no hacía una escena como esta, solo se dedicaba a llamarme a altas horas de la noche o a presionar y presionar con mensajes.

En un principio, el tema de ser latinos, de países vecinos, y las constantes bromas de rivalidad entre nuestros países fue lo que nos unió, pero luego comenzaron sus coqueteos y yo caí como una niña bañada en aceite deslizándose por un tobogán. ¡Virgencita! Es que me volvió loca con sus besos, su acento tanto cuando hablaba en inglés como cuando lo hacía en español, sus ojos marrones, la sonrisita coqueta, todo. Fue el primero en todo y en mi mente sería el único, pero nuestra relación fue una de esas en las que pasas unos meses bien y luego rompen y vuelven, y en uno de esos descansos una cosa llevó a la otra y me acosté con alguien, lo que lo marcó.

Me sentí culpable durante los últimos meses que estuvimos juntos porque cuando volvimos —luego de que afirmara que no le molestaba y lo entendía— siempre me lo echaba en cara, como si lo hubiese engañado, a pesar de que no estábamos juntos, pero en ese tiempo me sentía fatal, sobre todo porque no quería arrepentirme de haber tenido buen sexo y haber compartido una experiencia con otra pareja sexual cuando se supone que estaba soltera. Si discutíamos o yo quería señalar algo que no me gustaba, sacaba todo el

103

asunto y yo me quedaba en silencio y me avergonzaba. Recuerdo que una vez dijo algo como «Cuando te fuiste de zorra», y me largué llorando y sintiéndome muy mal, pero luego vino con flores y fue muy dulce con sus disculpas. Me hizo creer que yo había exagerado y le creí.

Pero entonces un día, en una fiesta a la que fuimos, supe que durante cada una de nuestras rupturas él había tenido sexo con un montón de mujeres. Eso me molestaba muchísimo, pero no podía ser hipócrita cuando yo también había estado con alguien. Sin embargo, lo que me molestó y dolió es que durante meses estuvo haciéndome sentir mal por algo que él también había hecho, haciéndome pensar que era una traicionera. Cuando se lo dije, contestó que era diferente porque yo «era mujer» y debía hacerme respetar.

—Dijiste que era el amor de tu vida, *princesita*.

—Me equivoqué, quise decir que eras el peor error amoroso de mi vida. Shu, shu, retrocede.

—No me trates como a un perro.

—Por supuesto que no, un perro es mucho más leal —lo corto, y se lleva una mano al pecho fingiendo dolor.

—Eso me ha dolido, me lo merezco, pero ¡vamos! ¿No me extrañas? Nadie te hará sentir como yo.

—Eso espero, porque no quiero que me vuelvan a hacer sentir así.

Eso lo sorprende. Creo que esperaba encontrar todavía a la esponjosa Mérida y que no comprende cómo me convertí en una víbora que le arroja veneno. Lo que más me molesta es que no me toma en serio, que cree que me hago la difícil o estoy en una fase de largos meses.

—Voy a una cita, así que vete.

—¿Una cita? No serías capaz de hacerme esa mierda.

—*Pero qué bolas tienes.* —Le golpeo el pecho—. Seguramente te has follado a todo lo que camina, que me da igual, y vienes con esta idiotez de machito estúpido. Vete, mi mamá está en casa —digo, aunque es una absoluta mentira— y sabes que es muy capaz de tirarte agua caliente… Otra vez.

En serio, cuando rompimos de manera definitiva mamá vio que me afectó muchísimo y me quebré hablándole sobre que mi relación se había convertido en abusiva emocionalmente y le dije las cosas que me decía. Cuando Francisco apareció cantando con una radio y tres amigos idiotas, ella le echó agua caliente, y hasta hoy no sé si realmente quería quemarlo o solo lo hizo para asustarlo. Por fortuna, no lo alcanzó. No se veía bien que la doctora Sousa haga esas cosas.

—Mérida, por favor, ya han sido suficientes meses y ninguna es como tú…

Estoy agradecida de haber tenido mi viaje ancestral de toda nuestra relación en aquella fiesta en la que terminamos. Luego de esa discusión me di cuenta de cómo, con mi timidez, justificaba su control sobre la relación, la manipulación emocional de hacerme sentir mal por haber estado con alguien cuando estábamos separados, que todo girara alrededor de él y que tuviera comportamientos un poco machistas que se disfrazaban de chistes o frases como «Es que quiero cuidarte, amorcito». Así que me bebí una cerveza y luego le dije que habíamos terminado y me di la vuelta.

En un principio creo que pensó que era como otras tantas de nuestras rupturas, pero mientras lloraba en mi habitación me sentía muy firme con mi decisión. Luego comenzó a llamarme, a buscarme, pero debido a que a mamá nunca le agradó, las pocas veces que estuvo en casa ni siquiera le abrió la puerta. En mi corazón sabía que, si lo escuchaba, caería en su encanto y en el amor que decíamos tenernos —de verdad lo amaba—, pero con el pasar de los meses decidí responderle y hacerle saber que solo podía ofrecerle mi amistad. Él parecía entenderlo, aunque a veces me escribe demasiado y las cosas son medio raras cuando nos vemos.

Creo que es una buena persona a la que le falta mucho por madurar y aprender a ser mejor.

Me dolió muchísimo nuestra ruptura, no lo puedo negar, y pensé que el mundo se me venía encima, pero me alegro de haberlo hecho porque, tal como me intuía, el mundo no se iba a terminar por no estar con él ni a mí me iba a explotar el corazón de desamor.

Vuelvo a conectarme a su palabrería labiosa sobre que lo lamenta y me extraña, lo que me tiene frunciendo el ceño, porque sé que ha tenido un montón de ligues e incluso una novia durante todos estos meses. No me enfada, pero sí me molesta que esté haciéndome este *show*.

—Basta, Francisco, tienes que irte.

—Pero *princesita*...

—¿Sucede algo, Mérida? —dice una voz, que he aprendido a identificar como la de Dawson.

Francisco se vuelve, y yo aprovecho para salir de su jaula y quedarme de cara a Dawson. Se ve bien, se ve más que bien, con un pantalón negro algo ajustado en sus larguísimas piernas, una camisa blanca básica con cuello en U, una chaqueta de imitación de cuero —dudo que use cuero real— marrón y unas botas rudas. Tiene un rastro de barba apenas perceptible, cosa que no creí posible, puesto que su rostro siempre se ve supersuave y liso.

Puede que Francisco sea musculoso y parezca un tipo de portada de libro erótico, pero descubro que Dawson es más alto cuando avanza hacia nosotros con el ceño fruncido. Me da vergüenza que nos haya encontrado en esta situación porque no sé cómo lo ve.

—¿Y este flacucho es tu cita? —Francisco se ríe—. Lo siento, hombre, pero a mi mujer le gustan los músculos, sobre todo para agarrarse.

—No soy tu mujer. —Esta vez le doy un puñetazo en el brazo que me duele más a mí que a él—. Lárgate, Francisco.

—¿De verdad, Mérida? ¿Me cambias por este?

Sin intimidarse, Dawson avanza hasta estar frente a él y mira hacia abajo. Vale, es más delgado que todos los supermúsculos de mi ex, pero no es un flacucho. De hecho, me parece que se ve bastante atlético y es totalmente hermoso, con su rostro todo aristocrático de ojos de diferentes colores. Creo que nota que estoy enmudecida mirándolo, porque relaja los hombros y me dedica una pequeña sonrisa.

—¿Estás lista para irnos? —me pregunta extendiendo una mano, y la tomo.

No soy una chica de manos, pero me gustan sus dedos delgados, que se encuentran fríos por el clima. Estoy segura de que esto no era parte del plan de la cita falsa, pero quiero salir de esta situación con Francisco, así que tomo mi salvavidas.

—Mérida…

—Por favor, vete, Francisco.

No se mueve.

—*Vete, Pancho.*

—*¡Maldita sea! No me llames así.*

Me encojo de hombros y decido avanzar hacia el bonito auto de Dawson, porque sé que Francisco no se arriesgará a confirmar que mi mamá esté en casa y porque, con honestidad, creo que lo que tiene es el ego herido. Si no hubiese visto mi foto en Instagram, no habría venido a verme.

Cuando estamos en el auto, ya con el cinturón de seguridad puesto, veo que parece cabreado, pero tengo razón cuando digo que no se quedará a confirmar si mamá le lanzará agua caliente, porque comienza a alejarse. Supongo que su auto está en algún otro lugar.

Qué pesado, tal vez Sarah tiene razón y habrá que cortar hasta la raíz mi antigua relación.

—Así que… ¿Pancho es un nombre? Suena gracioso —dice Dawson, y cuando me giro a verlo tiene una pequeña sonrisa.

—Suena más gracioso como lo dices. —Me acomodo en el asiento—. Pancho es la manera en que llaman a algunas personas que se dicen Francisco. Lamento todo eso. Para que conste, no creo que estés flacucho. Quiero decir,

106

me gusta tu complexión y desde mi punto de vista estás bueno. Además, ¿viste tu cara? ¡Uf! Hermoso. —Ojalá pudiese callarme—. Y eres altísimo, y no es que yo sea fan de los músculos, Kellan no me gusta porque sea musculoso. Soy todoterreno… Por favor, cállame.

—Así que no estoy flacucho —dice con diversión.

—No, estás perfecto. —Cierro los ojos apenas lo digo y lo escucho reír por lo bajo.

—Gracias, siempre he sabido que soy el Harris atractivo, tanto que mi hermano me copió la cara.

—¿Ah?

—Es un chiste que suelo hacer con mi hermano —me aclara, o eso intenta—. Así que… ¿qué es Pancho para ti?

Me hace gracia cómo dice el mote que tanto odia mi ex, así que no lo corrijo y le digo un poco renuente que es mi exnovio desde hace mucho tiempo y que ha aparecido en modo ego herido porque sospechaba que tendría una cita.

—Habló en español también.

—Es colombiano, nos deberían advertir desde niñas de no salir con venezolanos ni colombianos. Tienen demasiada labia peligrosa y son muy bastardos. Bueno, no todos, pero significan peligro.

Todo lo que hace es mantener la sonrisa y me observa cuando se detiene en un semáforo que está en rojo.

—¿Sabes? No comenzamos la cita falsa correctamente. Tendría que haberte dicho que te ves hermosa, que contaba las horas para verte y que me encanta que estés aquí. —Me sonríe.

Guau… Él es muy bueno en esto y me mira con diversión esperando algún tipo de respuesta. No tengo ni idea de cómo coquetear, mis aventuras siempre han llegado solas, pero me comprometo con la causa porque él está siendo amable al darme algo de experiencia.

—Gracias, tú te ves bastante bien y me gusta que esto finalmente esté sucediendo…

Espero haber sonado convincente, pero no demasiado, porque no quiero que piense que es verdad, aunque en parte es verdad… Pero no somos un romance ni nada así, esto es un experimento de aprendizaje.

—Bienvenida a nuestra primera cita… falsa —agrega con un guiño antes de que la luz del semáforo cambie.

No puedo evitar sonreír y me reprendo por la manera en la que me siento ante sus palabras.

—¿Adónde me llevas?

107

—Tu cita podría querer sorprenderte, pero, como estamos simulando, puedo responderte que vamos a un bonito restaurante romántico y cálido en Hornsey. Tiene buena puntuación y tuve que mover hilos por una reserva.

—Guau, me siento especial y todo —señalo, y él ríe por lo bajo.

No soy la mejor en geografía, pero creo que entonces nos dirigimos al distrito de Haringey. No está muy lejos y no tardaremos demasiado en llegar ahí, y aun así me siento nerviosa… Y emocionada.

✳ ✳ ✳ ✳

La comida está buenísima y casi me siento mal pensando que espero que Kellan me lleve a comer algo que supere esto. También estoy un poquito nerviosa porque Dawson es un experto en esto del juego de las citas. Sabe cómo hacerte sentir especial con su atención, cambia de una sonrisa a otra perfectamente para que te quedes pensando cuál será la siguiente, sus ojos son dos colores atrapantes que te dejan prendada sin darte cuenta y la manera en la que a veces mueve los dedos te hace sudar y luchar contra los malos pensamientos.

Me digo que no es una cita real, que no tengo que estar nerviosa o afectada por su juego, pero es difícil cuando toda su atención está en mí y es tan convincente en todo lo que dice: desde que confiesa que su mirada está atraída al trío de lunares en el lado izquierdo de mi cuello hasta cómo sus labios se cierran alrededor del tenedor cuando engulle un bocado de comida. Siento que es un juego de seducción que está muy por encima de mi nivel principiante.

Antes, por alguna razón, cuando nos conocimos y atendió a mi familia animal, conseguí hablar hasta por los codos —cosa que no hago con chicos guapos— y, aunque me llegué a sentir nerviosa, no creo que manejáramos tanta tensión. No sé si se trata del hecho de que lo llamamos cita en voz alta o si quizá estoy ovulando y mi calendario no me avisó.

Para mi fortuna, soy capaz de responder sus preguntas casuales e incluso de seguir la dinámica coqueta de alguna manera cuando me lanza alguna frase matadora, y la sonrisita junto al brillo en sus ojos me dice que no lo hago mal. Así que sobrevivo al plato principal, pero no sé si lo conseguiré con el postre cuando lame de esa manera la cucharilla.

Ni siquiera me doy cuenta de que aprieto las piernas hasta que siento un cosquilleo entre ellas y me arrepiento.

—¿Está bueno? —pregunto, viendo que se lame los labios.

—¿Quieres probar?

Sí, pero tengo miedo de hacer tal movimiento. Sin embargo, mi mirada tiene que delatarme, porque se inclina hacia delante con una pequeña porción en la cucharilla y voy a por ella, cerrando los labios alrededor del cubierto mientras lo miro a los ojos.

¿Normalmente las citas falsas se sienten tan peligrosas?

Vuelvo a mi asiento, me aclaro la garganta y tomo un trozo de mi propio postre. Agradezco que no me pida una porción, porque estoy fuera de mí.

Mientras comemos e intercambiamos una conversación «tranquila», intento descifrar a Dawson Harris. No me parece un bastardo mentiroso, pero sí muy seductor, tiene juego y sabe cómo desplegarlo. Quizás es uno de esos hombres a los que les gusta tener conquistas, y eso tendría sentido. Sin embargo, también me envía vibras de alguien romántico, porque es atento y me ha dejado ver algunos gestos de dulzura. Parece estar en ambos extremos.

Sea cual sea el caso, puede que me sienta nerviosa y desconcertada porque nada me había preparado para conocer a Dawson en modo cita, pero me siento cómoda. No tengo ganas de correr, no me cohíbo hablando y, de hecho, me lo paso bien. Casi me arrepiento de haberme perdido la oportunidad de tener citas en el pasado.

Cuando la cita termina, con una mano en mi espalda baja me guía hacia su auto después de haber pagado la cena. Me siento feliz de haber tenido la cita falsa con él. Creo que me preparó bien para mi cita verdadera con Kellan, me divertí mucho y me hizo terminar con ganas de repetir la cena una y otra vez.

Al llegar a mi casa, veo que el auto de mamá aún no está, y Dawson baja del auto conmigo. Caminamos en silencio hasta la puerta y luego nos miramos. Me dedica otra de sus sonrisas, esta vez la pequeña que se inclina más hacia un lado con los ojos entornados, y avanza hacia mí hasta que puedo sentir la calidez de su cuerpo.

—Este es el momento en el que al final de la cita decides si quieres o no quieres que te besen, Mérida. Se tratará de las señales que envíes. Quizás sea el hecho de meterte un mechón de cabello detrás de la oreja. —Lo hace por mí y los vellos se me erizan—. Una sutil mirada a los ojos como haces ahora… Morderte el labio inferior o lamerlo, y esa tensión en los hombros que pregunta: «¿Me besará o no?».

—No sé si beso en la primera cita —susurro—. Recuerda que esta es mi primera.

—Correcto. —Me acaricia un pómulo con el pulgar y luego retrocede con una amplia sonrisa—. Y es el fin de nuestra cita falsa.

—¡Uf! —Dejo ir una profunda respiración—. Eso fue… Me gustó.

—A mí también, creo que fue increíble y que te irá muy bien con el tal Kellan, eres una cita genial.

—Tú fuiste el increíble. Si me cobraras, te pagaría un montón.

Su respuesta es reír. En un gesto bastante casual y no planeado, me dejo caer en uno de los escalones que preceden a la puerta, y me gusta que él también lo hace con tranquilidad, estirando sus largas piernas frente a él mientras yo me saco los botines.

—Así que ahora que no estamos en la cita, puedo hacerte preguntas que quería hacer sin parecer muy invasivo en nuestro juego —dice, y cuando me vuelvo lo encuentro con la barbilla apoyada en una mano y el codo sobre su rodilla—. Dijiste que estudias Animación digital, pero que en tu tiempo libre te gusta dibujar cosas que te apasionan.

—Ajá —respondo sin pensarlo mucho mientras lo observo lamerse el chocolate de los labios. Ahora estoy absorta por cómo frota en movimientos circulares distraídos las yemas de sus dedos por debajo del labio inferior.

—¿Qué te apasiona dibujar?

—Sexo —respondo en modo automático.

—¿Sexo? —Deja de hacer los círculos.

—Ajá, muy +21.

—¿Sexo +21? —pregunta en un murmullo.

Y entonces reacciono.

¡Mierda! ¿Qué? ¿Lo he dicho en voz alta?

La expresión desconcertada de su rostro me hace saber que sí, lo he dicho en voz alta, y de inmediato la sangre se acumula en mi rostro.

Pero ¿qué he hecho?

110

## 10

## Aquí no pasa nada

*Dawson*

—Era una broma. —No deja de reír.

La miro e intento descifrar si es una risa honesta o una nerviosa, pero debido a que la conozco poco no logro identificarlo realmente y termino por reír con ella. Tiene que estar siendo sincera, porque me dijo que es una chica tímida y medio torpe y que por alguna razón (por la manera en la que nos conocimos) conmigo se libera. No la puedo imaginar dibujando a personas teniendo sexo; es hasta gracioso, así que reímos juntos durante un par de minutos.

Cuando nuestras risas se calman la observo con las mejillas ruborizadas y ella baja la mirada hacia sus pies. Tengo que admitir que en nuestra cita simulada me lo he pasado bastante bien, tanto que por unos breves momentos olvidé el propósito. El único tropiezo en nuestra cita falsa fue el comienzo con su exnovio, el señor musculoso. En serio, el tipo era realmente fuerte, pero no me dejé intimidar ni siquiera cuando me llamó flacucho. Sé que soy de complexión delgada, igual que Drake, incluso cuando ambos nos ejercitamos y tenemos los abdominales tensos, marcados y fuertes. No me molesta, me gusta mi cuerpo y, por la atención que recibo, parece que a las mujeres también. Sin embargo, ese tonto dijo algo que se quedó en mi cabeza y que me hace abrir la boca ahora para preguntar:

—¿Te gustan únicamente los tipos musculosos?

—¿Que me gustan qué? —Se vuelve y me mira con desconcierto, y yo me aclaro la garganta.

—Eh... El tipo de hace unas horas, tu ex...

—Francisco —masculla—. No, no es que tenga alguna debilidad por los tipos musculosos, y él ni siquiera estaba tan fuerte cuando comenzamos a salir. O sea, sí, pero no tanto como ahora, que parece que me pueda romper. Y Kellan es fuerte como él, fuerte de verdad, pero es casualidad, porque me gustó su sonrisa y él ni siquiera es guapo. Es simpático, pero bueno... Quiero decir, saldría totalmente contigo, no es que tenga fetiches con musculosos.

111

—¿Estás diciendo que soy un flacucho? —Bromeo, y su sonrojo crece—. Tu ex se comportó como un idiota.

—Sí, pero ¿sabes? No es una mala persona, solo creo que es egocéntrico y no quiere aceptar que lo superé, porque fuimos la típica pareja que termina y vuelve todo el tiempo. Cuando fue definitivo, no es un secreto que sufrí, incluso si fui yo quién lo terminó. Espero que no se vuelva molesto, porque sé que ha salido con otras y yo lo dejo tranquilo, y él no debería estorbarme.

—Esperemos que no te fastidie tus citas con Kellan.

—¿Citas? Apenas tendremos una.

—Pero basándome en nuestra cita de prueba, quedará tan encantado que querrá más. Si esta cita hubiese sido real, sin duda te pediría otra.

Me sonríe y se muerde el labio, y ese gesto llama mucho mi atención, por lo que desvío la mirada al frente con rapidez.

—¿Qué hay de ti? Esta cita me dejó desconcertada de que estés soltero. Aunque no quiero asumir nada, tal vez te gusta estar soltero y vivir felizmente.

—Sí, estoy viviendo felizmente soltero. —Vuelvo mi atención a ella—. Hace unos meses tuve una novia o algo así, es confuso. Nos conocimos por Martin, porque usó una foto mía. De hecho, fue cuando supe que lo hacía, aunque supongo que antes también me usaba.

—Ese infeliz, lo desprecio muchísimo, y a veces tiene la osadía de escribirme en mis redes.

—Si te llegas a sentir incómoda o te acosa, no dudes en decirlo, Mérida, ¿vale? —pregunto con seriedad, y ella asiente—. Sobre Leah, que así se llama la chica, teníamos mucha química y de verdad me gustaba. Incluso estaba empezando a quererla o ya lo hacía —digo, y sonrío—, pero el tema de mi amistad con Martin y la falta de comunicación entre nosotros hacía que avanzáramos muy lentamente. No sabes lo frustrante que es desear tanto que algo suceda, pero que ambos estén paralizados y confusos sobre ello.

»Así que al final nunca lo formalizamos ni hablamos realmente sobre lo que sentíamos o queríamos, y luego ella tenía que irse a Australia para ayudar a su mamá, porque enfermó de algo bastante delicado. Entonces fue cuando verdaderamente hablamos y nos dimos cuenta de que la química y el deseo estaban ahí, pero ninguno lo impulsó lo suficiente como para llegar a algo más, y ahora somos amigos y es un poco medio incómodo por la distancia.

—¿Todavía te gusta?

Pienso en su pregunta detenidamente. Sí, me gusta Leah y eso está bien, no hay nada malo en sentir atracción y cariño hacia alguien con quien saliste, siempre que tengas las emociones claras.

112

—Sí, me gusta. Me gusta como amiga y por la persona que es, me gusta lo que pudimos haber sido, pero sé que no tendremos una relación y tampoco lo espero. —Le sonrío—. Fue chocante en un principio, pero lo superé. No estaba enamorado, aunque sí ilusionado. Todo fue rápido e intenso, por lo que en su momento me resultó confuso.

—¿Me estás diciendo que si ella volviese no lo intentarías de nuevo?

—No lo haría, ya no es lo mismo y creo que la distancia nos centró a ambos. A veces te gusta una persona y tienen química, pero eso no significa que tenga que haber una relación. No creo que lo intentara de nuevo.

—Suenas tan determinado que te creo. ¿Por eso no tienes novia ahora?

—Estoy decidido a mantenerme soltero durante un tiempo mientras logro un poco de estabilidad en el trabajo. He estado en varias relaciones. De hecho, no es por presumir, pero soy un buen novio.

—Te creo. —Se mira los pies—. Puedo imaginarlo.

—Pero sí estoy en rollos casuales.

Lo que es un poco irónico, es decir, no siempre tengo novia, y estando soltero suelo tener aventuras, pero es irónico que el gemelo que era más sexo que compromiso ahora tiene novia y el que sí estaba abierto a relaciones serias ahora quiere solo sexo.

—Volviendo a lo que dibujas, ¿qué haces? —pregunto, centrando de nuevo la conversación.

Las mejillas se le ruborizan y ese color baja por su cuello. De manera momentánea me pregunto hasta dónde llega el rubor, pero rápidamente me distancio del pensamiento.

—Dibujo a personas… Eh… ¿Sabes la página Imaginetoon? Es como hacer mangas, pero teniendo tu propio estilo. —Se pasa una mano por el cabello corto—. Hago ese tipo de cosas.

—Personas… ¿haciendo qué?

—Ya sabes, cosas cotidianas como… caminar.

—Pero ¿tiene algún contexto? ¿Situaciones?

—Oh, sí, es como narrar breves historias, es emocionante. Mi fuerte no es escribir historias, pero le doy un par de diálogos. Lo que me gusta es dibujarlo.

Pienso en Alaska, que es escritora y le va muy bien en esa aplicación, JoinApp. Todavía no he leído nada, pero la descargué por curiosidad. Tal vez Alaska y Mérida harían un gran equipo si algún día hipotéticamente se conocieran.

—Creo que me gustaría ver tus dibujos.

—Eh, no, soy recelosa, aún no me siento lista. —Desvía la mirada.

113

—Apuesto a que eres muy talentosa. —Sonrío—. Tengo esa intuición. ¿Y sabes qué, Mérida del Valle?

—¿Qué, Dawson…? —Entiendo que quiere que lo complete.

—No tengo segundo nombre.

—¡Rayos, tendré que buscarte uno que suene bien! Por hoy será Dawson Margarito.

—¿Margarito? —pregunto con diversión, y ríe de mi pronunciación.

—Solo imagina a tu madre llamándote enojada: «¡Dawson Margarito!». Es tu nombre por hoy.

—Vale, pero a lo que iba. Espero algún día tener el honor de ver lo que dibujas, porque estoy seguro de que me encantará.

—Yo… No estoy tan segura.

—Yo sí.

—Bueno. —Se encoge de hombros aún ruborizada.

Nuestras miradas se encuentran y es un poco intenso, y una vez más mi mirada baja de forma momentánea hacia sus labios carnosos. Decido que es el momento de irme, por lo que termino poniéndome de pie y extendiendo una mano para ayudarla a levantarse.

—Fue un placer tener una cita falsa contigo, Mérida del Valle. Estoy seguro de que te irá genial en tu cita real, y si necesitas cualquier tipo de ayuda, puedes llamarme o escribirme. Ya luego nos organizamos para cambiarle la venda al Señor Enrique.

—Gracias por haber salido conmigo, lo pasé muy bien. —Me sonríe y le devuelvo el gesto.

Ambos nos damos cuenta de que todavía nos sostenemos de la mano y la libero con una pequeña risa antes de girarme y dirigirme a mi auto. Antes de subir, me vuelvo y la encuentro mirándome. Alzo la mano en despedida y me devuelve el gesto con una sonrisa.

Espero atentamente a que mi teléfono suene y exactamente cinco segundos después (los cuento) anuncia una videollamada. Respondo tras tomar una profunda respiración.

—Hola, mi querido Dawson —me saluda una sonriente Leah.

Y automáticamente sonrío y casi me río de mí mismo por haber estado tan asustado sobre tener este tipo de comunicación con ella, porque ya hemos superado que lo nuestro no funcionó y no terminamos enojados entre nosotros.

114

Leah es una persona muy activa en las redes sociales y constantemente está publicando fotos en su cuenta, por lo que es fácil seguir sus cambios físicos, pero es agradable hablar con ella directamente después de tanto tiempo y descubrir que no tenemos que hacerlo más raro de lo que ya es, por razones obvias.

—Hola, Leah, te veo bastante bronceada.

—Tomo mucho el sol —es su respuesta—. Te ves bien, Dawson, incluso mejor que antes, lo que creía imposible.

—Gracias, mi atractivo no deja de aumentar.

—Tonto. —Se ríe.

Me voy relajando un poco a medida que me pregunta sobre cosas casuales, como si ya me he graduado, cómo va el trabajo y alguna anécdota con los animales que atiendo. Por cortesía, y también con algo de interés, hago preguntas sobre cómo le va en Australia y suena entusiasmada con sus respuestas, aunque me hace saber que extraña a su papá y a quienes se convirtieron en sus hermanos mayores cuando su padre se casó de nuevo.

Luego se hace un incómodo silencio en el que sabes que quieres decir algo pero temes hacerlo. Sin embargo, ella termina por suspirar e intenta dedicarme una sonrisa.

—¿Cómo está tu corazón? ¿Estás viendo a alguien, galán?

—No estoy teniendo relaciones serias —resumo.

—Oh, entiendo.

Se hace otro silencio.

—¿Y tú?

—Estoy conociendo a alguien, o eso creo. No sé qué saldrá de ello, solo es un comienzo.

—Eso es bueno.

—Lo es —dice con torpeza.

No siento celos ni el dolor de un desamor, lo que confirma que dejé nuestra breve historia atrás, pero tengo que admitir que hay un pequeño pinchazo de «No quiero saber de esto».

—Veo que esto es incómodo para ti y me disculpo. Si no quieres hablar de esto, podemos parar.

—No, no tienes que disculparte. —Me siento como un imbécil—. Perdona, solo trato de adaptarme a esto, aún me siento un poco culpable por cómo terminaron las cosas y creo que no tuvimos tiempo de ser amigos como se debe. Ahora es raro e incómodo, pero tal vez más adelante no lo sea. Vayamos con calma, esto parece demasiado nuevo y frágil.

—Está bien, todo sea por ser algo más que tu amiga de Instagram. Y es cierto que fuiste un imbécil, pero veo que separarnos y que no funcionásemos no nos mató. Tal vez no estar juntos era lo correcto.

Asiento y, tras aliviar un poco la conversación, no tardamos en despedirnos diciéndonos que trataremos de hablar más, pero sin saber si eso es realmente cierto.

Es que siento que, pese a querer su amistad, no le encuentro un espacio en mi vida, y eso no me hace mala persona ni a ella tampoco. Simplemente a veces conocemos a personas maravillosas y mágicas con el poder de tener impacto en nuestras vidas, pero no les encontramos un lugar y las dejamos pasar como estrellas fugaces que en su momento brillaron demasiado fuerte frente a nosotros, pero siguieron su curso y brillaron en la vida de alguien más.

Supongo que solo el tiempo dirá cómo termina esto entre nosotros y lo arraigada que estará nuestra amistad.

🐾 🐾 🐾 🐾

Estoy comiendo cereales con leche todavía en pijama cuando alguien toca el timbre de casa y oigo que Drake abre la puerta y dice un odioso «Hola» que me llena de curiosidad y me hace salir de la cocina para averiguar quién es la visita que claramente molesta a mi gemelo.

La puerta está a medio abrir, pero mastico con lentitud cuando oigo la voz de Martin disculpándose… con mi gemelo pensándose que soy yo. Aunque ha sido mi «amigo» durante al menos tres años, no reconoce que el hombre de camisa de mangas largas —ocultándole los tatuajes en el brazo— es mi gemelo. ¡Vaya mierda!

Escucho su patético discurso de disculpa en el que básicamente se victimiza sobre lo difícil que es ser amigo de alguien que luce como yo, que sea el segundo al que miran cuando está junto a mí y que todo lo tengo fácil porque incluso logré terminar las clases antes que muchos. Me culpa de tener una familia aparentemente perfecta, lo que le molesta, una posición económica e incluso un hermano famoso.

Continúo comiendo con lentitud hasta que me acabo los cereales y por suerte trago cuando llega al último punto de victimizarse: Mérida.

—¿Ves de lo que te hablo? Incluso ahora la tienes a ella, la chica de mis sueños, siempre todo tú, Dawson.

Hay unos segundos de silencio y espero para ver cómo reacciona mi gemelo haciéndose pasar por mí, porque aparentemente le resulta muy fácil confundirnos a este imbécil.

116

—Eres horrible. —Hace una pausa—. Ojalá... te quemes en el infierno..., imbécil.

Y le cierra la puerta en la cara.

Bueno, mira, mi gemelo es un tipo rudo, al parecer.

Me estoy riendo cuando Drake se vuelve para mirarme y enarca una de sus cejas. Me dedica una sonrisa ladeada.

—Fue tu amigo... y no te reconoce.

—Lo sé, estoy igual de decepcionado. ¿Cómo no ve que soy más guapo que tú? Debería notar que solo eres una vil copia barata de mi apuesta persona.

—Sueña.

Me acerco, le entrego mi tazón vacío y le pellizco una mejilla antes de abrir la puerta y encontrarme que Martin sigue ahí, mascullando en voz baja cosas que no alcanzo a escuchar.

—¿Drake? —pregunta el muy estúpido, y pongo los ojos en blanco al enseñarle mi brazo libre de tinta—. Dawson...

—Sí, te has victimizado con el gemelo equivocado, pero para tu fortuna no tienes que repetir el discurso. Y no, Martin, no quiero relacionarme contigo. Ha quedado demostrado que no sabes ser un amigo.

—No puedes culparme por tener algo de celos, Dawson, cuando parece que todo lo tienes tan fácil.

—Tan fácil. —Me río—. Así que, como mi vida es fácil, eso justifica que seas un amigo de mierda y me condiciona a perdonar cada cagada que has hecho. Tú no quieres ser mi amigo, quieres seguir usándome como excusa para lamentarte de la vida y hacer mierda como la que hiciste: usar mi foto, contactar con chicas y acosarlas fingiendo ser yo.

—¡No las acosaba!

—¿No? ¡Mérida estaba aterrada! Le enviabas fotos indeseadas y jugabas con su teléfono a tu antojo para desbloquearte. ¿Qué hay de Leah? Lo llevaste demasiado lejos.

—Y aun así las conseguiste para ti, siempre triunfando, ¿no, Dawson?

Entonces, déjame ver si lo entiendo. ¿Quiere convertirme en el culpable de toda esta situación? Es que hay mucho descaro en este hombre al que llamé amigo. Es una mierda.

—Dawson, podemos solucionar esto. Prometo no hacerlo de nuevo, y tú promete no interponer a Mérida entre nosotros.

—No volveré a jugar a esta tontería. Poco me interesa tu amistad y no dejaré a Mérida por ti.

No necesita saber que entre nosotros dos no hay ninguna relación romántica.

117

—¡No es justo, Dawson! La vi primero, le hablé y le gustó mi ingenio, no tu cara.

—¿De qué hablas? Tú ni siquiera le gustabas. —Estoy seguro de que mi expresión es de desconcierto—. Quería ser tu amiga, no tu novia. No le gustabas ni le gustas.

—¿Es eso lo que te dijo? Claro que le gusto, me decía todo el tiempo lo mucho que quería verme. Y sobre las fotos, Dawson, ¡me las pidió! Me dijo que le enviara fotos, y ella haría lo mismo. Básicamente, me engañó.

»Puede que se vea como un bombón y que actúe como un ángel, pero estaba totalmente en la onda del chat sexual. Fue quien lo inició y me rogó por la foto, pero supongo que te conoció y quiso jugar la carta inocente tras saber que no fuiste con quien habló, que tienes un hermano famoso y dinero. Así son muchas chicas, Dawson. Al menos Leah tenía clase y conocía la fama.

»Dime que lo entiendes y que no caerás en sus mentiras y falsedades. No puedes confiar en Mérida. Es solo una oportunista que quiere atraparte, aprovechando la situación y usándola a su conveniencia. Dawson, lo entiendes, ¿verdad? Sé que tienta, pero hay mejores.

Lo miro con ojos entornados y luego asiento con lentitud. Él sonríe y le devuelvo el gesto, a la vez que me acerco y pongo una mano sobre su hombro de una manera fraternal.

—Me alegra que estemos bien, Dawson. Un par de tetas que, aparte, ni son grandes, no valen la pena. Tal vez ese culazo que tiene sí, pero ni siquiera eso.

Le aprieto con fuerza el hombro hasta hacerle daño. Abre mucho los ojos y borro la sonrisa.

—No vuelvas a hablar así de mi chica. Será mejor que mantengas tu horrible existencia alejada de ella o me conocerás verdaderamente enojado, *rata inmunda, animal rastrero.* —Lo último sale con una pronunciación rara y seguramente él no lo entiende, pero poco me importa.

Podría decirle toda la letra, pero aún no me la he aprendido. El Señor Enrique es mejor aprendiz que yo, sin duda alguna; él ya es bilingüe para cantar.

—Dawson, pero…

—Dawson, nada. No volveremos a ser amigos, y aléjate de Mérida. Ahora vete de mi casa.

—Somos amigos.

—Un verdadero amigo no me usaría, no hablaría de mi novia como un pedazo de culo y no metería intrigas para que la deje. Fui un idiota una vez al aceptar la tonta premisa de que si salía con Leah te rompería el corazón, pero

118

ahora me importa una mierda tu sucio corazón. He terminado con esto, Martin, no necesito tu falsedad. Ah, y un verdadero amigo no me confunde con mi gemelo después de tantos años.

Dice mi nombre, pero retrocedo y cierro la puerta, y me encuentro a Drake en el mismo lugar en el que lo dejé.

—Es un imbécil —dice con calma, y luego hace una pausa—. ¿Quién es Merida?

—No se pronuncia así —explico, y pronuncio el nombre como se dice en realidad. Camino hacia el sofá y me dejo caer haciendo un sonido frustrado.

No hay manera de que crea que Mérida es todas las cosas que ha dicho Martin, incluso si la conozco desde hace poco y tenemos una relación rara… No romántica, claro está, porque no me gusta de esa manera… O tal vez sí, pero no me gusta en plan de querer devorarla. Bueno, sí, pero no me gusta en el sentido de querer hacer algo. Bueno, sí, pero no me gusta como un hombre con sed en busca de agua, pero…

—¿Dawson? —pregunta Drake sentándose a mi lado—. Te ves… gracioso. Haces muecas. ¿Quién es Mérida? —vuelve a preguntar, y sonríe antes de dejar mi tazón vacío, que aún sostenía, en la mesita frente a nosotros.

Resoplo y presiono la frente contra su hombro, cosa que le hace reír, pero no me aleja.

—¿Recuerdas que te hablé hace unos meses de que salvé a una perrita, un hámster y una loca que me golpeó?

—Hum… ¡Ah, sí! Lo recuerdo.

—Bueno, nos volvimos a encontrar en mi consultorio y descubrí por qué me golpeó y reaccionó de esa manera.

Le cuento toda la historia e, igual que hace bastante tiempo le dije que descubrí que Martin se hizo pasar por mí con Leah, Drake está indignadísimo y me pregunta cómo sé que no era una foto suya en lugar de una mía.

—Porque la vi y soy más guapo.

—Mentira —asegura, lo que me hace sonreír.

—Bueno, déjame seguir este peculiar relato.

Le explico que planeamos hacerle creer a Martin que estábamos saliendo y que ella me llamó *periquito*.

—¿Qué significa… eso?

—Es un pájaro, básicamente como un loro. Es que Mérida es venezolana y tiende a decir cosas en español.

—¿Por eso… preguntaste por una… virgen?

—Sí. —Me río—. Su segundo nombre es Del Valle y así llaman a una virgen importante en Venezuela.

119

—¡Vaya! Aprendiendo cultura.

—Sí. —Sonrío—. Es una torpe profesora.

—Entonces te saltó... encima.

—Lo hizo, y me llamó «periquito» mientras yo la llamaba «mi amor». Dijo que me hizo una mamada en un baño y lo bien que lo pasamos, que estábamos saliendo y que Martin fue un imbécil.

—No nos sorprende.

Le doy la razón y continúo hablando sobre el café que tomamos juntos y de que no la volví a ver hasta hace unas semanas, cuando llegó con un pájaro con el ala rota al que había salvado. Le conté lo de la llamada, que fui a cambiarle las vendas al Señor Enrique y fuimos juntos a un refugio y que me ofrecí para practicar la cita que tendrá mañana. También le hablé de nuestra cita de ayer, incluyendo al señor músculos que me llamó flacucho.

—¡No somos flacuchos! —Mi copia se ofende.

—¡Lo sé! Estamos superbién, tenemos el abdomen tenso con líneas aunque no haya cuadrados muy marcados.

—Y somos calientes —agrega.

—Guapos.

—Distinguidos.

—Únicos —prosigo.

—Atrayentes y encantadores.

—¡Exacto! —Me incorporo para mirarlo—. Bueno, tuvimos nuestra simulación de cita y fue bien.

—¿Bien? —Me mira entornando los ojos.

—Bueno, más que bien, pero no importa, mañana tiene esa cita con Kellan y espero que le vaya muy bien, parece ilusionada.

—¿No te molesta?

—Para nada. —Sonrío, y él también lo hace.

—Claro, no nos... importa.

—No.

—Claro.

—En fin, que Martin cree que somos novios y no pienso contradecirlo. Espero que así no la busque.

—Lo que hizo —dice, y hace una pausa— fue acosarla, copia romanticona.

—También lo creo, pero todo lo que Mérida quiere es que la deje tranquila.

—¿Cómo es ella?

Cierro los ojos, apoyando de nuevo la mejilla en su hombro.

120

—Es más baja que nosotros, pero un poco más alta que Aska. —La visualizo—. De piel pálida, ojos marrones intensos…

—¿Marrones intensos? —Se ríe.

—¡Es un color real! Y casi siempre los lleva delineados de forma que se ven más rasgados y seductores, o a veces más grandes. —Me aclaro la garganta—. Tiene el pelo corto, le llega casi al final del cuello, sus labios son carnosos y de un color carmín natural, aunque a veces se los pinta para hacerlos más rojos o púrpura. Usa labiales fuertes.

—Bastantes detalles, ¿no?

—Soy observador.

—Y estás sonriendo.

—Ah, es un tic nervioso —aseguro, y de nuevo ríe—. ¿Qué es tan divertido?

—Tú.

—Cállate, copia mal hecha.

—Te gusta.

—No así.

—Entonces ¿cómo?

No lo sé, o tal vez sí. ¡Ay! No importa, nada de eso importa.

Estoy disfrutando de mi libertad como soltero.

Y Mérida tiene una cita mañana.

Todo está increíble y bajo control. Aquí no pasa nada.

121

# 11

## La curiosidad mató al gato

*Dawson*

—¿Por qué me miras así? —pregunto sentado en su cama, desde donde la veo apoyada en el borde de la ventana de su habitación.

—Porque me gusta verte, *periquito*.

Sus palabras van acompañadas de un mordisquito en su labio inferior y una mirada con los ojos entornados. No los lleva delineados y viste un camisón de seda y un pequeño *short* que deja al descubierto sus piernas.

Trago. Quiero tocarla, lo deseo mucho.

No hay rastro de sus mascotas, la habitación se encuentra con las luces muy tenues y es de noche.

Una gota de sudor me resbala por la frente mientras siento que mi bóxer se tensa ante las reacciones incontrolables de este encuentro, y mi erección se endurece todavía más cuando ella comienza a acercarse a paso lento hacia mí. Cuando está frente a mí, de pie mientras permanezco sentado, se ubica entre mis piernas, deslizando las manos por mi cabello y sonriéndome con esos carnosos labios color carmín. Parece una completa diosa, casi etérea.

—¿Te gusto, Dawson? —murmura en voz baja, con un acento que me eriza los vellos del cuerpo.

—Me gustas, Mérida.

—¿Mucho? —susurra, apoyando una rodilla en el colchón al lado de mi muslo antes de subir la otra.

Está a horcajadas sobre mí con su rostro muy cerca, presionando sus labios contra mi barbilla. Con lentitud deslizo las manos por sus suaves piernas desnudas y ella gime de una manera que me hace cerrar los ojos.

—Mucho —respondo con voz enronquecida.

—¿Me deseas, *periquito*? —Sus labios se deslizan hasta la comisura izquierda de mi boca y presiona con la punta de su lengua.

—Demasiado.

122

Deja caer su peso sobre mí y siente mi dureza contra su esponjoso y carnoso trasero. Esta vez soy yo quien gime.

—¿Me amas? —pregunta con una sonrisa casi sobre mis labios, a nada de besarme.

—Te amo —respondo sin pensar, totalmente jodido cuando sus suaves labios presionan contra los míos.

Y entonces abro los ojos.

Abro los ojos jadeando con una respiración errática, y me incorporo hasta quedar sentado. Tengo la erección matutina más dura que he tenido en toda mi vida. Bajo la vista y encuentro la punta humedecida de mi miembro, que sobresale del pantalón de chándal con el que duermo.

Aún fuera de mí, miro alrededor y me doy cuenta de que estoy en mi habitación, no en la de Mérida. Que no estoy sentado al borde de su cama y ella no se encuentra sobre mí en su estúpido y tentador pijama que seguramente no tiene.

Con la respiración agitada me oriento y me dejo caer de nuevo sobre la cama, y presiono mi rostro contra la almohada para ahogar mi grito frustrado.

Pero ¿qué pesadilla fue esa? ¡Dios mío! Una pesadilla que se siente como un sueño. ¿Cómo es que conseguí soñar de esa forma con Mérida? ¿Y por qué justo hoy, que sé que tendrá su tan esperada cita?

Me siento de nuevo y me paso las manos por el cabello, luego por el rostro y finalmente por el cuello. Estoy estresado y demasiado excitado. Cuando bajo la vista encuentro el bulto rebelde entre mis piernas y gimo de frustración.

—No, Dawson, no se te permite soñar con ella así. Tienes prohibidos los sueños húmedos con Mérida. ¡¿Y qué carajos?! ¿Cómo consigo estar tan excitado si estábamos vestidos y ni siquiera nos besamos?

Sacudo la cabeza cuando me llegan las imágenes vivas de cómo la sentí sobre mí, sus labios y la mirada de un marrón líquido tentador, pero lo peor no es que fuese un sueño que se dirigía a lo sexual; lo peor es el imbécil de Dawson diciendo que la ama en sueños, que es la cosa más absurda de toda la pesadilla sin duda alguna.

No la amo, ni siquiera nos conocemos a ese nivel, y no la amaré porque no estamos en ello, pero el Dawson de la pesadilla parecía un cachorrito enamorado dispuesto a susurrarle en la piel que la amaba.

—Olvídate de la pesadilla, eso es lo que fue.

Me dejo caer decidido a ignorar lo mucho, muchísimo, que mi pene desea mis atenciones. Miro al techo y trato de desviar mis pensamientos a las cosas que tengo que hacer hoy, pero Mérida es un molesto e insistente recuerdo que intenta reaparecer.

Gimiendo una vez más de frustración, giro de costado y tomo el teléfono de la mesita de noche. Ignoro los mensajes entrantes y voy directo a Instagram, donde pongo la primera letra de su usuario en la cajita de búsqueda y de inmediato me sale, porque la busqué un par de veces. Veo las mismas ocho fotos que tiene: tres son de ella y solo en una se ve completa, que es la que tiene más «me gusta», y hay un comentario del tal Francisco que ella llamó Pancho que dice: «¡Dios! Qué hermosa mi novia, quiero comerte, bebé», y debo capturarlo y traducirlo porque lo escribió en español. Esa foto es de hace un año, cuando ella llevaba el cabello más largo. Las otras son de su perfil o de espalda y el resto son molestas fotos artísticas, porque tampoco sube lo que dibuja.

Es muy diferente a mí, que tengo publicadas más de trescientas fotos en mi perfil porque me gusta compartir momentos especiales o algunos espontáneos sin importarme si son estéticos o no. También me siguen un montón de personas desconocidas de todo el mundo que me consideran «guapo», otras a quien les gustan los *tips* que ofrezco sobre animales, personas que conocí en fiestas, amigos y gente que me sigue por ser el hermano del famoso Holden Harris. Eso da un total de setenta mil seguidores en comparación con sus trescientos veinte.

Veo que al parecer tiene *stories* recientes y hago clic sonriendo. Entonces aparece un plano de unos ojos amarillentos debajo de la cama.

«Una vez más Boo me da un susto de muerte porque me odia —dice su voz—. A las tres de la madrugada escucho unos sonidos extraños, me agacho y me dedica tal mirada espeluznante».

Continúa en la siguiente *story*:

«Boo, sal de ahí, ven, no seas aterradora. —La gata, cuyos ojos es lo que resalta, continúa mirándola—. Ven aquí, pretenciosa. ¡Boo! ¿Conseguiré dormir?».

La siguiente es una foto de la gata acurrucada al final de la cama observándola intensamente. No quiero decir que con desprecio, pero sí lo parece.

Me pienso muy bien qué hacer y luego decido que no hay mucho que pensar sobre si seguir o no a alguien de manera amistosa cuando ya hablas con ella, así que presiono el botón de seguir y luego bloqueo el teléfono. Al ponerme de pie veo mi erección y decido tomar una ducha bastante fría para comenzar bien el día, o eso espero.

Cuando estoy duchado y vestido, listo para empezar otro día en el trabajo, bajo y me encuentro con Alaska sobre Drake en el sofá, sentada a horcaja-

124

das, y repentinamente me asalta una vez más mi pesadilla con Mérida en la misma posición.

Atrás, pensamientos desviados, atrás.

—Tan temprano y ya regalándome visiones perversas —comento pasando de ellos, y voy a la cocina para tomar una galleta integral y una taza de café, porque no tengo demasiada hambre.

Cuando regreso a la sala, ya se encuentran acurrucados en el sofá, pero uno al lado del otro, sin ninguna perversidad. Veo el uniforme de Alaska y luego miro mi reloj.

—¿Quieres que te deje en la escuela de camino a la clínica veterinaria?

—¡Jesús agradecido! Te amaría aún más por eso, porque la verdad es que no debía venir a ver a Drake, porque podría llegar tarde a clase, pero no pude resistirme a venir a ver su dulce carita.

—La cara que me copió, claramente. —Bebo de mi café y me dirijo a las escaleras—. Iré a por mi bolsa y nos vamos.

—¡Ponte la bata blanca! —grita detrás de mí, y me vuelvo para mirarla con desconcierto.

—¿Por qué?

—Porque te ves tan lindo y tan profesional como el doctor Harris. Me llenas de orgullo.

Le sonrío y retomo la caminata. Para su fortuna, cuando regreso, en efecto, llevo puesta la bata, que uso muy pocas veces, y después de despedirse de Drake y de que yo ponga los ojos en blanco, llegamos al auto.

—Estoy seguro de que Drake estará durmiendo de nuevo dentro de menos de cinco minutos —le hago saber.

—Lo hará. —Ríe por lo bajo—. ¿Viste todo lo que ha estado avanzando? Siento que pronto estará muy recuperado, ya no se frustra tanto.

—Ha tenido una buena evolución y está comprometido con ello, eso ayuda.

—Es tan fuerte... —dice, y no tengo que volverme para saber que está sonriendo. Está locamente enamorada, como también lo está mi hermano.

Le pregunto adrede sobre Química y Física para hacerla rabiar, porque es pésima en esas clases y siempre quiere obligarme a hacerle la tarea cuando Drake no está, y, mientras intento enseñarle, a menudo terminamos peleándonos cuando me exige que le haga los deberes. Es divertido, pero admito que siempre me voy para no sacudirla.

No tardamos en llegar a su escuela, donde suelta un breve discurso que pretende ser emotivo sobre que es su último año.

—Oye, Aska —la llamo antes de que baje, y se vuelve para mirarme—. Eres experta en las historias +18.

125

—¡Dawson! No lo digas así. —Se lleva una mano al pecho, escandalizada, y hago una mueca.

—Entonces ¿qué significa +21?

—¿Por qué lo preguntas?

—Curiosidad —respondo, encogiéndome de hombros.

Me mira fijamente y espero parecer curioso y no superinteresado en una respuesta. Mérida me dijo que bromeaba, pero comentó algo sobre sexo +21 que me generó curiosidad, incluso si no es cierto.

—Son historias que tienen un contenido más fuerte que el +18, más crudo, pero no solo en lo sexual, también puede ser en torno a la violencia, el abuso de sustancias o con escenarios que pueden considerarse delicados e incluso tabús. Debe ser manejado por una audiencia lo suficientemente madura como para consumir ese tipo de contenidos.

—Suenas como un diccionario —le hago saber—. Pero si este +21 es de sexo, entonces ¿significa que es todo muy explícito?

—¡Uf, sí! E incluso incluye sexo que podría resultar oscuro o bien sucio y delicioso. —Sonríe—. Asusta el concepto, pero te aseguro que hay buen contenido +21, solo debes encontrar el correcto. ¿Ha satisfecho eso tu curiosidad?

—Algo así, ahora ve a clases.

—¡Ten buen día, doctor Harris! —me grita cuando se encuentra fuera del auto, lo que me hace sonreír.

—¡Has venido! —grita una voz familiar detrás de mí.

Me giro y veo a una castaña guapa de ojos verdes y complexión delgada que se acerca a mí. Tengo que admitir que durante unos segundos mis ojos beben de cómo se ve con un vestido corto ajustado negro que abraza sus pechos turgentes y por el aspecto kilométrico de sus piernas, pero luego simplemente sonrío de forma amistosa, porque se trata de Ophelia y nuestra relación no pasa de ahí.

Me sonríe y posa su mano en mi brazo cuando me besa la mejilla. Es casi tan alta como yo, por lo que, con sus botas de tacón, no hay necesidad de que se alce de puntillas.

—Alguien me dijo que viniera a la fiesta de cumpleaños de un miércoles muy atravesado de mi querida amiga —le hago saber sin dejar de sonreír—. Feliz cumpleaños, belleza, te has puesto más sabia, inteligente y guapa.

—Oye, pero dame un abrazo. —Se ríe, y yo también mientras la envuelvo en mis brazos.

126

Se siente bien, agradable y cálida, y huele increíble, a algún perfume caro y francamente bueno. Aún entre mis brazos, se separa un poco para que nuestros ojos puedan encontrarse y noto que se va formando un ambiente denso que me recuerda que estamos en páginas diferentes sobre nuestras emociones, así que retrocedo porque no quiero ilusionarla con percepciones erróneas. Aunque he intentado poner distancia entre nosotros desde que me confundió con Drake y lo besó, ella siempre la elimina actuando con normalidad y fingiendo que no es nada raro lo que hay entre nosotros.

Yo también soy idiota y finjo no saber nada porque no quiero avergonzarla o hacerla sentir mal al abordar algo para lo que no se siente lista de expresarme.

Retrocedo y le dedico una sonrisa torpe, y veo que a mi alrededor hay más que un pequeño grupo de personas.

—Vine por poco tiempo —digo por encima de la música cuando me guía hacia donde están las bebidas— y solo tomaré un trago, mañana trabajo.

—Oh, cierto, mi querido veterinario. —Me entrega una cerveza—. Así que ¿qué hay de nuevo?

—No mucho —respondo caminando a su lado hacia un lateral de la pequeña casa—. ¿De quién es este lugar? Esperaba que nos amontonáramos en tu diminuto piso compartido.

Mis palabras son en broma, porque su apartamento no es diminuto. Es un buen alquiler que comparte con otros estudiantes que, al igual que ella, no residen en Londres.

—Es de una de mis amigas, lo ofreció y acepté.

—Ah, esas ventajas de ser popular.

—Algo así —responde, sonriendo—, pero ven, baila conmigo, y no puedes decirme que no porque soy la cumpleañera.

—Eso es chantaje emocional —la acuso—. Solo para confirmar, Martin no está aquí, ¿verdad?

No es que sean grandes amigos. Se conocen por mí, pero no se llevan mal, y no sería raro que lo hubiese invitado.

—No, me dijo que tenía cosas que hacer. ¿Por qué? ¿Pasó algo entre ustedes?

—Algo así, preferiría que no coincidiéramos.

—Oh, ¿algo como lo que sucedió con Leah? —pregunta con cautela.

Poco sabe de lo que sucedió. Le di una versión distorsionada y no sabe que Martin usó mi rostro. Para ella éramos dos tontos amigos interesados en la misma chica, lo que la hizo etiquetar a Leah como la manzana de la discordia, pero las dos chicas se agradaron mutuamente las veces que coincidieron.

127

—Son cosas entre nosotros, simplemente no quiero relacionarme con él, ¿de acuerdo? Y Ophelia, si algún día te sientes incómoda a su alrededor o algo te parece extraño, habla. A veces no terminamos de conocer a las personas.

—De acuerdo —dice con lentitud ante mi seriedad, y después sacude la cabeza—. Ahora ven, bailemos.

La dejo guiarme hacia donde los cuerpos se agrupan y saludo a varios de sus invitados. Bailamos un par de canciones y, aunque estoy acostumbrado a la sensualidad de estos bailes, cada vez que siento que las cosas se ponen muy cercanas, con disimulo lo llevo a un terreno más inocente, pero en algún punto sus brazos terminan alrededor de mi cuello y sus ojos fijos en los míos.

—Siempre con tus lindos ojos, Dawson Harris.

Recuerdo que de pequeños Drake y yo creíamos que éramos defectuosos por tener los ojos de diferentes colores (es culpa de nuestro hermano mayor, Holden, que para asustarnos dijo que había leído en internet que éramos alienígenas que en el futuro robarían almas… Supercreativo). Pero en la adolescencia descubrimos que nuestra heterocromía, aunque no es tan notable como en otras tantas personas —uno de nuestros iris es de un verde musgo y el otro es de color avellana—, era algo que llamaba mucho la atención y en lo que muchos se interesaban.

Así que estoy acostumbrado a esos cumplidos, pero Ophelia nunca me dijo nada parecido. Cuando su mejilla se apoya en mi hombro, me siento aliviado de romper el contacto visual y entonces me pierdo en mis pensamientos. Mientras yo estoy en esta fiesta, Mérida está en su cita. ¿Cómo le estará yendo?

Al terminar la canción dejamos de bailar y ella va a por otra bebida, y yo tomo una botella de agua.

—Oye, una pregunta —comienzo.

—Una respuesta —se burla.

—¿Conoces a un tal Kellan? No es un nombre muy común. No es demasiado alto, pero es muy fuerte, ya sabes, ejercitado… Cabello castaño, ojos azules…

—¡Ah! Kellan, el de Arquitectura, el de la sonrisita que enamora. —Sonríe—. Sí, sé quién es. ¿Por qué?

—Curiosidad —respondo, pero luego me lo pienso mejor—. Es que está en una cita con una… amiga.

—¿Qué amiga?

—Una de tantas.

—¿Una amiga real o una amiga con la que te has enrollado?

—Una amiga —concluyo.

—Bueno, ha salido con muchas en la uni. Pero ¿quién no lo ha hecho? No es un mal tipo, siempre escucho cosas buenas de él, y esa sonrisa lo es todo. Tiene algo que atrapa, y no son solo sus músculos. Escuché que es amable con las chicas con las que se lía y todas siempre tienen algo bueno que decir sobre… sus destrezas.

—¿Quiere decir eso que mi amiga está a salvo?

—Sí, lo está. Quién sabe, tal vez tu amiga consiga ser esa novia que no tiene desde hace mucho.

—Genial —digo mirando hacia donde las personas bailan—, me alegro por ella.

Porque es verdad, me alegro muchísimo.

Estoy estudiando nuevas cosas en mi iPad cuando me aparece una notificación de Instagram y descubro que Mérida me ha seguido, y luego llega su mensaje directo.

**Mérida Sousa:** ¡Ajá! Te he pillado, no te resististe y me seguiste

**Dawson Harris:** curiosidad

**Mérida Sousa:** la curiosidad mató al gato

Miro confundido el mensaje intentando entenderlo, pero no lo consigo.

**Dawson Harris:** No entendí

**Mérida Sousa:** es algo que se dice mucho en Venezuela, bueno, creo que en muchos países

**Mérida Sousa:** significa que cuando eres muy curioso te puedes meter en problemas… O eso creo, buscaré en internet.

También lo busco y veo que no estaba tan perdida en su explicación. Cada día se aprende algo nuevo.

129

**Mérida Sousa:** tienes un montón de fotos y pareces modelo en muchas

**Dawson Harris:** Ya dejaste todos tus likes???

**Mérida Sousa:** no es que te hagan falta, señor famoso, y en realidad no las vi todas

**Dawson Harris:** fingiré creerte

Pero salgo del chat y voy a mi perfil a verificar cuáles son las últimas cuatro hileras de mis fotos. Son básicamente de mí en situaciones espontáneas, de animales, algunas frases que me gustaron, un par de nosotros reunidos con las hermanas Hans… Me doy cuenta de que hace meses que no tengo una foto con Drake, desde que enfermó, y es porque él no se sentía cómodo con ello. Tal vez ya esté de nuevo listo para impactar al mundo con la belleza que me copió.

**Dawson Harris:** así que… Qué tal la cita?

Ya está, había que preguntar.
Tarda un par de segundos en responder.

**Mérida Sousa:** Estuvo buena!! Al principio estaba nerviosa y ni te lo imaginas

**Dawson Harris:** el qué?

**Mérida Sousa:** Pancho apareció, pero pude echarlo antes de que Kellan llegara y él pensó que te esperaba a ti

**Dawson Harris:** Pancho es molesto

**Mérida Sousa:** pero la cita fue bastante buena, fue una comida muy rica y él es divertido y atento

**Mérida Sousa:** me invitó a salir de nuevo y acepté… También me besó

130

**Mérida Sousa:** Está mal que lo hiciera en la primera cita?

¡Vaya! Kellan es rápido. Me rasco la barbilla en un estado pensativo antes de responder.

**Dawson Harris:** no está mal si eso es lo que quieres, Mérida

**Dawson Harris:** me alegra que lo pasaras bien y que todo fuese como lo esperabas e imaginabas

**Mérida Sousa:** fue muy buena, me gustó, pero no fue como la imaginaba

Me arriesgo a preguntar, porque al parecer hoy soy muy curioso.

**Dawson Harris:** cómo la imaginabas?

**Mérida Sousa:** pensé que sería exactamente como la que simulamos

Escribo un «¿Eso es bueno o malo?», pero borro el mensaje y me limito a enviar un estúpido emoji riendo que estoy seguro de que desentona con la conversación, porque luego ella me dice que ya hablaremos más tarde y se termina la charla.

—Ten cuidado, Dawson Harris —me digo—, la curiosidad mató al gato.

131

## 12

## Todos me miran

*Mérida*

Mantengo en mi caja supergenial al Señor Enrique mientras una gata persa no deja de mirarme desde el otro lado del pasillo. Su dueña le acaricia el pelaje, y también me fijo en que la gata lleva una correa con incrustaciones de diamantes falsos que se ve un poco incómoda.

—Oh, mi pobre Canie, ten paciencia, amor, ya pronto te atenderá tu doctor.

La mujer, sexi, mayor y con retoques que le han quedado espectaculares, llegó después de mí, me dedicó una sonrisa amigable y tomó asiento tras hablar con la recepcionista. La sala de espera se encuentra llena, todos con ansias de ver a los veterinarios más experimentados, pero parece que nadie espera a Dawson, lo que es una pena, porque es realmente bueno en su trabajo y a mí me inspira confianza.

El doctor Angelo Wilson, quien atiende a Leona y Boo, cuando salió y me vio sentada me preguntó con desconcierto si sucedía algo con mis mascotas, y después se mostró aún más sorprendido cuando le dije que venía por mi pájaro y que esperaba al doctor Dawson. Tengo que admitir que me indigné un poco en nombre de Dawson cuando quiso confirmar que no me equivocara y me dijo que le avisara si cambiaba de opinión porque yo era una clienta con prioridad (esto debido a que mamá nunca escatima en pagar).

De nuevo fijo la vista en la gata que me observa de forma intimidante y trago saliva mientras aprieto más la caja con el Señor Enrique.

—¿Te gusta mi gata? Se llama Canie, es de raza y es muy elegante —dice la señora, acariciándola, y la gata ronronea—. ¿Tú qué tienes ahí, cariño?

—Es mi pájaro. Bueno, no es mío, pero lo estoy cuidando con la ayuda de su doctor —digo con timidez.

—Oh, eres emigrante. ¿Eres ilegal? —dice, y borra su sonrisa.

A ver, he escuchado a personas hablar de mi acento, me han preguntado de dónde soy y por mi historia, que no es dramática como todos esperan, pero nunca me habían llamado ilegal en cuestión de segundos en una conversación que apenas iniciaba.

—No soy ilegal —digo con calma—, mi mamá es una importante neurocirujana y otras cosas más que no recuerdo. Vivo en este país desde los trece años.

—Ah, ¿y por qué aún tienes el acento?

—Porque no me gusta hablar con un acento pretencioso —respondo, y ella frunce el ceño.

Siempre me ha parecido que el acento británico es una cosa superpretenciosa y molestamente elegante, incluso cuando insultan o dicen algo gracioso.

—¿Y de dónde eres?

—De Venezuela —respondo sonriendo.

—¿Eso dónde queda?

—Sudamérica —respondo entre dientes.

—Ah, latina —dice, mirándome de arriba abajo—, pero... eres blanca.

Alguien jadea en la sala de espera. Miro a mi alrededor y veo las expresiones de conmoción de algunos al oír que realmente dijo eso.

—Quiero decir, tienes la piel bastante clara. Si no hablas, no sabría que no eres de aquí, y tengo entendido que las mujeres en Sudamérica son trigueñas o morenas. ¡Ah! Y tú eres de donde son las *misses*. ¡Claro! Y ellas son... diferentes a ti. —Me vuelve a estudiar de arriba abajo.

Miro de un lado a otro sin saber qué responder. Estoy molesta, pero tengo que admitir que me encuentro algo avergonzada, como si debiera disculparme por no cumplir con su estereotipo de mujer latina. Imagina que escuche que no sé bailar salsa o merengue; se desmayaría.

—Soy venezolana, *señora*. —Lo último lo digo en español.

—Una lástima —es todo lo que dice antes de enfocarse de nuevo en su gata.

Normalmente no me presto para hacer el ridículo porque ya hemos establecido que soy tímida, pero que digan que soy ilegal, demasiado blanca para ser latina, que mi nacionalidad es una lástima y que no luzco como una *miss* (que no me ofende, porque es verdad, pero lo dijo de manera despectiva) hace que me moleste. Así que me pongo de pie y dejo la caja con el Señor Enrique en el asiento, tomo aire, alzo la barbilla y comienzo a cantar «Venezuela», una canción llena de nostalgia y típica de mi país natal:

> *De los montes quiero la inmensidad*
> *y del río la acuarela*
> *y de ti los hijos que sembrarán*
> *nuevas estrellas.*

133

*Y si un día tengo que naufragar
y el tifón rompe mis velas,
enterrad mi cuerpo cerca del mar
en Venezuela.*

Hago especial ahínco en el nombre del país e ignoro que todos me miran, incluida la bonita recepcionista. Mantengo la vista puesta en la señora, cuyo nombre no sé, que me mira con desconcierto.

Suena un aplauso y, cuando miro al frente, veo que Dawson acaba de llegar y me dedica una sonrisa mientras da pequeños aplausos que me hacen sonrojarme, pero continúo con la barbilla alzada.

—Esa canción se llama «Venezuela», la puede encontrar en YouTube —concluyo, y me siento entre orgullosa y avergonzada.

—Buenos días —saluda Dawson, y respondo junto con los clientes educados, pero a la señora le brillan los ojos en cuanto lo ve—. Hola, Susana, lamento llegar tarde, parece que hoy tengo a un par de pacientes —le dice a la recepcionista.

—Tienes tres. —Le sonríe con complicidad.

—Oh. —Sonríe—. Haz pasar al primer paciente.

Se vuelve a mirarnos y alzo mi mano en saludo, y me devuelve el gesto aún sonriendo.

—Hola, encanto —dice la señora, y él desplaza la mirada hacia ella.

—Hola, señora Hamilton —responde cordialmente antes de entrar en su consultorio.

—Está feliz de vernos, Canie —le dice a su gata, y yo enarco una ceja.

La verdad es que la señora me da vibras muy extrañas, o tal vez solo la desprecio porque, desde mi punto de vista, fue claramente xenófoba.

—Mérida Sousa —me llama la recepcionista, que ahora sé que se llama Susana—, ya puedes pasar con el Señor Enrique, el doctor Harris te espera.

—¿Qué? —pregunta la señora Hamilton—. No puede ser que la niña emigrante pase primero.

—Llegué primero —digo, poniéndome de pie, y avanzo rápido. La dejo atrás con sus quejas, abro la puerta sin tocarla y me refugio en el consultorio.

Dawson, que se encuentra a mitad de desinfectarse las manos, me dedica una mirada desconcertada cuando me acerco a la camilla y dejo la caja en ella.

—Tu admiradora es un poco ruda —comento—, parece especialmente enojada de no ser tu paciente número uno.

—Me pregunto qué tendrá Canie hoy. —Suspira, se acerca a mí y clava la vista en la caja—. Hola, Señor Enrique, ¿cómo vamos con esa recuperación?

Me lo quedo mirando mientras sonríe y con los dedos acaricia la cabeza del Señor Enrique, que silba una canción. Eso hace que toda la fuerza de la sonrisa de Dawson recaiga en mí, y trago con disimulo.

—¿Qué está cantando esta vez?

—«Todos me miran», de Gloria Trevi. —Me mira a la expectativa y suspiro porque sé qué quiere—. *Y me solté el cabello, me vestí de reina, me puse tacones, me pinté y era bella. Y caminé hacia la puerta, te escuché gritarme, pero tus cadenas ya no pueden pararme. Y miré la noche y ya no era oscura, era de lentejuelaaas* —concluyo, y luego se lo traduzco, lo cual lo tiene riendo.

—Creo que me estoy volviendo fanático de las canciones hispanas gracias a ti, Mérida.

—Supongo que soy embajadora cultural de música hispana —bromeo, y su respuesta es guiñarme un ojo antes de ponerse guantes y cambiar el vendaje del ala.

Mis ojos se deslizan desde sus ágiles dedos que hacen magia hasta su expresión de absoluta concentración. No nos habíamos visto desde nuestra práctica de cita, que fue hace exactamente una semana, y lo de hablar ha sido muy escaso y esporádico. Me pregunto si se siente raro después de esa cita y también por qué invertí gran parte de mi tiempo en pensar en si debía escribirle o no y pendiente de si me escribía.

Incluso llegué a la incómoda conclusión después de mi primera cita con Kellan de que me había divertido más en la cena con Dawson, pero eso tal vez se deba a que no sentía presión de tener que impresionarlo y no analizaba lo que hacía.

—La recuperación va perfecta, estimo que en la próxima consulta podremos liberarlo. Has hecho un buen trabajo, Mérida.

—Hemos hecho —señalo, y se vuelve y me observa con una sonrisa que evito a toda costa mirar demasiado.

—Bien, ya estamos listos con el Señor Enrique.

—Eso fue rápido —digo—, qué eficiencia.

—¿Cómo has estado? —me pregunta, quitándose los guantes—. ¿Qué tal van las cosas con Kellan?

La primera cita con Kellan no empezó especialmente bien teniendo en cuenta que Francisco había aparecido minutos antes de que llegara Kellan. Mi ex decía que esperaría a que Dawson fuese a buscarme, porque creía que él era mi cita, y no lo desmentí, pero al final logré echarlo. Para cuando Kellan llegó, estaba agitada y nerviosa. El camino en su auto hasta el restaurante fue un poco incómodo, pero no de una manera enloquecedora. Durante la cena logré aflojarme un poco y tener una conversación decente, y cuando íbamos por el postre el ambiente ya era mejor, me encontraba relajada y acepté caminar con él, lo que sin duda fue una buena decisión, porque pudimos hablar. La presión que sentía sobre mí había desaparecido y me lo estaba pasando muy bien. Kellan es incluso mejor de lo que esperaba.

Cuando se me acercó al llegar a mi casa, me acordé de Dawson hablando de besarse o no en la primera cita, y entre esos pensamientos, los labios de Kellan se posaron sobre los míos y no me alejé. De hecho, me gustó mucho, lo suficiente como para participar en todo ese beso sexi de lengua. Casi había olvidado lo rico que se siente besar cuando alguien te atrae. Me gustó cómo sus labios se sintieron sobre los míos y casi me derretí con su sonrisa al final y por la manera en la que esos ojos azules algo separados me miraron cuando pregunté si quería tener una segunda cita, que, por supuesto, acepté.

De hecho, en una semana hemos tenido tres citas con un montón de besuqueos y en las que lo he pasado genial. En la cita de ayer, su mano se presionó en la parte alta de mi muslo y sus labios fueron a mi cuello, lo que se sintió increíble. Incluso me deleité con el roce sutil de sus dedos contra la escasa superficie que llamo mi par de tetas.

En conclusión, las cosas con Kellan parecen encaminarse muy bien, fenomenal. Me gusta muchísimo y celebro que sea mejor que mis expectativas, pero… Justo ahora me encuentro con la mirada fija en el rostro de Dawson y siento unas ganas tremendas de dibujarlo a mi estilo.

—Bien, supongo que estamos saliendo y lo pasamos bien. ¿Tú cómo has estado?

—Bastante bien, he atendido a un par de pacientes nuevos que espero que vuelvan. Ah, y Martin fue a mi casa, aún cree que somos novios. ¿No te has topado con él en el campus?

—Gracias al cielo no. —Me estremezco—. No quiero verlo nunca más en mi vida.

—Eso es razonable.

Nos quedamos en silencio observándonos y, en serio, no puedo evitar pasear la mirada por cada rasgo de su rostro. Encuentro que me cosquillea el estómago y que mi frecuencia cardiaca se incrementa mientras lucho contra las ganas de morderme el labio inferior y removerme ante el escrutinio de sus ojos de diferentes colores. El ambiente se vuelve extraño y nuevamente viajo a la cita de simulación, a la manera encantadora en la que me sacaba conversación, reía conmigo e incluso parecía que me seducía, en cómo nos sentamos en los escalones de la entrada de mi casa con nuestros muslos rozándose y me dijo cosas lindas sobre mis dibujos sin siquiera haberlos visto, en cuando habló de besarnos en la primera cita estando tan cerca de mí.

Y también me acuerdo de que dijo que estaba ocupado, sin interés en relaciones y disfrutando de su libertad. Me acuerdo de que estoy teniendo citas fabulosas con Kellan y que aparentemente Dawson es mi amigo consejero de relaciones que siempre me pregunta cómo va todo sin ningún tipo de interés especial. ¡Uf! Es un duro aterrizaje a la realidad caer en esos pensamientos tan certeros.

Desvío la mirada y él carraspea la garganta. Cuando vuelvo a mirarlo está caminando hacia su escritorio, por lo que tomo la caja del Señor Enrique y voy hasta el otro lado, enfrente de él. De nuevo nos observamos sin hablar y me aclaro la garganta.

—Te dejo para que puedas atender a tus otros pacientes. Muchas gracias, doctor Harris. —Sonrío antes de girarme.

—¡Mérida!

—¿Sí? —Me vuelvo de manera inmediata.

—Este domingo podemos liberar al Señor Enrique y, si estás disponible después y quieres, podrías venir al refugio conmigo.

—Como una no cita —adivino, sonriendo, y él ríe por lo bajo.

—Exacto.

—Eso me gustaría, Dawson. Te veo el domingo.

Abro la puerta, queriendo huir antes de que me vuelva inestable y provoque un caos entre nosotros. Estamos raros.

Al cerrar la puerta detrás de mí, le dedico una gran sonrisa a la señora Hamilton, pago y luego me alejo, sonriendo porque tengo planes para el domingo.

—¡No, no! ¡No! —grito, poniéndome de pie y dedicando una mirada acusatoria al papel Bristol.

Es mi tercer intento.

Es la tercera vez que lo he hecho hoy.

La octava en lo que va de semana.

Una vez más he dibujado en un estilo manga a un hombre muy parecido, igualito, a Dawson Harris. Es su cabello cayendo sobre la frente y los rasgos aristocráticos que lo hacen tan atractivo, que incluso los he perfeccionado hasta conseguir el protagonista de estilo Imaginetoon más hermoso que he creado jamás. Son sus labios, su cuello elegante y largo con lunares marrones esparcidos de tal manera que parecen pecas, son sus hombros desnudos que no he tenido oportunidad de ver.

137

Generalmente, los rostros de mis personajes nacen de mi imaginación, de rasgos que apunto y luego voy uniendo para darles forma. Pocas veces tomo modelos de referencia, pero desde que vi a Dawson en su consultorio hace cinco días, he estado dibujando y sin darme cuenta he hecho varios bocetos de él.

¿Qué maldición es esta?

Me enredo los dedos en el cabello y miro hacia el papel que tengo sobre mi mesa de trabajo antes de subirme los lentes, que me resbalan por el tabique de la nariz.

—¿Qué hago? —pregunto a la nada, y después me mordisqueo el labio inferior.

He tirado cada boceto suyo que he terminado dibujando sin darme cuenta, pero llevo cinco días así y no puedo seguir desperdiciando el papel ni la tinta. ¿Y por qué no lo dibujo con ropa?

—Bien, hagamos un dibujo de Dawson muy +13, me lo quito del pensamiento y sigo con mi vida.

Me pongo un clip para sostenerme el flequillo lejos de la frente y tomo asiento, recupero la pluma de tinta, porque hoy decidí trabajar con ella, y suspiro muy hondo.

—Podrías haber dibujado a Kellan. Después de todo, lo viste sin camisa y las cosas se pusieron calientes —me reprendo.

Ayer, en la cuarta cita, hubo un serio apretón de tetas y unos roces traviesos de mi mano contra lo que fue una imponente erección. Todo eso del tonteo caliente me está gustando, por eso no entiendo por qué rayos termino dibujando a Dawson Harris y no a Kellan. ¡Es muy frustrante!

Vuelvo a respirar hondo y comienzo a trabajar desde los hombros hacia abajo, que es lo que me falta de Dawson. Soy minuciosa y tardo mucho más tiempo del que esperaba, pero ¡Virgencita! Tengo que admitir que lo disfruto y que vuelvo a su rostro para hacer más detalles que ni siquiera sabía que había notado en él. Me enfoco en sus dedos con una precisión y una manía impresionantes, porque he visto esas manos hacer un gran trabajo, porque sus dedos me han distraído en muchas ocasiones. Aún los recuerdo haciendo círculos distraídos debajo de su labio inferior cuando dije sin querer que hacía dibujos +21.

Puede que el dibujo tenga el estilo manga, pero es increíblemente realista debido a la cantidad de detalles que tiene. Al final solo lleva unos tejanos con el botón desabrochado, que dejan ver la banda de su bóxer. Su torso delgado firme con un contorno de abdominales es increíble (me basé en su foto de perfil en nuestro chat) y en su rostro hay una sonrisa secreta.

138

¿Quiere eso decir que eres una virgen?

QUÉ ESTÁS HACIENDOOOO?

NO, NO LO HAGAS!!!

Lo escaneo, conecto la tableta gráfica a la computadora y comienzo a pintarlo y a ser más precisa, volviéndolo aún más impresionante. Cuando termino, le doy una burbuja con diálogo: «¿Quiere decir eso que eres una virgen?». Es exactamente lo que me dijo el día que investigó mi segundo nombre en Wikipedia.

El reloj de la computadora me hace saber que llevo más de tres horas en esto. Lo que refleja la pantalla casi me hace llorar, porque es uno de mis mejores trabajos y es una copia perfecta de Dawson Harris. Cualquiera que lo conozca podría deducir que me inspiré en él.

—Bueno, es un dibujo +16 porque tiene pantalón, ¿correcto? —me pregunto a mí misma.

Y mi mente peca, porque, con la velocidad de la luz, me proyecta un dibujo muy +21 de Dawson Harris pese a que nunca en mi vida lo he visto desnudo. La imagen se va tan rápido como llega, pero estuvo ahí, y de nuevo grito: «¡No, no, no!».

Me levanto de la silla y enredo una vez más los dedos en mi cabello a la vez que maldigo a mi imaginación. Luego extiendo las manos frente a mí para observarlas. Me pican, sienten el deseo de dibujar exactamente lo que imaginé.

—No, Mérida, no vas a dibujar a Dawson así. Cancela lo que imaginaste en tu cabeza. ¡Cancela!

Guardo el dibujo que he hecho y huyo de mi habitación, pero tres horas después regreso y empiezo a dar vueltas en mi cama al intentar dormir, pensando en que mañana veré a Dawson, y entonces lo hago: de un dibujo +16 bordeo un poco el casi +18 cuando paso otras tres horas de mi vida dibujándolo en bóxer con los dedos precariamente dentro de esa prenda de ropa y una sonrisa llena de picardía en el rostro.

—*Y todos me miran, me miran, me miran, porque sé que soy linda, porque todos me admiran* —canto en un vago intento de acallar la voz en mi cabeza que me dice: «*Ya valiste madre, no hay vuelta atrás*».

140

## 13

## Suelta mi mano ya, por favor

*Mérida*

*Febrero de 2017*

—No me mires así, Boo. ¡Y tú tampoco, Leona! —les digo a ambas, que me observan frente a mí.

Sus miradas son juzgonas, como si supieran del dibujo en bóxer con la mano casi dentro de la ropa que hice ayer de su preciado Dawson. Solo de pensarlo se me sonrojan las mejillas. ¡Fue más fuerte que yo! No pude parar.

Me siento culpable y a la vez embelesada, porque ha sido de mis mejores trabajos. ¡Es arte! Pero está inspirado en alguien real y no sé si estoy haciendo mal, y tengo miedo de no parar porque ha sido como obtener un chute de algún tipo de droga no nociva, pero sí adictiva.

Debí dibujar a Kellan. De nuevo, eso tendría sentido.

Cuando suena el timbre de casa, doy un saltito y Jane, el ama de llaves, me dedica una mirada curiosa cuando le digo que yo abriré la puerta. Al hacerlo me encuentro con la pequeña sonrisa de Dawson, que lleva un pantalón de algodón gris y un suéter grande. El *look* se completa con unos zapatos deportivos y una gorra con la visera hacia atrás.

Quiero dibujarlo otra vez.

¡Virgencita! No, no, no.

—Hola, Mérida —dice, dándome un breve vistazo de los pies a la cabeza sin perder la sonrisita—. ¿Qué tal estás?

—Acalorada.

—Pero el clima está frío, incluso nublado —responde con desconcierto.

Sacudo la cabeza y me hago a un lado para que entre. De inmediato, Leona y Boo reclaman su atención, y él se las da. No quiero decir que siento celos de una perra y una gata, pero solo digo que a mí no me saludó así.

Permanezco de pie observándolo mientras acaricia a ambas y les habla

141

con cariño y un tono de voz mimoso. Cuando se levanta, fija su atención en mí, que estoy como una estatua sonrojada en medio de la sala.

—¿Todo bien, Mérida?

—Eh… Sí, iré a por el Señor Enrique.

No le doy tiempo de que me responda y corro escalera arriba. Antes de tomar la caja con el Señor Enrique, veo que tengo un mensaje en mi teléfono. Es de Kellan, que me propone ir al cine hoy, y le respondo de forma afirmativa tras pensármelo. Me guardo el teléfono en el bolsillo del tejano y bajo las escaleras.

Tener la caja del Señor Enrique conmigo me da la oportunidad de despejarme, porque ahora solo pienso en cuánto lo voy a extrañar. Me duele dejarlo ir, pero hoy regresará a su merecida libertad. ¡Lo ha logrado! Ha sanado y ahora volará alto con un repertorio nuevo de canciones hispanas. Soy una especie de embajadora de la cultura incluso entre los animales.

Cuidarlo no me generó problemas. De hecho, lo disfruté. Ha sido una bonita experiencia, y mamá ni siquiera se dio cuenta porque no estuvo mucho por casa y entró poco en mi habitación, así que al final todo salió bastante bien para nosotros dos y sé que me tomó cariño, al igual que a Leona y a Boo. A Perry el Hámster no, porque creo que le tenía miedo, pero sé que con el tiempo se habrían llevado muy bien; tenía fe en ellos. Sin embargo, llegó su momento de ser libre.

Cuando regreso a la sala, encuentro a Dawson de rodillas frente a la casita de verano de Perry el Hámster haciendo rodar con sus dedos uno de los juguetes y hablándole a mi poderoso Perry.

—Tienes unas muy buenas propiedades, Perry —le dice divertido, y yo sonrío antes de decir su nombre, cosa que hace que se vuelva—. ¿Lista para liberar al Señor Enrique? —me pregunta poniéndose de pie y avanzando hacia mí. Toma la caja y se sienta en el suelo para quitarle la venda y examinarlo.

—No estoy lista, me encariñé, pero sé que es lo que debo hacer.

Dawson alza la vista y me observa con intensidad antes de suspirar y mirar al techo.

—Eres linda, en serio lo eres —murmura, y luego me mira a través de sus pestañas—. Hiciste un trabajo estupendo. De hecho, sanó más rápido de lo esperado, y puedo ver que su ala se encuentra totalmente lista. Vamos, llegó la hora de ayudarlo a volar. Vayamos a tu jardín.

Lo guío hacia una de las puertas laterales y gracias al cielo no comenta nada sobre el extravagante jardín de mi casa, que, además, es enorme. Solo se concentra en buscar un lugar que considere adecuado y se detiene.

—¿Quieres cantar una última canción con él antes de ayudarlo a volar?

142

—Me encantaría —digo, y siento que se me humedecen los ojos.

Deja al Señor Enrique entre mis manos y me indica cómo lo tengo que «arrojar» para que vuele, y mantiene sus dedos sobre los míos cuando me mira a los ojos.

—¿Lista, Mérida del Valle?

—Lista, doctor Harris.

—Entonces canta y hazlo volar.

*Suelta mi mano ya, por favor.*
*Entiende que me tengo que ir.*
*Si ya no sientes más este amor,*
*no tengo nada más que decir.*
*No digas nada ya, por favor.*
*Te entiendo, pero entiéndeme a mí.*
*Cada palabra aumenta el dolor,*
*y una lágrima quiere salir.*

Estoy derramando lágrimas cuando beso su cabeza y extiendo mis manos para ayudarlo a volar, y así lo hace. Es hermoso y triste. Ahí va mi buen amigo, mi compañero de canto, mi Señor Enrique.

—Se está yendo —digo, y estiro la mano sin darme cuenta y le aprieto el brazo a Dawson—. ¿Estará bien?

—Esperemos que sí —responde.

Veo al Señor Enrique volar en círculos durante dos minutos y frunzo el ceño. ¿No tendría que hacer algo más que eso? Entonces desciende y aterriza sobre sus patas en el césped, y camina tranquilo retozando con un vuelo bajo.

—Mierda —musita Dawson.

—¿Qué sucede?

—Se volvió demasiado doméstico, no quiere irse.

—Oh —digo, halagada pero preocupada.

—Vamos a intentarlo de nuevo.

Lo intentamos tres veces más en las que no canto, pero siempre termina volviendo tan tranquilo y se pasea por mi jardín. Dawson lo observa con el ceño fruncido y las manos sobre sus caderas. Es una postura de papá luchón molesto, pero no lo menciono.

—¿Y ahora qué hacemos, doctor Harris?

—Vamos a darle tiempo para que se adapte a su naturaleza libre. Déjalo en el jardín, aunque las noches son muy frías. Si de ahora a la noche no se ha

143

ido, tendrás que buscar la manera de hacerlo sentirse cálido, aunque debería poder crear algún tipo de nido que le dé calor. Tal vez dentro de un par de días se desentienda de la costumbre y decida volar lejos.

—Entonces ¿aún se queda conmigo? —pregunto con cautela.

—Sí, parece que sigue siendo tu inquilino y que quedó encantado contigo. No quiere dejarte ir, y supongo que tiene sentido. —Me sonríe y le devuelvo el gesto.

—Quizá su doctor también le gusta mucho y quiere seguir viéndolo.

Ríe y se acerca. Duda sobre su siguiente movimiento, pero termina por tirarme de un mechón corto del cabello.

—Vamos, Mérida del Valle, nos esperan en el refugio de animales.

Mientras lo veo alejarse, absorbo cada detalle de su espalda, trasero y piernas, incluso de cómo se mueven sus brazos al caminar. Me digo que no me fijo para dibujarlo, porque al parecer últimamente me estoy mintiendo mucho a mí misma.

Esto de estudiar a Dawson con tanto esmero tiene que detenerse, aunque parezca difícil.

Estoy de pie, sosteniendo un cachorro, y lo observo mientras cuida de otro de la camada. Es paciente y sonriente y le habla con especial dulzura, cosa que hace que el cachorro se sienta a gusto entre sus cuidados. Yo también me sentiría super a gusto… si fuese una perra, claro está, su perra.

Me muerdo el labio inferior con fuerza; estoy perturbada por cómo me siento, no es normal. Es como si dibujar a Dawson hubiese abierto algún compartimiento del mundo de la locura.

Por supuesto, desde que lo conocí en persona (al menos, cuando supe que no era un pervertido) me atrajo físicamente, y luego me gustó por su radiante personalidad, pero solo daba pequeños vistazos, pensaba en él y sonreía ante cualquier escena que hubiésemos vivido, algo inocente y platónico. Sin embargo, desde nuestra cita de simulación las cosas se han sentido diferentes para mí y se han repotenciado desde que ayer lo dibujé.

Los pequeños roces, las miraditas y sonrisas han estado ahí, de ambas partes, y no sé si esto está mal, pero es que se siente bien.

—Es muy bueno en su trabajo, ¿verdad?

La pregunta de Wanda, la encargada del refugio junto a su esposo, Micah, me saca de mis pensamientos y hace que retire la mirada de Dawson. Le sonrío mientras acaricio detrás de la oreja al cachorrito que sostengo.

—No sé de veterinaria, pero creo que hace un trabajo increíble. Los animales lo aman —señalo.

—Lo hacen, se sienten seguros a su cuidado. Estamos muy agradecidos de que siempre venga y haga voluntariado. Es joven, pero sé que le espera un futuro prometedor.

Habla como si fuese veinte años mayor que nosotros, pero la verdad es que apenas tiene un par de años más, al menos en el caso de Dawson. Como buena curiosa, hace unas horas descubrí que Micah y ella se casaron superjóvenes, a los dieciocho años. Son una de esas parejas locas que proclaman que, cuando lo sientes, lo sientes.

—Entonces ¿es cierto que no están saliendo? —pregunta con diversión.

—Somos amigos. Estoy viendo a alguien más.

—Ah, leí mal en esa mirada intensa que le dabas a nuestro doc.

—¿Qué mirada intensa? —pregunto alarmada, porque si es muy notable, debo trabajar en disimularla.

—Solo puedo decirte que era muy intensa. —Se ríe—. ¿Por qué no nuestro Dawson?

—¿Por qué no qué?

—¿Por qué no quieres salir con él? Es un partido increíble y me parece ver muchísima química entre ustedes.

—Estoy viendo a otra persona, alguien que me gusta mucho. —Hago especial énfasis en lo último—. Y Dawson no tiene citas. No somos así.

—¿Cómo son?

—Somos… solo nosotros, somos platónicos.

Mi respuesta es floja; ella lo sabe, yo lo sé, todos lo saben, pero no encuentro nada más que decir.

—¿Y eso es malo? ¿Ser solo ustedes?

No respondo. En su lugar, mis ojos de nuevo viajan a Dawson, que se levanta y se vuelve hacia nosotras antes de acercarse a paso lento. Como mínimo, yo lo veo en cámara lenta. Ya ni siquiera sé cómo funciona mi mente con él.

—¿Me das el cachorro? Solo me falta revisarlo y estaremos listos para irnos.

—De acuerdo —le respondo sin dejar de mirarlo, y le entrego a mi amiguito peludo.

Nuestros dedos se rozan, y me pregunto cómo es que su tacto siempre es cálido, incluso cuando las temperaturas son bajas. Entonces se aleja para encargarse de su trabajo.

Y suspiro.

145

¡Mierda! Suspiro.

—No se ven muy platónicos —dice Wanda riéndose antes de alejarse.

Una hora es lo que tardamos finalmente Dawson y yo para despedirnos de Micah y Wanda, el poco personal que hay y un par de voluntarios que acaban de llegar. Una vez dentro del auto de Dawson muevo los pies con inquietud, consciente de que su auto huele a su perfume junto con algún ambientador, y trato de ignorar la conversación telefónica que está teniendo con alguna chica.

—Y quieres que vaya contigo. —Ríe—. ¿Hoy? Sabes que voy a aburrirme, Ophelia... Y sabes que eso es chantaje. —Pone los ojos en blanco y golpea los dedos sobre el volante—. De acuerdo, lo haré por ti. Te veo más tarde.

Finaliza la llamada, enciende el auto y poco después lo pone en marcha. Estoy tentada de preguntarle o de comentar casualmente su conversación, porque me había dicho que no tiene citas en este momento, pero tal vez solo me mintió porque percibió alguna vibra extraña de mi parte. Sin embargo, al final no hablo al respecto.

—Gracias por traerme hoy contigo.

—Gracias a ti por venir. —Alza una de las comisuras de su boca, manteniendo la vista en la carretera—. Eres una voluntaria espléndida.

—Me encantaría seguir viniendo, si no tienes problema con ello.

—Eso estaría genial. —Me da un breve vistazo—. Me encantaría.

Sonrío y me relajo en el asiento, y mantengo la vista en sus manos, fijándome en nuevos detalles y maravillada por lo precisas que son para hacer su trabajo. Él entabla una conversación ligera conmigo y cuando menciona a Kellan me pongo un poquito nerviosa.

—Escuché que es un buen tipo, pero que no es exclusivo. ¿Hablaste con él de esto?

—La verdad es que no hemos tenido una conversación seria al respecto, pero creo que está sobreentendido, porque estamos teniendo muchas citas y pasamos el rato en la uni.

—Creo que sería bueno que lo conversaran para que esté totalmente claro y no haya sorpresas.

—Sí, eso haré.

«¿Ves, Mérida? Hasta te aconseja sobre tu naciente y posible relación amorosa. Las cosas son platónicas y está siendo un buen amigo».

—¿Te trata bien?

—Sí, es realmente bueno conmigo. —Sonrío pensando en Kellan—. Es un encanto, no deja de decir que pensó que no me gustaba y que por eso no me invitaba a salir, y siempre comenta lo mucho que le gusto.

146

—Es imposible que no le gustes a alguien —dice sin mirarme al acercarse a mi calle—. No me sorprende que le gustes.

—¿Qué quieres decir?

No responde. Gira y poco después entra en mi calle. Se detiene a un costado de la acera frente a mi casa, apaga el auto y se gira para observarme.

—Quiero decir que eres de las mujeres más hermosas que he visto y tienes una chispa y un encanto difíciles de ignorar. Además, basándome en nuestra cita simulada, eres buenísima en ello, te gustan los animales, cantas lindo en español y te haces el mejor delineado de ojos que he visto en mi vida.

—¿Y te fijaste en todo eso? —Medio sonrío.

—Lo hice. —Me sonríe—. Sería tonto no hacerlo.

—¿Igual que sería imposible que tú no le gustes a alguien? —pregunto, enarcando una ceja, y su sonrisa crece.

—Ahora no sé de qué me hablas.

—Qué falsa modestia, *periquito*.

Ante el ridículo apodo, ríe y se pasa una mano por el cabello. Lo dije como una prueba, porque no lo he usado desde aquel encuentro con Martin en el que me bloqueé y eso fue lo único que me vino a la cabeza, pero en vista de que no parece molestarle, creo que lo usaré más a menudo.

—Entonces ¿todo bien con Kellan? ¿Te gusta? ¿Es lo que esperabas?

«Sí me gusta, todo va bien con él y es más de lo que esperaba, pero ¿es suficiente para dejar de pensar en dibujarte y para hacer desaparecer lo extraña que me siento al respecto? Tengo miedo de admitir que no».

Sonrío.

—Sí a todas tus preguntas —respondo, y entorna los ojos hacia mí antes de asentir.

—Bien, me contenta que todo esté yendo bien entre ustedes.

—Gracias.

—¿Qué me agradeces? —pregunta, divertido.

—No lo sé. —Me río con nerviosismo y torpeza.

Se ríe, cosa que hace que los ojos se le achiquen, y eso me hace daño, me altera.

—Pronto es mi cumpleaños…

—¿Cuándo? —interrumpo.

—El 23. Habrá una fiesta, no creo que sea muy grande. —Se detiene—. Olvídalo, seguramente lo será. La cosa es que estás invitada, me gustaría que vinieras.

—Ahí estaré.

Nos quedamos en silencio observándonos y luego él desvía la mirada.

147

—Me mantienes al tanto de las cosas con el Señor Enrique. Esperemos que pronto decida irse. Tener un mirlo de manera doméstica es ilegal.

—No quiero ir a la cárcel ni ser expuesta en redes sociales como la chica que mantenía vida silvestre en cautiverio, incluso si lo estaba cuidando o él no se quiere ir.

—Lo mantendremos en secreto mientras lo ayudamos a irse.

—Bien.

Hay otro raro intercambio de miradas y abro la puerta, salgo y huyo de la situación con un intento de sonrisa.

—Te veo pronto, Dawson.

O eso espero, porque ya no tendremos citas semanales para el Señor Enrique y eso me entristece un poquito.

—Te veo pronto, Mérida del Valle.

148

# 14

## Una noche loca

*Mérida*

—¿Qué tal si salimos más tarde? —me pregunta Kellan con su característica sonrisa encantadora.

Estamos sentados en una de las mesas de pícnic. Aunque hace frío, él parece que monta a la banca a horcajadas mientras yo estoy sentada con normalidad comiendo mi ensalada de frutas.

—Mérida —dice mi nombre, y sus dedos van a mi cabello a la vez que su nariz me acaricia la mejilla—. ¿Tú y yo esta noche? —susurra.

Giro el rostro y dejo que su boca se deslice por la mía, donde saborea la dulzura de las frutas que desayuno antes de besarme de esa manera tan talentosa, y me la paso increíble con una buena sesión de besuqueo. Dejo que su lengua entre en mi boca a coquetear mientras una de mis manos se posa en la parte alta de su muslo, donde le clavo las uñas, y siento el cosquilleo de la excitación embriagarme.

Llevamos un mes saliendo y durante este tiempo los besos se han ido incrementando, lo que ha dado paso a que me toque los pechos y a manosearnos sobre la ropa, y hace dos días lo hice correrse con mi mano dentro de su bóxer, pero no hemos ido más allá de ello y yo aún no conozco un orgasmo bajo sus atenciones, aunque no es por falta de interés. Se trata de que en cada salida o cada vez que estamos solos avanzamos poco a poco, construyendo la anticipación de cada suceso.

Extraño la intimidad del sexo. Conozco lo que es tener aventuras de una noche, pero no es mi cosa favorita. Me gusta el sexo dentro de las relaciones (a pesar de que esto solo lo he conocido con Francisco) y me encantan los mimos que vienen después, la complicidad, la aventura de descubrir y memorizar cosas sobre el cuerpo del otro.

Deseo a Kellan. De hecho, siento mucha curiosidad sobre el tipo de amantes que seríamos basándonos en la química de nuestros besos y tocamientos, pero sigo dibujando a Dawson en bóxer y ayer le dibujé la mano completamente dentro, tomándose a sí mismo, cosa en la que no he dejado de pensar.

—Entonces —dice Kellan entre besos suaves en mi boca—, ¿tú y yo esta noche?

—Me parece bien —termino por decir sonriéndole.

—Perfecto. Ahora debo ir a clase. —Me da otro beso—. Ya quiero que sea esta noche.

Lo veo irse y suspiro con la mirada perdida al frente hasta que el perfume de Sarah me alerta de su presencia justo antes de que se siente a mi lado.

—¿Y tu galán?

—Fue a clase —respondo girándome para verla—. Me invitó esta noche a su casa.

—¿Follarán?

—No lo sé.

—Pero ¿quieres? —pregunta, sacando una de sus tantas piruletas.

Juego con el tenedor pinchando la poca fruta que queda en mi ensalada y suspiro de nuevo. Sarah es mi única y real amiga. Si no hablo con ella, ¿con quién lo haré? Además, ella conoce mi amor por los dibujos sensuales que hago en mis ratos libres.

—Hace un par de semanas comencé a dibujar a Dawson y no he podido parar —confieso, mirando hacia la ensalada—. Comenzó todo muy inocente, solo con el torso desnudo, pero ahora ya tiene la mano dentro del bóxer y se toma el miembro, que obviamente no le he visto, y me siento culpable porque creo que eso está mal, pero cada vez que intento dibujar a mis propios personajes termino dibujándolo a él. —Gruño frustrada—. Y las últimas veces que nos vimos me sentí rara, no podía dejar de mirarlo y sentir cosas. Yo… No lo sé.

—¿Por qué no dibujas a Kellan?

—No lo sé.

—¿Te gusta Kellan?

—Sí, disfruto de sus besos y cuando me toca. Incluso lo deseo.

—Pero algo intenso pasa entre Dawson y tú.

—Es más que yo siento algo intenso con él, pero no creo que sea recíproco, él siempre está en plan «¿Cómo te va con Kellan?», «Estoy feliz por ti».

—¿Cómo dice ese dicho o refrán venezolano que me enseñaste? Tal vez no quiere quedarse con el mecate agarrando al burro.

Estoy segura de que la expresión de mi rostro es de confusión mientras busco sentido al refrán mal dicho. Siempre le estoy enseñando refranes y ella nunca los aprende, pero mi mente se ilumina y consigo encontrarle el sentido.

—¡Ah! Te refieres a que tal vez él no quiere quedarse sin el burro y sin el mecate —digo, y ella asiente.

—Lo mismo.

—No, no es lo mismo.

En su defensa, al menos lo empleó bien, porque ese refrán hace referencia a tener dos opciones y perder ambas por arriesgarse con una.

—En fin, que tal vez no quiere arruinar las cosas.

—Ni siquiera conoces a Dawson como para ir analizándolo.

—Ya, pero me has contado mucho de él. Ciertamente más que de Kellan, y creo que eso dice mucho.

—Me parece que estoy confundida. —Suspiro, me pongo una mano debajo de mi barbilla y apoyo el codo sobre la mesa.

—Pobre Mérida, en medio de dos tipos guapos.

—No estoy en medio de nada, con Dawson no es así.

—Pero quieres que sea así.

—No.

—Mentirosa.

—Cambiemos de tema —pido.

Veo que comienza a jugar con el borde de la manga de su suéter y se muerde el labio inferior. Eso me hace enarcar una ceja, porque pocas veces muestra esa actitud.

Sarah es básicamente la muchacha más extrovertida que he conocido en mi vida, y si tiene algo que decir, siempre lo suelta sin tacto y sin culpa.

—¿Qué sucede? ¿Por qué estás rara?

—Buenooo —dice, alargando la última vocal—. Cuando pensé que genuinamente estabas haciendo un amigo no pervertido en la aplicación, me animé de nuevo a participar un poco más.

—De acuerdo.

—Y he estado hablando con alguien que de verdad me ha cautivado un poco.

—¿Solo un poco?

—Más que un poco. —Sonríe—. Creo que es genial. No sé, me está gustando, pero no sé si le gusto y parece imposible.

—¿Por qué?

—Por el momento no podemos vernos.

—Oh —lamento, y ella asiente—. ¿Y no te está engañando? Asegúrate de eso, no querrás que te pase como a mí.

—¿Que me engañen con una foto falsa y luego descubra que el verdadero dueño de la foto tiene una mejor personalidad que el del engaño?

—Yo me refería más a ser engañada —digo, riendo por lo bajo.

—Es real, hemos hecho videollamadas. —Suspira—. Sabes que me gustan todos, me gusta el sexo libre y no me encariño demasiado porque…

—Te aburres —completo, y asiente.

—Pero esto parece diferente, es diferente, pero estoy un poco asustada por todo. Es complicado, Mérida, e incluso ahora no puedo decírtelo todo.

Eso me pone alerta, porque ¿Sarah guardándose cosas? Eso no es normal y podría ser preocupante.

—¿Es peligroso?

—No.

—¿Ilegal? —pregunto ahora, y sacude la cabeza en negación—. ¿Por qué no puedes decírmelo?

—Porque por ahora es complicado. Prometo decírtelo algún día.

—Confieso que me estás preocupando.

Todo lo que hace es emitir una risita nerviosa que no me calma ni un poco.

—Bonita habitación —le digo a Kellan con una sonrisa después de caminar por el espacio arreglado pero con mucha personalidad.

Me detengo frente a una maqueta impresionante de una estructura en la que espero que haya sacado una alta calificación. Me parece increíble la precisión de todo y lo minuciosas que debieron de ser sus manos para conseguir un acabado tan prolijo. Hay que admitir que no todos nacieron para la arquitectura. Yo no podría, requiere demasiada precisión y exactitud.

—Es increíble lo que haces, Kellan.

—Gracias. Siempre digo que, si vas a hacer las cosas, entonces hay que hacerlas muy bien.

Lo siento detenerse detrás de mí y después pasea sus manos por mi cuerpo hasta que estoy entre sus brazos con su pecho pegado a mi espalda. Sus bíceps son grandes, al igual que sus manos, las cuales se deslizan por debajo del dobladillo de mi camisa.

Tuvimos una cena sencilla y luego acepté venir a su piso compartido con dos amigos haciéndome una idea de las cosas que podrían suceder, y no me he equivocado, porque su boca comienza a dejar un camino de besos húmedos por mi cuello que se sienten bien.

Me giro en sus brazos, le paso los brazos alrededor del cuello y comenzamos a besarnos. Mientras sus besos se vuelven apasionados, nuestras manos comienzan a indagar. Mi camisa cae en algún lugar de la habitación a la vez que sus labios viajan por mi cuello hasta el centro de mis pechos. Su risita me hace bajar la vista.

—¿Qué sucede?

—Tus pechos pequeños son tiernos.

La palabra «tiernos» resuena en mi cabeza una y otra vez mientras me alza y luego me tira en su cama.

Escucho la palabra «tiernos» en mi cabeza al humedecerme cuando me saca el pantalón y desliza su nariz sobre mis bragas, mientras sus manos recorren la cara interna de mis muslos. Sigo escuchando el eco cuando me alzo sobre los codos y lo veo entre mis piernas, abriéndome tanto como puede, haciendo a un lado mi braguita y dándome el primer barrido de su lengua.

Se siente celestial y me estremezco cuando comienza a lamerme y besarme entre las piernas, pero ahí está el eco de «Tus pechos pequeños son tiernos». No me besó ni siquiera los pechos.

Cierro los ojos intentando concentrarme en la manera deliciosa en la que me saborea, y cuando uno de sus dedos gruesos se sumerge en mi entrada, gimo. Está bien, el eco de la palabra «tiernos» está callando totalmente con la habilidad de su lengua y su dedo. Me chupa y mordisquea, y me hace gemir y que comience a subir al orgasmo con rapidez, y estoy casi ahí, a nada de caer, cuando abro los ojos y bajo la vista a su rostro entre mis piernas.

Su lengua sale de una manera obscena, y estoy por gemir cuando alza la vista y entonces grito y le pateo sin querer en la cara, cosa que hace que maldiga.

Jadeo mientras él se incorpora cubriéndose el ojo con una mano.

—Lo siento, lo siento —digo al salir de mi estupor.

Bajo de la cama y desesperadamente empiezo a ponerme el pantalón cuando lo encuentro, y luego gateo en busca de mi camisa.

—Mérida, ¿qué sucede? ¿Qué he hecho mal?

¡Me siento horrible! Él no ha hecho nada mal, lo estaba haciendo todo superbién, y yo estaba a nada de correrme hasta que nos miramos a los ojos.

Y no vi sus ojos.

Vi un par de diferentes colores.

Consigo la camisa y me la pongo al revés antes de enfrentarme a mi *crush* que se volvió realidad, el hombre que me gustó durante meses y con el que he estado saliendo, con el que estaba bastante dispuesta a tener sexo y al que aún le brillan los labios con mi humedad.

Este es un momento de mi vida que estoy muy segura de que nunca olvidaré.

—¿Qué sucede?

—Lo siento, en verdad me gustas, es decir, me has gustado durante meses y eres mejor de lo que esperaba. Me gusta cuando me tocas, me besas y eso que estabas haciendo hace unos minutos. Lo paso supergenial contigo y todo eso, pero...

»Esto no va a funcionar, no estoy completamente involucrada. —Hago una pausa sin saber cómo decir lo siguiente. Me siento mortificada—. Hay un chico en el que... he estado pensando y ¡cielos! Lo siento mucho, soy una horrible persona, no creí que esto terminaría de esta manera ni que acabaría así de desgraciada, pero no sale de mi cabeza. ¡No se va! Y no puedo hacer esto contigo cuando tengo en la cabeza a alguien de esa manera.

»Y me gustas, pero no es suficiente. Y si te gusto, no es justa toda esta situación, Kellan, porque se supone que somos exclusivos. ¡Lo siento tanto!

Se hace un horrible e incómodo silencio. Su ojo está comenzando a hincharse y parece desconcertado mientras se viste únicamente con su tejano, que oculta que aún está semiduro. Durante unos pocos segundos paseo la mirada por los impresionantes pectorales y sus múltiples abdominales bien marcados. Su físico muscular es muy parecido al de Francisco, pero eso no quiere decir que mi ex tenga razón cuando dijo que me gustan los musculitos.

—Te gusta alguien más —dice con lentitud, y asiento—. ¿Cuál es el problema en eso?

—¿Cómo?

—Espera. —Se rasca la parte baja de la nuca—. ¿Dices que pensabas que esto era exclusivo?

—¿No era así? —pregunto con un hilo de voz.

—Mérida, yo no tengo novias. —Me sonríe con amabilidad—. Me gusta enrollarme y no soy monógamo, todos lo saben.

—Pero las citas...

—¿Citas? Pensé que lo pasábamos bien saliendo de vez en cuando sin ninguna etiqueta ni compromiso.

—¿Has estado con otras mientras salíamos?

—Eh... Sí, pensé que tú también, que era un acuerdo mutuo.

Asumí muy pero muy mal todo esto. La comunicación es superimportante.

Estoy indignada, pero la vergüenza por haber fantaseado en el camino al orgasmo con Dawson con el rostro de Kellan entre mis piernas es más fuerte. Estoy segura de que dentro de unas horas podré despotricar y molestarme por haber sido una papa de la bolsa de golosinas de Kellan.

154

Fui una imbécil diciéndole a Dawson y a todo el mundo (lo que se reduce a Sarah) que estábamos siendo exclusivos y que íbamos hacia algo bueno.

—¿Estás molesta?

—Estoy desconcertada, mucho. —Me río de manera nerviosa—. Pensé que solo éramos tú y yo, y me sentía realmente horrible por pensar siempre en otro chico.

—Yo siempre pienso en otras chicas.

—Eso no me consuela, Kellan.

—Lo siento.

Se hace de nuevo otro silencio.

—Así que… —Vuelve a hablar—. ¿Seguimos?

—Tu lengua, boca y dedos son muy buenos, disfruté el breve paseo, pero aquí termina. Eres tú y soy yo, no funcionará. Celebro tu promiscuidad y sexualidad libre, pero abrazo mi monogamia. Así que terminamos.

—Pero no somos novios para terminar.

—Entonces detenemos lo que hacíamos. —Tomo mi bolso y le dedico una sonrisa que debe de ser muy rara.

Ahí estaba yo, diciéndome que estaba a punto de romper un corazón al cortar con él por pensar constantemente en otro, y resulta que aquí no pasaba nada. Me siento aliviada, pero también timada.

—Un consejo, Kellan, nunca vuelvas a decirle a una chica que «sus pechos pequeños son tiernos», eso no está *chévere*, quiero decir que eso no está bien, ¿de acuerdo?

—De acuerdo.

—Bien. Ahora me iré, fingiremos que no pasó nada, seremos amigos y nos saludaremos en el campus. Fue un placer hacer esto contigo.

—Igualmente. —Me sonríe.

Salgo de su habitación, ignoro las despedidas burlonas de sus amigos, que están sentados en la sala, y camino hasta encontrar la parada de bus más cercana.

Una vez que estoy de pie en el bus, porque no hay asiento disponible, cierro los ojos mientras me aguanto con una mano y me resigno al hecho de que estoy pensando demasiado en Dawson Harris, el hombre que no he vuelto a ver desde hace una semana en el refugio y con el que solo he hablado por mensajes, y la mayoría de ellos giraron en torno al pájaro. Casi creería que me está evitando, pero no tendría razones para hacerlo.

—¿Qué me estás haciendo, *periquito*? —susurro.

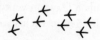

De la casa sale una música fuerte y el eco de unas voces hablando, y en el jardín frontal se encuentran un par de personas riendo. Eso solo me dice una cosa: definitivamente la fiesta de cumpleaños de Dawson Harris no es pequeña.

Camino fingiendo una seguridad que no tengo a la vez que sujeto la caja de regalo entre mis brazos y respondo a asentimientos de personas que no conozco de nada, pero que parecen amigables. Sin embargo, al entrar en la casa reconozco a un par de rostros de la universidad.

Las luces varían en colores y hay bastantes globos. Tengo que decir que la decoración es increíble y bastante profesional, y en el jardín parece que hay un DJ generando ambiente, aunque en la casa el sonido llega de una manera decente y no hay necesidad de gritar por encima de la música.

Avanzo en busca del cumpleañero, porque al final él es la persona que conozco en esta fiesta, pero me paralizo cuando lo encuentro enjaulando con sus brazos contra la pared a una mujer a la que besa con pasión, y casi dejo caer la caja.

Es él. Lleva una chaqueta y está inclinado totalmente sobre ella, que es más baja y tiene las manos afianzadas en su trasero. Todo lo que alcanzo a ver de la mujer es que lleva un vestido azul eléctrico y tiene el cabello largo negro.

Cuando terminan de besarse, ella se ríe mientras él le planta un montón de besos por todo su rostro. Parecen genuinamente en sintonía y tan íntimos que me propongo huir, pero entonces los ojos grises de ella conectan con los míos y parece sorprendida. Luego me sonríe y le dice algo a Dawson, que se gira y me mira con curiosidad.

Tengo que admitir que se me ha revuelto el estómago, pero hago acopio de una sonrisa que espero que se vea real y camino hacia ellos, que mantienen la mirada fija en mí.

¡Demonios! Ella es un absoluto bombón, demasiado hermosa, con el cabello negro, la tez clara, algunas pecas y los labios carnosos, y su delineado también es bastante bueno. ¿Y su cuerpo? Jamás opinaría en voz alta sobre ello ni haría un comentario malintencionado, pero es difícil no fijarme en que sus pechos se ven increíbles en ese vestido que moldea una cintura pequeña y se ensancha en las caderas. Es la definición de reloj de arena y, aunque es de baja estatura, sus piernas se ven largas.

—Hola —saludo sin saber muy bien qué hacer—. Feliz cumpleaños.

—Gracias. —Dawson me sonríe.

Entorno los ojos al notar algo extraño. Lo miro de los pies a la cabeza y, aunque es tan irremediablemente atractivo como lo recuerdo, siento que me falta algo.

—No eres Dawson —digo, incluso si suena alocado, porque si no es Dawson, ¿quién es?

Él sonríe de costado.

—¿No soy Dawson?

—No, no creo que seas Dawson, simplemente algo no encaja.

—Es… porque soy Drake.

—¿Drake?

Un calor corporal llega desde atrás y luego una mano se posa sobre mi hombro, se desliza por mi brazo desnudo y termina en mi mano, con una leve caricia que desaparece demasiado pronto.

—Veo que acabas de conocer a mi copia mal hecha —dice lo que reconozco como la voz de Dawson, que también es la voz de quien dice ser Drake.

Ladeo el rostro y lo encuentro con una pequeña sonrisa y sus ojos clavados en mí.

—Estábamos conociéndonos. Y adivina…, copia romanticona.

—¿Qué adivino? —pregunta Dawson sin dejar de mirarme.

—Supo que Drake no eras tú incluso cuando tiene tapados los tatuajes —dice la hermosa chica, que sonríe y enlaza su brazo con el del chico que ha mencionado—. Supo que era el gemelo equivocado.

¿Cómo es que ignoré toda esa parte de la historia durante tanto tiempo?

¿Me estás diciendo que hay dos hombres con ese rostro y esa sonrisa encantadora? ¡Qué peligro! Tal vez Dawson lo mencionó alguna vez y simplemente no presté atención.

—¿Es eso cierto, Mérida del Valle? —susurra Dawson en mi oído.

—Solo supe que no eras tú.

Al parecer hay un peso sobre mis palabras, porque el chico que ahora sé que es su gemelo y la chica sonríen con regocijo. Mientras tanto, Dawson Harris no me quita la mirada de encima y parece sorprendido y diría que maravillado, pero esto último no lo creo.

—Feliz cumpleaños. —Le extiendo la caja y no duda en tomarla aún mirándome fijamente, y me giro hacia su gemelo—. Lo siento, no sabía que eran dos.

—No hay problema… El mejor regalo es… —dice, y hace una pausa breve— tu presencia.

Y por la manera en la que ríe junto con la chica hermosa, creo que sus palabras tienen un significado que yo no entiendo.

157

# 15

## Dawson, ten tu epifanía

### Dawson

—Él es mi hermano gemelo, Drake, y ella es Alaska, mi alocada vecina, amiga y cuñada. Sí, es la novia de mi copia mal hecha —presento.

—Oh, un gusto —dice Mérida, y estrecha la mano de Drake, que tiene una sonrisa de complicidad y me lanza pequeñas miradas.

—¡Ah! Gracias a ti conocí la canción de Paquita, «¡Rata de dos patas!».

—El español de Alaska es un poquito mejor que el mío, tal vez porque su mejor amiga es latina y siempre le enseña malas palabras—. ¡La amo! Y ahora obligo a Romina a enseñarme más canciones crueles.

—Oh, te gustaría «En carne viva», de Scarlett Linares —añade Mérida—. En inglés dice: «¿Qué te has creído tú, que yo no valgo, si tengo el corazón en carne viva? Cobarde fuiste tú, no aprovechaste de los mejores años de mi vida. ¡Y vete! Ya no quiero verte, machista insignificante, te crees más hombre que todos por tener muchas amantes».

—¡Qué genial! A mi hermana Alice le encantaría. ¡La buscaré! Tal vez luego deberías darme más sugerencias musicales.

—Seguro —respondé, contagiada por la característica alegría de Alaska.

—Ahora, si nos disculpan, me llevaré a Mérida conmigo —anuncio.

—Tú llévala a la luna si quieres. —Alaska me guiña un ojo, lo que hace reír a Drake, que la atrae contra su cuerpo.

—Mi novia es… sabia.

—Entrometida, eso es —digo antes de girarme, pero primero tomo la mano de Mérida para que no se pierda y sujeto fuerte la caja del regalo.

Para mi fortuna y por petición de mis padres, que nos dejaron la casa libre, la mayoría de los invitados se encuentran en nuestro jardín. Basándome en la cantidad de invitados, creo que Drake y yo tendríamos que haber alquilado un lugar más grande, pero al menos no hemos llegado a la capacidad máxima de la casa, no por ahora.

Llevo a Mérida hasta la cocina, donde se encuentra un equipo de un chef y unos meseros, que fue el regalo de nuestro hermano Holden. Apenas nos dedican una mirada y continúan en lo suyo. No estorbamos porque la cocina de mi casa es bastante grande.

Me doy cuenta de que aún sostengo la mano de Mérida, así que la libero y ella la usa para peinarse de manera nerviosa el flequillo. Trato de ser disimulado cuando veo que la falda ajustada de corte alto le moldea muy bien sus caderas y deja al descubierto parte de sus muslos y sus piernas, cubiertas por unas medias negras. Lleva un top ajustado que muestra una pequeña franja de piel por encima del ombligo y una chaqueta que aún no se ha quitado. El delineado es más fuerte esta noche, y va acompañado de un poco de azul eléctrico y unos labios rojos.

Tengo que admitirme a mí mismo que quiero tocarla.

Los últimos días han estado plagados de pensamientos extraños sobre ella y algún que otro sueño, a los que llamo convenientemente pesadillas. Sé que somos algo así como amigos, que está saliendo con alguien y que estoy cerrado actualmente a las relaciones, pero tengo que admitirme que aquí está pasando algo y que no puedo ignorarlo.

—Te ves increíble —le hago saber, y sonríe.

—Gracias.

—Pensé que traerías a Kellan contigo, no hubiese sido un problema.

Nos recuerdo a ambos su existencia, y ella se sobresalta.

—Eso es amable de tu parte, pero sobre él, la cosa es que…

—¡Dawson! —grita una voz femenina detrás de mí, y unos segundos después se estampa contra mi espalda y me abraza—. Te estás perdiendo tu propia fiesta, tontito.

Sonrío y sacudo la cabeza mientras salgo de su abrazo. Ella se detiene a mi lado y me dedica una amplia sonrisa.

—No me estoy perdiendo mi fiesta, solo conversaba con Mérida. —Hago un gesto con la cabeza hacia la mencionada.

Mérida pasea la mirada de Ophelia a mí y luego despliega una pequeña sonrisa que luce un poco insegura a la vez que mi amiga le devuelve la mirada y le extiende la mano.

—Qué nombre tan peculiar. ¿Como la princesa de Disney? —le pregunta Ophelia.

—No —respondo—, como un estado de Venezuela.

Y eso hace que la sonrisa de Mérida crezca.

—Soy Ophelia.

—Un gusto conocerte —dice estrechándole la mano.

—Entonces —dice mi amiga, que se vuelve para mirarme sin perder la sonrisa— ¿vienes y bailas conmigo?

—Quiero abrir mi regalo. —Hago un gesto hacia la caja que sostengo.

—Oh, se ve como un gran regalo. ¡Ábrelo!

Y estoy por hacerlo cuando noto la mirada nerviosa de Mérida que va de la caja a Ophelia. Al menos puedo decir que soy bueno captando algunas señales, así que me giro hacia mi amiga.

—¿Qué tal si te vas adelantando y luego te alcanzo, Ophelia?

Su ceño se frunce y nos mira a Mérida y a mí, pero rápidamente se recompone, sonríe y asiente.

—Claro, pero no tardes.

Espero hasta que está lo suficientemente lejos para acortar la distancia entre Mérida y yo, que se lame los labios y mira hacia sus manos.

—¿Tengo que preocuparme por lo que esconda esta caja?

—No, es solo que hay algo un poco personal.

Totalmente intrigado, dejo la caja sobre el amplio mesón y la destapo. Descubro una tela rosada con estampado y, cuando la tomo, encuentro una camisa y un pantalón quirúrgico con huellas estampadas.

—Son las huellas de Leona, Boo, Perry el Hámster y el Señor Enrique, que te desean un feliz cumpleaños —dice.

En efecto, veo el estampado de sus patas en un color blanco que resalta sobre la tela rosada. Alzo la vista y la encuentro mordiéndose el labio inferior, con las mejillas sonrojadas.

—¿Lograste conseguir sus huellas?

—Boo me hizo correr y me llevé un par de arañazos, pero se logró y conseguí que las estamparan todos. Tal vez te parece un regalo tonto, pero, bueno, lo hice con buenas intenciones.

—Es increíble, Mérida, me encanta. Es el regalo más dedicado y personalizado que he recibido, ya quiero usarlo en el consultorio.

—Escribí tu nombre, hice una tipografía para ti.

Me fijo en el «Dr. Dawson Harris» que hay sobre el bolsillo de la camisa y sonrío. Creo que ha sido el mejor regalo de la noche y no puedo evitar notar cuánta dedicación ha puesto en ello. Es un regalo que tuvo que haber pensado muy bien y que tiene un significado especial.

—Estoy encantado con este regalo, Mérida.

Pienso demasiado en hacer lo que hago a continuación. Puede que nosotros nunca nos toquemos, o al menos no de manera cariñosa, pero finalmente me inclino y le beso la mejilla, lo que me hace percibir su increíble olor de algún perfume caro con la esencia del aroma de su piel. Es atrapante.

160

Soy el doctor Harris, preparado y especializado en atender perras... Y otros animales.

Cuando retrocedo, me dedica una pequeña sonrisa y una vez más, como ha sucedido en nuestros últimos encuentros, nuestras miradas conectan por una infinidad de segundos.

—Hay más —me dice con suavidad, y retrocedo. Intento doblar el traje para guardarlo, pero noto que hay una hoja especial.

Con sumo cuidado la tomo antes de dejar en la caja la ropa quirúrgica, que sé que utilizaré un montón, y me enfoco en el arte que hay sobre la hoja, porque es arte.

Me identifico con la persona dibujada, pese a que está hecha en un estilo que no reconozco, pero sé que se utiliza para algunas novelas gráficas. Soy yo con el traje quirúrgico rosado que acaba de regalarme, sonriendo de costado y con los brazos cruzados a la altura del pecho. El detalle del color dispar de mis ojos, los lunares en mi cuello, la complexión de mi cuerpo e incluso la abundancia de cabello son increíbles, y sonrío al leer la burbuja de diálogo que le dio: «Soy el doctor Harris, preparado y especializado en atender a las perras… Y a otros animales».

Río y trato de descubrir tantos detalles como puedo, porque está repleto de ellos. No me quedan dudas de que enmarcaré este dibujo y de que, tal como pensaba, Mérida está llena de talento.

Dejo el dibujo con mucho cuidado dentro de la caja y esta vez no le beso la mejilla, sino que la atraigo hacia mí y la envuelvo en un abrazo que nos toma a ambos por sorpresa. Apoyo la barbilla en la coronilla de su cabeza y presiono la palma de mi mano en el centro de su espalda, mientras que con el otro brazo le rodeo la cintura.

—Eres increíblemente talentosa y ese ha sido mi regalo de cumpleaños perfecto —murmuro, y sonrío cuando siento que sus brazos se deslizan tímidamente alrededor de mi cintura.

Es la primera vez que nos abrazamos y me pregunto si será la última. Me gustaría que ese no fuese el caso.

—Preparado para atender a las perras —repito riendo.

—Y a otros animales —agrega.

Soy consciente de que los segundos del abrazo se convierten en poco más de un minuto, y cuando nos separamos todo son miraditas y sonrisas.

—Iré a guardarlo a mi habitación. ¿Quieres venir?

Y sé que suena insinuante, pero me niego a hacer el ridículo aclarándolo con algún balbuceo tonto.

—Me uniré a la fiesta y te veo en el jardín, ¿de acuerdo? —dice.

—Me parece bien, siéntete como en casa.

Tomo la caja y avanzo, pero me vuelvo para mirarla de nuevo y me hace una señal de despedida con la mano que me hace sonreír.

Una vez en mi habitación, ubico la caja en un lugar seguro donde sé que no hay ninguna posibilidad de que se arruine o la arruinen, y luego bajo las escaleras a toda prisa para llegar al jardín.

Hay más personas y conozco a la gran mayoría, incluso a pesar de que algunos son únicamente amigos de Drake o míos. Río ante cada «Drake» que recibo, porque hoy ambos tenemos los brazos cubiertos y supongo que no logran identificarnos a primera vista hasta que lo aclaramos.

Con la mirada busco a Mérida y la encuentro en un lateral con una cerveza en la mano y mirando a su alrededor como alguien que está divertida y siente curiosidad sobre todo lo que sucede. A su lado hay una estudiante de la universidad que reconozco, y ella le sonríe y asiente mientras entablan alguna clase de conversación a la que pienso unirme.

—¡Tardaste años! —dice Ophelia, que aparece frente a mí y envuelve sus brazos alrededor de mi cuello—. Ahora dame mi baile prometido, cumpleañero.

Detrás de ella veo a Mérida aún conversando con la misma persona y vuelvo la atención a mi amiga, le sonrío y comienzo a moverme al ritmo de la música. Ella ríe y me permite hacerla girar, y mi sonrisa vacila cuando sus dedos van a mi cabello para peinarlo, porque siempre me ha resultado un gesto muy íntimo y no me gusta que me lo hagan, así que con disimulo retrocedo lo suficiente para que su mano caiga sobre mi hombro.

Creo que la vida sería sencilla si viese a Ophelia como algo más que una amiga. Es hermosa, inteligente y dulce, congeniamos y sin duda tenemos química. Podría incluso alegar sentir atracción, y sería difícil no hacerlo, pero no hay nada más allá de eso y somos tan buenos amigos que eso es todo lo que veo cuando pienso en ella. Me pone algo nervioso saber que cada vez estamos más cerca de la inconfundible conversación sobre que todo lo que puedo ofrecerle es una amistad.

No creo que alguna vez ella se sienta lista para confesarme sus sentimientos; aquella vez que besó a Drake estaba borracha y todavía no es consciente de que lo sé. Tengo que ser claro más pronto que tarde, para que no pierda el tiempo haciéndose ilusiones sobre nosotros cuando podría conocer a alguien que realmente la quiera de ese modo.

—Sobre tu amiga Mérida, ¿cómo la conoces? Nunca me hablaste de ella.

—Nos conocimos de manera peculiar —respondo sonriendo—, y, después de toparnos una vez, parece que nos condenamos a vernos una y otra vez.

—Es muy bonita.

—Lo es. —Detrás de ella veo a Mérida, que nos observa antes de desviar la mirada.

163

—¿Son simplemente amigos o son algo más que eso?

—Ella sale con Kellan.

—¡Ah! Ella es la razón por la que preguntabas. —Se relaja en mis brazos y su sonrisa se vuelve amplia—. Hace buena pareja con Kellan, ¿no crees?

No respondo, simplemente me encojo de hombros. Cuando la canción termina, le doy un pellizco en la mejilla antes de avanzar hacia Mérida y extender la mano hacia ella.

—Es tu turno de deleitar al cumpleañero con un baile.

—Te advierto, no soy el mito latino que baila todas las canciones. Tengo ritmo, pero también puedo darte un par de pisotones.

—Decido correr el riesgo.

Y mis palabras sellan el trato, porque ella desliza su mano en la mía y me deja guiarla hasta el espacio que se ha convertido en la pista de baile: el centro del jardín.

La canción no es romántica ni lenta, pero me permito pasar un brazo de manera tentativa alrededor de su cintura, y sus manos se apoyan sobre mis hombros. Entonces comenzamos a movernos con lentitud siguiendo el ritmo de la canción hasta que nos movemos el uno con el otro. Cada segundo que pasa nos acerca más, hasta que siento su torso contra el mío y su aliento cálido contra mi camisa, humedecida por el sudor.

Se siente cálida entre mis brazos y el corazón me late más rápido, no sé si es por bailar o por su cercanía. Los ojos me traicionan y caen sobre sus labios entreabiertos, y durante unos pocos segundos me digo que podría suceder lo inevitable, pero entonces alguien me abraza desde atrás y me hace tropezar. Casi tiro a Mérida al suelo, pero consigo sostenerla a tiempo.

—Feliz cumpleaños, cosita sexi —susurra desde atrás una voz femenina y seductora que reconozco.

Su agarre me hace tener que liberar a Mérida, y Tanya viene delante de mí y se cuelga de mi cuello con un abrazo asfixiante. Le devuelvo el abrazo con torpeza mirando a Mérida, que luce visiblemente incómoda.

—Te confundí con Drake, me disculpo, pero me guardé el beso para ti.

No hay tiempo de razonar, porque de pronto su boca está sobre la mía, y no es un beso discreto, sino que es profundo y su lengua busca entrar entre mis labios. Es el tipo de beso que compartimos cuando tenemos sexo y nos enrollamos, porque somos casuales. Generalmente no tengo problemas con las muestras públicas de afecto si acordamos pasar la noche juntos, pero ese no es el caso de hoy, y mientras me saquea la boca mi mirada se encuentra con la de Mérida antes de que la aparte y yo retroceda.

—Guau, Tanya. ¿Qué ha sido eso?

164

—Solo el principio de tu regalo —dice, y me planta un beso en la barbilla. Luego se gira y su expresión cae al ver a Mérida ahí de pie—. ¡Mierda! Lo siento, lo siento. ¿Jodí algo? Porque si jodí algo puedo garantizarte que Dawson no es mi novio ni nada y que le he saltado encima.

Tengo que reconocer que, pese a la situación incómoda, Tanya es increíble al intentar remediar lo que cree haber arruinado. Nunca me haría pasar una mala situación ni sería malvada intentando meterse en una relación si piensa que hay algo.

—La verdad es que Mérida y yo…

—Yo ya me iba —me corta ella—, mañana tengo clases en línea de francés muy temprano y debo alimentar a mi hámster y verificar que tengan agua y tal.

La peor excusa, pero ya está retrocediendo mientras me dedica una sonrisa rara.

—Ten un lindo cumpleaños, Dawson.

—Espera. —Avanzo y le tomo la mano—. ¿Cómo se supone que vas a irte?

—Vine en auto y en realidad ni siquiera me terminé mi bebida, estaré bien.

No estoy nada seguro de eso, pero tal vez solo quiere ir con Kellan o se siente mal por lo cerca que estuvimos cuando claramente tiene algo serio con él, y eso lo respeto, razón por la cual la libero de mi agarre.

—Avísame cuando llegues a casa, por favor.

—De acuerdo. —Se alza sobre las puntas de sus pies y me deja un beso en la mejilla—. Me gustó verte.

—A mí también.

Y la veo irse hasta que se pierde de mi vista, dejándome con el deseo de haber tenido más que esos breves instantes.

Suspiro y vuelvo a la fiesta, recordándome que estoy soltero, que ella sale con alguien y que somos platónicos y amigos.

Me divierto con mi gemelo y mis invitados, bebo lo suficiente como para saber que mañana tendré resaca y luego termino en mi habitación con Tanya siendo traviesos, pero no llegamos hasta el final. Ella acaba en mi boca, pero pasados los minutos le digo que no estoy en ello, así que ella decide irse y yo me quedo acostado en mi cama mirando al techo antes de tomar mi teléfono y comprobar los mensajes. Encuentro uno de Leah.

> **Leah:** ¡Felizzz cumpleaños superatrasado! Espero que tuvieras un día lindo y que celebres por lo alto. Gracias por existir y hacer del mundo un lugar mejor

165

El mensaje es de hace cuatro horas y me pregunto si estará despierta.

**Dawson**: gracias loquita, lo pasé muy bien
(aún celebro, fiesta en mi casa) me alegro
de que estés feliz de mi existencia

Llega un mensaje y veo que se trata de Drake.

**Copia mal hecha**: volverás a la fiesta?
Vi que Tanya ya está de vuelta

**Dawson**: estoy pensando

**Copia mal hecha**: ¿En qué?

Es casi gracioso que estemos mandándonos mensajes cuando estamos en la misma casa.

**Dawson**: Si Mérida es mi amiga
¿qué hago mirándole tanto la boca?

**Dawson**: ¿Por qué tengo pesadillas
en las que ella hace COSAS conmigo?

**Dawson**: ¿Por qué siempre la miro y la miro?

**Dawson**: ¿Por qué me gusta?

**Dawson**: está saliendo con su crush y yo
le dije que no estaba enfocado a tener
una relación, básicamente hice una cita simulada
con ella para enseñarle a coquetear con el otro

**Dawson**: y hago esta cosa jodida de preguntarle
cómo va todo y decirle que estoy muy feliz por ella

**Dawson**: pero en el fondo me enoja y me hace
sentir incómodo que esté con él (tóxico lo sé)

**Dawson:** ¿Drake?

**Copia mal hecha:** llegó la hora de que tengas tu epifanía sobre lo mucho que te importa

**Copia mal hecha:** ¡Supo que yo no era tú, Dawson! ¿Lo entiendes? Ni siquiera sabía que tenías un gemelo y simplemente lo supo

**Copia mal hecha:** eso dice mucho

Corrección: eso dice demasiado.

Love♡ M

# 16

## Qué vida la mía

*Dawson*

*Marzo de 2017*

—¿Y qué has estado haciendo? —pregunta Kristen con una sonrisa seductora.

Bebo de mi trago mientras la miro. Hemos coincidido en un par de fiestas en el último año y compartido algunas miradas, pero hoy es la primera vez que realmente hablamos después de que nos presentaran. Es rubia, bonita, bajita y de complexión bastante delgada. Hemos estado conversando y la verdad es que me parece interesante. Además, definitivamente es bastante inteligente y he estado escuchando atentamente sus opiniones sobre ciertas cosas, pero supongo que al final se da cuenta de que la atracción es mutua y decide llevar la conversación a un territorio más coqueto, y estoy bien con eso.

—Trabajando, acostumbrándome a ser un adulto. ¿Qué has estado haciendo tú?

—Estudiar y esperar a hablar finalmente en una fiesta con el chico que me ha llamado la atención durante el último año.

—Qué chico tan tonto.

—Pero encantador. —Me sonríe.

—¿Cómo sabes que soy yo y no mi hermano?

—Fácil, tu hermano no frecuenta tantas fiestas como antes y cuando lo hace va con su novia. —Asiente hacia la dirección donde se encuentran ambos—. Además, el brazo tatuado ayuda.

—El brazo tatuado es el sello de diferencia, ¿eh?

Y eso normalmente no me molesta porque Drake y yo hemos crecido siendo tratados como réplicas. Es más común ser confundidos que no que nos diferencien, y con las chicas y nuestros romances siempre fue exactamente igual. Perdí la cuenta de cuántas me besaron pensando que yo era Drake y cuántas lo besaron a él pensando que era yo.

168

Como digo, eso no suele molestarme. De hecho, mamá vive de esas bromitas de «¡Ups! Me confundí de gemelo», pero, bajo este contexto de ligue, hoy me incomoda, y lo ha venido haciendo el último par de semanas desde mi cumpleaños. No hay que ser un genio para saber por qué.

—El brazo ayuda muchísimo.

—Eso dicen —me limito a decir.

Llevo una vez más la mirada a Drake y Alaska, que conversan con un par de amigos de él y con Romina, quien es la mejor amiga de Alaska y también vino con nosotros. Últimamente Drake no va de fiesta tanto como en el pasado, no porque Alaska lo prohíba o porque él sea un hombre diferente, sino que se trata de que prefiere pasar su tiempo con Alaska o haciendo planes con ella y eso está bien. Sin embargo, disfruto de estas ocasiones en que venimos juntos a alguna fiesta o cuando incluso Alaska se une a nosotros. Y ¿Romina? Ella es absolutamente divertida, esté o no esté con su novio, al que unánimemente llamamos «el futbolista».

—Pero apuesto a que ustedes no son exactamente iguales en todas partes —dice Kristen con picardía tocándome el brazo de manera sutil, pero sin que me pierda el contexto de la declaración.

Durante unos segundos me cuesta procesar que acaba de hacer referencia a mi pene y a las diferentes habilidades sexuales entre Drake y yo. Mi hermano y yo somos infinitamente cercanos, pero no llegamos a tales extremos.

Sin embargo, me digo que estoy predispuesto y que estoy siendo demasiado complicado con las cosas cuando siempre he sido relajado y centrado, así que le sigo el ritmo a su coqueteo. También le doy caricias sutiles en su cadera, cuello o mano y cada vez hablamos en un lenguaje más coqueto y cercano. Avanzamos lo suficiente como para que su cuerpo esté muy cerca del mío y para que mi rostro comience a acercarse al suyo. Siendo estratégico, sé lo que vendrá después de que nos besemos, y la posibilidad es excitante, pero no tanto como lo era antes.

—Capturado y enviado —dice una voz detrás de mí.

Antes de que logre más que un roce de labios con Kristen, me vuelvo y me encuentro al señor músculos que conocí en la entrada de la casa de Mérida el día en que simulamos la cita. El tipo que me llamó flacucho y me aseguró que yo no era el tipo ideal de Mérida.

Me mira con insolencia mientras teclea algo en su teléfono. No digo nada, simplemente lo observo un poco incrédulo y fastidiado de coincidir con este payaso.

—¿Qué quieres, Pancho? —pregunto, porque resulta que soy bueno recordando que odió cuando Mérida lo llamó así.

Y, basándome en la manera en la que aprieta los labios ante mi pregunta, parece que el escenario sigue siendo el mismo.

—Nada, simplemente capturaba una foto que muy gustoso le he enviado a Mérida. —Vuelve a sonreír—. Que vea lo que el flacucho infiel hace. Oh, y ¿Kristen? Nena, no te folles a este tipo, es un tramposo, está engañando a mi ex y tú solo serás la otra.

—¿Qué? —pregunta Kristen—. ¿Tienes novia?

—Pero no por mucho, Mérida siempre termina volviendo. —El señor musculoso sonríe.

Tengo dos opciones:

La primera es desmentirlo, hacerle saber a Kristen que estoy completamente soltero y que mi cita ni siquiera fue real incluso si se sintió real, y así conseguir besarnos y luego tener buen sexo.

La segunda es lucir como un cretino, decir que sí tengo novia, que es la ex de este imbécil y que está soñando cuando dice que Mérida volverá con él.

La opción correcta está gritando mi nombre, pero hoy amanecí rebelde, al parecer.

—Lo siento, Kristen —digo, y la miro—, pero eso es correcto. Tengo novia y no pensaba llevar esto más lejos. Soy un imbécil, lamento haberte confundido y todo esto.

—Eres un maldito cretino —sisea antes de girarse e irse.

Me hace sentir mal dar esa impresión o haberla disgustado, pero tengo que admitir que no me pesa que no llegáramos más lejos ni lamento la noche que pudimos haber tenido. Me vuelvo y le doy toda mi atención a Francisco.

—Ya mi Mérida leyó el mensaje y vio la foto. —Sonríe de costado.

—¿Significa eso que ya te dejó en visto? —Enarco una ceja y su sonrisa se borra, y la mía aparece—. Ah, déjame adivinar, es lo que hace siempre. Esperabas un drama y resulta que a ella ni siquiera le importa un mensaje de ti. Pobre Pancho, cuánto ha de dolerte.

—No celebres, ella vio la foto. Odia las infidelidades.

—Suenas tan seguro de ello que supongo que conoces de primera mano su furia ante una.

—¡Las cosas no fueron así! Estábamos separados, y luego fueron deslices.

La verdad es que no sabía si este tipo había engañado a Mérida, mi alcance solo llegaba hasta la conversación casual en que comentó que él había tenido aventuras en cada una de sus constantes rupturas y la manipuló emocionalmente cuando ella estuvo con otra persona durante una separación. Obviamente, este no es un tema casual como ella lo abordó, y aún más claro es que creo que desconoce que, además de las folladas casuales de Francisco en cada ruptura, la engañó.

—No te metas en mi relación con Mérida —le advierto.

—No eres su tipo, no le van los flacuchos larguiruchos.

—Ah, ¿no? ¿Quién lo dice? ¿Tú? —Sonrío—. No necesito gustarte a ti, tengo que gustarle a ella, y eso ya lo hago.

Posiblemente vaya a darme una buena réplica, pero lo dejo hablando solo y me acerco a mi hermano y a Alaska.

—¿No estabas haciendo una nueva amiga? —pregunta Alaska mirando alrededor con curiosidad.

—No funcionó.

—¿Por qué?

—Porque sí.

—¿Por Mérida? —insiste, sonriendo.

—No es tu problema.

—Ah, entonces sí es por Mérida. —Su sonrisa crece—. ¡Jesús latino! Cuando comiencen a salir, aprenderé tantas canciones en español… Romi solo me enseña malas palabras.

—Que te gusta aprender —dice Drake con una media sonrisa.

El avance en mi hermano ha sido muy bueno y notable. Aún hace pausas al hablar, pero consigue decir oraciones más largas y su proceso de entendimiento casi ha vuelto a ser el que era antes. Eso ha hecho cosas buenas por sus ánimos, ya no se queja y cada día parece más decidido a avanzar. Me enorgullece.

—Iré a buscar a Romi para que bailemos—anuncia Alaska, y le da un beso en la barbilla a Drake antes de comenzar a alejarse al ritmo de la canción que está sonando.

La manera en la que Drake la mira es la definición de amor. Nadie creería que es el imbécil que luchaba con uñas y dientes para no admitir sus sentimientos… «¿Te suena familiar, Dawson?», me pregunta la voz maldita que al parecer habita en mí.

—¿Qué pasó con la… chica?

—Me encontré con el ex de Mérida, dijo cosas estúpidas y terminé diciendo que Mérida era mi novia. La chica se fue, yo me quedé. Fin.

—Sencillo.

—Supersencillo —digo frente a él y mirándolo a la vez que me paso los dedos por el cabello—. Qué extraño.

—¿Qué cosa?

—Mi reflejo no está imitando mis movimientos —digo, y él pone los ojos en blanco y me da un golpe en el brazo, pero termina por reír.

171

—¿Aún no tienes… la epifanía?

El significado para Drake de epifanía es tener un viaje espiritual y a conciencia sobre tus emociones románticas sobre una chica, que te hacen correr y gritar: «Eres la indicada, eres tú». Lo aplica desde que él y Alaska dejaron de hablarse porque ella se enrollaba con otro y él estaba celoso. Entonces, antes de que volvieran a hablar y se confesaran sus sentimientos, él tuvo todo este proceso de profundos pensamientos sobre que Alaska siempre sabía que él era Drake, lo reconocía incluso a una milla de distancia.

Estoy seguro de que así no funciona la epifanía, pero es como le gusta definirla. ¿Y quién soy yo para contradecirlo? Debido a esa creencia, me está empujando a tener una epifanía con Mérida.

—No hay ninguna epifanía.

—Terco.

—Como tú —respondo de inmediato.

—Me veo mejor siéndolo.

—No lo creo, yo me veo mejor.

Hacemos ese tonto juego de quién se ve mejor siendo terco durante unos pocos minutos antes de pasar a conversar sobre cualquier tontería y después nos unimos a bailar con Alaska y Romina. Las horas pasan y la fiesta es bastante buena, pero a la una todos deseamos irnos. Mientras Alaska conduce con la supervisión de Drake, que también tiene licencia, veo por la ventana pensando en la foto que envió Francisco.

Estoy soltero, ella y yo no estamos comprometidos a nada y ella está saliendo con Kellan, pero aun así tengo una sensación incómoda al respecto, la misma que sentí cuando nuestros ojos conectaron cuando Tanya me besaba.

No nos hemos visto desde mi cumpleaños, y ninguno de los dos saca el tema de encontrarnos, pero hablamos por mensaje. El Señor Enrique sigue retozando en su jardín; a veces vuela lejos durante horas, pero siempre regresa, y no sé si han llevado a sus mascotas a la clínica porque últimamente he estado ocupado con mis pacientes. ¡Resulta que ya tengo siete! ¡Siete!

Sin poder hacer desaparecer esta sensación incómoda, tomo una decisión.

—Oye, Aska, necesito que te desvíes un momento. Voy a encontrarme con alguien. Deja que te guíe.

Y, mientras le doy las indicaciones, le escribo un rápido mensaje a Mérida.

**Dawson:** Adivina quién te hará una visita nocturna

Su respuesta llega muy rápido y agradezco que esté despierta.

**Mérida:** ¿Estás aquí?

**Dawson:** de camino

**Mérida:** wow inesperado

**Mérida:** bien

**Dawson:** ¿Bien?

**Mérida:** BIEN

Y diez minutos después estoy bajando del auto mientras Alaska, Drake y Romina intentan sacarme información sobre a quién estoy viendo. Para mi fortuna, consigo que se vayan con una pequeña mentira y luego camino hacia la puerta, que se abre y revela a Mérida en pijama. ¡Y qué pijama!

Es afelpado y de un perrito con cola incluida, específicamente un dálmata. Me detengo frente a ella, alzo la mano y le acaricio una oreja.

—Linda perrita, el doctor Harris vino a atenderte.

Primero me mira con conmoción, luego se sonroja y por último ladra.

Río por lo bajo y ella también lo hace antes de cubrirse el rostro con ambas manos en un gesto inequívoco de vergüenza.

—No puedo creer que ladrara —dice en medio de una risita.

—Ha sido un buen toque para mi galante línea —aseguro, liberando la oreja del pijama para quitarle una de las manos del rostro a la vez que me inclino para mirarla desde muy cerca—. Hola, Mérida.

—Hola, Dawson.

—Bonito pijama.

—Es mi intento de ser la hija favorita de mi mamá, pero, incluso con este pijama, Leona tiene mejor pelaje que yo.

—Es que el pelaje de Leona ya es otro tema. —Sonrío.

—¡Lo sé!

No me pregunta por qué he venido de madrugada, no menciona la foto que le envió Francisco, simplemente se hace a un lado, me deja entrar y cierra la puerta detrás de nosotros con especial cuidado.

—Hoy milagrosamente mamá está en casa y lucía cansada, así que seamos silenciosos, ¿de acuerdo? Aunque su sueño es pesado —murmura en voz baja mientras la sigo hasta las escaleras—. Y no creo que le hiciera gracia encontrar que estoy metiendo a un hombre en casa a esta hora.

173

No respondo, simplemente la escucho divagar sobre ello hasta que llegamos a su habitación y cierra la puerta detrás de nosotros.

Una computadora con una pantalla enorme y bastante cara se encuentra encendida. Como hay papel de ese en el que me dibujó, marcadores, plumas y tableta, no me quedan dudas de que es su lugar de trabajo, e incluso hay un poco de desorden en él.

La habitación es bastante grande y las paredes son beige. Su cama es enorme y alta y está deshecha, y hay un guardarropa extenso donde vislumbro ropa desorganizada, pero que rápidamente desaparece cuando le cierra la puerta. Sonrío.

Estuve en esta habitación cuando atendí al Señor Enrique, pero en aquel momento no me fijé demasiado en los detalles. Ahora soy capaz de darme cuenta de que su habitación grita su presencia. En un tocador descansa un sinfín de maquillaje y también algunas fotos que me acerco para evaluar, y ella me lo permite.

En una sale una versión de ella de tal vez doce años con el cabello largo, sin flequillo, un traje de baño de cuerpo entero de lunares y los brazos extendidos en una de las playas más bonitas que he llegado a ver.

—Los Roques, está en Venezuela —me dice desde algún lugar de la habitación—. Un pequeño pedazo de paraíso.

—Se ve hermoso.

—Lo es, pero es costoso, no todos pueden darse ese gusto. Sé que fui afortunada, y fue un viaje de culpa de mamá cuando fue de visita después de casi un año y sintió que no teníamos ningún tipo de conexión.

—Mencionaste que te criaron tus abuelos —comento, tomando una foto de Mérida aún más pequeña, alrededor de los nueve años y con dos adultos mayores.

Ambos son elegantes, quizá en sus sesenta años. La señora sonríe y sostiene en su regazo a Mérida mientras que el señor está de pie con seriedad y una mirada cálida, aunque lo que destaca es su bigote.

—Sí, mamá se fue al extranjero cuando yo era muy pequeña, y mis abuelos se hicieron cargo de mí. Eran clasistas y pretenciosos, pero eran buenos conmigo y me dieron mucho amor.

Por último, veo una foto con la que debe de ser su mamá, porque la he visto en la clínica veterinaria un par de veces. No hay parecidos entre ellas y es notable, y tampoco se parece a sus abuelos. Donde Mérida tiene una tez clara, su mamá es morena trigueña, como si siempre llevase el toque idóneo del sol, y eso no se consigue con un bronceado falso. Tiene el cabello negro, lacio y largo, facciones definitivamente atractivas y que no coinciden con las

174

de su hija. Son dos tipos diferentes de bellezas. Su mamá también es alta y esbelta.

—Lo sé, me siento como esas hijas de famosos que tienen a madres superguapas y ellas simplemente son simpáticas.

—Eres más que simpática.

—Ya, pero ¿estás viendo a mi mamá? Es hermosísima, parece una *miss*. A su lado soy una papa.

—No eres una papa. —Me vuelvo para verla—. Y si lo fueras, serías la papa más bonita.

—Eh… Gracias.

Pongo los ojos en blanco y sonrío, y paseo la mirada por su infinita colección de delineadores y labiales, que parecen ser todos rojos o de diferentes gamas de morado, pero en diferentes nombres y marcas. Me queda claro que el maquillaje le gusta mucho.

—¿De qué parte de Venezuela eres?

—Miranda. Vivía muy hacia el este, tan lejos que pensabas que estabas en un estado mucho más lejano.

—¿Tienes fotos de ello?

Los ojos le brillan cuando asiente y va a su librero, y saca lo que lucen como tres álbumes de fotos.

—Toma la sábana para que no pasemos frío y salgamos al tejado.

Hago lo que me dice, agarro la sábana acolchada y luego me estremezco de forma breve cuando la sigo fuera de su ventana. Terminamos en el tejado de la planta baja y me dejo caer a su lado. Es bueno que aún tenga mi abrigo y que su pijama enterizo sea cálido y afelpado.

No espero indicaciones, abro la sábana y nos envuelvo con ella, acercándome a su cuerpo hasta que ambos compartimos el calor corporal.

—En el tiempo que viví allá no había alta tecnología como ahora con supercámaras en los teléfonos, y la última vez que viajé ahí fue en 2013. Las cosas no estaban tan caóticas como ahora.

»Es un país con paisajes hermosos y un clima tropical que me encanta. Mi nombre es el de un estado frío, andino, y de hecho cuenta con el teleférico más alto del mundo. ¿No te parece asombroso?

—Lo es.

—Bien, déjame mostrarte un poco de todo esto.

Me nutro de la manera en la que comienza a hablar de su país natal con orgullo, nostalgia y un toque de tristeza, describiéndome cada foto, porque representan muchos momentos, lugares visitados y recuerdos con sus abuelos o con amigos con los que perdió el contacto o habla poco. Alterno la

175

vista de las fotos a ella, memorizando sus expresiones ante cada cosa nueva que me muestra, y a través de sus ojos me intereso y cautivo por un país que nunca me pasó por la cabeza visitar y del que sabía poco. Siento su tristeza cuando me habla del estado actual y de que le gustaría algún día cercano hacer una visita, pero que a su mamá le aterra por cómo están las cosas actualmente.

Le pregunto por sus cosas favoritas y me habla de juegos con los que creció que a mí me suenan desconocidos, pero que me imagino muy divertidos, y casi hace una eterna exposición sobre la comida.

—Te invito un día a cocinarte varios platos típicos. ¡Vas a amarlos! Pero te conseguiremos una píldora de protector gástrico por si los condimentos te dan muy fuerte. —Sonríe.

—Ya no te puedes retractar, esperaré esa comida.

Cuando le pregunto por la música, desde mi teléfono se adentra en YouTube y reproduce la música típica de Venezuela. Cuando suena la canción que le cantó a la señora Hamilton en la sala de espera de la clínica veterinaria, se abanica los ojos como si intentara no llorar.

—Lo siento, es que creo que a todos nos conmueve escuchar esta canción donde sea. Se llama «Venezuela» y evoca muchos sentimientos, sobre todo cuando estás fuera del país y lo extrañas.

—Es bonito que sientan tanto con una canción que habla sobre la belleza del país.

Luego pasa a cantantes más locales y me dice qué agrupaciones le encantaban cuando era niña. También pasa por las telenovelas y me quedo francamente impresionado por el drama, y se le quiebra la voz cuando llegamos a las fotos de sus abuelos.

Me cuenta sobre la manera en la que murieron, el cambio abrupto de emigrar de su país y el proceso de adaptación. Me doy cuenta de la nostalgia y tristeza de su voz, aún le duele mucho la muerte de sus abuelos.

—Lo siento mucho.

—Pero ahora me siento bien aquí y reconozco la gran oportunidad que me ha dado mamá, y estar aquí nos hizo conocernos.

—Y eso es muy bueno. —Le sonrío.

—Ahora cuéntame de ti, de tu familia —pide, cerrando el último álbum y devolviéndome mi teléfono.

—Mis padres se aman con locura, llevan toda la vida juntos, se casaron muy jóvenes porque fueron irresponsables y se embarazaron, y mi hermano mayor suele bromear sobre ello.

»Tengo tres hermanos: mi gemelo, al que ya conociste; mi hermana me-

176

nor, Hayley, que seguramente viste en la fiesta pero que no pude presentarte; y luego está mi hermano mayor, Holden.

Hago una pausa y tengo un breve instante de duda, pero me siento en confianza y continúo.

—¿Conoces el programa de televisión internacional *InfoNews*?

—¿Quién no lo conoce? Es muy bueno.

—Lo es. —Sonrío—. El hombre de la sección de economía es mi hermano mayor.

Parece que por un momento hace un recuento de rostros y luego me mira sorprendida.

—¡Ese Holden! Claro, su apellido es Harris, solo que no lo asocié. ¡Guau! Ese es un dato impresionante para compartir.

—Él es realmente bueno siendo una estrella famosa, nosotros siempre hemos tenido privacidad, y la verdad es que es un gran hermano.

—Todos ustedes son guapos, he visto a tu hermana en fotos en tu Instagram.

—Gracias por el cumplido.

—Solo estoy siendo sincera. —Se sonroja y mira hacia el cielo—. ¿Qué se siente al tener un gemelo?

—Drake es mi alma gemela —digo sin dudar—, mi persona favorita en todo el mundo. Suena cursi, pero siento que compartimos corazones. Crecimos siendo un dúo inseparable y siempre hemos estado lado a lado dando dolores de cabeza o simplemente existiendo. Quizá no lo notaste, pero todavía se está recuperando de una cirugía de emergencia que se hizo el año pasado.

—¿Qué le sucedió? No vi nada extraño, me pareció superagradable.

Le cuento sobre los peores días de mi vida cuando Drake perdió el conocimiento y no volvió a despertar. La cirugía arriesgada, la mala reacción a la anestesia, los cambios que hubo con su despertar y el proceso de rehabilitación que ha tenido desde entonces.

—Es muy fuerte, admiro que haya sido tan consistente —termino.

—Es increíble la manera en la que hablas de él, qué bonito lazo tienen. ¿Quién nació primero?

—Yo, y siempre bromeamos sobre ello.

—Es genial que haya dos personas con sus rostros, pero aún más increíble que existas.

Creo que no pensaba muy bien en lo que decía, porque abre los ojos horrorizada, y aunque quiero decir muchas cosas al respecto, decido dejarlo pasar y ofrecerle mi teléfono.

—¿Y si reproduces alguna canción hispana que el Señor Enrique pudiese aprender?

—Será un honor.

Parece que se piensa mucho qué poner, como si estuviese nerviosa, y cuando termina, me entrega el teléfono para que lea la letra en inglés mientras suena y apoya su cabeza en mi hombro y cierra los ojos.

Y, a medida que leo la canción que suena, trago saliva. No hablamos, pero esas palabras en una melodía llenan el espacio entre nosotros.

> *No sé qué hacer para ser*
> *el aire que va a tu alrededor,*
> *que acaricia tu piel.*
> *Solo quiero conversar.*
> *Solo quiero conocerte.*
> *Dame un poco de tu tiempo para convencerte.*
> *Yo solo quiero ser tu amigo*
> *y me muero por salir contigo.*
> *Dame una señal,*
> *solo dame una mirada.*
> *Si estás a mi lado, a mí*
> *no me importa nada.*
> *Ya quiero estar entre tus brazos*
> *y me muero por probar tus labios*
> *rojos llenos de ti,*
> *solo dime que sí.*

La canción termina y se reproducen otras. No volvemos a hablar, creo que ella dormita un rato con la cabeza apoyada en mi hombro y la sábana envolviéndonos. Un par de horas después, regresamos adentro y río cuando se asusta por la presencia de Boo, que sale de debajo de su cama y me acaricia las piernas. Bajamos en silencio para que pueda irme después de llamar a un taxi y, tras pensarlo un poco, le beso la mejilla antes de alejarme.

Qué vida la mía.

# 17

## Todo cambió

*Mérida*

—Todo parece bien con ella, pero me gustaría que la pusieras a hacer algo de ejercicio, porque está cerca de tener sobrepeso.

—¿Poner a Boo a hacer ejercicio? —Me río—. Solo si quiero terminar con sus arañazos de amor, pero le recomiendo que se lo señale a mi madre en un correo electrónico y estoy segura de que encontrará la forma de que tenga un entrenador o algo así.

El doctor Wilson ríe por lo bajo y acaricia a Boo, que ronronea. Luego ve que estoy por tomarla en mis brazos, y la razón por la que lo tolera es que sabe que he sido una blanda que la sacó de la caja en la que se supone que debería estar. Como le encanta ser tratada como una reina y darme la posición de una esclava, me deja mimarla en mis brazos.

Tomo asiento frente al escritorio del doctor Angelo Wilson mientras escribe su informe de revisión médica y actualiza su expediente. También aprovecha para escribirle un correo a mamá haciéndole saber que su amada gata está muy cerca de ser obesa.

—Sigue comiendo como una reina y terminarás rodando —le digo a Boo, que maúlla y alza la pata para alejar mi mano, que le acariciaba el rostro.

Gata malagradecida.

—Listo, le he enviado a tu mamá todas las indicaciones y el informe, y te he puesto en copia.

—Gracias, doctor Wilson.

—¿Sigues trayendo tu pájaro con Dawson Harris?

—De hecho, lo liberé —miento. El Señor Enrique aún no se va, pero no quiero ser acusada de retener vida silvestre cuando es claramente él quien se niega a irse.

—¿Por qué lo llevaste con él y no conmigo?

No quiero decir que suena como un reproche, pero lo parece. Sin embargo, espero estar equivocada porque admiro mucho al doctor Angelo Wilson y

179

sé que es de los mejores veterinarios, de la misma manera que sé que a Dawson le espera una carrera profesional prometedora porque es bueno, y estoy orgullosa de ello.

—Somos amigos y confío en él —respondo—. Era una emergencia y estuvo a la altura, y gracias a su ayuda el Señor Enrique sanó de forma maravillosa.

—¿Señor Enrique? Tienes muchas ocurrencias, Mérida. —Me sonríe de manera paternal—. La próxima vez que haya una emergencia o tengas una nueva mascota, avísame y la atenderé. Sabes que tu mamá y tú no son clientes cualesquiera y que les tengo especial cariño.

Traducción: «Sabes que quiero ser tu padrastro, pero tu mamá es demasiado fría e independiente como para aceptarme una simple cita. Además, lleva una vida agitada y nunca está».

Le sonrío y asiento, pero la verdad es que creo que en caso de tener otro animalito acudiría a Dawson. Empezar desde cero no debe de ser fácil, y sé que tener pacientes nuevos hace cosas buenas por él. Además, me gusta su trato con los animales. No lo menciono, pero comenzaré a llevar a Perry el Hámster con él, aunque aún no se lo diré al doctor Wilson.

—Estoy seguro de que Dawson Harris es un joven habilidoso, pero aún es nuevo y le queda todo un camino de aprendizaje. Además, los graduados de ahora quieren implementar nuevas técnicas que no son buenas. No queremos que les ocurra algo malo a tus mascotas, ¿verdad?

No respondo, únicamente lo miro y me pregunto si esta charla la ha estado teniendo con todos los pacientes. Eso explicaría por qué el pobre Dawson nunca tiene pacientes, pero también me decepcionaría mucho, así que quiero pensar que ese no es el caso.

—Ni siquiera se ha graduado aún… —añade.

—Está esperando el título de grado, pero fue el mejor de su clase, está haciendo algunos cursos en línea y en cuanto tenga el título se inscribirá en el programa de posgrado en el que ya fue aceptado —defiendo con demasiada pasión.

—Oh, claro, es un muchacho estudioso, pero una cosa es la teoría y otra la práctica. Estoy seguro de que en el futuro será un gran veterinario, pero por ahora mejor dejárselo a los expertos, ¿verdad? —Sonríe.

No quiero responder, así que me pongo de pie con Boo en mis brazos y esbozo una tensa sonrisa.

—Gracias por atender a Boo. Tenga buen día, doctor Wilson.

—Nos vemos en la próxima cita de Leona y Perry.

No respondo. En lugar de ello, sonrío con los labios apretados y salgo del consultorio. En la recepción me encuentro a Dawson, que está riendo con la bonita recepcionista cuyo nombre ya olvidé.

Tal vez se trate de que no es cualquier hombre, de que hemos establecido una amistad increíble, de que no temo que me juzgue cuando doy mis opiniones, que se interesa en mi cultura, en conocerme y entenderme. Además, no desea cambiarme, y disfruta y sonríe por cómo soy. Me hace no querer esconderme, desear que me conozca.

Me doy cuenta de que soy una rara que se ha quedado de pie a mitad de camino durante demasiado tiempo, perdida en mis pensamientos, y reacciono porque la gata me da con la pata como si me dijera: «Muévete, humana tonta». Retomo la caminata y cuando llego a la recepción Dawson gira y parece sorprendido de encontrarme, pero luego sonríe.

Y esa sonrisa… ¡Virgencita! Esa sonrisa confirma que se me está escapando de las manos mi control sobre esta situación de «Es tu amigo y no puede gustarte».

—Hola, doctor Harris.

—Hola, Mérida del Valle, y hola, Boo. —La acaricia y la gata ronronea restregándose en la mano de Dawson.

—¿Tienes tiempo libre? —le pregunto, y doy un breve vistazo a la recepcionista.

—Mucho, hoy hay pocos pacientes.

Lo dice con algo de vergüenza y no debería de tenerla, pero no lo menciono porque es evidente que no quiere hablar de ello.

Me dedica esa miradita que me hace fantasear, que me hace anhelar, y no soy capaz de apartar la mirada, pero Boo decide ayudarme maullando y arañándome un poco la muñeca. Eso me saca de mi fascinación por Dawson, al menos por ahora.

Pero eso no me impide querer unos pocos minutos más. Tal vez es lo que me impulsa a hacerle mi próxima pregunta:

—¿Quieres acompañarme a mi auto?

Pero ¿por qué le pregunto eso? Él parece igual de desconcertado que yo tras mis palabras, pero, después de dar un rápido vistazo alrededor, me hace una media sonrisa y yo respiro hondo.

—Supongo que podría, y me gustaría hacerlo.

—Genial —digo con lentitud, y nos quedamos en silencio observándonos.

—¿Vas a agendar tu próxima cita con el doctor Wilson? —me pregunta la recepcionista.

—Ah, sí, sí. —Salgo de mi estupor—. Agéndala, y esperemos que la próxima vez la traiga mi madre, porque hoy no parece muy contenta de estar en mis brazos.

—Le agradas —me asegura Dawson.

Le dirijo una mirada incrédula antes de poner los ojos en blanco.

—Qué manera tan peculiar de demostrarme su amor. —Hago un gesto con la cabeza hacia el arañazo en el brazo que me ha dejado la ingrata.

—Oh, a veces me peleo con mis hermanos —me dice, y los ojos le brillan con diversión.

—Listo, te esperamos para la primera semana de abril, Mérida —dice la amable recepcionista antes de que pueda responderle a Dawson.

Y me siento mal porque no recuerdo su nombre, pero esbozo la sonrisa más sincera que logro reunir antes de que Dawson le diga que vuelve en breve y salga de la clínica conmigo, y caminamos lado a lado hasta el estacionamiento donde se encuentra mi auto.

Pongo a Boo dentro de su caja —no me gusta llamarla jaula— para que viaje segura después de que Dawson se despida de ella, y cierro la puerta. Nos quedamos en silencio durante unos segundos en los que me balanceo sobre mis pies, y entonces sonrío deslizando la mirada por su uniforme quirúrgico rosado, el que le di.

Le queda mejor de lo que imaginé, y cuando nota que lo estoy evaluando, hace la pose exacta del dibujo que le regalé. Solo faltaría la nube de diálogo.

«¡Basta, Dawson Josefino! Deja de ser encantador y de darle vueltas a mi mundo».

—¿Y bien? ¿Me veo igual que en tu dibujo?

Asiento sin encontrar las palabras y me sonríe de manera ladeada.

—Tu dibujo me encanta, tienes gran talento, Mérida.

—Solo son cosas que hago —desestimo, y siento que me sonrojo.

No puedo evitar estirar la mano para tocar la tela del traje quirúrgico a la altura de su pecho y luego le arreglo el cuello.

—Me impresiona que tuvieras la talla exacta —me dice, y mi respuesta inmediata es encogerme de hombros.

—Tengo buen ojo.

—Debes de haber estado estudiándome muchísimo —bromea.

Lo que no sabe es que es verdad, que desde hace semanas mis ojos disfrutan de verlo, de absorber detalles que luego inevitablemente termino dibujando.

—Así que en verdad te gustó mi regalo —comento, centrándome de nuevo.

—Me encantó, no es la primera vez que lo he usado. Me lo he puesto en las últimas dos semanas, desde que me lo regalaste.

—Te regalaré otro. —Alejo mi problemática mano de él.

—¿Incluso si no es mi cumpleaños?

184

—Sí, porque quiero hacerlo.

Se lame los labios y no me pierdo el gesto. De hecho, en mi mente repentinamente visualizo un dibujo en el que hace precisamente eso.

«¡Concéntrate, Mérida!».

—Lo pasé bien hace unas noches en tu casa. —Se rasca la nuca—. Ya sabes, escuchando música en español, conversando, todo eso.

—Sí, también lo pasé bien.

«Demasiado, tanto que anhelo volver a vivir ese momento contigo».

Suena una alarma de mi teléfono y hago una mueca antes de sacarlo y detenerlo, aunque supongo que debería de estar agradecida por tal interrupción.

—Debo irme, tengo clase dentro de una hora y he de dejar a Boo en casa, pero fue bueno verte. ¡Ah! Y quiero comenzar a hacer las citas de Perry el Hámster contigo, quiero que seas su veterinario.

—¿De verdad? No tienes que hacerlo, pero tengo que admitir que me has acelerado el corazón con tus palabras.

Y, para demostrarlo, me toma la mano y se la lleva al pecho, donde noto los latidos de su corazón. Lo curioso es que se incrementan cuando lo toco, y no quiero leer demasiado en ello, pero a mí también se me disparan.

Algo osada y con disimulo, presiono mi mano sobre la que aún sostiene.

—Pero quiero. —Retiro mi mano—. Me gusta cómo tratas a los animales, y Perry es mi bebé. Confío en ti, doctor Harris.

—Mérida…

El tono de su voz es un poco fuerte porque da dos pasos hacia mí y se acerca lo suficiente como para que tenga que alzar el rostro para verlo. Parece que va a decir algo importante, pero entonces sacude la cabeza en negación.

—Me encantará atender a Perry, escríbeme y organizaremos el día.

—De acuerdo —digo en voz baja con la vista clavada en sus ojos, que se ven intensos en este momento—. Ahora me iré.

—Conduce con cuidado.

Retrocede y trago saliva. Abro la puerta del lado del conductor, entro en el auto y la cierro al subir, pero bajo la ventanilla cuando él da un toquecito con sus nudillos.

—¿Quieres ir a una fiesta conmigo este viernes? —pregunta, lo que me sorprende.

—Sí —respondo sin pensarlo demasiado.

—Bien, te escribiré para concretarlo y pasaré a por ti.

—Te veo en nuestra no cita —musito, y parpadea un par de veces antes de rascarse la barbilla.

—Te veo en la no cita.

Lo que Dawson y yo no sabemos es el tipo de fiesta que nos espera.

No sé qué idea exacta tenía de venir con Dawson. Bueno, ciertamente pensaba en pasármelo bien y disfrutar de un ambiente divertido. Románticamente no espero nada, sigo adoctrinándome a no confundir nuestra amistad y no enloquecer por él, pero volviendo a la cuestión: esto no es lo que esperaba.

La noche empezó bastante bien, pasó a buscarme y, cuando me vio con el vestido ajustado de color morado, puedo prometer que lo vi tragar saliva antes de que me dijera que me veía hermosa. Mientras conducía hacia nuestro destino, la conversación fue algo torpe, lo que me recordaba a la forma en que suelo actuar delante de los muchachos guapos que me gustan. No ayudaba que me enviara miradas de reojo de vez en cuando, eso me puso de los nervios. Así que cuando llegamos a la fiesta en una casa estilo mansión, ambos estábamos tensos y el ambiente era un poco incómodo.

Él saludó a muchas personas al llegar y la presentación que daba sobre mí a las personas era un poco torpe, pero no porque lo hiciera adrede, sino porque las cosas entre nosotros estaban desarrollándose muy muy raras.

Nos consiguió unas bebidas y se mantuvo a mi lado porque creo que recuerda muy bien las pocas veces en las que he mencionado que soy tímida en un entorno social cuando no conozco a nadie o me siento intimidada, pero entonces llegó una de sus amigas de la fiesta de cumpleaños: Ophelia.

Fue superefusiva en su saludo, cosa que veo muy poco en los británicos, y luego me vio y dijo un «Ah» que no se escuchó, pero le leí los labios, y la mirada que me dedicó dijo mucho: estaba decepcionada de saber que había ido con Dawson aunque luego me sonriera y preguntara qué tal todo, e incluso alabó mi vestido. Ella se veía genial con un pantalón de cuerina roja y una camisa de malla negra que dejaba a la vista su *bralette* de encaje en unos pechos pequeños, pero más notables que los míos.

Por alguna razón, ella también me preguntó por Kellan, pero lo hizo mirando a Dawson, y di una respuesta concreta de que estaba bien, a lo que ella se aventuró a hablar de él, de sus cualidades y de que nos veíamos bien juntos. Casi le ofrecí darle su número para que saliera con él, pero me limité a asentir y me di cuenta de que en algún momento se había formado un espacio físico entre Dawson y yo.

—¡Amo esa canción! Bailemos —le dijo a Dawson antes de arrastrarlo a la pista de baile.

186

Y yo me quedé de pie, sola, en la multitud, sosteniendo el mismo trago que obtuve al llegar. Los vi durante unos segundos antes de que la gente los absorbiera y me sentí inquieta por quedarme de lado.

No quería ser la típica acompañante molesta dependiente, porque él no se comprometió a estar conmigo; su amiga enamorada básicamente lo arrastró con ella sin darle oportunidad a negarse, y no es que viera algún intento por su parte de hacerlo.

Y así es como he terminado sola en la fiesta. Me bebo de un solo trago lo que resta de mi bebida para tener la excusa de ir a por otro trago, pero después de hacer la fila descubro que debo pagar por las bebidas y por alguna tonta razón dejé mi bolso en el auto.

Así que estoy sola, sedienta y también algo malhumorada con toda esta situación. No me disgustan las fiestas, pero esta noche creo que lo mejor habría sido quedarme en casa.

—Si quieres un trago, te invito —dice el hombre que estaba detrás de mí en la cola.

Como no tengo dinero conmigo, me digo que un trago aceptado no me compromete a nada. Miro al hombre, que me sonríe, y no encuentro nada sospechoso en él, pero de igual manera estaré atenta.

Su sonrisa es contagiosa, así que se la devuelvo tomando mi nueva bebida.

—Gracias, te debo esto.

—Algún día cómprame tú el trago —me dice sin perder la sonrisa, y comienza a caminar a mi lado.

Me cuesta ubicarme. Ya no sé dónde estaba la última vez que vi a Dawson y me da pánico porque no acordamos ningún lugar donde encontrarnos si esto ocurría, pero me digo que capaz se lo está pasando tan bien con Ophelia o alguna otra mujer que no se acuerda de mí.

Me detengo en cualquier lugar observando a la multitud mezclarse, bailar, beber y divertirse, y decido que yo también lo haré, por lo que me giro hacia mi nuevo acompañante.

—Me llamo Mérida.

—Oliver —me responde, y da un sorbo a su cerveza.

—¿Es grosero si pregunto de dónde es tu acento? Porque sé que eso molesta.

—No, no es grosero. —Se ríe—. Soy cubano.

—Oh, yo soy venezolana.

—Dos ocupantes en un país ajeno —bromea—. A la cuenta de tres decimos lo que más extrañamos de nuestros países.

Él cuenta y yo sonrío cuando llega a uno y ambos decimos «Comida».

187

Me hace reír mientras conversamos de manera casual. Siento que está interesado por mí y tengo que decir que no soy ajena a su encanto. Además, me hace olvidarme de que no conozco a nadie y que fui dejada de lado. Me termino mi trago riendo con él y me niego a que me invite a otro, pero acepto su invitación a bailar. ¡Y señor! ¡Sí que sabe bailar! No como yo, que no soy mala pero tampoco soy el mito latino de caderas ardientes, cosa sobre la que bromeo, y eso lo hace reír y me dice que sabor me sobra.

Estoy sudando y girando, sintiendo la cercanía de su pecho caliente contra mi espalda, pero agradecida de que no pegue sus caderas contra mi trasero, cuando veo un rostro familiar acercarse hacia mí.

Dawson se encuentra sudado y despeinado, pero su mirada es ardiente, y no en la mejor de las formas. Cuando me alcanza, lleva la mirada de Oliver a mí. He detenido mi baile, y en consecuencia él también.

Hay un denso silencio, pese a que la música suena con fuerza, y Dawson se dedica a mirarme, lo que me hace removerme en mis pies.

—¿Qué sucede? —pregunto finalmente.

—¡¿Qué sucede?! ¡Que no sabía dónde estabas y me preocupé! Porque no conoces a nadie y pensé lo peor, pero estás superbién bailando con este...

—Oye, amigo, relájate —dice Oliver, avanzando un paso.

—No soy tu amigo —le responde Dawson antes de mirarme—. Estaba genuinamente preocupado, no te encontraba por ninguna parte.

—Oh, perdona, ¿me buscabas? ¿Segundos o minutos después de dejarme tirada? —pregunto.

—Un minuto después de que fuese arrastrado y le dijera a Ophelia que no te dejaría sola.

—Claro, y por supuesto me creeré eso.

—¡Volví y te habías ido! Llevo más de veinte minutos buscándote.

—¡Pues estuve aquí! Sintiéndome como una imbécil porque me dejaste sola en una fiesta donde no conozco a nadie y donde no puedo comprarme ni una maldita bebida.

—Pues yo te veo muy bien bailando con tu nuevo amigo.

—¿Y qué esperabas? ¿Que me echara al suelo a llorar porque me dejaste tirada?

—¡No te dejé tirada!

—Amigo, mejor vete —dice Oliver—, nos estábamos divirtiendo hasta que llegaste.

—No soy tu maldito amigo y no me iré a ningún lado sin mi amiga. Y, para que lo sepas, ella tiene novio.

¿Que yo qué? Pero ¿qué está diciendo?

188

—Eso no es cierto —le digo a Oliver.

—¿Ahora juegas a que no tienes novio, Mérida?

—¡No juego absolutamente a nada! Deja de ser un idiota.

—Entonces ¿Kellan no existe? ¿Es así como vas a jugar?

—Guau. —Retrocedo ante sus palabras enojadas—. No sabía que eras el fan número dos de Kellan, teniendo en cuenta que tu gran amiga Ophelia parece ser la número uno. Para que lo sepas, Kellan nunca fue mi novio y tampoco estamos saliendo. Estoy completamente soltera, así que deja de predicar que tengo novio, gracias.

—¿Qué? ¿Eso cuándo rayos pasó?

—¡Hace casi un mes! —digo, molesta—. Así que no, no juego a tener dos novios ni a ser infiel porque esa no soy yo, idiota. Y estaba aquí bailando y divirtiéndome para consolarme porque pensé que estaríamos juntos en esta fiesta y lo pasaríamos bien, pero soy una tonta por creer que nos volveríamos a sentir como esa noche en mi casa.

Me giro y camino a paso rápido entre las personas, ignorando sus llamadas y la de Oliver, y este último es una pena, porque no intercambiamos números de teléfono.

Camino realmente sin saber ubicarme. Seguramente estoy dando círculos, porque esta mansión no puede ser tan grande, ¿verdad?

—¡Mérida! —exclama una voz femenina, y al volverme me encuentro a Ophelia viniendo detrás de mí.

—¡¿Qué quieres?! —grito, porque estoy enojada, pero luego respiro hondo—. Perdón, ¿qué pasa?

—Quiero saber qué pasa contigo y Dawson. ¿Por qué repentinamente estás en su vida y pareces importante?

—*Ese no es tu problema, muchacha metida* —digo en español, porque es una frase muy venezolana, y le doy la espalda y sigo avanzando.

Pero ¿sabes qué pasa cuando estás enojada? Que puedes tomar decisiones sin sentido.

Visualizo la esquina donde se encuentra el DJ y con mi mejor sonrisa voy hacia él. No sirvo para coquetear, pero el enojo es mi mayor impulso, porque pongo voz suave y mimada y una sonrisa encantadora y consigo que acepte mi petición especial.

Alcanzo a ver a Dawson entre la multitud antes de que él me vea a mí, así que, aún enojada, hago mi camino hacia él cuando el DJ comienza a hablar por el micrófono:

—¿Cómo la está pasando mi gente?

La respuesta son gritos. Mientras aparto a las personas sin perder de vista

189

el lugar donde vi a Dawson, todavía puedo percibir el tono azul de su camisa. Finalmente estamos en la misma línea, y él viene y yo voy.

—Me encanta que la pasen bien —anima el DJ—. A continuación, tengo una petición especial de Mérida como el estado de Venezuela para su *periquito*. Amigo, esto es para ti.

Los acordes de la canción, que siempre me han parecido sensuales, comienzan a sonar cuando me detengo frente a Dawson, que abre la boca para empezar a hablar, pero acorto la distancia para hablarle en la oreja y que de esa manera pueda escucharme.

—Cállate y escucha la traducción literal que te daré de esta canción —ordeno, y traduzco cada palabra que Camila comienza a cantar:

*Todo cambió cuando te vi. Oooh, oooh.*
*De blanco y negro a color me convertí.*
*Y fue tan fácil quererte tanto,*
*algo que no imaginaba.*
*Fue entregarte mi amor con una mirada.*
*(Oh, no, no, no, no, ah).*
*Todo tembló dentro de mí.*
*El universo escribió que fueras para mí.*
*Y fue tan fácil quererte tanto,*
*algo que no imaginaba*
*fue perderme en tu amor.*
*Simplemente pasó y todo tuyo ya soy.*

Cuando llego al coro, Dawson retrocede. No es que le esté diciendo que sea el amor de mi vida, pero fue la primera canción que me vino a la mente, y supongo que está genial para dedicársela a alguien cuando estás enojada, no piensas y te cansas de todo el juego de «Aquí no pasa nada» con el muchacho que te gusta.

Me mira y estoy segura de que no tiene ni idea de la letra que continúa sonando. Retrocede frunciendo el ceño y tengo un bajón de toda la adrenalina pensando que la he cagado, que este es el momento en que me dice: «Creo que esto se ha malinterpretado, me estás avergonzando».

Pero ¿estoy equivocada?

Lo estoy.

Porque suspira, mira al techo y luego elimina los pasos que retrocedió.

Aún mejor, avanza un poco más.

Más, más y más.

190

Hasta detenerse tan cerca de mí que siento la calidez de su cuerpo. Está lo suficientemente cerca como para tomarme el rostro entre las manos, mirarme fijamente a los ojos, que deben de estar muy abiertos, y luego dejar caer su boca sobre la mía.

Me besa.

## 18

## Quien quiere besar busca la boca

*Dawson*

Esto tenía que pasar, lo que me sorprende es lo mucho que conseguí resistirme.

Pero supongo que hay un punto de quiebre, y cuando estás en una fiesta y una hermosa mujer en la que no dejas de pensar te dedica una canción hispana con una letra intensa que traduce en tu oído minutos después de decirte que no tiene novio y que no sale con el tipo que pensabas, las perspectivas cambian y las líneas que trazaste como límites desaparecen.

Así que el rostro de Mérida se encuentra entre mis manos y por primera vez siento la suavidad de sus labios debajo de los míos. ¡Joder! No puedo comenzar a explicar lo mucho que deseaba este beso, creo que ni yo mismo era consciente de las ansias que tenía de besarla.

Primero solo nos besamos presionando los labios continuamente y mantenemos los ojos abiertos, mirándonos con expectativas y preguntas silenciosas. La canción sigue sonando, metiéndose en mis venas y, aunque ahora ella no me susurra la traducción y no la entiendo, eso no me impide sentirla.

Esbozo una sonrisa incierta con el corazón acelerado a la espera de cuál será su reacción de los cortos besos de presión que le he dado. Y la reacción no tarda en llegar:

Sonríe.

Y yo también lo hago.

Entonces la beso de verdad.

Presiono mi boca sobre la suya y respiro su aliento cuando sus labios se abren debajo de los míos y comenzamos a besarnos como queremos realmente. Mis labios atrapan y chupan su labio interior, y su labio superior cubre el mío en un barrido húmedo; ladeamos la cabeza y lo profundizamos.

Mis ansias aumentan en cuanto arrastra las manos por mi pecho y me toma la parte baja de la nuca para obligarme a bajar mientras ella se pone de puntillas. Mis manos bajan desde su rostro hasta su cuello antes de hacer un

192

recorrido intenso por su espalda, pero decido que no es suficiente y la envuelvo entre mis brazos para pegarla a mí tanto como puedo.

Unos dedos tiran de los mechones bajos de mi cabello, y una de mis manos extiende los dedos en el centro de su espalda. Estamos tan pegados como podemos cuando su boca se abre en una silenciosa invitación. La tomo gustoso y hago un barrido con mi lengua por su labio inferior antes de introducirla en su boca e iniciar con la suya una de las danzas más sensuales y primitivas que he protagonizado.

Podría haber esperado o pensado que nuestro primer beso sería dulce o incluso un poco torpe, pero, por el contrario, está lleno de pasión y desenfreno, casi bordea lo desesperado. Nos consumimos con un beso que es todo labios, lengua, dientes, succiones, alientos calientes y jadeos.

Las personas continúan bailando, se oyen unos gritos y posiblemente la canción cambia, pero no nos importa, porque nuestro beso no llega a su fin, no cuando se siente tan bien, no cuando parece que queremos y necesitamos más, no cuando se siente como toda una vida desde que deseé y esperé que esto sucediera.

Pero ¡maldita sea! Necesito respirar, por lo que nuestros labios se alejan lo suficiente para tomar respiraciones erráticas mientras abrimos los ojos y nos miramos. Su piel pálida se encuentra muy ruborizada y sus labios llenos, húmedos e hinchados me hacen bajar la cabeza una vez más y besarla nuevamente.

Esta vez con más lentitud, con ganas de saborear cada instante, cada succión, roce, aliento y suspiro intercambiado. Vagamente me pregunto si seré capaz de alejarme sin un tercer beso.

Oigo mi nombre desde lejos mientras nos besamos profundamente, pero de manera más lenta, con ganas de explorar tanto como queremos. Sus brazos se envuelven en mi cuello y arquea la espalda mientras me inclino más hacia ella.

—¡Dawson! —Noto un toque en mi espalda que me obliga a abandonar los labios de Mérida.

Es como si me hubiese transportado a una burbuja cuando comenzamos a besarnos y ahora me obligaran de forma abrupta a volver a la realidad.

Los ojos marrones de Mérida parecen chocolate fundido, el pecho le sube y baja de manera pesada y alcanzo a ver la forma en la que su vestido se adhiere a sus pechos y deja a la vista sus pezones erguidos, producto de nuestros besos. Trago saliva y yo también siento las consecuencias de lo que acabamos de hacer en una erección.

—Dawson. —Alguien me tira del brazo.

193

Me obligan a quitar mi atención de Mérida, y cuando me giro me encuentro con Ophelia, que luce pálida y conmocionada y se abraza a sí misma. Podría leer mucho de su postura y comportamiento, pero aún me encuentro aturdido.

—¿Sí?

—¿Podrías llevarme a casa? Mi acompañante no quiere irse y yo... ya no tengo nada que hacer en esta fiesta, quiero irme.

Asiento aún aturdido y me vuelvo hacia Mérida.

—¿Quieres irte? —le pregunto, y abre la boca, que ahora está hinchada, para responderme, pero ve a Ophelia.

—Eh, sí, no hay problema.

Asiento de nuevo, porque parece que estoy haciendo mucho eso, y vuelvo mi atención a Ophelia, que tiene los labios apretados mientras nos mira.

—Bien, te llevaré a casa, vamos. —Hago un gesto para que camine por delante de nosotros y sin siquiera girarme estiro mi mano en busca de la de Mérida.

Tengo que admitir que se me calientan la piel y el corazón cuando se da cuenta de mis intenciones y su mano conecta con la mía, y entonces sus dedos se entrelazan con los míos. Cuando me vuelvo a mirarla, me dedica una tímida sonrisa y se la correspondo.

¿Y ahora? No lo sé muy bien, pero caminamos hacia la salida detrás de Ophelia.

Es un poco incómodo porque cuando llegamos a mi auto Ophelia pretende ir en el asiento del copiloto, pero Mérida es bastante sutil para solucionarlo y dice: «Perdona, pero es que mi bolso está en ese asiento». Una parte de mí es consciente de que mi amiga no está feliz en el asiento trasero, pero es difícil registrarlo o prestarle atención cuando en mi cabeza estoy reviviendo en bucle los besos compartidos con Mérida.

He besado infinidades de veces en mi vida y algunos besos han resultado más adictivos que otros, pero pocos se me han metido así en la cabeza. Es casi nula la cantidad de veces que he deseado tanto volver a besar a alguien que besé hace tan solo unos minutos.

Por cuestiones de ruta, tengo que dejar primero a Mérida, por lo que apago el motor del auto antes de girarme hacia Ophelia.

—Ahora vuelvo.

—Me cambiaré al asiento de delante —me dice, y trepa entre los asientos.

Salgo del auto y camino detrás de Mérida hasta la entrada de su casa. Hace un mes hicimos este mismo baile en una cita simulada en la que ella no sabía si quería besar en la primera cita.

Nos detenemos y nos miramos sin saber qué decir, porque iniciamos esta noche de una manera incómoda y tensa, pasamos por una discusión y terminamos besándonos, todo en el lapso de tal vez tres o cuatro horas. No estuvimos demasiado tiempo en la fiesta, pero sí que se sintió nuestra presencia.

La bocina de mi auto suena y al girarme me encuentro a Ophelia haciéndome señas de que vuelva. Centro la atención en Mérida, que está frunciendo el ceño.

—Tu amiga es… intensa contigo, ¿no? —me pregunta.

Y hago una mueca apenas imperceptible. Ella suspira y esboza una sonrisa tentativa mientras se peina de manera nerviosa el flequillo.

—Te veo pronto, ¿cierto?

—Seguro —respondo rascándome la parte baja de la nuca.

Hace una mueca que parece un cruce entre frustración y decepción, y luego se gira y abre la puerta de su casa con sus llaves.

—Espera, espera, Mérida.

—¿Sí? —Se gira.

Me quedo en silencio sin saber qué decir, pero avanzo y le tomo nuevamente el rostro entre las manos, acariciándole con los pulgares los pómulos y manteniendo mis ojos en los suyos, y le doy un beso suave en la boca.

—Lamento lo de la discusión y haberte hecho sentir así. —Le doy otro beso—. Lamento haberte perdido por un instante y que conocieras a ese musculoso y atractivo hombre.

Eso la hace reír por lo bajo antes de que le dé otro beso corto.

—Y necesito que me digas qué canción es esa, porque quiero llegar a casa, buscarla, leerla traducida y repetirla una y otra vez.

—«Todo cambió», es de Camila —susurra—, te lo enviaré por mensaje.

—De acuerdo.

Le libero el rostro y le dedico una pequeña sonrisa.

—Ten buena noche.

—Tú igual, Dawson.

Comienzo a alejarme y antes de subir al auto me giro para despedirme con la mano. Ella me devuelve el gesto y luego entra y cierra la puerta detrás de sí.

Enciendo el auto, mordiéndome el labio inferior para no sonreír.

—¿Qué ha sido eso? ¿Y en la fiesta? ¿No está con Kellan? ¿Eres el otro, Dawson? Porque eres mejor que eso —comenta Ophelia mientras conduzco hasta su casa.

No respondo. En su lugar tarareo muy mal el ritmo de la canción que sonaba mientras Mérida y yo nos besábamos.

Tras dejar a Ophelia y despedirme de ella, lo cual por alguna razón fue incómodo, llego finalmente a casa tarareando esa canción desconocida que Mérida me dedicó antes de besarnos. ¡No puedo sacarme esa escena de la cabeza!

Estoy por subir el primer peldaño de las escaleras cuando la puerta se abre de nuevo y alguien intenta ser sigiloso con sus zapatos de tacón. Apoyo la mano en el barandal y observo a mi hermana con la camisa arrugada y... ¿Eso que tiene en el cuello es un mordisco horrible que parece un hematoma?

—¿Dónde estabas, Hayley?

Da un respingo y ahoga un grito, y salta de un pie al otro maldiciendo por el susto.

—Estaba en una reunión social —responde, intentando pasar de mí, pero le corto el paso.

—¿Y ahí es donde te marcaron como ganado con ese horrendo mordisco?

Se lleva la mano al cuello y hace una mueca porque aparentemente le duele tal salvajada. Hay mordiscos sexis, incluso chupetones. Sin embargo, eso que lleva en el cuello es una barbarie.

Ninguno de sus esclavos le había hecho eso antes. Ella nunca se había dejado marcar.

—Hayley —digo sin paciencia.

—¡Dios! Estaba de fiesta, igual que tú, no seas un pesado, solo me divertía.

—¿Tienes un esclavo nuevo?

—¡No los llames así! Solo busco al indicado —resopla—. Y sí, estoy viendo a alguien, creo que esta vez funcionará.

Solo si el chico aguanta su tiranía. Es interesante cómo busca el amor y al indicado, pero no es capaz de abrirse y, por miedo, es la típica persona que a veces hiere a sus parejas. Es mi hermana y la amo, pero Hayley como novia es un demonio, y me pregunto si algún día bajará la guardia.

—¿Me dejas pasar para ir a mi habitación? —pregunta impaciente, y le pellizco la nariz.

—Bien, malcriada, y procura que tu nuevo esclavo no te haga esas marcas salvajes y desagradables.

De nuevo hace una mueca cuando se toca el cuello y entorno los ojos, ahora dudando sobre la marca, sobre si estaba a gusto mientras se lo hacían o si fue consciente siquiera.

—Hayley, ¿acaso alguien hizo algo que tú no quisieras?

—¡Por supuesto que no! Como si dejara que alguien mandara sobre mí o hiciera cosas que yo no quiero.

—Hayley, puedes decirme lo que sea. —Le tomo la mano—. Sabes que soy tu hermano y te creeré en cualquier cosa que me digas. Tampoco juzgaré...

—Dawson, nadie hizo nada que yo no quisiera.

Durante un momento dudo sobre si la creo o no. Me sostiene la mirada, pero ella siempre ha sido muy buena mintiendo, incluso cuando hace contacto visual. Sin embargo, no da su brazo a torcer. Me siento incómodo, así que la libero para que suba las escaleras y creo en sus palabras cuando me dice que no dejará que nadie haga cosas que no quiere.

Espero que no me esté mintiendo.

Holden, mi hermano mayor, me mira con fijeza y asiente procesando todas mis palabras.

Salí del trabajo hace más de una hora y no perdí el tiempo en ir a ver a Holden porque sentí la necesidad de hablar con alguien de esto y Drake se encuentra muy ocupado con un proyecto laboral importante. Ya hablaré con él más tarde.

Y no se trata de que Holden tenga grandes experiencias en el amor o en las relaciones, ha tenido pocas a lo largo de su vida, pero es sensato y suele ser un gran oyente con opiniones sinceras y objetivas, que es lo que necesito ahora.

No he visto a Mérida en tres días. Hemos intercambiado mensajes que aludieron al Señor Enrique, que aún no se marcha, a la cita con Perry el Hámster y a un vídeo gracioso de un gatito, además de una conversación sosa de «Hola, ¿qué tal?». No hemos mencionado los besos, lo que sucedió ni mi escena de celos seguida de la suya, que fue más disimulada; tampoco hemos hablado de la canción que me dedicó ni de qué se supone que pasa ahora con nosotros.

Y sí, muchos pueden decir que la comunicación es muy importante y lo sé muy bien, porque siempre ha estado presente en mis relaciones, pero esta vez parece que ambos estamos escépticos sobre algo que nos resulta obvio, pero también incierto.

—Tienes una historia con potencial aquí, Dawson —dice finalmente mi hermano—. Parece que desde el comienzo hubo chispas y eres consciente de que te gusta.

—Mucho —respondo jugando con la lata de Coca-Cola en mis manos—. Cuando la besé sentí alivio, como si por fin me dejara ir y disfrutara de algo que añoraba.

—Entonces, si te gusta, le gustas, se besaron y lo disfrutaron, ella ya no sale con el tipo de la universidad y esta vez te crecieron un par de bolas para alejarte de Martin, ¿por qué vienes buscando mi consejo?

197

—La verdad es que no lo sé.

—Creo que lo que querías era liberarte y hablarlo todo. Siempre has sido seguro con tus relaciones o cuando alguien te gusta, el indeciso solía ser Drake. Entiendo que querías mantenerte soltero porque tu último intento de relación no funcionó, pero si has encontrado esto que te parece especial, no veo por qué le das tantas vueltas, no cuando eres consciente de lo que quieres.

—Antes me burlaba un montón de Drake con Aska, ¿sabes? Porque siempre decía que no quería arruinar su amistad y de alguna manera ahora entiendo su miedo, porque Mérida se ha vuelto mi amiga, me apoya y confía en mi trabajo, me enseña cosas nuevas y tiene todo tipo de conversaciones conmigo.

»Pero también me encanta cuando me sonríe, la manera en la que suele mirarme como si esperara que hiciera más sobre nosotros, cuando nos tocamos, las canciones que me enseña y cuyas letras luego parecen una dedicatoria, su amor por los animales y los detalles que tiene conmigo. —Sonrío—. ¡Y esos besos! Esos besos lo fueron todo, Holden. La canción, el momento… No dejo de pensar en ello.

»No sé qué estamos haciendo, y esta incertidumbre me asusta un poco. No quiero que pase como con Leah, que simplemente no funcione y quede una amistad tensa comprometida. Tampoco estoy seguro de lo que quiere ella, ni siquiera sé en qué términos acabó todo con Kellan.

—Pregúntale, conversa de todo esto con ella. Sabes que la comunicación es importante. Esta chica suena genial. —Da un trago a su cerveza—. Ya quiero conocerla.

—Es especial. —Sonrío de costado—. Intuí en cuanto la conocí que algo pasaría y que no sería solo transitorio.

—Entonces hazlo funcionar, no lo compliques dándole vueltas. Sé sincero con ella y contigo. Y tienes que hacer algo con tu amiga Ophelia. Sé que jode herir los sentimientos de las personas que aprecias y te importan, pero aplazándolo no estás haciendo ningún bien a nadie, y mira el tipo de ambiente que se está formando ahora que Mérida está en tu vida.

—Ophelia es una buena persona y me gusta su amistad, pero es cierto que el ambiente estuvo tenso y tengo la certeza de que entre Mérida y ella las aguas no corren limpias. Tampoco quiero cortar los lazos con una amiga, pero supongo que es momento de tener una conversación sobre sus sentimientos.

»Es solo que odio la idea de hacerle daño, porque si no me ha hablado de sus sentimientos es porque aún no está lista y siento que la expondré al ser yo quien lo aborde, pero me asusta que no poner límites genere caos.

—A veces hay decisiones difíciles que deben tomarse para un futuro mucho mejor, y esta es una de esas.

—Gracias, es bueno recibir opiniones de mi hermano con el cabello morado. —Me río.

Holden tiene una especial pasión por cambiar los colores de su cabello tan a menudo como de ropa, pero mayormente se debe a apuestas perdidas con su amigo Derek. Nunca se sabe con qué color aparecerá.

Estoy dispuesto a hablar más sobre el tema de Mérida, pero entonces mi teléfono vibra, y me sorprende que se trate de una llamada de ella. Le gesticulo a mi hermano quién me llama y sonríe alzando sus pulgares, cosa que me hace poner los ojos en blanco antes de responder.

—Hola a ti, Mérida. —Sonrío.

—Dawson, debes venir, por favor —dice histérica, y de inmediato me pongo de pie.

—¿Qué sucede? ¿Estás bien?

De fondo escucho los ladridos histéricos de Leona mientras ella se sorbe la nariz y le dice a Boo que se quite del medio.

—Algo ha ocurrido con el Señor Enrique. Por favor, ven, no sé qué hacer y llamé a la clínica y no estabas.

Le murmuro a Holden que tengo una emergencia y que luego le cuento, y mientras camino hacia la puerta le pido a Mérida que, por favor, me explique lo que sucede.

—Todo estaba bien. Ya sabes que ahora vuela y vuelve como quiere, pero pensé que no lo había visto desde ayer por la tarde y me dije que quizá se había ido finalmente, pero Leona vino a por mí y yo lo encontré así. —Sorbe por la nariz una vez más, y noto que su respiración es inestable, como cuando se llora y se lucha por hablar.

—¿Así cómo? —pregunto, subiendo al auto y encendiéndolo.

—Mal, Dawson, muy mal, y no sé qué hacer. —Llora—. No está bien.

Sé que no es capaz de darme más explicaciones porque está alterada y asustada, y los ladridos erráticos de Leona tampoco ayudan.

—Muy bien, Mérida, voy a mantenerte en altavoz mientras conduzco, ¿de acuerdo? Dentro de pocos minutos estaré ahí.

—Por favor, date prisa.

Intento hacer conversación mientras conduzco, pero ella no se concentra y sé que no conseguiré nada. Me gustaría que se calmara para poder saber exactamente cuál es el estado del mirlo y así poder darle instrucciones, pero imagino que esto tiene que ir más allá de un ala rota.

Por fortuna estoy a pocos minutos, por lo que no tardo demasiado en llegar a su casa. En el trayecto me pregunto qué tipo de problemas puede haber con el Señor Enrique, el mirlo cantador que se ha negado a irse.

199

Pero no tardo en descubrirlo cuando entro en su casa, donde Leona sigue ladrando y Boo parece estresada y deja pelos a su paso debido a ello. Cuando Mérida, con lágrimas en los ojos, me lleva hacia donde está el pájaro, me doy cuenta de la situación en la que nos encontramos.

# 19

## La vida pasa

*Mérida*

Tengo el corazón atascado en la garganta cuando abro la puerta a Dawson. Él pregunta qué sucede y lo tomo de la mano mientras comienzo a hablar y lo guío dentro de la casa.

Leona y Boo están estresadas, pero aun así quieren jugar con él porque les resulta familiar y les brinda comodidad en un momento en que su percepción les hace notar que algo anda mal.

—¡Ahora no! No puede jugar ahora —les hago saber con voz firme para que sepan que hablo en serio, pero sin gritarles—. Quédense aquí.

Dawson me da un apretón en la mano y yo respiro hondo y lo arrastro hasta las escaleras.

—Todo estaba bien. Como hace últimamente, se había ido a quién sabe dónde, y cuando no volvió por la noche me puse triste pensando que se había ido y también feliz de que fuese completamente libre. —Comenzamos a subir las escaleras—. Pero esta mañana me he despertado como cualquier otro día y entonces, tras un buen rato haciendo tarea de la uni, Leona vino como loca ladrando.

»La seguí al jardín y encontré sobre el césped al Señor Enrique ensangrentado, y parecía estresado por el dolor. No sabía si debía moverlo, pero entré en pánico y lo traje a mi habitación. Llamé a la clínica y no estabas, y luego te llamé y ahora estás aquí.

Llegamos hasta la entrada de mi habitación y él me detiene brevemente para que lo mire a los ojos.

—Oye, independientemente de lo que suceda, no es tu culpa, ¿de acuerdo?

—De acuerdo —digo, pero no estoy muy convencida.

Dejo que sea el primero en entrar y da un breve vistazo alrededor antes de darse cuenta de que hice un nido con suéteres en mi cama. El Señor Enrique hace unos minutos que ya no hace sonidos de dolor, y Dawson saca unos guantes de látex de su mochila antes de sentarse en la cama y evaluarlo.

201

Estoy mordiéndome el pulgar, sentada en el borde de la ventana y observando a Perry el Hámster, que corre sobre su rueda. De esa manera me distraigo de lo que sea que Dawson esté haciendo.

Me siento culpable porque se volvió tan doméstico por mí y se negaba a irse, y me agarró el mismo cariño que yo siento por él. Sé que lo salvé en su momento, pero siento que ahora lo que sucede es culpa mía porque no pudo volar lejos, o mejor dicho: no quiso. Me ve como su familia y, aunque eso es halagador, este no es su hábitat natural ni el lugar en el que debe estar, no es un animal doméstico.

No me gusta la exhalación profunda que escucho de Dawson, así que cierro los ojos con fuerza y me cubro el rostro con las manos.

—Mérida —dice con suavidad y se detiene frente a mí.

—No, no quiero saber.

—Oye —susurra, y siento el tacto de sus manos cuando me toma las muñecas para retirarme las manos del rostro.

Ya no lleva los guantes.

Mantengo los ojos cerrados y sus dedos acarician mis pómulos con cariño, pacientemente, esperando hasta que finalmente los abro.

—Ahí estás —dice con suavidad.

No sonríe, sino que hace una mueca triste en sus labios acompañada de la caída sutil de sus ojos. Intuyo lo que me dirá.

—Lo siento mucho, Mérida, ya se había ido —susurra, mirándome con fijeza sin dejar de pasar los pulgares por mis pómulos—. Seguramente algún animal salvaje mucho más grande lo atacó, porque había sufrido mucho daño. Incluso si lo hubiese atendido de inmediato, no habría podido hacer nada. Sus alas fueron despedazadas junto con algunos órganos. Estaba sufriendo y ahora descansa. Sé que lo querías y lo lamento mucho.

El labio inferior me tiembla y se me llenan los ojos de lágrimas antes de que me atraiga a su cuerpo en un abrazo. No tengo un llanto escandaloso, tampoco sollozo, pero sí derramo muchísimas lágrimas mientras lo abrazo y me lamento por el Señor Enrique.

—Tal vez fue mi culpa, por traerlo a casa y hacerlo creer que éramos familia. Lo confundí.

—Lo salvaste. Si no lo hubieses ayudado en ese momento con su ala, podría haber muerto, Mérida. Lo cuidaste tan bien que no quiso dejarte ni a ti ni a Leona, Boo y Perry el Hámster. Lo hiciste increíblemente bien, te comprometiste y lo ayudaste a sanar. Estoy muy orgulloso de ti.

—Pero ahora está muerto.

—Cielo, la naturaleza a veces es compleja. Algunos animales siguen su

202

instinto. Esto podrá sonar muy a película animada, pero es el ciclo de la vida, una cadena alimentaria. Podría haber pasado incluso si él no se hubiese quedado.

—Pero entonces no lo sabría y no dolería. Pensaría que conoció a una pajarita linda y tuvieron descendencia.

—Puedes creer en eso.

—No, no puedo, Dawson, porque sé que tuvo una muerte horrible.

Aprieto mi agarre en él y sigo derramando lágrimas contra su camisa mientras me acaricia el cuero cabelludo con los dedos, sosteniéndome pacientemente. Tardo unos minutos en encontrar la fuerza y voluntad para salir de la protección de su abrazo y caminar hacia la cama, donde lo envolvió con una de mis camisas de manera que solo se vea su bonita carita de ave y no el horrible daño que le hizo algún animal con sus dientes o garras.

Me siento en la cama sosteniéndolo entre mis manos y pensando en esos locos momentos en que cantaba con su silbido mientras yo entonaba la letra. La libertad con la que se movía por casa siguiendo a Leona o Boo, cuando Perry el Hámster se sentía intimidado por él, el cuidado que le di... ¡Joder! Odio esto, odio que muriera de una manera tan cruel y dolorosa, pero una parte de mí agradece que se esforzara en volver, como si sintiera que este era su hogar, el lugar donde lo despediríamos, o tal vez fue simple instinto. Sea cual sea el caso, me hace feliz que acudiera a mí.

Me sorbo la nariz y dejo que las lágrimas sigan cayendo antes de respirar hondo.

—*Yo te extrañaré... Tenlo por seguro* —canto en voz muy baja acariciando con el pulgar su cabeza—. *Fueron tantos bellos y malos momentos que vivimos juntos. Los detalles, las pequeñas cosas, lo que no parecía importante, son las que más invaden mi mente al recordarte. Ojalá pudiera devolver el tiempo para verte de nuevo.* —Dawson se sienta a mi lado y me pasa un brazo alrededor de los hombros—. *Para darte un abrazo y nunca soltarte...* Lo siento mucho, Señor Enrique, te extrañaré mucho.

—Mérida, ¿qué se supone que estás haciendo? —dice la voz de mamá.

Cuando alzo la vista, la encuentro en la puerta sosteniendo a Leona. Repara en mi rostro lleno de lágrimas, la camisa en mis manos y Dawson.

—¿Qué te hicieron? ¿Por qué lloras? ¿Ha sido este jovencito?

—Mi pájaro se ha muerto —digo con la voz quebrada.

—¿Tenías un pájaro? —pregunta, desconcertada—. ¿Desde cuándo?

Y entonces río con incredulidad. Por supuesto que no lo sabe. Veo que acaricia de manera distraída a Leona mientras Boo retoza en sus piernas.

—*Qué raro, tú sin saber nada de mí* —digo en español, y me giro hacia

203

Dawson—. ¿Puedes llevártelo y hacerte cargo? —le pregunto—. Ella no me dejará sepultarlo en el jardín.

—Claro.

—La canción fue mi despedida. Adiós, Señor Enrique. —Se lo entrego.

Veo que lo envuelve completamente en la camisa y lo sostiene entre sus manos. Nos mira a mamá y a mí y luego se pone de pie y toma su mochila. Antes de que se vaya, lo abrazo de nuevo, y esta vez me lo devuelve con un solo brazo debido a que sostiene la camisa.

—Gracias por haber venido.

—Para lo que necesites, Mérida del Valle.

Lo miro a los ojos y recuerdo, incluso entre mi tristeza, que hay un peso entre nosotros que aún no hemos discutido: lo que sucedió en la fiesta y en la puerta de esta misma casa cuando nos despedimos la última vez que nos vimos.

Lo libero y camino a su lado. Solo me detengo cuando mamá no se mueve de la puerta.

—Dawson, ella es mi mamá, la doctora Miranda Sousa, y, mamá, él es Dawson, es veterinario en la clínica y también es mi amigo.

—Un gusto, doctora Sousa —dice Dawson ofreciéndole una mano.

Y mamá tarda, pero se la estrecha y asiente antes de hacerse a un lado y dejarnos pasar. Una vez en la puerta, de nuevo le agradezco todo a Dawson y escucho con lágrimas en los ojos sus palabras sobre lo orgulloso que está del cuidado y el compromiso que tuve con el Señor Enrique. Después lo veo irse con quien por unos pocos meses fue mi amigo y compañero de música. Lo amé desde que lo salvé.

—¿Tuviste todo ese tiempo un pájaro aquí?

—Sí, mamá —digo, alzando la voz al girarme—. ¡Y lo amaba! ¡Lo amaba! ¡Y me duele que muriera! Murió de una manera horrible y odio que sucediera.

Me mira durante unos largos segundos y luego deja a Leona en el suelo y camina hacia mí. No dice nada, solo me envuelve en sus brazos y me acaricia la espalda para consolarme.

—Lo siento mucho, cariño.

—No quería que muriera, mamá, me siento mal.

—Llora lo que tengas que llorar, desahógate.

No solloso ni hago demasiados ruidos, solo dejo ir todas mis lágrimas hasta que nos trasladamos al sofá, donde apoyo la cabeza en su regazo y ella me peina el cabello con los dedos mientras le hablo de cuando encontré al peculiar mirlo. Mamá ríe cuando le hablo de las canciones y me murmura que está orgullosa cuando le digo cuánto me esmeré en cuidarlo. Después me quedo en silencio con lágrimas secas en el rostro y me duermo, cantando en mi mente una vez más «Yo te extrañaré», porque sí, voy a extrañar mucho al Señor Enrique.

✗ ✗ ✗ ✗

*Abril de 2017*

La profesora finaliza la clase y suspiro aliviada porque se me ha hecho tediosa y larga. No me gusta y estoy esforzándome, porque eso se está reflejando en mis calificaciones.

Guardo mis cosas y, cuando alzo la vista, veo a Kellan con una bonita morena de nuestra clase. Ella le toca el brazo y él se inclina para susurrarle algo que la hace reír, como en los viejos tiempos. Río por lo bajo y paso por su lado, aunque ni siquiera registran mi presencia. Salgo de la escuela para caminar por el bonito campus, pero ¿saben qué lo haría aún más bonito? Un cálido sol tropical como el del Caribe.

Como he quedado en encontrarme con Sarah en nuestra cafetería favorita, me propongo encaminarme hacia el lugar, pero una voz femenina conocida grita mi nombre y no puedo evitar poner los ojos en blanco.

No sé si se trata de que a mí también me gusta Dawson, pero ya he llegado a la fase de aceptación de que Ophelia no me cae bien. Desde nuestro primer encuentro sentí unas vibras pasivo-agresivas de su parte, luego hubo todo ese alardeo sobre Kellan delante de Dawson, y no soy tonta, veo cómo lo mira y lo toca, y lo quiere mantener lejos de mí tanto como pueda, incluso cuando nos besamos en la puerta de mi casa (cosa que un par de semanas después aún no hemos hablado).

No quiero decir que Ophelia sea una hipócrita, pero tengo la impresión de que no le caigo bien y solo está forzándose para quedar bien con Dawson. Tal vez sea solo mi impresión, pero es que, por ejemplo, Tanya, la chica que besó a Dawson en su cumpleaños y con quien seguramente han pasado cosas, fue agradable en nuestro breve intercambio y ni siquiera me miró con malicia o competitividad. La diferencia entre la amiga y el ligue fue algo que no me esperaba.

El ligue me cayó muchísimo mejor, pero la amiga es a la que me ha tocado aguantar.

Vuelve a decir mi nombre, así que plasmo una sonrisa cuando me giro. Supongo que ambas jugamos este absurdo juego, pero es amiga de Dawson y tengo que lidiar con eso incluso si entre nosotros las cosas son muy confusas y no las hablamos.

205

Sin embargo, mi sonrisa desaparece en el momento en que la veo junto a Martin, y él no luce tan sorprendido.

La verdad es que le tengo miedo. Después de conocernos en persona, cuando Dawson y yo lo emboscamos, él siguió escribiéndome, con la única diferencia de que esta vez no hizo cosas raras cuando lo bloqueé, pero sí se creó perfiles falsos que también me encargué de bloquear, aunque no se lo comenté a Dawson.

Sé que Martin se comprometió a pagar una indemnización a Dawson en un acuerdo con sus abogados y que firmó un documento en el que se establecía que, si volvía a usar su rostro o el de Drake en aplicaciones, lo demandarían y pagaría una suma exorbitante de dinero. Francamente, estuve impresionada cuando Dawson me lo contó, y también aliviada y esperanzada de que Martin no lo siguiera haciendo. En teoría tendría que estar ocupándose de reunir la suma de dinero de la indemnización antes de que venza su plazo de seis meses, pero nunca se sabe si saca tiempo libre para usar el rostro de algún otro chico guapo. Espero que no sea el caso.

Ophelia está sonriendo y el estúpido de Martin también, así que alzo la barbilla y finjo una media sonrisa, pese a que deseo arañarle la cara y ponerle los ojos morados con grandes puñetazos.

—Qué casualidad verte —me dice sin malicia la amiga de Dawson, pero mi mirada está en Martin, que me hace sentir incómoda por la manera en la que me mira—, justamente hablábamos de ti. Martin me comentaba que Dawson tiene una bonita novia y yo, como su buena amiga, le hacía saber que él se encuentra soltero. Entonces dijo tu nombre y respondí que cómo podías ser la novia de Dawson si estás saliendo con Kellan.

—Te hace falta actualizarte, no salgo con Kellan desde hace un par de meses —la corto, y parece paralizarse, pero vuelve a sonreír.

—Pero no estás con Dawson.

—¿Quién lo dice? —pregunto.

—Él me cuenta las cosas.

—¿Todo? —Enarco una ceja—. ¿También te cuenta las cosas que me hace? Supongo que no necesita hacerlo, ya que nos viste besándonos.

Bueno, no sé de dónde salió esta Mérida cínica, pero espero que me acompañe durante todo este encuentro.

—Me mentiste —me dice Martin.

—No, no lo hice.

—Pero no estás con Dawson.

—Lo que haga con Dawson no es asunto tuyo ni tuyo. —Esto último se lo digo a Ophelia—. Entiendo que eres su amiga y que tal vez tus intenciones

206

son buenas, pero él no es tu responsabilidad y lo que pasa entre nosotros no te incumbe. En cuanto a ti —digo, volviendo la vista a Martin—, mantente alejado de mí, no quiero tener nada que ver contigo.

—Teníamos química y nos llevábamos bien.

—No me gustabas, Martin, pensé que podríamos ser amigos y demostraste que claramente no podía ser así. Supéralo, porque hace mucho que yo lo hice.

—No lastimes a Dawson —pide Ophelia—, por favor, no lo lastimes, es de las mejores personas que conozco.

Por un momento siento empatía por esta chica. Quién sabe desde cuándo tiene sentimientos de los que no habla o que no confiesa, a cuántas ha visto pasar deseando ser ella, pero esa empatía no me hace olvidar que esto no es asunto suyo y que su falta de relación amorosa con Dawson no es mi culpa.

—Ten un buen día, Ophelia.

Deliberadamente ignoro a Martin. Ni siquiera lo miro antes de girarme y continuar mi camino. Durante todo el trayecto estoy quejándome sobre el encuentro; no tanto por Ophelia, sino por Martin, porque no me gusta verlo ni saber de él o sus mensajes. No entiendo cómo puede ser tan difícil que capte el hecho de que no quiero relacionarme con él.

Para cuando llego a la cafetería, Sarah ya está esperándome y, como buena amiga, ha pedido mis cafés favoritos junto con una galleta de vainilla. Tras sentarme y dar un sorbo a mi buen café acaramelado, le cuento sobre el reciente encuentro.

—No me queda claro si Ophelia es mala o solo una pobre alma no correspondida —comenta—. Si me pongo en su lugar, me molestaría mucho que tras años de espera llegue una hermosa latina que desarme a mi amor y luego tener que verlos comerse la boca y estar en el limbo sobre si tienen algo o no.

—Hay muchas cosas mal en tu declaración. —Sonrío—. Pero esto tampoco es mi culpa. Además, Dawson y yo es una cosa estancada que no funcionará. Ni siquiera hemos hablado.

—Te ha escrito mensajes superlindos preguntando cómo estás tras la muerte del pajarito y no has sido más que inexpresiva en tus respuestas.

En eso tiene razón. Tras la muerte del Señor Enrique estuve preguntándome si ahora nos unía algo más, y me molesta que nunca abordemos el hecho de que nos besamos. La única vez que tentativamente quise sacarlo a colación, cambió el tema y me preguntó si llevaría a Perry el Hámster, y le respondí que no de manera cortante por la molestia.

La verdad es que en un principio me emocionaba todo este asunto de cruzar solo miraditas, pero ahora me doy cuenta de lo mucho que me gusta y

207

ya no me parece más que estresante la incertidumbre de no saber si algo va a suceder o si solo fueron unos besos perdidos destinados a ser olvidados.

Así que, en vista de que no hablaba del tema, transformé mis mensajes en respuestas cortas hasta que los suyos comenzaron a disminuir. Eso no me hizo sentir mejor, pero, bueno, ¿qué es lo que dicen? La vida pasa.

Eso no me impide dibujarlo incluso si me enfoco en mis propios personajes especiales (mis dibujos de romance entre chicos del mismo sexo con mínimos diálogos está avanzando de maravilla).

Anoche dibujé a Dawson de pie en mi ventana. Estaba de espaldas con ambas manos agarrándose al marco, lo que hacía que sus músculos delgados se mostraran de forma atractiva en sus glúteos, que se encontraban a la vista. Unas gotas de agua cayéndole desde el cabello se reflejaban en su piel y una toalla descansaba a sus pies. Un dibujo de espalda, desnudo y seductor después de haber tomado una ducha, y la burbuja de diálogo decía: «Desearía que tus manos estuvieran en mí, cielo», porque recordé que después del dolor por la pérdida del Señor Enrique me llamó así y no podía sacármelo de la cabeza.

—Tal vez solo tenemos que ser amigos, así que debería escribirle, quedar con él para ir al refugio y continuar esta potencial amistad.

—Tonterías, deberían declararse y besarse. —Ríe y yo también lo hago con ella—. En serio, Mérida, están perdiendo el tiempo. Y sobre Martin…

—A cada cochino le llega su sábado —digo. Es otro de los famosos refranes de Venezuela.

—¿Qué se supone que significa eso? ¡Dios! Siempre termino perdida con los refranes y dichos que compartes.

Esta vez río con tanta fuerza que me ahogo con el café y necesito unas servilletas para limpiar el desastre de mi barbilla antes de poder volver a hablar.

—Significa que tarde o temprano a aquel que hizo o actuó mal le llegan las consecuencias de sus actos.

—Ah, qué ingenioso. Igualmente, ¿sabes qué deberías decirle a Martin la próxima vez?

—Ilumíname, mi querida Sarah.

—Si te acercas, te boleo.

Me quedo unos instantes procesándolo con la frente fruncida, pero no le encuentro el sentido a lo que acaba de decir.

—No te entiendo.

—Ya sabes, el dicho de cuando te pegas a algo y no debes.

—Ah. —Me río y sacudo la cabeza en negación—. «No te pegues, que no es bolero», así es el refrán.

208

Desearía que tus manos estuvieran sobre mí, cielo.

ESTAS COSAS NO SON DE DIOS, MÉRIDA. PARAAAAA, NO DIBUJES MAS!!!!

—¡Eso mismo! Es demasiado difícil aprenderlo, Mérida.

—Solo necesitas práctica. —Le guiño un ojo—. Pero al menos recuerdas los conceptos.

—No soy tan mala alumna.

Termino el café y la galleta, y luego suspiro y me sacudo las migajas de la ropa.

Pienso en Dawson y en estas dos semanas sin vernos, en cómo me hizo sentir su beso, sus besos. El par de veces que Francisco fue a molestar a casa durante esta semana, solo deseé que fuese Dawson, y eso dice mucho, porque ahora mi ex me da francamente igual. Bueno, me molesta con sus tonterías.

—Hablando muy en serio, Sarah, ¿crees que debo ser totalmente franca y decirle que me gusta? A riesgo de que me mande a volar y termine nuestra amistad.

Porque dejó muy claro un par de veces que está enfocado en su trabajo y que una relación no es su prioridad ni algo que busque, pero yo tampoco buscaba a alguien que me encantara y aquí me tiene. Es injusto tener que callármelo.

Nunca he sido la persona que se declara. Recordemos que con Francisco fue él quien hizo todo eso y con Kellan fue precisamente Dawson quien me dio el empujón y los ánimos para hacerlo. Sin embargo, siento este impulso, la valentía y probablemente la fiebre de locura de decir: «¡A la mierda! Vamos a decirle todo».

Mi amiga me mira con fijeza mientras termina su café y después despliega una lenta sonrisa llena de picardía.

—Quieres que te diga que lo hagas, quieres que te empuje, y lo voy a hacer. —Hace una pausa teatral—. Hazlo, Mérida, arriésgate.

Arriesgarme, creo que puedo hacer eso.

—De acuerdo, pero si yo me arriesgo, tú también lo harás.

—¿Arriesgarme con qué?

—Con tu enamoramiento, pues claro.

Me refiero a ese enamorado con el que ha seguido escribiéndose y haciendo videollamadas. No me cuenta demasiado al respecto. De hecho, casi sentiría que a veces me habla en códigos, y eso me hace preocuparme y estar alarmada, pero también la veo feliz cuando se deja ir y habla sobre esto y lo otro. Le brillan los ojos, y Sarah no se ha fijado en nadie más ni ha tenido sexo en las fiestas y no me ha dicho que se haya aburrido de esta persona.

Siento que quiero llamar a MTV para que graben aquí ese programa de personas en internet que son falsas, pero también quiero creer que encontró algo genuino y que esa persona le corresponde.

210

—No haré eso, loca. Es totalmente distinto lo mío y lo tuyo, no es tan fácil.

—Sigues diciendo eso, pero no me lo cuentas. ¿Qué es lo complicado?

—Muchas cosas. —Suspira y se encoge de hombros—. Pero no nos enfoquemos en ello, mejor hablemos de que te vas a arriesgar.

Es descarada la forma en la que vuelve el foco de atención en mí, pero en algún momento tendrá que decirme qué rayos está pasando con su vida amorosa.

En mi casa, a las diez de la noche, tras una copa de vino robado de mi mamá, en pijama y recién bañada, me arriesgo.

Observo los dibujos que he hecho hasta ahora de Dawson, seis si contamos la copia que me quedé del que le di en su cumpleaños y el que hice hace tan solo una hora y media. Los dibujos no han escalado tanto, pero soy consciente de que lo he llevado lejos, de que están en mi mente y de que es el momento de hacer algo al respecto para avanzar o cortar esto de raíz.

Cuando comencé a salir con Francisco y me gustaba locamente, todo fue intenso, pero ¡Virgencita! No era un inquilino permanente en mi cabeza como me sucede con Dawson Harris.

Me arriesgo escribiendo uno de los mensajes más locos, espontáneos e inesperados de mi vida, Estoy segura de que podría arrepentirme de eso, pero lo envío y ya no hay vuelta atrás:

Hola, Dawson:
Estaba dibujando muy casualmente como cualquier día en mi doble vida, cuando ¡bam! Pensé en ti… De acuerdo, hago mucho eso últimamente, pero ¿podría alguien culparme?
La cuestión es que primero dibujé tu rostro, enfocándome en esos dos maravillosos ojos que me derriten cuando me miran ya sea con intriga, curiosidad, desesperación, diversión o incluso deseo (sí, me encanta pensar que me deseas, grrr).
Suspiré y sonreí mientras dibujaba tus cejas, tu cabello, esa nariz que nunca necesitará una rinoplastia, los dulces labios que a veces me distraen demasiado y tu cuello. Todo era tan inocente, tan dulce, tan soñador…
Pero entonces sucedió. El monstruo que está en mi cabeza tomó control de mis manos.
Todo dejó de ser inocente.

211

Primero fueron tus hombros, luego les siguieron tus hombros desnudos, el torso firme con un leve camino de vello que iba más… más abajo y un poco más abajo. No tenías pantalón, pero descuida, te dibujé un pantaloncillo de licra negro que se ajustaba a tus muslos y entre ellos (pido perdón, fue más fuerte que yo).

No estabas desnudo, pero ¡¡joder! Te veías tan sexi, tan atractivo, tan tú, que casi lloro porque no era real.

¿Algún día será real? Estoy cansada, periquito, mi corazón se quiere ir contigo.

También confieso que no es mi primer dibujo, pero te prometo que no en todos te encuentras en tales circunstancias de pocas prendas de ropa. La verdad, sí me siento algo culpable, pero no hay mala intención, promesa.

¿Qué puedo decirte, Dawson? Me traes mal, de cabeza, flotando, volando, hormonada y enloqueciendo.

¿Algún día me dejarás hacerte un par de dibujos +21?

Porfis, di que sí, periquito.

Me llevo una mano al pecho y me tumbo en la cama mirando hacia el techo. Lo hice, ya está hecho y, aunque deseara retractarme, nada se puede hacer.

O me manda al carajo o corre.

Valoro su amistad, pero sé que igualmente no podría prosperar si no sacaba esto del camino. Quizá podamos seguir siendo amigos y yo me quite de encima todo este enamoramiento. Tal vez con el tiempo nos riamos cuando salgamos con alguna otra persona y seamos superfelices en nuestra cita doble.

Sí, el pensamiento no me resulta divertido en este momento, pero tal vez en el futuro sí lo será.

Me niego a revisar el teléfono incluso cuando pasan los minutos y el reloj en mi pared anuncia que son las once.

¡Mierda! ¿Me bloqueará? ¿Este es el fin de algo que ni siquiera empezó?

¿Ya perdí a mi amigo? Esto sin duda es una de las cosas que más miedo me dan, porque Dawson se ha convertido en una parte de mi vida incluso si no nos vemos siempre. Con él he compartido canciones, pensamientos y momentos que me encanta recordar.

—La cagaste, Mérida. —Me reprendo sintiendo un nudo en el estómago ante la idea de lo que he hecho—. Lo arruinaste todo.

Pero entonces mi teléfono vibra y me levanto con los nervios a flor de piel, el corazón acelerado y algo de miedo por lo que pueda encontrar.

Me digo que contaré hasta diez para abrirlo, pero no llego ni a cinco cuando desbloqueo el teléfono y encuentro una respuesta de su parte:

Hola, Mérida, que no es como la princesa sino como un estado de Venezuela:

¿Qué carajos, Mérida?

¿Dibujarme así?

¿Seguir llamándome periquito?

¿Que tu corazón se quiere venir conmigo?

¿Que tienes más de un dibujo de mí?

Y espera, espera un momento. ¿Que te deje hacerme un par de dibujos +21?

Pero es que estás loquísima.

Y yo estoy más loco.

Abre la puerta, cielo…

¡Virgencita! ¿Está aquí?

Y sí, el timbre de casa suena.

Dawson Harris está aquí.

213

# 20

## Hasta que te conocí

*Dawson*

Sigo a Mérida por su silenciosa casa con la vista clavada en el ajustado *short* de algodón con estampado de corazones que se adhiere a su culo. No lo negaré, me encanta y creo que el ambiente se presta a ello teniendo en cuenta que he recibido un mensaje larguísimo sobre que me ha estado dibujando sin ropa. ¡Qué locura!

Supongo que su mamá no está aquí. No se me olvida que cuando la conocí hace un par de semanas sus vibras conmigo no fueron las más amistosas. No sé si se debía al contexto de la situación o a encontrarme a solas con su hija, pero lo que sí garantizo es que me intimidó.

Sonrío cuando, tras subir las escaleras, encontramos a Leona dormitando sobre una afelpada alfombra afuera de la que hace un tiempo se me dijo que era la habitación de su mamá, y luego sonrío aún más cuando entramos en la habitación de Mérida y Boo sale de debajo de su cama ronroneando y se mueve entre mis piernas en busca de atención.

—Me gustas mucho, Boo, pero necesito hablar con tu humana —le digo, y parece que no le gusta la idea, porque me dedica una mirada de traición antes de salir de la habitación.

Bueno, al menos fue educada y nos dejó a solas. Cierro la puerta detrás de mí.

Veo que Mérida se dirige al escritorio con rapidez y apaga la pantalla de su computadora y la tableta digital, y luego se gira y alza la barbilla de forma obstinada como si me retara a iniciar la conversación.

Me encantan los retos.

—¿Estás borracha? —pregunto.

—No.

—¿Ni una gota de licor?

—Solo una copa de vino.

—Entonces, escribiste el mensaje en pleno uso de tus facultades.

214

Pienso que su naturaleza a veces tímida hará que lo niegue con alguna tonta excusa que no estoy dispuesto a fingir que me creo, pero me sorprende.

—Fui muy consciente.

El mensaje me tomó por sorpresa, tanto por su contenido como por el hecho de que estaba tan cansado de luchar contra mis pensamientos que ya había decidido ir a verla, así que sus palabras llegaron cuando ya estaba a mitad de camino.

Han sido unas semanas rarísimas. No sé si me he obsesionado con los besos, pero pienso en ello al menos una vez al día. También la recuerdo vulnerable con la muerte del Señor Enrique y, aunque quería decir muchas cosas en lo que se volvió un intercambio raro de mensajes, me limité a ser un «buen amigo». Sin embargo, no sé si lo estaba siendo teniendo en cuenta que sus respuestas se volvieron cortas e incluso cortantes. Estoy seguro de que estábamos a nada de volvernos las típicas personas que pasan al olvido en la vida del otro cuando los mensajes dejan de llegar.

No quería eso.

No quiero eso.

Mientras leía un trabajo de investigación sobre un virus que se ha descubierto en animales herbívoros, me llegó un mensaje picante de Tanya invitándome a tener sexo, el típico mensaje al que acudo, pero no quise y pensé en qué estaría haciendo Mérida y si estábamos acercándonos al fin de nuestra peculiar relación.

Y justo en ese momento fue cuando sucedió. Fue inesperado, pero al mismo tiempo necesario: tuve la famosa epifanía que predica mi gemelo.

Mérida me conoce, valora mi trabajo y vocación, confía en mí, me canta y enseña canciones en español, me dedica las sonrisas más bonitas y me da los besos más deliciosos que he tenido en mi vida, y mira que he sido un gran besucón a lo largo de mi joven vida.

Está loca, lo sé desde que la conocí, pero me gusta esta loca que me vuelve loco y con la que quiero hacer locuras.

Y todas estas vueltas innecesarias, que en parte son mi culpa, tienen que terminar. Llegó el escalofriante y necesario momento de tener una conversación sobre qué somos, qué queremos y adónde vamos.

Me encanta su amistad, pero también me encanta besarla. Fueron pocas veces, pero así de memorables se sintieron. ¿Podemos tener la amistad y los besos? En Drake y Alaska ha funcionado. Claramente, Mérida y yo no tenemos toda esa historia de años, locura y deseo, pero no les resto valor a todas las cosas que nos están sucediendo.

Pese a lo que Holden suele decir, sí tengo bolas. Aunque en este momen-

215

to se me suben hasta la garganta por enfrentarme al hecho de que perderé a mi amiga o me seguiré besando con ella, permanezco firme ante lo que está sucediendo ahora o, bueno, casi desde el inicio.

—¿Por qué me enviaste ese mensaje, Mérida?

—Porque estoy cansada.

—¿De qué? —Avanzo hacia ella, que mantiene alzada la barbilla con esos ojos oscuros brillándole en desafío.

—De ti.

—¿Y yo qué te hice? —pregunto, con un ligero tono ofendido.

—El problema es que no me has hecho nada. —Mueve las manos de una manera que indica desesperación.

—¿No he hecho nada de qué?

—Nada de todo esto. —Alza la voz, parece frustrada—. ¡Virgencita! No sé si lo entiendes, pero conocí tu cara en una aplicación con un imbécil haciéndose pasar por ti y, aunque me atrajiste muchísimo, no me gustó la versión de él que se supone que eras tú. Hasta que te conocí… Espera, eso suena como la canción de Juan Gabriel.

—¿Qué Juan Gabriel? —Qué salto de conversación tan inesperado.

Por supuesto, Mérida comienza a cantar y no entiendo nada, pero la dejo.

> *Hasta que te conocí,*
> *vi la vida con dolor.*
> *No te miento, fui feliz,*
> *aunque con muy poco amor.*
> *Y muy tarde comprendí*
> *que no te debí amar,*
> *porque ahora pienso en ti*
> *más que ayer, mucho más.*
> *Yo jamás sufrí, yo jamás lloré.*
> *Yo era muy feliz,*
> *pero te encontré.*

—No tengo idea de lo que acabas de cantar, pero sé que suena triste.

—Es totalmente triste.

—Yo no quiero ponerte triste, cielo. —Me detengo frente a ella.

No nos tocamos, pero hay tanta tantísima tensión que no sé cómo no nos asfixia.

—Entonces dime qué pasa entre nosotros —murmura en voz baja dirigiendo la mirada a mis labios.

—Pasa que nos conocimos.

—Porque el imbécil de Martin me mintió usando tus fotos.

—Y me golpeaste luego de que te salvara a ti, a Leona y a Perry el Hámster.

—Y después nos encontramos en tu consultorio —dice en voz baja, alzando de nuevo la mirada para que conecte con la mía.

—Donde me permitiste aclarar la situación.

—Y nos vengamos de Martin.

—Luego de que te llamara «mi amor» y tú me dijeras «periquito».

—También te salté encima —dice, y noto que un rubor comienza a esparcirse por su rostro.

—No lo olvido. —Sonrío de costado—. Y no nos volvimos a ver.

—Hasta el Señor Enrique. —Su voz baja de forma sutil cuando deslizo tentativamente las yemas de mis dedos por el dorso de su mano—. Lo salvamos.

—Lo hicimos.

—¿Vamos a hacer un recuento de toda nuestra extraña relación? —pregunta con impaciencia.

—Tengo una idea muchísimo mejor, pero quiero saber algo, Mérida del Valle. Primero tengo que aclarar ciertos puntos —comento, moviendo mi mano por su cintura, hasta que mi brazo la rodea y la acerca a mi cuerpo—. ¿Escribiste ese mensaje en pleno uso de tus facultades?

—Acepto los cargos —admite, paseando las manos hasta mi pecho, y sonrío.

—¿Haces dibujos +21 de mí?

—Solo se te ve la puntita.

—¿La puntita?

—La puntita —afirma, con las mejillas sonrojadas.

—Eres muy sucia, Mérida del Valle, y quiero hacer suciedades contigo.

—Me apunto. ¡Me apunto! Pero, por favor, para de dar vueltas, simplemente hazlo, no me sentía así ¡hasta que te conocí!

Y las palabras se terminan.

Le rodeo con un brazo la cintura y enredo la otra mano en su corto cabello, y la beso una vez más. Siento que le debo un montón de besos suaves y dulces, pero no pienso pagárselos hoy, porque de nuevo nos estamos consumiendo en besos profundos, húmedos y apasionados mientras apretamos nuestros cuerpos.

Sus manos están en mi cuello y luego en mi cabello, y mis manos se deslizan, viajan tocando las partes de su cuerpo que alcanzo y después se afianzan en su culo esponjoso, que se siente increíble. No me detiene, gime contra mi boca. Mis palmas se mueven contra su carne y sus manos tiran de mi cabello, mis dientes pellizcan su labio inferior y su lengua me lame.

No recuerdo si en el pasado sentí y deseé tanto a alguien. Besar siempre ha sido un placer, pero besar a Mérida en este momento está siendo mi perdición.

Pero ¡qué buena manera de perderse!

Un sonido ronco escapa de mí cuando sus uñas raspan mi cuero cabelludo, y el sonido es más fuerte cuando se impulsa, ayudada de un empujón de mis manos sobre su culo, y enreda las piernas alrededor de mi cintura, lo que nos da una cercanía y mi creciente erección se presiona en ese lugar que sé que se encuentra cálido.

Mis pulmones me exigen respirar y, mientras lo hago, desplazo mis besos por su barbilla. Me encanta cómo ladea el rostro para darme una clara invitación a su cuello, y la tomo. ¡Dios! La tomo. Le beso la piel, y alucino con su olor junto a algún perfume floral, y luego no pierdo el tiempo en saborear su salinidad en mi lengua antes de morder. Ella gime y sacude sus caderas para hacerme saber que le encanta, y le chupo más fuerte la piel. Sé que alguna marca quedará, pero al parecer a ambos nos da igual.

—Dawson —gime con voz enronquecida.

—¿Por qué no hicimos esto antes? —susurro contra su piel, besándola nuevamente hasta acercarme a sus labios—. ¿Por qué?

—Por estúpidos —responde, tomándome el rostro entre las manos y besándome.

Una vez más, nuestras lenguas colisionan. Avanzo con ella sobre mí y nos impulsamos hasta su cama, donde caigo sobre ella, con mis caderas entre sus piernas y sus manos deslizándose por mi espalda.

—Te deseo tanto… —digo contra su mejilla, y empujo las caderas para que pueda sentirme.

—No más de lo que yo te deseo —susurra, y luego siento sus manos en mi trasero mientras abre las piernas y se retuerce contra mí—. Te deseo tanto que mi mente vivía imaginándolo. Te dibujaba y sentía culpa por desearte, dejé a Kellan porque pensaba en ti, no podía dejar que me tocara, quería que fueras tú —confiesa, y yo me estremezco.

¡Mierda, mierda, mierda! Me está volviendo loco, y no de una mala manera.

—No sales de mi mente. —Alzo el rostro para que nuestras miradas conecten mientras hablo—. No sé en qué estaba pensando cuándo creí que podía ignorar esto.

218

—¿Te gusto?

—Me encantas.

—¿Cuánto? —dice con una sonrisa llena de picardía que me desarma.

—Lo suficiente para saber que esa sonrisita estará siempre en mi cabeza. —Le lamo los labios—. ¿Te sientes igual, cielo? ¿Quieres más de mí?

—Lo quiero todo de ti —susurra, y sus manos ascienden y toman el dobladillo de mi camisa.

No me cuesta entender la indirecta y no soy inocente, estoy familiarizado con este movimiento, por lo que me incorporo de rodillas y me saco la camisa. También abro el botón del pantalón para darle espacio a mi erección. Sonrío cuando sus ojos viajan por mi abdomen. No está superdefinido, pero está tenso y se marcan los surcos de mi entrenamiento y cuidados. Al contrario de lo que dijo su ex, no soy un flacucho.

—No puedo creerlo, eres casi como te dibujé.

—¿Casi?

—Es que eres mucho mejor —me asegura.

Se incorpora, se arrodilla frente a mí y me besa con lentitud en la boca, haciéndome sentir cada segundo del deslizamiento de sus labios y las caricias de su lengua contra la mía cuando la dejo entrar en mi boca. Me envuelve de tal manera, con un beso tras otro, que me toma por sorpresa cuando me hace acostarme en la cama y se inclina sobre mí sonriendo con los labios rojizos e hinchados, el rostro sonrojado y los ojos brillantes.

Ahí, de rodillas a mi lado, desliza sus dedos por mi abdomen y luego continúa hasta que sus dedos se cuelan en la cinturilla del bóxer y sus labios conectan con mi cuello. Y en ese preciso momento, cuando sus dientes presionan contra mi palpitante vena, sus dedos me rodean el miembro.

No puedo evitar maldecir, empujando las caderas, sintiendo en todas partes el deslizar de su mano arriba y abajo con un candente apretón mientras sus besos descienden por mi pecho, lamiendo los discos planos de mis pezones y mordisqueándome el área izquierda de las costillas. En ningún momento su mano deja de moverse sobre mí, con movimientos lentos, casi perezosos, pero infinitamente excitantes.

Su boca llega debajo de mi ombligo y lame, lo que me hace gemir. Cuando su mano me abandona para bajarme el pantalón junto con el bóxer, me levanto sobre mis codos para ayudarla a sacarlos y luego presenciar el momento exacto en el que su mirada cae sobre mi entusiasta polla. Estoy tan duro como no lo he estado en mi vida, brillando en la punta con humedad y atento a su próximo movimiento.

Verla lamerse los labios me acelera el corazón, y una vez más su mano desciende sobre mí. Estoy fascinado por cómo las pupilas se le dilatan mientras mantiene esos bonitos ojos en el deslizamiento de su mano sobre mí. Parece cautivada y extasiada con lo que hace, con mi cuerpo, con lo que estamos compartiendo.

—Ahora sé cómo dibujarlo —murmura con voz enronquecida—. Quiero memorizar cada surco, cada vena, el tamaño, el grosor, todo. —Alza la mirada para que nos veamos—. Eres un monumento, Dawson Harris, finalmente puedo conocer realmente cómo luce el modelo que me ha estado inspirando. Me encantan tus clavículas y me he enamorado de tu cuerpo, estoy fascinada con tu pene y adoro cómo me miras con los labios entreabiertos, los pómulos sonrojados y los ojos brillantes. Dime que podré dibujarte así.

—Puedes hacer lo que quieras, cielo.

—¿Lo que quiera? —Sonríe.

—Siempre que sea bueno.

Eso la hace reír por lo bajo y sonrío aún apoyado sobre mis codos. Luego la veo inclinarse hacia delante dejando el trasero en el aire, y su camisa cae suelta y deja a la vista sus pechos mientras saca la lengua y, sin dejar de mirarme, la desliza sobre mi punta, recogiendo la humedad y haciendo un sonido de deleite.

—¡Joder, Mérida! Eres una chica sucia.

—Dijiste que haríamos suciedades.

—Y me encanta —digo, afectado, cuando veo esa bonita boca carnosa abrirse y tomarme poco a poco.

El deslizamiento es lento, húmedo y cálido. Veo hipnotizado cómo pulgada a pulgada me pierdo en su boca, hasta que llego tan lejos que empiezo a maldecir, y lucho contra el impulso de ser un bárbaro follándole la boca sin clemencia. Su mano envuelve la parte sobrante y, cuando su cabeza sube, me veo reluciente en la humedad de su boca, pero no me da tregua porque me vuelve a tomar. De esa manera, su cabeza comienza un vaivén de subir y bajar, haciendo sonidos que vibran contra mí y que me tienen sudando.

No me resisto a enredar una mano en los mechones de su cabello y no lo pienso demasiado cuando mis alabanzas hacia su boca comienzan a llover.

—Se siente increíble, cielo… Eres tan buena. ¡Dios! Me encanta, Mérida… Me estás volviendo loco… ¡Ah, mierda! Tu boca es la gloria. ¿Te gusta hacerme sentir así? ¿Ves lo poderosa que eres? —Su mirada conecta con la mía—. Me miras así y el mundo se me desestabiliza.

—¿Te gusta? —murmura antes de lamerme de nuevo.

—Me encanta, cielo. ¿Te gusta a ti?

—Lo estoy amando —responde antes de hundirme de nuevo en su boca.

220

Golpeo el puño contra la cama y me obligo a detenerla con un toque sobre su hombro. Quisiera correrme en su garganta, es un deseo real, pero no quiero que termine todavía, o al menos no así. Me digo que ya habrá más oportunidades y me arrodillo, hago que ella también se ponga así y tomo el dobladillo de la camisa de su pijama y se la saco. Después la hago acostarse y parece aturdida, pero más excitada mientras me deleito con su nueva desnudez.

—Son pequeñas —dice, y el rubor viaja por su cuello hasta sus pechos.

—A mí me encantan. ¿Y a ti?

—También, iban a ser naranjas, pero se quedaron a mitad de camino —dice, y sonrío—. ¡Es en serio!

Veo los pechos pequeños coronados con pezones puntiagudos y sobresalientes que se encuentran fruncidos, y la boca se me hace agua. Cuando tentativamente los rozo con la yema de un par de dedos, ella tiembla.

—¿Eres muy sensible con tus casi naranjas?

—Descúbrelo, *periquito*.

¡Por supuesto que lo descubriré! De esta casa no me iré hasta haber descubierto muchas cosas de Mérida.

Porque mi vida era diferente y no me sentía así hasta que la conocí.

## 21

## Me encantas, Mérida del Valle

*Mérida*

Soy muy sensible en mis pechos, lo he sabido desde que descubrí el autoplacer, y lo comprobé con Francisco y posteriormente con mis compañeros sexuales e incluso con Kellan, pero cuando la lengua de Dawson sale y se pasea con lentitud por la base de uno de ellos, presiona contra mi pezón puntiagudo, lo rodea y luego lo chupa entre sus labios, se siente como un nuevo descubrimiento.

Gimo y de manera inmediata mis manos van a su cabello sedoso, agarrándome con fuerza mientras sacudo las caderas y arqueo la espalda. Me succiona con fuerza, lo que me hace gritar, y luego me muerde y lo calma con la lengua. La manera en la que sus ojos suben para encontrarse con mi mirada me estimula y me hace jadear.

Su lengua mima el brote endurecido hasta que lo hincha, lo oscurece y lo deja reluciente de su saliva. Cuando lo libera con un sonido húmedo, incluso el toque de su nariz contra la tierna carne endurecida me hace gemir. Soy muy muy sensible.

—Se siente bien, demasiado bien —digo con la voz enronquecida.

—Quiero que te sientas más que bien —me asegura, y se encarga de dejar cortos besos en el centro de un pecho antes de pasar al otro.

No miento al decir que soy sensible en mis tetas, así que cuando una mano me estimula el pecho izquierdo y su boca el derecho, a la vez que mis piernas lo acunan entre ellas, sintiéndolo duro y desnudo contra la delgada tela del *short* de mi pijama, me froto en seco sin control y poco después lo presiono tanto como puedo contra mi pecho mientras abro aún más las piernas y gimo. Me estremezco con un orgasmo que, si bien no es superpotente, se siente *muy rico*. Es un orgasmo que nos toma a ambos por sorpresa.

No me corría así de rápido desde que descubrí en mi pubertad lo bien que se sentía frotarme entre las piernas.

Dawson se levanta lo suficiente para alzarse sobre mí y mirarme con curiosidad mezclada con sorpresa, y luego sonríe de manera ladeada.

—Sí que eres sensible en tus bonitos pechos, cielo. Te has corrido así, como si nada, con mi boca y mis dedos en tus pezones mientras te frotabas. Eso es impresionante.

Sí, bueno, me estimuló bastante bien el clítoris con su miembro.

—Qué fascinante ver que el rubor viaja incluso por debajo de tus pechos.

—Me besa debajo de ellos y luego asciende y chupa suavemente un pezón, lo que me hace gemir de nuevo.

Sus besos continúan subiendo hasta alcanzar mi boca y me besa con lentitud. Puedo sentir que el algodón de mi *short* se adhiere a mi entrepierna húmeda y no puedo dejar de desear más. Es más que haber pasado meses sin tener sexo, va mucho más allá de eso.

Mientras nos besamos, me encargo de deslizar las manos hacia la única pieza del pijama que aún llevo puesta, tomo la cinturilla y la bajo por mis caderas. Suspiro en su boca cuando su lengua acaricia la mía a la vez que separa sus caderas de las mías para darme espacio. Pateo el *short* y luego abro las piernas, enredando los dedos en su cabello y tirando la cabeza hacia atrás cuando lo siento desnudo contra mí, rozándose con mi humedad.

—Joder. —Suspira contra mi barbilla—. Qué bien se siente, cielo, se siente increíble.

—Es más que increíble —gimo, frotándome contra él.

—He estado deseando esto durante tanto tiempo que ni siquiera puedo decir desde cuándo —dice dejando besos húmedos en mi cuello, y luego me pellizca la piel con los dientes.

Le tomo el rostro en las manos para atraer su boca a la mía. Puedo sentir a mi piel transpirar, y mis músculos se contraen ante cada roce, deseando, anhelando sentirlo dentro de mí.

—Me encantas, Dawson Harris —susurro contra su boca, abriendo los ojos para que note que mis palabras no vienen simplemente de la calentura, para que me escuche decir lo que me he reservado durante mucho tiempo—. Me encantas y estoy cansada de tener que fingir que no es así.

—Ya no tienes que fingir, cielo, no tenemos que hacerlo. —Presiona su frente contra la mía y me dedica una sonrisa encantadora—. Estoy deseando tanto estar dentro de ti... ¿Quieres eso, cielo? ¿Quieres sentirme dentro de ti?

—Más que a nada... Pero necesito que me dejes salir de debajo de tu cuerpo. —Le sonrío cuando hace una mueca—. Es por una buena causa, lo prometo.

Hace un sonido de pesar, rueda a mi lado y me deja espacio para ponerme de pie. Aunque estoy ruborizada porque es la primera vez que me ve desnuda, sonrío cuando oigo su exhalación mientras me observa. Voy rápido hacia mi

223

baño y tomo una tira de tres paquetes de preservativos, y me fijo en mi reflejo en el espejo.

Mi cabello lacio se ve abundante por estar un poco despeinado, tengo el rostro enrojecido y el rubor llega hasta debajo de los pechos, y puedo ver en el costado de mi cuello algunas zonas más oscuras donde me besó con más fuerza. En cuanto a mis pechos, mis pezones se encuentran más oscuros, tan erguidos como pueden y rojizos alrededor, que es la prueba de la candente atención que su boca les dio.

—¡Virgencita! Cómo me encanta este hombre —susurro con una risita, extasiada con lo que ha sucedido y con lo que ocurrirá ahora.

Respiro hondo y regreso a la habitación, donde lo encuentro con la espalda apoyada en el cabezal de la cama y las piernas extendidas, con una mano rodeándose el miembro. Es descarado cuando me sonríe, deslizando su pulgar por la punta humedecida. Ya no lleva puesta la camisa, por lo que me deleito con su completa desnudez, y me siento satisfecha porque, de hecho, mis dibujos no estuvieron tan alejados de la realidad. Me siento más poderosa cuando sus ojos codiciosos y deseosos me siguen al acercarme y se aprieta a sí mismo con más fuerza.

No hablamos. Él me mira mientras rompo uno de los paquetes de aluminio con los dientes y dejo los otros dos a un lado de la cama, y luego con lentitud desplazo su mano para suplantarla por la mía, subiéndola y bajándola antes de inclinarme para dejar pequeños besos y reseguirlo con mi lengua.

—Me encantas, Mérida del Valle —dice con un tono de voz devoto y fascinado que me llena de calidez.

Le doy una pequeña lamida y succión a la punta antes de deslizar el condón sobre él. Soy bastante buena en eso, la práctica hace al maestro. Una vez que se encuentra envuelto en látex, trepo sobre él hasta que me pongo sobre mis rodillas, a horcajadas sobre su cintura. Le tomo el cabello cuando acerca una vez más su boca a uno de mis pechos y atrapa la punta endurecida mientras sus manos viajan a mi trasero. Agarra la carne de mis nalgas y la apretuja entre sus dedos, cosa que me hace gemir, enloquecer y sacudir las caderas.

—Entra en mí, por favor —murmuro.

Me libera el pecho y me mira con fijeza. Esos dos ojos de diferentes colores me observan nublados por la pasión cuando se toma con una mano y me hace sentir su punta en mi entrada. Presiona un poco y luego yo hago el resto del trabajo: desciendo con lentitud, sintiendo cada centímetro adentrarse, presionando, calentándome y uniéndonos de una manera que nos hace jadear a ambos. Llego hasta el final, sintiéndome llena y sudando. Me lamo los labios cuando me apoyo con las manos en sus hombros, y sus dedos, aún en mis nalgas, se presionan.

Se ve hermoso: despeinado, con la piel enrojecida, las venas de su cuello marcándose y los labios hinchados, mirándome como si en este momento fuese todo su mundo o no tuviese demasiado de mí, como si quisiera más y nunca fuese suficiente. Quiere consumirme tanto como yo quiero consumirlo a él.

Permanecemos inmóviles hasta que mis manos se afianzan en el cabecero de la cama y comienzo a mover las caderas. Tal vez no soy la mejor bailarina, pero en el baile sexi del sexo sé cómo hacerlo, porque me gusta hacerme sentir bien. Dawson maldice cuando mis caderas ondulan, alternando entre arriba y abajo y movimientos circulares que lo presionan donde necesito. Sus manos también me guían y me instan a hacerlo más fuerte. Aunque comienza lento, pronto me encuentro dando saltitos sobre él, con mis pequeños pechos rebotando frente a su rostro y sintiendo mucho placer.

Gimo, lo oigo decir lo bien que me siento y que soy mucho mejor que en su imaginación, lo hermosa que me ve y que quiere vivir haciéndolo una y otra vez. Le hago saber que se siente increíble dentro de mí, que me vuelve loca, que quiero más y que me encanta lo que me dice.

Reduzco la velocidad cuando mis rodillas se cansan, lo que nos da oportunidad de besarnos mientras nos abrazamos, y luego él se impulsa lo suficiente como para guiarme sobre mi espalda, subirse una de mis piernas al hombro, apoyarse sobre sus rodillas y comenzar a empujar de manera contundente dentro de mí. Grito, porque lo siento profundo y tan pero tan bueno que me vuelvo loca jugando con mis pechos, hablando y viendo que su cuerpo se tensa con cada empujón. Amo, en serio, que comprende mi cuerpo pese a que comienza a conocerlo, que se fija en qué ángulo me estimula mejor y cuánto lo disfruto. Se lame dos dedos y los presiona entre mis piernas con movimientos circulares al ritmo de las estocadas, que se aceleran cuando se tensa en una señal inminente de que está cerca, y yo tiemblo, me arqueo y le clavo las uñas de una mano en la cadera a la vez que mi otra mano me estimula un pecho. Saboreo el indicio de un orgasmo que se desata, y eso me hace gemir profundamente y estremecerme. Lo aprieto en mi interior e incremento mis gemidos hasta convertirlos en unos pequeños gritos que enuncian su nombre. Lo siento estremecerse y amo el sonido ronco que viaja desde su garganta cuando cierra esos bonitos ojos y se muerde el labio inferior.

—Di mi nombre —pido, apretándolo en mi interior para estimular aún más su orgasmo.

225

—¡Joder, me matas, cielo! —dice—. ¡Mérida! ¡Mérida!

Colapsa sobre mí y lo abrazo con las piernas y los brazos, manteniendo su mejilla contra mi pecho sudoroso y gimiendo bajito cuando mueve las caderas para sacar su miembro de mi interior.

—Mérida es la mujer sobre la que estoy —susurra dándome un suave beso en el pecho—. Mérida, la mujer que me tiene loco.

—Esa soy yo. —Sonrío.

Alza el rostro y apoya los codos sobre la cama para mirarme. Me muerdo el labio inferior al devolverle la mirada, todavía procesando lo que acaba de suceder.

—Así que... —susurro—, ¿te gustó mi mensaje?

—Lo hizo, creo que me gustaría ver esos dibujos +21 para entender un poco de qué van.

—No son +21, no todavía. —Desvío la mirada.

—Si me dejas, me gustaría verlos.

—¿Por qué? —Me vuelvo para mirarlo de nuevo.

—Porque me interesa todo lo que tenga que ver contigo.

Aprieto los labios, sopesando la respuesta. Me pone nerviosa que vea mi pasatiempo. Incluso Sara ha visto poco de ellos, y creo que mi temor está basado en que las personas me juzguen o malinterpreten que no hay un deseo morboso en mis dibujos más allá del hecho de que soy buena en ello, lo disfruto y lo considero arte.

—Voy a pensarlo, pero no será hoy.

—Está bien, cuando estés lista. —Me da un beso en la comisura de la boca antes de desenredarse de mi agarre y bajar de la cama—. Pero ¿sabes, Mérida?

—No, no sé.

—No sé de qué van completamente esos dibujos +21 que haces, pero si necesitas inspirarte en mí, puedes hacerlo.

Se gira, con el condón anudado en una mano y totalmente desnudo. Es hermoso; al menos, a mí me lo parece.

—Cuando necesites inspirarte o desees dibujarlo todo, tienes mi permiso para usarme, pero solo para tus ojos.

—¿Puedo hacer más que la puntita? —pregunto sonriendo, pese a que dudo que dibuje el pene de Dawson. Puedo hacer poses muy sexuales y sensuales poniéndole un gran hongo luminoso y no el pene real, ya me las arreglaré.

—Puedes, cielo. —Me guiña un ojo, y luego observo su pequeño trasero alejarse y adentrarse en el baño.

226

Una vez que estoy sola, me cubro el rostro con las manos y pataleo emocionada y alucinada porque acabo de tener sexo con el hombre que me gusta y que me tiene loca, con quien creí que no llegaríamos a nada y que pensé que después de mi mensaje me mandaría al carajo.

Me es imposible contener una sonrisa cuando bajo de la cama, recupero mi pijama y voy a uno de los baños del pasillo para limpiarme. Aún puedo sentir que estuvo dentro de mí. Sigo sonriendo cuando regreso a la habitación y lo encuentro en bóxer de pie frente a la casita principal de Perry el Hámster.

—No lo despertamos —digo, y se vuelve con una sonrisa.

—O decidió ignorarnos.

Me muevo sobre mis pies sin saber cómo manejar lo siguiente.

Con Francisco estábamos en una relación, por lo que no era difícil preguntar si se quedaba o se iba o si yo quería irme, era una dinámica a la que estábamos adaptados; mis pocos ligues eran casuales, momentos fugaces de los que luego me iba sin culpa, pero saciada, y con Kellan siempre supimos que nos separábamos y no hubo tanto tonteo.

Tomando una salida cobarde, me acerco a mi cama y me acuesto. Me cubro con las mantas hasta el cuello y miro al techo. El corazón me late deprisa esperando su decisión y, cuando se acuesta a mi lado, me muerdo el labio inferior.

—Dos condones más —dice, riendo, y se estira sobre mí para dejarlos sobre la mesita de noche, rozándome en el proceso.

Cuando vuelve a acostarse, me giro para que estemos frente a frente, tumbados de lado, compartiendo mi larga y esponjosa almohada.

—Hoy había tenido un día raro —susurra con suavidad—. Tuve cuatro pacientes, pero luego el doctor Angelo me desacreditó frente a uno de ellos. Era su paciente, pero él estaba ocupado para atenderlo, por eso vinieron a mí. Me sentí avergonzado, no creo que lo estuviese haciendo mal y, aunque no fue grosero ni hostil, no me sintió bien.

Pienso en mi conversación con el doctor en la última cita. No quiero decepcionarme del doctor Angelo Wilson, pero tal vez deba mencionarlo...

—Creo que deberías estar más atento con él, la otra vez me hizo un comentario sobre que eras joven. Lo admiro y no creo que sea mala persona, pero supongo que tal vez es un poco chapado a la antigua.

Se queda en silencio y suspira.

—Creo que no le gusto mucho, pero eso no va a detenerme. Solo espero que no me avergüence así de nuevo, y menos frente a un paciente; no soy un niño.

227

—No lo eres. —Río por lo bajo.

—Chica sucia.

Estira una mano y me acaricia una ceja con el índice. Cuando sus labios se estiran en una secreta sonrisa, lucho contra la mía.

—Me sorprendiste, Mérida del Valle, eres bastante atrevida.

—Me gusta el sexo —admito en un susurro— y me gustó tenerlo contigo, lo extrañaba.

—Entonces ¿Kellan y tú…? No tienes que responder si no quieres.

—No llegamos tan lejos.

—Dijiste que no funcionaba porque pensabas en mí.

Cierro los ojos y ríe por lo bajo, deslizando su dedo por mis cejas, lo cual me relaja.

—¿Ahora serás tímida?

—Responderé si tú respondes ciertas inquietudes.

—Va, no tengo nada que esconder.

Como dicen en mis tierras: a caballo regalado no se le miran los dientes, así que acepto y abro los ojos. Dejo un brazo debajo de la almohada y deslizo los dedos de la otra mano por su brazo.

—Kellan me gustó durante un tiempo, pero eso es lo que hizo, gustarme. —Hago una pausa para organizar mis ideas—. Nuestra primera cita fue buena, mejor de lo que esperaba, e hice un gran esfuerzo para no compararla con nuestra cita simulada.

—No se sintió como una simulación, tengo que confesarlo. Un momento sabía lo que tenía que hacer y que no era real, y al siguiente solo me dejé llevar.

Eso hace que me mueva, sin nada de disimulo, a su lado, hasta que nuestras piernas se rozan, y él desliza con lentitud su brazo sobre mí hasta mi cintura.

—No es que quisiera jugar con él. Lo pasaba bien en nuestras salidas y disfruté de las cosas que hicimos, pero no entraré en detalle. Pensé que llegaríamos más lejos; bueno, estaba caliente —admito, y ríe por lo bajo—. Quería tener sexo y teníamos química, pero cuando parecía que las cosas se ponían muy intensas, hice algo horrible: pensé en ti, te vi a ti.

—¿Me viste?

Entorno los ojos, porque parece que lucha contra una sonrisa arrogante.

—Sí, te vi entre mis piernas.

—Qué bonita visión, Mérida del Valle.

—Así que lo golpeé sin querer porque sentí pánico, y luego intenté planear cómo terminar con todo, pero me hizo saber que no éramos novios ni exclusivos y que él pensaba que éramos un rollo abierto, por lo que se liaba con otras.

—¿Que él hizo qué? —Su ceño se frunce.

—En su defensa, nunca pregunté lo que éramos y ambos asumimos cosas diferentes, pero en realidad estaba aliviada. Así que ahora nos llevamos bien y nos saludamos, pero no llegó a más. Tonteamos e hicimos cosas sexuales, pero no todo, tampoco llegamos al final.

—¿Y por qué no me dijiste que lo habían dejado?

—No pensé que fuera necesario y no nos veíamos siempre. Imaginé que no te importaba. Además, siempre parecía que me alentabas a estar en una relación con él, lo cual, por cierto, era muy molesto.

—Lo siento, era un idiota.

Tomo confianza y termino de acercarme y subirme sobre él. Apoyo la barbilla sobre mis manos, que ahora permanecen unidas sobre su pecho, a la vez que sus manos reposan en mi trasero. Parece encantarle que esté sobre él.

—Ahora te toca a ti —digo, y arruga la nariz de manera linda—. No hagas eso, que me distraes.

—No me disculparé por ello. Haz tu pregunta.

—¿La chica que te besó en tu cumpleaños quién es?

Sus dedos hacen unos toquecitos inquietos en mi culo mientras mira hacia el techo. Parece sopesar sus palabras.

—No lo pienses demasiado, solo sé sincero.

Después de todo, no sé qué somos y, además, es obvio que tiene historia antes de mí.

—Es o era una amiga con beneficios. Hemos tenido llamadas de tipo sexual durante casi dos años, mientras hemos estado solteros.

—¿Eso no es una relación? Ya sabes, mantener algo casual durante tanto tiempo.

¿Y si eso es lo que seremos?

—No, no lo es. No tiene interés romántico en mí. De hecho, durante un tiempo me gustó mucho y quise que lo intentáramos, pero no cedió, y qué bueno, porque no tenemos más que química sexual.

—Tengo que admitir que no es fácil de escuchar —confieso—. Me pone celosa, pero me digo que fue antes de esto. ¿O ustedes…?

—No, digamos que no atendí más sus llamadas porque pensaba en ti. Me sentí realmente mal cuando vi que te fuiste en mi cumpleaños. Quería correr detrás de ti y besarte o aclararlo todo, pero, de nuevo, pensé que estabas con Kellan.

Dos tontos dando vueltas, eso es lo que fuimos y lo que somos.

229

Quiero preguntar sobre Ophelia, pero no sé si está al tanto de los sentimientos de su amiga, y, aunque ella no es mi persona favorita, se siente mal exponer algo que es bastante privado. Qué terrible es tener consciencia.

—Entonces todo está bien en ese aspecto. No es que tengas a otras en fila, y yo no estoy con Kellan.

—Correcto.

Nos miramos con fijeza de manera intensa y luego ambos sonreímos. Después apoyo la mejilla en su pecho, y una de sus manos asciende para acariciarme el cabello, haciéndome mimos increíbles que poco a poco me hacen quedarme dormida en sus brazos.

## 22

## Estoy muy bien

*Dawson*

Mérida me volverá loco, pero de una buena manera.

Los pequeños gemidos que emite mientras se retuerce y se aferra a las sábanas cuando mi boca asciende por el lado interno de su muslo me instan a ser especialmente delicado en los puntos que más la estremecen y afectan.

Anoche, cuando venía hacia aquí y a mitad de camino recibí su alocado mensaje, no tenía un plan en la mente. Actué por instinto y lo último que esperaba era que termináramos teniendo el mejor sexo que he tenido en mucho tiempo. Fue como una fantasía, ni siquiera alcanzo a entender lo intenso que fue todo. Tampoco esperé sentirme tan bien con ella durmiendo sobre mí ni sorprendentemente bien cuando terminó en un lado de la cama a su espalda, en una posición cursi de cucharas en la que me quedé dormido poco después.

Despertar fue un poco incómodo, no lo voy a adornar. Sin embargo, con el paso de los segundos y después de orinar y cepillarnos los dientes, con los rostros hinchados y con marcas de almohada, una cosa llevó a la otra y, mientras miraba sus labios, tuve que besarla. Cuando la besé tuve que tocarla, y cuando la toqué decidí que debía hacer algo que no tuve la oportunidad de hacer ayer: comerla, devorarla, probarla y hacerla mojar tanto como pueda. Llámame codicioso o arrogante, pero sé que puedo con ello.

Así que eso explica por qué tengo a Mérida desnuda de cintura para abajo, abierta de piernas con mis manos en sus muslos y mi boca haciendo un camino de besos directo a su entrepierna, donde brilla por el rastro húmedo de su excitación.

Está diciendo mi nombre en una súplica que se oye increíble, pero lo quiero escuchar en tono de gemido. Así que, tras un mordisco en la carne de su muslo, me dirijo directo hacia donde más me desea, besándola de la manera en la que hace poco le besaba la boca. Me deleito con su humedad en mi lengua y decido que amo hacerle esto. Se retuerce y gime mi nombre en cuanto la lamo, tal como deseaba, y luego me enfoco en el pequeño nudo de nervios.

231

Los tirones de cabello no tardan en llegar, y, aunque duelen por su brusquedad, no me importa; de hecho, me excita. Me alejo unos centímetros para observar el resultado de mis besos y lamidas, y me encanta. Vuelvo de nuevo a ello, pero esta vez mis dedos se unen e introduzco dos de ellos en su interior, que la hacen emitir un gritito.

Me deleito con sus sonidos, la manera en la que se humedece en mi boca, sus palabras torpes, los tirones de cabello y, sobre todo, por cómo suena mi nombre en medio de su deseo. Me presiona contra sí misma cuando atrapo el pequeño nudo con mis labios y doblo los dedos en su interior, y gime más fuerte antes de arquearse, gritar y estremecerse. Además, puedo sentirlo en mi lengua y mis labios, puedo sentirla y saborearla acabar.

Lo disfruto incluso si no soy quien está teniendo el orgasmo.

Mi boca no la abandona hasta que empuja mi cabeza para que me aleje porque se encuentra extremadamente sensible.

—Ya, parece que quieres matarme.

Le planto un beso por debajo del ombligo y me levanto sin poder esconder la sonrisa arrogante, porque me encanta saber que acabo de darle un poderoso orgasmo, que finalmente tengo la oportunidad de hacerlo.

—Me encantan los sonidos que haces —confieso, subiendo con besos por su cuerpo— y también cómo te caliento. Disfruto al saborearte, al estar dentro de ti —susurro contra su cuello, y le pellizco con los dientes la piel antes de culminar mi recorrido a unos centímetros de sus labios—. Es que me encantas, cielo.

—¿Cuánto? —dice en voz baja, lo que me hace sonreír.

—Muchísimo.

—¿Muchísimo cuánto? —Sonríe.

—Todo lo muchísimo que puedas imaginar.

—Imagino mucho —dice, antes de lamerme el labio inferior.

—Pero apuesto a que no lo suficiente.

—¡Ja! No me subestimes. —Me pasa los brazos alrededor del cuello y abre deliciosamente las piernas para acunarme, aún vistiendo mi bóxer, entre sus piernas.

A mí eso me parece una clara invitación, pero averigüemos hasta dónde llega esta mañana.

—Nunca te subestimaría —susurro antes de comenzar a besarla.

He despertado muchas veces en compañía, dentro y fuera de relaciones, por lo que no tengo ningún tipo de fobia sobre el día después o la idea de compartir cama, pero siempre es un descubrimiento hacerlo con alguien nuevo. Amanecer con Mérida me ha encantado, tal vez demasiado, y eso me alarma un poquito, pero como tengo las pelotas bien puestas y no soy un cobarde, no retrocederé. ¡Dios! Es que la estoy besando y ya estoy pensando en volver a hacerlo.

Me acomodo mejor entre sus piernas para presionar de manera que ambos nos volvamos más intensos y sonrío contra sus labios cuando siento sus manos deslizándose por debajo del elástico del bóxer para tocarme el trasero y clavarme las uñas.

—¿Qué quieres? —pregunto entre besos.

—Te quiero a ti —responde sin aliento, mordisqueándome la barbilla—. Te quiero a ti de cualquier forma. Te quiero contra mí, debajo de mí, sobre mí, detrás de mí, dentro de mí. *Te quiero a ti.*

—Qué manera de hacerme enloquecer, cielo.

La tomo de las manos y me encargo de entrelazar nuestros dedos y ubicarlos sobre su cabeza. A la vez, empujo mis caderas en un lento vaivén, torturándome por cómo la siento mojarme el bóxer, y nos excita a ambos hasta la locura mientras nos besamos sin control.

—¿Qué se supone que está pasando, Mérida del Valle? —Nos paraliza una voz que lamentablemente no suena lejana.

Detengo mis movimientos y soy consciente de varias cosas a la vez. La primera es que estábamos tan metidos en nuestra burbuja que no notamos ningún indicio o advertencia de que no estábamos solos. La siguiente es que Mérida susurra un aterrado «mamá», y la última es que llevo solo un bóxer mientras Mérida me acuna entre sus piernas desnudas. No hay excusa válida, parece obvio lo que estaba sucediendo, y es evidente que estamos atrapados en una situación inesperada de la que desearíamos escapar.

Me muevo a un lado con rapidez y consigo poner parte de la sábana sobre Mérida para que no esté desnuda de cintura para abajo, pero su mamá ya es bastante consciente de eso. Pese a que la situación ha bajado mi erección, no está absolutamente blanda, por lo que me cubro con las manos a la vez que busco frenéticamente el pantalón, y me lo pongo con torpeza agradeciendo en parte que esa mirada penetrante de Miranda Sousa no esté sobre mí.

—Así que salgo a trabajar por esta familia y en mi ausencia no das de comer a Leona y a Boo porque tienes a un hombre en tu habitación en una posición que poco deja que desear —dice con seriedad y un tono firme que me intimida y me eriza la piel.

—¿Perdona? —pregunta Mérida.

Localizo su *short* del pijama en el suelo y se lo ofrezco, y básicamente me lo arranca de las manos y se remueve debajo de las sábanas mientras se lo pone. De mi camisa no sé nada.

233

—¿Cómo que perdona? He sido bastante clara. ¿Qué hace este muchacho aquí? —Hace un gesto con la cabeza hacia mí.

—Doctora Sousa, verá… —No sé muy bien qué diré, pero estoy seguro de que podré resolverlo. Sin embargo, Mérida me interrumpe.

—¡Pues eso te he dicho! ¿Perdona? Lo primero que me dices es que no le he dado comida a Leona y a Boo. ¡Queda claro que te importan más ellas que yo!

—Pero ¿de qué hablas? Llego de una ardua jornada de trabajo y te encuentro teniendo sexo bajo mi techo.

Bueno, eso aún no sucedía… Hoy.

—Pensé que dijiste que esta era nuestra casa.

—Una casa a la que debes tenerle respeto, Mérida.

—¡Por Dios! No es como si trajese a miles de chicos, Dawson es importante y… ¡Y no hacíamos nada malo! Somos cuidadosos.

»Y realmente no te importa lo que estaba haciendo. Te molesta que Leona y Boo estaban solas abajo. ¡Y sí tenían comida! Solo que son caprichosas y seguramente querían otra cosa, porque sí, mamá, como no cuidas a tus preciosas y soy yo quien se hace cargo, debo lidiar con sus manías.

—Claro que me importas, pero no quiero que te embaraces, que cometas una estupidez, que te enamores de cualquiera o que arruines tu vida.

Abro la boca para intervenir, pero la discusión está escalando y siento que esto se ha vuelto demasiado personal y cargado, y que poco tiene que ver conmigo. Para mi fortuna, por el lado izquierdo de la cama veo que sobresale mi camisa, así que la tomo con sigilo y me la pongo.

—Si haces esto para llamar mi atención, ¡pues lo has hecho!

—Pero ¿qué te pasa, mamá? ¿Crees que tendría sexo con un chico en mi habitación para llamar tu atención? ¿Por quién me tomas? Tal vez te has perdido todo mi crecimiento y sabes muy poco de mí, pero yo no hago esas cosas. ¡Tengo respeto propio! Hago las cosas por mí, no por otros y no por llamar una atención que nunca me has dado.

—Es increíble que desvalorices todo lo que he hecho por ti. *¿Me estás diciendo que crie un cuervo que ahora me saca los ojos?*

No entiendo lo último, pero Mérida aprieta los labios y veo el momento exacto en el que los ojos le brillan con lágrimas. Su mamá también lo nota y avanza hacia ella, pero Mérida la esquiva y viene hacia mí.

—Lo siento —murmura en voz baja dándome un apretón en la mano—, pero creo que lo mejor es que te vayas. ¿Hablamos después?

Puedo ver que me ruega con la mirada que salga de aquí, que está avergonzada y necesita espacio. Aunque me gustaría quedarme a conversar con su

234

mamá para que no me odie, entiendo su desesperación y me limito a asentir antes de darle un beso en la mejilla.

—Hablaremos luego —digo, y ella asiente y se muerde el labio inferior con fuerza parpadeando continuamente para no llorar—. Eres increíble, ¿de acuerdo?

»Lamento que nos encontráramos de esta manera, doctora Sousa. Tal vez la próxima vez podamos conversar un poco más calmados, pero quiero dejar claro que tengo absoluto interés en su hija.

—Sí, ya veo exactamente el interés que tienes en mi hija. Agradecería que te retiraras.

Una manera amable de echarme, pero asiento y le doy otra mirada a Mérida antes de salir de la habitación. Me encuentro a Leona y a Boo fuera, como si presenciaran un espectáculo.

—No sean malas con ella, necesita que le den cariño después, ¿de acuerdo? —les pido, y Leona ladra.

Salgo de la casa y dejo a madre e hija en un ambiente tenso sabiendo que no soy el mejor prospecto de interés amoroso de Mérida bajo los ojos de su madre. Mierda. Siempre he sido el pretendiente querido, y por primera vez me toca ser el odiado y no me gusta.

—Necesitamos hablar —anuncio, entrando en la habitación de Drake.

—¿Por qué no llamas... a la puerta?

—Porque estaba abierta.

Se encuentra sentado en el borde de la ventana. Aún no entiendo muy bien cómo él o Alaska no se han caído, es una pregunta que no tiene respuesta. Camino hacia la ventana y asiento hacia Alaska, que está con un libro, una calculadora y su libreta.

—Ah, una vez más le haces la tarea a Alaska porque de nuevo ella no aprende.

—No hay nada malo en que le dé apoyo a su novia —dice la muy cínica.

—Apoyo —repito, y pongo los ojos en blanco—. Como sea, necesito a mi alma gemela.

Abrazo a Drake desde atrás y lo bajo de la ventana, y ambos ríen.

—Bien, te lo presto.

—Oye, novia... —se queja mi gemelo—. No soy un muñeco.

—A mí me lo pareces. —Le guiña un ojo y cierra sus cortinas.

Libero a Drake de mi abrazo, ladeo el rostro y descubro que, en efecto, está sonriendo como un estúpido.

235

—Y creías que lo tuyo con Alaska no iba a funcionar… —Me tiro a su cama, tomo su teléfono y hago el desbloqueo facial.

La cama se hunde con su peso cuando se sienta a mi lado y me observa mientras me hago una selfi con su teléfono.

—Para que tengas fotos de mí, estoy completamente seguro de que soy más guapo.

—Tonterías —desestima—. Entonces… ¿para qué me… necesitas?

Dejo de tomarme fotos y miro hacia el techo. No puedo evitar sonreír y luego reír por lo bajo.

—Hace unos días… pasé la noche con Mérida.

—Por pasar… ¿te refieres a…?

—A pasar la noche. Tuve esa epifanía.

—¡Oh! —No tengo que verlo para saber que está sonriendo—. Qué bien. Se nota… Es evidente que te gusta.

—No me gusta.

—Por favor, Dawson…

—Me trae loco. Pensé de manera tonta que podría resistirme, pero ella… No sé exactamente qué me pasa con ella, pero… ¡Dios! Simplemente… ¡Ah! Me encanta, ¿vale? Me encanta demasiado. Está loca, a veces es tímida. Es talentosa, preciosa, divertida y cree en lo que hago. No lo sé. —Hago un gesto exasperado con las manos—. No pude resistirme más. Lo pasamos increíble y nuestra química, todo, fue genial. Sin embargo, no pudimos tener la conversación adecuada sobre todo y al día siguiente su mamá nos pilló.

—¿Cómo?

—De una manera en la que ninguna madre debería encontrar a su hija —me limito a decir, y lo escucho reír—. En serio, creo que me odia, y a mí los padres siempre me aman. —No me contradice porque sabe que es la absoluta verdad—. Es una mujer muy intimidante, básicamente me echaron y había un montón de tensión entre ellas. Así que le escribí poco después a Mérida y parecía distante, pero luego no escribí más y estoy haciéndome un lío. Me siento imbécil, como tú cuando no sabías qué hacer con Alaska.

—Au.

—Tenía que usarte como ejemplo.

—Pero ¿qué quieres hacer?

Abro y cierro la boca antes de resoplar, girarme y presionar el rostro contra la almohada.

—Quería enfocarme en mi profesión, estar un año soltero, tener rollos y no complicarme —respondo, apoyando la mejilla en la almohada para mirarlo.

—¿Pero?

236

—Pero quiero estar con ella de nuevo y no me refiero simplemente al sexo. —Que fue alucinante—. Si solo quisiera sexo, tendría rollos. Drake, estaba celoso del tipo con el que básicamente la ayudé a conectar.

—Qué imbécil.

—Y cuando supe que no estaban juntos sentí que los jodidos ángeles cantaban. Quiero besarla, quiero estar dentro de ella, quiero seguir escuchando sus canciones e inspirarla a…

—¿A qué?

Pienso en esos dibujos que aún no me ha enseñado y río.

—A cosas, inspirarla a hacer cosas —concluyo.

—¿Quieres que sea… tu novia?

—No sé qué estamos haciendo, pero quiero más, y Holden me está impulsando a ir a por más. Tenemos que hablar, ser genuinamente sinceros con lo que sea que queramos el uno del otro y luego seguir desde ahí. Esa noche se supone que íbamos a conversar, pero no pudimos contenernos y pasó todo eso.

»No puedo ser solo su amigo y sé que ella no quiere ser solo mi amiga. Necesito saber cómo se siente y qué quiere. —Me incorporo y asiento, satisfecho con mis conclusiones—. Mañana su hámster tiene su primera cita conmigo, creo que podré invitarla a almorzar o a cenar para que conversemos sobre todo esto. Me parece un buen plan.

Pienso en cuando estuvimos juntos, conectados, gimiendo y tocándonos hace tan solo tres días, en su sonrisita tímida al despertar, en los besos suaves y también en la tristeza de su mirada cuando comenzó la discusión con su mamá. Hemos hablado muy poco desde entonces, como si evitáramos hablar de lo sucedido o temiéramos afrontar la magnitud de lo que hicimos o queremos.

Es mi amiga y no quiero perderla, pero las cosas ya han cambiado y eso no puede borrarse.

—Entonces…, no necesitabas mi consejo —dice Drake con calma—. Solo querías escucharte.

—Es que me doy muy buenos consejos a mí mismo, tal vez solo necesitaba tu compañía para que me dieras energía suficiente para pensar.

—Tiene sentido —dice, dejándose caer a mi lado.

Se acuesta exactamente en la misma posición en la que estoy: boca abajo con la mejilla contra la almohada, y nos miramos con fijeza.

—Martin es un imbécil, pero de su estupidez salió algo bueno. —Sonrío—. Mérida me gusta mucho, y eso asusta un poco, pero me la quiero comer a besos, y cuando la vi triste deseaba abrazarla.

—Estás mal.

—No, copia mal hecha, estoy bien. —Sonrío—. Estoy muy bien.

Cierro los ojos y me digo a mí mismo: «¡A la mierda! Ya caíste, ahora simplemente avanza y vuélvela tan loca como ella te está enloqueciendo a ti».

Al carajo los planes de soltería. Lo intenté y no funcionó, pero no puedo perder esta oportunidad. No puedo quedarme con los «¿Y si...?», así que mañana me sentaré con Mérida de Valle Sousa, conversaremos y haremos algo sobre lo que nos sucede.

Espero que el resultado sea bueno, porque ¡joder! De verdad que me gusta, esa loquita me tiene en las nubes. ¿Y sobre los dibujos +21? ¡No importa! Le inspiro todo lo que quiera. Me apunto.

238

# 23

## Sí, es una cita

*Mérida*

Veo a Dawson dejar a Perry el Hámster dentro de la jaula —en la que solo lo meto cuando viene al veterinario— tras darle un bocadillo de premio y luego cierra la pequeña puerta de la rejilla.

Durante toda la revisión estuve mirando sus dedos enguantados, su perfil, sus facciones de frente, el cabello y la pequeña sonrisa que se asomaba de tanto en tanto cuando me atrapaba mirándolo.

Tuve sexo con este hombre. Sexo muy bueno, increíble y del tipo que me hace dar vueltas en la cama sonriendo como una idiota cuando me acuerdo. También me he tocado pensando en ello, en serio, me palpita siempre que me acuerdo, y no hablo precisamente del corazón.

Siento que mis recuerdos de ese momento juntos pasan por todo un torbellino que empieza con su inesperada aparición en mi casa y termina cuando nos encontró mi madre. En esto último ni siquiera me gusta pensar, porque la verdad es que estos cuatro días las cosas han estado tensas con mamá. Ahora sí que ha estado en casa todos los días y parece que discutimos por cualquier tontería. No es que antes fuésemos las mejores amigas, pero no explotábamos con tanta facilidad ni discutíamos tanto.

Uno de nuestros nuevos temas de conversación es Dawson, porque ha decidido que no le gusta. Mi argumento es que no lo conoce y simplemente está siendo prejuiciosa con una vena moralista ante el hecho de que dormí con él, ya que al parecer mi madre esperaba que me revirginizara —palabra que estoy segura de que no existe—, pero no cedo y defiendo a capa y espada a Dawson, incluso si no tengo ni idea de qué estamos haciendo ni de qué relación tenemos ahora.

Los últimos días hemos hablado muy poco, creo que ninguno sabe cómo iniciar la conversación y estoy un poquito asustada de que decida que todo quede en una noche y seamos amigos como antes, porque no creo que pueda volver ahí, no después de sus besos y el deseo y la pasión que compartimos.

239

Salgo de mis pensamientos cuando me entrega la jaula con Perry y lo sigo hasta tomar asiento frente a su escritorio a la vez que él se sienta al otro lado. Nos miramos durante unos segundos y pienso en cuánto desearía poder leer su mente.

—Perry está bien… —dice al mismo tiempo que yo digo:

—Me encantó lo de la otra noche.

Él se detiene, y estoy segura de que abro mucho los ojos mientras me tapo la boca con una mano. Las comisuras de sus labios tiemblan, supongo que quiere sonreír, pero se está conteniendo y yo estoy terriblemente sonrojada.

No planeaba sacar la conversación justo ahora.

—Puedes proseguir —digo—. ¿Qué decías?

—Que Perry está bien. De hecho, está bastante saludable.

—Lo cuido muy bien, pero siempre es bueno traerlo a las revisiones, y ya era hora de que conociera a su nuevo doctor.

—Sobre eso… —Juega con un lapicero entre sus dedos—. ¿El doctor Angelo sabe lo de este cambio?

—Aún no, pero se lo haré saber.

Es solo que he sido una cobarde y todavía no lo he mencionado porque siento que el doctor tiene sus reservas hacia Dawson y no quiero crear tensiones del tipo «Me robaste el paciente». Es simplemente que me encantó el trato y la entrega que Dawson tuvo con el difunto Señor Enrique; debido a que Perry es mío, es el único de la familia del que puedo decidir, y quiero que él sea su médico y punto. Me genera confianza y sé que hace un trabajo estupendo.

—Creo que estaría bastante bien que se lo dijeras pronto para evitar malentendidos.

—Lo haré, lo prometo —aseguro, y asiente con lentitud.

—Sobre Perry, se mantiene su dieta y tratamiento. Más sano no puede estar, y por el momento no es necesario hacer ningún cambio. Ya veremos cómo va todo en su próxima cita.

—Genial. —Bajo la vista hacia la jaula—. ¿Escuchaste eso, Perry? Mami te cuida bien.

Estoy segura de que Perry, con sus ojos de roedor, me implora: «Mami, por favor, haz a este tipo mi padrastro». Y, oye, a mí me encantaría, Dawson Harris puede criarlo conmigo cuando quiera.

—También me encantó lo de la otra noche, Mérida, y lo de la mañana y todo lo que vino antes de que llegara tu madre.

Alzo la vista con rapidez y justo lo veo lamerse el labio inferior. Me aferro con fuerza a la jaula de Perry el Hámster para no saltarle encima.

—Pero esa no es una conversación que debamos tener aquí, en mi hora de trabajo y cuando tu hijo roedor es mi paciente.

—Claro, lo entiendo —digo en modo automático.

—Pero… me encantaría que lo conversáramos hoy, en una cena. ¿Te parece?

—Sí, creo que eso estaría bien. —Sacudo la cabeza para centrarme—. Me parece bien.

Tuve una larga conversación con Sarah sobre que caí por Dawson Harris y pasé una de las mejores noches de mi vida y un despertar maravilloso, y también le conté lo sucedido con mamá. Ella me dijo una y otra vez que debía decirle a Dawson cómo me siento, hablar sobre mis expectativas y lo que quiero, y de esa manera sabré si estamos en la misma página o si debo distanciarme para no salir lastimada.

La verdad es que yo lo quiero a él, pero no solo el maravilloso sexo. No quiero algo casual, sino algo sustancial, y sí, sé que no buscaba una relación, principalmente quise una amistad, pero como bien dicen por mis tierras: como vaya viniendo, iremos viendo.

—Entonces cenamos en algún restaurante lindo, tú y yo, esta noche —dice con lentitud, golpeando el lapicero del escritorio y con sus ojos clavados en mí intensamente.

—Ajá, tú y yo en una cena. —Aprieto mis labios brevemente pero no me contengo—: ¿No te parece que eso suena mucho como a una cita?

Lo miro fijamente a la espera de su respuesta. El silencio es extenso, y Dawson arruga la nariz de manera adorable a la vez que hace morritos y luego sonríe.

—Sí, es una cita.

Aprieto los labios para no sonreír y no verme tan feliz como estoy.

—Bien —digo con fingida indiferencia—. Tuve un profesor que me enseñó bien sobre las primeras citas, así que te irá bien conmigo.

—No lo pongo en duda. —Sonríe de costado—. Me encantaría seguir viéndote y hablar, pero milagrosamente tengo otro paciente y no puedo hacerlo esperar.

—Oh, claro, claro. —Me pongo de pie y él también lo hace, y me acompaña a la puerta, que apenas está a un par de pasos.

Me giro y me doy cuenta de que estamos muy cerca, así que alzo la barbilla para poder mirarlo al rostro.

—Estoy feliz de que veas a Perry, confío en ti y creo que eres un veterinario increíble.

—Gracias, Mérida. —Se inclina para que nuestros rostros estén a escasos centímetros de distancia—. Ya estoy deseando verte esta noche.

241

—No más que yo, doctor Harris.

Contengo un suspiro y me giro, y me abre la puerta sonriendo. ¡Joder! Si estoy leyendo bien las señales, podríamos estar en la misma página, quizá él quiere lo mismo.

Lo siento por Miranda Sousa, pero si estoy leyendo bien nuestra conversación, tendrá que aguantar a Dawson Harris en mi vida durante mucho pero mucho tiempo.

Tiene que ser broma.

No puedo creer que Francisco esté aquí, se siente como un maldito *déjà vu*: él llamando a la puerta y yo abriendo y saliendo mientras espero a Dawson para nuestra cita, que ahora sí es real.

—¡Vamos, Mérida! No puedes seguir con el flacucho.

—No es ningún flacucho, no lo llames así.

—¿Estás con él después de la foto que te envié de él con otra chica en esa fiesta? *No te creía una cabrona, mami.*

—*Cuando te conocí tampoco pensé que fueras un pendejo, así que estamos empatados.*

—Eso me dolió —dice llevándose una mano al pecho.

—Francisco, tienes que irte. No sé si el mensaje se perdió ante tus ojos, pero he pasado página y esta vez en serio no vamos a volver. Han pasado meses, casi un año. Es una ruptura definitiva.

—Fui tu primero, Mérida.

—Sí, pero no el único ni el último.

—¿Qué tiene el flacucho para que quieras una relación con él?

—No tendré esta conversación contigo. Tienes que irte.

Los faros de un auto nos iluminan y entonces, con las luces aún encendidas, Dawson baja del auto vistiendo totalmente de negro con una chaqueta marrón. Creo que pone los ojos en blanco cuando se acerca hasta nosotros.

Trato de prepararme para cualquier tipo de escenario, pero me toma por sorpresa cuando ignora a Francisco, llega hasta mí, me pasa un brazo alrededor de la cintura y baja el rostro para plantarme un beso cálido en la boca. No tiene lengua y no va más allá de una presión húmeda y seductora que culmina con un sonido notorio.

—¿Lista para nuestra cita?

—Lista —respondo sin dejar de mirarlo a los ojos.

242

—Muy bien. —Me sonríe al liberarme y toma mi mano en la suya para entrelazar nuestros dedos.

Se lame los labios mirándome a la boca unos pocos segundos más y luego mira a mi lado.

—Ah, hola, Pancho, no te vi.

Dudo que no lo haya visto, pero eso por supuesto que indigna y molesta a Francisco.

—Mi nombre es Francisco y no sé qué pretendes con Mérida, pero...

—Tienes que irte —lo interrumpo—. Ahora. Sé que tienes un montón de rollos, que sales de fiesta y que vives la vida loca, y está bien si eso te hace feliz. Yo también avancé. Tienes que dejar de aparecer en mi casa y montar escenas, me estás incomodando, Francisco.

Nunca he creído que sea una mala persona; intenso, sí. Vale que no fue exactamente el mejor novio y me hirió, pero me gustaría tener un cierre limpio, no quiero que se convierta en algo que nunca ha sido. Es un cretino, pero nunca ha sido intencionalmente cruel o malvado, aunque sí egocéntrico y manipulador.

Nos miramos durante unos largos segundos y él termina por suspirar y pasarse una mano por su rastro de barba.

—Supongo que me iré.

Asiento complacida y luego avanzo con Dawson hacia el auto. Me encargo de abrocharme el cinturón de seguridad una vez que estoy dentro y hago una mueca ante el gesto de despedida con la mano de Francisco. Qué mal me sienta que no pudimos terminar siendo amigos, pero con nuestra historia eso parece imposible y demasiado soñador y, con sinceridad, no quiero que forme parte de mi vida.

Pero ¡basta! Quiero enfocarme en un detalle bastante importante, así que me giro para ver a Dawson, que se encuentra haciendo retroceder el auto antes de comenzar a conducir a nuestro destino de la noche.

—Normalmente preguntan si se besa en la primera cita, pero eres bastante osado al hacerlo al inicio. Qué bonitos celos, Dawson.

—Es que, en líneas generales, soy bonito en todo, o eso dice mi mami.

Río y me pongo cómoda en el auto, disfrutando de la sensación de estar nerviosa y emocionada, pero sin enloquecer. Parece que me he vuelto buena en eso de las primeras citas.

—Lamento lo de Francisco, parece que tiene un radar para detectarte y todavía piensa que somos novios.

—Pancho es un imbécil —dice, apretando el volante—. Digamos que no nos hicimos precisamente amigos cuando coincidimos en la fiesta.

243

—Sí, me llamó cabrona por ello, me extraña que no me cantara «El venao».

—¿El qué? —pregunta, sin despegar la vista de la carretera.

—«Y que no me digan en la esquina el venao, el venao, que eso a mí me mortifica, el venao, el venao» —canto, y luego se lo traduzco—. Habla de los ciervos por los cuernos, suelen cantarlo mucho cuando engañan a alguien.

—Qué poca empatía —murmura—, eso es cruel.

—Sí, pero a las personas les divierte, es una buena canción para una *hora loca*.

—*Hora loca* —repite, y no tiene que decir más para que empiece a explicarle qué significa.

Escucha atentamente cómo la famosa hora loca consiste en una hora de disfrute y baile de las canciones más sonadas y divertidas durante una fiesta, canciones que van desde diferentes años musicales y géneros, que te hacen bailar y cantar hasta sudar. Le aseguro que, para mí, bailar en una hora loca se siente como hacer una hora de cardio.

Eso sí lo tiene riendo y haciendo preguntas, que respondo con gusto. Incluso me hace sentir intelectual tener tanto que decir. Lo lleno de información sobre fiestas que terminan en sancochos y pasteles que no se cortan hasta la tarde del día después.

—Pero no lo entiendo. ¿No cortan el pastel ni cantan la canción del cumpleaños hasta la tarde de después, cuando ya no es su cumpleaños?

—Exacto, sucede mucho en las fiestas de quince años.

—¿Y cantan toda esta canción de feliz cumpleaños, que dura más de dos minutos?

—Sí, digamos que la versión venezolana es un poco larga.

—¿Y no se derriten las velas mientras cantan?

—No, aguantan.

—¿Y después de una canción tan larga dices que viene una más movida?

—Ajá —respondo mientras estaciona—. Dice algo como «Y te daré, te daré una cosa, te daré una cosa, una cosa que yo solo sé…».

—Parece un ritual muy extenso.

—Y hay quienes agregan un vallenato colombiano que se llama «Que Dios te bendiga», que dura más de cuatro minutos.

Apaga el auto, se quita el cinturón y se gira para mirarme.

—Haces que me sienta perezoso sobre mi cumpleaños con la simple canción universal de cumpleaños. Buscaré todas estas cosas en YouTube y, si me gustan, se las enseñaré a Drake para que en nuestro próximo cumpleaños lo hagamos… Espera, eso no es apropiación cultural, ¿verdad?

—No lo sé.

—Hummm, tendré que averiguarlo... ¿Por qué sonríes?

—Es que eres muy lindo interesándote por todo esto, no sé, me gusta —confieso, y me guiña un ojo antes de bajar del auto. Yo también bajo y me lo encuentro de frente, y le tomo la mano cuando me la extiende.

—Así no fue el comienzo de nuestra cita cuando simulamos —señalo, entrelazando nuestros dedos—. Nunca me dijiste que tomara la mano de Kellan desde el comienzo.

—Tal vez no quería que lo hicieras o quizá solo me lo guardaba para cuando fuese nuestra primera cita real.

Sonrío y me levanto sobre las puntas de mis pies para besarle la comisura de la boca.

—Te ves hermosa, quería mencionarlo desde el comienzo.

Llevo un pantalón amarillo de bota ancha ajustado a la cintura junto con una camisa negra de cuello alto y mangas largas y un abrigo blanco. Hoy he sido más discreta con mi delineado y maquillaje en general.

—Tú te ves mejor que bien.

Y no miento, el hecho de que esté de negro lo hace ver elegante. Además, me encanta cómo le quedan las camisas de cuello alto.

—Creo que tenemos la misma camisa —bromea.

—Diferentes telas, mismo diseño; hacemos buena pareja.

—Sí, hacemos buena pareja —concuerda, apretando nuestros dedos entrelazados, y nos guía hacia dentro del lindo restaurante, que se encuentra lleno.

Por fortuna hizo una reserva y, aunque nuestra mesa es pequeña y no está ubicada en el mejor lugar, estoy emocionada y desestimo sus disculpas de que no sea «perfecto».

—A mí me encanta —le hago saber—. Además, desde aquí podemos verlos a todos, pero ellos a nosotros no.

Pido un jugo porque no quiero ni una gota de licor para nuestra conversación, y él tampoco pide ninguna bebida alcohólica porque conduce. De hecho, hacemos nuestros pedidos de cena rápidamente y ya me muero por devorar la entrada. No tardamos en estar nuevamente solos mientras se encargan de nuestra comida.

—Así que... —comienzo, pero me quedo en silencio, y él enarca una ceja.

—¿Sí?

—No, nada, la verdad es que no sé qué decir, creo que estoy nerviosa.

—No tienes que estarlo, solo somos tú y yo, como siempre.

245

—Somos tú y yo después de tener sexo, sexo muy bueno, grandioso y brutal, pero... —Cierro los ojos con fuerza antes de abrirlos de nuevo—. Es que... *¡Virgencita!* Simplemente voy a decirlo.

Respiro hondo antes de expulsarlo por la boca. Dejo las manos sobre la mesa y lo miro con fijeza, sentado frente a mí, con sus ojos de diferentes colores, la nariz aristocrática, unas facciones elegantes, los labios delgados y el cabello castaño que lleva despeinado de manera peinada; sí, sé de lo que hablo.

No tengo nada que perder. Nuestra amistad cambió desde que envié el mensaje hablándole de mis dibujos, quizá incluso antes de eso, desde que comencé a pensar en él una y otra vez.

Es que el hecho de que me guste no es siquiera un secreto, al fin y al cabo, le envié ese mensaje y, además, dormí con él.

—Creo que es muy obvio que me gustas, me encantas, y no sé si es desde que te vi atendiendo al Señor Enrique o después de eso. Me encanta pasar tiempo contigo y, aunque me frustra pensar tanto en ti, también quiero seguir haciéndolo.

»Y cuando nos besamos por primera vez, que necesito que sepas que quería besarte desde hace mucho, fue mejor de lo que imaginé, y mira que mi imaginación es muy buena y vívida. —Hago una pausa para respirar—. Y el sexo... ¡Mierda! Dawson, pienso mucho en ello, me encantó cada segundo, quiero...

—Aquí llega su cena, muchachos —anuncia el amable mesero.

Detengo mi apasionado y descoordinado discurso para darle las gracias al camarero y por un momento me quedo impactada por lo bien presentada que está la comida; es algo en lo que siempre me fijo desde que como en restaurantes muy costosos con mamá.

Cuando se retira, bebo de mi jugo con tal rapidez que se me congela un poco el cerebro, todo bajo la atenta mirada de Dawson, que me mira con el rostro ladeado.

—Pensé que esa conversación la trataríamos con el postre, Mérida.

—Sí, bueno, necesitaba dejarlo salir porque esto de dar tantas vueltas ya me mareó. Soy consciente de que nuestra amistad cambió, tanto si me correspondes como si no. Todo es diferente, así que lo mejor es arriesgarlo todo. Un todo o nada.

Bebo lo que resta de mi jugo, lo cual no es una buena idea, pero digamos que los nervios me llevan a ello mientras Dawson continúa mirándome.

—¡Por el amor de Dios! ¡Di algo! —exijo.

—¿Quieres ser mi novia? —pregunta.

246

Parpadeo muchas veces y miro alrededor. Luego me tapo la boca para controlar un eructo antes de tragar y vuelvo a mirarlo.

—¿Qué? —jadeo, susurro, murmuro.

—Parece evidente que me siento exactamente como lo describiste. Al carajo lo de no tener novia, soy superbueno equilibrando una relación y compromisos laborales o estudiantiles. De hecho, soy muy buen novio, de los mejores, y quiero ser el tuyo.

Aquí aplica muy bien la expresión de «No creí llegar tan lejos».

Medio esperaba un «Vamos a enrollarnos», «Vamos a tener citas y ver cómo marcha todo», «No, Mérida, estás sola, amiga, yo no quiero novia y te lo dije», «¿Te gusto? Bueno, qué incómodo, porque tú no me gustas». Es que tenía que estar preparada para cualquier escenario.

—Ahora eres tú quien tiene que decir algo —dice, apoyando la barbilla en la palma de su mano.

—Es que esto ha sido un giro de la trama increíble —señalo, y me aclaro la garganta—. ¿Puedes repetirme la pregunta?, no tuve oportunidad de escucharla bien.

Ríe por lo bajo y luego, con el inicio de una sonrisa, vuelve a hablar:

—Mérida del Valle, me encantas, me traes loco, quiero darte millones de besos por todo el cuerpo, escuchar canciones contigo que no entiendo, aprender de ti, ver algún día tus dibujos, seguir inspirándote, tener sexo contigo, sonreír o simplemente existir, y sé que podríamos hacerlo como amigos, pero ¡joder! Preferiría que fuese como novios.

»Porque, si no quiero que estés con otros y tú no quieres que esté con otras, ¿por qué dar vueltas y no llamarlo un noviazgo? Así que… ¿quieres ser mi novia?

Bien dicen en Venezuela y en muchos otros países que a caballo regalado no se le miran los dientes, así que despliego una sonrisa y asiento sin perder el tiempo ni pensar demasiado sobre esta oportunidad.

—Me encantaría ser tu novia, Dawson Harris.

Y podríamos continuar comiendo o dedicarnos sonrisas, pero él se pone de pie y rodea la mesa, me ofrece la mano, que no dudo en tomar, y, cuando estoy de pie, me besa.

Su beso es suave, dulce e increíble. Disfruto de los movimientos de sus labios contra los míos, de sus manos tomándome el rostro mientras me acaricia las mejillas con los pulgares. En cuanto a mis manos, las apoyo contra su pecho, abriendo lo suficiente mis labios para que su lengua se introduzca en mi boca. Mantiene el ritmo del beso y puede que no sea desenfrenado, pero sí que me acelera el corazón y crea un caos en mi sistema.

247

Me da un beso y luego inicia el siguiente, y me hace sentir las famosas mariposas. Entonces sonríe contra mis labios y susurra:

—Me encanta saber que eres mi novia.

—¡Basta! Deja de ser encantador.

—No quiero asustarte, pero debo advertirte de que soy un novio increíble que posiblemente te hará suspirar demasiado.

Sonrío antes de morderme el labio inferior y mirarlo con ojos soñadores, y tomo asiento cuando él vuelve a su puesto. No me fijo en si alguien nos ve, lo que es posible teniendo en cuenta que nos hemos estado besando durante minutos, pero no me importa.

Me siento feliz.

Mi mejor amigo ahora es mi novio.

El chico que me inspira siente lo mismo que yo.

Sé que esto no es un sueño, porque incluso un sueño no sería o se sentiría así de bueno.

248

# 24

## Miau

*Mérida*

—¿Puedes dejar de mirar hacia la puerta con tal desesperación? —pregunta Sarah antes de dar un mordisco a su sándwich.

—Estoy muy segura de que no me veo desesperada —respondo.

—Entonces ¿son nervios?

—¿Qué? ¡Pfs! Para nada.

Excepto que sí estoy nerviosa.

Llevo setenta y dos horas de noviazgo con Dawson Harris.

Nuestra cita fue grandiosa, tuvo algunos momentos de torpeza, conversaciones divertidas y más que un par de besos cuando nos despedimos. Al día siguiente desayunamos juntos y fue lindo, aunque para mí se sintió como madrugar, porque me levanté más temprano de lo normal debido a que tenía clase a primera hora. Tras no vernos ayer, hoy me dijo que pasaría por la universidad porque tenía una conversación sobre su titulación y graduación, así que le dije que me encontrará aquí y conocerá a Sarah, que no deja de decir que tiene mucha curiosidad sobre el novio que llegó a mi vida por un malentendido.

La campana de la cafetería suena de nuevo, pero hago una mueca al ver a la persona que entra.

Antes de que me engañara vilmente por internet, nunca me topé con Martin, al menos no que yo recuerde. Esta es mi cafetería favorita del campus y puedo prometer que nunca nos topamos o hicimos contacto visual, pero ahora parece que al menos una vez a la semana tengo tal desdicha. Como mínimo ya no me habla ni molesta, pero me disgusta que siempre me mire como si esperara que yo cambiara de opinión.

—Ahí está de nuevo Martin —mascullo a Sarah, que se vuelve para mirarlo de una forma nada disimulada

—¿Cuál es su problema? ¿Por qué no puede dejar de mirarte y entender que lo arruinó todo? —pregunta mi amiga y le envía una de sus miradas de muerte.

249

—Todavía no entiendo cómo pudo ser tan asqueroso. ¿Y sabes qué es lo peor? Que habría sido su amiga sin mentiras y, bueno, si no me hubiese acosado, incluso podría haberme llegado a gustar con el paso del tiempo.

—Es un saco de mierda —sentencia Sarah—. Es una persona de intenciones horribles, y eso para mí lo hace feo. Aún no entiendo cómo aguantaste su acoso, pudo haber sido peligroso y… ¡Oh, mi jodido Dios!

—¿Qué? ¿Qué pasa?

—¿Ese es tu *periquito*? Porque se ve como el de las fotos, pero en resolución superavanzada y sorprendentemente incluso mejor.

¡Rayos! Estuve atenta a la puerta todo este tiempo y, justo cuando me descuido, él aparece; porque, en efecto, el chico guapo de suéter rojo con capucha, tejanos negros y cabello despeinado es Dawson Harris, quien desplaza la mirada por el lugar antes de centrarse en mí y sonreírme.

¿Voy a acostumbrarme a esto en algún momento? Espero que no, porque esta emoción podría ser realmente adictiva.

—Tenías razón, en fotos es guapísimo, pero en persona es hermoso. Y no es flacucho como dice Francisco, es delgado, pero nada exagerado y… Me callo, se está acercando —masculla Sarah siguiéndolo con la mirada, y eso me hace reír por lo bajo.

—Hola —saludo cuando se detiene en nuestra mesa, metiéndome unos cortos mechones de cabello detrás de mi oreja—. Esta es mi amiga Sarah, y Sarah, este es Dawson.

—El novio —agrega él con diversión extendiendo la mano.

—Un gusto, Dawson, he escuchado mucho sobre ti.

—Eso es bueno —dice, liberándole la mano y pasándola por mi cabello antes de sacar la silla de mi lado, sentarse y girarse hacia mí con una sonrisa—. Hola, Mérida.

Lo miro por debajo de mis pestañas, tragando con lentitud y recordando que ahora este hombre es mi novio, así que ubico una mano en su muslo y me inclino para plantar un beso en su boca a modo de saludo. Su mano se ubica en la parte baja de mi nuca y me devuelve el beso, que no es húmedo ni incluye lengua, y me da un par de besos con sonido que se sienten increíbles contra mis labios.

—Me gusta tu maquillaje —dice cuando se aleja—, parece arriesgado, pero me encanta.

Llevo delineado doble con azul y amarillo. Es arriesgado, pero hoy quise hacer algo nuevo y me gustó.

—Ese saludo y alabar tu maquillaje… Sí, necesitas conservarlo, Mérida. —Sarah sonríe y continúa con su desayuno tardío, pero vuelve a sonreír cuando su teléfono se ilumina con una notificación.

250

De nuevo ahí está su enamoramiento misterioso que es complicado y que no me termina de explicar. Comienzo a desesperarme y estoy a poco tiempo de hacer alguna especie de intervención sobre esto.

—¿Quieres pedir algo? —pregunto a Dawson y observo cómo atrapa mi mano sobre su muslo y juega con mis dedos.

He notado que es un chico de caricias, de alguna manera siempre está haciéndome algún toque sutil al que le pongo demasiada atención.

—No, por ahora estoy bien así, cielo. ¿Tienes la hora del almuerzo libre? Me gustaría que comiéramos juntos si no hay problema.

—No estoy exactamente libre a esa hora, pero poco después de las dos sí lo estoy.

—Te espero, pero ¿podemos comer cerca de la clínica?

—Está bien, no hay problema por mí —respondo sin dejar de mirarlo.

El juego de miraditas es algo que había hecho muy pocas veces en mi vida y puedo prometer que nunca se sintió tan intenso, y si lo fue, entonces no lo recuerdo. Una mirada de Dawson Harris basta para que mi sistema colapse, de una buena manera, y para que todo se sienta muy diferente.

—¿Me están diciendo que, con toda esa química y cómo se miran y tocan, pensaron que serían simplemente amigos? Qué imbéciles —se burla Sarah.

Dawson y yo salimos de nuestro trance de tensión para mirar a mi amiga, que nos observa sin ningún tipo de disimulo y con una curiosidad mezclada con diversión.

—Así que ¿qué te traes con mi linda venezolana, Dawson? ¿Sabes español? ¿Sabes dichos latinos o al menos los entiendes?

—Me traigo muchas cosas con Mérida. —Se pone cómodo en su asiento mientras responde—. No, no sé español, *sé muy poquito.* —Hace una pausa—. Y, sobre dichos, no sé nada.

Apoya el brazo en mi asiento y adentra los dedos en mi cabello, acariciándome el cuero cabelludo, y me tengo que morder el labio inferior para no emitir ningún sonido vergonzoso destinado a la intimidad.

—Los dichos latinos son una trampa, algo confuso sin sentido, o quizá sí tienen sentido, pero es muy difícil —se queja mi amiga.

—No es tan complicado —desestimo, y ella emite un bufido antes de mostrarme la lengua de manera infantil.

—Pero estoy aprendiendo canciones —le hace saber Dawson.

—Ah, eso tampoco lo aprendo, pero sé decir: *Maldita sea. ¡Trimardito! Lambucio. ¡Qué ladilla! ¡Nojoda!* —asegura mi amiga—. Planeo aprender más.

251

—Supongo que son malas expresiones.

—Las hay peores —le hago saber, y él sonríe, pero luego alguien dice por el altavoz el nombre de Martin y su sonrisa se borra.

Veo el momento exacto en el que hace la conexión; su mirada se desplaza por su examigo y, cuando conecta con la de Martin, ninguno de los dos es amistoso. Para mi suerte, Martin toma su pedido y sale de la cafetería, pero la animosidad queda en el aire.

—Aparte de acosador pervertido, también un mal amigo —bufa Sarah.

—Es decepcionante —murmura Dawson, que deja de acariciarme el cuero cabelludo para tomarme la mano y entrelazar nuestros dedos—. Sí, lo consideré un amigo y a veces me doy cuenta de que lo elegí antes que a mí, así que es como una patada en las bolas que me hiciera esto… de nuevo, y que su excusa fuese tan de mierda. De hecho, nunca se disculpó.

—Los amigos también rompen los corazones, esas rupturas a veces duelen más —digo.

—Por eso yo nunca te romperé el corazón —me asegura Sarah.

—Ni yo a ti, Sarah Sarita Sarah, y por eso deberías hablarme sobre tu complicada amistad de la aplicación. —Hago un gesto hacia el teléfono, y mi amiga sacude la cabeza en negación.

—Ciertamente me hacen sentir sin amigos en este momento —dice Dawson.

—¡Tienes a tu alma gemela! Me dijiste que Drake va más allá de un mejor amigo.

—¿Qué siente tu mamá al haber dado a luz no solo a un niño lindo, sino a dos rostros idénticos tan apuestos? —pregunto con diversión, y él pone los ojos en blanco.

—Creo que Hayley y Holden son más guapos.

Tonterías, Dawson es increíblemente atractivo y, por ende, Drake Harris también. Con sinceridad, son casi idénticos, aún no sé muy bien cómo es que los diferencié en su fiesta de cumpleaños, pero simplemente lo supe.

—¿Me estás diciendo que tu mamá tuvo a cuatro hijos guapos? ¿Qué comió durante el embarazo? ¿Cuál es la receta? —pregunta mi amiga con genuino interés—. ¡Qué genes! Y, sobre los amigos, escuché que eres bastante popular en eso de las amistades, hombres y mujeres. De hecho, vi lo que te comentan en tus redes sociales, porque sí, hice mi investigación para saber con quién sale mi amiga.

—Y te amo por eso —aseguro con una sonrisa. Yo haría y hago lo mismo por ella.

Eso tiene a Dawson divertido. Establecemos una conversación en la que nadie es dejado de lado, y me relajo y paso un buen momento porque mi amiga y mi novio parecen llevarse bien.

Cuando Sarah termina de comer y después de que se le escaparan unas risitas hacia su teléfono, en el que escribía con una rapidez impresionante, se despide porque llega tarde a su próxima clase, así que Dawson y yo nos quedamos a solas, ahora con su pulgar haciendo suaves círculos en la piel que mi tejano roto deja a la vista a la altura del muslo. Centro toda mi concentración escuchándolo hablar sobre que finalmente parecen tener fecha para su graduación, ya que se hará con el curso que termina ahora, y parece entusiasmado. Cuando le pregunto me dice que, más allá de la celebración de su logro, se alegra de saber que finalmente tendrá el título que avale sus conocimientos y la licenciatura, y así podrá tener un sueldo más estable y más credibilidad ante las personas que lo consideran demasiado joven para dejar a sus mascotas en sus manos.

—Me gusta la pasión con la que hablas de tu profesión.

—Es que me apasiona. —Presiona con más fuerza su pulgar contra mi piel mientras me sonríe con picardía—. ¿Sabes qué más me apasiona?

Creo intuir la respuesta basándome en el ambiente, pero sacudo la cabeza en negación. Veo que su rostro se acerca y siento la caricia de su nariz contra la mía junto con la calidez de su aliento contra mis labios.

—Tú, me apasionas muchísimo, cielo.

—¿Muchísimo? —susurro, cerrando los ojos cuando sus labios rozan los míos.

—Demasiado. ¿Alguna canción hispana para describir eso?

Estoy bloqueada, pero consigo algo del baúl de los recuerdos de una agrupación venezolana que hace mucho dejó de existir, así que canto en voz muy baja para que solo él me oiga:

*Con solo mirarte comienzo a temblar.*
*Mis ojos empañados no los puedo controlar.*
*Mi corazón palpita, palpita por ti.*
*Desde que te conocí no he dejado de pensar en ti.*
*Jamás supe cómo pasó, tampoco cómo sucedió.*
*Se me bajó hasta la tensión, en verdad pierdo el control.*
*No tuve una razón, pero sí encontré la solución.*
*Solo esto lo siento así y no hago más que pensar en ti.*

Luego le susurro la traducción aún con los ojos cerrados, sintiendo el beso que deja en la comisura derecha de mi boca.

253

—¿Cómo se llama?

—«Solo te quiero amar» —respondo en modo automático.

—Interesante nombre —dice antes de besarme.

Y esta vez es un beso completo, uno que comienza con el suave mover de sus labios contra los míos, chupando mi labio inferior, mordisqueándolo y lamiéndolo antes de darle intensidad de una manera profunda, y mi jadeo le permite adentrar su lengua. Es un beso que me eriza los vellos de la piel y me hace perder el decoro ante el hecho de que estamos en público. Se lo devuelvo con la misma intensidad, con una mano a un lateral de su cuello y con la otra aferrando un puñado de la tela de su suéter.

Nos besamos hasta que nuestros pulmones nos exigen respirar. Entonces, cuando nuestras bocas toman una breve distancia, ambos sonreímos. No sé qué pasa por su mente, pero lo que sí sé es que estoy pensando: «Por favor, que este sea solo el comienzo para nosotros».

*Mayo de 2017*

—Así que Susana y tú nunca han tenido sexo —pregunto a través del teléfono, trazando con la pluma de tinta los detalles de su abdomen en mi dibujo.

Me detengo y sonrío ante su risa suave y baja. Me resulta muy relajante, incluso a pesar de que hablar sobre Susana no es romántico. Para dar algo de contexto, Susana es la linda recepcionista de la clínica veterinaria con la que siempre veo que tiene complicidad.

—Suenas escéptica, Mérida.

—Es que percibí algo de tensión entre ustedes.

—¿Tuviste celos, cielo?

—Un poco —admito—. Sí, pensé que tenían una relación sexual.

—Solo quiero tener sexo contigo —susurra.

—Ahora, porque antes querías con otras.

—Bueno, recuerdo que querías tener sexo con Kellan.

Hago una mueca, pero luego río junto con él. Retomo el trazo de su abdomen, concentrándome en la manera estratégica en la que la sábana está cubriéndole el miembro.

—¿Ni siquiera unos besos? —intento de nuevo.

—No, ni siquiera eso.

—Pero con el tiempo pudo haber más —deduzco—. Creo que habrían tenido química.

254

—Eres una novia rara.

No lo veo, pero creo que podría estar sonriendo.

—¿Porque pregunto por tu compañera de trabajo que te miraba con pasión?

—No, porque me dices que habríamos tenido química.

—Solo comento un dato curioso —digo, terminando finalmente el dibujo, que comencé antes de que empezara la llamada telefónica.

Consulto la hora en mi reloj despertador y descubro que, de hecho, llevamos algo más de una hora hablando y que falta poco para la medianoche.

—Ya he terminado, más o menos. Ahora debo pasarla a la tableta digital, pero creo que lo haré mañana.

—Entonces… —dice, y noto el cambio en el tono de su voz, que me seduce—. ¿Ahora que me viste desnudo es más fácil dibujarme?

—Es mejor, sí —respondo sonriendo, aunque no puede verme—. No estaba muy alejada de la realidad, pero ahora tengo detalles que antes no.

—¿Sigues dibujando la puntita? —pregunta con diversión.

—No he dibujado tu miembro… todavía. ¡Es broma! No creo que dibuje tu pene.

—Pero ¿lo haces? ¿Dibujas penes?

Echo la cabeza hacia atrás y doy una vuelta en mi silla giratoria antes de responderle.

—Sí, y soy buena dibujándolos —susurro.

—Me intriga que hagas dibujos así. ¿Por qué lo haces? Me gusta, pero me genera curiosidad.

—¿No crees que soy una pervertida?

—Tengo bastante claro el concepto de perversión y no encaja contigo.

Tomo un marcador y juego con él entre mis dedos mientras pienso en mi respuesta. No soy la mejor lanzando discursitos o grandes argumentos que te dejen sin habla, me funciona mejor pensar bien antes de hablar y balbucear o decir cosas que no se entienden.

—No siempre fue así —comienzo—, no desperté y comencé a hacer dibujos sexis. Todo empezó cuando leí novelas gráficas de romance; me encantaba, amaba cómo un dibujo podía transmitir tanto que a veces ni siquiera era necesario leer las palabras que se suponía que se decían. Comencé a crear mis propios personajes, pero, en vista de que no soy buena escribiendo o armando tramas, lo transmitía todo en dibujos con diálogos simples, me encargaba de que todo fuese más visual.

»Pero entonces mis personajes fueron creciendo y yo también lo hice. Primero comenzó de manera inocente, hasta que fui incrementando. —Hago

255

una breve pausa—. Cuando comencé a tener fantasías sexuales o a experimentar mucho deseo, empecé a dibujar cosas que quería o que me generaban curiosidad. Al principio me sentía mal, pero luego me di cuenta de que no tenía que sentir culpa. ¿Podía eso ser arte?

»Busqué en internet y descubrí que había más personas como yo. No hago nada grotesco, considero que es sexi, hermoso y me esfuerzo mucho en los detalles y la estética. Sin embargo, comprendo que mi mamá no puede saberlo, y es como una parte de mí, me hace sentir vulnerable la idea de compartirlo.

Es la primera vez que hablo sinceramente sobre ello y me genera confianza el hecho de que, aunque no pueda identificarse, se interese por comprenderme.

—Cuando dibujo creo una realidad, un mundo, un cuento, una historia con lo que hago, y en parte siento que envuelvo el poder de la sexualidad. El miedo no debería ser algo para susurrar y la seducción algo para ignorar. Un dibujo +21 no es solo dibujar pezones y erecciones desnudas, también se siente terriblemente explícito ilustrar cuerpos a medio vestir con manos tocando, miradas intensas y una cercanía casi palpable.

»Dibujo sobre sexo y situaciones sexuales, pero también sobre el arte de la seducción, el coqueteo sin palabras, la pasión, el romance e incluso sobre ese odio que es tan fuerte que acabas imaginando que se vuelve algo más.

»No sé, *periquito*. Es un *hobby*, pero se siente tan bien hacerlo que a veces me apena tener que ocultarlo por el miedo a qué dirán. No hago nada malo, pero creo que, si se supiera, me harían sentir mal.

—Tal vez eres el tipo de persona de quien en el futuro se hablará y dirán: «Estaba adelantada para su época» —dice con suavidad—. No haces nada malo y puedo ver cuánto te apasiona. Escucharte hablar de ello solo me hace desear algún día ser digno de tu confianza para ver tus dibujos. Ni siquiera tienen que ser los que has hecho de mí, aunque me muero por verlos, pero sin presiones.

—Algún día —me atrevo a prometer.

—Soñaré con ese día… Soñaré contigo.

Me muerdo el labio inferior, derretida ante el hecho de que Dawson sea el tipo de hombre que inesperadamente te suelta una frase dulce o te hace mimos, pero que también te puede sorprender y ser sexi y descarado.

—¿Qué soñarás conmigo? —pregunto.

—Soñaré cosas dulces, como que te abrazo desde atrás y apoyas tu cuerpo en mí, inhalo tu olor y te beso el cuello, y después deslizo lentamente mis dedos entre tus pechos, una suave caricia que se va volviendo más profunda a medida que mis uñas se presionan y descienden hasta tu ombligo, bajando…

—¿Cuánto? —pregunto, separando las piernas, y me doy cuenta de que mi mano ya se encuentra sobre mi vientre.

—Lo suficiente para sentir el elástico de tus bragas. ¿Eso te gusta, cielo?

—Mucho —jadeo—, tal vez deberías bajar todavía más tus dedos.

—Los bajo, en busca de tu calidez dentro de tus bragas.

Meto mi propia mano absorta en su voz.

—Y ya casi estoy ahí, tan cerca de donde sé que ya estás húmeda...

—Lo estoy, estoy mojada.

Gime de manera ronca y en consecuencia yo también lo hago, a la vez que abro más mis piernas. Sexo telefónico no es algo que haya hecho, sextear sí, pero para todo siempre hay una primera vez.

—Y finalmente mis dedos confirman lo mojada que estás por mí, tan húmeda, deseosa y dispuesta...

—Lo estoy.

—Miau. —Se oye un maullido y salto sacándome la mano de la ropa interior y espantada del susto.

—¡Carajo! —Miro hacia el borde de debajo de mi cama, de donde sobresalen los ojos amarillentos y juzgones de Boo—. Gata del demonio.

—Y así te soñaré —concluye Dawson con un toque de diversión.

—Perdón, mi gata cortó el momento.

—Lo hizo, pero la perdonamos.

—¿Lo hacemos? —Enarco una ceja, me pongo de pie y me tiro a la cama—. No quiero que solo me sueñes haciendo esas cosas —confieso—. Quiero verte y hacerlas.

—¿Solo esa o quieres hacer muchas más?

—Muchísimas más.

—También quiero verte, y no solo para repetir el espectacular sexo en el que aún pienso. Quiero verte porque lo disfruto, porque me encantas.

—Basta. —Me río—. No puedes gustarme más de lo que ya lo haces.

—Haré de esa mi misión de vida.

Una misión que no es difícil, porque cada día me gusta mucho más.

—Ahora creo que deberíamos descansar, ambos tenemos que levantarnos temprano. —Parece que bosteza—. Me encantó hablar contigo.

—A mí también. —Hago una pausa más larga de lo normal—. Dawson...

—¿Sí?

—¿Podríamos ir a un hotel? Es una especie de fantasía, ir a un hotel con un novio y pasar un día de descanso antes de tener toda una noche apasionada. —Me sonrojo y agradezco que no pueda verme.

257

—Podemos, haré que suceda.

—¡Yo llevo los condones!

No sé por qué dije eso, pero él ríe.

—Bien, es un buen aporte.

—Ten lindos sueños —susurro—, te veo pronto.

—Te veo pronto, cielo.

25

## En la oscuridad

*Dawson*

Estoy leyendo un libro sobre parásitos mortales en animales, pero estoy a instantes de quedarme dormido. Bostezo de manera sonora y parpadeo varias veces, limpiándome con el dorso de la mano los ojos llorosos.

Estoy en ese punto en que deseo desesperadamente dormir, pero también seguir leyendo. Al recordar que mañana debo ir a trabajar, me rindo y decido que le daré a mi cuerpo el descanso que me implora.

Dejo el libro en mi mesita de noche y me dispongo a cerrar las cortinas de la ventana porque hace demasiado frío. Eso lleva a que me queje cuando las plantas descalzas de mis pies entran en contacto con el suelo, pero antes de que siquiera llegue a la ventana escucho lo que parece ser una voz masculina que dice: «No seas estúpida, Hayley». Mi primera reacción es entornar los ojos, pero termino de acortar la distancia hasta mi ventana y miro hacia la calle frontal, donde mi hermana habla con un tipo que se encuentra oculto por las sombras. Ella lleva el pijama con el que la vi hace apenas un rato y parece enojada.

¿Es su nuevo esclavo?

Pero la dinámica cambia cuando él habla moviendo demasiado los brazos, y no me gusta esa reacción. Ella se encoge en sí misma y parece asentir.

Necesito saber qué se están diciendo porque simplemente esto no me da buena espina, pero no alcanzo a escuchar sus palabras. En algún punto, él se acerca a ella y la besa y mi hermanita se aferra a él; no parece disgustada, por lo que me relajo.

Así que ese es su nuevo esclavo.

Cuando se separan, él sube a su auto y se va antes de verificar que ella entre en casa. Hayley se queda ahí de pie durante todo un minuto o poco más.

—¿Qué está pasando? —susurro.

Sus hombros parecen decaídos y, cuando se gira para entrar a casa, alza la

259

vista y me ve. Por un instante parece paralizada, pero después me muestra el dedo corazón y le devuelvo el gesto antes de que entre en casa.

No puedo evitar pensar que lo que acabo de ver parecía muy extraño.

Hoy es viernes y el cuerpo lo sabe. Eso es lo que dijo Mérida hace unos minutos, y al parecer no lo olvidaré.

Me vuelvo para mirar a mi novia, que tiene la vista fija en la casa frente a nosotros. Parece concentrada, pero debe de sentir mis ojos porque se gira y me dedica una mirada llena de sospecha, a la vez que me da un suave apretón en la mano, puesto que nuestros dedos se encuentran entrelazados.

—¿Por qué me miras así? —pregunta en cuanto Alaska y Drake nos adelantan y entran en la casa.

Necesito dar las gracias al Dios de la razón que hizo ser sensato a mi gemelo y a Alaska, quienes estuvieron separados por una tontería que no me queda clara durante más de la mitad de abril y hasta hace una semana. Sí, los tortolitos habían terminado y, aunque en un principio no le di importancia, tengo que admitir que con el paso de las semanas comencé a preocuparme, pero, para mi tranquilidad, volvieron y fue como si esas semanas separados no hubiesen cambiado nada. Hay que admitir que son bastante lindos.

Vuelvo mi vista una vez más a Mérida, quien me mira a la expectativa de una respuesta para su pregunta.

—Te miro así porque estoy cautivado —respondo con una sonrisa ladeada—. Estás preciosa, pero eso no es nuevo.

Arruga la nariz en una mueca que me resulta divertida y se pasa una mano por el vestido negro de tirantes ajustado al pecho, pero que cae en pliegues desde su cintura hasta la mitad del muslo. Las medias negras con liguero que lleva me están enloqueciendo, pero no morirá de frío porque tiene un abrigo, uno que dejó en el auto. Como casi siempre, tiene un delineado grueso, que hace que sus ojos se vean más rasgados de lo que en realidad son, y sus labios van de rojo.

Mi novia es hermosa y me trae loco.

Tiro de su mano para que su cuerpo colisione contra el mío, y me encanta la risita que se le escapa cuando alza el rostro para verme; aunque lleve botas trenzadas con algo de tacón, sigo siendo más alto que ella.

Le devuelvo la mirada, presionando una mano contra su espalda baja, y con la otra le acaricio a mitad de su muslo, justo en el borde de su peligroso vestido, y siento el liguero de sus medias. Engancho dos dedos a ese elástico y su respiración sale lentamente por la boca.

260

—Me haces afortunado.

—¿Por usar liguero? —pregunta.

—También, pero, de hecho, era un momento romántico en el que te iba a decir que por estar conmigo.

—Eres lindo.

Se alza sobre las puntas de sus pies, lo que ocasiona que mi mano se deslice por la piel de su muslo. Cuando me da un suave beso en la boca, mantenemos los ojos a medio cerrar, mirándonos mientras me da un beso corto tras otro. Cuando vuelve a sus pies, tiene una amplia sonrisa en esos labios carnosos.

—Deberías hacer comerciales sobre sonrisas perfectas. —Me río y pone los ojos en blanco.

—Cuatro años de ortodoncia hacen un buen trabajo, antes mis dientes estaban superdescolocados, hay fotos.

—Me gustaría verlas.

No responde, en lugar de ello me toma de la mano, entrelazando nuestros dedos, y me guía dentro de la casa como si ella fuese la amiga del cumpleañero, y no al revés. No hay muchas personas porque es una reunión pequeña de un amigo que Drake y yo tenemos desde la infancia. Conozco muchos de los rostros que se encuentran aquí, y hay un par con las que me enrollé y otras con las que se lio mi gemelo.

Saludo mientras me desplazo y presento a Mérida, quien se muestra tímida y se aferra a mi mano sin perder su sonrisa cordial. Hay un par de miradas demasiado coquetas de algunos y de una chica, y a esos les hago especial énfasis cuando digo «mi novia». Poco después me uno al cumpleañero, que está con Drake y Alaska. Esta última parece estar diciendo algo superdivertido, porque ellos ríen.

—¡Peter! —saludo, dándole un abrazo—. Feliz cumpleaños.

—Gracias, hombre. —Desplaza la mirada hacia Mérida y ahí están la lujuria y el deseo—. ¿Quién es tu amiga? ¿Es mi regalo de cumpleaños?

Sonríe con descaro mientras la devora con la mirada de pies a cabeza y Mérida se remueve incómoda a mi lado, pegándose a mi costado y apretando su agarre en mi mano.

—¡Puaj! Qué feo que dijeras eso —le reprende Alaska borrando su sonrisa—. Las mujeres no somos ofrendas ni regalos para los hombres.

—Soy Mérida y soy la novia de Dawson —se presenta, sin extender la mano—. Feliz cumpleaños.

—Así que los gemelos ahora tienen novias, eso es impresionante, creo que nunca había pasado.

261

En eso tiene razón, es la primera vez que Drake y yo hacemos esto de tener relaciones serias y hacer salidas de cuatro. Habíamos tenido citas dobles, novias casuales y citas para bailes escolares, pero lo de hoy es muy diferente. Hasta el momento, esta salida de cuatro va bastante bien y, cuando estuvimos los cuatro en el auto, Mérida y Alaska parecían llevarse increíblemente. Con ella y con Drake, mi novia no parecía tímida, de hecho, hablaba y bromeaba como si los conociese desde hace tiempo, y eso me encantó.

Hay una conversación breve entre nosotros, y Mérida habla en susurros con Alaska, algo que las tiene riendo a ambas y a Drake y a mí mirándolas con curiosidad de vez en cuando.

Cuando Peter se disculpa y se va tras mirar de manera intensa a una chica que acaba de llegar, Drake y yo nos acercamos a Alaska y Mérida.

—Es algo imbécil —dice Mérida arrugando de nuevo la nariz.

—¿Algo? —Alaska enarca una ceja—. Peter es superimbécil, pero fingimos que no mientras estamos en su fiesta y nos comemos su comida.

—Y bebemos su licor —dice Mérida, asintiendo.

—Excelente plan. —Alaska sonríe y enlaza su brazo con el de ella antes de girarse a mirarnos—. ¿Quieren algo?

—Conduciré a la vuelta, así que creo que una simple gaseosa —digo después de que Drake pida una cerveza.

—Ya volvemos —nos hace saber Alaska, que aprieta los labios para que Drake la bese.

La imito y Mérida se ríe y se alza sobre las puntas de sus pies para plantarme un beso rápido. Luego, con los brazos enlazados, se van hacia donde está el licor mientras Drake y yo nos comportamos como un par de idiotas siguiéndolas con la mirada.

—Creo que es un dúo que me da miedo —comento.

Pienso en sus personalidades, en que una escribe +18 y la otra dibuja +21, en la complicidad que parece que ya están desarrollando. ¡Qué peligro!

—Podrían dominar el mun... do.

—Nuestro mundo. —Sonrío y mi gemelo ríe.

—Mérida es genial. Te ves... feliz y radiante.

—Es increíble, me alegra que diéramos el paso.

Me vuelvo hacia mi hermano al recordar algo sobre lo que quería hablarle.

—¿No notas a Hayley extraña? —pregunto, pensando en su extraño encuentro fuera de la casa hace dos noches.

—Por extraña te refieres a... ¿horriblemente marcada con mordiscos?

—Sí, eso también.

262

Los mordiscos desagradables no desaparecen, pese a que creo que a veces están en lugares que no alcanzamos a ver, y la muy astuta los maquilla bastante bien para que nuestros padres no lo vean. No quiero ser un soplón y entiendo que tenga novio o vea a alguien, pero esto ya me está inquietando.

—Sé que en general tiene una personalidad difícil, pero últimamente parece a la defensiva, sobre todo si pregunto por su nuevo esclavo. Dice que la estoy atacando —murmuro recordando que esta mañana me llamó hasta estúpido por una simple pregunta.

»No me malinterpretes, las peleas y discusiones de hermanos es algo que siempre existirá, pero aquí hay algo distinto.

Drake asiente y me cuenta que un par de veces ha visto a un chico que ella ha llevado a casa. Sé que se lo presentó a mis padres —lo que me preocupa aún más porque no suele hacer eso— y que el chico parecía encantador y amoroso en su trato, y Drake no vio señales de alarma, pero también nota que nuestra hermana menor tiene una actitud algo extraña y diferente.

—Esos mordiscos le duelen, siempre hace una mueca de dolor cuando los roza o toca —digo en voz baja.

—Tal vez deberíamos decírselo a… mamá.

—¿Tal vez ha hablado con Alice? —Hago referencia a la hermana de Alaska.

Aunque si ese fuese el caso y sucediera algo grave, Alice nos lo diría, incluso si fuese un secreto de su mejor amiga.

—Tenemos que estar atentos —murmura Drake con inquietud, y asiento.

Es raro porque nunca nos había pasado esto con nuestra hermanita, que es muy independiente.

—Pero si son mis gemelos favoritos —dice lo que reconozco como la voz de Tanya, que interrumpe una conversación que deberemos seguir después.

Se abre paso entre nosotros, pasa un brazo por la cintura de cada uno y nos planta unos besos en las mejillas. Como siempre, trae su típica energía fiestera y buena vibra.

—¿Por qué tan solitos? ¿Me dejan acurrucarme con ustedes?

—No estamos solos. —Drake se ríe—. Estamos con nuestras novias.

—Novias… —repite Tanya, que parece muy sorprendida—. Sabía que tenías novia, Drake, pero lo de Dawson es nuevo.

—Muy nuevo. Es Mérida —le digo, pero parece no recordarla—. La chica de mi fiesta de cumpleaños.

—La recuerdo. Es preciosa, y me dijiste que no interrumpía nada cuando llegué y te besé frente a ella.

263

—Bueno, sí lo hacías, interrumpiste algo, pero en ese momento era demasiado terco para admitirlo. —Me río.

Ella nos libera de su abrazo y se ubica frente a nosotros sin perder la sonrisa.

—No pensé que viviría para ver el día en que mis gemelos estuviesen ennoviados al mismo tiempo.

—Eso han dicho muchos hoy —comenta Drake.

—Espero que me los cuiden bien. —Finge limpiarse unas lágrimas—. Hoy muere mi sueño de tenerlos al mismo tiempo para mí.

—Solo te enrollaste con mi… copia romanticona.

—Solo tuve sexo con él, pero te recuerdo manoseándome las tetas mientras nos besábamos.

—Detalles —se limita a decir Drake.

No es que nos enrollemos con las mismas chicas, pocas veces sucedió eso, pero, en el caso de Tanya, mi gemelo estaba medio ebrio y en ese momento Tanya y yo estábamos en pausa como follamigos.

—En realidad me encanta, porque se ven felices, así que sigan así. Ahora, si me disculpan, iré a conquistar corazones con mi vestido matador.

—Lúcete. —Le guiño un ojo.

Y justo cuando se gira para irse, Mérida y Alaska se acercan con las bebidas.

—Oh, unas auténticas muñecas —dice Tanya mirándolas de arriba abajo—. Señoritas, hacen afortunados a mis amigos. Diviértanse.

—Qué agradable —comenta Alaska entregándole la cerveza a Drake cuando Tanya se va.

—La recuerdo —dice Mérida—, es tu ex y es bastante simpática.

—No tanto como una ex —señalo, tomando la gaseosa que me entrega— y sí, es una buena persona.

—Es cerveza barata —se queja Drake tras un sorbo.

—Eso es lo que dije —le hace saber Mérida—, pero es gratis.

—Pero es gratis —repite Drake, golpeando suavemente su cerveza con la de ella.

Y ya sabes, no quiero resultar muy emotivo, pero me gusta verlos interactuar, ver que se están llevando bien.

Los cuatro nos dedicamos a hablar por encima de la música y de vez en cuando algunos amigos y conocidos se acercan a saludar, y la mayoría menciona lo «loco» que es ver a los gemelos Harris ennoviados al mismo tiempo.

—¿Cuántas veces mencionarán eso? Ya deben superarlo —se queja Alaska.

—¿Eran tan terribles? —nos pregunta Mérida—. Porque sus amigos parecen muy impresionados.

—Sí, eran terribles —le responde Alaska sin dudar—. Bueno, no terribles, pero sí populares entre el género femenino.

—¿Por populares te refieres a…?

—A que todas querían una oportunidad y a veces la tenían —concluye Alaska—, pero eso fue antes, ahora es diferente.

—Muy diferente —asegura Drake dándole un beso—. ¿Quieres bailar?

—¡Jesús bailador de fiestas! Claro que quiero.

—¿Jesús bailador…? —Mérida suena desconcertada.

—Ah, Alaska tiene un Jesús multifacético que hace de todo dependiendo de su emoción —explico.

—¿Es como mi *Virgencita*? —pregunta a Alaska—. Quiero decir, eso significa «Virgen», es común decirlo en Venezuela.

—¿Solo dices *Virgencita* sin acompañamiento? Vuélvela multifacética y verás que es más divertido —le recomienda Alaska antes de tomar la mano de Drake y guiarlo a la pista de baile, que es simplemente el centro de la sala.

Mérida los ve marcharse con una mirada pensativa y aprovecho su descuido para deslizar una mano por su costado hasta llegar a su cintura y atraerla contra mi cuerpo, y ella sonríe aún sin mirarme.

—¡*Virgencita* emocionada! —prueba, y luego ríe—. Suena raro, pero creo que puedo acostumbrarme.

—Aska contagiándote sus rarezas.

—Me cae muy bien, es superlinda y divertida.

—Ha sido nuestra vecina desde que tengo memoria. —La acerco más a mí para que me oiga mejor y porque me gusta—. Es la hermana de Jocker, también presentador de *InfoNews*.

—¡Oh, vaya!

—Así que Drake y ella han tenido una alocada historia, se han conocido toda la vida y hasta el año pasado no dieron el salto de fe.

—Qué romántico.

—Y eso que se supone que soy yo el gemelo romántico —digo, y ella me pasa los brazos alrededor del cuello.

—Eres romántico y me gusta. No me apetece bailar, pero sí que nos besemos. ¿Lo hacemos?

—Justo lo que diría la mujer de mis sueños —le hago saber antes de bajar el rostro y besarla, porque siempre quiero hacerlo.

Nunca me pasó algo tan sencillo y quizá tan simple como sentir una sonrisa en medio de un beso, pero cuando Mérida sonríe sobre mis labios, a mí

265

se me acelera el corazón y tengo el deseo infinito de besarla una y otra vez, y eso es precisamente lo que hago a lo largo de la noche.

Nos convertimos en una de esas molestas parejas que cada vez que te giras a verlos se están besando: cerca de la pista de baile, al lado del equipo de sonido, en un pequeño rincón y con ella sentada sobre mi regazo en un feo sofá donde Alaska y Drake nos encuentran un par de horas después.

—Cuánta pasión —comenta Alaska, y hace que Drake se siente a mi lado y luego ella trepa a su regazo.

—Bueno, definitivamente ahora para los demás tiene que ser raro vernos —comento—. La misma posición y el mismo rostro.

—Pero diferentes chicas —agrega Alaska—. ¿Podríamos tomarnos una foto?

—Preguntas, pero ya estás sacando el teléfono. —Me río—. ¿Quieres, Mérida?

—Solo advierto que no soy fotogénica.

—¡Tonterías! Eres preciosa, saldrás increíble.

—Aska tiene razón —garantiza Drake, sonriéndole—. Ustedes saldrán increíbles y Dawson también… por copiarme la cara.

—¡Tú me copiaste!

—¿Quién nació primero? —pregunta Mérida, y sonrío y le doy un beso corto en la boca.

—Yo, tuve que nacer primero para mostrarle el camino a Drake, estaba perdido y no sabía nacer.

—Pero… —Drake ríe—. ¿Qué tonterías dices? Nació primero… porque… —Hace una pausa pensando y enarco una ceja hacia él—. Mamá debía prepararse para ver que después de él… venía alguien maravilloso.

Alaska y Mérida ríen y luego nos acercamos lo suficiente para que Alaska estire el brazo con el teléfono y nos tome una selfi. Desde mi punto de vista sale bien, pero ella se queja tanto que terminamos pidiendo a alguien que nos haga la foto y tengo que admitir que esa se ve mejor.

Mérida les toma una a ellos y luego Alaska asegura que nos devolverá el favor, por lo que abrazo a Mérida sentada en mi regazo y sonrío a la cámara. Mérida está sonrojada por la atención y se nota en la foto, pero para mí sale preciosa y no lo pienso demasiado cuando publico la foto en mi Instagram, con una descripción sencilla y concisa: «Mi novia».

—De verdad eres popular —señala Mérida viendo cómo crece el contador de «me gusta» y comentarios.

—Es porque soy bonito —le hago saber, y sonríe.

—Tiene sentido.

266

—Y porque también soy sexi.

—Es verdad.

—Y porque sales en la foto y la haces mejor.

—Ahora eres adulador, si parezco un tomate toda roja.

—Me gustan los tomates.

Eso la hace reír fuerte y a mí me tiene complacido.

—El tomate más bonito —susurro contra su mejilla—. Ahora, ¿bailas conmigo, cielo?

Pone los ojos en blanco, pero se levanta, me toma de la mano y tira de mi cuerpo para que me levante. Alaska y Drake están muy ocupados riendo de algo que ven en el teléfono de mi hermano, así que apenas se fijan cuando nos vamos.

Llegamos al medio de la sala y ella mira alrededor. Creo que se intimida un poco por las parejas que fácilmente podrían ser contactados para protagonizar vídeos musicales o películas de baile, por lo que la tomo de la cintura y la pego a mi cuerpo.

—Mírame, los demás no importan.

Asiente con lentitud, pasando sus brazos alrededor de mi cuello y ¡carajo! Me estaba engañando porque por supuesto que sabe bailar; la manera en la que mueve sus caderas me pone a sudar, es una dulce tortura. La sigo en el ritmo, deleitándome cuando gira y pega su trasero contra mi entrepierna, y cuando la palma de mi mano se extiende en su abdomen tengo muchísimo calor.

Sin embargo, la música cambia a una más movida y alegre, y eso hace que nos separemos y comencemos a tontear, riendo, girando, apretujándonos y pasando un buen momento.

—¿Crees que puedo pedirle que ponga una canción? —me pregunta.

—Vamos a intentarlo.

La tomo de la mano y la guío hacia donde está el sonido, que es donde hace un rato nos besábamos, pero en vista de que parece que nadie está a cargo y podemos poner la canción que queramos, la dejo que se encargue de ello, y alcanzo a leer que pone «En la obscuridad», de Belinda.

Y antes de que empiece a sonar me lleva hasta donde estábamos antes, me pasa los brazos alrededor del cuello y le envuelvo la cintura. Mientras la canción comienza con un ritmo envolvente, me susurra una letra que no entiendo, pero que, como siempre, me cautiva.

—*Dame un poco más de lo que tú me das. Dame un poco más en la oscuridad* —canta—. *Solo quiero verte una vez más. No sé si mañana el sol saldrá. Quiero acariciarte, ven a desnudarme, regálame otra piel.*

Mis manos se aprietan en su cintura y sus dedos juegan con mi cabello.

—*Y sé que si no es hoy, la vida se nos pasará, ya lo verás* —continúa cantándome—. *Solo hay una oportunidad, que no volverá. Mi amor, te arrepentirás.*

No lo soporto más, su voz, su cercanía, la canción, así que alejo el rostro solo un poco, lo suficiente para besarla. Amo que sus labios de inmediato se abren cuando sienten mi lengua, dándome paso a profundizar el beso como queremos.

Sus dedos son fuertes en mi cabello y sus labios igual de insistentes que los míos, succionando y deslizándose. Me muerde el labio inferior antes de lamerlo y luego desliza la lengua contra la mía. Mis manos bajan hasta su culo, cubriéndolo, y ella hace un sonido de goce contra mi boca. Ladeamos la cabeza, nos humedecemos los labios y tomamos el mismo aliento. Para cuando la canción termina, estamos jadeando, con los labios hinchados y húmedos.

Su piel refleja un fuerte sonrojo que no es de vergüenza y me mira a través de sus espesas y largas pestañas. Sorprendentemente, su labial no se ha corrido por mis besos.

Otra canción comienza a sonar y llevo mis labios a su oreja, donde dejo un beso en el lóbulo antes de hablarle:

—Tradúceme la canción que ha sonado, por favor.

Y lo hace, con voz aún afectada, y decido que esa canción también irá a mi lista de reproducción llamada «+21» (en honor a sus dibujos), donde se encuentra cada canción que me ha enseñado.

Mérida se vuelve y me mira con una sonrisa, llevándose el índice a los labios para recordarme que tengo que estar en silencio.

—Leona debe de estar durmiendo con mi mamá o si no ya estaría aquí delatándome —me susurra antes de que subamos las escaleras.

Veo brevemente la hora en mi teléfono: son pasadas las tres de la madrugada. Tras dejar a Drake y Alaska en casa (la descarada se queda en mi casa y se irá temprano a la suya), vine a traer a Mérida, pero ella me preguntó si quería subir a su techo otra vez como aquella noche especial que compartimos hace un tiempo, así que apagué el auto y la seguí. Decir «no» nunca fue una opción.

Caminamos con cautela por el pasillo y, cuando finalmente estamos dentro de su habitación, sonreímos, pero no hablamos.

La veo ir a por sábanas gruesas, pese a que tenemos el abrigo, toma sus auriculares y luego, como aquella vez, salimos por su ventana hacia el techo,

269

pero en esta ocasión ella se sienta entre mis piernas con la espalda apoyada en mi pecho, envueltos en sábanas y lo suficientemente cálidos para no tener frío.

Desbloqueo mi teléfono y se lo entrego para que entre en YouTube y conecte los auriculares.

—Bien, veamos qué canciones te dedico esta noche —dice, y me hace sonreír.

—Eso es nuevo, ¿sabes? —susurro contra su oreja—. Eres la primera chica que me dedica tantas canciones.

—Eso te hace especial.

—No, cielo, eso te hace especial a ti.

# 26

## Cree en mí

*Dawson*

Dejo unos cortos besos detrás de la oreja de mi novia y ella se estremece y se apoya aún más contra mi pecho.

Soy un buen novio, eso lo puedo admitir sin culpa ni timidez, y me encanta ser mimoso, abiertamente afectivo y consentidor, y también me encanta que Mérida no se incomode ante este hecho. Parece disfrutarlo y poco a poco comienza a demostrar más su afecto.

También me gusta sentirme mimado.

Continúo acariciándole detrás de la oreja mientras habla en voz baja sobre que le gusta todo este arte de maquillarse. Se debe a que le he preguntado cómo aprendió a hacer maquillajes tan increíbles cuando me ha enseñado una foto en su teléfono de Venezuela y al deslizar el dedo ha aparecido un maquillaje artístico inspirado en *Avatar*. Entonces ha dejado un poco de lado la timidez y me ha enseñado muchos más que van desde lo artístico, con representaciones de películas o anime, hasta maquillajes de fiesta y casuales. Francamente aún me siento impresionado, mi novia simplemente hace arte.

—Sarah dice que podría hacer vídeos en YouTube, ya sabes, tutoriales, pero no me creo capaz…

—¿Por qué?

—Soy demasiado tímida ante las personas. Es diferente cuando estoy contigo o una vez que me siento a gusto, pero la idea de que miles de personas me vean y me juzguen me genera incomodidad y me vuelve loca.

—Haces un trabajo increíble. ¿Por qué te harían sentir mal?

—Porque las personas son crueles, Dawson, y a veces incluso si saben que lo que has hecho se ve y está bien, sienten la necesidad de descargar su frustración e inconformidad en comentarios, porque resulta que, detrás de una pantalla y con un nombre anónimo, todos se sienten valientes y malos.

—Eso parece cobarde.

—Lo es, y abundan un montón de esos cobardes por internet.

271

Permanecemos en silencio, con una nueva canción en español reproduciéndose en los auriculares que estamos compartiendo.

—¿Y si lo hago contigo? —pregunto.

—¿El qué?

—Los vídeos. Una vez vi a mi hermana derretirse viendo un tutorial de origami, que ella no sabe hacer, porque el novio de la chica aparecía y pasaban un tiempo divertido en pantalla. Lo haría por ti.

Se levanta, consigue moverse en nuestro nido de sábana y se gira por completo para poder estar frente a mí.

—¿En serio lo harías? ¿Serías uno de esos novios por los que todas suspiran? ¿Me acompañarías mientras me maquillo para hacer que me sienta cómoda?

—Totalmente lo haría.

Puedo ver sus emociones reflejadas en su rostro y hay mucha incertidumbre. He visto en Alaska el miedo que puede dar exponerse; en un principio, sus lectores no conocían demasiado de su vida ni quién era, pese a que siempre mostró su rostro en el perfil. Muchas veces, Alaska me ha hablado sobre los comentarios hirientes y lo vulnerable que eres cuando compartes algo que amas hacer en internet para que otros juzguen, así que puedo ver de dónde viene el miedo de Mérida.

—Es solo una sugerencia, no tenemos que hacerlo —comento, estirando la mano para peinarle el flequillo con los dedos.

Asiente con lentitud antes de volver a la posición original, con su espalda contra mi pecho. Cambia el tema con sutileza para hablar de lo bien que se lo pasó en la fiesta con mi hermano y Alaska.

—Creo que esto de comenzar a socializar más me está gustando. ¿Te conté que, a pesar del desastre de la aplicación, en realidad sí tengo a dos conocidos? Aún no los llamo amigos —me cuenta—, pero Sophia y Marcus son bastante agradables, así que la aplicación no fue un fracaso.

—Me alegra escuchar eso. —Río por lo bajo—. Nunca estuve en esa aplicación.

—Es que no necesitabas amigos ni hacerlos en el campus, eras lo suficientemente sociable por tu cuenta.

Hablamos otro poco más y después, cuando el frío verdaderamente se vuelve difícil de ignorar, entramos, conscientes de que ya debería irme a casa antes de que su mamá sepa que estoy aquí.

—Antes de que te vayas me gustaría enseñarte algo, siéntate aquí.

Saca la silla de su escritorio y tomo asiento, estudiando las cosas que hay sobre su mesa: marcadores, lápices, plumas de tinta, una especie de hoja especial, notas adhesivas con recordatorios, chicles y pegatinas.

272

Regresa y me entrega lo que luce como una tableta desbloqueada y brillando con un dibujo que me tiene enarcando las cejas de inmediato: soy yo.

Es el mismo formato del dibujo de mi cumpleaños, pero en este... estoy desnudo, o algo así.

Me encuentro acostado en la cama, con las sábanas acumuladas en mis piernas, una de ellas arrugada, mi torso desnudo, los ojos cerrados y un brazo debajo de la cabeza, lo que le da forma a mi bíceps. Están los lunares y los leves surcos de mis abdominales, y sobre mi miembro se ve una iluminación que solo deja un breve coqueteo del contorno. Hay una burbuja de diálogo donde se lee: «Y pronto te follaré duro otra vez».

¡Carajo! Es un dibujo caliente. Antes de que pueda hablar, pasa a la siguiente imagen, que vuelvo a ser yo, esta vez sentado en bóxer con las piernas abiertas. Es impresionante la calidad de los detalles y lo vívido que se ve. Paso las imágenes y me encuentro en diversos grados de desnudez y con diálogos bastante interesantes. Estoy absorto e impresionado.

Son al menos once dibujos de mí y cada uno de ellos es... espectacular. Después, los dibujos son de personajes creados por ella y, bueno, esos no están todos censurados. Veo pollas muy realistas y en diferentes formas, tetas para todos los gustos y posiciones sensuales que me tienen removiéndome en el asiento. Algunos son simplemente besos apasionados y otros son posturas sexuales que estimulan más que cualquier vídeo porno que haya visto en mi vida.

Lo estudio tanto como puedo, pero hay muchas ilustraciones y quiero enfocarme en cada detalle, y a la vez no quiero quedarme sin ver ningún dibujo, pero siento que no alcanzaré a verlo todo.

Los dibujos, las situaciones cambiantes, los diálogos divertidos e insinuantes, todo es simplemente increíble, y sería fácil que me convirtiera en su mayor fan. Creo que eso es lo que soy ahora: su fan.

No sé cuánto tiempo pasa, pero mi vista se cansa y mi espalda también lo hace por la postura en la que estoy, así que me veo obligado a parar en el dibujo de una mujer sentada sobre el hombre en una posición muy similar a la que estábamos nosotros dos hace un momento, solo que ellos están desnudos. La mano de él está sobre un pecho mientras se besan y la otra entre las piernas de ella; solo se alcanza a ver un pecho desnudo, pero es increíble el magnetismo sexual que desprende, y el diálogo... ¡Demonios! «Mójame los dedos que luego voy a chupar, te voy a saborear», piensa el protagonista.

Mientras veía los dibujos también descubrí que hace chicos con chicos (esos parecen gustarle un montón) y algunos pocos de chica con chica. También hubo uno de dos parejas y otro de un trío lleno de tensión.

273

Lo más impresionante es que no todo era abiertamente explícito, muchos llevaban ropa o apenas se tocaban, otros (como los dibujos de mí) simplemente estaban en alguna posición que te hacía palpar un nivel de sexualidad y sensualidad enloquecedor. Qué impresionante es que alguien cuente una historia con dibujos y te haga sentir tanto.

Bloqueo la tableta, a pesar de estar reacio a ello porque me queda mucho por ver, alzo la vista y encuentro a Mérida sentada en el borde de su cama, mirándome con nerviosismo y con las mejillas bastante sonrojadas.

Agradeciendo que su silla sea de ruedas, voy hacia ella, dejo la tableta a su lado y le tomo las manos y le sonrío.

—Haces arte, cielo. Estoy impresionado, no alcanzo a creerme que mi novia sea así de talentosa, me abrumas. Esos dibujos... Guau, simplemente guau. Son impresionantes, eres impresionante.

Parpadea continuamente y se muerde ese apetecible labio inferior. Estoy duro debido a que los dibujos me han dejado en este estado, pero también estoy emocionado ante la perspectiva de que finalmente decidió abrirse conmigo sobre esto.

—Los dibujos sobre mí... ¿Cuándo los iniciaste?

—Hace meses —confiesa con algo de timidez—. No lo planeé; de hecho, me resistí mucho, pero simplemente no pude detenerlo. Comencé con el del pantalón sin camisa y luego fue avanzando. ¿No te enoja u ofende?

—Me encanta, los amé. Creo que me he vuelto tu fan, Mérida, tienes un talento increíble, lo que haces es impresionante.

—¿No me consideras sucia ni pervertida?

—No, cielo, te considero una artista —le hago saber, y me encanta la sonrisa que se le dibuja en su rostro.

Ríe por lo bajo antes de tomarme el rostro en las manos y besarme con lentitud y dulzura, pero estoy caliente, así que transformo el beso en uno húmedo e intenso que la tiene jadeando cuando me alejo.

—Tengo que irme antes de que te tire a esa cama, te arranque la ropa y te folle con toda la pasión que has despertado en mí con tus dibujos.

—¿En serio?

Pongo los ojos en blanco, le tomo la mano y la presiono contra mi erección.

—Así de dura me la has puesto, cielo.

—¿Te ayudo? —me pregunta con una sonrisa de picardía, dándome un apretón.

Gimo y lucho contra el impulso de aceptar, pero no quiero un trabajo manual y tampoco me bastará con deslizarme en su boca. Quiero follarla y

274

ponerla en las posiciones que he visto en sus dibujos, y no parece que eso vaya a suceder esta madrugada, así que le tomo la mano y se la beso antes de ponerme de pie e ir a por mi abrigo.

—Guardemos eso para la próxima vez. Ahora me iré, te dejaré dormir y me masturbaré en mi casa pensando en ti.

—El nivel de romanticismo que me gusta —bromea, poniéndose de pie y aceptando el beso que le doy—. Me encantas mucho.

—Y tú a mí. Eres muy talentosa y espero que nunca alguien te haga pensar lo contrario. No eres sucia ni pervertida, eso era elegancia, sensualidad y sexualidad, pasión, seducción y amor, arte.

—Gracias. —Me sonríe—. Es la primera vez que lo comparto tan abiertamente, Sarah ha visto solo unos pocos.

—Qué talento tienes para dibujar pollas y tetas, ¿eh? Me ha impresionado un montón.

Eso la hace reír y la beso de nuevo tragándome el sonido.

—Todos me encantaron, tienes que seguir haciéndolo.

—Gracias —vuelve a decirme.

Salimos con sigilo de la habitación, nos despedimos con continuos besos y tiempo después llego a casa y hago precisamente lo que le he dicho: darme placer a mí mismo pensando en ella.

Hago un repaso rápido para asegurarme de que tengo todo lo que necesito en la mochila. No es que necesites demasiado para pasar una noche con tu novia en un hotel, lo más importante ya lo tengo: condones, muchos, porque es que estoy ilusionado.

Bueno, también llevo algo de ropa, sobre todo porque me he tomado el sábado como día libre y me tocará trabajar mañana, domingo, que suele ser el día que tengo fiesta. Generalmente, los sábados solo trabajo hasta el mediodía y luego paso la tarde en el refugio, pero hoy me lo tomé libre. Al ver en el reloj que son las nueve de la mañana, me doy cuenta de que será mejor ponerme en marcha para pasar a buscar a Mérida, pero primero tengo un desayuno matutino con mis padres y hermanos, aunque Holden al parecer hoy no vendrá.

Tarareando una canción, bajo las escaleras y camino hacia la sala, donde parece que están conversando, y me detengo en seco cuando reconozco a una desagradable figura masculina en el lugar.

Está tomando la mano de mi hermana.

275

Está encantando a mamá, que ríe de lo que sea que dice.

Y Drake lo mira con los ojos entornados.

Pero ¿qué mierda está pasando aquí?

—Suelta a mi hermana —digo dando unos pasos hacia ellos y tirando del brazo de Hayley.

—¡Dawson! —se queja mi hermana, pero estoy demasiado ocupado mirando fijamente a este maldito bastardo que finge desconcierto.

—He dicho que sueltes a mi hermana —repito.

Drake, que me conoce demasiado bien y sabe que no hago esto como una broma o por haberme levantado con el pie equivocado, se levanta.

—Oh, Dawson —dice el imbécil, y una risa incrédula sale de mí.

—No vas a fingir esa mierda conmigo, Pancho.

—Me llamo Francisco —dice— y creo que estás lastimando a tu hermana con tu agarre.

—Suéltame —exige Hayley, sacudiéndose de mi mano, y me mira bastante molesta—. ¿Qué mierda te pasa?

—¿Qué mierda te pasa a ti? ¿Qué haces con este imbécil?

—Es mi novio y no lo llames así.

Siento que la palabra «novio» se repite en mi cabeza como un eco dramático y trágico. Estoy seguro de que mi expresión es de asco y cabreo, porque mi mamá me exige saber qué sucede y qué me pasa.

—Este imbécil es una mierda. ¿Cómo que tu novio? ¿Es que se te ha ido la puta cabeza, Hayley?

—¡Dawson! —Mi madre alza la voz ante mis palabras.

—Tal vez debamos escucharlo —interviene Drake.

Claro que me van a escuchar. Oh, me van a escuchar. ¡Maldita sea!

—Conozco muy bien a este imbécil narcisista y bastardo infiel —digo, mirando a cada uno de ellos—. Es el exnovio de mi novia.

—¿Tienes novia? —pregunta mamá.

—¿Qué novia? —pregunta Hayley—. Deja las tonterías.

—Tú lo has dicho, Dawson, es mi exnovia, no quiero ningún problema con eso —dice Francisco, como si intentara apaciguarme.

—¿No quieres ningún problema? ¡Ja! ¿No eres el imbécil que se ha plantado en su casa en dos de nuestras citas? ¿No me dijiste en una fiesta que era o sería tuya? ¿Que yo era pasajero antes de que retomaran las cosas?

—Creo que malinterpretaste la situación, lo que dije es que no quería que la lastimaras porque te vi coqueteando con otra chica.

—Quiero darte un puñetazo —confieso, incrédulo por su descaro.

Me giro hacia mi hermana, que tiene una expresión de confusión.

276

—Hayley, es el exnovio de mi novia, le puso los cuernos y creo que ella hasta hoy no lo sabe. La hizo sentir mal emocional y psicológicamente, y luego ha estado yendo a su casa cuando ve que ella tiene citas o cuando quiere molestar, le manda mensajes y me dejó claro que quiere volver con ella. —Hago una pausa porque es muy fuerte lo que diré a continuación—. Posiblemente te está usando o quiere sacar algo de esto.

—¿Quién es tu novia? —pregunta mi hermana.

—Se llama Mérida.

Entonces Hayley ríe y sacude la cabeza. La verdad es que es la reacción que menos esperaba y me siento muy desconcertado. Incluso Drake parece que no sabe qué hacer con toda esta situación, y ni siquiera mi mamá tiene idea de cómo manejarla.

—Ella fue la peor novia que ha tenido Francisco, le hizo daño. ¿Eres consciente de todo lo que le hizo? —me pregunta Hayley.

Durante unos segundos que se me hacen eternos simplemente la miro.

—Espera... —Salgo de mi incredulidad—. ¿De qué demonios habla? ¡Mérida no le hizo nada!

—¡Claro que sí! Seguramente te está envolviendo como lo hizo con él y te dice lo que quiere que creas.

—No me parece que Mérida sea así... —dice Drake—. La conozco.

—Francisco, cuéntale todo —dice mi hermana.

—Abres la boca y dices algo equivocado sobre Mérida y no vivirás para contarlo —le advierto.

Él me mira de los pies a la cabeza y veo la burla en sus ojos. Piensa que sus músculos lo son todo, pero lo que no sabe es que en este momento me siento como un demonio que quiere arrastrarlo al infierno.

—Todo lo que este tipo te dijo es una mentira, Mérida no le hizo nada, Hayley. ¡Nada!

—¿Por qué tengo que creerme a tu novia y no a mi novio?

—¡Te pido que me creas a mí! ¡A mí! ¿No he sido todo este tiempo un hermano sincero contigo? ¡Joder! ¿Cómo pondrías por encima a un recién llegado?

Parpadea y por un momento veo la incertidumbre en su mirada, pero Francisco murmura un «nena» y le pone una mano en el hombro, y sé que la pierdo.

—Confío en ti, pero estás creyendo las mentiras de alguien más. Te crees a tu novia y yo a mi novio, me parece que no llegaremos a un acuerdo aquí.

Miro a mamá en busca de ayuda y sé que no sabe qué hacer, porque esto nunca había pasado.

—Mamá, no estoy mintiendo y Mérida tampoco. Él en una fiesta me lo dijo, básicamente admitió sus infidelidades y…

Hago una pausa y pienso en los mordiscos de mi hermana, su actitud constante a la defensiva y su manera extraña de actuar.

Avanzo hacia Francisco. Puede que él tenga muchos más músculos, pero soy más alto, así que lo tomo de la camisa, ignorando su fuerte agarre en mis muñecas.

—¿Qué le estás haciendo a mi hermana, pedazo de basura?

—¡Dawson, suéltalo! —grita Hayley.

—¿De qué hablas, Dawson? —pregunta mamá, ahora en estado de alerta.

—Hayley ahora siempre tiene marcas, las oculta con maquillaje y le duelen cuando las roza, no parece contenta con ellas. Siempre está a la defensiva y a veces tiene ojeras.

—Cállate y suéltalo. —Hayley intenta tirar de mí.

Mamá se acerca a ella y le baja el cuello de la camisa, y jadea cuando encuentra lo que deben de ser unos horribles hematomas.

—Necesito que salgas de mi casa —le dice mamá a Francisco, y lo libero—. No traje a mi hija al mundo para que alguien la lastime.

—¡Mamá! No es así, me gusta —dice Hayley, y para mí resulta claro que es una mentira—. Yo le pido que lo haga.

—Mentira —dice Drake—, si ni siquiera soportas que te… pellizquemos las mejillas. Vete —le exige a Francisco—. Fuera de nuestra casa.

—Mamá, si él se va, yo también lo haré.

—No digas estupideces, Hayley. —Mamá le habla con fuerza, como pocas veces hace—. ¿Cómo te vas a ir de tu casa por un hombre que acabas de conocer? ¿Qué te crees? ¿Una princesa de Disney? ¿Estás dispuesta a perder todas tus comodidades para ser la mujer de alguien que apenas conoces? ¿Es eso lo que quieres hacer con tu vida? Porque si es así, vete, ahí está la puerta y nadie te detendrá. Ahora quiero que este jovencito se largue de mi casa y no se acerque más.

Mamá no necesita gritar ni hacer un escándalo, simplemente se gira y con dignidad se dirige a la cocina, dejando las opciones expuestas a Hayley. No sé qué esperaba mi hermana, tal vez que mamá llorara y cediera para que no se fuera, en lugar de que fuese tan sensata y firme.

—Agradece que mi papá no está, porque esta historia sería diferente. Vete, Pancho —le ordeno.

—Princesita —le dice a mi hermana, tomándole el rostro en las manos—. Me conoces y sabes quién soy. Para evitarte problemas me iré, ¿de acuerdo? No vengas conmigo porque lo mejor es que te quedes acá con tu familia y que se reconcilien.

278

—O porque no quieres tener una mujer viviendo contigo y cortándote el rollo, porque no forma parte de tu plan —señalo.

—¡Dawson, cállate! —grita Hayley, y la mirada que me dedica me duele.

—Hablaremos por teléfono —le asegura él, y la besa y luego le susurra algo en el oído, a lo que ella asiente.

Después, el maldito imbécil se va, no antes de dedicarme una sonrisa que solo Drake y yo alcanzamos a ver.

Está jugando con mi hermana.

—Espero que estén felices —dice Hayley subiendo las escaleras.

Drake y yo la seguimos.

—¿Crees que sueño con cortarte el rollo romántico? Hayley, no lo haría si no creyera lo que te digo, no te miento.

—¡Tú no! Pero tu supuesta novia sí. ¡No sabes todo lo que hizo! Solo crees en sus mentiras.

—Pero ¡si ni siquiera conoces a Mérida!

—Tampoco quiero conocerla. —Sube el último escalón.

—No seas estúpida, Hayley —dice Drake.

—¡Oh, qué raro! Drake de parte de Dawson, los dos contra mí.

—No se trata de eso. —Le agarro el brazo y se sacude.

Nos detenemos en su puerta y, cuando se vuelve, tiene los ojos llenos de lágrimas. No las derrama porque Hayley pocas veces llora, pero me afecta verla así.

—Hayley, intento cuidarte, por favor, confía en lo que te digo, no quiero que te lastime y te use. Por favor —ruego.

—No quiero hablar con ustedes.

Y entra y nos cierra la puerta en las narices.

—¡Joder! —maldice Drake, apretando las manos en un puño—. ¿Qué carajos fue… todo eso?

No lo entiendo, nunca ha sido así con sus otros esclavos. Nunca hemos discutido por estas cosas y nunca la sentí tan lejos de mí.

Maldito Pancho, no dejaré que destruya a mi hermana.

279

# 27

## Quiero respirar tu cuello despacito en el «5 letras» siendo un mala conducta

### *Mérida*

Me quedo procesando todo lo que Dawson acaba de decirme acerca de Francisco.

Tengo muchas cosas que asimilar, como el hecho de que ese bastardo admitió haberme sido infiel, cosa que, como una estúpida, sospeché varias veces pero le dejé convencerme de que yo era la paranoica con una conducta tóxica. Siento dolor por la Mérida del pasado, insegura y que se sentía culpable cuando él le daba la vuelta a las cosas, y la Mérida actual experimenta ira, rabia e impotencia.

Lo otro que tengo que procesar es que está saliendo con la hermana de Dawson y que al parecer contó una historia bastante distinta de nuestra relación y ruptura. Me cuesta entender que esté usando a Hayley por capricho hacia nosotros, porque eso es demasiado vil, nadie merece que jueguen con sus sentimientos.

Ahora bien, sobre los hematomas derivados de los mordiscos que Dawson asegura que Francisco le hace a Hayley y que estos no son deseados, me ha terminado de dejar con los ojos y la boca bien abiertos.

—Sí, me llegó a morder, pero eran pequeños mordiscos. Una vez me provocó un horrible hematoma y me hizo llorar con ese mordisco, pero le dije que no me gustaba y no lo volvió a hacer —le digo, observándolo caminar de un lado a otro.

»Dawson, no he mentido. Tal vez nuestra relación no fue la peor de todas y en su momento fui feliz, pero hubo mucha manipulación emocional y psicológica que solo pude ver cuando terminamos de manera definitiva. Me hizo sentir culpable de todo lo que fallaba en nuestra relación y de todo lo que le salía mal, y también me dijo que era quien más me querría pese a algunos de mis defectos y le creí, porque es encantador, dulce y sabe qué decir.

»Es cierto que no es violento físicamente, pero es manipulador y ególatra. Pensé que era una buena persona y no creo que sea totalmente horrible, pero quizá no está preparado para ser el novio de nadie y necesita terapia. No estoy mintiendo sobre esto.

Lo digo porque su hermana, al parecer, no quiere creer en lo que le dije y estoy algo nerviosa de que Dawson dude de mí.

Él deja de caminar de un lado a otro y se gira para mirarme y me dedica una pequeña sonrisa. Odio que esté tan preocupado, que mi ex esté ocasionando todo esto.

—Te creo, cielo, sé que eres sincera. —Camina y se sienta a mi lado sobre la cama—. Me preocupa que mi hermana siempre trata a sus novios como esclavos, es una abeja reina y ahora… parece que él la moldea. Es diferente y me miró de una manera que no quiero repetir.

—¿Quieres que hable con ella? Porque puedo hacerlo.

—Quizá más adelante, ahora no creo que sea una buena idea.

—Bueno, lo haré cuando lo creas apropiado.

Apoyo la mejilla contra su brazo y suspiro.

Estoy muy feliz de estar con él en esta lujosa habitación de hotel, pero tengo que admitir que, cuando pasó a buscarme hace una hora, lo último que esperaba era que me contara todo esto, aunque la expresión de su rostro durante el trayecto ya me había asustado, porque no coincidía con el ánimo de saber que pasaríamos la tarde y noche en un hotel.

—Sé que no es mi culpa lo que sucede, pero sí me da pesar que Francisco entrara en la vida de tu hermana por esto. Es una mierda.

—Es una mierda —coincide.

Juego con sus dedos en unos minutos que transcurren en silencio, pensando en lo bonito que es este hotel de cuatro estrellas al que nunca había entrado y lo mágica que se ve nuestra habitación. Es elegante y espaciosa, con un jacuzzi sexi a una distancia prudente. Hay un enorme espejo que me encanta y la ducha no tiene puerta; de hecho, está un lateral. Afortunadamente, el baño con el inodoro sí ofrece privacidad. Me parece que es una habitación pensada para amantes.

—Algo está mal con él y es evidente que quiere meterse en nuestras cabezas, pero no se lo permitiremos. Mi hermana entrará en razón —asegura—, y esto no es tu culpa, él ha decidido actuar como un imbécil porque eso es lo que es. ¿Y sabes qué? No planeamos esta salida para que él la estropeara.

Me sobresalto cuando Dawson se pone de pie y me sonríe.

—No vamos a dejar que ese imbécil arruine nuestros planes. ¿Qué tal si pasamos un rato en el jacuzzi?

281

De inmediato me siento cálida y paseo la mirada del jacuzzi vacío a él, que ya está sacándose la camisa.

—Eso me encantaría —respondo sin quitarle la mirada de encima.

Lo veo desnudarse hasta quedar en un bóxer blanco y me dedica una sonrisita antes de caminar descalzo hasta el jacuzzi, donde no pierde el tiempo y comienza a preparar nuestro baño.

Aún mirándolo, comienzo a desvestirme y no tardo en quedarme en un *bralette* negro de encaje que hace juego con un semitanga, porque, bueno, vine preparada para ser lujuriosa en esta habitación.

—Todo listo, cielo —dice Dawson volviéndose hacia mí.

Me encanta cómo su mirada desciende y asciende por mi cuerpo, y observo que su bóxer comienza a tensarse contra su creciente erección y la sonrisa encantadora que dibujan sus labios.

—Además de talentosa e inteligente, mi novia es increíblemente hermosa y sexi. ¿Vienes, cielo?

No hay manera de que no vaya cuando lo veo entrar en el jacuzzi dándome la espalda, pero, antes de alcanzarlo, me detengo para bajar la intensidad de las luces, dejando una luz tenue y seductora que me encanta.

Llego hasta el jacuzzi y entro con cuidado, porque no quiero arruinar el momento con una caída estrepitosa.

El agua es cálida contra mi piel y huele a frutas cítricas. Dawson ya se ha mojado el cabello, que ahora le cae en mechones sobre la frente, y me mira fijamente mientras me acerco a él. Tiene las piernas abiertas y está cubierto de agua y espuma por encima del ombligo.

Me hundo en el agua y vuelvo a salir con el cabello húmedo peinado hacia atrás y totalmente mojada —en todos los sentidos—. Gateo hasta él y, en lugar de sentarme típicamente entre sus piernas con la espalda contra su pecho, trepo sobre su regazo, abro mis piernas y me siento a horcajadas, presionando mi entrepierna contra la suya endurecida, y le paso un brazo por el cuello mientras con una mano le peino las hebras castañas oscuras de su cabello.

—Hola —lo saludo sonriendo, y me devuelve el gesto.

—Hola, cielo.

—Me gusta que me llames así. Me gusta mucho.

Siento sus manos deslizarse debajo del agua por mi trasero, apretándome contra él y luego jugando, haciendo círculos con el pulgar en mi espalda baja.

—Gracias por cumplirme esta fantasía del hotel.

—Cumpliré cualquier fantasía que desees.

Río por lo bajo antes de trasladar la mano de su cabello a su mandíbula y llevar mis labios a los suyos, comenzando el primer beso.

282

Nos besamos lentamente, saboreándonos y deslizando nuestras lenguas en roces sensuales. Me muerde el labio inferior y luego calma el ardor con su lengua y lo chupa, abriendo su boca lo suficiente para darle más profundidad al beso. Gimo contra su boca y, cuando me alejo, sus labios no tardan en comenzar un camino de besos que va a mi cuello, donde le doy más acceso alzando la vista al techo, y descubro que, aunque no es demasiado nítido, se ve nuestro reflejo.

—Alexa —le digo al sistema de reproducción—, reproduce «Despacito».

Y entonces, mientras Dawson me besa, chupa y muerde el cuello, comienzo a cantarle la canción, que ya la conoce porque ha sido bastante famosa desde que salió y estoy segura de que sabe de qué va. Comienzo a mover mis caderas al ritmo de la canción, presionándome contra él.

—*Oh, tú, tú eres el imán y yo soy el metal, me voy acercando y voy armando el plan.* —Me muerde la barbilla y gime cuando me muevo—. *Solo con pensarlo se acelera el pulso.*

Sus dedos tiran de los tirantes del *bralette* hasta dejarlo por debajo de mis pechos y desciende con su boca hasta mi entusiasta pezón, y lame antes de soplar y chuparlo con fuerza, cosa que me hace arquear la espalda.

—*Despacito* —canto en un gemido, moviendo la cintura con la misma lentitud y pausas de la canción—, *quiero respirar tu cuello despacito, deja que te diga cosas…* ¡Aaah! —grito cuando me muerde el pezón y luego me lo chupa de nuevo, tirando con sus dedos del otro pezón—. *Quiero ver bailar tu pelo, quiero ser tu ritmo, que le enseñes a mi boca…* ¡Ah! ¡Oh, *Virgencita*! Qué bueno se siente… Dawson, oh.

Canto con pausas por cómo su boca juega con mis pechos sensibles. Además, su otra mano me aprieta una nalga mientras me muevo sobre él, teniendo sexo en seco. Él gime y se endurece de una manera que resulta imposible de ignorar.

Es uno de los momentos más seductores y eróticos de mi vida; estoy muy mojada, mis pezones están duros y me duelen, mi piel se eriza. Ni siquiera alcanza a quitarme las bragas o quitarse el bóxer, en lugar de ello lo baja lo suficiente para que su pene se libere, erecto y orgulloso, y me aparta las bragas hacia un lado y me mete un dedo, que me tiene gimiendo fuerte.

Me besa de nuevo con pasión y desenfreno, y me vuelve loca.

Para cuando lo tomo en una mano y lo guío a mi interior, hundiéndome con lentitud, «5 letras», de Alexis y Fido, comienza a sonar en reproducción automática y nuestros gemidos la acompañan.

Sus manos me sostienen por la cintura. Abre las piernas y aplana los pies, flexionando las rodillas, y comienza a empujar desde abajo, embistiéndome deliciosamente. En algún punto lo veo sonreírme con travesura cuando acopla sus movimientos al ritmo de la canción, y siento que ardo de dentro hacia afuera. Me estimula con su miembro, pero también con su boca en mis pechos y con la canción, todo es una sobrecarga que me hace gritar y gemir. En algún punto, tomo el control y me empiezo a mover sobre él en círculos, arriba y abajo, haciendo que el agua se desborde y gimiendo su nombre cuando sus dedos juegan con mi clítoris.

Mis movimientos acelerados disminuyen porque no quiero que esto termine y para así acoplarme a la melodía de «Mala conducta». Dawson gime y está sonrojado, y me lame la garganta antes de cambiarnos de posición. Me hace apoyarme sobre mis rodillas y me inclina con las manos en el borde del jacuzzi, y luego se ubica detrás de mí e introduce su miembro en mi interior, moviéndose al ritmo de la canción y susurrándome lo bien que me siento y veo.

—No pares, por favor, no pares —le pido.

—No hay manera de que lo haga. —Sus dedos se aprietan con fuerza en mi piel—. Quiero estar así siempre, dentro de ti, enloqueciéndonos.

—Sí, por favor. ¡Sí!

Gimo sin control alguno, agarrándome fuerte del borde del jacuzzi, cuando una de sus manos viaja entre mis piernas de nuevo. ¡Es demasiado! Y me corro. Siento uno de los orgasmos más intensos de mi vida, y me parece que veo borroso y que la garganta me quema con el grito que emito. Mis piernas amenazan con desplomarse, pero me atrae hasta sentarme sobre su regazo, me embiste y entonces maldice antes de salir de mí. Lo próximo que sé es que siento la calidez de su orgasmo contra mi espalda antes de que se presione contra ella, haciéndome sentir su respiración agitada contra la oreja.

—Mierda —dice, riendo por lo bajo y jadeando—, eso fue...

—El mejor sexo —completo.

—Casi termino dentro, olvidé el condón.

—No fuiste el único. No estoy ovulando y, aunque solo una vez esto me pasó, sé que lo idóneo sería ir por una píldora de emergencia, ha sido una imprudencia y es mejor ser precavidos sobre esto.

—De acuerdo contigo, cielo.

Se despega de mí, me moja la espalda para limpiarme y luego yo hago lo mismo con su pecho, que ha conseguido ensuciarse por el contacto con mi espalda. Me giro y le paso la lengua, saboreándolo y haciendo que me mire sorprendido.

—Eres llena de sorpresas, cielo. —Me da un beso en la boca—. ¿Sabes lo que deberías hacer?

Lo miro con curiosidad y él me sonríe de manera ladeada antes de volver a hablar.

—Dibujarnos, no solo a mí. Ponernos a ambos en un dibujo +21.

—Eso sería…

Una locura.

E interesante.

Nos terminamos de quitar las prendas mojadas, las tiramos fuera del jacuzzi, y esta vez sí nos sentamos con mi espalda contra su pecho, satisfecho y aún sacudidos por un buen orgasmo.

—¿Te ha gustado? —me pregunta Dawson cuando estamos a pocos minutos de llegar a mi casa.

Sonrío sin mirarlo, porque esa pregunta puede enfocarse en muchos aspectos.

Podría preguntar si me gustó cada una de las veces que tuvimos sexo: ¡me encantó! Y es que no mentiré, el sexo con Francisco era fenomenal y con el paso del tiempo, como cualquier pareja, aprendió qué cosas me gustaban, y eso hizo que el sexo con terceros, cuando tuve rollos de una noche, fuese bueno, aunque no inolvidable. Pero ¿Dawson? ¡Dawson me devolvió la fe sobre que Francisco era increíble, pero no mi mejor orgasmo! Mi novio me ha hecho saber que no puedo rezarle a cualquiera y ya me marcó de por vida. El sexo fue ALUCINANTE. Es que lo recuerdo y ya quiero repetir.

También podría estarme preguntando si me gustaron todos esos momentos dulces y divertidos en nuestra estancia en el hotel cuando no teníamos sexo, como la bonita cena en la terraza, las tiendas elegantes donde me regaló unos aretes y hacer algo tan increíble como conversar hasta tarde de todo y de nada.

Podría estarme preguntando si me gusta lo que llevamos de nuestra relación y la respuesta es un enorme sí, me ha demostrado que no puedo arrepentirme de haberme arriesgado.

O podría simplemente referirse a si me gusta cómo en algunos semáforos me daba alguna caricia suave, porque Dawson es un chico al que le gusta tocar, ya sea de manera dulce o picante. No sabía que eso me gustaba, antes solía pensar que las muestras de afecto continuas no me gustaban, pero resulta que me derriten.

Así que, aunque no sé específicamente a qué se refiere y como estoy en mi nube, asiento como respuesta a su pregunta, pero recuerdo que no puede verme y entonces hablo:

285

—Sí, me ha gustado todo. ¿No ves que estoy como una tonta sonriendo?

—Como una tonta —responde con diversión antes de detenerse a un lado de la acera, frente a mi casa.

No apaga el auto, pero lo detiene. Se saca el cinturón de seguridad, me quita el mío y me toma el rostro para darme uno de esos sexis besos a los que espero no acostumbrarme: lento, húmedo, profundo y con un par de mordiscos y lamidas en el labio inferior.

Cuando se aleja de mis labios, me planta un beso en el pómulo y luego en la punta de la nariz antes de darme otro más breve en la boca.

—Dawson Harris, de novio eres como un nuevo nivel desbloqueado —digo con la mirada en sus labios y luego lo miro a los ojos.

—Soy un buen novio, no seré modesto sobre ello. ¿Por qué crees que Drake me llama su copia romanticona?

Le doy otro beso y abro la puerta para salir del auto tras tomar la mochila, y me agacho para asomarme por la ventana.

—Me siento un poco mal de que tengas que trabajar hoy, *periquito* —comento.

Y es que por eso hemos salido tan temprano del hotel, ya que debe recuperar el medio día que no trabajó ayer, pero él sacude la cabeza abrochándose nuevamente el cinturón de seguridad.

—No lo hagas, valió totalmente la pena. Ahora vete. —Frunce los labios y me lanza un beso—. O me harás llegar tarde al trabajo. Y avísame si la píldora te hace sentir mal o si pasa algo, estaré atento, ¿de acuerdo?

Asiento. Antes de venir a casa hemos pasado por la farmacia, prometiendo ser más cuidadosos las próximas veces porque esto no es algo que debamos hacer con regularidad y lo sabemos.

Retrocedo y me despido de él con la mano antes de avanzar a casa. Apenas son las ocho de la mañana y no tengo claro si mamá estará o no. En cuanto abro la puerta, Leona me mira de manera juzgona, pero no me ladra, así que la recojo del suelo y ella me lo permite porque le rasco detrás de la oreja.

—Eres odiosa, pero tan bonita… —la arrullo en voz baja y me lame la barbilla antes de decidir que no soy digna.

Perra mimada, eso es lo que es.

No veo a Boo y eso me hace pensar que hay bastantes posibilidades de que se encuentre debajo de mi cama; en serio, parece ser su lugar favorito para estar.

Subo las escaleras, bostezando y pensando en que pasaré un rato en la cama, cuando me sorprendo al ver la puerta de la habitación de mi madre abriéndose. Da paso a un hombre que está abotonándose la camisa y riéndo-

286

se, igual que ella, que solo lleva una bata de seda y… ¡Virgencita de lo inesperado! Puedo verle los pezones y al hombre también, porque se agacha como si planeara…

—Hola —chillo para anunciar mi presencia, y Leona ladra.

Mamá se sobresalta y su acompañante también. Al menos ya no me traumará chupándole o mordiéndole los pezones, si es eso lo que planeaba.

—Mérida, cariño, vuelves temprano.

—Sí —asiento con lentitud a mamá, pero lo miro a él—. Hola, doctor Wilson.

—Te he dicho que puedes llamarme Angelo —dice sonriendo.

Y asiento.

Así que lo logró, hizo que Miranda Sousa le dedicara finalmente una mirada y esto sucedió. No sé cómo me siento.

No soy exactamente una hija caprichosa ni estoy en contra de la idea de que mi madre viva un romance. De hecho, le he conocido dos novios a mamá. Pero pocas veces los dejaba quedarse a dormir, y si tiene aventuras —que sospecho que sí— nunca los conozco. Toda esta situación de pillarla es nueva para ambas.

Leona ladra, no está muy contenta de que su veterinario retoce con su mamá.

Soy vagamente consciente de que el doctor Wilson me despeina el cabello, cosa que más tarde recordaré y me molestará, e intenta despedirse de mamá con un beso en la boca que ella esquiva, fría como siempre.

Después solo quedamos ella y yo, que nos miramos sin romper el silencio. Leona ladra y se inquieta, y me doy cuenta de que la aprieto con demasiada fuerza. Cuando la dejo en el suelo, me dedica una mirada de reproche antes de entrar en el cuarto de mamá; al parecer, la perra no está lo suficiente indignada de que mamá se metiera con su veterinario.

—¿Quieres hablar de esto? —me pregunta.

—Hummm, en este momento no —respondo.

—¿Dónde estabas realmente? —Entorna los ojos mirándome.

—Tampoco quiero hablar de eso en este momento.

En otra situación me exigiría la respuesta y yo cedería por presión, pero, como no quiere hablar de su amante y del hecho de que casi veo cómo le chupan los pezones, lo deja pasar… por ahora, y no hablamos del doctor Wilson.

Le hago un raro gesto con la cabeza y camino a paso rápido hacia mi habitación. Dejo la mochila en el suelo y me agacho para mirar debajo de la cama, donde los ojos amarillentos de Boo me reciben.

287

—Sabía que estarías ahí —le murmuro estirando la mano, pero la gata me araña—. Necesito consuelo, casi me traumé con lo que vi.

Me vuelve a arañar y se queja como si me exigiera que la deje en paz. Frustrada por su rechazo y buscando consuelo, saco a Perry el Hámster de su casita de millonario.

—No sé cómo mirar de nuevo a la cara al doctor Wilson... Tenía una erección. ¡Ay, no! Quiero borrar eso de mi cabeza.

Lo que mi lado inocente no sabe es que tendría que verlo tarde o temprano y no solo por las citas de Leona y Boo; fue más allá de eso, hubo más razones.

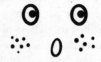

# 28

## Ay, no, te me caíste del pedestal

*Dawson*

*Junio de 2017*

Alguien me patea debajo de la mesa y ese alguien es Holden, mi hermano mayor, quien me hace un gesto disimulado hacia Hayley, que tiene la vista clavada en su comida. Intercambio miradas con Drake, que está sentado a mi lado, y siento la atención de mis padres.

—¿Qué tal va tu nuevo curso de técnica de pasteles, Hayley? —intento.

Ella alza la vista, parpadea un par de veces y luego se encoge de hombros.

—Bien.

—Qué bueno —digo.

—¿Qué técnicas has aprendido? —prosigue Drake.

Y ella le responde de manera automática.

Desprecio a Francisco.

Durante cinco días, Hayley no nos habló, hasta una conversación en la que papá nos sentó a los tres. Sin embargo, no es lo mismo. Hablamos poco, nos evita y parece que cualquier cosa que Drake y yo le digamos la irrita.

Me estresa, entristece y por último me molesta. Me hace sentir tanta impotencia que a veces pierdo la paciencia más rápido que Drake y simplemente exploto y le devuelvo su desplante y actitud odiosa, lo que nos distancia todavía más.

Estoy seguro de que Drake no entiende lo que le explica, pero asiente y hace pequeñas acotaciones, como «Ah», «Interesante» y «Genial», y yo continúo desayunando mirando del uno al otro.

Me desconecto de la conversación y pienso de nuevo en cuánto desprecio a Francisco.

Papá apoyó a mamá sobre la postura de que Francisco no viniera a casa y, de hecho, tuvieron una conversación con mi hermana para decirle que si pasaba algo físico o emocional con ese chico, ellos la apoyarían para enfrentarse a él o salir de la relación, y eso la molestó.

¿Qué es lo que dicen? Lo prohibido es más tentador, por lo que parece que se aferró más a ese tipo y sale con él siempre. La he visto salir a escondidas muy tarde. ¿Y los mordiscos? No los he visto, pero me pregunto si están en algún lugar donde no los pueda ver. No sé si soy paranoico, pero toda esta situación me tiene nervioso además de enojado, por supuesto.

—Dawson —me llama Holden, y alzo la vista—. ¿Cuándo conoceremos a Mérida?

Creo que Hayley resopla, pero nuestro hermano mayor lo ignora y yo decido hacerlo también.

—Supongo que pronto —respondo sonriendo—. Le gusta tu programa.

—Ah, tiene buen gusto —dice Holden, complacido, y pongo los ojos en blanco—. Recuérdame de dónde es.

—De Venezuela, estoy aprendiendo mucho de ella por eso.

—Me gusta su acento —añade Drake—. Ella es genial.

—Entonces... —dice Hayley con una calma que resulta sospechosa—, Dawson puede hablar de su novia mentirosa como si fuese una diosa y lo mejor de su vida y ustedes le preguntan y todos son felices, pero ¿yo no puedo hablar de Francisco? Me parece insólito que no pueda hablar de mi novio debido a todas las mentiras que ella le ha dicho a Dawson y que todos ustedes creen. ¿Por qué Dawson sí puede hablar de ella?

—Porque me dijo la verdad. Hayley, Francisco me admitió cosas, además te estaba o te está maltratando físicamente con esos dolorosos mordiscos que no te gustan. —No puedo evitar decirlo, pese a que planeaba quedarme callado.

—¡No sabes nada! ¡Nada, Dawson! Y quedarás como un estúpido cuando veas que ella no es lo que dice ser.

—Como una estúpida te ves tú, creyendo en un tipo antes que en tu hermano. —Tampoco puedo evitar decirlo.

—Creería en ti si no supiera que simplemente repites lo que *esa* Mérida te está diciendo.

—De Mérida hablas con respeto —le digo, y se ríe.

—No puedo con esto, simplemente no puedo y perdí todo el apetito. ¡Bien hecho, Dawson!

Arrastra la silla hacia atrás y pretende irse, pero mamá la llama sin alzar la voz, pero con autoridad:

—Si no vas a comer más, llévate tu plato y lávalo.

Y veo que la molestia de Hayley crece, pero hace lo que mamá le pide y nos deja en silencio en un desayuno familiar que no salió nada bien.

—Pensé que nos habíamos saltado eso en la adolescencia. —Papá rompe el silencio—. Esto está siendo una pesadilla.

—A veces hay que estrellarse para entenderlo —dice Holden antes de beber de su jugo—. Cuanto más se lo nieguen, más lo querrá.

—Por eso trato de lucir indiferente. —Mamá suspira—. Pero estoy tan preocupada…, está siendo muy difícil ver a mis hijos pelearse de esta forma por un imbécil.

—Un gran imbécil —dice Drake—. No dudo de lo que cuenta Mérida… Y si Dawson dice que el mismo tipo se lo dijo, no hay nada que… dudar.

No soporto pensar que la esté usando, que le haga daño, que la lastime y no la valore, que esté influyendo tanto como para sacar este lado de ella.

Tal vez pronto deba tener una conversación con el idiota de Pancho.

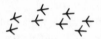

Bañado y vestido con ropa no meada por un gato, estoy listo para grabar con Mérida su primer tutorial de maquillaje para YouTube.

Tras un día de trabajo en que he tenido dos nuevos pacientes, uno de los cuales me orinó, vine a casa de Mérida, comí unos restos de pizza fría y me duché en su baño.

La miro y sería imposible no notar que está nerviosa mientras acomoda la cámara sobre el trípode, enfoca las luces y también verifica nuevamente que tiene todo lo que necesita sobre el escritorio que hemos decorado con un gran espejo.

—¿Preparada?

—¿Y si me equivoco?

Camino hacia ella y la hago retroceder hasta que se sienta en el banquito donde debe estar. La miro; lleva una bandana que le aparta el flequillo del cabello hacia atrás y está sin maquillar, cosa que hace que sus pecas claras destaquen y demuestra que el color natural de su boca me seduce tanto como cuando lleva sus llamativos labiales. Le doy un beso suave en los labios.

—Si te equivocas, seguimos y luego editamos, esto no es en vivo y está bien equivocarse. Lo harás bien.

Tarda en responder, pero suspira.

—De acuerdo, hagámoslo.

Voy detrás de la cámara y presiono el botón de grabar.

Y sí, se equivoca, más que un par de veces, o hace unas pocas pausas incómodas, pero también hace su arte y magia. Sonríe y ríe ante mis comentarios detrás de la cámara, como cuando le digo que está aplicándose sombra azul cielo durante la segunda semana de verano o que está delineando sus ojos como una gata seductora que no se dejará por ningún gato. Poco a poco se suelta y relaja, tanto como puede al ser esta su primera vez, y explica el proceso además de responder a mis tonterías. Me invento los nombres de los pinceles, y sobre el maquillaje de las cejas le digo que va en plan «Mira, soy mala, pero no quieres que sea buena».

—Ahora sus pómulos brillarán como un rocío sobre girasoles…

—Esto es iluminador —explica entre risas antes de decir qué marca usa.

Cuando termina, está tan preciosa como siempre y tiene una sonrisa que sé que enamorará a la audiencia, y no lo digo porque sea mi novia, aunque, bueno, eso influye.

—Ojalá les haya gustado, pronto volveré con más y espero no haberlo hecho mal, es mi primera vez…

—Interesante —digo con picardía, y ella pone los ojos en blanco y sonríe.

—Recuerden que soy Mérida, como el estado de Venezuela, y la sexi voz de fondo diciendo cosas divertidas es mi novio, Dawson.

Salgo de detrás de la cámara para saludar brevemente antes de regresar a mi lugar. Se vuelve a despedir nerviosa y detengo la grabación.

—¿Cómo lo he hecho? —pregunta cuando tomo la cámara para revisar que todo esté bien.

—Increíble.

—¡Estaba tan nerviosa! —Se ríe—. ¡Gracias, gracias! Has hecho que me sintiera cómoda.

—Drake me ayudará a editarlo, si no te importa que lo vea.

—Me da un poco de vergüenza, pero está bien.

Apago la cámara, la dejo de nuevo en el trípode y camino hacia ella, que enreda las piernas alrededor de mi cintura y sus brazos alrededor de mi cuello.

—Me encantó verte así y lo haces increíble. No es fácil y se ve que te gusta.

—Te gustó mucho, ¿eh? —Se remueve contra mi creciente erección.

—Muchísimo. ¿Te lo demuestro, cielo?

—Sí, por favor.

Y eso es lo que hago, contra la pared, con el pantalón debajo de mi trasero, su falda enrollada en sus caderas y sus bragas a un lado. Sus piernas me envuelven fuertemente mientras embisto una y otra vez demostrándole lo mucho que me gustó verla logrando algo en lo que se subestimaba.

292

—Dawson, la señora Hamilton está aquí —me dice Susana con una mirada de simpatía.

Pensé que esta semana me salvaría de tener que revisar a la muy sana gata de la señora Regina Hamilton. Cada vez está siendo más audaz en sus avances y me hace sentir muy incómodo.

—¿Quieres que le diga que estás ocupado? —pregunta Susana como el ángel que es.

No miento cuando le digo a Mérida que solo tuvimos coqueteos. Estoy seguro de que pudimos llegar a más, pero entonces posé mis ojos en una venezolana loca que me puso el mundo al revés y las cosas no fueron las mismas.

Me encantaría pedirle a Susana que dijera exactamente eso, que estoy ocupado aunque no lo estoy, pero me genera culpa porque ¿qué pasa si Canie esta vez realmente sí se enfermó?

—Hazla pasar. —Suspiro y ella asiente.

La señora Regina Hamilton entra con su sonrisa, como siempre, y su pobre gata. Me mantengo detrás del escritorio porque he aprendido que eso limita nuestro contacto físico, y tras un saludo cordial comienzo las preguntas básicas, a las que debe estar acostumbrada, como qué ha notado extraño en el comportamiento de Canie.

Pasamos a la camilla para examinarla y sonrío cuando Canie ronronea, porque ya está bastante acostumbrada a mí de tanto que me ha visto. Le hablo con suavidad y la acaricio mientras la reviso, y descubro que, por supuesto, no tiene nada, es una de las gatas más sanas que he atendido.

Se la entrego a la señora Hamilton, me siento de nuevo detrás del escritorio y le explico una vez más que su gata está bien.

—Traerla tan seguido podría generarle estrés y eso podría hacerla enfermar —digo con tacto—. La próxima vez tal vez podría llamar a la clínica, comunicarnos los síntomas y los malestares que crea ver y de ahí decidimos si debe traerla o no.

—Tal vez a Canie simplemente le gusta verte, Dawson, eres lindo de ver.

Asiento y me pongo de pie para guiarla a la salida, o si no tardará demasiado en irse.

Pero me sorprende cuando me toma de la mano y tira de mi cuerpo, haciéndome tambalear, y me pega a su frente. Es una mujer bastante alta, y me sonríe con sus labios llenos y los ojos azules le brillan con una mirada de seducción.

—¿Hasta cuándo vamos a jugar a este juego, Dawson? Ya no es divertido.

Pese a que no quiero lastimarla, tiro con fuerza de mi mano y retrocedo. La gata debe de notar el cambio en el ambiente, porque comienza a quejarse.

293

—No estoy jugando a nada, señora Hamilton.

—Ya te he dicho que me llames Regina. —Avanza hacia mí—. ¿No te parece que ya he gastado demasiado dinero en este juego? Creo que ya estamos listos para llegar al final, cariño.

Me quedo en silencio, no me creo que hayamos llegado a este punto y a esta situación. Me aclaro la garganta y salgo de mi estupor.

—Me parece que ha malinterpretado las cosas, soy el veterinario de su gata y mi trato no ha sido más que cordial, sin ningún otro propósito más que el de ayudar.

—¿Me estás diciendo que me lo he inventado todo? —Alza la voz.

—Le estoy diciendo que no he sido más que profesional y que no sé qué pensó que sucedía, pero solo era el veterinario de su gata. No es que le incumba, pero tengo una novia a la que respeto, y cuando vengo a este consultorio es únicamente a trabajar.

—¿Quiere decir eso que me has estado usando con el único propósito de sacarme dinero?

—Quiero decir que no he sido más que profesional y que cada consulta se ha llevado a cabo bajo su petición.

—Me usaste —jadea.

—No, señora Hamilton, nunca haría tal cosa.

—¡Por supuesto que sí! Te has aprovechado de mí.

No puedo creerme que esté sucediendo esto y una parte de mí odia la sensación de miedo al no saber qué puede llegar a hacer. Ese miedo se hace más grande cuando dice sus próximas palabras:

—Quiero hablar con tu jefe. ¡Ahora!

Su último grito hace que menos de dos minutos después aparezca Susana, que parpadea alarmada cuando la señora Hamilton comienza a despotricar de mí. Es vergonzoso, y sus gritos alertan a Angelo Wilson y a varias personas que se encuentran en la sala de espera con sus mascotas. Estoy sonrojado por la vergüenza, pero también por la rabia cuando Angelo Wilson nos hace ir a la sala de reunión y no me deja interrumpir cuando Regina Hamilton cuenta una versión absurda de seducción que supuestamente yo inicié.

—Me estaba usando para hacerme venir y sacarme dinero en esta clínica con la falsa promesa de un romance —concluye con la voz tan alta que podrían escucharla desde fuera.

Es una suerte que su gata no se encuentre aquí o acabaría perturbada.

Angelo Wilson me dirige una mirada llena de seriedad y respiro hondo porque sé que no importa lo que diga, todo será a favor de esta señora. Sin embargo, eso no significa que me vaya a quedar en silencio.

—¿Qué me dices de todo esto, Dawson?

Es bien sabido que por alguna razón este veterinario con experiencia al que tanto admiraba siente algún recelo hacia mí, siempre cuestiona lo que hago y es distante conmigo, pero veo que incluso él reconoce que Regina Hamilton se ha inventado toda una historia.

Así que respiro hondo antes de contarle mi versión, que se basa en atender a una gata que me traían semanalmente —cosa que está registrada—, que nunca le receté medicamentos para enfermarla o para que tuviese que volver —que también está registrado—, que mi trato siempre ha sido cordial y profesional, y que me sentía incómodo e incluso Susana, la recepcionista, y Oliver, pasante de administración, me han escuchado quejarme. Finalmente relato cómo han sido los hechos de hoy.

Cuando termino de hablar, estoy tan enfadado que ni siquiera soporto verla.

—Entiendo que la situación ha sido desafortunada, señora Hamilton, pero debe entender que Dawson es nuevo. En vista de que tenemos que ser justos y que ninguno de los dos tiene pruebas, la invito a que deje que cualquiera de los otros veterinarios experimentados trate a su gata.

Me muerdo la lengua para no gritar y la garganta me arde de la humillación y la impotencia por el final que le están dando a esta historia.

Escucho que le da un descuento especial y la invita a regresar, y también menciona que él —quien tiene la agenda llena— atenderá a Canie. Ella dice que no está satisfecha, pero que lo pensará, y me dedica una larga mirada enojada que aún sigue cargada de lujuria antes de salir, pero no le devuelvo ninguna mirada.

Cuando la puerta se cierra, Angelo Wilson clava su vista en mí y suspira, sacudiendo la cabeza en negación, como si yo fuese una decepción más grande de lo que esperaba o le estuviese generando un gran problema por ser irresponsable.

—Eres joven y entiendo que no sabes muchas cosas, que todo lo quieres hacer a tu manera, pero no puedes permitir que nuestros pacientes dejen de venir y que se busquen otra clínica, y menos una paciente vip. Esa señora se ha dejado mucho dinero aquí…

—Esa señora básicamente me estaba acosando —interrumpo.

—No me importa si te sonreía o te tocaba la mano, Dawson, me importa lo que representa para esta clínica y debes entenderlo. Eres un muchacho joven. ¿Cómo es que no te interesas por una mujer mayor preciosa que quiere pasar un buen rato contigo? Casi nos cuestas un paciente importante. Lo he discutido con los demás, pero al parecer todos están encantados contigo.

Sin embargo, veo que te falta mucho para forjarte como veterinario. En este momento, es como si no fueses nada…

Me desconecto de la basura que dice y pienso en el mucho más joven Dawson Harris que pensaba en este señor como un gran veterinario, que leía sus libros y ensayos y creía en sus malditas conferencias. Qué terrible es idealizar e idolatrar a una persona que al final te recuerda que es un humano más que arruina las cosas.

Aprieto mis manos en puños y las abro hasta que me dice que puedo retirarme.

—Doctor Wilson —lo llamo antes de abrir la puerta—, ¿alguna vez ha sentido que idolatró a la persona incorrecta?

No me responde, solo me mira, y con esas palabras salgo del lugar, fingiendo que no me pican las miradas de las personas que presenciaron los bochornosos gritos y que quién sabe qué piensan de mí en este momento.

Susana intenta hablar y amablemente le pido que, por favor, me dé un momento. Cuando llego a mi consultorio, me encierro, diciéndome que debo calmarme, que no hice nada malo y que simplemente me envolvieron en una situación de mierda.

Intento ver como algo positivo que ya no atenderé a Canie, pero no me consuela lo suficiente y me sigo sintiendo humillado.

Siento que este no es mi lugar, que no sé adónde tengo que ir y que ahora me embarga un miedo sobre si alguna vez trabajaré en un ambiente laboral diferente. También intento sacudirme las palabras de Angelo Wilson.

Fui el mejor de mi clase, hago un buen trabajo con mis pacientes, no lastimo ni medico mal, sé que soy bueno y no creeré en sus palabras.

—Serás un gran veterinario, Dawson Harris —me digo y hago una pausa—. Ya eres un gran veterinario y serás incluso mejor.

296

# 29

## Inolvidable

### Mérida

Los dedos de Dawson me acarician la parte baja de la nuca mientras está sentado a mi lado, riendo por algo que su gemelo dice. Paseo la mirada por Drake, Alaska y su amiga Romina, quien resulta que es colombiana, veo a Sarah, que está a mi lado y finalizo con Sophia y Marcus, que se han animado a venir y quienes son la prueba de que sí se pueden conseguir amigos en la aplicación en la que Martin me engañó.

Enarco las cejas con sorpresa cuando la mujer del karaoke eleva la voz de manera magistral haciendo que todo el local grite y la aplauda, incluyéndonos a nosotros. Tiene que ser una profesional o haber hecho alguna clase de canto, porque tendría que estar haciendo de telonera de Ariana Grande.

No me puedo creer que esté un viernes por la noche en un bonito local de comida y karaoke con un grupo de amigos medio raro que se está llevando bastante bien. Antes de conocer a Dawson decía que me costaba hacer amigos, y ahora, además de tener amigos, tengo un novio, y no cualquier novio. ¡Qué éxito!

Y dicho novio me planta un beso justo debajo de la oreja que me hace sonreír, pero por dentro me calienta y me tiene pensando en todas esas veces en las que me ha hecho llegar a un orgasmo de alguna manera.

—¿Te hace cosquillas? —me susurra plantándome más besos.

Giro el rostro, atrapo sus labios en un beso y sonrío.

—No, tonto. —Llevo mi boca a su oreja, mordisqueándole el lóbulo antes de volver a hablar—. Me calienta.

Hace una pausa y luego respira hondo antes de darme otro beso corto, este sonoro.

—Podemos irnos si quieres.

—No nos iremos, podemos esperar —le hago saber y él asiente, vuelve a su posición y aplaude cuando la naciente estrella en el escenario termina su interpretación.

297

Justo en ese momento vemos que llegan Micah y Wanda, los simpáticos amigos de Dawson a cargo del refugio de animales, donde he vuelto a ir. Lucen sonrojados y tan despeinados que me pregunto si estaban teniendo algún tipo de acción que los ha hecho llegar tarde; es algo que yo no comento, pero Drake Harris sí lo hace.

—Tuvimos una emergencia en el refugio —responde Micah, y Drake ríe.

—No seas malo, no culpes a los animalitos —lo reprende.

—Qué bello es tu cabello —le dice Sarah a Wanda tras estrecharle la mano.

Cuando la conocí era castaña claro y ahora es rubia platino, y Sarah tiene razón, su melena larga se ve impresionante. Su esposo asiente totalmente de acuerdo antes de estrechar la mano de Alaska y tomar asiento.

—A mí me encanta el tuyo —señala Wanda, y no suena como algo que dice cordialmente; ve el cabello de mi amiga como algo que ella desearía tener.

Y tiene sentido, el cabello esponjoso, corto y encrespado de mi amiga es naturalmente hermoso. Cuando nos conocimos, Sarah me dijo que antes había usado muchos químicos en su cabello con el fin de alisarlo y adaptarse al «cabello bueno», pero luego había reconectado consigo misma y se había rapado todo el cabello para recuperar las hebras encrespadas naturales, y desde entonces lo cuida mucho y se aplica productos naturales.

—Es mi turno —dice Sarah, bebiéndose de un solo trago su cerveza—. Voy a dar el mejor espectáculo de esta noche.

Es un hecho que pongo en duda, pero como buena amiga le enseño los pulgares y asiento.

—¿Hay turnos? —pregunta Wanda—. No sé si me atreveré a cantar.

—Yo sí que lo haré —asegura Micah.

—En mi mente ya sé qué canción será la mía —asegura Marcus con una mirada pensativa.

Le he recordado un par de veces desde que nos sentamos que esto no es una competencia, porque en serio parece que está un poquito intenso con el tema de competir, pero él me ignora. Siento que se lanzará con una presentación digna de premios musicales con el fin de demostrarnos que lo hace muchísimo mejor que nosotros.

Comparto una mirada con Sophia, que pone una mano sobre el brazo de Marcus.

—Pero no es una competición —le recuerda ella, y nuestro amigo se encoge de hombros.

Sarah me planta un beso sonoro en la frente antes de alejarse. La vemos

298

seleccionar la canción y luego mi amiga saluda a nuestra mesa antes de subir al pequeño escenario.

—Buenas noches, ustedes no saben quién soy y yo tampoco se lo diré, así que solo límpiense los oídos y escúchenme cantar —dice de manera contundente Sarah.

—Eso fue agresivo. —Dawson se ríe mirándola.

—Y caliente —agrega Marcus, quien siento que toda la noche le ha estado enviando vibras.

Pero mi amiga aún anda en su enamoramiento misterioso del que poco me dice.

Apenas empiezan los acordes, todos gritan. Tal vez esperan que le pida matrimonio a alguien mientras comienza a cantar «Marry you», de Bruno Mars. Sarah no canta mal, tal vez sea porque su tono de voz es agradable al hablar, porque literalmente está hablando la canción y no suena mal. Nosotros la estamos animando y ella parece disfrutarlo verdaderamente, y yo también me estoy divirtiendo, al menos hasta que veo a una pareja acercándose a nuestra mesa.

Y, aunque no la conozco a ella en persona y no alcancé a verla en la fiesta de cumpleaños de los gemelos, sí la he visto en fotos del Instagram de Dawson, y él es muy familiar teniendo en cuenta que fui su novia durante demasiado tiempo, años.

Los demás solo notan su presencia cuando se detienen en nuestra mesa, y puedo sentir a Dawson tensándose a mi lado. Me apena por Sarah, que solo Micah, Wanda, Marcus y Sophia se mantienen animándola; los demás generamos una horrible tensión, y Romina solo está siendo chismosa, aunque no la juzgo.

—¿Cómo has podido traer a este tipo? Te invité a ti, simplemente a ti.

—No veo por qué no puede venir conmigo mi novio si Drake y tú tienen a sus novias con ustedes —dice la hermosa castaña de ojos verdes.

—¡Eh, eh, eh! —dice Alaska frunciendo el ceño—. ¿Y a ti qué te pasa, Hayley? Soy más que la novia de Drake, soy amiga de Dawson y de Mérida.

—Mérida —dice Hayley, y no con un tono de voz feliz.

Nuestras miradas conectan y estoy un poco impresionada al ver esta versión femenina y aún más mejorada de los gemelos Harris: alta, delgada pero muy tonificada, con el cabello castaño claro lleno de reflejos rubios y ojos verdes. Su maquillaje es sencillo pero sé que le tomó un tiempo para lucir casual.

Es muy pero muy bonita y, por lo que Dawson me contó, es una persona con una personalidad que siempre destaca y llena de liderazgo.

299

—Soy Hayley —se presenta, extendiéndome la mano, que no dudo en estrechar pasando la mirada de ella a Francisco.

—Me llamo Mérida. —Miro hacia mi ex—. Hola, Francisco.

Me da un asentimiento, como si fuese indiferente conmigo y, aunque me desconcierta que su personalidad siempre insistente no esté, comprendo que así es como se comporta frente a su nueva novia. ¿Qué cosas exactamente se habrá inventado de mí?

Hay presentaciones y muchísima tensión, sobre todo cuando Francisco intenta sentarse a mi lado antes de que Sarah aparezca y reclame que es su silla. Los ajenos a que es mi ex y la situación que se ha generado entre los tres hermanos a raíz de la relación de Hayley establecen conversación. Además, hay que admitir que Francisco sabe cómo ser encantador, tiene una labia increíble y ni siquiera puedo culpar a Hayley por creer sus mentiras porque esa una vez fui yo.

Me siento un poco incómoda con la mirada de Hayley, se ve bastante seria y parece que intenta descifrarme o que desearía que no estuviese aquí. Baja la guardia cuando Alaska le habla y se hace evidente que se llevan de maravilla, y también con Romina, pero cuando hacen el intento de unirme a la conversación de nuevo es un bloque de hielo.

—¿Qué fue lo que le dijiste? —pregunto a Francisco, cansada de esta tensión—. ¿Qué te inventaste?

—No sé de qué me hablas, siempre soy sincero.

No puedo evitar reír y él enarca una ceja.

—Qué gran chiste. Te encanta mentir cuando te conviene, Francisco, y me parece muy obvio que has estado contando una versión errada de nuestra ruptura.

—¿Ruptura? —pregunta Marcus.

—El imbécil es su ex —responde Sarah—. Uno que se arrastró durante meses y que me parece que la acosaba. Me da gusto que finalmente tenga novia y deje a mi chica en paz.

—No me da gusto que esa novia sea mi hermana —dice Dawson.

—Sí, eso es una mierda —asiente Sarah y mira a Hayley—. Un consejo, guapa, huye de ese dolor de cabeza, no lo vale, incluso si te hace sentir ahora como una reina.

—Hablas como si me conocieras, Sarah —dice Francisco y se ríe.

—Gracias al cielo no te conozco lo suficiente, sinvergüenza, pero sí he escuchado mucho de ti.

Francisco simplemente planta un beso en la mejilla de Hayley antes de mirarme.

—*Creías que no nos volveríamos a ver, pero resulta que somos concuñados. ¿Cómo te sientes? Ahora soy de ella y sé lo celosa que eres, te debes de retorcer porque estoy con ella y la he encontrado gracias a ti* —me dice en español—. *Tú y yo lo pasamos riquísimo, y ahora lo paso muy rico con ella. Hummm, lo buena que es esta inglesa en todo lo que hacemos dentro y fuera del dormitorio. Quiero cogérmela siempre.*

Hay un movimiento en la mesa y luego Francisco se encuentra lleno de agua, y todos nos volvemos a mirar a la culpable de ello: Romina.

—Eres un maldito asqueroso. Sé español, soy colombiana igual que tú y es una vergüenza que tú lo seas. No te atrevas a hablar de Hayley así.

»Piensa bien si quieres estar con ese patán, Hayley, porque puedo traducirte que básicamente le dice a Mérida que va a follarte como lo hacía con ella y que ella se pondrá muy celosa. ¡Ah! Y que gracias a Mérida te encontró.

Se hacen unos largos segundos de silencio y luego la mesa se tambalea cuando Drake se pone de pie e intenta ir hacia Francisco, pero Alaska lo detiene.

—Te voy a partir la cara —le dice el chico.

—¡Drake, basta! —exige Hayley, aunque luce algo desorientada.

Me siento horrible, porque la está manipulando, es una víctima y está muy confundida.

—No le hice nada a Francisco, Hayley, nada —le digo—. De hecho, cuando terminamos definitivamente fui amable, y el último par de meses es cuando he sido más dura porque se estaba volviendo incómodo. No sé qué te dijo, pero seguramente fueron mentiras porque es un fiel predicador de ellas.

No me responde, en su lugar llama a un camarero y le pide una bebida, y Alaska insta a Drake a sentarse. Me niego a que nuestra noche quede arruinada, así que hago algo que jamás hubiese hecho en el pasado.

Le doy un beso a Dawson, me levanto y camino hacia el lugar donde se seleccionan las canciones, ignorando la risa del encargado cuando le pido que me dé la lista en español. Me sé casi todas las canciones disponibles, por lo que termino escogiendo al azar.

Desde el escenario mi personalidad tímida entra en pánico. No es que haya una multitud y se sabe que no todos somos tan talentosos como la aspirante a estrella, pero es intimidante. Sin embargo, mi mirada se topa con la de Dawson, que me da una pequeña sonrisa y alza el pulgar.

Hago un asentimiento hacia el DJ y la melodía comienza a sonar, y de inmediato Romina suelta un gritito y se pone de pie. Eso me alienta más.

—*Era tan bella, era tan bella que su mirada todavía me quema* —canto; aunque no soy Demi Lovato ni Ariana Grande, no rompo ventanas—. *Cómo*

301

*quisiera poderla olvidar, pero se acerca y no lo puedo evitar. Porque cuando habla con sus ojos dice cosas que no puedo entender.* —Amo que Romina esté saltando y cantando desde la mesa—. *Y se desnuda poco a poco y se convierte en tu piel.*

Sonrío caminando por el escenario al ritmo de la canción y señalo a Romina, que grita el coro cantando conmigo.

—*Y yo no sé cómo vivir, si ya no puedo sacarlo de aquí.* —Sonrío y señalo a Dawson a la vez que cambio el género de la letra para dedicársela—. *Qué no daría por besarlo, por abrazarlo una vez más. Y ya no quiero dejarlo escapar, si es que lo puedo volver a encontrar. No quiero perderlo, porque solo es él.* —Le sonrío y él se pone de pie animándome—. *Inolvidable para mi corazón. Inolvidable.*

La adrenalina me recorre mientras bailo por el escenario cantando y riendo en algunas partes. Pese a que mi público no sabe español, ellos se animan y se levantan para bailar. Mis nuevos amigos corean mi nombre y Romina canta con el corazón, aplaudiéndome.

Señalo mayormente a Dawson, bailándole, y él se acerca al escenario, sonriéndome, riendo y lanzándome besos.

—*Inolvidable para mi corazón, inolvidable, inolvidable* —termino.

Estoy jadeando, sudada y con el corazón acelerado, pero todos me aplauden de manera efusiva. Incluso la chica aspirante a estrella grita por mí y río haciendo una pequeña reverencia antes de devolver el micrófono y bajar del escenario, saltando sobre Dawson, que me espera al final y me atrapa cuando envuelvo mis piernas alrededor de su cintura y los brazos en torno a su cuello.

—¿Te ha gustado, *periquito*?

—Ha sido perfecto, cielo. —Me besa con lengua y muy profundamente—. ¿Me lo traduces luego?

—Cuando estemos desnudos —prometo, y ríe por lo bajo y me vuelve a besar.

Aún cargándome, me lleva hacia la mesa, donde nuestros amigos nos reciben con aplausos, bromas y felicitaciones. Alaska está especialmente entusiasmada con mi presentación y Romina, alucinada, dice que se sintió como en un concierto. Tomo asiento todavía sonriendo e ignorando a Francisco —cosa que planeo hacer toda la noche— y me encuentro con la mirada de Hayley, que me observa confundida como si ya no supiera quién soy: si la versión que su novio le ha contado o a la que su hermano llama novia.

La noche sigue pasando de manera divertida; solo unos pocos hablan con Francisco, lo que hace que aún haya algo de tensión, pero tratamos de no dejar que la noche se arruine. Romina hace un dueto con Marcus, y Micah canta una vieja canción de los Beatles sin llegar a arruinarla, pero tampoco le hace justicia. Somos la mesa que anima a todos los que suben a cantar.

302

En algún punto, Hayley decide irse y, aunque Dawson y Drake hacen un esfuerzo para que no se vaya con Francisco, al final lo hace y puedo ver que eso les afecta. Un par de horas después, todos nos vamos y luego Dawson se queda conmigo en mi habitación, porque mamá no está. Mientras estamos desnudos, después de dos orgasmos, tal como se lo prometí, le traduzco la canción que le canté.

—Sí que eres inolvidable. —Me sonríe.

*Julio de 2017*

—Tenemos que hablar —le digo.

Mamá deja de acariciar el pelaje de Leona, que se encuentra echada en la cama a su lado cuando me adentro en la habitación.

Siempre me ha parecido increíble que este espacio de la casa junto con su despacho huelan innegablemente a ella: la mezcla de su perfume caro, su crema corporal y un olor único que nunca he sabido explicar.

Me siento en la cama y Leona me ladra, lo que me hace poner los ojos en blanco. Luego estiro la mano y la acaricio, y la muy malagradecida, como siempre, hace ademán de morderme. Ella solo quiere hacerme creer que es la que manda en nuestra relación, pero ¡yo soy la jefa! ¡Soy la hermana mayor!

—Eres una mimada —le digo, pero sonrío cuando se levanta. Como es tan pequeña, se ve adorable intentando atacar mi mano—. Pero muy bonita.

—¿Qué es lo que quieres hablar conmigo? —pregunta mamá.

Vuelvo mi atención a ella y no puedo evitar sentirme extraña ante el hecho de que un viernes por la mañana esté en casa haciendo algo tan cotidiano y normal como pasar el rato en su cama leyendo un libro y acariciando el pelaje de su hija favorita.

Me distraigo observando lo hermosa que es mi mamá y que de una forma bastante evidente cumple con el estereotipo físico de lo que esperan de una mujer latina, luciendo mucho más joven que su edad real. Ni siquiera parece mi mamá, parece mi hermana mayor o una tía guay, joven y soltera. No es ninguna sorpresa que los hombres siempre intenten acercarse a ella antes de que los mande a volar con su frialdad e indiferencia. Esa es Miranda Sousa.

—¿Simplemente te quedarás mirándome? —me pregunta con diversión, y sonrío.

—No, solo me deslumbré un poco con tu belleza. —Hago una pausa—. ¿Quién es mi papá?

303

Suspira de manera pesada como siempre que necesita armarse de paciencia conmigo.

—¿Cuál es el misterio? ¿Por qué no puedes decirlo y ya está, mami?

—Porque no tiene importancia.

—¡Claro que la tiene! Son mis raíces, seguramente hasta soy su copia, porque es evidente que no me parezco a ti.

—¡Tienes mi boca! Mi cabello oscuro y…

—¡Tu culo y tu cintura! Eso es todo y, perdona, pero eso no nos convierte en personas idénticas.

—¿Tus abuelos y yo no hemos sido suficientes para ti?

De acuerdo, eso es manipulación, no caeré en ello, pero bajo la guardia porque esa no era la cuestión de por qué vine en actitud niña dulce. Otro día retomaré la pregunta inesperada de quién carajos es mi papá, es algo que necesito saber. ¿Qué pasa si en un futuro tengo hijos? Necesito saber cosas como sus antecedentes familiares. ¡Cosas que importan! Como ¿por qué no formó parte de mi crianza?

—Lo que quería decirte realmente es que quiero que mi novio venga a cenar esta noche para que lo conozcas bien —digo casualmente.

—¿Novio? ¿Y desde cuándo tienes uno de esos?

No creo que sea una pregunta de verdad para la cual quiera una respuesta, pero se la doy:

—Desde hace casi tres meses.

Hay un largo silencio y alzo la vista de Leona para encontrarme a mamá mirándome con curiosidad y algo de desconcierto.

—No volviste con ese tal Francisco, ¿verdad?

—No, no, para nada. Está fuera de mi vida.

—Bien.

No hace preguntas y su falta de interés me pica un poco, porque quiero hablar muchísimo de lo maravilloso que es Dawson y de lo feliz que me encuentro en esta relación.

Entonces, si ella no me va a preguntar, yo la voy a obligar a escuchar, porque si quiero hablar de Dawson Harris, te sientas y escuchas lo maravilloso que es ese muchacho y punto. Es ley, al menos lo es en mi Constitución.

—La verdad es que él me ayudó con Leona cuando lo necesité…

—¿Cuándo estuvo en peligro Leona? —Se alarma.

—No fue nada grave, una tontería.

Casi se ahoga y yo también, pero eso solo son pequeños detalles.

—Y me ayudó con el Señor Enrique…

—¿Quién es el Señor Enrique? —pregunta desconcertada.

304

¿En serio? Su memoria es increíble, pero supongo que esa información decidió no almacenarla en su disco duro.

—El pájaro al que ayudé y que murió.

—Oh, cariño, claro, lo recuerdo. —Me dedica una sonrisa de simpatía.

—Dawson es muy inteligente y tiene buen corazón, además es sexi y atractivo. —Me sonrojo porque no solemos hablar de estas cosas—. Me hace sentir a gusto, feliz y fijarme más en las cosas buenas que hay en mí.

—Tienes muchas virtudes, Mérida —me dice como cualquier madre, o al menos una buena le diría a su hija.

—Me respeta y se interesa por mis raíces, nuestra cultura, mamá. Me inspira.

—¿A qué?

Bueno, suponía que no preguntaría. Decido fingir que no la he escuchado.

—Se está convirtiendo en una de mis personas favoritas y quiero que lo conozcas mejor.

—¿Mejor? ¿Ya lo he conocido?

—Algo así. —Tiro del hilo perdido de mi tejano corto.

Hay unos largos segundos de silencio.

—Estuvo cuando el Señor Enrique murió.

—¿El hombre con el que te encontré desnuda en tu habitación? —El tono amable desaparece de su voz.

—Sí, pero eso fue un malentendido.

—¿Qué malentendido hay en encontrarte desnuda con un muchacho en bóxer entre las piernas, Mérida del Valle?

Tiene razón, negarlo es demasiado descarado, así que opto por hacerme la digna.

—Mamá, soy responsable con mi vida sexual y es normal que mantenga relaciones íntimas dentro de una relación. Soy joven, y, como médica, debes saber muy bien lo normal que es a mi edad practicar esta actividad física.

Me noto la piel caliente y puedo ver que la molestia comienza a invadirla, por lo que me pongo de pie.

—Es un buen muchacho, pronto se graduará y trabaja con tu… ¿amante? Lo que sea el doctor Wilson para ti, y esta noche vendrá a cenar y harás el esfuerzo de conocerlo, porque no puedes juzgarlo.

—¿Cómo se llama este muchacho?

También decidió olvidar su nombre, aunque se lo presenté. Dos veces, de hecho.

—Dawson. Se llama Dawson Harris.

305

Asiente con lentitud, atrae a Leona a su regazo y me da una sonrisa tensa.

—Muy bien, Mérida del Valle, cenaremos esta noche con Dawson Harris.

Y no sé por qué, pero no me siento victoriosa de que aceptara. Ahora creo que me gustaría cancelarlo.

## 30

## Uh, oh, uh, oh, me voy enamorando

*Dawson*

De alguna manera me encontraba intimidado de venir a cenar a la casa de Mérida en presencia de su mamá, pero siento que la ecuación se volvió mucho más complicada cuando me encontré a Angelo Wilson al llegar, y no ayudó que él no estuviera sorprendido y que, de hecho, pareciera encontrarlo divertido. Tal vez lo que más le divierta es que Miranda Sousa es tan fría como un hielo, que más que nervioso me hace sentir fuera de mi elemento y como que nada de lo que digo le gusta lo suficiente.

Hoy no ha sido especialmente un buen día, comenzando porque no tuve pacientes en la clínica y pasando porque, una vez más, Hayley y yo discutimos sobre Francisco porque le vi unos mordiscos horribles y alarmantes en el cuello que ni siquiera el maquillaje pudo cubrir. No me siento orgulloso de que perdí la paciencia y le dije cosas sin tacto, pero ella también fue algo hiriente con sus palabras, y estoy abrumado sobre que esta sea la relación actual que tengamos Drake y yo con nuestra hermana.

Claro, desde el momento en el que Mérida me habló de esta cena he estado nervioso, pero es simplemente peor de lo que imaginé, y por la expresión de su rostro y postura, ella parece sentirse igual. Ni siquiera está comiendo, solo mueve la comida por su plato con el tenedor.

Mastico con lentitud tras responder otra pregunta de Miranda, y Mérida masculla un «Mamá, por favor».

—Solo quiero conocer a tu amigo, cariño.

—Es mi amigo, pero también es mi novio. —Tengo que admitir que me encanta el tono decisivo e indiscutible con el que lo afirma.

—¿Cuándo te gradúas, Dawson?

—Espero que ya sea pronto. Llevo varios meses a la espera de que asignen una fecha para mi graduación y para tener mi título de licenciatura. Más que esperar todo el evento, lo que más deseo es tener el título, el resultado de largas horas de estudio y la certeza tangible de que lo logré.

307

¡Milagro! ¡Oh, milagro bendito! Miranda Sousa me sonríe.

—Incluso si aún no lo tienes, puedes decir que lo lograste. Puedo identificarme con las largas horas de estudio y el hecho de renunciar a muchos momentos para llegar a ese objetivo. —Medio sonríe y le devuelvo el gesto.

Mérida también sonríe y algo de la tensión de sus hombros desaparece.

—Ahora falta ponerlo en práctica —corta el momento Angelo Wilson—. Las universidades de ahora enseñan lo que quieren y ha quedado claro que Dawson es muy joven, le falta demasiado por aprender como para llamarse veterinario. Prueba de ello es que los clientes no le confían sus mascotas, no genera ingresos a la clínica y no veo ningún avance en su crecimiento personal.

Se hace un largo silencio en el que Miranda Sousa frunce el ceño y Mérida deja caer el tenedor contra su plato.

—Con todo el respeto y haciendo acopio de humildad, considero que hago un buen trabajo y que con la práctica lo haré aún mejor.

—En eso tienes razón, todos aprendemos de la práctica, más cuando se trata de medicina, y confío en que sabes la responsabilidad que tienes en tu profesión —me dice la mamá de Mérida, y asiento.

—Me lo tomo muy en serio, iniciaré el posgrado en cuanto obtenga mi título universitario.

—Es bueno tener planes —comenta y luego mira a su hija—. ¿Ves la importancia de tener una carrera que pueda validarse de tal manera, Mérida?

Me tenso y, aunque no puedo ver a Mérida, sé que ella también lo hace.

—De todas maneras —vuelve al ataque Angelo Wilson—, Dawson debe aprender mucho y mejorar el trato hacia los clientes. Recientemente fue acusado de acoso y de aprovecharse de una de nuestras clientas vips.

—¡No hice tal cosa! Esa mujer mintió —alzo la voz—, y usted lo sabe.

—Solo sé que es tu palabra y la de ella…

—Basta —dice con voz temblorosa Mérida—. ¡Basta de una vez! Dawson es un gran veterinario, tanto que ahora le confío a Perry el Hámster. La ciencia evoluciona y es válido que se aprendan nuevas teorías y técnicas, mi mamá como doctora con miles de especialidades puede confirmarlo. —La voz de Mérida tiembla, pero se eleva—. Dawson no acosó a esa señora, nunca haría eso, pero él sí fue acosado y usted lo sabe, no finja demencia y deje de comportarse como un niño mimado y celoso que no soporta que alguien más reciba atención.

Nadie habla. Bueno, los demás no hablamos, porque Mérida no se detiene.

—Por supuesto que a Dawson le falta experiencia, como a muchos, nadie nace aprendido. La experiencia se trabaja, y, sobre los pacientes, usted lo sabrá

308

mejor, doctor Wilson, ¿o es que acaso no fue usted quien me habló disimuladamente bastante mal de Dawson para que no atendiera a mi pájaro? Igual que me lo dijo a mí, seguro que podría habérselo dicho a muchos, porque no entiendo cómo es que la sala de espera siempre está llena y el consultorio de Dawson vacío cuando todos los que nos atrevemos a darle una oportunidad luego no queremos soltarlo.

—Entiendo tu entusiasmo, Mérida, pero eres joven y tus emociones te ciegan —la interrumpe Angelo Wilson.

—Esta es su casa, y si ella quiere hablar, entonces la escucha —lo corto, porque no me gusta que le reste importancia a sus opiniones por su edad o que la desacredite.

Algo de lo que dice Mérida lo había sospechado, porque cuando llegaba a la clínica, todos me saludaban amables y algunos hasta le preguntaban a Susana si yo tenía disponibilidad, pero tras las consultas con Angelo Wilson no se acercaban de nuevo.

—Ni siquiera sé qué hace en mi casa, solo es la aventura de mi mamá.

—Mérida, no te permito… —comienza Miranda Sousa, hablando finalmente.

—¡¿No me permites qué?! ¿Por qué hiciste esto? Solo quería que conocieras a mi novio, que entendieras las razones por las que me estoy enamorando de él. Quería que te dieras la oportunidad de conocer a alguien tan determinado e inteligente como tú… Solo quería que te interesaras más por mí, por lo que hago, por con quién paso mi tiempo y por qué se ha vuelto mi persona favorita.

»Pero nada te importa, lo has convertido en algo tuyo al invitar a tu aventura o lo que sea, que ya bastante difícil se lo pone en el trabajo. ¿Sabías que básicamente humilló a Dawson por haber reaccionado ante un acoso sexual de una clienta que aparentemente gasta mucho dinero en la clínica? —Toma rápidas respiraciones—. Te sentaste aquí y dejaste que él hiciera todas esas interrupciones tontas, que lo hiciera sentir incómodo, y tú también lo hiciste.

»Pretendes hacerlo sentir inferior, solo te faltó preguntarle su posición económica. Pues si eso te preocupa, tal vez deberías saber que tiene un montón de dinero, solo que no va por la vida tirándolo o alardeando. —Mira al doctor Wilson—. Sí, tiene dinero y también tiene un hermano más famoso que cualquiera de ustedes dos.

»Y Dawson es maravilloso, ¿de acuerdo? Es increíble y no necesito que lo valides, mamá, quise darte la oportunidad de conocerlo y no sabes la oportunidad tan valiosa que te acabas de perder.

Mérida tira su servilleta de tela sobre la mesa y se levanta. Me parece increíble la manera como su mamá mantiene la compostura mientras Angelo Wilson tiene un tic nervioso en la mandíbula; quiere decirle muchas cosas a Mérida, pero no desea quedar mal ante Miranda Sousa.

—Mérida del Valle, siéntate. Ahora.

Veo la lucha en la mirada de Mérida y sello mi destino, diciéndome que tal vez en el futuro —porque definitivamente mi relación con Mérida tiene que ser extremadamente larga— podré enmendar la manera en la que me sepulto a mí mismo frente a Miranda Sousa cuando me pongo de pie y extiendo la mano hacia Mérida. Mi novia me mira y le sonrío.

—¿Quieres comer hamburguesas grasientas y luego mostrarme más canciones de las que te gustan, cielo?

Parpadea varias veces para que sus lágrimas no se desborden, y siento un nudo en el estómago, porque no quiero verla llorar, no quiero que sufra.

—Me encantaría, Dawson de los Ángeles.

Ya me voy adaptando a que de vez en cuando me invente un segundo nombre.

Entrelazo nuestros dedos, asiento hacia Angelo Wilson y, como no soy un cobarde, miro directamente a los ojos, muy intimidantes, de Miranda Sousa cuando hablo:

—Gracias por la cena, me habría gustado que terminara muy diferente.

—Supongo que pudo haber ido mejor. —Es lo único que dice.

Mérida me guía hacia la salida y caminamos en silencio hacia el auto que compartía hasta hace poco con Drake y que ahora es completamente mío. Lo pongo en marcha con el destino en la mente de un lugar de comida rápida nada glamuroso.

—No quiero volver hoy a casa —rompe el silencio Mérida, con voz afligida.

—Puedes venir a la mía.

—No es así como quiero conocer a tus padres.

Y lo entiendo, no quiero arruinarle nada más.

—Entonces podemos volver a nuestro hotel. —Sonrío, tomo su mano y le beso el dorso—. Gracias por todas las cosas tan bonitas que dijiste de mí, significa mucho para mí.

—Solo fui sincera y odio que te hicieran pasar todo este mal momento. No es lo que quería, no te habría hecho venir si supiera que sería así. ¡Ni siquiera sabía que el doctor Wilson estaría! Ni que él era un imbécil… Lo admiraba.

—Yo también, lo tenía en un pedestal.

310

—Solo está asustado, intimidado y celoso de que alguien tan joven tenga tal potencial. Es patético, odio todo lo que ha hecho esta noche. ¡Era nuestra noche!

—Todavía es nuestra noche, cielo, estamos juntos y nos enfocaremos en eso. ¿Correcto?

—Correcto. —Suspira.

—Y oye… —Me vuelvo para mirarla al detenerme en un semáforo con la luz en rojo.

—¿Sí?

—Estoy bastante seguro de que también me estoy enamorando de ti. —Le sonrío.

Sonríe y las mejillas se le sonrojan.

Sí, la cena fue un fracaso, seguramente su madre me quiere lejos de ella y no sé cómo será ahora mi ambiente laboral —si será más complicado de lo que ya era—, pero me queda claro que definitivamente me estoy enamorando de Mérida del Valle Sousa o quizá ya lo estoy.

Love♡

311

# 31

## Rata inmunda

*Mérida*

Veo a lo lejos a Kellan con una chica nueva. Esta vez ella es curvilínea con unos grandes pechos que captan mi atención, y durante unos pocos segundos pienso: «¡Dios mío! ¿Por qué no me hiciste así?». Los veo reír y el contacto entre ellos parece íntimo, así que me pregunto si tal vez están teniendo sexo y si le aclaró que no busca nada exclusivo o si ella vio el rostro del chico que le gusta mientras él la lamía bastante bien y la llevaba al borde de un orgasmo.

—Mérida. —Sarah aplaude frente a mí y parpadeo.

—¿Sí?

—¿Por qué miras tanto a Kellan? ¿Te arrepientes?

—¿De que no funcionáramos? —respondo, y ella asiente—. Para nada, me gusta que las cosas terminaran así, ahora estoy con Dawson y no me arrepiento de eso. Lo miro porque me genera curiosidad qué tipo de relación mantienen y porque Kellan aún me parece sexi y bonito de ver, no estoy ciega por mucho que tenga novio.

—Sí, tiene algo que no logro entender que lo hace irresistible, creo que es su sonrisa.

—Diríamos en Venezuela que tiene un no sé qué.

—Me gusta tal expresión sin sentido —dice mi amiga antes de lamer su helado.

Hace frío, pero por alguna razón estamos comiendo un helado en el jardín frente a nuestra facultad. Tal vez no lo mencioné antes, pero Sarah estudia Arquitectura, igual que Kellan, y por eso coincidimos en un principio. Aunque ahora que estamos en segundo año no vamos juntas a ninguna clase, no perdemos el tiempo en reunirnos en nuestros momentos libres entre clases o hacemos planes fuera del campus, y siento que ocupa el puesto de mejor amiga incluso si hace poco más de un año que nos conocemos.

—Pero volviendo al tema inicial, ¿tan tensas están las cosas con tu mamá? —me pregunta.

312

Suspiro y admito que descanso los codos sobre mis rodillas de forma dramática y escondo el rostro entre ellos.

—No seas tonta y habla conmigo. ¿Tan mal?

—Sí, y no exagero. —Levanto el rostro y me como otra cucharada de helado—. Las cosas han estado tensas, hablamos menos que antes y odio que Angelo haya vuelto a ir a casa.

—¿Tu mamá no pudo buscarse un mejor novio?

—Ni siquiera es su novio, solo es un juguete sexual o algo así, pero uno muy entrometido. Estoy segura de que le dice cosas sobre Dawson porque está asustado del potencial de mi novio y es un retrógrado que cree que la ciencia no avanza y que las cosas solo están bien si se hacen como él quiere.

Han pasado dos semanas desde la cena desastrosa, y cada vez que la recuerdo me divido en dos emociones: molestia y vergüenza. Dawson nunca me ha culpado ni lo menciona, pero es algo que no olvido. Digamos que después de eso mi relación con mamá parece tener una grieta.

Se molestó cuando no volví a casa esa noche, me lo hizo saber en mensajes de voz y de texto y en llamadas perdidas. Tres días después, cuando volvió a casa por la mañana después de unas largas jornadas del trabajo, también me regañó. Me sentí impotente de que no reconociera lo grosera que fue con Dawson ni que invitó a alguien que nada tenía que hacer en nuestra cena, y sé que lo hizo adrede para arruinarlo todo.

Me molesta que quiera ser controladora y determinar qué relaciones personales son buenas para mí, y se lo hice saber, lo que conllevó una discusión sobre por qué quiere interferir en mi vida adulta cuando no estuvo en mi crianza. Me llamó malagradecida —seguramente lo soy— y nos gritamos mucho, y eso no lo habíamos hecho en el pasado, cosa que señaló y de la que culpó a la influencia de Dawson.

Me quiso prohibir verlo y le dije lo ridícula que me parecía. Nos gritamos en español y su «cría cuervos y te sacarán los ojos» me llegó bastante hondo. Fui firme en que Dawson es mi novio y lo llevaría a casa, y ella fue firme en que no tiene interés en conocerlo y en que no lo aprueba, pero que yo era bastante buena arruinando mi futuro —eso también me dolió—. Nuestra relación está demasiado tensa, pero no voy a retractarme de mi posición.

—Debería tomarse el tiempo de conocer a Dawson, él es genial, es una lástima que ese tal Angelo le diga tonterías. Debería buscarse a alguien más para follar —dice Sarah.

—No quiero hablar de la vida sexual de mi madre, pero estoy de acuerdo con eso.

—¿Y él está siendo malo con Dawson en el trabajo?

313

—Dawson dice que actúa como siempre, y solo espero que esté siendo sincero.

—Esperemos que ese sea el caso. Es una mierda que haya todos estos detalles a pesar de que tienen una relación así de chévere.

—No podía ser perfecto —me resigno, volviendo la vista a Kellan, quien se está besando apasionadamente con la bonita muchacha.

A esta distancia no logro ver si hay demasiada lengua, pero ver tales besos apasionados me hace desear estar con Dawson haciendo precisamente lo mismo. No somos unos novios que se vean todos los días y me admito a mí misma que eso me hace extrañarlo.

Mi historial de noviazgos se limita a uno a los trece años con quien apenas nos dimos un pico y nos tomamos la mano, uno de un mes con los primeros besos de lengua a los catorce y luego Francisco.

Francisco fue el novio serio de varios años y, a pesar de sus altibajos, hubo bastantes momentos en los que fui feliz. Nos veíamos casi siempre y eso me encantaba, y también creí que era una relación supersana hasta que la vi desde otra perspectiva. Aunque no me gusta comparar, me es difícil no notar lo distinta que es mi relación con Dawson.

Él me tiene mal, él me tiene enamorándome y me gusta. Disfruto de sonreír como una tonta en los momentos menos esperados, sus besos y caricias, las miraditas y el sexo, los mensajes y las llamadas telefónicas, hablar de su trabajo y de mis clases, su interés por mis dibujos y el hecho de dibujarlo.

No me resisto y le escribo un mensaje.

> **Mérida:** Estoy pensando en ti, periquito.
> ¿Te conté que hice otro dibujo de ti?

Al enviar el mensaje bloqueo la pantalla y me fijo en mi amiga, que está sonriendo como una tonta mirando el teléfono. Seguramente se trata de su amor supermisterioso, por lo que, con disimulo, me inclino para poder leer la pantalla, pero solo atrapo el nombre «Mi crush» y las palabras «es raro, pero nunca deseé tanto abrazar a alguien».

—Eso es dulce. —No puedo evitar decirlo, y Sarah se aprieta el teléfono contra el pecho.

—¡Mérida! Esto es privado, no querrías que leyera tus mensajes con Dawson.

—Lo siento, solo tengo curiosidad por tu amor misterioso y preocupación. ¿Por qué no me dices quién es? ¿Qué es lo complicado? Me estás asustando.

314

—No me presiones, ¿de acuerdo? —Suena algo molesta, y se pone de pie—. Te lo diré cuando lo crea conveniente o cuando sea algo, solo déjame por el momento.

—Sarah, solo estoy preocupada, esto es muy raro, actúas extraño.

—No me presiones —repite, recogiendo sus cosas.

—No te enojes, Sarah, solo me preocupo porque te quiero.

Se detiene y suspira antes de esbozar una pequeña sonrisa.

—No estoy enojada.

Ante esa mentira le dedico una larga mirada y ella ríe por lo bajo.

—¡Bien! Sí estoy algo enojada, pero se me pasará, no te odio ni nada, ¿vale? Igualmente, ya debo irme a clase. —Me lanza un beso—. Hablamos después.

Le tiro un beso y la veo irse. Me siento más tranquila al saber que no está enojada conmigo, pero aún preocupada por su romance misterioso.

Me quedo sola y continúo comiendo sin ninguna prisa, y sonrío cuando llega una respuesta de Dawson.

**Periquito:** también pensaba en ti ¿o te soñaba despierto?

**Periquito:** háblame de ese dibujo

**Mérida:** Estás acostado boca abajo en la cama, tu mejilla apoyada en tu brazo mientras la sábana te cubre una de las nalgas del culo, la otra se ve, y estás sudado después de que tuviéramos sexo, mirándome con una pequeña sonrisa y ojos entornados.

**Periquito:** ¿Y qué te digo?

**Mérida:** ven aquí, hagámoslo otra vez.

Como estaba preparada para esta conversación, le envío la foto que capturé del dibujo y su respuesta llega un par de minutos después.

**Periquito:** es raro excitarme por un dibujo sexi de mí que hiciste tú? Porque me he empalmado, cielo

315

Ven aquí, hagámoslo otra vez.

ÉL ME ENCANTAAAA

**Periquito:** no tienes ni idea de las cosas que quiero hacerte en este momento. Ya quiero que sea mañana, verte y comerte a besos

**Mérida:** yo también

Estoy nerviosa porque mañana conoceré finalmente a sus padres y a su hermano mayor. Lo dejo volver al trabajo y continúo comiendo mientras miro a Kellan seguir con su momento de conquistador apasionado hasta que alguien desagradable se sienta frente a mí: Martin.

—Hola, Mérida.

Tiene la audacia de sonreírme, pero mantengo mi expresión seria y no hablo; continúo con mi comida y miro hacia otro lado en una clara indirecta de que pienso ignorarlo.

—Mérida, te he dado suficiente tiempo para que pase tu enfado. Quiero explicarme, por favor, escúchame.

Soy un poco débil, porque me vuelvo hacia él y su mirada persistente y arrepentida me hace asentirle con lentitud.

—Te escucho. —Es todo lo que digo.

—Tienes que entender que para mí nunca ha sido fácil, siempre he sido el amigo feo, con el que nadie quiere salir, al que las chicas no eligen. Cuando vine a la universidad, me propuse cambiarlo y no ser más amigo de chicos que

316

pudiesen usarme para verse bien —comienza, y me parece que no es un buen inicio—. Sin embargo, cuando conocí a Dawson pensé que sería diferente. Sí, sé que es increíblemente atractivo, pero pensé que sería distinto.

Este es un mal comienzo, pero no lo interrumpo.

—Siento que me usó, que se ha estado beneficiando de que soy el amigo no agraciado y eso cansa, Mérida. Mi intención no era usarlo, sé lo que se siente al ser usado, pero un día simplemente pensé: si a las personas les importa más lo físico, ¿por qué no usar su rostro antes de que conozcan realmente mi personalidad? Y lo hice, aunque no esperaba nada y al principio todo fue inofensivo, no quedaba con nadie y solo hablábamos. A veces las cosas se ponían intensas —dice, y se sonroja—, pero les gustaba a las personas.

—Con el rostro de Dawson. —No puedo evitar interrumpir su lastimero relato.

—Pero era mi personalidad la que los atrapaba y todo era platónico.

—¿Me estás diciendo que no les enviabas fotopollas a otras chicas? —pregunto, y su silencio es una gran respuesta—. Sí, eso creí.

—Nunca tuve intención de conocerlas…, hasta Leah.

Leah, he escuchado de ella; no demasiado, pero sí lo suficiente para saber que es la relación de Dawson que no funcionó y que nació precisamente por Martin. Es la chica que se fue, y una pequeña parte insegura de mí se pregunta si las cosas serían diferentes si ella se hubiese quedado, no puedo evitarlo.

—Leah era y es increíble. —Sonríe—. Hermosa, con unos ojazos azules preciosos, una sonrisa que te atrapa y hablaba conmigo siempre, éramos muy cercanos… No creo que alcances a entender el nivel de mujer que es Leah, está por encima de cualquiera.

Dejo de comer y me remuevo incómoda ante sus palabras.

—Así que era difícil no enamorarse, cualquiera lo haría. —Me dedica una larga mirada—. Leah y yo hablamos mucho, y tal vez fue la presión de mis sentimientos lo que me hizo enviar muchas más fotos de Dawson. Era arriesgado, pero ella valía la pena, cualquiera correría un riesgo por Leah. Me estaba preparando para ser sincero con ella porque sentía que estaba enamorada de mi personalidad y que decía que lo nuestro era amistad por timidez.

—No puedes asumir qué sienten otras personas según tu conveniencia, Martin.

—Sé de lo que hablo, Mérida. Me preparaba para eso, pero Dawson tomó la oportunidad y me sacó ventaja cuando ella lo reconoció en la universidad. Está claro que él vio a una mujer hermosa, inteligente e interesada en él y no se resistió, típico de Dawson, que está acostumbrado a tener a todas las chicas que quiere.

317

»Le pedí que no saliera con ella, que genuinamente la quería, y que ella y yo teníamos algo especial, pero se aprovechó, Mérida, y dejó que las cosas entre ellos avanzaran. Quizá deba agradecerle que no le dijera que era yo quien usó las fotos, pero me la quitó. Tuve que presenciar cómo una vez más el amigo guapo se quedaba a la chica y lo acepté, ¿sabes? Incluso aunque me dolía. Ellos iban muy en serio, pero ella tenía que irse a Australia y por eso rompieron, seguramente aún estarían juntos si no fuese así.

—O quizá no —murmuro jugando con mis dedos.

—Es difícil que no, Leah es mejor que cualquiera y es hermosa. Él debía de saberlo, no creo que la hubiese dejado.

Todo lo que hago es mover mis dedos de manera incómoda.

—Decidí mantener la amistad con él, porque aprecio de verdad a Dawson, y esta vez entré a la aplicación de la uni. —Traga saliva.

—Y volviste a usar la foto de tu gran amigo.

—No lo entenderías, eres hermosa y nunca te han marginado.

—Martin, soy de Venezuela, uno de los países con mayor migración en este momento. ¿Cuántas veces crees que se han burlado de mi acento? Me han llamado latina barata por no cumplir con los estándares que ustedes tienen de nosotras, me han apartado por ello, soy tímida por naturaleza así que pasaba tiempo sola y literalmente tuve que recurrir a una aplicación para hacer nuevos amigos. Sé lo que es estar sola y no por eso uso a mis amigos.

—Pero eres hermosa, Mérida, no tenías novio porque no querías, porque apuesto que todos quieren estar contigo. No te compares conmigo.

Qué atrevido.

—Entré en esa aplicación inseguro usando el rostro de mi amigo y cuando te encontré… ¡Dios! Me encantaste, eras la mujer de mi vida.

—¿Te das cuenta de tu hipocresía? Te quejas de que el mundo se fija en lo físico y dices que viste mi foto y pensaste que era el amor de tu vida, qué falso.

—Sabes que teníamos algo especial, te gusté por quién soy…

—No, Martin. No entré buscando un novio, quería un amigo, no a un tipo enviándome fotos de su polla insistentemente y asustándome por la manera en que reaparecía cada vez que lo bloqueaba.

»¿Quieres saber cómo conocí a Dawson de verdad? Lo golpeé porque estaba tan asustada que creí que me seguía, que me haría daño. No me importó si era atractivo o más guapo que en fotos, todo lo que pensé fue «Me encontró». Me aterraste.

»No me gustabas ni por tu falso físico ni por tu personalidad; te tenía miedo, te quería lejos de mí porque quería un amigo y me diste una maldita pesadilla. No, Dawson no me sacó de tu vida ni te quitó un amor, Dawson

318

solo me demostró que mentías y me dio la amistad que tanto quería, lo demás vino después.

Aprieta los labios y me mira recogiendo lo que resta de la comida.

—Y conozco la historia de Leah, la original, y no es como la cuentas. Sé que usabas a Dawson y que él fue un gran amigo para ti, tanto que le dolió que una vez más traicionaras su confianza. No lo mereces.

»Y no, Martin, las chicas no te rechazamos porque creamos que no eres agraciado, te rechazamos porque eres un mentiroso, invasivo y te victimizas. No quiero salir con alguien que me miente, me acosa y me hace sentir miedo. No te disculpo porque ni siquiera te estás disculpando y tampoco quiero ser tu amiga, así que, por favor, detente, ya te escuché y no pienso hacerlo de nuevo.

—Conoces lo que Dawson te ha dicho y, como estúpida, le crees.

—Prefiero creer a alguien que no me mintió con su identidad ni me acosó durante semanas.

Me pongo de pie después de darle una larga mirada y me doy la vuelta para irme, pero me toma del brazo.

—Entonces eres tonta y crees que él y Leah no estarían juntos si ella no se hubiese ido —dice en voz alta—. ¿Crees que, si volviera, él no te dejaría?

—Creo que no es asunto tuyo... Jódete, Martin —intento tirar de mi brazo y él aprieta su agarre.

—¡Suéltame!

No lo hace. En lugar de ello, tira de mi cuerpo hacia el suyo y lucho y me resisto, pero es más grande y fuerte, y su cuerpo está casi al ras del mío.

—¿Por qué lo eliges a él? Soy mejor.

—Basta.

Intenta besarme y reacciono arañándole el rostro, lo que lo tiene gruñendo. Sus dedos se clavan con tanta fuerza en mi brazo que siento que me lo lastimará de manera permanente, y grito de dolor, realmente asustada porque no lo conozco y no sé de lo que es capaz.

—Suéltala —exige una voz demandante.

Martin no lo hace y Kellan lo obliga a hacerlo, y me libera de su agarre antes de empujarlo con tanta fuerza que lo hace tropezar y caer al suelo.

—Eres una persona horrible y despreciable, no mereces a un amigo como Dawson, nunca lo hiciste. Espero que ninguna otra chica caiga en tus viles mentiras, y si te acercas de nuevo, lo lamentarás por todo lo sagrado —advierto, casi temblando de la rabia—. ¡No mereces nada! Te victimizas y te haces el mártir.

»¿Sabes por qué Dawson y no tú? Porque Dawson es un ser humano hermo-

319

so, con defectos, pero no es mezquino ni despreciable. Jódete, Martin, jódete mil veces, arde en el infierno y nunca más me vuelvas a poner un dedo encima.

»No tienes ni idea de quién es mi mamá, solo basta con que le diga tu nombre y te hundirá. Te lo advierto, déjanos en paz.

No sé qué ve en mi mirada, tal vez todo el rencor, la molestia y el cansancio de su acoso, pero traga saliva y retrocede. Por primera vez siento que no me ve como a una presa o alguien a quien mentirle, un objeto que tener.

Quiero gritarle mucho, pero también quiero alejarme con la certeza de que esta puerta finalmente se cierra hoy, que el jodido de Martin se queda sepultado en el pasado porque finalmente lo he escuchado y lo he mandado al carajo.

Me alejo junto a Kellan, que me pregunta si estoy bien, y la verdad es que no lo sé. Me duele el brazo por la marca de sus dedos, que pronto se convertirá en un moretón. Sin embargo, le digo que todo está bien, le agradezco y luego continúo.

Pero siento más molestia con cada paso que doy porque Martin quedó atrás, pero sus palabras venenosas de Leah se quedaron fuertemente conmigo.

Me niego a aferrarme a sus palabras. Dawson no haría eso.

No me haría eso.

No nos haría eso.

Martin sigue siendo una rata inmunda.

Pero ¡Virgencita! No puedo evitar pensar... ¿Y si Leah no se hubiese ido?

320

# 32

## Ah, es que soy latina

*Mérida*

Estoy muy nerviosa y no ayuda que Dawson se esté riendo de ello mientras detiene el auto en un costado de la acera frente a su casa.

Habrá que recordar que, aunque hago dibujos sexis y me va bastante bien en el sexo, soy cariñosa y pícara con mi novio, todavía conservo mi clásica timidez, y conocer a los padres de tu novio es un acontecimiento bastante grande desde mi punto de vista.

—Es una casa bonita —digo, fijándome únicamente en la fachada de una casa amplia.

Es un vecindario menos exclusivo que donde yo vivo, pero de alguna manera consigue verse más inalcanzable. No sé si se trata de que hay más espacio entre las casas y las fachadas. Todos los jardines parecen estar recortados perfectamente y las casas son amplias y hacen que incluso el clima gris de Londres se vea más brillante de lo que es.

Distraída, me quito el cinturón de seguridad y me acaricio mi top rojo de mangas largas y cuello alto, diciéndome que fue una buena decisión ponérmelo con un tejano acampanado. Sigo nerviosa, pero, para estar más segura, hago una rápida revisión en la cámara frontal de mi teléfono y verifico que el delineado grueso que me hace los ojos más estirados esté intacto y mi labial rojo mate también. Hace poco me corté el cabello y ahora está justo por la mitad de mi cuello.

—Te ves increíble, ya te lo he dicho —asegura Dawson, que ya ha apagado el auto.

Me vuelvo para mirarlo y mantiene una sonrisa en el rostro, dándome toda su atención.

Dejo atrás mis pensamientos sobre las palabras de Martin de hace unas horas y me enfoco en él, en su sinceridad y en que hace unas semanas admitió estarse enamorando de mí. No importa su pasado romántico, o al menos no debería importarme; me centro en nuestro presente.

Pero no es tan fácil, ese desgraciado de Martin ha plantado muy bien su semilla, solo espero que no crezca.

—Estoy nerviosa, sé que no le agrado a tu hermana debido a las cosas que Francisco ha dicho...

—No es el caso de mis padres, vas a encantarles. Ya tienes a Drake en el bolsillo y él es el más importante, mi alma gemela.

—Bueno —digo, no muy segura.

Ríe por lo bajo y se inclina hacia mí para atrapar mis labios en un beso lento y húmedo que transforma mis nervios en algo más. Como otras tantas veces, me pierdo en su beso y deseo más. Qué increíble es la persona que inventó este tipo de contacto íntimo, es incluso más íntimo que el sexo.

Tener sexo es menos complicado que hacerte vulnerable al cerrar los ojos y compartir un beso, saliva, aliento, espacio... Tanto.

—Deja de estar nerviosa —murmura antes de mordisquearme el labio inferior, lo que me hace sonreír.

Con las manos en su cuello, lo atraigo para darle otro beso en el que yo lo guíe, o al menos eso hago hasta que se oyen unos pequeños golpes en mi ventana, que nos sobresaltan. No me vuelvo a verlo, pero Dawson entorna los ojos hacia quien sea que esté fuera antes de mirarme.

—¿Preparada?

Asiento, aunque no lo estoy. Lo veo bajar del auto y luego bajo con mucha lentitud para enfrentarme al primer miembro de su familia.

Espero, de verdad espero e imploro, que mi boca no esté colgando abierta cuando me topo con el famoso Holden Harris, presentador de *InfoNews*, modelo en algunas campañas y hermoso como él solo. A ver, mi novio es atractivo a morir, pero hay que admitir que su hermano mayor está que arde.

Él le dedica una sonrisa a Dawson e intenta despeinarlo antes de darle unas palmaditas en el abdomen y dirigir su mirada hacia mí.

Nunca he conocido a un famoso. Bueno, a ninguno así, porque sí he conocido a científicos y médicos famosos por mamá, pero de esos ni sabía sus nombres ni leía chismes de ellos.

—¿He llegado a tiempo para ser el primero en conocerla? Quiero decir después de Drake —dice, y hace una pausa— y de Hayley. Un gusto conocerte finalmente, Mérida, lamento ser el último de los hermanos en hacerlo. Me llamo Holden, soy el hermano mayor, tal vez el más sensato. —Extiende la mano y la miro durante unos largos segundos hasta que una de sus cejas se enarca—. ¿No te gusta dar la mano o algo así?

Me siento idiota y avergonzada, así que decido optar por una solución

322

«creíble». Me acerco a Holden y le beso la mejilla y le doy un abrazo demasiado amistoso que me hace sonrojarme.

—Es que soy muy eufórica saludando, demasiado confianzuda —murmuro, y que me perdone mi continente entero, pero me adueño del estereotipo latino para decir—: Ya sabes, somos efusivos.

—Deberíamos aprender a ser más cálidos —le dice a su hermano antes de volver la atención a mí—. He escuchado mucho de Dawson sobre tu país y sobre lo que le estás enseñando. Mamá dijo que se ha vuelto devoto a una virgen…

—Holden… —intenta cortarlo Dawson.

—¿A una virgen? —pregunto con curiosidad, mirando primero a uno y después al otro.

—Sí, a la Virgen del Valle.

Mis ojos se abren con sorpresa y me vuelvo para mirar a Dawson, que se cubre con una mano el rostro y se le ponen las orejas rojas.

—Mamá pensaba que quería sacrificar vírgenes y Hayley que hacía apropiación cultural, y papá decía que Venezuela quedaba en Centroamérica.

—Está en Sudamérica —señalo de manera automática—. Limita con Brasil y Colombia.

—Lo sé, y tienen esa gran zona de reclamación sobre Guyana. —Me guiña un ojo—. También sé que la economía en este momento es caótica, pese a ser un país petrolero y que están viviendo un estallido social. —Me sonríe con simpatía.

Tengo esa sensación de siempre de no querer que conozcan mi país por cosas malas y espero que no me hagan preguntas incómodas o me señalen por ser emigrante, pero él continúa.

—Me encantan las playas y los archipiélagos que he visto de Venezuela, también me gusta el contraste que hay en la ciudad, y me interesa estudiar y vivir de cerca la dicotomía social que existe y tantas cosas. Tal vez un día nos des una ruta turística, digo, si Dawson y tú llegan lejos…

—Estás siendo totalmente incómodo —lo acusa Dawson.

—Está siendo encantador —digo.

Posiblemente acabo de desarrollar un pequeño y sano enamoramiento platónico por Holden Harris, quien será desde ahora mi *crush* famoso.

—Entremos —dice Holden, haciendo un ligero gesto con la cabeza hacia la entrada antes de encaminarse.

Antes de que Dawson pueda avanzar, tiro de su mano y cuando se vuelve le sonrío ampliamente.

—¿Devoto de la Virgen del Valle?

323

—Calla. —Mira hacia un lado y río.

Miro detrás de él y veo que Holden ya ha entrado en la casa, por lo que me cuelgo del cuello de Dawson, me pongo de puntillas y lo obligo a bajar para poder darle un beso suave en la boca.

—Pensé que era la única Del Valle que te gustaba.

—Y lo eres.

—Entonces ¿qué es todo eso de la devoción hacia la Virgen?

—Solo quería compartir un dato curioso y fue cuando comenzamos a hablar.

—Así que le hablabas de mí a tu familia. ¿Preparabas el terreno, Harris? —pregunto contra sus labios, y él ríe y me da un ligero apretón en una nalga.

—Te van a agarrar con las manos en la masa —le digo, y enarca una ceja—. Quiero decir que te van a pillar manoseándome el culo.

Me da otro suave apretón antes de que nos separemos y, tomados de la mano, nos adentramos en su casa. Es grande, está mejor decorada que la mía —que ya es bastante buena— y resulta cálida. Lo primero que veo es a Holden de pie con un señor apuesto de cabello castaño claro que ríe con él, y Hayley está en el sofá viendo la televisión y conversando con una castaña bellísima de ojos verdes. Esta última chica es la primera en notar nuestra presencia y me da un largo repaso con la mirada antes de curvar los labios en una pequeña sonrisa.

—Así que sí tienes novia, Dawson, y no era Alaska protegiéndote en tu mentira —dice la chica desconocida, y eso hace que Dawson suelte un bufido.

Hayley me ve y hace una mueca, pero me dice un «hola» cordial porque supongo que la educación puede más.

—Ella es nuestra vecina… —comienza Dawson.

—Y amiga de la infancia —interrumpe la castaña.

—Y hermana de Alaska —agrega Dawson.

—Y hermana del mejor amigo de su hermano.

—Y mejor amiga de mi hermana —suma él.

—Y la mejor persona que conoce…

—Ya, Alice, tampoco lo lleves tan lejos, ¿eh? Todo tiene un límite —se burla Dawson antes de retomar la eterna presentación—. Ella es Alice Hans y sí, es todo lo que dijimos, excepto lo de mejor persona, porque en realidad es bastante mala.

—¡Oye!

—Dawson, no se sacan todos los trapos sucios en la primera visita —dice con voz divertida el señor guapo que, debido a sus rasgos físicos parecidos a los de los gemelos, tiene que ser su papá.

324

Dawson me guía hacia él, que me mira con curiosidad pero me da una cálida bienvenida. Es vergonzoso pensar en lo diferente que es en comparación con la cortesía que ha tenido mamá con mi novio.

—Papá, ella es mi novia, Mérida, y, Mérida, él es mi papá, Henry Harris.

Sé que su nombre junto al apellido suena tonto, pero podría ser peor, podría haber sido Harry Harris.

—No eres mi hijo divertido —le dice su papá con el ceño fruncido— y no, Hayley, tampoco lo eres tú.

—Soy yo, ¿verdad? Di que soy yo —pide Holden, abrazándolo y alzándolo del suelo.

¡Qué despliegue de fuerza! Cuando el señor Harris nuevamente está sobre sus pies, devuelve la atención a mí.

—Un gusto conocerte. —Me extiende una mano.

—Ah, no, papá, Mérida saluda de manera más calurosa, con beso y abrazo, ¿cierto? —me pregunta Holden.

Y la sonrisa divertida me hace saber que me atrapó en mi descarada mentira. Obviamente me sonrojo por eso, pero también porque el señor Harris acorta la distancia, me ofrece la mejilla y abre los brazos.

No creo que nunca supere u olvide que beso la mejilla del señor Harris y seguramente siempre recordaré este momento; es breve, y, cuando miro a Dawson, él se muerde el labio inferior para contener la risa y luego me toma de la mano y me guía a la cocina, donde encontramos a Drake, Alaska y a su mamá cocinando.

Alaska se muestra entusiasta y me saluda con un abrazo y luego se lanza sobre Dawson diciendo que sabe que atendió a un gatito callejero que ahora ha mejorado y que lo ama mucho por eso. Drake me sonríe y, debido a que se encuentra lleno de harina, me saluda con la mano. A continuación estoy frente a una mujer elegante, de cabello castaño oscuro, alta y con ojos de color avellana que brillan con diversión mientras me sonríe.

—¿Eres la famosa Virgen del Valle?

—¡Mamá! —se queja Dawson—. Prometiste que no serías vergonzosa.

—Drake, solo quiero conocer a tu amiga —le dice a Dawson, y enarco ambas cejas.

—Sabes que él es Dawson y que ella no es su amiga, es su novia —interviene Drake antes de mirarme—. A mamá le encanta esa vieja broma sobre confundir a sus gemelos.

—Un gusto conocerla. —Asiento hacia ella porque tiene las manos ocupadas en la masa de lo que creo que será un pan francés—. Y no soy la Virgen del Valle, pero sí me llamo Mérida del Valle.

—Irina Harris. —Me guiña un ojo—. Y también es un gusto finalmente conocerte, espero que te tengamos durante mucho tiempo por aquí.

Mira de un gemelo al otro y luego a Alaska y a mí antes de reír por lo bajo.

—Así que llegué viva para ver el día en que mis gemelos han dejado de andar de libertinos y tienen novia al mismo tiempo, ya puedo morirme.

—¡Mamá! —se quejan los gemelos, y ella ríe.

Me encuentro con la mirada de Alaska, que me sonríe después de encogerse de hombros y me dice «Bienvenida». Y sí que me siento bienvenida, algo de la tensión y los nervios se van.

Me enamoré de la familia Harris y no importa si suena raro, es un hecho. Estoy enamorada de esta familia hasta el punto de que, si me echaran o me obligaran a irme, me aferraría con fuerza a la pared gritando: «Soy de aquí, déjenme quedarme, soy de aquí».

Antes de que nos sentáramos en la gran mesa de comedor que tienen, Dawson y yo pasamos un buen rato en la cocina con su mamá, Drake y Alaska. Con esta última cada vez tengo más conexión porque resulta que, mientras que a mí me encanta leer novelas gráficas, a ella le encanta leer novelas. Nos hicimos algunas recomendaciones y vi a los gemelos intercambiar miradas cuando, con timidez, Alaska me recomendó un libro que tiene folladas explícitas y yo me sonrojé cuando le recomendé novelas gráficas con dibujos de hongos luminosos —penes censurados— y tetas alegres.

Creo que Dawson y Drake contenían las risas, no sé por qué, parecía que Alaska y yo nos perdíamos algún chiste.

Después, Alaska me llevó hacia la sala junto a su hermana y Hayley. En un principio me intimidé por Alice Hans, que es muy directa y cínica, pero era amigable a su manera y al menos siempre me hizo formar parte de la conversación, a diferencia de Hayley, que, si bien no fue abiertamente grosera, tampoco me hizo sentir especialmente bienvenida.

Desprecio a Francisco porque, aunque es cierto que Hayley es básicamente una adulta responsable de sus decisiones, es aún más cierto que la ha estado manipulando. ¡Quién sabe cuántas mentiras le ha dicho! Y siento que es un muchacho muy labioso, bueno en la cama y te hace sentir como la estrella más brillante en el cielo.

Dawson me dijo que, antes de mi ex, Hayley solía tener el rol de poder en las relaciones, incluso la llamó malvada y rompecorazones, por eso esta dife-

326

rencia le afecta tanto. Además, me contó que, aunque siempre fue muchísimo más cercano con Drake y con Hayley, tendían a tener las típicas discusiones y molestias de hermanos, nunca había sido así.

Después de eso, finalmente nos sentamos a comer y me encantó. No gritaban, pero sí conversaban de un lado a otro, pasándose las comidas, bromeando y haciendo preguntas, e incluso las hermanas Hans parecían muy involucradas en la dinámica.

Holden me hizo muchas preguntas sobre Venezuela que amé responder porque él sabe mucho, Alice me preguntó sobre mi maquillaje porque dijo que le encantó, a lo que Dawson le recomendó mi canal de YouTube, y cuando los padres de mi novio me preguntaron por mi mamá, pese a que estamos enfadadas y que todo es tenso, hablé con orgullo de lo increíble que es y de cuánto aporta a la medicina, porque mi mamá es grande y genial. Sin embargo, cuando Irina Harris sugirió que un día debíamos reunirnos todos, no supe cómo responder, porque no sé si mamá estará dispuesta. Para mi suerte, Drake desvió la conversación y habló de los apartamentos que ha estado viendo porque planea mudarse.

Después de tan increíble y deliciosa cena, sus padres se fueron a la casa de al lado junto a Alice Hans, y ese fue el momento en el que me armé de valor y le pregunté a Hayley si podíamos tener una conversación, y me sorprendió que aceptara.

Así que estamos en el jardín, pasando frío porque me dejé el abrigo dentro y en silencio. Mi lado tímido está luchando por dominarme, porque no me gustan las discusiones ni las confrontaciones y no sé cómo empezar esta conversación, pero sé que cuanto más tardo, más pierdo.

—Seré sincera, creo que ambas sabemos de qué va esta conversación y sé que no quieres escucharme y a mí tampoco me gustaría hacer esto, pero me parece justo que escuches mi versión antes de cualquier decisión que quieras tomar.

»Comencé a salir con Francisco cuando tenía quince años, me enamoré perdidamente de él, pasábamos casi todo el día juntos y fue mi primer novio serio y oficial. Me volvía loca cuando me hablaba, besaba, tocaba, todo, y siempre parecía tener las palabras correctas para decirme… Y también para convencerme de que él tenía la razón en todo.

»Cuando comenzamos a tener sexo y a ser más íntimos, me mordió dos veces y me hizo sangrar. Cuando le dije que no me gustaba, lo hizo de nuevo, y no paró hasta que lo dejé por eso. ¿Le has dicho que no te gusta que te muerda de esa forma y no se detiene?

No me responde, simplemente se dedica a mirar al cielo nublado.

—Mi naturaleza es tímida, no me gusta ser el centro de atención y odio las confrontaciones o las discusiones. Mis abuelos, que en paz descansen, tenían una dinámica en que el abuelo tenía el poder y eso es lo que me enseñaron. Para mí fue fácil dejar que el poder de la relación lo tuviese Francisco, hasta el punto en el que me desligué de mis emociones para sentir lo que él quería.

»Hubo momentos muy lindos, pero otros no lo fueron. Terminamos muchas veces y siempre acepté volver. —Finalmente me mira—. Estuve con alguien una de las muchas veces que rompimos. No le fui infiel y fui sincera y se lo dije antes de volver, y él respondió que no habría problemas, que me entendía.

»Pero no fue así, Hayley, porque me lo echó en cara siempre que pudo, haciéndome sentir mal y barata, e incluso insinuó que yo era una puta. Fue en una fiesta cuando desperté al enterarme de que, a pesar de juzgarme y reprochármelo tanto, él hizo lo mismo en cada una de nuestras rupturas con numerosas chicas, y me dije que no podía dejar que este hombre, por mucho que lo quisiera, destruyera mi valía y mi vida, y sabía que, si no me iba en ese momento, tal vez no lo haría nunca.

Ahora soy yo quien mira hacia el cielo y trato de darme calor en los brazos con las palmas de las manos, porque, pese a que llevo una camisa de mangas largas, el frío traspasa la tela.

—Y entonces comenzó a perseguirme, a rogarme, y no te niego que muchas veces quise ceder y lloré un montón, porque no te olvidas y renuncias a alguien de un día para otro. Los meses pasaron y aparecía de vez en cuando, sobre todo cuando veía que tenía vida social, porque aún deseaba ser el centro de mi vida.

»Cuando conocí a Dawson ni siquiera pensamos en salir, fue todo un malentendido. —Sonrío ante el recuerdo—. Y Francisco apareció de nuevo y es cierto lo que tu hermano te dice, le dijo que soy suya y me lo repitió por mensajes.

Me saco el teléfono, agradecida de no haber eliminado los mensajes porque Sarah es paranoica y siempre dice que los mensajes son pruebas. Dudosa, Hayley toma mi teléfono y comienza a leer.

—Y luego, hace poco, supe que me había sido infiel mientras éramos novios. Francisco no es la peor persona del mundo, pero tiene mucho que aprender sobre estar en una relación. Creo que ni él mismo ve la clase de persona que es y en la que se está convirtiendo, necesita ir a terapia y establecer límites.

»He escuchado a tus hermanos decir cosas increíbles de ti, lo que me hace intuir que eres una persona fantástica con cualidades que pueden enamorar a

328

cualquiera. Tal vez Francisco siente cosas por ti, pero debes saber, basándote en esos mensajes y en todo lo que ha hecho y que él mismo me dijo, que inició todo para joderme mentalmente y fastidiar a Dawson, y creo que eres más que eso.

No tiene que creerme, pero puede creer los mensajes, a su hermano y a Romina, que la noche del karaoke le tradujo todo lo que el patán de mi ex me dijo.

Estoy a la expectativa mirándola leer los mensajes. Cuando termina y me extiende el teléfono, no sé si he hecho algún avance.

—¿Cómo sé que no te inventaste estos mensajes?

—Porque has visto su número —respondo con suavidad, porque la oigo algo vulnerable.

Es una chica dura que se contiene. Aparenta serenidad, pero con una mirada a su mano descubro que se clava las uñas en la palma. Me dedica una sonrisa tensa.

—Amo a Dawson y a Drake, y no quiero tener problemas contigo porque puedo ver que mi hermano te quiere; supongo que aprenderé a relacionarme contigo.

No habla sobre Francisco, no dice absolutamente nada, solo me da un leve asentimiento y se gira, y poco después entra en su casa.

¿Se supone que funcionó? Quiero creer que sí.

Me quedo con la vista clavada en el cielo durante unos breves minutos.

—Oye —dice la voz de Dawson con suavidad, abrazándome desde atrás—. Deja de pasar frío y entremos.

—No sé si me creyó, Dawson.

—Pero sabes que fuiste sincera y que lo intentaste. Gracias por eso, cielo.

—Quisiera poder hacer más, *periquito*.

—Haces muchísimo más, créeme. —Me planta un beso en el cuello y poco después entramos juntos.

329

# 33

## Te presento a la antesala del «te amo»

*Mérida*

*Julio de 2017*

—¿Extrañas a mamá? Yo también.

Como milagro divino del cielo, Leona simplemente se sienta en mi regazo para que le acaricie el pelaje mientras permanezco sentada en mi cama con un montón de mis dibujos —sorprendentemente no de Dawson— en los que he estado trabajando.

Tengo una idea de novela gráfica de enemigos que terminan enamorándose y donde ambos son villanos. Es una idea que no me saco de la cabeza y dibujarlo durante la última semana ha sido muy liberador. Me encanta y lo disfruto, excepto que soy un asco haciendo los diálogos o desarrollando la idea de manera escrita, así que hablo a través de los dibujos, pero no sirvo para lo demás, y es frustrante porque podría ser una buena novela gráfica.

Incluso me atreví a pensar que con un nombre anónimo podía subirla en alguna página web como la famosa plataforma Imaginetoon, donde hay muchos artistas que sigo y admiro, pero solo tengo dibujos, y para ser una novela gráfica necesito más que eso.

Suspiro y simplemente me dejo existir durante unos minutos, mimando a Leona, que hoy se atreve a juntarse con la plebe, y recordando con cariño al Señor Enrique. Lo echo de menos, quedaron tantas canciones por enseñarle…

—Pero te puedo enseñar a ti, Leona —digo con entusiasmo, levantándome, y la alzo frente a mí para que me vea—. *Tengo un ticket sin regreso y un montón de sueños dentro de un veliz* —comienzo—. *Un adiós para mis viejos, mucho miedo y muchas ganas de poder vivir. Abrí las alas para escapar sin ti, para encontrar libertad, lejos de aquí, lejos de aquí. Una guitarra y mi niñez, la escuela y mi primera vez…*

Boo sale de debajo de la cama, me sisea y luego escapa por la puerta. Leona se retuerce intentando huir, pero la sostengo y la hago bailar mientras

330

canto, y puedo jurar que me mira con desprecio. Atrás quedó la perrita mansa que se dejaba mimar, ahora está superofendida.

—*Oh, oh, quedando tras de mí, tras de mí, eh, eh, uh, oh...*

—Creo que Leona quiere que la dejes ir, cielo.

Leona ladra en acuerdo y yo la suelto mirando a mi apuesto novio con el hombro apoyado en el marco de mi puerta. Se ve increíble con un tejano negro ajustado y un suéter gris bastante grande que le deja una porción del pecho a la vista. Me encanta.

A Leona también le encanta, porque va hacia él, se retuerce contra él para llamar su atención y sacude la cola como una perra coqueta. Dawson la mima con palabras bonitas que no son suficiente, porque Leona se va cuando él avanza hacia mí, indignada de que en esta ronda yo sea la ganadora.

Supongo que Jane, el ama de llaves, no olvidó que le dije que podía dejarlo entrar cuando viniera porque es mi novio; de hecho, ella me molestó durante unos minutos cantando la típica canción de Dawson y yo sentados debajo de un árbol besándonos. Pero volviendo a la cuestión, estoy feliz de que viniera de sorpresa.

—Te escribí diciendo que vendría después de tomar una ducha en casa. —Se acerca a mí y baja el rostro para darme un beso de saludo en la boca—. Te ves bien, siempre me gusta tu estilo.

Llevo un top rojo con unos tejanos cortos y calcetines hasta las rodillas. Mi cabello es el resultado de jugar hoy con la máquina de rizos y no estoy maquillada.

—Me gusta cómo te ves —confieso, pasando mis brazos alrededor de su cuello para darle más besos en la boca—, y hueles muy bien.

—Antes olía a mierda de gato. —Ríe contra mis labios antes de separarse y levantarse para mirar todos los dibujos alrededor de mi cama.

—¿Qué tal el trabajo?

—Sonamos como un matrimonio —bromea, tomando uno de mis dibujos—. Estuvo bien, tengo un nuevo paciente, que es el gato que me cagó encima, pero su dueño dice que será mi paciente fijo.

—¡Genial!

—Sí. —Me sonríe antes de devolver la atención al dibujo.

El que sostiene es de la protagonista en sujetador, con el vestido alrededor de la cintura, sentada y fumándose un cigarrillo mientras presiona la punta puntiaguda de su zapato de tacón contra la entrepierna del protagonista, que se encuentra de pie y empalmado. Eso hace que la pierna de ella se vea tonificada y espléndida, muy sensual. Además, a través de su sujetador se aprecia la sombra de sus pezones.

331

—Parece que estabas inspirada.

—Lo estaba —señalo, comenzando a recoger los dibujos para poner algo de orden.

Me resulta extraño no correr a esconderlos y hablar abiertamente de ello con él, pero me encanta tener con quien conversarlo y que no haya secretos entre nosotros.

—Quería intentar hacer una novela gráfica —confieso—, pero no soy buena escribiendo, solo dibujando. Lo intento, pero simplemente sé que no es lo mío, se me da fatal.

—¿Y no has pensado en colaborar con alguien? Alguien con quien puedas conectar, hacer una trama donde tú dibujes y ella o él escriba.

—Eso requeriría mucha confianza porque es ceder parte del control, y soy recelosa con mi trabajo.

—Supongo que solo tendrías que encontrar algún día a la persona correcta. —Me entrega el dibujo y luego me observa entretenido mientras lo ubico dentro de una carpeta, porque más tarde debo pasarlo a mi tableta digital.

Cuando me vuelvo para darle de nuevo mi atención, está ocupado mirando a Perry el Hámster en una de sus mansiones. Dawson se ve muy guapo. No puedo creer que haya tenido la fortuna de tener un novio que, además de cuidar a los animales porque se le da bien, los ame casi tanto o más que yo.

Me pican los dedos por hacer un nuevo dibujo de él, pero esta vez algo diferente.

—*Periquito* —digo con timidez, y se vuelve a mirarme con una ceja enarcada—. ¿Recuerdas cuando me dijiste que me inspirarías todo lo que yo quisiera?

—Lo recuerdo.

—Y cuando me dijiste que te dibujara en vivo y en directo.

—También lo recuerdo.

—¿Puedo hacerlo ahora? —Lo miro a través de mis pestañas y no me pierdo cuando sonríe.

—Puedes hacerlo cuando quieras, cielo. ¿Quieres que me desnude?

—¿Lo harías?

—¿Este dibujo solo sería para ti?

—Solo para mí, para nosotros.

—Entonces sí, me desnudaría.

—Bien, hazlo —ordeno.

Nos miramos con fijeza y luego él sonríe con lentitud de forma ladeada antes de sacarse los zapatos y los calcetines. Toma el dobladillo de su enorme suéter y se lo saca con un movimiento que a mí me resulta sexi y que me hace saber que no llevaba camisa debajo. Lo deja caer al suelo y lo siguiente es deshacerse del botón de su tejano negro, que revela un bóxer gris, corto y ajustado que está abultado con lo que promete que podría volverse una potente erección. Sin darme cuenta me lamo los labios.

Luego tira del elástico del bóxer, lo hace bajar por sus piernas y se lo saca del todo cuando llega a los tobillos. Se encuentra desnudo, con su cuerpo de complexión delgada y tonificada y con una piel —como diríamos en Venezuela— que no tiene ni una marca de lechina.

Supongo que en muchos lugares la lechina sería asociada o tomada muy parecida al sarampión, tal vez son lo mismo y ni siquiera lo sé, lo buscaré después en internet ahora que tengo la duda.

Ante mi mirada, su miembro comienza a ponerse semiduro, lo que me hace tragar saliva antes de elevar la vista hacia sus ojos, y encuentro que aún sonríe, pero esta vez lo hace con travesura.

—¿Dónde me quieres para dibujarme como a una de tus chicas francesas? —me pregunta, y río por lo bajo, fingiendo que no siento mariposas en el estómago y humedad en las bragas.

—Te quiero en mi cama.

—Oh, cielo, me gusta cómo suena eso, pero muéstrame cómo me quieres.

Asiento con lentitud, trepo hasta mi cama, ordeno las múltiples almohadas contra el cabecero y me pongo en la posición que lo quiero: con el cuello y los hombros apoyados en la almohada, medio sentado, una pierna flexionada y otra relajada y una mano extendiendo los dedos sobre su abdomen.

Él se acerca y mi respiración se agita mientras me mira y se inclina hacia mí desnudo.

—Eres la modelo más bonita —murmura, y pongo los ojos en blanco.

—Así te quiero.

—Entonces así me tendrás.

Me pongo de pie y descubro que mi novio sirve para esto de modelar, porque hace la pose exactamente igual. Y olvídate de estar semiduro, ya se encuentra duro y no puedo dejar de mirarlo.

—Mientras más la mires, más feliz estará con tu atención y entonces más crecerá, créeme, se puede poner más dura.

—¿Y más grande? —bromeo.

—Bueno, ya la conoces bien.

—No tan bien, deseo conocerla mejor.

Sin previo aviso, me toma del brazo y me hace caer sobre su cuerpo desnudo, entre sus piernas, de modo que siento su miembro contra la piel desnuda de mi abdomen, y una de sus manos me toma de la nuca.

—Me encantas tanto… —susurra contra mis labios antes de besarme.

Gimo en su boca cuando me besa de manera húmeda y profunda sin ningún tipo de vacilación. Su otra mano se cuela por la cinturilla de mi tejano y me estruja una de las nalgas de mi trasero desnudo, porque llevo tanga, y después extiende la palma entre mis nalgas de tal manera que consigue presionarme contra él mientras me mordisquea los labios.

—Quítate la camisa para dibujarme, así no me siento solito desnudo —pide contra mis labios estrujándome de nuevo una nalga con una mano.

—La manera en la que me tocas… —jadeo contra sus labios.

—¿Te quitarás la camisa en solidaridad?

Suspiro, le doy un beso en la barbilla y me pongo de pie. Me saco el top, dejando mis pechos desnudos, y eso lo hace suspirar cuando vuelve a su posición original con una erección que ahora brilla en la punta.

—Tu modelo está listo, cielo.

Trago saliva y tomo un papel Bristol, la tabla forrada donde siempre lo apoyo y un marcador de punta fina.

Nunca he dibujado a alguien que esté frente a mí mientras lo hago, mucho menos desnudo, especialmente porque pocas veces he dibujado a alguien que conozca. Dibujé en su momento a Francisco, pero siempre vestido y solo en alguna ocasión. También he hecho dibujos inocentes de Sarah sonriendo, pero esto es muy diferente.

Tomo asiento en mi silla *gamer*, aunque no juego, y ruedo hasta estar en la distancia que considero perfecta. Trato de obviar que no llevo el top, pero la mirada persistente de Dawson hace que se me endurezcan los pezones —que de por sí siempre se hacen notar—. No me lo pone fácil, pero soy una profesional que observa cada línea de su cuerpo y se fija en cada detalle al dibujar.

Ilustrar al hombre que te encanta y sobre el que quieres saltar no es fácil, no cuando sus miradas conectan y te dedica sonrisas secretas o cuando tiene una erección que quieres tocar, besar y tener dentro de ti.

En un principio estamos en silencio, pero eso solo dura unos cuarenta minutos.

—Qué bonita mi novia cuando hace morritos —dice, y sonrío automáticamente— y qué bonita sonrisa. Y qué cómodo me encuentro en su cama mientras me dibuja con sus sexis pechos desnudos. —Hace una breve pausa—. Y qué bonito cómo me mira.

—Cállate. —Me río.

—¿Qué podemos negociar para que te quites también los tejanos?

—No voy a negociar —digo mientras dibujo su abdomen. Si bien no está

334

supermarcado, se encuentra tonificado y definido de manera insinuante y atractiva.

—Sabes que estoy sufriendo aquí, ¿verdad? Desnudo, viéndote los pechos y con toda tu atención en mí. Me siento solito en tu cama enorme.

Puede moverse, ya he memorizado su suposición y su cuerpo, pero si se mueve, vendrá a por mí, y si viene, el dibujo quedará sin terminar porque haremos otras cosas, así que me aguanto, disfrutando de sus comentarios y luego de la conversación que entablamos.

—¿Por qué a diferencia de Drake no tienes ni un solo tatuaje?

—Creo que en Drake se ven genial y he sentido curiosidad, pero no es algo que me muera por hacer. Además, me da ansiedad tener que elegir algo que tendré por siempre en la piel, porque me pongo a imaginarme cómo se verá en mi piel cuando me arrugue.

»Y, a diferencia de mí, eso encaja muy bien con la identidad de Drake. Por mucho que nos encante ser gemelos, a veces también deseas tener algo simplemente tuyo con lo que identificarte y que sea parte de quien eres. Somos idénticos y siempre nos confundían, y aún lo hacen. Los tatuajes son parte de su esencia, no es lo mío.

—Los lunares en el cuello también son solo tuyos, son leves y apenas se notan, pero están ahí, y me gusta ponerlos en mis dibujos.

—Parece que me miras mucho.

—Es que me gusta todo de ti. Es la primera vez que me pasa esto, ¿sabes? No poder sacarme a alguien de la cabeza y querer dibujarlo constantemente, que me veas mientras te dibujo y estar tan relajada. —Me muerdo el labio comenzando a dibujar su ingle—. Siempre he sido recelosa sobre estos dibujos y siempre he creado a mis modelos, sacados de mi imaginación. Entonces llegaste y, cuando empecé, no pude parar.

»Y no, no te dibujé cuando Martin usaba tus fotos, comencé cuando te conocí genuinamente, cuando comenzamos a pasar tiempo juntos. No sé por qué puedo sentarme a dibujar frente a ti ni por qué a gran parte de mí le encanta que veas mis dibujos. —Hago una pausa—. Me asusta cómo me siento sobre ti porque ya estuve en una relación y, aunque hubo muchas cosas bonitas, nunca se sintió así.

—*Te quiero* —murmura en un español tierno, y dejo de dibujar—. Así se dice en español, ¿cierto?

—Sí, se dice *te quiero*. Ustedes básicamente solo tienen el *te amo*. Para nosotros, al menos en Venezuela, *te quiero* viene primero.

—*Te quiero* —repite—, son unas palabras muy bonitas.

—Lo son. Significa atesorar, apreciar y tener sentimientos especiales por alguien a quien podrías llegar a amar poco después, o tal vez incluso ya lo haces —murmuro con voz suave—. Es la antesala del *te amo*.

—Quizá más adelante me gustaría confirmar cómo se dice, solo por curiosidad.

—Pregúntamelo cuando quieras saberlo y te lo diré —le digo sonriendo, y me devuelve el gesto.

—Trato hecho.

Después de ese momento tan especial hablamos otro poco más, y una hora después el dibujo está listo sobre mi escritorio mientras yo estoy debajo de Dawson, desnuda, besándolo mientras empuja entre mis piernas, dándonos otro momento especial.

# 34

## A cada cochino le llega su sábado

*Dawson*

Hoy ha sido un día difícil.

Bueno, no difícil.

Ha sido un día de mierda.

Ya me di cuenta hace un tiempo de que el trabajo que pensaba que sería ideal no lo es y que uno de los veterinarios que admiraba no es lo que pensé. No me malinterpretes, Angelo Wilson es un veterinario increíble, pero como persona no congeniamos. Los otros dos grandes veterinarios me hablan poco, aunque son amables. Al igual que yo, hay otra chica un par de años mayor que tiene algo más de respeto y ella suele ser amable conmigo, pero no tenemos los mismos horarios.

Volviendo a mi día de mierda, he tenido muchos de ellos desde aquella comida en casa de Mérida con su mamá y Angelo Wilson. Dudo que Miranda Sousa lo enviara a intimidarme, pero él se lo ha tomado demasiado personalmente. Antes siempre me cuestionaba y hablaba con deliberada prepotencia, pero ¿ahora? Es abiertamente un imbécil.

Mis pacientes, que habían incrementado, han disminuido, y no me quedan dudas de que se debe a él. Las personas lo respetan y creen en su palabra, y quién sabe qué ha estado diciendo. Después de todo, en su momento le habló a Mérida sobre mi inexperiencia.

Creo que le intimida el hecho de que alguien joven tenga potencial y una manera de trabajar diferente a la suya, pero eso no justifica su comportamiento. Hoy ha venido la señora Hamilton con su gata Canie —no puedo olvidar su numerito— y ahora a su gata sana la ve Angelo, quien ha hecho varios comentarios basados en bromas pesadas sobre aquel escándalo incensario frente a los pacientes. Me he sentido muy avergonzado incluso sabiendo que no hice nada malo.

No sé cuánto más aguantaré esta situación. Hasta que no reciba mi título dudo que otra clínica veterinaria me contrate, esta me aceptó porque fui pa-

337

sante y al ser el mejor me gané un lugar. Sé que se verá increíble en mi currículum, pero estoy comenzando a tener mucha tensión en el cuerpo y a resentir venir a trabajar, a pesar de que atender a los animales siempre ha sido algo que he amado. No quiero que me quiten el amor por mi profesión y quizá por eso estoy pasando más tiempo en el refugio de animales de Micah y Wanda, que me recuerda mi pasión mientras que esta clínica intenta arrebatármela.

Viendo que al parecer hoy no tendré ni un solo paciente, suspiro y abro en la computadora YouTube. Voy al canal de Mérida, que ha sido todo un éxito —tal vez influye que Alaska lo haya compartido con sus seguidores—. A las personas les encanta ver a Mérida maquillándose y explicando los pasos, también parecen enamorados de nuestra dinámica de mí hablando, haciendo comentarios y a veces pasándole las brochas o intentando explicar lo que está haciendo. Disfruto mucho grabando esos vídeos con ella, hasta ahora solo hemos hecho cuatro y cada vez ella se ve más confiada. Algunas personas ya recrean su maquillaje y la etiquetan en su cuenta de Instagram, que ahora mantiene algo más activa.

Hago clic en nuestro último vídeo, que ya tiene cincuenta mil reproducciones, y sonrío apenas aparece su rostro diciendo: «Holis, estoy de vuelta». En ese vídeo estuve sentado a su lado pasándole cada instrumento que me pedía —y me equivoqué varias veces— mientras le hacía preguntas, y creo que ha sido uno de los vídeos con más comentarios. Se me infla un poco el pecho cuando leo a personas decir que quieren un novio como yo y frunzo el ceño cuando leo que le comentan a mi novia que me deje y que se case con ellas o ellos; son demasiado ilusos si creen que eso pasará.

Veo el vídeo completo y eso consigue subirme el ánimo. Busco en mi galería una de las últimas fotos que nos tomamos, en la que sostengo a Boo y a Leona mientras Mérida toma la selfi, y la publico en mi cuenta de Instagram junto con el mensaje «Por mil momentos más». Antes de salir de la aplicación me doy cuenta de que tengo un mensaje de Leah. Hablamos menos, pero ya no se siente incómodo y ella sabe que tengo novia. Hemos hablado de Mérida y sé que ella está enamorándose de alguien con quien me dice que se siente a gusto y cree que todo fluye. No creo que lleguemos a ser mejores amigos, pero sí unos muy buenos sin resentimiento o incomodidad. La vida continuó y nuestros caminos van por separado, y estoy feliz donde y con quien estoy hoy.

De hecho, estoy enamorado. No se lo he dicho en voz alta, pero parece muy obvio. Esa loca venezolana que conocí en una piscina en noviembre me tiene muy enamorado.

Hago una pausa en mis suspiros de amor y abro el mensaje de Leah.

**Leah Ferguson:** ¡Te tengo una sorpresa!
Un día de estos me verás…

**Dawson Harris:** ¿Cuándo veré
ese rostro australiano?

No me responde, pero sé que lo hará dentro de unas horas, así que cierro la aplicación y justo me llega un mensaje de Drake.

**Copia mal hecha:** ¡A ALASKA LE ESCRIBIÓ
UNA EDITORIAL! ¡¡¡AAAAAAH!!!
ENLOQUECIENDO DE EMOCIÓN

¡No me jodas! Alzo el puño y lo agito mientras escribo rápido con la otra mano.

**Dawson:** Oh Dios míooooooo
¡Qué felicidaad! Salto en un pie ¡Pásame
una foto de ella en este momento!

Y lo hace. Recibo una foto de Alaska con lágrimas en los ojos a medio cerrar y el rostro sonrojado, pero sonriendo. En la pantalla de su teléfono muestra un correo que no alcanzo a leer.

Procedo a enviarle un mensaje de voz:

▶ ¡Felicidades, Aska! Estoy muy orgulloso de ti. ¡Qué triunfo! Ahora sí debes dejarme leer tu historia, porque quiero gritar al mundo que te conozco. Esto es solo el principio, vendrán muchísimas cosas más.

Me río de la felicidad. No he leído ninguna historia de Alaska completa. Digamos que cuando Drake y ella estuvieron gravemente hospitalizados y su perfil de JoinApp fue expuesto por investigaciones policiacas, leí tres capítulos de una historia algo sucia, pero bastante buena, que me dejó con ganas de leer más, pero por falta de tiempo y por su timidez al respecto no seguí. Sin embargo, no hay manera de que no lo lea ahora cuando lo compre y lo tenga con orgullo.

Recibo una nota de voz de Drake que resulta ser de Alaska llorando y sorbiéndose los mocos:

> Gracias, no me lo puedo creer, pero Drake ya me pellizcó y es real.
> ▶ ¡DAWSON, ESTÁ SUCEDIENDO! Ya puedes leerme… O mejor espera
> que edite las historias, siento que estoy soñando. Te amo mucho.

¡Dios! Amo a Alaska, es tan encantadora y linda… Le devuelvo el amor y luego me sobresalto cuando Susana entra y me dice que la doctora Lissa me necesita en el quirófano para una operación de emergencia de un gato. Me pongo en marcha con rapidez mientras escucho a uno de los pasantes recitarme el diagnóstico de emergencia.

No es tan grave en un principio, pero en el proceso se complica.

Hay una hemorragia y mucha tensión.

Dos horas después, el gatito, llamado Silver, es declarado muerto y yo me siento como una mierda. Es la primera vez que pierdo a un paciente e, incluso si no era mío, fui parte de la cirugía que falló y me siento horrible.

El doctor Wilson me mira y niega con la cabeza cuando salgo.

—Te falta demasiado —me dice.

Como si hubiese estado solo en ese quirófano, como si eso fuese lo que necesitase escuchar en este momento, pero eso me hace dudar de mí.

$$\star\ \star\ \star\ \star$$

Veo a mi hermana y quiero llorar.

Mientras grita y llora no la reconozco, tampoco a sus palabras crueles y dañinas. Esta no es ella.

Es cierto que siempre ha sido malvada, odiosa y altanera, pero nunca hiriente. Peleamos y discutimos al crecer de manera inofensiva como muchos hermanos tienden a hacer, pero llevamos meses con esto, desde la llegada de Francisco, y ella… cada día es diferente.

—Te miente, es un bastardo. Mérida te enseñó los mensajes, Romina tradujo lo que dijo aquella noche, te he dicho lo que sucedió. ¿Qué más quieres?

—Estoy harta. ¡Harta de que no quieras escuchar mi versión! —me grita, caminando hacia su habitación, y la sigo—. Apoyas a Drake en todo. ¿Tan difícil es apoyarme a mí?

—No voy a apoyarte en una relación que te hace daño.

—No te has sentado a conocerlo siquiera.

—No me interesa conocerlo más de lo que ya lo hago —sentencio.

Hayley comienza a decir cosas crueles sobre que la odio y siempre ha sido la hermana a la que menos quiero, que me han manipulado, tonterías de

Francisco, la hipocresía de la familia de no aceptar su relación cuando a Drake y a mí nos ponen un altar porque antes fuimos un gran desastre y unos promiscuos —exactamente sus palabras—, pero cuando dice algo sobre que nadie habla de que mi relación afecta mi trabajo, la pierdo, pierdo finalmente la paciencia.

Y tal vez después me arrepienta de gritarle como lo hago a continuación.

—¡Cállate! ¿Quién carajos eres? No te reconozco. Basta de decir estupideces, sabes que Mérida era sincera, sabes que te amo de la misma manera que amo a mis hermanos, sabes que esta familia nunca te ha dado la espalda y que siempre hemos estado y estaremos a tu lado. ¿Francisco realmente vale todo este problema? ¿Realmente lo amas o solo te aferras a algo que tu familia no quiere?

Se queda en silencio y luego se pone a balbucear, y esa es toda la respuesta que necesito. Me siento aliviado de que no lo ame y cabreado al darme cuenta de que sigue en esa relación para demostrar algo y no ve que la está consumiendo y transformando.

—Gritas y gritas, eres cruel e hiriente. Trato de entenderte porque está claro que te envenena la cabeza, pero me duele, Hayley, me duele un montón porque crees que no me importas y me mata verte herida, me mata verte perder tu actitud, me mata que nos alejes. ¡No sé qué quieres! ¡No sé qué hacer! ¿Quieres que tire la toalla contigo? ¿Es lo que quieres? ¿Que ya no me importes? ¿Que me canse y me dé por vencido?

»No voy a dejar a Mérida, Hayley, no por ti y no por un imbécil que te manipula y solo quiere hacernos daño. Haría muchas cosas por ti, pero dejar a Mérida por las mentiras que estás creyendo no es algo que haré.

El silencio llena el espacio y estamos muy tensos y es muy doloroso ver en lo que nos hemos convertido.

—Ya no puedo hacer esto, Hayley —susurro, sintiéndome agotado—. Es demasiado.

Mi hermana parpadea y traga saliva, y mira hacia sus pies y se muerde el labio inferior tembloroso.

—Te amo un mundo y puede que creas que no es así porque pierdo la paciencia y te grito, pero es porque me preocupas. No sé dónde está mi hermanita arpía encantadora, y me duele sentirte tan lejos. Me duelen aún más las cosas que me dices con tanto veneno, porque incluso llego a pensar que quieres lastimarme, que quieres que me duela, y lo hace.

—Yo…

Hayley no llora, al menos no demasiado, y si lo hace, sucede muy pocas veces. Sin embargo, me doy cuenta de que se está conteniendo.

341

Siento un cosquilleo en la nariz. Estoy muy frustrado con esto, con los días de mierda en el trabajo y la muerte de hace dos días del gatito. Sé que aprenderé a lidiar mejor con las pérdidas de pacientes, pero fue el primero e incluso no fue del todo mío.

—Mérida no me quita tiempo en el trabajo, por el contrario, me hace ganar más confianza porque cree en mí y siempre me escucha. Tengo una novia hermosa que me apoya, no te haces una idea de lo maravillosa que es, y es una pena que decidas conocerla a través de las mentiras de Francisco. Sabes que miente, hay demasiadas pruebas, pero tu orgullo y terquedad pueden más.

»Sabemos que puedes tomar tus decisiones, pero no hagas tonterías por demostrar algo. Evita lastimarte y perderte a ti misma.

Hayley hace algo que nunca hace: baja la cabeza.

Y no se siente bien. ¡Dios! Se siente horrible.

Acorto la distancia, la abrazo y no llora, pero sus dedos toman con fuerza mi camisa, aferrándose a mí. Es la primera vez que la siento cerca desde que todo el problema con Francisco comenzó.

—No me gusta que me muerda. —Habla en tono muy bajo—. Y me dolió leer los mensajes que le envió a Mérida. Me dolía no creerte, pero quería confiar en él porque estoy muy cansada de tener relaciones que no funcionan. Estoy confundida, pero lo siento, no quiero pelearme más contigo, estoy cansada.

¿Significa eso que dejará a Francisco? Supongo que el tiempo lo dirá.

—Eres inteligente, Hayley, y sé que en el fondo sabes lo que es mejor y lo que mereces —susurro, y me abraza con más fuerza.

Quiero creer que ese refrán venezolano que Mérida me dijo, «a cada cochino le llega su sábado», tiene razón, porque, si es cierto, a todo el que obre mal en algún momento le llegará el karma.

Espero que el karma le llegue a Francisco.

## 35

## La vieja, la nueva y la ex

*Dawson*

*Agosto de 2017*

¿Estoy viendo mal o esto es genuinamente real?

Abrí la puerta porque Mérida me dijo que vendría y hoy haríamos el vídeo en mi casa, ya que su mamá está en la suya y todos sabemos que aún no soy el novio apto que la señora Miranda quiere para su hija. Sí, he estado un par de veces en la casa de Mérida con la presencia de su mamá y ha sido incómodo; no me insulta ni mucho menos, pero tampoco es que me hable demasiado y noto la tensión entre ella y Mérida.

Pero volviendo a la cuestión, el hecho es que vine rápidamente a abrir la puerta en cuanto el timbre sonó porque estoy desesperado por ver a mi novia, debido a que no nos hemos visto desde hace seis días por los trabajos finales que tuvo al final del semestre y porque acudí durante toda una semana a un seminario importante sobre nuevos estudios de veterinaria. Además, he estado trabajando un par de veces con la doctora Lissa, porque creo que después de aquella cirugía, pese a que el gatito murió, ella me respeta más al haberme visto trabajar bajo presión y hacer, desde su punto de vista, un gran trabajo.

Así que abrí la puerta, pero Mérida no es quien ha venido a verme y la que me está causando una gran sorpresa.

—¿Te vas a quedar ahí de pie sin hacer nada? —me pregunta sin dejar de reír.

Parpadeo un par de veces antes de sacudir la cabeza y sonreírle. Su sonrisa se vuelve más amplia y básicamente salta sobre mí para darme un fuerte abrazo.

Leah sigue siendo tan efusiva como la recuerdo.

Le devuelvo el abrazo y ella ríe antes de plantarme un beso sonoro en la mejilla y revolverme el cabello. Así no fue como nos despedimos.

343

Nuestra despedida en noviembre de 2016 fue algo agridulce que incluyó un beso, palabras de consuelo y lamentos sobre algo que no pudo ser. En aquel entonces había arrepentimientos sobre cosas que no dijimos y otras que sí, y no pensé que tiempo después ella volvería y todo se sentiría bien, que habríamos cerrado ese capítulo y que estaríamos a gusto e incluso agradecidos de haber terminado algo que era tan incierto.

Siendo sincero, si ella se hubiese quedado, puede que hubiésemos seguido con el tira y afloja. La verdad, no lo sé, pero lo que sé con certeza es que no cambiaría nada de lo que ha sucedido porque estoy enamorado de Mérida y no me gusta imaginar que no la hubiese conocido.

Una vez me encontré pensando en el hecho de que, cuando Martin me pidió que no saliera con Leah, no lo desafié y elegí nuestra tóxica amistad —y no es que no haya reconocido que Leah lo valía—. En cambio, cuando lo intentó con Mérida, aparte de elegirme a mí y salir de esa amistad, elegí a Mérida, quien en ese momento era un misterio alocado y no sabía que se volvería tan importante para mí.

Cuando Leah y yo nos alejamos, no sé muy bien qué hacer y ambos reímos. Había olvidado lo bien que podemos llevarnos cuando somos exclusivamente amigos; así fue todo en un principio.

—Pasa, no te quedes ahí.

—Estaba esperando que me invitaras. —Se abre paso y cierro la puerta detrás de ella—. Qué loco es que esta sea la primera vez que venga a tu casa.

—Un poquito loco —admito—. ¿Esta era tu sorpresa? Porque sí que me ha sorprendido.

—¡Sí! Lo he logrado.

—¿Quieres algo de beber? El viaje de Australia a mi casa tuvo que agotarte —bromeo, y ella ríe.

—Un jugo estaría bien.

Le señalo que puede sentarse en cualquiera de los sofás y voy a por un zumo de naranja. Al volver, me siento a su lado.

—¿Has regresado de forma definitiva?

—No, he venido a visitar a papá durante las vacaciones de verano. —Me da una sonrisa a medias—. Mamá está haciéndolo bien; de hecho, le quedan solo tres sesiones de diálisis, pero quiero seguir estando con ella y ayudar.

—Me alegra saber que ha mejorado mucho.

—Sí, está fuera de peligro. Por un tiempo estuve asustada, pensé que llegaríamos a necesitar el trasplante de riñón, pero todo está controlado. Papá me visitó hace unos meses, pero lo extraño tanto que no pude resistirme a venir y pasar tiempo con él y Emma, ya sabes, mi madrastra.

—Así que no viniste por mí —bromeo, y arruga la nariz.

—Me alegra que podamos hablar así, sin incomodidades ni ser raros. Estaba un poco asustada de que por mensajes las cosas se sintieran normales, pero en persona no.

—Tenía el mismo miedo y, bueno, me alivia saber que, en efecto, no siento nada por ti.

—Au, qué dulce, Dawson, pero tranquilo, tampoco siento nada por ti.

—Bueno, al menos cariño me debes de tener.

—Lo hago. —Ríe por lo bajo—. También vine para encontrarme con ese alguien especial del que me he enamorado, o eso creo. No sé si es amor, pero me parece que algo bueno saldrá de ahí.

—¿Ya no le tienes miedo a la distancia? —pregunto, porque, cuando hablamos de ello antes de que se fuera, me hizo saber que el tema de una relación a distancia la asustaba.

Me mira con fijeza como si se pensara la respuesta y luego suspira, lo que me hace enarcar una ceja.

—No quiero herir tus sentimientos, pero creo que a veces una persona te hace cambiar de parecer. Cuando no teníamos definido que seríamos amigos, pensé e imaginé una relación a distancia contigo y sentí que era algo a lo que no me quería arriesgar, que no podía y no me haría bien.

»Pero ahora quiero arriesgarme, me da miedo no hacerlo y perder algo que podría ser muy bonito. Además, sé que mamá mejorará del todo y podré transferirme de nuevo aquí.

—No me ofendes. —Le sonrío—. Sé de lo que hablas. Antes preferí poner una amistad tóxica basándome en una promesa estúpida en lo alto, pero esta vez fue diferente.

—Qué alegría me da que ya no seas amigo de ese imbécil de Martin, aún le quiero patear el culo.

Puede que en un principio ella no supiera de Martin y de la absurda promesa que le hice, pero los secretos no lo son para siempre, y su desprecio por mi examigo es bastante feroz.

Consigo ponerme más cómodo en el sofá mientras conversamos como amigos sin nada de por medio. Me habla de Australia, de su hermanito y de que su papá, que es físicamente bastante intimidante —y habilidoso, porque es guardaespaldas de una importante y famosa banda musical—, lloró al verla, lo que le hizo llorar a ella también. Le cuento que creo que finalmente tendré mi graduación y le hablo de Alaska cuando me pregunta por ella y mi hermano.

Hablamos bastante y de vez en cuando reviso mi teléfono porque Mérida ya debería de estar aquí. ¿Por qué tarda tanto?

345

Me planteo llamarla y entonces la puerta se abre y Drake aparece dándome una mirada significativa con Mérida a su lado.

—Estaba a nada de llamarte —le hago saber, y ella me da una mínima sonrisa que me tiene alzando las cejas—. De acuerdo...

—Hola, Drake —saluda con entusiasmo Leah, y él le sonríe.

—Hola, Leah, qué sorpresa verte. —Pasea la mirada de ella a mí—. ¿Qué tal todo? ¿Te tenemos de nuevo por acá?

—Algo así y todo está bien, poniéndome al día con Dawson. —Mira hacia mi novia, que se mantiene de pie—. Tú debes de ser Mérida, te he visto en las fotos que Dawson sube.

—Hola —saluda con torpeza.

—Soy Leah, un gusto conocerte, he escuchado mucho de ti; solo cosas buenas, lo prometo.

La sonrisa de Mérida crece un poco más, pero no se mueve y me pongo de pie para ir hacia ella. Me mira con sorpresa, como si acercarme y saludarla con un beso fuese algo nuevo. La beso con suavidad y luego la abrazo.

—Te extrañé —susurro.

—También te extrañé —dice finalmente, y me hace sonreír.

Bajo el rostro y le doy continuos besos en la boca y luego los traslado por todo su rostro, lo que la tiene riendo.

—Eres tan hermosa, cielo —digo contra su mejilla.

—Sí, definitivamente eres el gemelo romántico, casi creí que lo era yo —escucho decir a Drake y, aún abrazado a Mérida, nos hago girar.

—¿Qué haces aquí? Esta ya no es tu casa, copia mal hecha.

Y es que mi gemelo, quien ya recuperó del todo el control del habla y el movimiento completo de su cuerpo con ayuda de mucha terapia y ejercicios, se mudó hace una semana a un apartamento tipo estudio que alquiló. Lo extraño muchísimo, pese a que lo he visitado casi todos los días y que él también ha venido al menos tres días, pero entiendo que es parte de crecer y de la vida, porque yo también estoy planeando mudarme pronto.

—Mamá y papá dijeron que esta siempre sería mi casa. —Me muestra la lengua antes de ir a la cocina.

—¿Quieres algo de beber? —le pregunto a Mérida, y sacude la cabeza en negación.

La libero para que tome asiento donde quiera y opta por el sofá individual, y yo me siento al lado de Leah, que nos mira sonriendo.

—Eres un novio cursi —se burla.

—Es que Mérida me encanta mucho. —Me encojo de hombros y la mencionada se sonroja.

346

—Lamento que tuvieras que pasar por algo tan desagradable con Martin, nunca me envió fotos de su pene. No imaginé que fuese ese tipo de persona, qué asco.

—Fue desagradable y aterrador —dice Mérida, estremeciéndose.

—¿Y ya no te molesta? Porque recuerdo que era muy insistente.

—Bueno…

Le doy una larga mirada, porque nunca, ni una vez, ha mencionado algo al respecto y pensé que Martin ya había quedado atrás.

—Insistía en que quería hablar y, cuando finalmente escuché su horrible argumento, bajó un poco la intensidad.

—¿Un poco? —pregunto.

Su respuesta es encogerse de hombros, y frunzo el ceño. Quiero decir más, pero Leah hace otro tipo de preguntas. Mérida se retrae, sus respuestas son cortas y su lenguaje corporal demuestra que está incómoda. Leah intenta meterla en la conversación, pero es como si se instaurara un muro y, después de una hora, se inventa una rara excusa sobre algo que tiene que hacer con su mamá y la sigo hasta la salida.

—¿Qué pasa, Mérida? —le pregunto antes de que pueda subir a su auto.

—Nada.

Eso se traduce como «Mucho, pero no te lo voy a decir».

—Tienes que decirme qué te molesta.

—Nada.

Me interpongo entre ella y la puerta, y esquiva mi mirada.

—¿Es porque me encontraste con Leah en casa? Todo fue amistoso y fue una visita sorpresa.

—Está bien.

—Y es estrictamente una amistad; de hecho, debo de tenerla mareada de hablar tanto de ti.

—Eso está bien, bueno, no que la marees hablando de mí. —Me mira—. No es un problema contigo, no pasa nada, en serio, no has hecho nada malo.

Dudo. Parece sincera cuando dice que sabe que no he hecho nada malo y que confía en mí, pero también parece tener un estado de ánimo extraño y decaído.

—Dime qué está mal —susurro con suavidad y algo inquieto con esta situación en la que no sé qué ha pasado.

—No me presiones a hablar de algo cuando te digo que no es nada.

De acuerdo, me hago a un lado alzando las manos y ella hace un chasquido con la lengua.

347

—Lo siento, no quise decirlo así, solo... Voy a irme, ¿de acuerdo? No hiciste nada malo ni estoy enojada contigo.

—Pero algo no está bien —digo.

—Dawson... —Parece que me lo implora y siento mi entrecejo fruncirse. Quiero hablar, pero no quiero que se sienta presionada y esto es una mierda.

—De acuerdo. —Asiento.

La veo subirse a su auto y luego me siento extraño cuando se va, como si hubiésemos hecho el movimiento equivocado.

Al volver a casa, Leah debe de notar que mi humor ha cambiado porque dice que quedaremos otro día y se va. Cuando me encuentro con la mirada de mi gemelo, él sacude la cabeza en negación.

—Mérida llevaba mucho rato fuera, creo que te vio por la ventana.

—No estaba haciendo nada malo.

—Ella lo sabe bien, pero quizá tuvo un buen vistazo y se imaginó cómo podrían haber sido las cosas si Leah no se hubiese ido, o eso debe de pensar.

Me aprieto el tabique de la nariz con los dedos antes de dejarme caer en el sofá.

—¿Crees que debo preocuparme? —le pregunto.

—Tú la conoces mejor que yo. —Se encoge de hombros.

Tiene razón y pienso en Mérida, en su personalidad, poniendo énfasis en que no estaba enojada conmigo, pero creo que está enfadada por cómo se siente y odio cuando me doy cuenta de que se siente insegura y asustada, porque entiende que Leah y yo somos amigos, pero una parte de ella tal vez navega en los «¿Qué habría sucedido si ella se hubiese quedado...?».

—Qué problema —me quejo, y Drake se vuelve a encoger de hombros.

—Así funciona el romance, copia romanticona.

Dawson: salimos a cenar hoy?

Cielo: no puedo

Dawson: todo bien???

Cielo: sí.

348

**Dawson:** creo que saldré un poco antes del trabajo

**Dawson:** Nos vemos?

**Cielo:** ocupada

**Dawson:** bien.

**Cielo:** lo siento hoy no podré ir a verte

**Dawson:** vale.

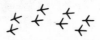

**Dawson:** Mérida qué está mal? Habla conmigo

**Cielo:** no puedo hablar en este momento

Le envío un audio:

▶ No entiendo nada, estábamos bien, pero luego en el auto algo pasó y no hablas conmigo. No soy adivino y quiero que solucionemos esto. Por favor, dime qué pasa.

Ella no me responde y, frustrado, me paso las manos por el rostro. ¿Por qué no puede simplemente hablar conmigo?

Espero una respuesta, pero no llega.

349

# 36

# Ay, ay, ay, cómo me duele

*Mérida*

Mérida: Hola

Periquito: hola.

Mérida: lo siento, he estado ocupada

Periquito: claro.

Mérida: lo siento

Periquito: ya dijiste eso

Periquito: hablamos luego, estoy ocupado.

Mérida: ten un bonito día, periquito

Periquito: tú también.

Mérida: cómo estás?

Periquito: bien, supongo…

Periquito: Nos veremos hoy?

**Mérida:** mi mamá quiere que cene con ella

**Periquito:** tengan una linda noche

**Periquito:** paso por la U y desayunamos juntos?

**Mérida:** no estoy en la U

—Pensé que, como tienes la tarde libre, irías a ver a Dawson —dice Sarah cuando llega a nuestra habitual cafetería fuera del campus, debido a que son las vacaciones de verano.

Se ve radiante, siempre lo está, pero hoy parece superfeliz mientras que yo estoy enfadada... conmigo misma.

—Sí, cancelé.

—¿Estás evitando a Dawson? —pregunta, borrando su sonrisa—. Porque el fin de semana también le cancelaste para ir al refugio y le dijiste que te sentías horrible con la regla.

—Sí me sentía horrible con la regla.

—Pero te sirvió de coartada —dice estudiándome con la mirada—. ¿Es porque ha vuelto su ex?

Respiro hondo, porque ni yo entiendo con exactitud el problema, pero creo saber de qué va.

Estoy enojada conmigo porque, cuando vi por la ventana a Dawson reír y hablar con la hermosa y carismática Leah, las semillas que había plantado Martin con sus palabras crecieron, comenzaron a comerme la cabeza y me hice escenarios hipotéticos en los que ella no se había ido y Dawson nunca me había conocido y estaba con ella. No dudé de Dawson, dudé de mí y me siento avergonzada de ello.

Intento de verdad sacarme de la cabeza las odiosas palabras de Martin. Dawson fue superlindo y cariñoso conmigo frente a ella, pero es que no pienso en el ahora, pienso en escenarios que no sucedieron y que me están lastimando. Odio hacer eso y me estoy obligando a parar, pero no puedo, no sé cómo.

Confío en Dawson y en nuestra relación, estoy completamente enamorada de él, pero eso no impide que los escenarios falsos de cosas que no sucedie-

351

ron me estén devorando la cabeza y la razón. Nunca debí dejar que esas semillas de Martin germinaran en mi mente, no debí darles ese poder.

Intento explicarle esto a mi amiga, que me escucha mientras se bebe mi café.

—No creo que estés siendo horrible —dice finalmente—. Incluso me parecería normal que pienses en esas posibilidades cuando ese imbécil de Martin te dijo todas esas cosas. Lo que no debes hacer es aferrarte a ello porque, así como pudo haber pasado algo entre ellos si ella se hubiese quedado, también podría no ser el caso.

»Son escenarios que no sucedieron y ahora son amigos. Tú estás con Dawson y todo está bien. Aférrate al presente y estas cosas que me estás diciendo háblalas con él, tiene que estar preocupado porque eres una terrible mentirosa, Mérida, y no hay manera de que no se dé cuenta de que lo estás evitando.

»No dejes que ese idiota de Martin se salga con la suya y cree tensión entre ustedes, porque tienes algo bonito y real. Todos nos sentimos a veces intimidados por los ex cuando aparecen, pero mira qué suerte tienes que ellos no tienen nada romántico e incluso me dijiste que ella es amable.

—Tus palabras son la bofetada de racionalidad que necesitaba. —Le sonrío a medias.

Tal vez eran cosas que ya sabía, pero se sintió bien que mi mejor amiga me las dijera con tanta convicción.

—No le busques las dos patas a la rata —dice, y la miro con confusión—. Ya sabes, el refrán ese que dijiste de la pata y el animal.

Tardo unos segundos en ubicarme y entonces río y recupero lo que queda de mi café de su agarre.

—No le busques la quinta pata al gato. Así es el refrán —digo entre risas.

—Bueno, tú me has entendido. Ve y sé feliz con tu novio.

—Lo visitaré en la noche.

Así tal vez tenga tiempo de hacerle un dibujo de disculpa por esquivarlo. Ya quiero verlo, hablarle sobre por qué actué de esa forma y luego tener una reconciliación épica, aunque esto no creo que cuente como una pelea.

—¿Y tú por qué estás tan feliz? —inquiero, y su sonrisa se vuelve muy amplia.

—¡También le gusto! —dice con emoción—. Le gusto a mi amor especial, no me lo puedo creer.

En el año que hace que conozco a Sarah nunca la he visto tan ilusionada y emocionada por alguien, normalmente solo tenía citas y también tuvo una relación de dos meses que ella misma terminó. Es desconcertante y fascinante

352

ver esta faceta de ella, incluso si estoy preocupada porque siempre me dice que es complicado y no me cuenta demasiado.

—Por supuesto que le gustarías, eres increíble.

—¡Ay, qué linda eres! —Me lanza un beso—. Pero la cuestión es que hace semanas le dije cómo me sentía, pero que no tenía que corresponderme. Evadimos el tema después de eso, pero ayer me dijo que se siente igual, y estoy en una nube.

—Entonces ¿ya puedo conocerlo?

—Eso creo. —Se sonroja, y eso sí que es nuevo—. Quiero que lo hagas.

—¡Bien! —digo, emocionada—. Cuando quieras, solo di fecha, hora y lugar.

—Calma. —Se ríe—. Déjame preguntarle qué día está disponible para ello.

—Incluso podemos hacer una cita doble o algo así, pero primero déjame conocerlo.

—Bien.

—¿Crees que me caerá bien?

—Te encantará.

—Confío en tu palabra. ¡Me encantará!

Ambas sonreímos con emoción y luego reímos.

—Me encanta esto de estar las dos enamoradas —murmuro.

—Creo que a mí también.

¡Lo logré! Hice un dibujo de Dawson vestido y sonriendo y una versión de mí, de espaldas, que le entrega una rosa y dice: «Te quiero, lo siento». No tiene tantos detalles como suelo hacer, pero alcancé a escanearlo en la tableta gráfica, darle color e incluso profundidad. Lo que cuenta es la intención, y estoy demasiado ansiosa de verlo. Ya le escribí que iría a su casa a visitarlo y su respuesta fue un «de acuerdo» que me hizo sentir mal porque es muy parecido a las cortas respuestas que le he estado dando.

Sé que posiblemente pasaré la noche fuera, así que debo asegurarme de que los miembros animales de la familia estén bien, por lo que comienzo mi ronda con Perry el Hámster, que se encuentra dormitando, y lo cambio de mansión y le dejo agua junto a la comida. La siguiente es Boo, que está debajo de la cama mirándome con esos ojos amarillentos espeluznantes.

—Sal de ahí, tonta. Ven.

Doy golpecitos en el suelo y ella me mira como si yo fuese una estúpida. Le tengo que rogar más de tres veces que salga y me deje cargarla.

—Vamos a la sala, ahí te dejaré comida y agua, ¿de acuerdo? Iré a ver a Dawson.

—Miau.

—Sí, a mi novio.

—Miau.

—No, es mi novio, no el tuyo —le digo, y sisea.

Esta gata a veces me asusta, igual que Leona, porque parecen tener mucha inteligencia y razonar.

Cargando con esta bola de pelo gris, llego hasta el lado de la cocina donde hay sus cosas y le lleno el cuenco de comida y agua. También lo hago con el de Leona, que seguramente está siendo una diva y me hará rogarle.

Soy la esclava de Boo y Leona, mamá no me cree cuando lo digo.

—Leona —la llamo, y por supuesto que no viene—. Perra mimada.

Suspiro y acaricio a Boo detrás de la oreja.

—Busquemos a Leona, tú eres buena en encontrarla, guíame.

La dejo sobre el suelo y me mira fijamente antes de retozar contra mis pies.

—Boo, busca a Leona o no te daré golosinas.

Me sisea de nuevo y sale de la cocina, y yo sigo llamando a Leona. Siempre seré la chacha de mis hermanas animales, porque dedico muchos minutos de mis días a localizarlas y varias horas a atenderlas.

Boo se pierde de mi vista porque es una gata sigilosa cuando quiere, y suspiro. Me quedo sola en mi búsqueda de la pequeña mimada, pero entonces Boo reaparece maullando y dando vueltas alrededor de mis pies, algo que hace cuando quiere que la siga con rapidez.

—¿Encontraste a Leona y no quiere venir contigo? —le pregunto, y con una de sus patas me toca el pantalón maullando—. Bien, muéstrame el camino.

Tarareando una canción de La Quinta Estación, la sigo y me encuentro que Leona está echada en el cuarto de la lavandería, acurrucada entre unas sábanas sucias. Me parece extraño que se rebaje a ello, por lo que no pierdo tiempo en caminar hacia ella, y me detengo y me pongo las manos en la cintura.

—Oye, perra mimada, arriba. Ven a comer, que voy a salir a ver a tu amado Dawson.

Ella mantiene la cabeza apoyada sobre sus patas delanteras.

—Leona, vamos, hablo en serio. ¡Arriba! —Hago una pausa—. Por favor...

Leona apenas hace un movimiento y, antes de que pueda resoplar o quejarme, me doy cuenta de que no lo hace para ser molesta. Sus ojos están acuosos y se ve... diferente.

—¿Leona? —Me acerco y me agacho—. ¿Todo está bien?

Me mira con los parpados caídos y, cuando ve mi mano, intenta levantarse, pero se descoordina, cae chillando y ladea la cabeza sobre sus patas.

—Oh, cariño —digo, presa del pánico, cuando la acaricio y siento lo alta que está la temperatura de su cuerpo.

De inmediato saco el teléfono de mi bolsillo y llamo al doctor Angelo Wilson, porque este comportamiento en Leona no es normal. Boo, que ahora está inquieta, maúlla y se mueve alrededor de ella.

El doctor no contesta, pero lo sigo intentando mientras veo que los ojos de Leona comienzan a hacer movimientos rápidos e involuntarios. Pongo el teléfono en altavoz mientras muevo a Leona con cuidado. Ella chilla y se queja, lo que me rompe el corazón, y la dejo sobre mi regazo tratando de calmarla con palabras suaves y caricias. Estoy asustada.

Llamo veinte veces al doctor. Son poco más de las nueve de la noche y, aunque la clínica esté cerrada, localizarlo no debería de ser difícil.

—¿Dónde coño está este maldito desgraciado?

Estoy asustada y eso me hace ser malhablada y decir expresiones en español.

Cuando no me responde la llamada número veintidós, llamo a la clínica a pesar de que sé que se encuentra cerrada porque es viernes, y al parecer los viernes y los fines de semana no hay emergencias. Angelo siempre le ha dicho a mi mamá que ante cualquier emergencia de sus pacientes lo llame, pero ahora no sé dónde rayos está. En la clínica, tal como esperaba, no me responden.

Lo siguiente es llamar a mamá, que está en Suiza en algún congreso de superdoctores reconocidos del que debería regresar mañana. ¿O era hoy? No me contesta las primeras tres llamadas y para la cuarta ya estoy derramando lágrimas por el miedo de lo que le esté sucediendo a Leona.

—Mérida, te dije que no estaría disponible…

—Mamá, esto es importante, Leona…

—Hablaremos cuando esté en casa.

—Pero, mamá, es Leona, ella…

—Mérida del Valle, no lo diré dos veces, ya eres grandecita.

—Estoy asustada, Leona…

Cuelga. Me deja en absoluto silencio y con el terror de no saber qué hacer.

Quiero gritar de frustración, pero no quiero causarle más malestar a Leona.

Respiro hondo y me digo que debo aclararme y pensar bien, y eso me permite marcar sin dudar el número de Dawson. Sé que él no me fallará.

355

Y no me equivoco, porque atiende en la primera llamada y al cabo de pocos segundos, a pesar de que yo he sido una imbécil esquivándolo.

—Mérida del Valle, pensé que ya estarías de camino…

—Algo ocurre con Leona. —Mi voz suena rara, afectada, llorosa.

—¿Qué sucede?

—No la encontraba y cuando lo hice ella estaba rara, echada y apagada.

—De acuerdo, sé que estás asustada, cielo, pero necesito que te serenes para que me digas los síntomas con mayor precisión. Respira hondo y háblame.

Asiento como si pudiera verme, y de alguna manera sus palabras consiguen centrarme, porque ahora me doy cuenta de que no estoy sola en esta situación aterradora. Normalmente sé cómo reaccionar, pero Leona es mi familia, lo ha sido desde hace años y nunca la había visto en tal estado.

Incluso aunque amé al Señor Enrique y estaba histérica el día que murió, este nivel de angustia es algo totalmente nuevo.

—¿Cómo estaba cuando la has encontrado? Dame una descripción más detallada —suena sereno y eso me infunde calma.

—La encontré echada, con la cabeza apoyada sobre sus patas delanteras, y pensé que era una mimada, pero entonces la toqué y vi que su temperatura estaba muy alta. —Trago saliva al escuchar a Leona quejarse—. Intentó levantarse, pero se descoordinó y al final cayó, puso la cabeza ladeada…

Un sonido muy parecido a un sollozo se me escapa.

—Lo estás haciendo bien, cielo, dime más. ¿Qué más observas?

—Sus ojos… se mueven rápido y de forma involuntaria, no deja de quejarse de manera lastimera, le duele.

—¿Llamaste al doctor Wilson?

—Lo llamé y no responde. También intenté llamar a mamá, pero no me escuchó, simplemente me colgó. La clínica veterinaria no contesta. ¿Qué hago? ¿Esto es malo?

No hace ninguna pausa y en ningún momento suena alterado.

—Haremos lo siguiente. Enviaré un taxi porque estás demasiado alterada para conducir, y vendrás a la clínica. Conseguiré que Susana venga a abrir la clínica y que uno de los otros dos doctores aparezca. Sostén a Leona con cuidado y en caso de que comience a convulsionar…

—¿Convulsionar? —pregunto con horror, derramando más lágrimas.

—Es una posibilidad, debemos darnos prisa. Hay que hacerle una evaluación física y exámenes, pero Leona podría estar teniendo o haber tenido un infarto cerebral.

—No. —Lloro.

356

—Necesito que te concentres y me escuches, Mérida, es crucial ayudar a Leona, te daré algunas indicaciones.

Asiento antes de susurrar un «sí» y me esfuerzo tanto como puedo por recordar lo que me indica y posteriormente hacerlo. Intento llamar de nuevo a mamá, pero no responde, y me siento sola mientras intento ayudar y salvar a Leona.

—Por favor, Leona, todo saldrá bien —la arrullo en el taxi—. Sé que siempre me quejo, pero no me importa, es porque así es nuestra relación. Te amo mucho, eres mi familia. Gracias a ti, Boo y Perry no estoy sola en casa. Por favor, debes estar bien, no me abandones, no me dejes, por favor.

Murmuro muchas cosas entre lágrimas y me digo que lo lograremos, que Leona estará bien y que esto quedará como un simple susto.

Me sorbo los mocos sentada en las bancas del área de emergencias donde se encuentra Leona. Dawson consiguió que Susana viniera a abrir la clínica, pero no logró contactar con el doctor Wilson ni tampoco con la doctora Lissa, y Robinson dijo que vendría al salir de sus horas de trabajo en otra clínica. Sin embargo, Dawson conversó con él sobre los exámenes que le haría a Leona y los medicamentos que debía suministrarle. También han venido un par de ayudantes y un pasante.

Le he dejado muchos mensajes y llamadas perdidas a mamá, pero no me ha respondido o no los ha visto. Apenas quince minutos después de llegar a la clínica, Leona tuvo una convulsión, por lo que pudo haberse repetido otro infarto cerebral. Desde entonces he estado llorando y sintiéndome sola porque Dawson está dedicado a Leona, y el doctor Robinson, de guardia en la otra clínica, todavía no llega.

Van a ser las once y media de la noche cuando Dawson me permite entrar a ver a Leona, que se encuentra recibiendo fluidos y medicamentos de manera intravenosa. La perrita presumida y mimada se ve tan indefensa que me genera angustia; sus ojos apenas están medio abiertos y se ve muy cansada.

—Lo siento mucho, Leona, debí estar pendiente de ti.

—No hagas eso, Mérida, sé que te esfuerzas mucho en cuidar de ella —dice Dawson con suavidad.

—¿Es muy malo?

—No es bueno —dice tras unos segundos de silencio—. Necesitamos hacerle una tomografía computarizada en cuanto llegue el doctor Robinson, pero su resonancia magnética no se ve bien. Durante las últimas seis o siete

357

horas, Leona ha experimentado dos infartos cerebrales bastante agresivos. No tiene movilidad en sus patas en este momento.

—¿Siente dolor?

—Ahora tiene calmantes.

Es una respuesta que me dice que antes estuvo sufriendo. Miro a la perrita con la que me peleo y de la que siempre me quejo, pero que amo locamente porque es mi familia, junto con Perry y Boo.

—Tienes que salir de esta, Leona, no puedes hacerme esto —le ruego—, por favor. Tienes que ayudarla, Dawson, por favor, ayúdala —le digo antes de comenzar a llorar.

Él acorta la distancia y me abraza, diciendo palabras que me consuelan, pero no me calman ni eliminan el miedo. Me queda claro que será una noche muy incierta, pero ruego que Leona lo logre y pronto estemos en casa.

358

# 37

# Todo se derrumbó, dentro de mí, dentro de mí

*Mérida*

Ocho horas han pasado cuando Dawson, con la voz quebradiza y las pestañas húmedas, sale, me abraza y me dice que Leona no lo logró.

Estoy paralizada entre sus brazos, no soy capaz de retener sus palabras cuando dice algo de otro infarto, de que no lo han logrado, y todo lo que el doctor Robinson, quien llegó hace unas cuatro horas, y él intentaron.

—No, Leona no se puede haber ido. Es fuerte, mimada y terca —susurro saliendo de su abrazo y comenzando a caminar hacia la habitación donde la tenían.

Dawson me toma del brazo y cuando me vuelvo a mirarlo veo en sus ojos que esta es la horrible realidad.

—Pero ella es fuerte, y tú, un increíble veterinario.

—Lo siento, cielo, hicimos todo lo que pudimos.

—Pero es Leona —insisto, sintiendo que el nudo de mi garganta se hace cada vez más grande—. Ella no se iría, no me dejaría. ¡Leona no se rendiría! Es fuerte y ella no enferma nunca, está muy sana, yo la cuido. ¡Siempre la cuido! La cuido para que no enferme, porque la amo.

»Es Leona, Dawson. ¡Es Leona! No puede… ¡No! No puede… Leona no me haría esto, es mi familia. Leona no me abandonaría, no me dejaría así, no lo haría.

Y comienzo a llorar. Salgo de su agarre porque no quiero que nadie me toque y me deslizo por la pared hasta el suelo, abrazándome las piernas mientras lloro por mi Leona, mi perrita mimosa y con personalidad, mi familia.

No comprendo cómo ha sucedido. Estaba sana, ni siquiera sufrió nunca de garrapatas, no lo entiendo. Leona no puede estar muerta.

Dawson se arrodilla frente a mí y veo que un par de lágrimas le recorren la mejilla. Siente la pérdida porque él también la amaba y ella a él.

—¿Cómo pudo irse? No lo entiendo, debía quedarse. ¿Qué pasó? No lo entiendo —pregunto entre llantos—. Ayúdame a entenderlo, porque no puedo. Mi Leona se ha ido, me ha dejado.

359

Él quiere tocarme, pero lo rechazo porque no puedo, no porque lo considere culpable o no quiera su tacto, pero es mi reacción y no puedo controlarme. Estoy fuera de mí, no imaginé que dolería tanto, me duele mucho.

—¿Y si fue mi culpa? ¿Y si hice algo mal? Tal vez, tal vez… —tartamudeo—. Tal vez debí estar más atenta y ver que algo andaba mal, vigilarla o… No lo sé, pero pude hacer más. ¡Debí hacer más!

—Lo hiciste bien, Mérida, esto no es tu culpa. Sé que ella era tu familia y que la amas. Sé cuánto te abocaste a cuidarla y lo hiciste bien, cielo.

—Pero se ha ido… Ha muerto y a mí me duele, me duele. —Lloro.

—¿Mérida? —oigo la voz agitada de mamá.

Alzo la vista, y se ve preocupada e incluso desarreglada. A la vez, Angelo Wilson, que está detrás de ella, comienza a preguntarle a Dawson dónde se encuentra Leona y le exige que lo ponga al día, y también le recrimina por tratar a una paciente que no era suya.

¿Cómo es que mamá está aquí? Se supone que estaba en Suiza, en una conferencia, y me colgó.

—Mérida, ¿dónde está Leona? —me pregunta mamá viéndome llorar en el suelo, y sacudo la cabeza en negación—. ¿Dónde está Leona? ¡Mérida del Valle! Te estoy haciendo una pregunta. *¿Dónde coño está Leona?* —Alza la voz y lo último lo dice en español, cosa que demuestra lo alterada que se encuentra.

No consigo hablar y vuelvo a sacudir la cabeza en un gesto de negación, y mamá abre y cierra la boca. Creo que habla y me exige muchas respuestas que no sé darle. Entonces camina hacia Dawson y, junto a Angelo, lo acorralan con preguntas y exigencias. No son capaces de ver que él también siente dolor por la muerte de Leona.

—Se ha ido —consigo decir—. Leona murió, mamá.

Un ardor se apodera de mí porque ahora mamá está aquí, pero ¿dónde estaba cuando la necesité? Ahora pide explicaciones y arremete, niega la verdad, pero no tiene derechos, no los tiene.

—¿Dónde estabas? ¿Por qué me dejaste sola? —Lloro—. ¿Cómo pudiste dejarme sola?

Pero me ignora y toda su furia se dirige a la única persona que me ayudó y estuvo conmigo.

—¿Mataste a Leona? —le pregunta a Dawson, y Angelo Wilson lo aparta a un lado para entrar en la habitación de emergencias.

Hay gritos, acusaciones y palabras hirientes.

Leona ha muerto y aquí ha quedado un desastre.

Cómo me duele.

Se hace un largo silencio en cuanto llego a la sala. Llevo el mismo pijama con el que estuve ayer y hoy, pese a que me bañé. Mis ojos se sienten y están hinchados, mi estómago finalmente me exige que coma y mi dolor de cabeza es bastante fuerte.

Todavía siento el dolor y no soy capaz de liberarme de él.

Cuando los presentes me notan, se silencian y me doy cuenta de que mamá se encuentra acompañada de su abogado y del doctor Angelo, y los tres centran su mirada en mí, lo que me genera escalofríos. ¿Qué está pasando?

La actitud sospechosa me hace pensar que están hablando sobre algo de lo que no quieren que me entere, pero mientras no se trate de una boda estaré bien.

Hace tres días enterramos a Leona en nuestro jardín, en un lindo espacio donde crecerán flores, pero ¡cielos! Nunca imaginé que me dolería tanto su muerte, pero me he sentido muy mal, especialmente porque tal vez si me hubiese dado cuenta antes…

Mamá la lloró. Sin embargo, siendo una mujer científica y fuerte, siguió adelante, pero viendo mi «debilidad» ha pasado más tiempo en casa. Me da la impresión de que, más que triste, mamá está enojada, mucho, hasta el punto de que también llegó a gritar en la clínica a Angelo y a Dawson. No importa que en medio de mi llanto le pidiera que parara y le dijera que Dawson lo había hecho lo mejor que pudo; ella pensaba irracionalmente y odié ver que sus palabras afectaban a Dawson, y también odié sentirme tan mal que solo podía llorar y no llegué a decir más.

Pero hoy, tras faltar a clase y llorar a Leona mirando sus lacitos, su ropa, los lugares donde solía pasar el día y sintiendo la notable ausencia en mi vida, he decidido que es momento de levantarme, porque no me sentiré mejor pasando más días así e ignorando al mundo.

Además, quiero ver y hablar con Dawson, con Sarah, con los amigos que he hecho, porque me he aislado y siento que caí en un laberinto de tristeza del que necesito salir.

Miro de nuevo a los presentes sin importarme que seguramente me veo desastrosa.

—Mamá. —Dirijo la mirada hacia ella—. ¿Has visto mi teléfono? Lo he estado buscando…

—Lo tomé —responde sin inmutarse.

—De acuerdo, no sé por qué tomarías algo tan privado, pero ¿me lo devuelves, por favor?

361

Estoy segura de que Sarah debe de haberme escrito y Dawson también, incluso tal vez me haya visitado, pero he estado encerrada llorando a Leona, aislándome de todo.

—No, no te lo devolveré.

—Creo que te he escuchado mal —digo con una falsa tranquilidad.

—Lo has escuchado bien, Mérida. No te devolveré el teléfono.

—¿Por qué no me devolverás algo que es mío? —pregunto, sintiéndome incómoda de que dos extraños presencien esto.

—Porque hablarás con ese chico veterinario.

—Ese chico veterinario se llama Dawson y por supuesto que lo haré, es mi novio y quiero hablar con él.

—Leona ya no está con nosotros, Mérida —responde mamá.

—Eso lo sé —digo—, creo que se nota que he estado llorando por ella y que me duele. Dame mi teléfono, mamá, ahora. —Extiendo la mano.

Soy consciente de lo grosero que es hablarle así, pero quiero mi teléfono y no me gusta hacia dónde se dirige esto.

—No.

—¡¿Por qué no?!

No es ella quien me responde, sino Angelo Wilson. Por la expresión de molestia de mamá, puedo decir que no fue planeado y que le desagrada que sea un entrometido. Sin embargo, le permite decir toda la basura que suelta a continuación.

—Porque no queremos que tengas contacto con él; se va a iniciar un proceso legal por negligencia médica ante la atención dada a Leona.

—¿Negligencia médica? —Me río, en serio que lo hago.

—Si Leona hubiese recibido mejores cuidados médicos, podría haber sobrevivido. Dawson es nuevo, tiene mucho que aprender, no estaba capacitado y no podemos dejar que esto suceda con otros pacientes. Coaccionar para abrir la clínica sin un supervisor es un acto grave, además de realizar exámenes, usar el equipo médico, suministrar medicamentos...

—Entonces, debía dejar morir a Leona —lo corto—. Es lo que dices.

—Leona murió —dice mamá.

—¡Sé que Leona murió! Estuve ahí, también la vi muy mal y llamé desesperada a Dawson para que me ayudara, y él quiso ayudarme. No pueden soltar esta mierda de negligencia médica, es estúpido. ¡No pueden!

—Sí pueden —dice el abogado, y lo miro—. Abrió la clínica sin autorización por escrito de los socios, atendió a un paciente en estado de gravedad, hizo exámenes clínicos delicados y usó maquinaria importante. También suministró medicamentos fuertes...

362

—¡Que Leona necesitaba!

—Pudo haberlos administrado mal —dice Angelo Wilson.

Siento que estoy alucinando mientras el abogado suelta toda esa mierda legal respaldada por artículos que recita y documentos. Suena sensato, suena legal, pero Dawson nunca tuvo malas intenciones, él hizo todo lo que pudo. Leona murió porque su cuerpo no resistió, no porque Dawson hiciera algo mal.

—No puedes demandarlo, no puedes hacerle eso —le digo a mamá.

—No quiero que otro animal pase por lo que pasó Leona.

—¡Los infartos cerebrales suceden! —grito—. No puedes hacerle esta mierda a Dawson. ¿Dónde está mi teléfono? —Hay silencio—. ¡Joder! ¡Dame mi maldito teléfono, mamá!

Nadie se mueve y me siento poseída, porque comienzo a movilizarme por la casa removiendo todo en busca de mi teléfono, ignorando a mamá, que me pide que pare, ajena a mis gritos de frustración y rabia. Tiro los cojines del sofá al suelo y los remuevo, desordeno la cocina e incluso el azúcar cae al suelo. Cuando mamá me toma del brazo para detenerme, me la sacudo y eso ocasiona que sus uñas me rasguñen de manera profunda la piel, de la que brota un poco de sangre.

—¡Mérida del Valle, para!

—No, no voy a parar porque quieres hacerle esa mierda a mi novio, a una de las personas más maravillosas que he conocido. ¡Quería ayudarme! ¡Dio lo mejor de él! —Salgo de la cocina removiendo los libros en una estantería—. ¡Dame mi teléfono, mamá! ¡Dámelo! Deja de querer controlar mi vida, deja de defraudarme. ¿Qué te he hecho para que me hagas esto? ¿¡Por qué me castigas?!

Subo las escaleras y sé que está siguiéndome, pero no me importa. Irrumpo en su habitación y comienzo a buscarlo. Mamá me grita que pare e intenta detenerme. Grita especialmente cuando tiro su ropa al suelo de su enorme armario y lo remuevo todo en busca de mi maldito teléfono.

—¿Por qué haces esto? Detente, Mérida.

—Lo hago porque lo amo, porque creo en la persona que es y en lo que hizo. ¡Dawson amaba a Leona!

Voy a su mesita de noche y lo saco todo.

—¡Mamá! Dame mi teléfono. —Arrastro las sábanas—. No le hagas esto a Dawson, por favor, por favor.

—Por su culpa Leona está muerta, Mérida. Tal vez no lo hizo adrede, pero podría suceder de nuevo.

—¡Basta, basta! Simplemente basta. —Me levanto y la encaro.

Me paso el dorso de la mano por el rostro húmedo. Odio que Angelo Wilson nos haya seguido. ¿Quién se cree que es?

363

—Leona no está muerta por su culpa, él hizo todo lo que pudo. ¿Sabes por qué abrió la clínica? ¡Porque el doctor de Leona no respondió mis veintidós llamadas perdidas!

»¿Dónde estabas, Angelo? *¿Dónde coño estabas?* —Lo miro con ira—. Te llamé muchas veces, Dawson trató de localizarte y te llamé a ti, mamá. No respondiste y luego me colgaste. ¡Me dejaste sola! Como siempre haces.

»Convenientemente llegaron juntos después. Qué casualidad, ¿no? ¿No se supone que estabas en un congreso en Suiza? ¡Me dejaste sola para estar con este horrible doctor! ¡Tú no estabas para ayudar a Leona! —Lo último se lo grito a Angelo y luego miro a mamá—. Te dije que era una emergencia y me colgaste…

—No escuché, Mérida, lo sien…

—Estaba llorando y aun así no lo notaste. Dawson me respondió de inmediato, localizó a Susana y al doctor Robinson, abrió la clínica para salvar a Leona y el doctor Robinson lo autorizó…

—No hay documento firmado que lo pruebe —dice Angelo Wilson.

—¡Métete tus documentos por el culo! —Lo miro con mucha rabia—. Discúlpalo por no esperar por un papeleo cuando mi perra convulsionaba y quería salvarla. ¡Eso es lo que hace un veterinario! No ignorar las llamadas de emergencia porque se folla a la dueña del paciente que está muriendo.

—Detente, Mérida.

—No, no me detengo. —Miro a mamá—. ¡A ti no puede dolerte Leona más de lo que me duele a mí! La llevaba casi siempre a sus consultas, la alimentaba, la bañaba, la llevaba a sus ridículas clases recreativas, a natación. ¡La conocía mejor que nadie! Sabía qué le gustaba y qué no. ¡Era más mía que tuya! No puede dolerte más que a mí porque, cuando nos abandonabas a ambas, estábamos juntas, nos teníamos.

»Si quieren culpar a Dawson por su muerte, cúlpense ustedes también por no estar ahí, por dejarnos solos.

Mamá respira hondo y entonces el doctor Wilson comienza a hablar sobre estadísticas, sobre procedimientos que considera que Dawson hizo mal. Suena tan convincente que, si yo no creyera tanto en Dawson, podría dudar.

—Mamá, por favor, por favor, no le hagas esto a Dawson, por favor. —Uno mis manos en súplica—. Es un gran veterinario, será el mejor, lo está pasando mal porque la amaba y nunca había perdido a un paciente. Por favor, no le hagas esto, por favor, no le arruines sus sueños ni lo condenes, no lo hagas sentirse culpable ni como un asesino, no fue su culpa.

»Por favor, haré lo que quieras, lo que desees, pero, por favor, no lo hagas. Me arrodillo si quieres…

364

—Mérida, por favor, no hagas eso y que ni se te ocurra arrodillarte, menos por un hombre.

Pero no me arrodillo por un hombre, me arrodillaría por ella, que me ha llevado hasta la súplica.

—Por favor, detenlo, no le hagas esto, lo amo y sé que no hizo nada malo, cree en mí, por favor. Haré lo que sea, lo que sea.

No me responde, en lugar de ello suspira y le pide a Angelo que salga de la habitación, y ella hace lo mismo. Me dejan sola y desesperada, sentada en la cama, donde lloro por Leona y por esta situación, porque mamá tiene influencia y el doctor Angelo un montón de prestigio y reconocimiento. La gente los creerá, le cerrarán todas las puertas a Dawson, y todo por querer ayudarme.

No sé cuántos minutos pasan, pero en algún punto, cuando mamá aparece, mis ojos están tan hinchados que no sé cómo logro ver.

—Deja de llorar, Mérida.

No hablo, solo sigo derramando lágrimas mientras la miro.

—Todos están hablando de ese muchacho en internet y cuestionándolo.

—¿Cómo pudiste hacerle eso? ¿Cómo pudiste?

—No lo hice, tuvo que hacerlo alguien más. Lo que más deseo es tratar esto con discreción.

Se me acerca, se sienta a mi lado y me entrega su teléfono.

—Revisa las redes sociales y ve lo que dicen de él y de esto.

Lo hago y veo las cosas que dicen… Internet es horrible.

Alguien ha expuesto el caso de Leona como algo muy nefasto y dicen que Dawson es el malvado veterinario culpable de su muerte y de un maltrato que nunca existió. ¡Todo es mentira! Y cuando entro en sus cuentas en redes sociales, están repletas de insultos y personas que opinan y lo sentencian a pesar de que desconocen lo que ocurrió.

Nada es verdad, pero todos creen lo que quieren.

¿Qué le han hecho a la carrera profesional de Dawson? ¿Cómo pudieron hacerle eso?

—Internet es para siempre, Mérida, y para estas personas la negligencia de ese muchacho es una verdad absoluta.

—Se llama Dawson —murmuro.

—¿Cuánto lo amas, Mérida?

Muchísimo, pero no lo digo en voz alta. Me limito a deslizarme por los feos y odiosos comentarios hacia un gran veterinario que nunca haría daño adrede a un paciente. Dawson está preparado y formado para ser de los mejores veterinarios, y me duele que todos lo juzguen.

365

—Puedo evitar la demanda.

De inmediato alzo la vista para mirarla, pero no soy tan ingenua. Si mamá no quisiese verme llorar, no hubiese llegado tan lejos. Hay algo más. Sus pulgares me limpian las lágrimas y luego me besa la frente.

—Podemos evitar la demanda y hacer un comunicado planteando lo sucedido tal como lo viviste y lo cuentas, diciendo que Dawson solo quería salvar a Leona.

—Es la verdad.

—Podemos hacer eso y terminar con todas las cosas que le están diciendo en internet y salvar su carrera profesional, sacarlo de este circo mediático que han armado con nuestra Leona.

—Por favor, hazlo.

—Pero debes acabar con esta relación, Mérida, y centrarte en tus estudios porque, incluso si no me gusta lo que estudias, quiero que seas la mejor. Quiero que te enfoques en tus clases de francés, que seas más participativa cuando te invito a eventos sociales y con las personas que te presento, y debes dejar ir el tema de tu papá. Un nuevo comienzo para nosotras, sin Dawson, sin tonterías ni rebeldía.

Me decepcionan sus palabras.

Me decepciona ella por cómo me acorrala a tomar una decisión que no quiero en mi momento más vulnerable.

Amo a Dawson, y cuando amas a alguien no quieres que sea infeliz. Sé que, si no contamos nuestra versión, que si lo demandan, la carrera de Dawson habrá terminado.

—Está bien, haz el comunicado, por favor.

En la misma medida en la que esas palabras traen paz sobre el futuro laboral de Dawson, también me estrujan el corazón.

366

## 38

# Llorar y llorar, llorar y llorar

*Dawson*

Mi novia me ha dejado.

Internet me odia.

Mis redes sociales están saturadas de mensajes de odio.

Estoy esperando alguna demanda.

Leona está muerta.

Mi mejor amiga, la novia que me ha dejado, ya no me habla.

Y yo ya no creo que pueda ser el mejor veterinario.

Me siento inseguro y tengo la moral por el suelo y muchos sentimientos negativos. He leído tantos mensajes llamándome asesino y acusándome de cosas malas que una parte de mí se debilita y comienza a creerlo.

He perdido la fe en mí.

Y entonces presiono el rostro contra la almohada y lloro, e ignoro a Drake cuando llama a la puerta de la habitación exigiéndome que le abra, que lo deje entrar para darme apoyo.

Por primera vez siento que ni siquiera él me hará sentir mejor.

Me siento hecho pedazos.

Me siento despojado.

Humedezco la almohada llorando, sintiéndome perdido y desorientado. Siento que caigo en picado y tengo mucho miedo.

Nunca quise que Leona muriera, hice todo lo que pude, lo intenté todo, y no fue suficiente.

Me acusan de ser un monstruo, todo el mundo me odia, nadie cree en mis buenas intenciones. Aunque Mérida me dijo que me creía y que no terminaba conmigo debido a eso, dudo.

¿Y si ella también lo cree? ¿Y si ella también dejó de creer en mí?

—Dawson, por favor, déjame entrar, déjame estar contigo —implora la voz de Drake—. Siempre has estado a mi lado cuando lo necesitaba, no quiero que estés solo.

367

Me hago un ovillo en mi cama y lloro como no lo había hecho en mucho tiempo, desde que Drake estuvo tan mal que pensé que lo perdería. Nunca había recibido tanta desdicha, nunca había sentido que el mundo se me hacía pedazos.

En la clínica, los pacientes me miran con terror y miedo, nadie quiere que atienda a sus mascotas, en la calle me han gritado «asesino» y fuera de la clínica un grupo de personas ha protestado con pancartas exigiendo que me despidan y acusándome de ser un enemigo público.

Me tratan como a la peor persona del mundo cuando yo solo quise ayudar, y eso duele.

—Por favor, Dawson, déjame entrar, copia romanticona.

No lo hago, no dejo entrar a nadie y yo tampoco salgo.

# 39

## Aún hay algo de amor

*Dawson*

*Septiembre de 2017*

Así que finalmente tengo fecha para mi graduación. ¡Hurra!

Excepto que no me siento tan emocionado.

Me he pasado meses, básicamente casi un año, esperando este momento glorioso cuando finalmente tendré mi título universitario, pero, ahora que hay una fecha real, la emoción simplemente no está.

Tal vez se trate de que, aunque sé que no fue mi culpa, aún me duele la muerte de Leona. Siempre me dijeron que la primera pérdida dolía, pero no imaginé que lo hiciera tanto, y más cuando tenías un lazo emocional con la paciente. Además de ello, pese a que los comentarios disminuyeron muchísimo con respecto a la campaña que me hicieron acusándome de ser un «asesino de perros», todavía siento que tendré pesadillas con todo el acoso que viví. Nunca en mi vida me había sentido tan señalado y juzgado, y llegué al punto en que comencé a dudar de mí mismo.

Fue difícil, francamente horrible, y comenzó a disminuir cuando Miranda Sousa hizo un explicativo y emotivo comunicado diciendo que su familia lamentaba la pérdida de Leona y agradecía lo atentos que todos habían sido al respecto, pero que todo se había reflejado mal porque yo era un veterinario ejemplar con un futuro prometedor y que había hecho todo lo que pude por salvar a Leona. Adjuntó informes de los exámenes realizados y los medicamentos suministrados y fue tan detallista y exacta que nadie pudo ponerlo en duda, o al menos una gran mayoría. Todavía aparecen algunos comentarios a veces, pero nada muy intenso.

Antes de que llegara ese comunicado, estuve realmente asustado. Angelo Wilson había dejado claro que me iban a demandar e iban a despedirme y que se encargaría de que nadie me contratara de nuevo. Aunque sabía que no hice nada malo, temí porque rompí muchos protocolos por ayudar a Leona, y

369

podrían transformarlo en algo que no era y hundirme. Además, no lograba localizar a Mérida y los dos días que fui a su casa nadie abrió la puerta.

Pero luego salió el comunicado de Miranda Sousa y todo comenzó a calmarse. Pude ver el alivio de mi familia, incluso Holden estaba dispuesto a hablar de una manera más seria, y sabía que podía contar con sus abogados. Sentí que me estaba preparando para toda esa tormenta, pero no para que Mérida me dejara.

Mérida no fue cruel con sus palabras, tampoco me culpó de lo de Leona y estaba francamente preocupada por mí. Se veía bastante devastada, con los ojos hinchados, pálida y sin su maquillaje habitual.

Dijo que no quería tener problemas con su mamá, que seguía afectada por lo de Leona —recalcó especialmente que no era mi culpa—, que quería centrarse en sus estudios y en otras actividades, que creía que las cosas estarían tensas entre nosotros y que en ese momento no se sentía cómoda con continuar la relación.

No la creí, pero estaba tan aturdido y afectado con todo el odio masivo que recibí, el insomnio y la angustia que simplemente dije «Qué bien, pero no es mi culpa, ¿eh?» antes de asentir, decirle que estaba de acuerdo e irme.

¿Me he arrepentido de ello? Sí, pero ninguno de los dos se volvió y dio marcha atrás.

Desde entonces siento enojo, dolor y decepción. Una noche, específicamente unas horas, me cambió la vida, y aún me siento desorientado.

En el trabajo todo es una mierda. No me despidieron, pero hay un ambiente laboral tenso, y si antes tenía pocos pacientes, ahora si acaso tendré un par.

Me digo que soy un buen veterinario, que estudié y aprendí, que di todo de mí y que no soy el primero que pierde un paciente. Me repito que poco a poco todo pasará, que muchos creyeron a Miranda Sousa y a mi hermano cuando al final publicó un comunicado diciendo que rechazaba totalmente el acoso que había recibido. Me digo todo esto y lo creo, pero igualmente no me siento bien.

Papá se ha sentado a hablar conmigo y me dice que es normal que me sienta así, que hay momentos de nuestras vidas en que frenamos y nos sentimos mal, que no siempre podemos sentirnos felices, y confío en sus palabras. Espero poco a poco irme sintiendo mejor, lograr reconectar con mi estado habitual y enterrar estos terribles sucesos.

Actualmente me encuentro en la universidad, saliendo del auditorio donde se ha celebrado la reunión de futuros graduados y sonrío a medias a Ophelia, que me espera fuera. Ha estado visitándome mucho y hablando conmigo, jamás como Drake, pero ha estado presente.

—Vayamos a tu cafetería favorita del campus —propone.

370

Y dudo, porque Mérida suele pasar el rato ahí, pero al final accedo porque se supone que fue una ruptura limpia y ninguno de los dos hizo nada malo, excepto que la amo, la extraño horriblemente y he derramado más que un par de lágrimas por ella cuando he estado solo, de madrugada, en mi habitación sin poder dormir.

Sigo la conversación con Ophelia e incluso me río y me siento mejor. Cuando llegamos a la cafetería no hay rastro de Mérida, porque sí, la busco con la mirada.

Hacemos nuestro pedido para llevar porque debo volver al trabajo y, justo cuando nos dirigimos a la salida con nuestros cafés, Mérida y Sarah entran. Los cuatro nos detenemos y se hace un silencio breve que parece eterno.

Les dedico una sonrisa que no sé si se ve real y Sarah me la devuelve de manera tentativa mientras que Mérida se muerde el labio inferior. Un repaso rápido me da alivio porque se ve bien, con su maquillaje habitual y tan preciosa como siempre. Eso quiere decir que no sufre y que está bien, y me reconforta aunque me duele en igual medida.

—Hola, chicas —termino por decir—. ¿Qué tal todo?

—Bien —responde Sarah—. Aprovechando el tiempo libre. ¿Y tú?

—Reunión de graduación, por fin se hará.

—Qué bueno —dice finalmente Mérida—, eso está genial, sé cuánto lo deseabas. —Sonríe y no es un gesto amplio como antes, pero es sincero—. Hola, Ophelia. —Asiente hacia ella—. Es bueno verte.

—Lo mismo digo.

Se hace otro silencio y Ophelia enlaza su brazo con el mío.

—Bueno, nosotros las dejamos, porque Dawson debe darse prisa para ir al trabajo y debo aprovechar los pocos minutos. —Mi amiga se ríe.

—Claro, por supuesto —dice Mérida, y Sarah y ella se hacen a un lado.

—Fue bueno verlas —me despido, deseando poder decir mucho más.

Pero no nos decimos nada, una vez más nos dejamos irnos.

Ophelia y yo salimos de la cafetería, poniendo más distancia de ellas con cada paso que damos. Mi amiga habla muchísimo, pero me mantengo en silencio, pensando en lo que acaba de pasar.

—Basta, Dawson. —Ophelia se detiene y me obliga a hacerlo.

—¿Basta de qué?

—De toda esa tensión y de sufrir por ella. Dijiste que terminaron en buenos términos y que estabas bien con ello. No eres así. Tú eres alegre y siempre sonríes.

—También tengo derecho a sentirme triste, Ophelia, no puedo estar feliz todo el maldito tiempo.

371

—¡Sí! Pero estabas sonriendo y riendo, y la has visto y te has vuelto esta fea versión de ti por ella.

Frunzo el ceño porque no me gusta el rumbo que está tomando esta conversación.

—Me siento triste porque la amo, Ophelia. Llevaba semanas, casi un mes, sin verla y por supuesto que no me iba a sentir feliz. La extraño.

—No digas eso —pide con voz lastimera.

Respiro hondo. Es el momento de tener la conversación que he estado evitando durante tanto tiempo. No es como quería que sucediera, pero hay que detener esto.

—Ophelia, eres una gran amiga y te quiero mucho, agradezco que estés a mi lado y tu amistad, pero es todo lo que puedo ofrecerte. Amo un montón a mi exnovia, todavía ni siquiera entiendo realmente por qué terminamos. La extraño, la echo mucho de menos.

»Durante años te he visto como a una amiga y eso no va a cambiar. No podemos ni siquiera intentarlo, porque no es correcto cuando no me siento de esa manera por ti y no quiero herir tus sentimientos, pero ha sido un error absoluto de mi parte callar y dejar que esto creciera.

»Eres maravillosa e increíble y me hace feliz tenerte en mi vida, pero todo lo que puedo ofrecerte es mi amistad, no tengo más para darte. Lamento lastimarte, pero tengo que ser sincero.

Su labio inferior tiembla y sus pestañas se humedecen. Me causa tristeza y malestar hacerla sentir así, pero hemos llegado a nuestro límite y es hora de saber si esta amistad termina o continúa. Tenía que desaparecer cualquier ilusión de posibilidades que nunca llegarán.

No habla, en lugar de ello avanza, me toma el rostro entre las manos y me besa. Sus labios suaves, húmedos y cálidos con sabor a café cubren los míos y se mueven con la presión exacta y un sinfín de sentimientos que no puedo corresponder.

Mi jadeo sorprendido le permite ahondar la lengua en mi boca y profundizar el beso, que termina segundos después cuando retrocedo y sacudo la cabeza en negación hacia ella.

—No nos hagamos esto, por favor —murmuro.

Me mira con grandes ojos dolidos y desilusionados. Me hace sentir mal, pero no me arrepiento de haber sido sincero.

—Entonces es definitivo —dice y respira hondo antes de alzar la barbilla—. Me gusta ser tu amiga, Dawson, pero no puedo fingir que durante años no he esperado más. Respeto que no te sientas así, pero todas mis esperanzas acaban de ser pisoteadas. Necesito procesarlo y aceptarlo, lo siento, pero ahora…

—Lo entiendo. —Trato de sonreírle, pero fallo—. Lo entiendo, si necesitas un amigo, sabes dónde estoy. No hay nada malo en ti, simplemente a veces las cosas no funcionan.

Asiente y se ve muy dolida y avergonzada antes de girarse e irse, dejándome con un café que ya no quiero beber y con una amiga menos.

Otra persona a la que pierdo.

No logro avanzar demasiado antes de que un rostro lamentablemente familiar aparezca. Creo que Martin está tan sorprendido como yo, pero no lo suficiente para acortar la distancia entre nosotros.

—Hola, Dawson.

—Hola y adiós. —Intento pasar de él.

—Entonces ¿eso es cierto? ¿Dejaste a Mérida por Leah? Es tonta, se lo advertí.

Giro con lentitud y con una fingida calma antes de acercarme a él, que me sonríe.

Es increíble el cambio que hay físicamente en las personas cuando demuestran cómo son de verdad. En este momento, Martin me parece una persona horrorosa.

—Se lo advertí, le dije que nunca llegaría a la altura de Leah, que la dejarías en cuanto la vieras, y no importa cuánto se negó a verlo, al final lo demostraste. No eres perfecto, Dawson.

Parpadeo y no digo nada.

Parece que hoy tiene muchas ganas de hablar, porque me cuenta sobre su charla con Mérida y sobre las porquerías que le dijo, que Leah y yo estábamos destinados a estar juntos y que siempre la elegiría. Sé que se guarda muchas cosas que solo Mérida podría decirme, pero igualmente me enfado y toda la negatividad que tengo acumulada está a punto de estallar en ebullición.

Lo veo hablar y creo que no registro mucho de lo que dice, pero sí lo suficiente para escuchar el eco de un «Ahora tal vez pueda pasarlo bien con Mérida».

No soy un muchacho violento, pocas veces en mi vida he recurrido a los golpes, pero me siento extremadamente cuerdo y estable cuando alzo la mano en un puño y se la estrello en el ojo. Empleo tanta fuerza que hasta me duelen los nudillos.

Y, como no es suficiente, elimino nuevamente la distancia entre nosotros y lo tomo del cuello de la camisa para que me vea claramente con el ojo que aún le queda abierto.

—Aléjate de Mérida, déjanos en paz. Ya basta, Martin, me tienes cansado, esto ya es demasiado molesto. Deja de decirle mierdas, déjala tranquila.

¿No te cansas de causar repulsión y miedo en las personas? Estoy muy decepcionado de ti, pero seguramente eso poco te importa. —Respiro hondo. Creo que lo que lo perturba es que sueno sereno—. ¿Tan difícil es intentar ser buena persona? Creo que no terminas de entender que lo que haces se llama acoso, pero tal vez lo que necesitas es que te denuncien.

Su expresión es de miedo. Obviamente, el tema de involucrar a la policía lo hace cagarse encima.

—Dawson, no, solo estoy bromeando.

—A mí no me hacen gracia tus bromas y a Mérida tampoco.

—No me he acercado a ella. ¡Lo prometo! No desde que hablamos de Leah, ella me dijo que no me quería cerca y lo he cumplido.

Algo tuvo que decirle Mérida para que finalmente él le hiciera caso, pero sé que Martin no me lo dirá y con Mérida ya no hablamos.

—Es mi última advertencia, aléjate de nosotros, déjanos en paz. Tú y yo ya no somos amigos, Mérida no te quiere en su vida y odio haberte golpeado porque no quiero que despiertes algo en mí.

»No me importan tus mentiras, no me importan tus sentimientos, no me importan tus dramas y alardeos patéticos. Para mí desde este momento no existes, te conviertes en nada y haz como que nunca nos conociste, bórrame de tu memoria, de tu mente, y haz lo mismo con Mérida. —Le libero la camisa y retrocedo—. Excediste mi límite y ya no tengo la paciencia para lidiar contigo, simplemente decido fingir que ya no existes.

—Dawson…

—Te quise como a un amigo, realmente me importabas, ¿sabes? Pero no te dejaré apuñalarme de nuevo, eres de esas personas que toman las oportunidades y las destrozan. No te necesito ni te quiero en mi vida. Aléjate, Martin, lo digo muy en serio.

No me responde, pero parece que lo entiende.

—Mérida tenía razón, *eres una rata inmunda, un animal rastrero, un adefesio…*

No entiende español ni mucho menos el mío, pero sonrío y finalmente me alejo. Que se joda Martin, para mí ya no existe.

374

# 40

## ¡Eso, mamona!

*Mérida*

Me quedo mirando la camita de Leona y me muerdo el labio inferior, que me tiembla. La extraño mucho. Siempre supe que la amaba, pero nunca imaginé cuánto me iba a doler su muerte y todo lo que trajo consigo.

Me dejo caer en el suelo, en este espacio sagrado de Leona, y respiro hondo sintiendo que me crece el nudo de la garganta.

—Te perdí a ti, Leona, a mi novio y la confianza en mi mamá. Me siento sola —susurro.

Ha pasado poco más de un mes desde que murió, desde que mi vida se desequilibró. Un mes de mierda.

Fue espantoso, horrible y doloroso ver que el caso se hizo viral en internet, cómo atacaban a Dawson, e incluso después del comunicado de mamá algunos siguieron con sus crueldades. Terminar con Dawson me dolió muchísimo, y que nuestra ruptura fuera tan limpia, sin ninguna lucha por parte de ninguno de los dos, me mató.

Creo que era el momento en el que más quería abrazarlo para consolarlo, para que me consolara. Nuestra distancia me dolió, me sentía muy mal. Estaba en esta enorme casa llorando en mi habitación o en cualquier rincón y me sentía sola. Fue un terrible bajón y llegué a pensar que no quería salir de la cama porque comencé a creer que era débil, que no era suficiente para nadie, especialmente para mi mamá, pensé que perder a Leona era mi culpa y que no debí aparecer en la vida de Dawson. Incluso durante unas semanas me distancié de Sarah, que no entendía del todo lo que sucedía, y falté tanto a clase que estoy segura de que suspendí una de mis materias por inasistencia, pero nada de eso me importó.

Hablar con mamá las veces en las que estaba en casa se convirtió en algo totalmente incómodo. Sentí que vivía o vivo con una desconocida.

Antes tenía la certeza de que no éramos una madre e hija cercanas, pero pensaba que contaba con ella, que me apoyaba a su manera y que era afortu-

375

nada. Sin embargo, mi percepción ha cambiado porque me resulta extraña la mujer que culpó sin escrúpulos a un muchacho que solo quería ayudar y que luego me chantajeó para alejarme de él, aprovechándose de mi momento vulnerable.

Todo lo que quería era que me abrazara, que juntas sobrelleváramos el dolor por Leona, y en cambio me dio su lado más frío y una crueldad para la que no estaba preparada. Cada vez que recuerdo su ímpetu y la certeza de que iba a demandar a Dawson, se me revuelve el estómago. No era una amenaza vacía, vi en sus ojos que era un hecho, que forzarme a dejarlo a través de un chantaje fue algo improvisado porque genuinamente ella pensaba y deseaba hundirlo.

Mamá intenta hablar conmigo y estoy tan cerrada que me recuerda que pacté ser más cooperativa, pero me cuesta. Sin darme cuenta me distancio porque no quiero ser cercana a alguien a quien no le importó manipularme y desechar mis sentimientos a la hora de alejarme de una persona que le dije que amo.

Me ve llorar por Dawson y por Leona y, aun así, no se retracta. En lugar de ello, me dice que algunos amores duelen, que con el tiempo conoceré al indicado y que Dawson no me convenía. Odio que haga eso porque Dawson es mi persona favorita, es una de las personas con la personalidad más bonita que he conocido, y dejarlo, rompernos el corazón, me ha marcado.

Odio ver a Angelo en casa de vez en cuando y lo desprecio. Mi mirada se lo hace saber, pero eso no le impide intentar ser cercano conmigo, y lo tolero porque temo que se desquite con Dawson. Mamá tampoco me deja llevar a Boo a la clínica veterinaria, hace que Jane lo haga y asignó a Perry nuevamente al cuidado de Angelo.

Me siento como una prisionera y no tengo ni siquiera dinero para independizarme, me siento inútil. Sé que, si busco un trabajo, moverá cielo y tierra para que no dure, ya lo ha hecho antes.

Así que voy a clases, entrego algunos trabajos y otros los suspendo, paso algo de tiempo con Sarah, vengo a casa y estoy sola, lloro y simplemente existo. No veo la televisión, no grabo vídeos para YouTube de mis tutoriales de maquillaje y tampoco dibujo, no siento inspiración ni ganas. No quiero hacer nada.

Hay días en los que me quedo en la cama llorando o acurrucada sin querer levantarme, y falto a clase o me salto las comidas hasta que Jane viene a verme. Sarah dice que debería ver a un terapeuta, y también me intereso en ello, pero no hago nada para llegar a ese punto.

Voy a unos pocos eventos con mamá, conozco a personas que no me interesan, aprendo francés y pienso en todo en la misma medida en la que pienso en nada.

—Miau…

Bajo la vista hacia Boo, que se acerca, me acaricia las piernas y trepa a mi regazo. Ella también extraña a la diva; al fin y al cabo, eran aliadas contra mí. Acaricio su pelaje gris y ella me lo permite.

—También la extraño, Boo. Extraño todo, extraño sentirme feliz. Hoy vi a Dawson —le digo mirando al frente—, estaba con su amiga que me odia y que lo ama. ¿Crees que finalmente ella se declarará e intentarán algo? Leah ya se fue de nuevo a Australia.

»Fue incómodo, Boo, todo lo que quería era abrazarlo. Lo extraño mucho, me duele el pecho al pensar que no estamos juntos y me da mucho miedo que, si soy valiente, mamá lo hunda. Ella puede hacerlo, y también me aterra que él no me perdone. Casi le arruino todo y le rompí su hermoso corazón.

»Me siento extraña, me siento como nada… Solo quiero encerrarme y llorar, me siento perdida. —Mi voz se quiebra y comienzo a llorar—. No sé por qué lloro tanto, solo quiero llorar, Boo.

Lloro con más fuerza, sollozando. Lloro de una manera en la que no puedo controlarme, y es la sensación más fea porque no sé qué me duele más, porque no sé cómo pararlo y tampoco cómo lo inicié. Se siente como perder el control.

Me pasa todo el tiempo desde hace semanas. Antes solía pasarme en ocasiones esporádicas cuando me sentía abrumada o tenía un mal día, pero las últimas semanas se han basado en llorar, aislarme, encerrarme, no quererme levantar, sentir que me asfixio, dejar los días pasar sin que me importe y perder el interés en todo.

—Me siento horrible, Boo, no sé qué me pasa, no me quiero sentir así. Me siento mal, no sé qué me duele.

Lloro abrazándola y sorprendentemente me deja. Me siento a la deriva en el mar de tristeza, sin timón y sin ancla, muy perdida.

Dejo que transcurran los minutos, tal vez horas, y no hago nada. Boo en algún punto huye y me acuesto en el suelo mirando al techo.

Oigo el sonido distinguido de unos zapatos de tacón y cierro los ojos con fuerza.

Se hace un largo silencio y luego siento su mano en mi rostro. Es una caricia dulce y llena de amor, pero no la quiero, ya no me siento bien con la cercanía de mamá, y eso también duele.

—Mérida, no puedes seguir así.

—Estoy bien.

377

—No, no estás bien.

Abro los ojos y me encuentro con los suyos. Unas lágrimas corren por las esquinas de mis ojos.

—Sabes por qué no estoy bien.

—No, Mérida, no estás mal por un hombre, estás mal porque te estás deprimiendo, eres presa de la ansiedad. Estás volviéndote una cáscara vacía y no voy a permitirlo.

»Irás a ver a un terapeuta y hablarás de lo que te sucede. No voy a dejar que caigas en una depresión o que la ansiedad te consuma. Necesitas ayuda, y que me condenen si no salvo a mi hija de caer en un destino tan terrible como al que te estás dirigiendo.

»Pensé que ibas a salir poco a poco de todo esto, pero cada día pareces peor. No acepto discusiones, irás a ver a un profesional.

—Bien. —No lucho.

Quería hacerlo, pero no tenía fuerzas ni me movía. Solo quiero sentirme mejor.

—Habla conmigo, Mérida.

—Pero no tengo nada que decirte —susurro—. No te conozco.

Veo que sus ojos se llenan de dolor y eso también me duele.

—Arriba, salgamos a comer —intenta, sonriendo.

—No tengo hambre.

—Mérida, me prometiste que lo intentarías.

Ahí está de nuevo el chantaje. Respiro hondo, me sorbo la nariz y me levanto asintiendo. Ella sonríe sin saber que este momento nos aleja muchísimo más.

*Octubre de 2017*

—¡Mérida!

No puede ser, pero sí. Cuando me giro me encuentro a Ophelia, que acelera el paso para acercarse a mí, y no parece feliz de verme.

—Hola —digo con incomodidad.

Nunca nos agradamos y ahora que no salgo con Dawson no tiene sentido fingir que lo hacemos, no me gustan las hipocresías.

—Mira, creo que esto podría ser extraño y que no te caigo muy bien, y tú tampoco me agradas.

—De acuerdo.

378

—Pero no puedo guardarme lo que te he querido decir desde hace tantas semanas. —Respira hondo—. Llevo años sintiendo mucho por Dawson, esperando ser más que su amiga, y cuando apareciste me asusté, porque vi que era diferente, sentí terror porque él... simplemente era diferente, tú eras diferente para él.

»Tuve que verlo salir contigo y enamorarse, y no sabes cuánto me dolió. Es horrible ser una espectadora y no la protagonista.

Suena triste y me siento un poco mal, pero no es asunto mío.

—Pero acepté al final que a veces las cosas son así y parecías buena persona. Luego lo dejaste cuando todo internet lo acusó de matar a tu perra y casi le arruinas la carrera.

—No escribí nada ofensivo de Dawson en internet.

—Tu mamá hizo un comunicado, pero tú no dijiste ninguna mierda y, además, lo dejaste.

Renuncié a Dawson para que mi mamá dejara de interpretar el papel de cabrona malvada en mi historia de amor. Me rompí a mí misma el corazón para que saliera ese comunicado y no lo demandaran, pero me muerdo la lengua escuchando a Ophelia, quien debo admitir que es leal y sincera. Realmente lo quiere, y puedo respetar eso.

—Lo has roto. Lo dejaste y aun así no avanza. —Respira hondo de nuevo—. Finalmente abordamos mis sentimientos...

Tengo que admitir que se me acelera el corazón a la espera de que continúe. ¿Decidieron intentarlo?

—Me rechazó. No es solo que lo hiciera, porque, aunque duele, entiendo que no se sienta igual. Es que tampoco lo intenta con nadie más porque sufre por ti.

Me duelen sus palabras porque no quiero que sufra. Aunque me dolería mucho, si olvidarme lo hiciese feliz, viviría con ello y con mi dolor.

—Lo has roto, le arruinaste la vida y no haces nada, simplemente sigues con tu vida como si no hubiese pasado nada, como si no fuese tu responsabilidad. Seguramente vas a fiestas y conoces a otros, es tan fácil para ti...

La dejo despotricar, apretando con fuerza la carpeta con unos trabajos, y reprimo cada palabra que quisiera gritar. Cuando finalmente nota que no tengo ninguna reacción, ríe con incredulidad.

—Pensé que eras una buena persona, pero eres la peor persona que pudo entrar en su vida.

Sus palabras me duelen y me hacen ser mezquina con mi respuesta:

—Y aun así soy la persona que escoge.

Me arrepiento de mi crueldad cuando veo su dolor, porque no soy así y no quiero ser así.

—Mierda, lo siento, yo… —Suspiro—. Ophelia, no es mi culpa que Dawson no pueda corresponder tus sentimientos, y lo que pasó entre nosotros es asunto nuestro. Solo conoces una parte de los hechos, pero desconoces qué me llevó a tomar tal decisión o cómo me encuentro.

»Entiendo que es tu amigo y te preocupas, pero no seas injusta. Nunca te caí bien y lo entiendo, pero no te hagas ideas equivocadas de mí porque no me conoces. Y si sabes lo maravilloso que es Dawson, entonces también podrás imaginar cuánto me duele no estar con él.

»Espero que todo mejore y que logres sentirte mejor o encuentres a alguien que te ame como deseas. Nos vemos.

No espero respuesta, en lugar de ello camino a toda prisa a mi próxima clase, sintiendo un nudo en el pecho ante la idea de que Dawson esté sufriendo.

Me siento mejor, mucho mejor.

Me he vuelto a maquillar, salgo a correr —aún me canso muchísimo—, estoy disfrutando de mis clases de francés aunque soy realmente mala en la pronunciación y me creé una cuenta, que aún no uso, en Imaginetoon. He retomado el dibujo poco a poco con historias sin diálogos que ya había iniciado antes de que todo ocurriera y no estoy faltando a clases, aunque ya suspendí una de mis materias por todas las faltas de asistencia que tuve. También estoy saliendo más con Sarah, Marcus y Sophia.

Y eso ha sido gracias a las visitas a terapia dos veces a la semana. Es increíble lo mucho que ayuda hablar, llorar y liberar cuando te sientes segura y quieres ayuda. Me di cuenta de que durante años me había estado guardando mucho de mamá y nuestra relación, de mi timidez por sentirme menos e incluso de mis inseguridades al pensar que me juzgarían con la misma fuerza con la que sentía que no era suficiente para mamá.

Sé que es el principio de un largo camino y quiero continuar en terapia. Me gusta, me hace bien, incluso si a veces lloro tanto que pienso que haré un nuevo océano de lágrimas.

Me siento de nuevo como yo misma, incluso mejor. No es que tenga una superconfianza, pero hoy, con mi rostro limpio, por primera vez me siento sola frente a la cámara para grabar un nuevo tutorial para mi canal de YouTube.

—Hola, amigos, soy Mérida. ¿Me extrañaron? Porque yo los extrañé. —Esbozo una sonrisa nerviosa—. Hoy estoy sola y estoy algo nerviosa, pero emocionada. En esta ocasión traigo un tutorial de... ¡Boo, no pases por ahí! Harás que se caiga la cámara.

—Miau. —Me mira de manera desafiante antes de seguir de largo.

—Lo siento, es mi gata. Tal vez lo edite, aunque no soy muy buena en ello. —Sacudo la cabeza—. Como decía, hoy haré un tutorial de un maquillaje de fantasía de noche, para cuando te invitan a una fiesta con temática de fantasía o incluso una de disfraces, porque Halloween será la semana que viene. Empecemos diciendo la paleta de colores y las brochas que utilizaré para que lo tengan a mano...

Me río y me equivoco un poco. Sé que no podré editarlo porque lo arruinaré; Dawson se encargaba de eso, aunque sospecho que se lo pedía a Drake. Mientras comienzo a aplicarme las sombras empiezo a hablar de Leona.

—Me dolió muchísimo su muerte, fue inesperada y eso detonó cosas de las que antes ni siquiera me di cuenta. Comencé a sentirme mal, a llorar por todo, no quería salir, ver a mis amigos, estudiar o hacer cosas que me gustan mucho. Bajé al menos tres kilos y me aislé.

»Quería ir a terapia, pero no me movía para hacerlo. —Hago una pausa difuminando la sombra plateada—. Hasta que mi mamá pidió cita y sinceramente estoy agradecida, me ha ayudado mucho.

Comienzo con el delineado fino y doble que va en negro y dorado y entonces hablo de Dawson, no de que terminamos, pero sí de la polémica.

—Él ahora está bien, ya no recibe tanto odio, pero de vez en cuando alguien le escribe y me siento muy mal. Todo lo que hizo fue ayudarme, y puedo prometer que dio lo mejor de él. Es un veterinario extraordinario, entregado y profesional. Con los ojos cerrados le confiaría a cualquiera de mis mascotas.

»Desearía que las personas dejaran de fastidiarlo y sueño con que en un futuro tenga su propio consultorio. Eso estaría genial, ¿verdad? Prometan que irán cuando eso suceda, o tal vez si son de Londres y quieren que atienda a sus mascotas, pueden escribir a mi correo o mis redes sociales y les daré la información.

»¡Muy bien! Listo el delineado... Guau, quedó igual en ambos lados, y sabemos que es increíble cuando eso sucede. —Aplaudo con emoción y riendo—. Ahora vamos a por las pestañas. Normalmente prefiero usar solo muchas capas de rímel porque mis pestañas son largas y rizadas, pero como es un *look* de fantasía, usaremos pestañas para darles un toque más de «Si te pestañeo, te derrites».

»Ahora, como decía, me encantaría que lo dejaran tranquilo y simplemente dieran amor a Dawson. —Comienzo a pegar una de mis pestañas—.

381

Porque eso es lo que merece. Mi familia y yo no lo culpamos de nada, sino que le estamos agradecidos.

»Dawson me ayudó cuando estaba asustada y me sentía sola, se arriesgó por Leona y por mí. Tal vez nunca lo mencioné, pero nos conocimos gracias a Leona, él nos salvó de ahogarnos. —Sonrío—. Fue una primera impresión épica. —Me pongo la otra pestaña—. Él es mi persona favorita, y mi persona favorita no es mala. Es maravilloso.

»Así que, si dijiste algo malo de él, por favor, retráctate. Y si quieres apoyarlo, hazle saber que está haciendo un buen trabajo y que crees en él. —Guiño un ojo—. ¡Bien! Listas las pestañas, pasemos a lo siguiente. ¡Tengo piedritas! —Las muestro, y pienso que obviamente deben tener otro nombre—. Bueno, creo que se llaman… ¿brillitos? La verdad, no lo sé.

»Solo pondré tres sobre mis pómulos y llegaré hasta un poco más abajo de mi delineado y por encima del arco de las cejas. Quiero que el enfoque esté más en mis ojos que en mi boca. Si quieres un poco más o una mirada que diga «Soy mala», puedes poner una cerca del lagrimal.

Continúo grabando y cuando termino me siento increíble con mi maquillaje y con haber hablado.

—Lo último que quiero decir antes de irme es que hay momentos de nuestras vidas en que la caída es muy muy difícil y el detonante puede ser la cosa más grande o más pequeña. Muchas veces se ha visto el hecho de recibir ayuda como una debilidad, pero es de valientes.

»He aprendido que cuidar mi salud mental es importante, que está bien preocuparme de mi bienestar y que, si siento que me ahogo, buscar ayuda no es vergonzoso ni me hace débil. La terapia es algo precioso cuando lo haces con un profesional que te da las herramientas para mejorar. Así que, si te sientes mal, padeces ansiedad o algún trastorno o simplemente quieres conversar y liberar muchas cosas que guardas para ti mismo, no está mal buscar ayuda.

»Debajo, en la descripción, dejaré enlaces que pueden ayudar a guiarlos a un centro de asistencia terapéutica, y no, no me pagan publicidad, pero simplemente quiero compartir con ustedes herramientas que me están ayudando.

»Espero que este tutorial sea de mucha ayuda y, si lo hacen, no olviden etiquetarme. ¡Besos!

Poco después, sin editar y sin arrepentimientos, subo el vídeo. Me siento orgullosa de hacerlo, porque para mí es un gran paso.

41

## Más guapo, fuerte y libre que nunca

*Dawson*

*Noviembre de 2017*

Sonrío al ver a Drake tomarse selfis con mi teléfono, algo que siempre me he encargado de hacer yo con el suyo.

Me dejo caer a su lado en la cama. Últimamente estoy pensando en acelerar el proceso de mudarme de casa, a Drake le está yendo bastante bien.

—Creo que estoy listo para mudarme —le hago saber.

—Deberías ser mi vecino —señala—. Hay alquileres disponibles.

—Me extrañas mucho, ¿verdad?

En lugar de responder, pone los ojos en blanco y se incorpora para sentarse, dejando mi teléfono a un lado.

—Te ves bien —observa sonriendo.

—Me siento bien. —Le guiño un ojo.

Y es verdad. Las últimas semanas han sido buenas, me he animado y de nuevo me siento como yo mismo. También puede ser porque comencé a ir a terapia y es increíble cuánto puede ayudar, incluso cuando crees que solo tienes problemas pequeñitos.

Además, he estado pasando más tiempo en el refugio de animales y eso me ha hecho sentir bien. Es como un proceso de sanación por la pérdida de Leona y, sobre todo, me recordó por qué elegí esta profesión, lo mucho que me gusta y que las pérdidas suceden y no es tu culpa cuando das lo mejor de ti.

—Voy a renunciar al trabajo —digo al fin, y Drake simplemente asiente en aceptación.

—¿Lo pensaste bien?

—Sí. No es el ambiente laboral en el que quiero trabajar y no me gustan los principios por los que se rige. No he vuelto a tener problemas con Angelo, pero no es un ambiente amistoso y sé que sigue saboteándome para que no tenga pacientes.

383

—Es un imbécil inseguro.

—Lo es, y no voy a dejar que él o una clínica en la que no me siento cómodo arruinen mi compromiso y desempeño en algo que amo. Así que renunciaré.

»He estado ahorrando y sé que tendré una liquidación decente. Como he estado trabajando unas horas cada semana en el refugio, he recibido algo de dinero, no demasiado, pero es significativo, y ahora que tendré mi título universitario podré buscar trabajo en otros lugares.

»El doctor Robinson y la doctora Lissa dijeron que me darían una carta de recomendación, y lo sucedido con Leona… —Me aclaro la garganta—. Ya casi ha desaparecido de internet y las personas finalmente lo entendieron.

—El vídeo de Mérida ayudó mucho, fue dulce.

Lo fue, e imagino cuánto tuvo que costarle exponerse en su canal de YouTube.

En un nuevo tutorial de maquillaje y por primera vez sola, Mérida comenzó a hablar sobre lo sucedido con Leona mientras se maquillaba, y se veía hermosa (importante que lo recalque). Era evidente que estaba nerviosa, y también fueron evidentes su sinceridad y pasión cuando me defendió y apoyó las palabras de su mamá en el comunicado, excepto que las suyas fueron más genuinas, emocionales y directas. Se me hizo un nudo en la garganta y luego, cuando vi los comentarios de las personas diciéndole que admiraban lo que hice y mi esfuerzo, puede que llorara un poco.

Lloré otro poco más cuando mis redes sociales comenzaron a recibir unos cuantos comentarios de apoyo y de personas preguntando si podía atender a sus mascotas. Eso demuestra la gran influencia que está ganando Mérida en internet con sus vídeos. Estoy orgulloso de ella.

—Sí, fue dulce —termino por responder.

—La extrañas, ¿verdad?

—Muchísimo —susurro—, se había vuelto mi mejor amiga, además de mi novia.

—Quieres volver con ella.

—Quiero que ella vuelva. Sé que hay algo más, su excusa fue una mierda y pensé que necesitaba tiempo. Me pregunto cuándo vendrá, cuándo me dará una explicación, y no quiero pensar que ese día no suceda.

—Suenas seguro de que volverá.

—Me gusta tener ilusiones, me gusta pensar que pasará.

—Eres tan romántico… —Drake sonríe y yo también lo hago—. Sobre renunciar, hazlo, lo tienes decidido y te hace infeliz estar ahí. Extiende tus alas, mi dulce pájaro.

384

Eso me tiene riendo y le doy un empujón.

Mi decisión ya estaba tomada, pero hablarlo con Drake, como siempre, me ha hecho sentir mejor; al fin y al cabo, es la mitad de mi alma.

—¿Cuándo crees que llegará Hayley? —pregunta mi gemelo—. Estoy muriendo por ese pastel de zanahoria y merengue que prometió hacer.

Hayley, mi malvada hermana, finalmente hace un mes y medio dejó a Francisco y, para mi placer y alivio, no lo lloró. Sí se veía afectada, más enfadada que triste, pero desde entonces poco a poco parece que la tensión fue desapareciendo. Me siento muy aliviado.

Ya no tiene una actitud grosera ni hay mordiscos abusivos o gritos entre nosotros y silencio.

Sé que Francisco es insistente y ha intentado contactarla, porque quiere volver, pero ella ha sido bastante firme y eso me tiene muy orgulloso.

—Debería de llegar pronto.

Nos mantenemos en silencio y luego Drake dice mi nombre, y al volverme me encuentro con unos ojos y en general un rostro igual al mío. Me sonríe.

—Estoy orgulloso de ti, copia romanticona.

Le sonrío y asiento.

—Yo también lo estoy, copia mal hecha.

¡Y sí que lo estoy!

De hecho, me siento increíblemente orgulloso cuatro días después, el lunes, cuando entro con mi carta de renuncia y siento que me quito un peso de encima. Saboreo algún tipo de libertad y sonrío hacia un futuro profesional incierto que estoy ansioso y feliz por descubrir.

## 42

# Que aquí llegó la caballota, la perra, la diva, la potra

### Mérida

Debí cortar la etiqueta del vestido, sabía que debía hacerlo, y ahora me está ocasionando una gran molestia en la raja del culo.

También me arrepiento del vestido; es hermoso, sexi y elegante, pero mis humildes tetas limones medianos, pasmados a camino de ser naranjas, me odian porque me duelen los pezones ante el frío. Aunque soy partidaria de que los pezones son simplemente eso y que se pueden marcar a su antojo e incluso ver, me incomoda cuando algunas miradas caen en ellos de manera lasciva.

Pero este hermoso vestido plateado de tirantes finos, con escote bajo hasta el final de mi espalda y que termina por encima de mis rodillas, no lo escogí yo, lo hizo mamá. Me enamoré de él en cuanto lo vi, pese a que me puso algo ansiosa el hecho de que se me viera algo que no debía, pero lo que no intuí es que su belleza no valía mi comodidad.

Bebo de mi copa con un licor francés que no recuerdo cómo se llama y asiento por lo que el muchacho veinteañero me está diciendo. Steve es el hijo de un neurocirujano, si no recuerdo mal la presentación, y es educado, simpático y muy inteligente, hasta me atrevería a decir que un poco dulce, y me habla al rostro, no a mis pezones. Nuestros padres nos presentaron y, aunque inicialmente me dio curiosidad porque no era como los imbéciles que conocí en otro evento y que hoy se encuentran aquí, no hay chispas y tampoco quiero que las haya.

Desplazo la mirada por nuestro enorme jardín cubierto por carpas y una decoración elegante y me detengo en la cumpleañera: Miranda Sousa. Estamos celebrando una ostentosa fiesta para el quincuagésimo sexto cumpleaños de mi mamá. Se ve hermosa, con un vestido negro ajustado que resalta cada una de sus curvas. Sin duda, es el prototipo que todos tienen de las venezolanas; incluso parece una treintañera, y tengo que admitir que deseo envejecer así.

386

Si bien es cierto que me siento mejor conmigo misma, aún me queda por sanar y mejorar. Estoy ordenando mi vida y ya no siento que el mundo se me viene encima ni la necesidad de encerrarme en mi habitación a llorar todo el rato. Hay días en los que siento un nudo en el pecho, pero he aprendido a trabajar en ello y poco a poco conozco a mi cuerpo cuando batallo con lo que mi terapeuta ha llamado ansiedad. Me gusta dónde me encuentro actualmente conmigo misma: he vuelto a dibujar, hice otro tutorial en YouTube maquillando a Sarah, he logrado correr cuatro kilómetros sin morirme aunque luego siento que las piernas me tiemblan, salgo con mis tres amigos, estoy al día de mis clases y trato de olvidar que suspendí una materia por inasistencia.

En tres meses siento que he dado importantes pasos y que me ha servido para conocerme mejor y reconciliarme con heridas internas que ignoraba. Sin embargo, mi relación con mamá... es difícil. Siento que lo que más me ha dolido de nuestra relación ha sido la decepción y el abandono.

Al ser criada por mis abuelos, siempre me convencí de que entendía la ausencia de esta mamá exitosa a la que admiraba, y cuando vine a vivir con ella, también me adapté a ello. Me acostumbré a una relación no muy cercana e intermitente donde primero iba el trabajo y luego yo, pero lastimosamente eso no fue lo único a lo que me adapté.

Me acostumbré a que mi mamá, quizá sin conocer el daño que me hacía, me hiciera sentir insegura sobre cosas que a mí me gustaban, sobre mi forma de ser, sobre mis virtudes y mis defectos, hasta el punto de retraerme y tener miedo a mostrarle al mundo quién soy por no querer que me juzguen o se burlen de mí. No creo que ella lo hiciera adrede; sé que ser mamá no estaba en sus planes, que tenía unos padres religiosos y que hace veinte años podía haber muchas complicaciones al tener un aborto clandestino, así que me tuvo y a su manera ha sido una madre, pero el problema es que siento que no lo intentó.

Me ha dado comodidades económicas, pero también mucha soledad. Me he llegado a sentir como si fuéramos compañeras de piso o su empleada para cuidar de sus mascotas. Me ha dicho que me ama un sinfín de veces, también me ha abrazado y limpiado algunas lágrimas, pero todo esto lo ha hecho cuando ha estado en casa... Y la verdad es que ha estado muy poco, tan poco que generalmente le lloré a la almohada, celebré con las mascotas y me abracé a mí misma.

Hay ausencias que duelen, que marcan y no se olvidan. He caído en la cuenta de que siempre he estado sola.

Y siento que ese hilo corto que nos mantenía unidas se terminó de cortar cuando murió Leona y prefirió no confiar en mis palabras y tratar de lastimar a alguien a quien amo; cuando, en lugar de escucharme y entenderme, me alejó del amor, de mi mejor amigo, mi compañía.

Yo no hubiese tomado la decisión de terminar con Dawson si no hubiera sabido que su amenaza era genuina. Ella era capaz de hacerlo, y eso es lo que más me dolió.

Dejé ir con mi terapeuta muchas cosas que me guardaba, también lloré mucho y me di cuenta de que en el fondo tenía mucho rencor. Cuando lo liberé, me terminé quedando sin nada para darle y ahora siento que no nos une nada, que no nos ata nada, que es una desconocida, y no alcanzo a explicar cómo duele aceptarlo.

Mi mamá alza su mirada y conecta con la mía. Levanta su copa y sonríe, pero no le devuelvo el gesto y la suya se tambalea.

Pienso en que me gustaría que Dawson estuviese aquí, que lo extraño y que ahora que todo se ha calmado y todos saben que es inocente, tal vez...

—No busques excusas —susurro—. Solo hazlo.

Extraño a mi mejor amigo, tanto pero tanto...

—¿Alguna vez te has enamorado? —le pregunto a Steve y él parpadea continuamente.

—Eh..., sí.

—Entonces ¿qué harías si un pariente te amenaza con hacerle algo muy malo a la persona a la que amas?

—Si es muy convincente, alejo a mi amada, no dudaría, simplemente la protegería.

—Pero después, cuando ha pasado el tiempo y la aprobación pública de internet respalda que no ha hecho la cosa con la que la amenazaban, ¿no deberías ir, conversar y contarle todo?

Parpadea hacia mí y yo asiento, dándome la razón.

—Aparte, tu pariente es muy respetado. Pero ¡tu amada es hermana de un presentador de televisión amado! ¡Nojoda! ¡Qué achantada soy! —despotrico, usando expresiones muy venezolanas—. ¿Cómo olvidé que tenía a Holden?

Tal vez fue mi dolor, la angustia, la ansiedad y la tristeza a la que me aferraba lo que no me permitió ver otras salidas. Tal vez fue la intimidación de mi mamá, la manera en la que me acorraló en uno de mis momentos más vulnerables y de debilidad mental. Fui manipulada y obligada a hacer algo que podría haber tenido otra solución. Es cierto que yo acepté, pero también es cierto que en ese momento estaba muy afectada, fuera de rumbo y perdida. Además, Holden podría haberlo ayudado, pero todo hubiese sido más mediático y afectaría más a la imagen de Dawson.

Me dejé envolver. Mamá hizo conmigo lo que tantas veces criticó y odié que me hiciera Francisco.

Pero ya no más.

Tengo que hablar con Dawson, explicarle la verdad. A pesar de que el tiempo ha pasado y me puede haber olvidado o no querer nada romántico conmigo, es mi mejor amigo y se merece sinceridad.

Bebo lo que resta de mi copa y le doy un beso sonoro en la mejilla a Steve.

—Gracias, gracias.

—Pero si no he hecho nada.

—Hiciste mucho, sujétame esto, por favor. —Le entrego la copa vacía y entro en la casa, donde hay risas masculinas y burlas.

—Oh, mira, ahí está ella —dice alguien—, la sucia Mérida.

Me detengo y me giro, y encima de las escaleras veo a los tontos imbéciles que en otra fiesta intentaron intimidarme agarrándome el culo e invitándome a una fiesta para que todos ellos me follaran. No digo que todos los hijos o muchachos de la sociedad sean así, pero ¡vaya! Estos imbéciles destacan.

—Te ves bien desnuda, Mérida, y parece que follando también —dice uno de los cuatro antes de alzar una hoja.

No, no una hoja.

Un papel Bristol.

Es un dibujo, mi dibujo, el que Dawson tanto me pidió que hiciera de nosotros. No alcanzo a verlo a esta distancia, pero sé que estoy sobre él a horcajadas, con la cabeza inclinada hacia atrás mientras su boca me envuelve un pezón y el otro pecho está libre. En el dibujo sus manos me aprietan la carne del trasero y apenas se ve la base de su miembro, porque lo demás está dentro de mí.

Era un dibujo hermoso y apasionado y ahora…

Salgo de mi estupefacción por sus risitas y avanzo hacia las escaleras, y veo que otro de ellos alza un dibujo de mí, el único que me he atrevido a hacer de mi cuerpo, en el que solo llevo unas braguitas pequeñas, mis tetas están libres y sonrío. Era un regalo para Dawson.

El corazón se me acelera, me siento expuesta, vulnerable y aterrada.

—Eres muy sexi, Mérida, tienes las tetas pequeñas y muy bonitas, con unos pezones impresionantes. Y eres muy muy sucia —dice el primero, y suelta la hoja, que gira en el aire antes de aterrizar en el suelo—. ¿Talento o perversión? Mira lo que tenemos aquí —añade, y el tercero de ellos empuja con el pie mis dos cajas de dibujos.

—¿Qué hacían en mi habitación? —pregunto con voz temblorosa.

—Ya que no quieres jugar con nosotros, buscamos algo tuyo para divertirnos y nos hemos sorprendido.

389

—¿Nos preguntarás qué queremos a cambio de guardar tu sucio secreto? —pregunta el cuarto.

—Queremos follarte como en todos tus dibujos, será divertido.

Chantaje. Otro puto y maldito chantaje.

El corazón se me acelera y siento náuseas, pero algo en mí se libera y me saco los zapatos de tacón y se los arrojo gritando, y Dios bendiga mi puntería, porque a uno le da en la frente y a otro en el hombro.

—¡Estoy harta! Harta de todos, hijos de puta. ¡Es mi vida! ¡Es mi arte! —chillo.

—Tú te lo pierdes —dice el primero, y asiente hacia los demás, y entonces toman las cajas y las vacían haciendo que los dibujos vuelen.

Grito y ellos ríen mientras cientos de dibujos especiales y significativos para mí se despliegan en el suelo. Escucho pasos y me agacho intentando agarrarlos, con lágrimas de furia descendiendo por mi rostro.

Hay jadeos, susurros y luego la voz de mamá diciendo mi nombre mientras gateo intentando recopilar mis dibujos.

—Mérida del Valle. ¿Qué es esto? ¡Levántate!

Cierro los ojos con fuerza y pienso en todos estos años, en mis dibujos, en mi cansancio, en mi rabia, en todo.

—¡Es mi arte! Son mis dibujos, es todo. Soy esto. ¡Esto es mío! —grito, limpiándome con furia las lágrimas y levantándome.

Estoy ahí, de pie entre mis dibujos dispersos, entre el arte que me ha asustado y por el que siempre me he escondido, mientras mamá sostiene en la mano un papel Bristol con un dibujo de dos tipos en un abrazo apasionado donde se ve que claramente están follando. Es uno de los más explícitos que he hecho.

—Eso es mío, todo esto es mío. —Miro a las personas que se han acercado—. ¡Sí! Yo los hice porque se me da increíblemente bien dibujarlo y me encanta. ¡Lo disfruto! Y estoy orgullosa de ellos...

—Esto es perversión, Mérida —sisea mamá.

—¡Jesús! Qué talento —dice una mujer que alcanza a tomar uno del suelo—. Los trazos, la sensualidad sin llegar a mostrar nada comprometedor...

—Otros sí muestran, pero gracias —no puedo evitar decir.

—No te pago la universidad para esto...

—Ni siquiera sabes para qué pagas la universidad, mamá, no sabes nada de mí y yo no sé nada de ti.

Respiro hondo y miro a todos, incluido a los imbéciles que se divierten observando la escena desde arriba de las escaleras.

390

—Soy Mérida del Valle Sousa, estudio Animación Digital y me encanta hacer dibujos +21, pero no todos son explícitos. Intento evocar y mostrar la sensualidad, la pasión, el romance y la ternura. Dibujo romance heterosexual, homosexual, bisexual y en otras formas. ¡Hago unos pezones increíbles! Y dibujo las pollas de maravilla, pero soy más que eso. Con mis dibujos cuento historias, momentos; son novelas, solo que aún no sé hacer diálogos.

»Algunos de mis dibujos son muy pero muy explícitos y otros solo insinuaciones, algunos ni siquiera se enfocan en ello y se me da muy bien. *¡Virgencita!* Lo hago genial. —Río y me limpio las lágrimas—. Lo he estado haciendo desde hace al menos dos años y en un principio no era tan buena, pero he mejorado y he aprendido y no quería mostrarlo al mundo así. ¡Ni siquiera sé si lo quería mostrar!

»Pero esos tipos cobardes que ven en las escaleras me han estado acosando para participar en sexo colectivo después de que me intentaran tocar el culo e hicieran comentarios sexuales sobre mí. Como me he negado a ser follada por todos mis orificios por unos asquerosos machos, han optado por entrar en mi habitación, tomar algo que es mío, chantajearme y exponerme cuando me he negado a que me den por el coño, el culo y la boca, cuando me he negado a ser un vertedero de semen.

—Mérida… —jadea mamá.

—¿Se supone que debo sentirme culpable de mi arte mientras unos degenerados se burlan y nadie los señala? Soy esto, mamá, y me hace feliz. No soy una pervertida ni una desviada por esto, soy una artista.

Se hace un largo silencio y luego se oye un siseo típico de Boo y uno de los tipos en las escaleras grita. Al volverme, me encuentro a Boo encajando las garras en el primer tipo, el más degenerado, mientras le sisea poseída. Él grita y uno de sus amigos intenta quitársela, y mamá le grita a nuestra gata que pare, pero Boo está en otra onda, en un viaje espiritual, y entonces sucede: ese vil bastardo la patea escaleras abajo y Boo chilla.

—¡Boo! —gritamos mamá y yo.

Llego antes que ella, y la acuno mientras chilla y se queja.

—Qué valiente al defenderme de los matones, pero qué estúpida, Boo. —Sonrío entre lágrimas—. Te llevaré con el mejor veterinario.

—Mérida… ¿Adónde crees que vas? —pregunta cuando camino hacia la salida.

Me detengo, miro mis dibujos en el suelo y luego a ella, y simplemente me encojo de hombros.

—Iré a que el mejor veterinario del mundo atienda a la única familia que ha estado conmigo durante los últimos tres meses.

391

Y avanzo, descalza, seguramente con el maquillaje corrido, y tomo las llaves de mi auto, sin el teléfono y con una gata bastante pesada y adolorida que me ha defendido y ha peleado por mí.

He sido expuesta, vulnerada e incluso ridiculizada, pero ¡Virgencita orgullosa! Como diría Ivy Queen, siento «que llegó la caballota, la perra, la diva, la potra».

Me duele el alma por dejar mis dibujos atrás, en el suelo, sin la certeza de si los tirarán o los recuperaré, seguramente con una reputación dañada y burlas, pero mi talento y mi destreza están en mi mente, mis manos y mi ingenio, y puedo volver a dibujar.

¡Joder! Haré millones de dibujos más y un día me sentiré lista para mostrarlos al mundo, porque no tengo nada de que avergonzarme.

Es mi arte, es parte de mi identidad, es mi talento, es simplemente mío y no dejaré que nadie me lo quite.

## 43

## Tan perfecta... como te imaginé

*Dawson*

*Cuando llegaste tú,*
*te metiste en mi ser.*
*Encendiste la luz,*
*me llenaste de fe.*
*Tanto tiempo busqué,*
*pero al fin te encontré.*
*Tan perfecta como te imaginé, no, no.*
*Como aguja en un pajar,*
*te busqué sin cesar.*
*Como huella en el mar,*
*tan difícil de hallar.*
*Tanto tiempo busqué,*
*pero al fin te encontré.*
*Tan perfecta como te imaginé...*

Bueno, mi exnovia aparentemente me dejó una obsesión con canciones hispanas que definan mis emociones. Que el Jesús multifacético de Alaska bendiga a YouTube con sus sugerencias y traducciones.

Resulta que «Sabes», de Reik, conecta muy bien con mis emociones esta noche, y antes de esa, como a veces ser masoquista parece atractivo, escuché «Qué vida la mía» e «Inolvidable», dos canciones que Mérida volvió especiales para mí.

Sé, en serio sé, que no puedo vivir un eterno despecho y que ya pasó suficiente tiempo para hacerme a la idea de que tal vez ella no vuelva conmigo, que nuestra relación tan llena de vida está muerta.

Sin embargo, desde agosto hasta noviembre no me he dedicado exclusivamente al despecho. Después de mi miserable tiempo en la clínica y tras finalmente renunciar, ahora estoy trabajando a tiempo completo en el refugio de animales, que me paga en función de las donaciones. Es significativamente inferior a lo que ganaba, pero me gusta, es un buen ambiente laboral y es temporal hasta que reciba en diciembre mi título universitario y pueda presentarme a otros lugares. Además, la doctora Lissa y el doctor Robinson dejaron claro que me harían una carta de recomendación y hablarían de mi buen trabajo cuando llamaran, y con sus opiniones podrían abrirse muchas puertas.

Aunque ya no voy tan seguido a terapia, hago tiempo para ir cada quince días porque me gusta hablar y mi terapeuta es realmente divertido y me ha enseñado a jugar a las cartas mientras le cuento sobre mi vida.

En casa las cosas están bien. Mi hermana ha recuperado su maldad, Drake viene bastante seguido y mamá y papá siguen siendo cursis cuando creen que no los vemos. He buscado información sobre escuelas de posgrados, y, en cuanto a mi vida social, he ido de fiesta con mi hermano y Alaska y muchas veces solo.

También fui de fiesta un par de veces con Tanya, lo que tuvo resultados, ejem, inesperados pero esperados. La primera vez, nos besamos durante unos largos minutos y, aunque había bebido, no estaba ebrio. Igualmente, odié la sensación de estar incómodo y de sentir que engañaba a Mérida, aun cuando sabía que no era el caso. La segunda vez llegamos a una habitación, me había sacado la camisa y nos besábamos, y ella se movía con su falda sobre mí. Me dije: «Ya está, no hay culpa», pero cuando ella estaba bajando sobre mí, sosteniéndome el miembro erecto con su mano, tuve un momento de vacilación y me sentí mal porque nunca he sido un bastardo con las personas con las que estoy, y esa pequeña vacilación fue suficiente para decirle a Tanya que parara, porque no estaba completamente en ello. Estaba muy excitado y mi cuerpo quería locamente el sexo, pero mi mente no estaba tan centrada.

Así que hablamos mucho y en algún punto ella, muy relajada, me preguntó por Mérida, y no pude no responderle porque estaba como un bobo enamorado esperando a la increíble venezolana que me conquistó.

Aunque no tengo prisa por salir adelante y tener tanto sexo como desee, hasta ahora masturbarme ha servido y también enfocarme en otras cosas. Sé que es momento de avanzar y entender que las cosas no funcionaron, que soy libre de salir y tener sexo, que no puedo esperar por una relación que ya no existe.

Así que escucho esta canción y me digo que mañana será borrón y cuenta nueva.

Vuelvo a repetirla cuando termina y lo hago una tercera vez, hasta que oigo que el timbre de casa suena. Como me encuentro solo porque mamá y papá fueron a una cita, pauso la reproducción del portátil y bajo, rascándome de manera perezosa el pecho, y me sorprendo cuando abro la puerta.

—Hola —dice una voz suave con un acento que para mí se volvió tan familiar.

Veo a Mérida, que lleva un vestido que resalta cada curva en su cuerpo, pero también veo sus ojos de mapache con el delineador corrido, sus bonitos pies esmaltados en un color plateado y sucios por estar descalza, y entre sus brazos está la hermosa gata, acurrucada, aunque normalmente huye de ella.

—Esto es una sorpresa —consigo decir, y siento el frío contra mi piel. Ella también debe de estar helada—. Pasa, no quiero que te resfríes.

—Gracias.

Veo que abraza a Boo de manera protectora. La gata está demasiado mansa y me mira con reconocimiento después de que cierre la puerta detrás de mí. Mapache o no, el corazón se me acelera al ver a mi loca venezolana.

—Mérida...

—Era la fiesta de cumpleaños de mi mamá, quien ahora es una desconocida —comienza a hablar, y por la manera en la que lo hace no creo que se detenga—. Había muchas personas...

Una vez que empieza no para, y me doy cuenta de que tiembla, pero no por el frío. Creo que se trata de impotencia mientras me habla de una fiesta en la que se sentía fuera de lugar, y debo decir que se me eriza el vello de la piel cuando dice que iba a venir a verme, que pensaba en mí, pero toda la alegría desaparece cuando veo sus ojos humedecerse al hablar sobre unos imbéciles que la acosaron y le propusieron cosas sexuales cuando encontraron sus dibujos.

Los dibujos que tanto significan para Mérida.

—Sentí ganas de vomitar, estaban todos en sus manos, pero también sentí tanta rabia...

Ahora las lágrimas caen cuando me dice que los rechazó y que arrojaron sus dibujos, que todos los vieron y que fue valiente y se adueñó de su arte y se enfrentó a su mamá.

Nunca me ha parecido que sus dibujos sean algo de lo que avergonzarse, aunque entiendo que eso es porque soy un espectador, pero para ella es algo más. Sin embargo, pese a que quiero golpear y destrozar a esos imbéciles, me hace feliz que ella se enfrentara a ellos y estuviese orgullosa de su talento.

—Entonces pateó a Boo, que no sé si está muy herida, y me fui... Y aquí estoy —dice entre hipos mientras llora.

Proceso toda la información y quiero abrazarla y consolarla. No entiendo cómo una mujer tan inteligente como Miranda Sousa puede equivocarse tanto cuando se trata de su hija.

Miro a Boo, que está acurrucada contra ella, sabiendo que Mérida la protege y cuida.

—De acuerdo, revisemos a Boo. Vamos a mi habitación.

Mérida asiente y se limpia las lágrimas y me pregunto si los mocos también, pero sacudo la cabeza e, igual de descalzo que ella, nos guío hacia las escaleras. Poco después estamos en mi habitación, tomo mi bolsa y reviso a Boo en mi cama después de poner una manta para que no se sintiera incómoda o estresada ante la situación.

Mérida se queda de pie mientras tanteo las costillas de Boo. Más allá de su quejido de dolor, respiro aliviado porque nada está dañado, pero sí está adolorida.

—Está bien, Mérida, un poco inflamada en el costado izquierdo, pero un calmante y hacer reposo la ayudará. Quédate con ella un momento.

Mi ex se sienta en la cama con su gatita y yo voy a por una camisa, y luego voy a una de las habitaciones donde mamá guarda de todo y localizo una cesta y unas mantas acolchadas. Vuelvo a la habitación y lo organizo como una especie de cama. Cargo a Boo, la dejo ubicarse dentro de la cesta y la pongo contra mi armario. Bajo a la cocina, encuentro unos tazones desechables y lleno uno con agua y en el otro dejo algunas golosinas para gatos porque soy un veterinario que sueña con estar siempre preparado. Al volver a la habitación, tomo los calmantes de mi mochila y los trituro mezclándolos con su agua, y luego ambos observamos a Boo mientras bebe del agua y come solo un poco.

Mérida la mira con especial atención, aún parece asustada.

—Estará bien, ahora se adormecerá para calmar su dolor mientras se desinflama.

Me mira y asiente, y río por lo bajo porque su rostro es una mezcla de lágrimas, maquillaje corrido y mocos.

—Creo que necesitas que te preste el baño y lavarte los pies, te conseguiré unos calcetines…

—¿Puedo tomar una ducha?

—Puedes. Adelántate, ya sabes dónde está el baño, o al menos el que compartía con Drake. Te buscaré una toalla y algo de ropa.

—Vale. —Se sorbe la nariz y luego se pasa el dorso de la mano—. Me veo como un desastre, ¿verdad?

Asiento con lentitud y suelta un bufido antes de girarse y… ¡Joder, joder, joder! Gimo porque su espalda se encuentra desnuda y el vestido cae lo suficiente bajo para casi ver la línea entre sus nalgas.

Mérida se paraliza ante mi gemido, pero luego continúa y sale de la habitación y me deja sacudiendo la cabeza. Me pongo en marcha en la búsqueda de una toalla y una enorme camisa junto con unos calzoncillos, que no deberían caérsele debido a que, evidentemente, tiene mucho más culo que yo.

Me doy cuenta de que ha dejado la puerta del baño abierta y cuando entro ya se encuentra en la ducha. Su vestido y unas bragas que apenas consisten en un diminuto triángulo y unas tiras están en el suelo. Las puertas corredizas azules me dejan ver su silueta.

—Aquí tienes la toalla y la ropa. Boo ya está dormitando. Te esperaré...

—No te vayas —pide con suavidad.

Y no lo hago, ni siquiera es necesario que me lo pida dos veces.

Retrocedo, cierro la puerta del baño y al volver me alzo y me siento sobre el largo mueble del lavamanos como tantas veces hice en el pasado cuando Drake se bañaba y hablábamos de algo que nos parecía superurgente, pero que seguramente no lo era.

—¿Dawson?

—Aquí estoy.

Se hacen unos segundos de silencio mientras escucho el agua correr y luego me llega el olor de mi champú.

—Cuando me fui y estuve rara el día que conocí a Leah, no estaba enojada contigo, lo estaba conmigo porque no dejaba de pensar en hipotéticos escenarios que no ocurrieron —dice, rompiendo el silencio—. Pensé en qué habría pasado si ella no se hubiese ido y me sentí insegura, porque Martin me había creado esas dudas.

—No me digas que Martin estuvo molestándote con esa basura. —Espero que esa sabandija finalmente esté lejos de nosotros—. Leah es mi amiga, y es incierto qué habría pasado si se hubiese quedado, pero me gusta pensar que te habría conocido, no concibo no haberlo hecho, Mérida.

—Martin dijo tonterías que mis inseguridades creyeron y me sentí abrumada y también avergonzada, porque no dudo de tu fidelidad, pero no dejaba de pensar que, si ella no se hubiese ido, no habríamos salido, que ella podría ser mejor que yo.

—No te compares nunca con nadie, Mérida, tampoco te restes valor.

Se hace otro largo silencio y ella suspira.

—Logré desprenderme del pensamiento con ayuda de Sarah e iba a hablarlo contigo. —Hace una pausa y creo que podría estar bajo el chorro de agua cuando vuelve a hablar—. Yo... hice un dibujo de nosotros, bueno, fue el primero, era bastante inocente y en él te pedía disculpas.

—¿Y qué pasó?

Me lamento por tal dibujo que no llegó a mis manos.

—Encontré a Leona mal antes de salir de casa y, bueno, pasó todo lo

397

demás y ni siquiera sé dónde quedó el dibujo —termina en voz baja—. Lo siento, Dawson, lamento tanto lo que tuviste que pasar cuando solo querías ayudarme...

—Nunca te he culpado y sé que tú no me has culpado. Hubo demasiada intervención externa que hizo que una situación ya difícil se volviera aún más complicada.

—Eres tan sensato...

Percibo el olor de mi jabón, y solo de imaginarla ya tengo que apretar con fuerza mis manos en el borde del mueble.

—Es porque creía en nosotros y sé que no nos haríamos daño adrede —digo con suavidad antes de tragar saliva—. ¿Por qué terminaste conmigo, Mérida? Sé que no querías, sé que había más, y también sé que ambos estábamos vulnerables y no luchamos.

Se hace un largo silencio y la ducha finalmente se cierra, pero ella no sale.

—Me avergüenza mucho decirte esto. —Su voz tiembla—. No puedo mirarte a la cara mientras lo digo.

—Sí, puedes, pero te escucharé desde aquí.

De alguna manera, mi interior se siente cálido, porque estamos hablando, porque finalmente nos estamos comunicando, y sé que a partir de aquí podremos volver a ser nosotros.

Mi ex esta noche volverá a ser mi novia, no me quedan dudas.

—Mi mamá tenía a un abogado listo para demandarte tal como dijo Angelo en la clínica, y todo era válido, Dawson, aparentemente el protocolo importaba más que salvar a Leona. Me gustaría decir que eran amenazas vacías, pero mamá lo habría hecho sin parpadear. —La oigo respirar hondo—. No le gustas.

Au, era evidente, pero escuece escucharlo y saber que no le temblaba la mano para acabar con mi carrera profesional, que apenas comienza.

Ella sigue hablando sobre que su mamá se aprovechó de su vulnerabilidad cuando la hizo escoger y ella me eligió. Odio la idea de que me dejara y que su mamá fuese novelera con tal amenaza, pero me hace amarla todavía más el hecho de que quisiera protegerme, que lo hiciera, su valentía de escoger un corazón roto antes que lastimarme.

—Tontamente, ahora me doy cuenta de que tu hermano también es influyente y que podría haberte ayudado, pero todo el lío mediático hubiese sido más grande, ¿no? Hubiese durado más y sé que te dolía.

Lo hacía, hasta el punto de llevarme a ver a un terapeuta.

—Y hoy tuve este gran momento. Estaba pensando en cuánto te extrañaba y que debías saber la verdad. Además, mamá ya no puede hacer nada, el tiempo ha pasado y la gente sabe que hiciste lo que pudiste, incluso tienes fans. Tuve estos grandes pensamientos y planeaba venir a verte… Y todo pasó.

—Tuviste tu epifanía, así lo llama Drake.

—No sé si quieres volver conmigo, pero espero que al menos puedas darme tu amistad. Y gracias por no dudar en recibirnos a Boo y a mí, en querer ayudarme.

»Eres una de las personas más importantes en mi vida, significas mucho para mí y sé que no podemos volver a ser como éramos antes, pero espero que aún haya espacio para mí en tu vida.

Me mantengo en silencio y ella desliza la puerta, lo que hace que el vapor lo llene todo. Parpadeo al verla desnuda a través del vapor mientras toma la toalla y la sostiene frente a ella, específicamente sobre sus pechos; su cabello corto está peinado hacia atrás y gotea.

—¿Quieres ser mi amiga?

—Sí.

—¿Me estás diciendo que después de follar como locos, besarnos, ser lindos y querernos te conformas con ser simplemente mi amiga? —Suelto un bufido y ella parece nerviosa—. Nunca te conformes, Mérida, tienes que ir a por lo que quieres.

Parece que piensa en mis palabras y luego alza la barbilla reuniendo toda su dignidad y orgullo, da unos pasos hacia mí y se detiene justo al frente. Gotas de agua bajan por su cuello hasta perderse en la toalla, y su piel está sonrojada y huele a mí.

—Quiero que seas mi amigo, porque eres mi mejor amigo, pero… —Respira hondo—. También quiero que seas mi novio, porque *te amo*.

»Te amo, y no es solo que te ame, es que estoy enamorada de ti. Te extraño un mundo y verte pero no tocarte, abrazarte, besarte, me mata. Quiero estar contigo, quiero escuchar miles de canciones contigo, quiero reír contigo, quiero ser feliz contigo. Quiero dibujarte siempre y enseñarte todo lo que me inspiras y con lo que sueño, quiero todo contigo, Dawson. Te amo y por dentro tiemblo pidiéndole a la Virgencita que vuelvas a ser mío, que me des el privilegio de ser mi novio, mi *periquito*.

Exhalo con lentitud y trago, bajando del mueble. Está muy vulnerable y expuesta emocionalmente a mí mientras sostiene una toalla contra su cuerpo.

—Entonces —digo con voz enronquecida— ¿se dice *te amo* en español?

Ella sonríe y asiente, y yo también sonrío y extiendo una mano para apoyarla en su cadera.

Podríamos hacerlo complicado estancándonos en el pasado, pero decidi-

399

mos ceder, enfocarnos en el presente y tomar esta preciosa oportunidad que tanto esperábamos.

—Digo que sí a todo eso. Te amo, Mérida del Valle, y sé que te amo porque eso explica por qué dolió tanto no estar contigo los últimos tres meses. Todo lo que dijiste lo quiero, incluso quiero mucho más.

Hago una pausa, reuniendo las palabras en mi mente antes de entonarlas con suavidad:

—*Tan perfecta... como te imaginé* —canto, y su sonrisa se vuelve temblorosa.

—De verdad te amo —lloriquea antes de dejar caer la toalla, tomarme el rostro y bajarlo al suyo para besarme.

Se siente familiar y nuevo. Se siente glorioso.

Su boca se abre bajo la mía porque nuestro beso no tiene ningún tinte de timidez. Nos devoramos con pasión y de manera sedienta, tratando de borrar con nuestros labios y lenguas el tiempo del que estuvimos privados. Mis manos se pasean por sus curvas, le acuno los pechos desnudos, cuyos pezones se encuentran endurecidos, y los masajeo con mis pulgares, los pellizco y me trago su gemido antes de que me mordisquee los labios mientras mis manos viajan hacia sus nalgas, sintiendo la suave carne y sonriendo cuando sus manos tiran de mi pantalón holgado y del bóxer.

Mi boca viaja por su mejilla hasta su cuello, dándole suaves mordiscos en esos puntos que recuerdo bastante bien y guiando una de mis manos entre sus piernas, donde ella se abre y me deja sentirla cálida y húmeda. La acaricio con mi pulgar haciendo círculos sobre el pequeño nudo de nervios antes de cerrar los ojos con deleite cuando gime en el momento en el que le introduzco dos dedos y me llevo a la boca una de las cimas fruncidas de su pecho.

La extrañé tanto...

Lo que más me gusta de vivir estos momentos con Mérida es que no importa si nuestro sexo es duro, dulce, creativo o alocado, siempre va más allá, siempre se trata de nosotros, de conexión, de placer y, ahora, de amor.

Monta mi mano, gimiendo y tirando de mi cabello hacia su otro pecho. Cuando sus pechos están húmedos y sus pezones rojizos y tan duros como una roca, la vuelvo a besar, presionando mi pulgar de manera más insistente contra su clítoris y doblando mis dedos, que entran y salen de ella. Gime fuerte y se arquea cuando el orgasmo la alcanza y yo me trago el sonido, saboreándolo en mi lengua.

Saco los dedos húmedos de su interior, la alzo por debajo del culo y la giro para sentarla sobre el mueble donde antes me encontraba. La miro, sonrojada, aún goteando por la ducha, pero también sudada, con los pechos sonrojados y los pezones erguidos, con las piernas abiertas y reluciente entre ellas con su orgasmo y deseo.

Pateo mi pantalón y el bóxer y me saco la camisa en un solo movimiento, y emito un sonido ahogado cuando se toca entre las piernas para reunir la humedad y luego me toma entre sus dedos, subiendo y bajando, haciendo que mi punta gotee mientras reúno el suficiente control para sacar un condón del cajón donde los guardo, abrirlo y luego dárselo para que me cubra.

No dejo de mirarla a los ojos cuando la acerco al borde del mueble agarrándola sobre sus muslos y luego ella es quien me guía, acariciándose con mi punta antes de ubicarme en su entrada, y luego empujo y nos hago gemir porque finalmente, después de tres meses, los dos estamos donde queremos y con quien queremos.

La beso con suavidad en la boca.

—*Tan perfecta como imaginé* —repito, moviéndome poco a poco.

Embisto con lentitud y bajo la vista al lugar donde nos unimos, pero un par de minutos después sus uñas se clavan en mi culo y me insta a ir más rápido, abriendo las piernas y flexionándolas para permitirme llegar más hondo. Estoy fascinado por cómo sus pechos pequeños se sacuden y su estómago se contrae, pero estoy enamorado de la expresión de su rostro mientras gime y me mira con tantas emociones. Me araña, se mueve y grita pidiendo más, diciendo cuánto me ama y que es mía a la vez que se aferra a mí con aire posesivo y apasionado y dice que soy suyo y ¡carajo! Lo soy, quiero ser suyo y que sea mía, porque sé que no lo decimos como una posesión, no se trata de eso.

Me lamo el pulgar antes de frotarlo entre sus piernas donde más la estimula y empujo con fuerza, gimiendo de manera ronca cuando me aprieta lo suficiente para que mis movimientos se hagan descoordinados y mis caderas tiemblen cuando me corro sin control alguno.

—Te amo tanto, cielo —gimo contra la piel de su cuello, aún moviendo con lentitud mis caderas, y siento su beso en mi frente sudada.

—¿Vuelvo a ser tu cielo? —dice entre jadeos.

—Siempre lo has sido, nunca dejaste de serlo.

Salgo de su interior, pero nos quedamos abrazados durante un largo rato y luego tomamos una ducha juntos, nos vestimos y nos acurrucamos en mi cama tras verificar que todo esté bien.

Y todo es idílico, casi perfecto, hasta que la mañana siguiente Hayley me llama llorando porque necesita mi ayuda y me hace querer cometer una locura.

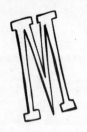

# 44

## Un día es un siglo sin ti

*Mérida*

—¿Y cómo está Hayley? —me pregunta Sarah antes de beber de su café.

Estamos en nuestra cafetería favorita del campus tras ponerla al día sobre mi reconciliación con Dawson, aunque no fui explícita sobre el sexo. Ella me escuchaba con atención y parecía francamente impresionada.

Mi amiga también fue una gran oyente en cuanto le hablé en detalle de lo sucedido con mamá, se lamentó por mí y por ella, por no apreciarme como me merezco, según mi amiga.

No me fui de casa, porque recordemos que por mi cuenta estoy bien pobre. Bueno, mentira, tengo ahorros, pero Londres es obscenamente caro. Así que Boo y yo pasamos el fin de semana en casa de Dawson —inicialmente me sentí avergonzada— y sus padres fueron lindos. Conversé con Irina Harris y lloré un poco cuando le dije que siento que no conozco a mi mamá; ella como madre no la juzgó, pero no compartió su manera de actuar, y deseó que mi mamá recapacitara. También me preguntó si podría ver uno de mis dibujos y le prometí que le enseñaría alguno, pero cabe destacar que buscaré solo los que están vestidos o son menos explícitos.

Volví a casa el lunes y mamá no estaba. Sin embargo, en mi habitación encontré mis dibujos dentro de las cajas y sobre mi cama, todos ellos, de manera ordenada y con una nota de mamá que decía: «Hablaremos luego, todos tus dibujos están intactos».

Le envié un mensaje el sábado para hacerle saber que Boo y yo estábamos bien, pero no atendí su llamada porque no me sentía preparada para conversar con ella y tampoco quería hacerlo a través de un teléfono.

Así que tenemos una tensa conversación pendiente y hoy miércoles sigo dolida al respecto.

Y finalmente Sarah y yo pasamos a Hayley. La menor de los hermanos Harris llamó a Dawson llorando en una crisis nerviosa y su hermano estuvo muy preocupado y ansioso, llamando a Drake y a Holden para ver cuál de los

402

tres podía llegar primero a ella. Me tuve que quedar en la habitación de mi novio con Boo, preocupada porque, entre llantos, Hayley había dicho muy poco, pero lo suficiente para saber que acababa de vivir una experiencia que nadie debería tener.

Dawson no volvió hasta las diez de la mañana con sus padres y Hayley, quien tenía moretones, un ojo cerrado ennegrecido y lágrimas frescas en el rostro. Me dedicó una breve mirada antes de desviarla y llorar abrazada a su mamá. Solo cuando Dawson estuvo conmigo en su habitación me contó una historia que lamenté, me dolió y me hizo estremecer, incluso sentí ganas de vomitar.

Hayley casi había sido víctima de una violación en grupo. Francisco le había rogado que se reuniera con él para conversar; al parecer, desde que ella lo dejó había estado insistiendo en que aclararan muchas cosas. Cuando Hayley fue, la reunión terminó en el apartamento de él, donde se encontró que estaban sus amigos. Aparentemente, ella y Francisco discutieron y cuando este se fue, haciendo un berrinche, ella se había quedado sola con cuatro amigos de Francisco que la acorralaron y luego la tocaron.

Hayley había intentado defenderse y uno de ellos la había golpeado mientras le rompían la ropa. No la violaron, pero abusaron de ella, la toquetearon a pesar de que ella no quería y alguno de ellos hizo cosas francamente crueles y asquerosas. Francisco había vuelto cuando estaban a nada de cometer otras atrocidades y ella había estado luchando, aterrada, después de que la golpearan.

Él había reaccionado enfurecido, había golpeado a todos, defendió a Hayley con furia y dejó a uno de ellos inconsciente, rompió cosas y consiguió que los vecinos llamaran a la policía.

Al día siguiente, Hayley no había salido de su habitación. Cuando me armé de valor para llamar a su puerta, me dejó entrar y se veía incluso más lastimada: los moretones ya tenían una coloración más fuerte, un ojo estaba completamente cerrado y el otro rojizo e hinchado de tanto llorar, y tenía el labio roto inflamado. Lo que más me dolió fue ver marcas de dedos en varias zonas de sus brazos y su cuello, y supongo que había en otros lugares no visibles.

No había nada que pudiese decir ni que la hiciese sentir mejor, y tampoco pretendía demostrar nada con mi presencia. Cuando se acercó y dijo que lo sentía, le respondí que no era su culpa y la abracé, sintiendo su dolor y dejándola apoyarse en mí. Nunca quise que nuestro acercamiento se diera en esas circunstancias, que llegara hasta ese punto para que pudiésemos finalmente entablar una amistad. Aún me duele por ella, a pesar de que al día siguiente

403

pareció encender un interruptor y empezó a actuar como si todo estuviese bajo control, como si no hubiese pasado nada.

No pretendo esparcir chismes, pero como Sarah es mi amiga más cercana, se lo he contado con pocos detalles.

—Dijo que no iría a un terapeuta, y todos somos conscientes de que eso sería bueno, pero no pueden obligarla. Es raro, ¿sabes? Es como si hubiese metido lo sucedido en una caja que no piensa abrir, y eso no es sano, pero tal vez está lidiando con ello a su manera.

—¿Hasta cuándo las mujeres seremos víctimas de estas cosas, Mérida? Es una mierda, lo odio.

—Yo también —murmuro, recordando el aspecto que tenía Hayley y pensando en lo que muchas mujeres del mundo viven día tras día.

La justicia todavía es ciega y a las mujeres aún nos siguen viendo como el «sexo débil», hasta el punto de que si no eres tú, siempre será otra, pero alguna mujer siempre está siendo lastimada. Odio a la sociedad por eso.

Sarah y yo permanecemos en silencio durante unos largos minutos, hasta que su teléfono suena y veo que lee un mensaje con una gran sonrisa tonta y mordiéndose el labio inferior. Eso me hace recordar que tenemos una cita doble pendiente, la que se suponía que sucedería antes de que Dawson y yo termináramos.

De repente, mis ganas de resolver su gran misterio incrementan muchísimo, así que me preparo para ser la molesta amiga entrometida con ganas de información.

—No llegué a conocer a tu chico, porque, bueno, estuve en un mal momento…

—Y lo entendí, estoy muy contenta de que te encuentres mucho mejor ahora y que hayas estado en un buen lugar contigo misma para atreverte a amar a Dawson y estar con él —dice, bloqueando su teléfono.

—También me alegro, pero me entristece no haber conocido a tu novio. Porque luego de declararse y tener unas citas, hay título oficial de noviazgo. Sé que la distancia es un miedo categórico para Sarah, pero ella quiere intentarlo y yo la apoyo.

—Habrá otras oportunidades, viene en diciembre, pasará las Navidades aquí. —Sonríe y le brillan los ojos.

Me encanta ver a Sarah enamorada, porque la hace más sensible y siempre parece feliz.

—Ya quiero conocerlo —digo, bebiendo de mi chocolate caliente, y ella se aclara la garganta.

—Sobre eso… —Vuelve a aclararse la garganta—. Creo que finalmente quiero hablar de ello. No es que quisiera ser misteriosa, es que todo era muy nuevo y tenía que asimilarlo.

—De acuerdo —digo con lentitud.

—Sobre este novio, la verdad es que...

—¿Sí...?

—No es un él, es una ella. No tengo novio, tengo novia.

Parpadea y yo también lo hago.

No debería ser extraño que alguien te diga que tiene una pareja del mismo sexo, pero supongo que tiene algún impacto cuando tu amiga siempre ha dicho que es heterosexual y solo salía con chicos. ¿Me sorprende? Sí. ¿Me decepciona o reaccionaré de manera rara? No.

—¿Cómo...? —Me corto, reorganizando mis palabras—. Sé que la conociste en internet, pero... ¿siempre te has sentido así?

—Siempre me fijo en que algunas chicas me parecen más lindas y antes había besado a chicas y me había encantado tanto como besar a chicos, pero debo admitir que es la primera vez que tengo sentimientos y una fuerte atracción emocional y sexual por una chica. No soy lesbiana y no sé si llamarme bisexual, pero supongo que no soy hetero y realmente no me quiero encasillar, solo sé que estoy enamorada de ella.

»Al principio se trataba de una amistad y cuando comencé a enamorarme tenía miedo de perderla, por eso siempre te decía que era complicado y estaba asustada. Ella nunca me insinuó que le gustasen las chicas, aunque a veces percibía que teníamos alguna especie de conexión, ¿sabes?

Asiento, hambrienta de más información.

—Cuando supe que estaría aquí, le confesé mis sentimientos antes de que subiera a un avión, y estaba muy nerviosa, pero entonces apareció en mi residencia y me sonrío, me saludó y me dijo lo incómodo que había sido su viaje y divagó un montón mientras la miraba anonadada. Justo al final me dijo: «Ven aquí, tonta, me moría por verte», y me besó.

—Hubiese pagado por ver eso, qué romántico. —Sonrío—. *I kissed a girl and I liked it. The taste of her cherry chapstick* —canto, y ella ríe.

—Te morías por cantar eso.

—Totalmente.

Ella ríe de nuevo antes de retomar su historia, solo que esta vez es más abierta y me permite vivir la emoción de cómo se siente y se ha enamorado, y me explica cómo es esta chica con ella. Me dice su nombre y, con las mejillas algo sonrojadas —cosa que nunca sucede—, me cuenta que no tuvieron sexo completo pero sí jugaron un poco y se sintió cómoda, y que también es la primera vez para esta chica que solo buscaba su amistad.

405

Me dice que habló con sus padres y que su papá está algo enloquecido, pero su mamá no reaccionó mal. Aún no quiere compartirlo en redes porque todo es muy nuevo, pero no se siente avergonzada ni confundida, y sabe que la quiere.

—¿Tienes foto? Dime que tienes foto, quiero conocerla, apuesto a que hacen una linda pareja.

—Tengo muchas fotos porque ella es preciosa. ¡Es impresionante!

—Tú también eres preciosa.

—¡Lo sé! Por eso nos vemos increíbles juntas. —Me guiña un ojo antes de buscar en su teléfono y deslizarlo hacia mí—. Pasa para ver las otras fotos.

La primera es de mi amiga de frente, con los brazos alrededor de una chica de cabello castaño tan oscuro que parece negro, y es más alta que Sarah. Deslizo a la siguiente foto y Sarah le está tapando los ojos, de pie detrás de la silla donde su novia está sentada, son adorables. Paso a la siguiente, donde salen lado a lado con grandes sonrisas.

—Espera… ¿Qué? —pregunto, ampliando la foto.

Ojos azules como el mar Caribe, piel bronceada por el sol, rasgos faciales delicados y absolutamente hermosa. He visto a esta chica una vez en persona y varias en fotos, me he sentido insegura por mi estupidez y por preguntas de qué hubiese pasado si ella no se hubiese ido, y ahora entiendo que no es que se llame como la ex de mi novio, sino que es la misma Leah.

—Sarah…, ¿ella es tu novia? ¿Es tu Leah?

—Sí, es mi Leah. ¿Verdad que es preciosa y deslumbrante?

¡Virgencita inesperada! Lo es, por supuesto que lo es. Es bellísima y tiene una vibra espectacular que se transmite incluso a través de una pantalla.

—Ella es Leah… —digo con calma, manteniendo los ojos fijos en los suyos—. La ex de Dawson.

—¿Qué? —Parpadea con confusión—. ¿La Leah por la que te sentiste mal porque te hizo pensar en escenarios inexistentes?

Asiento.

—¿Dawson es el ex que puso primero a su amigo bastardo y con el que las cosas no funcionaron por una tonta promesa y porque no lo intentó lo suficiente?

—Bueno, no sé si es todo eso, pero sé que tuvieron una breve historia y que, en efecto, Martin fue un factor clave.

—Pero, pero… —Abre y cierra la boca, y yo asiento. Me siento exactamente igual—. ¡Qué loco! Estoy saliendo con la ex de tu novio.

—Y yo con el ex de tu novia. —Río y ella también lo hace, pero luego adquiere una actitud seria.

—¿Te cayó mal al conocerla? ¿La odias o algo así?

—No, no, de hecho, ella fue amable y linda conmigo. Dudé por Martin y por las cosas que me dijo, pero ella nunca hizo nada sospechoso ni fue mala conmigo.

—Gracias al cielo, ya me estaba asustando. —Me sonríe—. Entonces ahora puedo garantizarte que Leah no piensa en Dawson de ese modo. Sí lamentó que las cosas no funcionaran, pero piensa que es lo mejor y me dijo que nunca desarrollaron emociones fuertes más allá de atracción y química.

—Dawson también se siente bien sobre la ruptura, dice que es su amiga, pero que entre ellos no hay nada romántico.

—Bien —decimos ambas al mismo tiempo.

—Esto no tiene que ser raro —me dice, y me encojo de hombros.

—Vi a mi cuñada salir con mi ex, esto parece solo otro extraño detalle de mi vida —respondo, fingiendo indiferencia.

—Entonces ¿estamos bien con esto?

—Sí, podemos vivir con esto.

Ella respira aliviada y yo le devuelvo el teléfono antes de reír por lo bajo.

—Hacen una hermosa pareja, Sarah.

—Lo hacemos —dice con arrogancia, y me hace poner los ojos en blanco.

—Ya quiero verte —me susurra la voz de Dawson al otro lado del teléfono.

Tras estacionar en el garaje de casa, desactivo el altavoz y presiono el móvil contra mi oreja.

—Solo unas horas, no seas ansioso —me burlo, pese a que también estoy deseando verlo.

Quiero verlo tanto que estuve tentada a saltarme una clase para pasar por el refugio animal, pero fui una buena chica e incluso me reuní con un grupo de estudio, porque soy bastante buena en la práctica, pero medio regular en la teoría. Además, lo vi el martes, en mi día libre (antes de enterarme de que su ex era la novia de mi amiga), y hasta hoy viernes no ha pasado tanto tiempo, pero cuando tienes un novio como el mío, un día sin verlo se siente eterno, aunque suene cursi.

Las citas con Dawson siempre son algo increíble que espero con ansias.

—¿Cómo está Hayley?

—Me preocupa que está demasiado bien —dice en medio de un suspiro—. Físicamente se está recuperando bastante bien, pero actúa como antes

407

y, no sé, siento que debería hablar sobre lo sucedido, pero supongo que todos lidian de manera diferente con las cosas que les afectan.

Le digo que estoy de acuerdo y cuando bajo del auto le pregunto por su graduación y sonrío ante su entusiasmo mientras entro en casa. Me siento halagada de que me invitara, me parece que eso es algo grande y significativo, ¿verdad? Puede que estuviésemos meses separados con una ruptura que nos dolió, pero volver se ha sentido tan acertado, tan bien, como si empezáramos justo donde lo dejamos. Estamos en total sintonía y tenemos muchísima química.

Estoy a punto de ir a la cocina a por algo de jugo cuando me doy cuenta de que mamá se encuentra en el sofá tomando una copa de vino.

Así que una semana completa es el tiempo que debía pasar antes de esta conversación.

—Oye, *periquito*, debo colgar. Creo que tendré una conversación con mi mamá.

—Oh, lo entiendo, cielo. Respira hondo, estoy seguro de que todo irá bien. Paso a buscarte más tarde.

—Te veo pronto.

Finalizo la llamada y camino directa hacia el sofá individual frente a mamá, y dejo la mochila en el suelo.

—Hola —saludo, y ella me devuelve el gesto.

El ambiente es tenso e incómodo, lo que es bastante triste.

—Gracias por haber recogido todos mis dibujos, lo aprecio.

—Gracias por haber cuidado de Boo.

—No tienes que agradecérmelo, amo a Boo y su bienestar siempre va a importarme.

Se hace un largo silencio nuevamente y entonces recuerdo todas mis charlas con mi terapeuta, mis conversaciones con Dawson y Sarah, y también pienso en mí y en todo lo que me guardo, en lo intimidada que me he sentido.

—Siempre he entendido que eres una mujer exitosa y de verdad me llenan de muchísimo orgullo todos tus logros. Fui feliz viviendo en Venezuela con mis abuelos y, aunque me dolió que me trajeras a Inglaterra, lo entendí con el tiempo.

»Cuando no te han gustado mis maquillajes, he pensado y entendido que a veces las personas tienen gustos diferentes. Cuando te decepcionaste porque escogí ser animadora digital, me dije que te dolía que no siguiera tus pasos. Y sobre estar siempre sola, entendí que estabas ocupada siendo alguien importante en el mundo.

408

»Me he dicho que lo entiendo todo y siempre te justifico, pero una parte de mí, una más grande de la que esperaba, está enojada con todo eso, mamá. Demasiado. —Respiro hondo y finalmente alzo el rostro para mirarla—. He estado sola casi siempre, me he sentido muchas veces como tu inquilina o la trabajadora de las mascotas…

—No eres eso.

—Siempre me siento culpable de que no te guste lo que estudio, cohibida sobre mi maquillaje a tu alrededor e incluso estúpida por opinar o no entender muchas de las cosas que dices. Nunca he dudado de que me ames, pero me ha dolido la forma en la que me tratas.

»Me subestimas, solo piensas en lo que es mejor para mí según tu criterio, pero no en lo que yo quiero. Me empujas y presionas, pides más de lo que quiero dar, y lo que doy nunca es suficiente, nunca. —Vuelvo a respirar hondo, siento que el corazón me late a toda velocidad—. Y pensé que podía vivir con eso, pero entonces Leona murió y me castigaste.

—No, cariño, yo no…

—Me castigaste cuando te aprovechaste de mi vulnerabilidad para alejarme de mi mejor amigo, mi novio, la persona que me abraza y me apoya, quien ha estado conmigo cada vez que me siento sola y quien me hace feliz. Me castigaste por ser yo misma, me castigaste por ser diferente, por amar a una persona increíble. Me castigaste por sentir, me castigaste por ser simplemente Mérida, y no creo que lo olvide. Ese fue el día en el que sentí que no te conozco, el día en el que me di cuenta de que hay una distancia abismal entre nosotras.

»Y me duele, porque eres toda la familia que tengo y me encantaría que fuese diferente.

—Yo no quería…

—¡Sí querías! Sabías lo que hacías. ¿Sabes por qué acepté alejarme de Dawson? Porque sabía que no era una amenaza vacía, sabía que lo harías. Me obligaste a romperme el corazón y luego, en tu campaña de convertirme en la hija perfecta, me acercaste a posiblemente depredadores sexuales, hombres que, cuando me negué a participar en sexo grupal… ¡Bueno, mejor vamos a llamarle como pudo haber sido: una violación grupal! Cuando me negué, expusieron algo tan importante para mí como mis dibujos.

»¿Crees que disfruto de esconderme del mundo? ¿Que no me hubiese gustado gritar desde mucho antes que ese es mi arte? Me aterraba, mamá, siempre pensaba que iba a decepcionar a todos como te decepciono a ti. Soy malditamente buena y aun así tenía miedo. Y cuando todo explotó no fue por mi decisión, todo me es arrebatado, todo gira en torno a ti.

409

»Soy mi propia persona. ¡Soy una persona! Soy tu hija, pero no tu proyecto del modelo de hija perfecta. Nunca he querido ser perfecta, todo lo que quería es que me vieras, que fuese suficiente, pero tú tampoco eres suficiente para mí. Te amo por naturaleza, pero siento que en realidad no me enseñaste a amarte.

Estoy derramando lágrimas y, por primera vez, al menos obviando su llanto por Leona, ella también las derrama y hace algo que pensé que no haría nunca: me escucha.

—Estoy cansada, mamá, ya no quiero vivir con tus expectativas o escondiéndome por miedo a decepcionarte. No quiero fingir que no amo a Dawson, que no amo dibujar, que no amo maquillarme como lo hago. No quiero esperar por ti, ya no.

Un sollozo escapa de mí y agradezco que no me abrace, porque creo que no estoy preparada para un cambio tan radical. Siento que esta ruptura, la más dura de mi vida, no se solucionará con palabras bonitas y un abrazo. Son años acumulados, han sido sesiones de terapia y el hecho de ganar poco a poco más de mi amor propio.

—Piensas que soy una gran mujer y que puedo con todo, Mérida, pero siempre me he sentido impotente y perdida sobre ser madre. Soy consciente de que eres una niña maravillosa y que no debería querer decirte cómo debes vivir, pero quiero que tengas la vida que muchos sueñan, que tengas las herramientas necesarias para pelear con un mundo feroz que no es bonito ni agradable para nosotras, las mujeres, y a veces temo que un día me muera y no sepas cómo defenderte al estar sola.

—Pero he estado sola, siempre lo estaba.

—Y lo lamento. Me he enfocado en mis metas y en darte todo lo económico y he fallado en lo emocional, he sido un desastre de madre. No pensé que te estaba haciendo todo este daño. Sé que los adultos cometemos errores, muchas veces mi propia madre me hizo sentir mal y por eso intenté criarte como pensé que deberían haberme criado a mí.

»No me decepciona quién eres, eres una persona hermosa. Me cuesta aceptar algunas de tus decisiones, pero no pensé que te lastimaba de esta manera, que te hacía tanto daño. —Traga saliva, parece que no sabe qué decirme—. No mentiré, Mérida, no entiendo tus dibujos, me digo que es un tipo de arte que no logro entender y no voy a censurarte o menospreciarte por ello, pero no puedo decir que esté feliz de que eso sea lo que hagas con tu vida. Aun así quiero apoyarte si eso es lo que quieres, quiero ser esa mamá.

Y no dice más.

Esta mujer que hace conferencias magistrales y ha dado charlas TED en español e inglés, que es tan conocida en el campo científico, no tiene más para decirle a su hija de diecinueve años a la que le rompió el corazón.

Tampoco se disculpa porque le cuesta ver la gravedad de sus errores, admitir que es humana, que no sabe ser mamá y que aún puede aprender. El abismo entre nosotras no ha crecido, pero tampoco se ha cerrado, y me pregunto si nuestra relación algún día será cercana, si con el tiempo aprenderemos más la una de la otra, pero sin llegar muy lejos.

En los libros y las películas todos se perdonan, se abrazan y son felices por siempre, pero en mi vida entiendo la dura realidad de que a veces recorres algunos caminos a los que no sabes cómo regresar. Hace mucho, mamá soltó mi mano y siento que ya no quiero agarrarla.

Me sorbo los mocos y asiento antes de ponerme de pie.

—Seguiré dibujando, seguiré siendo la novia de Dawson, seguiré estudiando Animación Digital. —Trago saliva—. Tengo ahorros y espero lograr más, y también buscaré trabajo y en algún momento me mudaré.

—Tienes dinero de la venta de la casa y los terrenos de tus abuelos, y también la parte de la finca en Apure que te corresponde. Por fortuna, se vendió cuando la moneda no estaba tan devaluada.

Nunca lo había sabido, pensé que todas esas propiedades de mis abuelos eran suyas como hija única y que no figuré como heredera. Tampoco me interesaba lo material, por eso no le presté atención.

—Quería dártelo cuando sintiera que eras responsable y lo suficientemente adulta, porque no quiero que descuides tus estudios. No es una cantidad espectacular de dinero, pero te ayudará con muchos de tus gastos mientras estudias.

»No quiero que te mudes, Mérida. Sé que debes trazar tu camino, pero me gustaría que no te mudaras, este es tu hogar.

—Algún día iba a suceder. No me mudaré mañana, posiblemente será el próximo año. Gracias por hablarme de este dinero de mis abuelos…

Que literalmente me están comprando mi libertad e independencia.

—¿Estamos bien, Mérida?

—Tal vez algún día lo estemos, mamá.

Pero ahora estamos igual que antes… Bueno, no exactamente. Porque ahora me siento más ligera y he dejado ir muchas cosas. El futuro determinará cómo avanzarán las cosas entre nosotras, pero dudo que tengamos una relación idílica de madre e hija. Sin embargo, tengo esperanza de que tal vez al menos se dé un acercamiento.

Hago una pausa para hacer la pregunta inesperada que durante años he soltado de manera inadvertida.

411

—¿Quién es mi papá?

Y pienso que una vez más no va a responderme, pero me sorprende.

—Tu papá es un hombre que no tenía espacio en su vida para nosotras, un mentiroso que ocultó que ya tenía otra familia. Alguien que no nos quería en su vida y decidió perderse el hecho de conocerte. No te merece, Mérida.

Asiento con lentitud. No pido el nombre porque no me interesa conocer a alguien que no quiso saber de mí y casi me lamento de haber obtenido una respuesta, porque esperaba más, esperaba algo diferente.

Recojo mi mochila y comienzo a retirarme, pero mi versión interior de dramática musical, que ha crecido un montón desde que le dedico y le canto canciones a Dawson, decide decir las palabras finales:

—¿Sabes, mamá? Si fuéramos más cercanas y me conocieras lo suficiente, me habrías cantado «Un siglo sin ti», de Chayanne.

—¿Habría cambiado algo?

Lo pienso y sé la respuesta.

—No, pero habría sido lindo.

Me vuelvo después de hacerle un amago de sonrisa y luego me refugio en mi habitación con Boo y dibujo. Horas después me arreglo para mi cita con Dawson.

# 45

## Te presento a Reik

*Mérida*

*Diciembre de 2017*

—¿Esto es raro?

—No, raro no, pero sí inesperado. —Sonrío.

Alaska sonríe y se pasa unos mechones de cabello detrás de la oreja.

Me llevo bastante bien con ella, siento que tenemos mucha química, pese a que solo nos vemos cuando los gemelos están juntos o en las citas dobles, y ocasionalmente cuando voy a casa de Dawson y ella está ahí. Por eso me tomó por absoluta sorpresa cuando me llamó anoche y de manera tímida me preguntó si podíamos almorzar juntas, y yo acepté igual de tímida.

Puede que en confianza tengamos personalidades que destacan y bastante peculiares, pero ambas tenemos nuestro toque de timidez, sobre todo por mi parte. He avanzado un montón, pero aún me queda camino de confianza por recorrer.

Al principio pedimos nuestra comida y después hablamos sobre los gemelos, las clases de escritura creativa de Alaska en la universidad —está en su primer año— y sobre cómo me está yendo en mis clases.

Sé que Alaska escribe, no porque Dawson me lo haya dicho, pero la sigo en redes y vi hace un par de semanas el anuncio de que se publicaba su libro *Caída apasionada*, algo que causó mucho furor y felicidad en internet (bueno, también leí algún que otro comentario feo, pero los buenos predominaban). Así que había ido a esa aplicación, JoinApp, y había leído la historia, que me tuvo impresionada y acalorada desde que el protagonista le pidió a Harper (la protagonista femenina) que le chupara la polla.

Debo decir que me encantó. Tal vez no fue mi historia favorita de ella e incluso diré que no es la que explota su mayor potencial, pero eso pasa con las primeras historias. Sin embargo, me volví adicta a la penúltima que escribió, me pareció que la madurez de su escritura y cómo tocó ciertos temas guián-

413

dolos de la mano del romance fue espectacular. No le he comentado que la leí, no sé si es reservada como yo (pese a que ya poco a poco me he ido soltando, hasta el punto de subir en mi cuenta de Instagram un par de dibujos románticos inocentes). De todos modos, Dawson sí lo sabe, igual que Drake sabe que a veces hago dibujos +21.

—Bueno, Drake me dijo que no le diera tantas vueltas y que no debería tener vergüenza de pedirte esto. Tampoco te enojes con él por habérmelo dicho, aunque igualmente te sigo en redes y vi el par de dibujos que subiste...

—De acuerdo —digo con lentitud.

—Aparte de los lindos dibujos que has subido, sé que también haces dibujos muy pero muy románticos +18 y a veces incluso +21.

Me sonrojo, pero asiento sin ningún deseo de negarlo. Eso la hace sonreír, y sus propias mejillas suben de color.

—Y ya debes de saber que escribo y que algunas de mis historias son más picantes. Dawson me dijo que me leíste. —Ríe por lo bajo—. Que leíste el borrador de *Caída apasionada*.

—Me gustó, tienes mucha creatividad para lo picante.

—Me dijeron que tú también. —Se ríe—. Así que publicaré dos libros, el primero es *Caída apasionada*.

—Felicidades, tenía muchas ganas de felicitarte. ¡Eso es alucinante! Y es una gran editorial. Siendo tan joven, es admirable, Alaska.

—Gracias. —Se cubre las mejillas con las manos—. Aún no me lo creo, estoy asustada, nerviosa y emocionada.

—Te va a ir genial.

—La cuestión es que quiero que todo sea increíble. He estado hablando con mi editora, pese a que aún no pasamos a la maquetación... ¡Todavía estoy editando el manuscrito! Pero hemos acordado incluir ilustraciones a la historia y... me han dado luz verde para hacer ilustraciones sexis. ¡Sin penes o vaginas! Preferiblemente tampoco penetración o succión de pechos.

—Entiendo de lo que hablas, ilustraciones apasionadas, pero con elegancia y el coqueteo de la sensualidad, sin llegar a ser obscenamente explícitas.

—¡Exacto! ¡Jesús de las concuñadas! Te amo.

Eso me hace reír y le pido que siga, porque estoy muy intrigada.

—Quiero que seas la ilustradora. No he visto todo tu trabajo y menos el sexi, pero confío en el criterio de Dawson, e incluso Irina me dijo que le enseñaste un dibujo de una pareja abrazada besándose que era increíble.

Lo hice, porque la mamá de Dawson no olvidó que se lo había prometido. Ciertamente tengo que admitir que me llevo muy bien con la mamá de

414

Dawson y con su familia en general, incluso con Hayley las cosas son muchísimo mejor actualmente (me encanta su repostería).

—Tu nombre lógicamente saldría en el libro, te pagarían, se mencionaría en la publicidad y siempre siempre lo recalcaré.

Guau, simplemente guau. Parpadeo un montón y ella ríe de manera nerviosa.

—¿Me odias? ¡Jesús nervioso en *short*! ¿Te he ofendido?

—No, no me has ofendido, solo estoy… procesándolo. ¿Quieres que dibuje las ilustraciones de tu libro?

—¡Sí! Y no solo las sexis, también quiero ilustraciones dulces y divertidas. Siento que te explotaré, pero te prometo que será increíble.

—Te creo —digo, aún anonadada—. Alaska, ni siquiera has visto mis dibujos.

—Vi dos en tu cuenta de Instagram y confío en Dawson, y siempre puedes enseñármelos. Te aseguro que los disfrutaré, ya leíste mi historia y sabes que pienso sucio.

Eso me hace sonreír.

—Nunca he hecho nada como esto.

—Nunca he publicado un libro, Mérida.

—¿Y si lo arruino?

—No te dejaré arruinarlo, seremos un equipo. Un dúo espectacular.

—¡Qué miedo me da! Pero siento algo…, como un cosquilleo en el estómago.

—Es la emoción, yo también lo siento —dice, tan alegre y optimista.

Sería la primera vez que mis dibujos serían así de públicos, que me pagaran por algo que amo. Es una gran editorial y con la que sé que será una prometedora escritora, mi amiga Alaska. Tengo miedo, pero me doy cuenta de que quiero hacerlo.

—Muy bien, acepto. —Ella grita emocionada y yo río—. Pero debes saber que podría arruinarlo o tal vez no clavar a la primera lo que desees, pero me voy a esforzar. Gracias por esta oportunidad.

—Gracias, gracias, gracias. Esto será solo el principio, apuesto que nos vienen cosas grandiosas. —Los ojos grises le brillan.

—Como dirían Wisin y Yandel: el dúo de la victoria.

—No sé a qué te refieres, pero sí, sí, somos eso.

Eso me hace reír. En serio, me siento muy feliz, siento que Alaska tiene razón y que esto es nuestro comienzo.

415

Abro la puerta y lo primero que veo es un cachorro de pelaje negro en manos de mi sonriente novio.

—Feliz cumpleaños, cielo.

Hoy, 22 de diciembre, es mi vigésimo cumpleaños y este ya es un gran comienzo.

Dawson se inclina para darme un dulce beso en los labios y luego siento las lamidas del cachorro en mi cuello, lo que inmediatamente me hace reír.

—¿Es mi regalo? —cuestiono, emocionada, tomándolo de sus manos.

He estado asustada de tener otro perrito después de la dura pérdida de Leona, pero al sostener a este cachorro todo se siente bien y perfecto.

—Algo así.

—¿Qué quieres decir con «algo así»? —pregunto, enfocada en el cachorro, pero escuchando a Dawson mientras cierra la puerta.

—Este pequeño es un pastor alemán mezclado con alguna raza no definida. Fue rescatado hace tres semanas por Micah y Wanda y ha sido desparasitado y cuidado. Era una camada de tres, pero conecté con este perrito, así que pensé que podríamos adoptarlo, solo si quieres. De no ser así, me lo llevaré conmigo, igualmente planeo mudarme pronto…

—Calla, no te lo llevarás —lo interrumpo—, ya estoy enamorada de este pequeño.

—Nuestro pequeño —me corrige, cosa que me hace sonreír y me alzo sobre las puntas de mis pies para besarlo.

—Qué bonita manera de empezar mi cumpleaños, te amo.

—También te amo, cielo. —Me da otro beso antes de seguirme cuando me muevo hacia el sofá.

En el camino, Boo nos mira como si la hubiésemos traicionado, pero lo dejo pasar y me enfoco en mi nuevo hijo, fruto de mi amor con Dawson Harris.

—¿Podemos llamarlo Reik? En honor a que te he enseñado muchas canciones de ellos y nos gustan.

—Reik parece un buen nombre. Míranos, hace poco más de un año nos conocimos por un malentendido y ahora tenemos un hijo perruno juntos.

—Ay, qué bonita relación. —Dejo que el cachorro juegue con mis dedos—. Eres de lo más bonito que me ha pasado, Dawson Harris.

—Lo mismo digo de ti, Mérida del Valle.

Esta mañana, al despertar, por primera vez en muchos años mamá estaba en casa para felicitarme. Me preguntó si cenaríamos juntas y la invité al cumpleaños que Dawson me ha organizado en su casa, pero solo sonrió y me dio un abrazo antes de decirme que lo pasara bien. Me decepcionó un

416

poco, pero he decidido no tener expectativas demasiado altas a lo que ella concierne.

Estoy emocionada por la celebración de más tarde con mis amigos, que es algo que ahora tengo: amigos que me aprecian y me quieren.

Dawson está libre, bueno, tanto como le permite el refugio en el que ahora hace únicamente voluntariado. La semana pasada fue su graduación y puede que llorase un poco, pero prometo que no más que su gemelo. Fue grandioso verlo recibir su medalla junto con el título que con tantas ganas esperaba. Tiene tres entrevistas en enero en clínicas veterinarias en las que cree que podría encajar y que representan sus principios, y también está empezando a enviar solicitudes para hacer un posgrado. Mi novio es superinteligente y yo estoy muy orgullosa de él.

—Leah me deseó feliz cumpleaños en su horario australiano. —Me río.

No es que Leah y yo seamos mejores amigas, pero es divertida y amable, y en vista de que es la novia de mi mejor amiga y que hemos interactuado más por internet, las cosas comienzan a sentirse normales. Además, mañana aterrizará en el país y tenemos pendiente una cita doble.

—Aún sigo procesando que es la novia de Sarah —confiesa Dawson.

Cuando Dawson lo supo, pensó que se trataba de una broma. Más allá del hecho de que fuese una relación de chicas (cosa que no lo inmutó), su incredulidad estaba en que fuese precisamente con mi mejor amiga.

—Es una pena que no llegara hoy para la fiesta —digo, y él asiente y le sonríe al cachorro, que ahora quiere tirar de su cinturón.

—Así que estuve pensando… —comienza, y le doy toda mi atención—. Quieres mudarte…

—Mucho.

—Y yo voy a mudarme el próximo año.

—Aparentemente.

—Entonces… Si ya somos padres al adoptar a Reik, ¿por qué no mudarnos juntos?

417

# 46

## +21

### *Dawson*

*Abril de 2018*

—Dawson…

Hay muchas maneras en las que me gusta escuchar a Mérida decir mi nombre, incluido el tono enojado de cuando quiere zarandearme, pero mi nombre en medio de un profundo gemido es de mis entonaciones favoritas, más cuando tengo el rostro enterrado entre sus piernas, la estoy besando con mis labios y mi lengua saborea su humedad.

—Abre más las piernas, cielo —murmuro contra su carne húmeda, y sonrío cuando maldice y extiende las piernas tanto como puede aferrándose a mi cabello con sus dedos.

A mi boca se suman mis dedos e, igual que ya conozco su cuerpo pero siempre se siente como la primera vez, la llevo a un espléndido orgasmo que la tiene gimiendo tan fuerte que me pregunto si nuestros nuevos vecinos van a quejarse. Me empapa la barbilla y se humedece hasta los muslos.

Mientras la miro sonrojada, jadeando y húmeda, me tomo en una mano, deslizando la punta de mi miembro contra ese hinchado nudo de nervios y poco después contra su entrada, tanteando, jugando a meter solo la punta antes de sacarla, y eso la tiene gimiendo por lo bajo y a mí tensándome porque siempre deseo estar dentro de ella. No quiero torturarnos por más tiempo, así que me deslizo con lentitud en su interior y me encanta la sensación cálida, estrecha y mojada con la que me recibe. Luego la tomo del trasero para que se siente sobre mí, llevándome completamente dentro de ella.

—Me encanta estar arriba —murmura contra mi barbilla antes de mordisquearla, clavando sus dedos en mis hombros para sostenerse mientras hace movimientos circulares.

—Lo sé, te encanta montarme. —Le doy una palmada en la nalga que suena más fuerte de lo que en realidad es.

418

Aún con mis manos aferradas a la carne de su hermoso culo, la ayudo a moverse; no porque lo necesite, sino porque me gusta. Lo hace tan bien, subiendo y bajando, haciendo movimientos circulares y presionándose de tal manera que su clítoris se roce contra mi pelvis, y eso la hace apretarme con fuerza en su interior. Sus movimientos se vuelven más acelerados y nos hace sudar, y el sonido del choque húmedo de nuestros cuerpos resuena por la habitación. Pero entonces su velocidad disminuye hasta llegar a un pequeño balanceo, me da un beso apasionado y profundo y me insta a acostarme de espalda en la cama, con mis dedos clavados en sus caderas cuando se apoya con las manos hacia atrás, en mis rodillas, y arquea la espalda para que esos bonitos y erectos pezones sobresalgan cuando comienza a rebotar sobre mí.

Mis ojos son codiciosos y beben de ella, siguiendo la ruta de su sudor y la manera en que mi miembro entra y sale de su cuerpo, recubierto de su humedad. Conozco muy bien a mi novia y sé cuándo está cerca de correrse, así que cuando sus gemidos se vuelven más profundos y sus «Ahí, ahí, Dawson» comienzan a llegar, sé que está a nada de saltar al vacío. Como buen novio, la ayudo, llevando mis dedos entre sus piernas y haciendo movimientos circulares acordes a sus saltos. Eso la tiene dando pequeños gritos y a mí tensándome cuando acaba con fuerza apretándome en su interior.

Envuelvo mis brazos a su alrededor mientras sigue estremeciéndose, presionando su pecho contra el mío, haciendo palanca con mis pies y las piernas extendidas cuando la inmovilizo y empujo sin clemencia desde abajo hasta que me sacudo, gimo y acabo en su interior.

No es la primera vez que lo hacemos sin condón, pero siempre me maravilla lo bien que se siente. No, no estamos buscando un bebé ni enfermedades. Nos hicimos las pruebas y ella decidió tomar los anticonceptivos incluso cuando le dije que con el condón estábamos bien.

Me mantengo abrazándola mientras jadeamos y sudamos tratando de recomponernos después de tan alegre inauguración de nuestro apartamento alquilado.

Sí, finalmente Mérida y yo nos hemos mudado juntos. Es aterrador y emocionante.

Pensamos que todo el proceso de mudarnos juntos sería tan sencillo como querer hacerlo, pero iniciamos la búsqueda en enero y nos dimos cuenta de que éramos demasiado quisquillosos, siempre buscando detalles, y a veces no coincidíamos. Otra cuestión importante fue que nos permitieran tener mascotas, porque, además de que Reik se venía con nosotros, Boo y Perry el Hámster también lo hacían, y no hay tantos alquileres amantes de los animales como nos gustaría.

Algunas opciones eran buenas, pero tenían un precio excesivamente caro; los podríamos costear haciendo un esfuerzo, pero no era nuestra prioridad. Finalmente, el mes pasado conseguimos este apartamento de tres habitaciones, sala de estar, sala principal, una cocina amplia y dos baños y que acepta animales. El precio no es nada barato, pero tampoco nos dejará sin nada, así que decidimos que era perfecto.

—Iré al baño —dice, dándome un beso en la boca y saliendo de mí.

Somos un desastre húmedo.

Ladeando el rostro, la veo caminar desnuda hacia nuestro baño mientras permanezco en el colchón en el suelo, porque hasta finales de la semana no nos traen la cama que compramos junto con los sofás, pero ¡joder! Para mí esto ya es increíble.

Han sido unos meses bastante buenos, incluidos los altibajos, porque es imposible estar todo el tiempo feliz. Conseguí un trabajo en una clínica veterinaria no tan reconocida como en la que trabajé anteriormente, pero atiendo a muchísimos más pacientes y ayuda que sea un veterinario bastante popular en redes y que mi novia siempre me haga publicidad. Además, el ambiente laboral es increíble y también sigo haciendo voluntariado dos veces a la semana en el refugio de Micah y Wanda. También empecé mi posgrado y está yendo bastante bien.

Sueño con conseguir tener mi propio consultorio dentro de unos pocos años, pero no tengo prisas ni ansias. Entiendo que todo se da poco a poco y por ahora disfruto de la etapa en la que me encuentro, y no soy el único.

Mérida ha tenido una evolución y un crecimiento hermosos, ha sido precioso ver cómo la alocada chica que me golpeó en una piscina es esta deslumbrante loca encantadora que ahora tiene cien mil suscriptores en su canal de YouTube, muchos seguidores en Instagram y que, además, ha trabajado en conjunto con Alaska para las ilustraciones del libro que sale el próximo mes.

También usa una cuenta en una aplicación llamada Imaginetoon, donde al parecer tiene un proyecto con Alaska de escribir una historia juntas: Aska proyecta los diálogos y ella hace los dibujos. Se han hecho muy cercanas y es lindo ver que ambas están brillando como las estrellas que son.

Cabe destacar que sigo participando en los tutoriales de maquillaje de Mérida, no porque le dé vergüenza hacerlo sola, sino porque nos convertimos en la típica pareja que todos esperan ver interactuar en los vídeos y lo disfruto. Por eso, ella dice que el dinero de las publicidades que le pagan deben ser para los dos.

La amo, la amo un montón. Antes quise a otras novias e incluso llegué a estar enamorado, pero la manera en la que la amo a ella es diferente.

Y hablando del amor de mi vida, sale del baño con una pequeña toalla envolviéndole el cuerpo y con el cabello corto recogido en un intento de cola de donde escapan casi todos los mechones.

La veo vestirse y, cuando ya lleva puesto un vestido largo, aún descalza, me ve en el colchón y sonríe.

—Iré a ver qué hacen Boo y Reik, no quiero que estén ansiosos por el cambio de hogar.

—Tomaré una ducha. —Me levanto y luego camino al baño.

Todavía me sorprende que la mamá de Mérida accediera a que Boo viniera a vivir con nosotros. Ni mi novia podía creerlo, pero influyó muchísimo que reconociera el apego emocional que tienen Mérida y Boo; además, es Mérida quien la cuida. Mi novia prometió que, cuando su mamá estuviese libre en su casa, la llevaría de visita, y que ella también podía visitarnos.

Mi relación con Miranda Sousa es cordial. No soy su yerno soñado, pero está aprendiendo a conocerme y me acepta. Ella tampoco es la suegra que soñé, y una parte de mí resiente que no haya sido la mamá que Mérida merecía, pero trato de no ser rudo al respecto y ser educado las pocas veces que nos hemos reunido. Su relación con su hija tampoco es la mejor, y a veces es doloroso ver que Mérida se aflige después de estar con ella cuando se da cuenta de que no tienen una gran relación, pero puedo ver que se aman. Es solo que ese amor no es suficiente para acortar la gran distancia entre ellas. Mérida siempre me dice que «podría ser peor, esto es suficiente», pero nos encantaría que fuese un más que suficiente.

Pero siempre le dejo claro que mi familia es la suya y, mientras entro en la ducha, sonrío recordando cuánto la aman. A papá le encanta conversar con ella sobre cosas de Venezuela y mayormente le hace preguntas curiosas, y Holden, siendo el cerebrito, conversa más sobre lo que él sabe y absorbe todo lo que Mérida comparte de su cultura y sus raíces. Mamá cree que es dulce y siempre es cariñosa, igual que lo es con Alaska. Drake siempre bromea diciendo que ella es su nueva hermanita, y la verdad es que, debido a que mi gemelo es diseñador gráfico, a veces tienen muchos temas de conversación. En cuanto a Hayley, ya no es odiosa y maleducada con Mérida; no son las mejores amigas, pero sí se han vuelto cercanas y conversan.

Salgo de la ducha, me afeito y me seco, y entonces me visto. Al salir me encuentro a Mérida con Reik acurrucado junto a ella en el suelo mientras Boo la mira de manera pretenciosa desde la distancia. Nuestro cachorro ha crecido y sé que crecerá mucho más. Es muy entusiasta y juguetón, por lo que cuando me ve corre hacia mí, sacudiendo la cola con demasiada energía.

—Reik, tu mamá estaba preocupada de que te estresaras y lo que veo es que parece que te hayas metido éxtasis para perros. —Río y me agacho para mimarlo antes de tomar mi teléfono de la mesa.

Por hoy tengo el día libre debido a la mudanza, pero reviso mis mensajes en caso de que pudiese tener una emergencia de algún paciente.

—Oh, Ophelia me escribió —digo con sorpresa.

Desde que abordamos sus sentimientos por mí solo nos hemos visto cuando coincidimos en fiestas de amigos en común y siempre es incómodo. Me dolía haber perdido una amistad, pero también entendí que se protegiera. Sonrío al ver su mensaje, que dice que espera que esté bien, que su trabajo de grado fue aprobado, que está saliendo con alguien y que espera que algún día podamos tomar un café.

—Creo que finalmente estaremos bien —digo.

—Genial, me alegro por ti. —Mérida me sonríe—. Pero tengo que admitirte que ella y yo nunca seremos amigas. Sin embargo, seré agradable.

—Eso es suficiente.

Camino hasta Boo, la cargo en brazos y voy hacia Mérida y me siento a su lado en el suelo.

Somos una pareja joven formada por una venezolana de veinte años y un inglés de veintidós años que se conocieron tras ser víctimas de una estafa en internet por parte del que una vez fue mi amigo. De salvarla a ella y a sus mascotas en una piscina olímpica llegamos adonde estamos ahora con un perro, una gata y un hámster, en nuestro apartamento alquilado con un montón de textos sobre medicina veterinaria y de apuntes de animación digital y cajas repletas de dibujos, muchos de ellos +21.

Lo gracioso es que en un principio se supone que no nos volveríamos a ver tras engañar a Martin, pero entonces el Señor Enrique nos hizo reencontrarnos y comenzó una amistad en la que ambos sentíamos más, y sin darme cuenta le inspiré dibujos y la hice desear hacer muchos +21. Hemos sido el caos más inesperado en la vida del otro y ahora trato de imaginar no haberla conocido y no puedo, porque mi vida antes de ella era genial y maravillosa, pero me gusta que sea genial y maravillosa con ella a mi lado.

Me gusta creer que algún día tendremos más animales, que sus dibujos serán todavía más reconocidos, que yo tendré un consultorio y que posiblemente tendremos un bebé, basándome en nuestras conversaciones despreocupadas del futuro, o podríamos ser solo nosotros dos y estaría igual de feliz.

Me vuelvo a mirarla y sonrío, y ella me devuelve el gesto y me da un beso en la boca.

—¿En qué piensas? —pregunta.

Me aclaro la garganta y canto esa nueva canción de una banda llamada

Morat que me enseñó hace poco. Practiqué muchísimo para cantarle una pequeña parte porque siento que me identifico mucho con la letra, así que, con mi mal acento, canto:

—*Te cuento que me encuentro enamorado y siento que esta vez es la correcta. Te cuento para mí ella es perfecta, con todos sus defectos y pecados…*

Su sonrisa es inmediata y las mejillas se le sonrojan mientras presiono mi frente contra la suya y continúo.

—*Sé que con otras yo me he equivocado.* —Le doy un suave beso en los labios—. *Sé que he dado contra el mundo y he perdido la esperanza. Porque, aunque llevo cargas del pasado, cuando ella está a mi lado se equilibra la balanza y nada me cansa…* —Hago una pausa y río por lo bajo—. Lo siento, cielo, pero solo me he aprendido esa parte.

—Y ha sido perfecta, *periquito.* —Me besa—. Te amo, te amo un montón.

—Te amo. —La beso de nuevo—. Y, porque te amo, aquí estaré siempre para inspirarte los mejores dibujos +21.

—¿Ah, sí?

—Sí, y los recrearemos también. —Sonrío contra sus labios—. Ya lo sabes bien, cielo, uno de mis mejores talentos es inspirarte nuevos dibujos +21.

Y eso es lo que espero, tener muchos años por delante para inspirarla, para amarla, para crear recuerdos y ser simplemente nosotros. Estoy asustado y emocionado de lo que sigue, lo que nos gusta llamar en broma «nuestra historia de amor +21».

424

# Epílogo

## Mérida

*Junio de 2018*

Me muerdo el labio inferior mientras repaso los últimos detalles en la tableta gráfica; estoy enamorada de cómo está resultando este dibujo. Oigo que en la sala Dawson se encuentra maldiciendo mientras cocina y Reik ladra, corriendo de la cocina a la sala de estar que hemos condicionado como nuestro espacio de trabajo: una mitad es de Dawson y la otra es mía.

Sonrío porque está sonando «Bésame», de Camila. ¿Quién diría que mi novio se volvería tan fan de las canciones hispanas que le he enseñado a lo largo de nuestra relación? Es como tener una lista de reproducción de nuestra historia que no deja de crecer.

Hago el último trazo en las hebras del cabello del chico y ¡listo!

—¡Qué buen dibujo, Mérida! —me felicito. Es algo que he venido haciendo los últimos meses y que mi terapeuta dice que es genial.

Aún me sorprende el crecimiento personal que he tenido durante los últimos meses y me siento muy bien. Incluso si hay días en que algunas cosas me afligen o tengo bajones, estoy orgullosa de mí, algo que pensé que nunca sentiría.

Mi teléfono vibra y lo tomo. Veo que se trata de múltiples mensajes de Alaska hablándome sobre lo que podría suceder en el próximo episodio de la historia en conjunto que hemos estado subiendo a Imaginetoon y que ha crecido de una manera impresionante. Nunca pensé que esta pasión de la que creí que debía avergonzarme sería un núcleo tan importante en mi vida y algo tan público.

El libro de Alaska se publicó hace apenas un mes, pero ya va por la tercera reimpresión y todos aman mis ilustraciones. Incluso han sacado productos del libro con ellas y me pagan esos derechos de autor. ¡Es francamente genial! Y Alaska ya me pidió que hiciera las del otro libro, que sale a finales de año.

425

También hago dibujos (inocentes) y los subo a mi cuenta de Instagram, hablo de ello mientras hago tutoriales de maquillaje en YouTube y básicamente todos los días estoy dibujando, ya sea para la universidad o por placer.

Algo que he descubierto es que, al parecer, los dibujos +21 son un gran juego previo, porque Dawson siempre se excita y salta sobre mí cuando se los enseño.

Le respondo los mensajes a Alaska diciéndole que me encanta su idea y que podemos vernos esta noche y trabajar en ello. Siempre debemos reunirnos para avanzar, ya que yo dibujo las situaciones que ambas acordamos o planteamos y ella genera los diálogos. Somos un gran equipo y eso no interviene con su escritura ni con mis proyectos individuales, lo que parece un buen trato.

Veo que tengo un mensaje de mamá preguntándome si mañana quiero que desayunemos juntas y que lleve a Boo, y acepto porque siempre estoy dispuesta a trabajar en nuestra relación y con cada encuentro siento que aflojamos un poco más.

Veo otros mensajes que pueden esperar y luego, todavía en pijama porque es sábado por la mañana, salgo con la tableta gráfica en la mano al encuentro de Dawson, que maldice. Río cuando lo encuentro frente a los fogones, que están muy sucios.

—¿Qué sucede? —pregunto con miedo a asomarme a ver su desastre.

—Quería hacer cachapas —se queja—. ¡Siempre lo haces ver fácil! Mezclar harina de maíz molida, leche, un huevo para que no se pegue ¡y listo! ¿Es algo que solo los venezolanos saben hacer?

—En primer lugar, no todos los venezolanos saben hacer cachapas —digo, intentando no reír—. Y, en segundo lugar, te dije que no era fácil y lo subestimaste. ¿Dónde está el problema?

—¡Se pegan! No me sale ninguna y quiero desayunar cachapas porque me has convertido en un adicto. ¡Las arepas me salen perfectas y los pastelitos también! ¿Por qué no puedo hacer cachapas?

—Y los tequeños, junto con las empanadas, también son tu especialidad —agrego.

—¡Exacto! Entonces ¿por qué no me salen las cachapas? —repite.

—No podías hacer todo bien, *periquito*. —No lo aguanto más y río.

Él es tan lindo con su entrecejo fruncido y la clara frustración de descubrir que no puede hacer algo que se ve tan fácil, pero que no lo es.

A mi novio le encanta la comida venezolana, se la he ido enseñando desde que nos mudamos juntos. Hay ciertos condimentos que en un principio lo enviaban corriendo al baño, pero su estómago se ha ido acostumbrando a que su novia es venezolana.

426

—Haré las cachapas de desayuno, pero debes limpiar todo ese desastre —señalo, y asiente.

—Te amo —dice refunfuñando, y eso me hace reír otro poco más.

—Ven aquí, quiero mostrarte un dibujo.

Apaga los fogones, se lava las manos y camina hacia mí, y me besa antes de que pueda enseñarle lo que quiero. No me quejo, nunca me escucharán decir ningún «pero» a sus besos.

Vivir con Dawson ha sido toda una experiencia, ha sido increíble. Es cierto que hemos discutido más de lo que podríamos haberlo hecho antes, pero eso es parte de la convivencia, de descubrir que hay cosas que no nos gustan y que podemos mejorar, pero, fuera de ello, me ha gustado todo esto. Me hace feliz haber respondido que sí aquel diciembre en mi cumpleaños, cuando me sugirió que viviéramos juntos. No me arrepiento.

Soy feliz viviendo con mi novio, nuestro perro, nuestra gata y nuestro hámster.

Me besa hasta que las piernas me tiemblan y sonríe contra mis labios.

—Veamos qué arte has creado.

—Es +21 —le advierto.

Desbloqueo mi tableta y se la entrego, disfrutando de las expresiones de su rostro a medida que lo absorbe. Primero luce sorprendido, luego sonriente y concentrado, y por último las mejillas se le sonrojan, traga saliva y su respiración cambia.

Sé con exactitud qué observan sus ojos con tanta atención e interés: somos nosotros.

En el dibujo, Dawson está sentado sobre una de las sillas de nuestro comedor, solo que esta se encuentra en nuestra habitación. Él está frente al espejo con las piernas abiertas, el rostro sonrojado y el cuerpo sudado, y yo estoy a horcajadas sobre él, con mi espalda hacia su pecho, mis pequeños pechos brillando por el sudor y con los pezones puntiagudos. Estoy abierta y se ve todo, incluido que la mitad de su miembro húmedo se encuentra dentro de mí, lo estoy montando. Tengo los ojos cerrados y los labios abiertos mientras que él tiene una burbuja de diálogo corto y preciso que dice: «¿Te hago sentir bien, cielo?».

Nunca hemos tenido sexo exactamente así, pero lo he pensado y decidí que un dibujo era la mejor iniciativa. No siempre hago dibujos de nosotros, pero sí muchos de Dawson, porque él me inspira. Debido a mi estilo, no es un retrato exacto de nuestros rostros, pero sin duda sabemos que somos nosotros.

Durante unos largos minutos, Dawson memoriza el dibujo y luego con lentitud deja la tableta sobre la mesa y me alza en sus brazos, y se me escapa un grito, lo que hace que Reik venga ladrando y que Boo nos mire de manera juzgona.

—Niños, pórtense bien, mamá y yo debemos recrear un dibujo +21 —dice, pasando de ellos y encerrándonos en la habitación.

Se desnuda, me desnuda y parece que memorizó el dibujo con exactitud, porque después de volverme loca con sus dedos, hacemos una recreación precisa del dibujo +21 que me inspiró.

—Sigue inspirándome, Dawson Harris —digo entre suspiros.

—Lo haré, Mérida del Valle, lo haré.

Y no me quedan dudas de que así será, porque es algo nuestro, porque lo ha estado haciendo.

Así que bien, soy Mérida del Valle, tengo veinte años, nací en Venezuela y estudio Animación Digital. Fui engañada en una aplicación universitaria cuando un chico me envió fotos de su polla fea usando el rostro de otra persona y me llevó a quien llamo el amor de mi vida, a mi *periquito*. Amo dibujar, sueño con hacer animación digital y me encanta lo +21, hago arte y no me avergüenza, creo en mí y sigo descubriendo de qué soy capaz.

¡Y esto apenas comienza! Tengo la certeza de que habrá mucho pero mucho más, y me hace feliz el hecho de poder descubrirlo junto a Dawson, el muchacho inglés, paciente y enamorado que me enseña el amor del bueno y que se convirtió en mi persona favorita, el papá de mis hijos animales y me gusta creer que de mis futuros hijos humanos.

Nuestra historia continúa y espero un día seguir contándola. ¿Seguimos con lo +21?

428

# Escena extra

## Así lo decimos en Venezuela

### Mérida

*Agosto de 2018*

—Hola, para los que son nuevos en mi canal de YouTube, soy Mérida y siempre hago tutoriales de maquillaje mientras mi novio y yo conversamos y los aburrimos. —Sonrío, ya no me da tantos nervios—. Hoy, sin embargo, vengo con un vídeo muy diferente, sugerencia de mi novio.

—Soy el novio —dice Dawson, rodando su silla hasta llegar al lado de la mía—. Oh, mierda. —Se ríe y mira a nuestro bebé—. Reik, suelta el sujetador de Mérida.

—De acuerdo, editaremos esto —digo con las mejillas sonrojadas antes de volver a presentarnos.

—Como novio de una mujer latina, concretamente venezolana, he escuchado un montón de expresiones confusas y términos divertidos en español que queremos compartir con ustedes. Cosas que me han descolocado y otras que ahora quiero decir en mi día a día. Algunas se escuchan mejor en español.

—El lenguaje español es muy amplio. —Me encojo de hombros—. Podemos hablar el mismo idioma y aun así cada país tiene un dialecto distinto y algunas palabras cambian de significado.

—Por ejemplo —empieza mi novio—, en Venezuela dicen *forro* para la carcasa de un teléfono, mientras que en Argentina significa «condón».

—En Venezuela le dicen *pito* a un silbato, y *pito* en otros países es P-E-N-E —deletreo la palabra, y río.

—Ahora bien, estuve anonadado la primera vez que escuché la palabra *cónchale*, me dijeron que no tiene ni siquiera una traducción al inglés.

—*Cónchale, ¿por qué eres así?* es como una expresión de irritación y reproche —explico aguantándome la risa, porque él está muy serio.

—Oh, oh, y habla sobre esa expresión de la madera.

429

—¿De la madera?

—Sí, sí, la de no tengas el rostro de madera —insiste.

Me quedo observándolo y procesándolo hasta que consigo hacer la conexión y entonces comienzo a reírme mucho y él entorna los ojos hacia mí.

—Quieres decir —digo entre risas— la expresión *No seas cara e' tabla.*

—Es lo mismo.

—No es lo mismo, *periquito.*

—Bueno, eso significa que no seas descarado —explica mi novio—. Encuentro que es una expresión entrañable.

—*Cónchale, pero tu nojombre* —digo, y él parpadea continuamente hacia mí—. Eso significa algo como: «Pero no seas así».

—Estoy confundido —musita—, no lo entiendo. Esperen y escuchen este verbo que se han inventado. —Hace una pausa de suspenso—: *Zamurear,* expresión nacida de lo que llaman *zamuro*…

—Que es «buitre» —digo, y me duelen las mejillas de reír tanto.

—Lo volvieron un verbo: tú *zamureas,* él *zamurea,* ella *zamurea,* nosotros *zamureamos,* yo *zamureo.* Y significa que estás «cazando» la novia o el novio de otra persona, que estás como un buitre a la espera de que sea tu momento de carroñar.

—Lo haces sonar tan científico… *No vale, ese chamo anda de zamuro* —doy el ejemplo, y me señala.

—Eso mismo. ¿No es de locos?

—Una de las favoritas de Dawson es *Así la vida es un jamón.* Significa que la vida es fácil cuando alguien hace algo astuto que lo facilita todo.

—Suena muy divertido. —Ríe por lo bajo—. Oh, y Mérida a veces me pide que le pase el *coso,* que tampoco tiene traducción en inglés, y lo apunta con la boca.

Para dar un ejemplo pone morritos y señala hacia un lado, lo que me tiene apretando los labios con fuerza para no romper a reír.

—*Periquito,* pásame el *coso* ese de allá. —Imita mi voz y mueve la boca exactamente igual a como lo hago—. Y me siento desorientado porque no sé qué señala su boca.

—También a veces se me escapa *Pásame el perol,* y *perol* significa «envase», es como pedir un envase de agua.

—¡Tengo una buenísima! —dice Dawson con entusiasmo—. Cuando vamos a salir me dice: «Ya casi voy a estar lista, *ahorita ya».* No hay traducción para *ahorita* y cabe destacar que *ahorita ya* son dos palabras que significan básicamente lo mismo. Es muy confuso.

»También está *amuñuñado.* Cielo, explica qué significa esta palabra, que

430

por supuesto no tiene traducción y se escribe con una letra que no está en el abecedario inglés, que es la eñe.

—Es cuando reúnes cosas, como tener cosas amontonadas, por ejemplo: «Mira cómo tienes toda esa ropa *amuñuñada*».

—Tiene mucho sentido —me dice, dándome un beso en la mejilla—. También está el verbo *jurungar*, que significa toquetear algo.

—Deja de *jurungar* esa caja —ejemplifico. Me encanta esta conversación—. Hay uno que tomó por completa sorpresa a Dawson. —Recuerdo—. Me dijo algo y yo no entendía cómo estaba seguro, y cuando le respondí: «¿Y cómo sabes tú que La Guaira es lejos?», siento que se reinició.

—¡Claro que me reinicié! Por si no lo saben, La Guaira es parte del estado Vargas, en Venezuela. No sé qué tiene que ver eso con la probabilidad de saber algo, aún no lo entiendo, pero ellos lo usan como un sinónimo de preguntarte cómo estás tan seguro de algo de lo que no tienes pruebas.

—Algún día lo entenderás.

—También una vez estábamos hablando de alguien con el que ella se lio antes de mí...

Ese es Kellan, así que ya sé lo que dirá.

—Y me dijo: «Recuerda que nosotros solo tuvimos un *jujú*, un *cable pelao pues*». Eso también me dejó procesándolo.

Amo cómo le salen las palabras con su acento y que las haya memorizado. Es adorable y su español ha mejorado muchísimo, tiene potencial.

—Bueno, eso es como tener algo informal con alguien.

Él continúa con otras tantas expresiones y palabras que me tienen riendo, y también me enamoran otro poco más porque se ha interesado mucho por mi cultura. El mes pasado nuestro vídeo fue de él cocinando comida venezolana —no las cachapas que aún no le salen— mientras yo me maquillaba, y el vídeo tuvo un montón de visitas y por eso ahora decidimos hacer este.

Me río dando explicaciones de expresiones que pensaba que siempre fueron muy claras, pero que en realidad para otros resultan confusas. Lo más divertido son las expresiones de Dawson al decirlas, es que mi novio es tan encantador...

—*No te pegues que no es bolero* significa no excederte de algo que te dan. Por ejemplo, cuando alguien te invita a alguna comida y te estás excediendo —explico, acariciando la cabeza de Reik, que se acerca a nosotros como el hijo mimado que es.

Es casi tan exigente como Leona, solo que no es odioso y es más consentido que mandón.

431

—La verdad es que todas estas cosas son divertidas, siento que cada día aprendo algo nuevo y que estoy aprendiendo muy bien español.

—Ya canta algunas estrofas de canciones —aseguro antes de robarle un beso, y él me da tres besos cortos y sonoros—. Me encanta que le gusten cosas de mi país.

—Solo me falta viajar a Venezuela y conocer mucho más, porque cada día descubro cosas que me gustan.

»Siento que muchos tienen estereotipado el hecho de enamorarse o salir con una mujer latina como algo de carácter sexual y sensual, y no se dan cuenta de que va más allá de eso. Con Mérida siento que viajo, que me nutro y aprendo, disfruto de conocerla de diversas formas.

»Incluso le enseñamos a mi familia. A mi mamá le encanta comer el *pabellón criollo*, que consiste en arroz blanco, carne *mechada*, *tajadas* fritas y *caraotas* negras.

—La carne *mechada* es una especie de carne en trozo que se cocina en agua y luego se sacan tiras muy delgadas antes de sazonarla y cocinarla nuevamente. Las *tajadas* fritas son rebanadas finas de lo que nosotros llamamos plátano maduro, y las *caraotas* son frijoles negros —explico.

»Cuando vine a vivir a Inglaterra estaba asustada de que me juzgaran por ser emigrante y también me aterraba reprimir mi cultura. Para mí ha sido una sorpresa enamorarme de alguien que está tan interesado en conocer mi cultura y en ponerla en práctica, y su familia también es un amor y les encanta cuando los invitamos a comer y hago algún plato especial para ellos.

Hablamos otro poco más de culturas y prometemos que pronto volveremos con las canciones hispanas favoritas de Dawson, y después damos por finalizado el vídeo.

—Fue divertido —digo, y él asiente antes de darme un beso con lengua delicioso.

Sin embargo, nos interrumpe Reik, que empuja su cabeza entre nosotros y nos hace reír.

—Es hora de que lo saques —le digo dándole otro beso—. Me encargaré de limpiar la casa de Perry el Hámster y ver si Boo hoy siente que soy digna de acercarme.

—Suerte con eso.

432

# Extra

## ¡Gané! Oh, ooooh, gané

### Dawson

*Diciembre de 2018*

¿Por qué algunas personas huyen del amor? Ah, sí, porque también viene con dolor, pero prometo que vale la pena, o al menos a mí me lo parece, porque estar enamorado de Mérida se ha vuelto otra característica de mi personalidad, amarla me resulta tan natural como respirar.

Tal vez por eso estoy tan nervioso en este baño con ella a la espera de un importante anuncio de Imaginetoon. Fuera se oye una canción que suena fuerte porque estamos celebrando el cumpleaños de Mérida en la casa de mi hermano Holden, que nos la ha prestado. Él es así de amable.

—Debes calmarte, cielo —digo, fingiendo que no estoy igual de nervioso, y le tomo el rostro entre las manos para que deje de mirar hacia el teléfono cada segundo—. Diste lo mejor de ti y eso es lo que importa.

—No, lo que importa es ganar —me dice con el ceño fruncido, y eso me hace reír.

—Bueno, eso también.

Suspira y aferra sus dedos a mi camisa mientras presiona la frente contra mi pecho.

—¿Qué puedo hacer para calmar tus nervios?

—Nada, solo toca esperar —susurra y deja un beso en el centro de mi garganta.

Y es ese gesto el que me hace pensar en algo que sé que calmará sus nervios, algo que la enfocará en un absoluto placer.

Le tomo con los dedos la barbilla y le alzo el rostro para poder besarla, no de manera tímida, y su jadeo de sorpresa me permite introducir mi lengua, que no tarda en rozarse y seducir a la suya. No es que Mérida sea tímida cuando se trata de darme muestras de afecto o ser apasionada conmigo, y sus brazos se enredan en mi cuello y me pega a su cuerpo, aunque es un poco más baja que yo pese a sus botas de tacón. Con una mano le tomo la mejilla y la otra la deslizo por su cuello hasta un pecho, y lo siento a través de la suave tela de su vestido y me enciendo al confirmar que no lleva sujetador.

Juego con su pezón a través de la tela, traslado mis besos hasta su cuello y la tomo por sorpresa cuando la hago girar y apoyar las manos sobre el mueble del lavamanos.

—¿Qué…? —jadea, y no respondo. En lugar de ello le mordisqueo el cuello antes de bajar sobre mis rodillas hasta que estoy en el suelo del baño de mi hermano.

Tomo el dobladillo de su vestido y lo alzo por encima de su bonito y carnoso culo, lo que me permite apreciar la vista de unas bragas pequeñitas que casi podrían pasar por tanga. Masajeo la carne de su trasero, la beso y mordisqueo un poco hasta hacerla jadear y finalmente, cuando muevo a un lado sus bragas, la saboreo, le doy placer con mis labios y lengua y ocasiono que se alce sobre las puntas de los pies, gima mi nombre y empuje contra mi rostro.

Cuando meto dos de mis dedos entre su humedad y presiono el pulgar contra el nudo de nervios entre sus piernas, gime con fuerza y se humedece todavía más.

Su teléfono suena y yo continúo.

—Oh, ha llegado… —Lo último sale con un gemido profundo—. Anunciar… ¡Ah, Dawson! ¡Joder, sí! ¡Más, por favor, más! Espera… Han anunciado a los… ganadores —ruega y me detengo—. ¡No, no! Sigue, estoy cerca… ¡Ah! Así, Dawson. ¡Ah, te amo! ¡Sí, sí!

Acelero los círculos sobre el pequeño nudo y mi lengua se vuelve más audaz a la vez que un tercer dedo se une en su interior y los doblo de esa manera que sé que consigue volverla loca.

—Oh, oh —gime alargando el sonido— ¡Gané! Oh, ooooh, gané…

La última palabra se alarga cuando alcanza el orgasmo en mi boca y la llevo hasta el final, hasta que tiembla y jadea. Solo cuando sé que me ha dado todo lo que puede, me levanto tras arreglarle la ropa interior y el vestido. La hago girar y veo que en una mano sostiene el teléfono.

Está sonrojada, con los ojos a medio cerrar y el flequillo pegado a la frente sudorosa. Preciosa.

—¿Has ganado? —pregunto, arreglándole el flequillo.

Me dedica una sonrisa tonta y asiente.

—Gané. ¡*Periquito*, gané! —grita, y parece encontrar fuerzas para saltar sobre mí y enredar sus piernas alrededor de mi cintura.

—Por supuesto que has ganado, cielo. Estoy orgulloso de ti.

434

Y esa es una verdad absoluta. Ha ganado un importante premio internacional en Imaginetoon con una novela gráfica sencilla de cinco dibujos y muy pocos diálogos (como ella dice que no es buena en ello, se inspiró en una de nuestras conversaciones cursis). Me encantó el trabajo que hizo y me hace feliz que otros también lo hayan reconocido. Acaba de ganar siete mil libras, publicidad dentro de la aplicación y un lindo certificado que le harán llegar.

Le lleno el rostro de besos y ella ríe y también derrama algunas lágrimas que limpio con mis labios.

—Cada día logras más cosas, estoy tan feliz por ti... Las ilustraciones para los libros de Alaska, las comisiones que haces bajo demanda y la novela gráfica con Alaska que se hace cada vez más famosa...

Esa historia se ha vuelto una de las más populares en Imaginetoon hasta el punto de que ya llevan dos volúmenes en menos de un año. Drake y yo no podríamos estar más contentos por cómo les ha salido todo y por la relación de coautoría y amistad que han establecido.

—Este cumpleaños no deja de mejorar. —Me besa y luego ríe contra mis labios—. Chico travieso, comiéndome en plena fiesta.

—Chico apasionado —la corrijo antes de besarla de nuevo.

Nos arreglamos y luego salimos del baño con amplias sonrisas y energía renovada para celebrar un año más de la vida de mi amor. Sin perder la tradición, Mérida baila conmigo, cantándome las canciones en español que suenan. Es lindo verla tan feliz cantando a gritos con Romina alguna canción de lo que me enseñó que se llama reguetón, y en general todos lo pasan increíble. Se rodea de personas que la quieren y eso casi borra el hecho de que llorara esta mañana porque su mamá tenía que viajar por trabajo y una vez más se sintió dejada de lado.

Me apoyo en una pared y la miro con sus amigas. Se siente libre, en confianza y segura mientras baila, ríe y disfruta. Esa es la mujer de la que me enamoré.

Y, horas después, todos aprendemos su famoso ritual de cumpleaños con canciones largas de ritmo pegajoso y muchos aplausos.

—Felices veintiún años, cielo —susurro abrazándola.

435

# Extra

# En Venezuela...

## Mérida

*Abril de 2019*

—Dawson, mira, mira —pido, mirando por la ventanilla del avión.

Mi novio, que durmió básicamente durante todo el vuelo, se inclina para ver la manera majestuosa en que las nubes se abren paso para revelar la belleza absoluta del mar Caribe.

—Guau —exhala, y luego bosteza—. Qué paisaje tan bonito.

—Es hermoso. —Me emociono y los ojos se me llenan de lágrimas.

Han pasado cinco largos años desde que visité mi país natal y la última vez no hice demasiado porque se trataba de un viaje de trabajo de mamá, pero esta vez es diferente. En esta ocasión iremos a los Médanos de Coro, subiremos al teleférico en Mérida, lo haré vivir una experiencia vip en Los Roques y la isla de Margarita, veremos la diferencia que puede haber en Caracas entre sus zonas, iremos al Salto Ángel y, por supuesto, lo llevaré a alguna bonita playa en La Guaira donde pueda probar todo tipo de cervezas nacionales y experimentar lo que es comer un pescado frito con ensalada y lo que llamamos *tostón*. ¡Estoy tan emocionada...!

Me queda claro que Venezuela no está en las mismas condiciones que el país en el que crecí, que debemos ser prudentes por nuestra seguridad, que hay miseria y familias pasando problemas económicos y sin trabajo, que muchas personas no dejan de emigrar y ser tratadas en ocasiones de maneras humillantes en el extranjero. Dawson y yo nos organizamos para ayudar en algunos refugios de animales durante nuestra visita y también a fundaciones que prestan ayuda humanitaria.

Estaremos un mes. Son las vacaciones anuales de Dawson en el trabajo y lo amo porque venir aquí fue su idea, y no había manera de que yo dijera que no.

—Oh, parece que vamos a llegar —dice Dawson, aún inclinado mirando por la ventanilla.

436

El piloto elige ese momento para darnos la bienvenida a Venezuela, al aeropuerto internacional de Maiquetía Simón Bolívar. Derramo más lágrimas que riendo, y Dawson me las limpia.

—Eso es La Guaira, Dawson, bueno, parte de ella, pero ¿no es hermoso?

—Es precioso. Nunca vi el mar Caribe. —Me besa la mejilla y se acomoda en su asiento cuando la azafata se lo pide, y yo sigo con la vista clavada en la ventanilla.

No dejo de mirar ni siquiera cuando el avión se desliza por la pista de aterrizaje y cuando anuncian que podemos descender del avión. Tomamos nuestro equipaje de mano y, apenas bajamos, Dawson exhala.

—Qué calor —dice, abrumado, y yo río.

—Sí, acostúmbrate a eso.

El proceso de revisión del visado es lento, sobre todo para Dawson, a quien le hacen miles de preguntas y parece que quieren intimidarlo, pero él se lo toma de manera afable y es encantador y lo analiza todo cuando esperamos a que salga nuestro equipaje.

Ignoramos a todos los taxistas cuando salimos y localizamos a la persona con la que nos comunicamos, que es de confianza y nos guiará. Una vez que estamos en el auto, ver los paisajes a través de los ojos de Dawson es maravilloso. Siento que hay muchos cambios, pero en la misma medida todo está igual.

Había olvidado lo caluroso que puede ser este lado del país y es casi cómico ver a mi novio abanicarse con una mano, pero en ningún momento se queja.

Para mi fortuna nos hospedamos en un bonito apartamento cerca de donde solía vivir con mis abuelos, que es una zona más fría. Apenas llegamos, caemos dormidos por el agotamiento y nos despertamos de madrugada con muchísima hambre y comemos golosinas porque no saldremos a esta hora.

Nuestra travesía por Venezuela comienza visitando Caracas con nuestra guía. Puedo decir que es un choque cultural para Dawson, quien parece curioso y especialmente interesado en todo lo que pueda aprender y también que le llame la atención. Veo a muchachas jóvenes y no tan jóvenes echándole ojitos y riendo de manera coqueta, y eso me pone un poquito celosa.

Es difícil explicarle a Dawson cómo funcionan los grandes barrios llenos de casas con riesgos a colapsar. Aunque la idea era visitar esos lugares, la guía dice que lo mejor es no hacerlo en estos momentos y más cuando claramente nos vemos extranjeros, incluso yo, pero conseguimos que nos deje visitarlo los próximos días con la fundación.

Tomamos chicha, y a Dawson le gusta la malta y la cocada, y luego una hamburguesa de la calle en una avenida de Las Mercedes le sienta mal y terminamos el día con él metido en el baño del apartamento, pero a la mañana siguiente está como nuevo, enamorado de la playa de La Guaira. No quiere salir, como un niño pequeño, aunque debo admitir que en mi caso no soy muy fan del mar, pero pasamos todo el día ahí.

No le gusta la cerveza y ya me lo esperaba porque en Londres tampoco la bebe, pero sí que le encanta el ron Santa Teresa y Cacique. Vamos al cine, subimos al Ávila y luego a Dawson le baja la tensión por el calor, y eso nos obliga a ir al médico, pero al final se recupera. Los siguientes días viajamos a los Médanos de Coro, lugar al que no iba desde pequeña, y consigo llenarme de arena en lugares incómodos. Aunque nos encanta el paisaje, el calor es demasiado fuerte, tanto que nos quemamos a pesar de que no lo hicimos en la playa.

Luego de aplicarnos mucho aloe vera fría, disfrutamos más. Cuando llegamos a Mérida, Dawson se sorprende del cambio drástico del clima, ya que el lugar es frío, y, como todo chico londinense, considera que el frío de Mérida es tolerable, por lo que se abriga muy poco. Eso hace que los próximos días en Mérida mi novio esté moqueando y resfriado, pero bastante feliz y disfrutando de la comida, el teleférico y la calidez de las personas.

—Ahora entiendo la magia de Mérida —me dice viendo el paisaje cuando estamos en lo alto del teleférico—. Estoy enamorado de una Mérida. —Me besa la mejilla—. Y ahora también me he enamorado de esta Mérida. Tienes un nombre precioso de un lugar hermoso, cielo.

—También me encanta Mérida. —Suspiro.

La última vez que había visitado el estado al que hace honor mi nombre tenía doce años y fue uno de mis últimos viajes con los abuelos.

De manera improvisada pasamos un par de días en Maracaibo, y el calor nos mantiene con un sonrojo permanente. Hay bajones de luz, pero eso no nos impide disfrutar. En un local de comida sencillo, una noche calurosa mientras tocan la gaita —una música decembrina que no sé por qué tocan en abril—, enseño a Dawson a bailarla o al menos lo intento, y eso nos hace reír y crear nuevos recuerdos. También tocan canciones de Guaco, que son tan bonitas como las recuerdo, y de inmediato me pongo a cantárselas a mi novio.

De regreso seguimos nuestro itinerario por Los Roques y eso sí que es una experiencia paradisiaca vip; es increíblemente costoso y se siente como ser de la élite. Conseguimos fotos increíbles, desconectarnos de internet y también tenemos mucho sexo impresionante y sensual que me encanta. Además, a Dawson le gusta verme en bikini, parece que eso lo enloquece. De ahí pasamos a la isla de Margarita, y Dawson come demasiados dulces y desayuna al menos unas tres empanadas de camarones cada día. Pese a que no es un mu-

438

chacho religioso, cuando visitamos la iglesia y ve a la Virgen del Valle, se maravilla y sonríe.

—Así que de aquí viene tu segundo nombre —me dice—. Es mucho más bonita de lo que muestra la imagen de Wikipedia.

En Margarita nos toca adaptarnos al racionamiento del agua, pero Dawson no le da especial importancia, está muy feliz con poder ir de playa en playa. Cuando habla con su familia para mantenerlos al tanto de que estamos bien —no puedo romantizar que el país no es inseguro—, no deja de decirles que deben venir y les explica lo que más le ha gustado. Les habla de un taxista que fue grosero y con el que discutí y también de que en una ocasión intentaron robarnos, pero gracias al cielo no lo lograron. Holden es el que más llama, porque está fascinado y quiere que le cuente cada detalle de nuestro viaje, tanto los buenos como los malos.

Nos vamos de Margarita en ferri, lo que nos permite hacer un recorrido por tierra del oriente del país. Es breve, pero bonito, y a Dawson le parece impactante el acento de las personas orientales, así como la rapidez con la que hablan usando la letra erre en todas las palabras, y habla de ello en todo el camino de regreso a Caracas. Una vez que estamos de nuevo en la capital, instalados en otro apartamento algo más incómodo, tenemos una semana para colaborar en refugios de animales y con la fundación de ayuda humanitaria, y es con estas últimas con las que entramos en dos grandes barrios. Para Dawson es un gran choque e incluso para mí, porque cuando vivía en Venezuela mis abuelos nunca me acercaron a esos lugares. Vemos pobreza, miseria y hambre y, aunque no romantizaremos esas cosas, se debe destacar que conocemos a personas bondadosas que nos sonríen y explican sus situaciones.

Los niños hacen muchas bromas a costa de Dawson por su español, pero son lindos y juegan con él. Cuando regresamos al apartamento, ambos estamos pensativos, porque es mucho por asimilar. Verlo en redes sociales y reportajes es una cosa, pero en persona es una experiencia totalmente distinta.

A mitad de la noche se va la luz hasta la mañana siguiente, así que dormimos fatal por el calor y nos pasamos toda la tarde recuperando esas horas de sueño. Dawson vuelve a intentar comerse una hamburguesa con demasiadas cosas y esta vez le sienta bien, pero no logra comérsela toda.

Nuestra última visita es el Salto Ángel, un lugar al que yo tampoco había ido en mi vida y con el que soñaba. Caminamos un montón desde la madrugada, travesamos el río en canoas con fuertes corrientes y siento que conectamos con la naturaleza. No es un viaje fácil ni sencillo, de hecho, es agotador físicamente, pero, cuando finalmente tenemos el primer vistazo del Salto Ángel, vale totalmente la pena.

Al bajar, pese a que no podemos acercarnos demasiado a la cascada por el peligro, el paisaje es simplemente majestuoso. Me deja sin aliento y con lágrimas ante su grandeza y Dawson también se encuentra conmovido.

—Ahora entiendo mucho mejor la película *Up: una aventura de altura* —murmura embelesado.

Hago mil fotos y vídeos, intento entender cómo algo puede ser tan majestuoso y robarte de tal manera el aliento, y luego nos damos un baño en el río con el agua que desciende de tal maravilla. Aunque está terriblemente helado, lo soportamos por la simple felicidad de estar viviendo esta experiencia.

Al día siguiente regresamos a Caracas y en nuestro último día cenamos cachapa, que tiene enloquecido a Dawson. Simplemente nos sentamos en la terraza del hotel y nos quedamos disfrutando el momento.

—Me alegra tanto que viniéramos —me sincero—, gracias por esto, Dawson, me hiciste reconectar de nuevo con mis raíces y siempre estaré agradecida por eso.

—Es una pena que una mala administración y la corrupción hicieran tanto daño a un país tan hermoso, ojalá algún día puedan ver la grandeza de esta nación.

—Eso espero, sería bonito.

A la mañana siguiente nos dirigimos al aeropuerto. Mientras miro por la ventanilla del avión, con la cabeza de mi novio, dormido, contra mi hombro, me hago la promesa de intentar viajar pronto. Aunque me voy con el corazón cálido por este maravilloso mes, también lo hago con una sensación de tristeza en un avión lleno de personas en busca de un mejor futuro, personas que, al igual que yo, dejan un pedazo de su corazón en Venezuela.

—Algún día —susurro—. Algún día estarás mejor, Venezuela.

COMBO #1
2 PERROS +
1 MALTA

COMBO #3
4 PERROS +
2 MALTAS

LAS MERCEDES, CARACAS

TELEFÉRICO DE MÉRIDA

LOS ROQUES, VENE

MARA

*+21* de Darlis Stefany
se terminó de imprimir en el mes de julio de 2022
en los talleres de Diversidad Gráfica S.A. de C.V.
Privada de Av. 11 #1 Col. El Vergel, Iztapalapa,
C.P. 09880, Ciudad de México.